JN215584

小説

曲直瀬道三《まなせどうさん》

乱世を医やす人

山崎光夫

東洋経済新報社

小説

曲直瀬道三

目次

第四章　天雷《てんらい》の章

第五章　天沢《てんたく》の章

第六章　風雷《ふうらい》の章

プロローグ

　織田信長が桶狭間《おけはざま》の戦いにおいて勝利した旨の報を、医師の曲直瀬道三《まなせどうさん》が京都の学舎できいたのは戦いから十日ほど経ってからだった。永禄三（一五六〇）年五月下旬の蒸し暑い日のことである。

　尾張に出向いていた門人の一人が京都に戻ってきて興奮の態で結果を伝えた。二十七歳の若き武将が、「海道一の弓取り」と呼ばれた今川義元を破ったなどまだ信じられない様子である。

「左様か……」

　黙ってきいていた道三は冷静を装い、門人を部屋から下がらせた。

　信長の勝利の報を道三は人ごととは思えなかった。この若い武将は何事においても純粋に考えるたちで、見かけや言葉と違って、繊細な心根の持ち主だった。

　道三はこれまで信長に二度会っている。一度目は前年の永禄二年二月に信長が上洛した際、京都の館に呼ばれて会った。もう一回はこの度の桶狭間での戦いの半月前にも請われて清洲城に出かけている。

　――城での信長は苛立っていた……。

　道三にはその日の信長の様子が鮮明に甦っていた。

　名門、今川義元は上洛を虎視眈々と狙って天下に覇をとなえようとしていた。二万を超える大軍を集結させ、信長の領地、尾張を蹂躙《じゅうりん》しつつ京都を目指そうと準備をすすめていた。今川の天下は目前にせまっていた。今川軍にすれば、織田勢など物の数ではない。

　しかし、信長はすでに今川義元のこの動きをつかんでいたようだった。

　決戦が避けられそうにない情勢に、信長は神経をとがらせていた。薄手の羽織を肩に掛け、脇息を前に回し、背中を丸めてもたれかかっている。身なりはくつろいだ小袖姿ながら疲労と焦燥の態で、脇息を外したなら腹這いになってしまいそうな恰好だった。脇には森蘭丸が、また、壁際には数人の重臣が控えていた。

「おぬしに以前、処方してもらった薬。あれはよく効いた」

　初めて会ったとき、信長は発熱をともなう頑固な便秘を患っていて、道三は大黄牡丹皮湯《だいおうぼたんぴとう》という薬を処方した。

タデ科の多年草で強い作用のある大黄が主成分の薬方だった。それが功を奏して便毒を排出させたのである。よほど爽快だったとみえ、信長は後日、上機嫌で道三に褒美の扇を与えたものだった。

信長は当時を振り返り、

「あのときは溜まっておった下の物が一気に出て行きおったわ」

と脇息にもたれながら、さも愉快そうに笑ってみせた。しかし、その高笑いは真の笑いからは程遠い空虚な響きが感じられた。

道三はこの日、清洲城の奥座敷に踏み入ったときから医師としての勘と技を働かせていた。一瞥して信長の抱えている苦悶と体調不良を感じとっていた。一見して相手の体質や病状を判断するのを医者は望診《ぼうしん》と呼んだ。この瞬間から治療が始まるのである。しかし、医者はそうした望診の内容を相手に悟られてはならない。たとえ患者が抜き差しならない重病に陥っていても気づかせてはならなかった。道三はその基本に忠実だった。

「こたびはいかがなされましたか」

道三はいつものようにごく自然に問いかけた。どんな権力者であれ、庶民であれ、相手によって態度を変えないのが道三だった。それをおのれの診察態度と決めている。

「うむ、頭風《づふう》がしてならない」

よほど頭の痛みが強かったとみえ、信長は額に手を当てて眉をしかめた。

「しばし、脈を拝見つかまつります」

道三は一礼したのち、信長のそばに寄り、脈をとった。右手の人指し、中指、薬指の三指を信長の右手首に静かに当て、軽く、あるいは強く押した。脈診《みゃくしん》である。体調と病態を探るには欠かせない診断法だった。

道三は三本指に神経を集中させて脈を読みとった。そして、今度は信長の左側に場所を変え、左手の三指で信長の左手を診た。

「どうだ。様子は?」

信長は神経を集中させている道三の横顔に向かってたずねた。

道三は目を閉じ脈診を続けている。

「どうなのだときいておる」

信長は声を荒らげて睨んだ。尖った、短気な声が部屋に響きわたった。森蘭丸があわてて信長の側に寄った。

道三は信長の腕から手を離し、

「少し心の臓に乱れが出ております」

とおもむろに伝えた。

「左様か」

と言ったものの、信長は次の言葉が出なかった。

「さほど心配する必要はないと存じます」

苛立っている信長だが、脈には力があった。

「うむ……」

信長はわずかに安堵の態だった。

――これが武将というものか……。

道三は医者の言葉に一喜一憂する侍大将の果敢《はか》ない胸の内を感じた。

信長は戦いは避けられないと覚悟を決めているようだった。戦闘を前にして、緊張感から明らかに体調を崩していた。誰がみても、今川の大軍の前に織田方は風前の灯火だった。

「腹部を拝見させていただきたく存じます」

道三は言った。腹部を診察するのを腹診《ふくしん》といったが、脈診同様、体調を診る上で道三は重要視している。

「どうすればよいのだ」

信長はたずねる。

「横になって上を向いていただければと存じます」

「布団が必要だな」

「御意にございます」

すると、信長は蘭丸に早く布団を持てと気短に命じた。

間もなく、部屋に布団が用意され、信長は仰向けに横たわった。

道三は信長の帯を解き、あらわになった腹部を観察した。色つやのよい、筋肉の引き締まった腹をしていた。五十半ば過ぎの道三から見れば、二十七歳の若者の肌は羨ましいほどに張りがあった。武将らしいたくましさにもあふれている。

「鼻血は出ませんでしたか」

道三は腹部に手のひらを万遍なく這わせながらたずねる。

一瞬、信長は驚きの目を向け、

「よくわかったな。いまは止まっているが、鼻血が大量に流れ出た。それもなかなか止まらなかった。それでおぬしを呼ぶ気になったのだ」

着物の前が赤く染まったという。

道三はうなずきながらも、さらに腹部全体に手指を這わせた。柔らかくも、弾力のある腹圧だった。その中で、鳩尾《みぞおち》の下付近に固い感じの抵抗を覚えた。気がのぼせて気分が落ちつかない上衝《じょうしょう》という症状だった。鼻出血がそれを証明している。決戦を控えた緊張と興奮が体調に反映していた。

「少し気分を整える薬方を選ばせていただきます」

道三は腹診を終え、着衣を元に戻して伝えた。

「気分とな。鼻血止めではないのか」

信長は尖った反応を示した。不安を隠しての苛立ちだった。

「鼻血止めではありません。しかも、さほど強い薬ではございませんので」

道三は患者の不安を解消すべく、そうした対応をとった。が、実際に想定した薬方はそう軽い薬ではなかった。

――ここは強く、真っ直ぐ行く。

薬物量も通常より多めを考えていた。

道三は同行させた門人に処方箋を示し、薬を作るよう命じた。紙袋におさめた薬物を熱湯に浸して振り出す薬だった。

「薬ができあがりますまで、いま暫くお時間をいただきたく存じます」

門人が下がったところで、道三は信長に一礼した。

「それにしても、おぬし、わしの鼻血をよく見抜けたものだ」

信長は感心した面持ちだった。

「腹を診て鼻がわかるとは、やはりおぬし、ききしに優る名医ではあるな」

「これは過分のお誉めをいただき恐縮至極に存じます」

道三は深く頭を下げた。

「お言葉ですが、わが医学におきまして、腹部を診て鼻のことを推測するのは、そう難しいことではございません」

道三は信長が聞き入っているのでそのまま続けた。

「鼻血というのは戦場でいえば、いわば先頭集団の戦いの図といえましょう。一局地の様子であります」

主戦地は他にありますと道三は言った。

「おぬしは兵法をよくするのか」

信長は警戒の眼差しを向けた。

「いえ、わたしは兵法には不案内です。しかし、人体に巣くった病根を絶つ方策を按配しますに、かの中国・戦国時代の軍師だった孫子《そんし》の兵法こそ、用いてまさに至法といえます。機略に富んでいまして医学の実践にも思えます」

「それは面白い。いうてみよ」

信長は楽しんでいる風だった。

「たとえば、薬に用いる薬物はそれぞれに働きがあります。主になる薬物と、それに協力する薬物があるのです。主になるものは君主に相当しまして、君薬《くんやく》といいます」

薬物はそれぞれ君臣佐使《くんしんさし》の働きがあった。

「臣薬が君薬を補佐するのです。さらに佐薬、使薬が君薬の働きを助けます」

「なるほど。戦《いくさ》と一緒ではあるな」

信長は感心していた。

「君薬に何を選択し、臣佐使薬をどう使いこなすかは、一に医者の匙《さじ》加減にかかっています」

狙い通りに行かない面は多々ありますがと道三はつけ加えた。医者の腕が問われるのはこの部分だった。

「孫子はいいます。戦は正を以て合し、奇を以て勝つと。病魔も同様と考えられます。われわれ医者にしますれば、病魔こそ敵です。この敵を撃ち払うには正攻ばかりでなく、奇方の薬方も用います」

「奇方とな」

信長は強い関心を示した。

「奇方はいわば非常手段です。あくまで病魔を正面から攻める正攻が主流ですが、効果があがらないときに奇方を選択します。奇方では、使用する薬物は少なく、効能が強いのです」

「なに。薬物を多く使うほうが効き目が強いのではないのか」

「違います。少ないほうが効き目が強いのです」

「葛根湯などはどうなのだ。わしは薬など、葛根湯くらいしか知らぬが」

「葛根湯は七つの薬物を使用いたします」

処方薬では、ふつう五から七、八種の薬物を使い、十種以上の多数と二、三種しか用いない少数の薬方は少ない旨説明した。

「少ないほうが強いというのは不思議ではあるな」

「御意。これは使用薬物が多いと薬物同士が複雑に交錯して相殺し合い、かえって効能が婉曲に、また圧縮されるからです。逆にいえば、おだやかな効き目が期待できます」

「まことに不思議な話だ」

「何でも多ければ良い、強いとは限らないもののようです」

「そのようであるな」

「これは戦も同様、軍勢の多い方が勝つとは限らないのではありませんか」

このとき信長の目が強い光を発するのを道三は見た。

「孫子は記しています。善《よ》く奇を出《い》だす者は窮《きわ》まり無き、と」

「左様であった」

信長も孫子の兵法を学んだ一人だった。

「たとえばですが」

と道三は毛利元就が陶晴賢《すえはるかた》を厳島《いつくしま》で破った例を語った。

史実によれば、弘治元（一五五五）年九月、厳島合戦において、陶軍二万の軍勢に対し、毛利軍はわずか四千だった。誰が考えても陶軍の有利は明らかである。結果は推して知るべしだった。が、毛利元就は狭い厳島での戦いに持ち込み勝利を招き寄せた。

この戦いこそ孫子のいう奇計、奇法と判断できた。

「相手がいかように軍を揃えようと、その軍が働かなければ力は減殺されます。多種類の薬物を使用する正攻法の薬方がお互いに関係し合って効果を減殺されるように」

信長は黙って聞き入っていた。

「わたしには軍を率いる戦のことはわかりません。ただ、何よりも、孫子本人の生きざまに興味がありました」

「孫子本人と申したか」

「御意にございます。孫子は謀られて両足切断の罪に遭います。二本の足をなくした孫子は戦場、いや野原さえ走れないのです。足を失った不幸と不自由があってこそ、孫子においては、戦略の妙と術とが案出されたとわたしは考えます」

二本の足をなくして孫子はおのれの人生において、死中に活を見出したのではないかと道三は思っていた。

平穏な日常に活は必要ではなかった。危機をはらんだ死中にこそ活が求められるのである。

やがて、道三が信長に処方した振り出し薬が門人によって運ばれてきた。

「しばし猶予を」

と言いながら、道三は黄色い薬液を小さな器に注いでみずから口に含んだ。強い苦みを舌で確かめ、飲みこんだ。目指した処方通りの正しい薬に出来あがっていた。

「これで少しは楽になるかと存じます」

一服分を器に注ぎ信長にすすめた。

信長は一口含んで、

「何だこれは！」

あまりの苦味に眉をしかめた。いまにも器を投げ捨てるかに見えた。

「良薬口に苦しと申します」

道三は落ち着いて言った。

「左様か……」

信長は安心したのか、そのまま勢いよく一気に飲み下した。

道三は黙礼したのち、器を受け取った。

それから、道三は処方薬を二十貼《ちょう》（二十服分）用意し、服用法を説明して清洲城をあとにしたのだった――。


今、織田信長が桶狭間において今川義元を破ったとの報らせを受けた。戦いの詳細については何も知らない。

――奇法が成功したのだろうか。

道三は清洲城で信長と語った兵法と薬方の談義を思い出していた。

頭痛や鼻血、気分の乱れなどの症状が続けば、処方薬を適宜飲むように指示したものである。

――信長はあのあとも飲んだのだろうか？

あのとき、信長に三黄瀉心湯《さんおうしゃしんとう》という薬を処方した。長い医学の歴史の中でも最も古い典籍にある薬方だった。

大黄《だいおう》、黄芩《おうごん》、黄連《おうれん》というわずか三種の薬物しか用いない。

まさに奇方の薬方であった。苦味同様、効き目は強い。

――わたしの奇方も成功したのだろうか……。

道三はあまりの蒸し暑さに涼を求めて廊下に出た。そして、曇天の空を仰ぎ、清洲城に戻ったであろう信長の体調に思いを巡らせた。

第一章

水雷《すいらい》の章

武家の子

一

正盛《まさもり》（のちの曲直瀬道三）が障子を開けたとき、最初に目に入ってきたのは菖蒲《あやめ》の濃厚な紫色の花弁だった。十本はあろうか、直立した茎の頭頂部に舌状の花びらが柔らかそうに開いていた。

部屋では伯母の栄泉《えいせん》と姉の乗水《じょうすい》が、野草を太い竹筒に生けている最中だった。かたわらにもまだ十数本の菖蒲が横たわっていた。

「お呼びですか、母上」

正盛は正座したのち問いかけた（注・正盛がいつから曲直瀬道三を名乗ったかは不明だが三十代後半と思われる。以下、本稿では道三に統一）。

「いま何をしていましたか」

伯母の栄泉は生け花の手を休めてたずねた。

「論語を読んでいました」

「そうか……」

道三は漢籍に親しむ時間を好んでいた。

「そなたはいくつになった？」

「八歳です。母上」

道三は前髪を揺らしながらはきはきした声で応じた。丸い目にはどこかあどけなさが残っていた。色白の額は広く、鼻筋の通った顔だちはいかにも聡明だった。

「そう、八歳になりましたね」

伯母は改めて道三の年齢を胸の奥深くにおさめた。

伯母の栄泉はこれまで母親代わりに道三を育ててきた。実の母親以上に接してきたつもりだった。普段から自分のことを母と呼ぶように育ててきたのも、道三をわが子と思えばこそである。

伯母は太い竹筒に生けた菖蒲を床の間に飾った。菖蒲はここ京都・柳原《やなぎはら》のすぐそばを流れる加茂川の河川敷に自生したものを摘んできたのだった。

永正十一（一五一四）年――、この年は例年になく梅雨が長びいている。菖蒲の生長には恰好で、いわば、菖蒲の当たり年だった。東山は全山深い緑におおわれていた。

「そなたをお寺で修行させようと思っています」

伯母は言った。

「お寺では修行を積んで仏の道を学びながら学業にも励めます」

道三は病弱でもあり、武芸を苦手にしている。漢籍に興味を示す道三には、寺社は最も適した修行の場ではないかと、伯母も姉も考えたのだった。

「お寺に……」

道三はいきなりの話に戸惑った。

「そうです。お寺のお坊さんがわたしたちに代わって、そなたに学問やしきたりを教えてくださいます」

伯母は言った。道三が生まれ育った柳原は京都御所の北に位置している。神社仏閣が建ちならび、わが子が寺院の修行に入っても雰囲気に親しめると感じていた。また、この地は近江、若狭、東国に通じる街道筋でもあり、商業も盛んで旅籠も軒をつらねていた。人々の往来するさまを見ながら育ったのが道三だった。

「母上から離れるのですか」

「そうです」

「それは……」

道三は言いかけて言葉を詰まらせ、そして、意を決して、

「いやです」

と言った。

「いや？　どうして」

伯母はたずねる。

「母上から離れたくありません」

道三は訴えた。

伯母はどうしたものかと思案した。

「人はいつかは親元を離れるものです」

そう口にしたが、離れたくないのは伯母の栄泉のほうも同じだった。いつまでも手元に置いて将来を見ていたかった。

「………」

道三は黙って唇を噛んでいた。

「いずれ親元を離れるのが定めです。それにわたしたちがそなたに教えることはもう何ほどもありません。これからは自分で自分の道をきりひらき、そなたはもっと上を目指しなさい」

「いやです」

離れたくありませんと道三は言った。

そのとき、栄泉は道三が睫毛《まつげ》を震わせ、目に涙を浮かべているのを見ておどろいた。素直で、一見弱そうに見

える が、芯は我慢強い性格で、どんな大怪我をしても必死に涙をこらえたものだった。感情を露わにする子ではなく、これまで涙を流す場面に一度も遭遇していなかった。

その道三が声を殺して泣いている。栄泉は言葉が出なかった。それは姉の乗水とて同じだった。二歳しか離れていないが、気丈なのは道三のほうだといつも感心させられていた。

部屋は沈黙に支配された。遠くから寺院の鐘がかすかにきこえてきた。

二

やがて、伯母は膝を一歩すすめて言った。

「そなたが行くお寺はもう決めてあります」

強い口調だった。

「人はいつかは親元を離れるものです。いまそのときが来たのです」

伯母はここで鬼にならねばならないと思っていた。

「母上……」

道三は涙を浮かべた目で伯母を見つめた。

「ずっとこの家にいるより、もっとそなたを磨いてくれる場所があるのです」

伯母は厳しかった。

道三は伯母をしばらく見据えた末、

「ひとりで行くのですか」

ときいた。

「そうです。そこではそなたの好きな学問ができます。将来のためになるでしょう」

「もう決まっているのですね」

「決まっています」

近江国・守山《もりやま》にある天光寺《てんこうじ》という禅寺を縁あって紹介されていた。

「近江？」

道三が初めて聞く地名だった。

京都の北東部に位置する隣国が近江だった。その守山は琵琶湖の南東岸にあって、北陸、関東へ向かう要衝地である。

「守山のそばには琵琶湖があります。広い湖で、向こう岸が見えないほどの、それはそれは大きな湖です」

「湖……」

水といえば、加茂川の流れしか見たことのない道三だった。

「海ほどに大きいといわれ、淡海《あわうみ》の名があります」

早くも琵琶湖に関心をもった道三に伯母は知っている限りの知識を与えた。

湖の形は楽器の琵琶に似ていた。また、あたかも人の胃の腑を思わせる形で、守山はその下端部の右下に位置する。南近江の一画にあり、六角氏が治めていた。

「わかりました。母上の指示にしたがいます」

道三は両手を膝に置いたまま礼儀正しくお辞儀をした。

「そうかい、わかってくれましたか。お寺の生活はきっとそなたも気に入るはずです」

伯母は一息つきながら応じていた。話せば理解するだろうと予測はしていたものの、まだ八歳の子どもである。説得できない場合を案じていたが、わが子、道三は理解してくれた。素直で聡明な子に感謝した。

道三はお辞儀をしたままの姿勢を崩さなかった。

そして、静かに顔を上げると、

「ひとつうかがいたいことがあります、母上」

と改めて伯母と姉に向きあった。

栄泉と乗水は道三のただならぬ気配に思わず背筋を伸ばした。

「わたしの両親はわたしが生まれた年に亡くなられたという話ですが、それはどのような事情だったのでしょうか」

道三は真剣だった。両親がなぜ相次いで死去したかについての詳しい経緯はこれまで何も知らされておらず、その解明は道三にとって最大の関心事だった。

三

栄泉は本当のことを伝えなければならないときが来たと思った。

「そなたの母上はそなたを産んだ翌朝に亡くなりました」

栄泉は静かに語りはじめた。

道三は永正四（一五〇七）年九月十八日に生まれ、正盛《まさもり》と名づけられた。父、元真は近江源氏の末裔にあたる。宇多源氏、佐々木左近将監《しょうげん》成頼の後裔、堀部《ほりべ》左近大夫成綱が堀部氏を名乗って八代後の堀部左門親真《さもんちかざね》のことである。

母、妙桂は目賀多摂津守綱清の姉だった。道三の父母は武家同士の結婚であった。

「母上はそなたを孕んでから、それまで順調に推移していましたが、出産を翌月に控えて急に産気づき、難産の末、そなたを産んだのです」

　ところが出産の前日から妙桂は急に高熱を発した。産婆のかたわらで手伝っていた栄泉もじかに高い熱を感じた。高熱の出産に悶え苦しむありさまは正視できないほどだったが、栄泉は分娩が終わるまで妙桂の脚をおさえながら励ました。

　だが、翌朝、高熱と苦悶とうわ言の末、死去したのである。享年、二十九だった。

「医者も薬も間に合わず、母上は亡くなりました。でも、そなたは生きていたのです」

　生まれた子も母親同様、だれもが死んでいると思ったものだった。母の高熱と苦悶のなかでこの世に出てきたものの、産声をあげなかった。経験豊富な産婆は試みに道三の両足をつかんで逆さに吊るし尻を激しく叩いた。すると赤い塊はか細い声をあげたのである。

　道三の小さな産声だった。

　思わず、

「生きている！」

と栄泉は叫んでいた。

　道三はおのれの出生時の危機をはじめて知った。命があったのは奇跡に近いと感じられた。

「父上はどのように……」

　道三はたずねた。父、元真も同じ年に死去しているのである。

「母上はもともと丈夫な方ではなかったが、父上はどこも悪いところはありませんでした。しかし母上を亡くされてから、落胆してすっかり体調を崩してしまいました」

　栄泉は言った。その後、元真は魂が抜けたようになってしまって、言葉少なく食も細ってみるみる痩せ衰えた。そこにその秋に流行った疫病に罹ってしまった。

「そのまま帰らぬ人になってしまいました」

　元真は妻の死からほぼひと月後の十月下旬に衰弱の末、三十五歳で死去したのである。

　道三は母と父が相次いで病に倒れて死を迎えたのを知った。

　それにしても、二十九歳と三十五歳というのはあまりにも若い死だった。

　道三には子ども心に腑に落ちない点があった。

「父上は薬を飲まなかったのでしょうか」

　母にも薬が間に合わなかった。医師は何をしているのだろうかというのが道三の素朴な疑問だった。

「医師の話ではすでに手遅れで薬を処方しても無駄といっていました。母上の場合、せめて黄芩《おうごん》という薬物があれば助かったかもしれないという話です」

栄泉は残念そうに口にした。

——医者はどうにかできなかったのか……。

道三は医師の無力を感じずにはいられなかった。両親の死によって医師という職業の危うさを知ったのである。同時に、自分は母と父の死と引きかえにこの世に生まれてきたと強く思わざるを得なかった。

四

栄泉に、改めて道三の生まれてからの日の前後が鮮明に甦ってきた。

母親の骸《むくろ》のそばで乳飲み子の道三は泣きつづけていた。線香の煙が容赦なく赤子の目と鼻を刺激した。

「なんと不幸な子……」

栄泉は嬰児を抱きしめた。

そして、

「この子はわたしが育てる」

と密かに誓ったのである。

栄泉はすみやかに乳母をさがして道三に乳を与えた。道三は乳首に吸いつき目を閉じて頬を動かしていたが、やがて満足そうに寝入った。栄泉はそのあどけない寝顔にはげしい愛情を覚えた。自分に子がないという理由では説明できない種類の情愛だった。

数年を経て、道三の姉・乗水も養育に加わった。

道三は幼いころから利発で漢籍に親しむのが好きだった。一をきいて十を知るところがあり、生まれついて頭脳明晰だった。いつも身近に四書（大学・中庸《ちゅうよう》・論語・孟子）を置いてひもといていた。そして、疑問が生じると栄泉や乗水に質問を浴びせたものだった。しかし、その多くは伯母や姉が答えられる域を超えていた。

ある日、栄泉はたずねた。

「そなたは大きくなったら何になりたいですか」

道三は手にした書物から目を離し、

「孔子さまのような偉い人になりたいと思います」

と幼いながら迷わず口にした。

それ以来、栄泉は、

「そなたは学問の道に進むのが向いている」

と道三にことあるごとに言った。

その道三がいま自分のもとを離れ、近江の寺に行こうとしている。

病弱な道三がよく八歳のこの年まで育ったという感謝と驚きの気持ちがあった。

そして、栄泉はかたわらに置いた菖蒲を脇に片づけると、用意してあった竹製の小箱の蓋を取って道三に示した。中には松毬《まつかさ》とお手玉が一個ずつ納まっていた。

「手に持ってごらんなさい」

栄泉は言った。

大ぶりな松毬と、それと同じような大きさのお手玉だった。

言われるまま、道三は松毬とお手玉を手にした。乾燥した松毬は毬《いが》が太く突き出し、赤い木綿袋のお手玉は反対に手のひらに馴染んだ。

「いかがですか」

栄泉がきいた。

「松毬は固く、お手玉は柔らかく感じます」

道三は松毬とお手玉を左右の手で握りしめた感想を伝えた。

「その松毬が父で、お手玉が母です。お手玉の中には小豆が入っています」

栄泉はさらに続けて、

「これからは松毬を父、お手玉を母と思って、それを大事に持っていなさい」

と言った。

「父と母……」

道三は改めて松毬とお手玉を見つめた。

「お寺で修行中に迷いが生じることもあるでしょう。そうしたとき、それを取り出し父と母を偲びなさい」

きっと味方になってくれますと栄泉はつけ加えた。

道三はしばらく松毬とお手玉を見つめてから、

「やはり行かねばならないのですか」

と言った。ひとりで行く心細さにとらわれていた。

「そなたはいつか、孔子さまのような人になりたいといっていたではありませんか」

「それは……、いまは無理な話です。孔子さまと自分をくらべるのは失礼でした」

「いえ、目標を大きく持つのはたいせつです。わたしたちがそなたに教えることは今日で終わりました。そなたはこれから自分で自分の道をきりひらいて行きなさい」

「しかし、わたしはまだ勉学の途上ですので、ひとりで道をきりひらくなど、自信はありません」

「偉い孔子さまですら、自信喪失におちいり、不安で眠れない日を送ったというではありませんか」

「そうなのですか……」

孔子にして不安から不眠が起こるなら、自分は修行の最中に押しつぶされてしまうのではないかと道三はさらに心細くなった。

「そなたならできます」

栄泉と乗水は口をそろえて言った。

道三は両手で松毬とお手玉を握ってみた。固さと柔らかさが同時に手のひらに感じられた。

「わかりました」

道三は子ども心に覚悟を決めた。寺で修行を積むのである。

そのとき、近くの相国寺の鐘の音がきこえてきた。道三には聴きなれた音色だった。また、相国寺はじめ、近くの寺院は恰好の遊び場でもあった。

——あのような場所で暮らすのか……。

道三は漠然と寺の生活を思った。

それから三日後の七月七日、寺から迎えにきた若い寺僧とともに道三は南近江に旅立った。

近江の寺

一

寺は狭い街道筋の街区を抜けて、さらに人家の途絶えたあたりにあった。それが、近江国・守山の天光寺だった。

——広い。

道三の近江の印象だった。

守山は野洲川《やすかわ》の氾濫の繰り返しのなかで形づくられた平野の一画に位置していた。

この日——、永正十一（一五七四）年七月七日、早朝に柳原を出立し、途中、渡し船に乗る贅沢はできず、八里（約三十二キロ）ほどの行程を約十時間かけて天光寺の門前に着いた。時刻は申《さる》の刻（午後四時ころ）だった。

途中、伯母の作った握り飯を松の根方で頬ばり、膳所《ぜぜ》宿《しゅく》の茶店でわらび餅を食して白湯《さゆ》を飲んだだけだった。

八歳の子どもの脚にはきつい旅程だった。蒸し暑い陽気も体力を奪っていた。

「あそこだ」

と案内の僧がそう言って指さした先に風格のある総門が建っていた。

道三は正直、

――助かった。

と思った。これ以上歩いたのでは親指のつぶれたまめから血が吹き出すにちがいないと思っていた矢先だった。寺が近いと知ると、現金なもので急に足どりも軽くなった。

総門をくぐり境内に足を踏み入れた。ゆるい風が吹き抜けるばかりで物音ひとつきこえなかった。

山門へとわずかな登り勾配で石畳が続いていた。瓦屋根をいただく小ぶりの山門だった。その山門の左右には木彫りの阿吽《あうん》の仁王像が配置されていた。

そこからは右手に杉林、左手は竹林になっている。本堂、方丈《ほうじょう》、庫裡《くり》、禅堂、鐘楼堂など、伽藍《がらん》がひとわたり見渡せた。掃除が行き届いていて気持ちよかった。

天光寺は貞治五（一三六六）年開山になる禅寺である。古刹《こさつ》ながら、住職と修行中の僧侶が二十人ほどが暮らし、規模はこぢんまりとしていた。

道三の育った京都・柳原のような都《みやこ》の華やかさや大きさはなかった。反面、つつましい静けさがあって好感を持った。

――よいところだ……。

これも道三の近江に対する印象だった。

近江は古代から歴史が息づいている地域である。天智天皇は六六七年に近江大津京に遷都し、聖武天皇は紫香《し》楽《が》宮《らきのみや》の造営を計画した。琵琶湖を擁し、北陸道、東山道（中山道）、東海道が通る交通の要所だった。畿内《きだい》に近く、関西と関東を結ぶ分岐点にあり、政治的にも経済的にも重視された。また、延暦寺をはじめ、石山寺、三井寺など、仏教も盛んで名刹が多かった。

八歳の道三は気づかなかったが、いわば仏教王国に一歩、足を踏み入れたのであった。

その夜、寺は道三の疲労を考慮して早々に休ませた。布団一枚が道三に与えられた寝具だった。道三は横になるとたちまち眠りに落ちた。

二

翌朝、道三は方丈の一室に呼ばれた。

「どうだ、よく眠れたかな」

住職の雲達和尚《うんたつ》はおだやかな目を向けながら道三をねぎらった。五十がらみの細身で、白衣の上に黒い長く大きな袖の僧衣をまとっていた。

道三は卓を挟んで正座し、畏まりながら返辞した。

「はい、眠れました」

実際、道三はよく眠れた。実家を遠く離れた馴れない場所で、しかも寝具も変わって眠れないのでないかと気になったものの、熟睡できたのだった。夢に伯母や姉が出てくるかとも思っていたが、夢ひとつ見なかった。道三は案外、図太くできている自分を知った。

「疲れたか」

住職は静かに問いかけた。

「疲れました」

足裏には草鞋《わらじ》の跡がまだ残っていて、しばらくは消えそうになかった。膝や足首の関節も痛かった。

「疲れているときには、これがよく効く」

と言いながら、住職は卓にある湯呑みの中のものを一口すすってから、道三に飲みなさいと促した。

あらかじめ道三にも用意されていたのは、白湯でも茶でもなさそうだった。何やらうす赤い液体だった。

道三は熱いその液体を少量、口にした。


「どうだ、味は」

住職は道三の反応を楽しむようにたずねる。

「塩味と、何か酸っぱい味がします」

道三は初めて口にする飲み物だった。しかし、味自体はどこかで出会った経験があった。

――何だろう?

そう特殊な味でもなかった。もう一口すすってみたが正体はわからなかった。

「子どもには馴染みのない飲み物だろう。梅湯《ばいとう》というものだ」

梅干しを土瓶で長時間煮出したものである。茶礼《されい》の儀式として、禅寺では一般的だった。

「口に合わないかもしれない。どうだ」

「酸っぱいところが……」

苦手だった。それでも、道三はさらに湯呑みを傾け口にした。

「疲れている体には、いまは薬と思って飲みなさい」

住職は自分の湯呑みを飲み干して言った。

うなずいて、道三も残りを飲み干した。口中に梅の味が満ち、しばらく頬がしぼむのを感じた。

「いずれおまえがその梅湯を作ることになる」

天光寺では梅湯作りを歴代の住職が重視してきて、ひとつの伝統となっていた。

「わたしが作るのですか」

こんな酸っぱいものを作るのは気が進まなかった。

「いますぐにではない。いずれ作るようになる。作るうちにおまえも好きになる」

「梅湯がですか」

永遠に好きになれそうになかった。

「そうだ。好きになる」

そして、住職は梅湯作りの秘訣は、梅干しの種《たね》の芯から味が滲みだすほどに煮込むことだと言った。芯から風味が醸し出されるという。

「あの芯に味があるのでしょうか」

「それはどういうことだ」

住職は怪訝そうに問いかけた。

「芯には実や皮とちがって特別、味はないように思えるのです」

道三の感想だった。

「すると、おまえはあの種の中を見たのか」

「はい。一度だけ」

「なぜそのようなことをしたのだ」

住職は詰問調になっていた。

「それは……」

言いかけて道三は言葉に詰まった。種を割って中を見た理由については、格別何もなかった。強いて言えば悪戯半分だった。加えてなぜか住職の強い調子の問いかけに急に答えづらくなった。

「それは中を確かめたかったからです」

道三は言った。

「そうか」

住職は感心したようにうなずいた。幼い子どもが梅干しの種を割ってまで中を確かめた、その積極性と好奇心に住職はおどろいたのだった。いま天光寺で修行中の僧侶のなかに、残念ながら目の前にいる少年ほどには探究心や修学心を持ち合わせている者はいなかった。

「中に何があった？」

住職にしても中身を見た経験はあったが、もう昔のことでよく覚えていなかった。

「白い二つの粒がありました」

梅干しの種の中には米粒と同じような形をした白い核《さね》が二粒納まっている。これは生育の大元である胚芽《はいが》だったが、もちろん道三はこうした植物の知識は持ち合わせていなかった。

「種を割って、わたしは母からきつく叱られました」

道三に思い出が甦っていた。母から叱られた記憶はあまりなかった。一度だけで二度と割っていないのは叱られたからだった。

「どうして叱ったのだろう」

住職はたずねる。

「母は命を粗末にしてはいけないといっていました。きっと幼い歯で無理して割ったからだと思います」

「石で割ったのではないのか」

「奥歯で割りました。よく折れずに固い種を割ったと思います。母は歯が傷むと心配したにちがいありません」

「そうか」

確かに歯を傷めるだろうと住職は言った。

道三は種を割った右奥歯あたりの頬を撫で、当時をしばらく回想してから、

「母が叱ったのはもうひとつ理由があったのではないかと最近思うようになりました」

と言った。

「ほう、なんだろう」

住職は興味を示した。

「梅の命を粗末にしたのではないかと考えました」

「梅の命を……」

「梅は種から芽を出し、成長して一本の木になると最近知りました。すると、わたしは種を割って梅の命を壊してしまったのではないかと思ったのです」

生梅ならともかく、梅干しの種から芽が出るとは思えない。が、生命の元はその種の内部にあるのは事実だった。

「母が命を粗末にしてはいけないといったのは、そういう意味が籠められていたのではないでしょうか」

やはりわたしは母から叱られるようなことをしてしまったのですと道三は言った。

「じつはあの種の中味には毒があるといわれている。母はそれを注意したかったのだろう。だが、おまえはよくぞ命のことに思い至った」

住職は満足そうに何度もうなずいていた。

それから住職は、仏の道を模索するために、寺での生活の注意点やしきたりを話しはじめた。ほとんどが作務《さむ》の心得だった。

住職が話す間、道三は正座を崩さなかった。終わって

から深く頭をさげて部屋をあとにした。

翌日から道三の本格的な修行が始まった。

三

伯母の栄泉は、道三が京都・柳原を旅立ってから、乗水に語りかけた。

「道三は上手くやってくれるかしら」

伯母としては八歳で修行に出すにはまだ早かったかと反省する気がないではなかった。あと二年ほど待っても支障はなかった。

「大丈夫です、伯母さん。あの子はしっかりして、その上、賢く育っていますから」

乗水の正直な弟の感想だった。

「でも、修行は厳しいものです。耐えられずに一人で帰ってくるかもしれません」

「それはないでしょう。あの子は何があっても挫けない子です」

「そうだといいけど、近江からここまで道は一本道だし、帰る気になればいつでも帰れます。もっと遠く、可哀相だけどいっそ相模か武蔵の国に出せばよかったかしら」

栄泉は悩みが尽きないようだった。

「伯母さん、何をいまさら……。大丈夫ですよ」

乗水は道三のことが伯母ほどには気にならなかった。

「心配だし、ちょっと菖蒲占《あやめうら》をしてみようと思うの。幸い、菖蒲がまだ残っているでしょう」

どうかしらと伯母はきいた。

「それはよい考えだわ。伯母さん」

と乗水は賛成した。伯母もそれで気持ちの切り替えができれば、踏ん切りがつくような気がした。

菖蒲占は端午の節句の行事のひとつで、軒に菖蒲を結び和歌や願いごとを唱えて祈りをささげて吉凶を占うのだった。

だが、五月五日の端午の節句はすでに過ぎている。二人にとって、道三の出立は端午の節句とは無関係だったが、道三は一家を背負う男子である。男の行事を利用しても支障はない。さらに、この年は菖蒲の生育もよく、加茂川で摘み取った菖蒲も余っていた。

伯母はこの際、菖蒲占をしてみる気になったのだった。

二人は菖蒲を十本ほどを藁紐で結んで束ねた。そして、道三の修行が無事行われるように祈りながら、それぞれが軒に吊るした。

翌朝――、二人は軒の菖蒲の束を観察した。

「ないわねえ」

伯母は菖蒲の束を手に取り全体を観察した。さらに、束の中まで分けるように点検している。

「ない……」

伯母は失望の態だった。

そのとき、乗水が、

「あっ、伯母さん、わたしのほうにはあります」

と叫んだ。

「どれ、どれ」

と伯母は明るい声で乗水の菖蒲に目を移した。

「ここにあるでしょう」

乗水の指さす先に蜘蛛の巣が張っていた。願いが叶うときは、菖蒲に蜘蛛が巣を張るというのが菖蒲占だった。

「ある、ある」

伯母は細く張った巣に目を凝らした。

さらによく見ると、茎の中に灰色の小さな蜘蛛が這っていた。

「伯母さん、よかった」

乗水は菖蒲占で吉と出て満足だった。

二人は道三の明るい将来が信じられた。

それから、ありがとう、ありがとうと唱えながら、二人は軒先に菖蒲の束を戻して吊るした。

四

寺の一日は早い。

道三は暁七つ（午前四時ころ）には起き、住職や先輩僧が本堂で揃って行なう読経の準備を整えるのが朝一番の仕事だった。

さらに、掃除や洗濯、食事の支度、水汲みといった作務をこなした。まさに雑務一般が道三の仕事だった。

こうした雑務をこなしながら、「般若心経《はんにゃしんぎょう》」「法華経《ほけきょう》」など諸経の経典を学んだ。さらに托鉢に同行する日もあった。その合間に漢籍の学習にも励んだ。

八歳の子どもには苦しい日々の連続だった。だが、道三は黙々と、ねばり強く作務をこなした。

修行を始めて一年ほどが経過したある日、道三は天光寺の背後にある小高い丘に登っていた。寺の屋根を下に見て、その向こうに琵琶湖が見渡せる場所だった。疲れたり、一人になりたいときに訪れる所でもある。

道三は密かに〝一望台〟と名づけていた。見晴らしも良いし、気分も晴れるのだった。伯母は琵琶湖について向こう岸が見えないほどの広い湖だと話していたが、確かに大きな湖だった。ただ、琵琶に形が似ているというが、そこまでは実感できなかった。

この日、遠景は霞んでいつもより見通しがきかなかった。一望台は深い林の中にあり陽かげで涼しい風が通ってはいたものの、夏の暑い盛りで、登る途中からひと汗かいてしまった。昼間の悲しい体験が道三をここにつれてきたのである。涙があとからあとから溢れて止まらなかった。その涙目には、琵琶湖も歪んで望まれた。

道三は一望台に一人、佇んでいた。

どのくらい時間が経っただろうか、

「ここで何をしているのかな」

背後からの急の声に道三は振り向いた。

「和尚さん……」

住職の雲達和尚が立っていた。

「何をしている」

と住職はきいた。いつものおだやかで落ちついた調子だった。

「悔しくて、湖《うみ》を見ていました」

道三は正直に答えた。

「ほう、悔しいのか。だが、こんな涼しい場所で悔しい思いをしているのはもったいない話だ」

何があったのだと住職は問いかけた。

この日、道三は守山宿まで一人で買い物に出かけた。先輩僧に頼まれ野菜や海産物を仕入れ、豆腐も買った。その帰り道だった。

街区のはずれまで来たとき、いきなり七、八人の子どもたちが現れた。道三と同じような年恰好だった。

子どもたちは、道三を取り囲むようにして、

「わーい、葬式小僧。葬式小僧だ」

と地面を棒で打ちつけながら囃したてた。子どもたちは道三が托鉢していたのを見かけていたにちがいなかった。

道三は子どもたちを避けようと右へ左へと逃げると、子どもたちも取り囲んだまま、

「葬式小僧。葬式小僧」

と囃したてながら左右に移動した。きりがなかった。

道三は隙を見て、思いきって輪を突破した。そのはずみに前かがみに転び、膝もすりむいた。かまわずそのまま走り抜けて寺に帰ったのだった。

「おかげで豆腐が壊れてしまい、先輩にひどく叱られました」

先輩僧は理由もきかずに水を張った桶を両手に持たせ、

一刻の時間、廊下に立たせたのである。懲罰だった。

道三は膝の痛みとともに、重い水桶の一件も思い出され悔しさがこみ上げてきた。

住職はしばらく道三を見つめていたが、

「悔しい思いをしたようだが、何が悔しかったのかな」

ときいた。

道三は何をいまさらという気がしたが、

「葬式小僧と馬鹿にされたことです」

と答えた。棒で囃したてられた場面が甦ってきた。集団で馬鹿にする行為は許せなかった。と同時に、おのれの悔しさの元は別の所にもあるような気がした。道三は連中と真正面から闘わなかった。しかも、蹴散らせなかった。そして、逃げてきた。口惜しいことばかりだったが、それは住職には言えなかった。

「そうか……」

と住職はうなずき、

「お前は葬式小僧ではないのか」

と問いかけた。

道三は住職を見返すような目になって、

「ちがいます」

と言った。いつのまにか涙は止まっていた。

「では、何だ」

と住職はきいた。

何だときかれると道三もすぐには返答ができなかったが、

「修行僧です」

と答えた。

「そうだ。その通り、修行僧だ。だが、葬式が行なわれれば、お前も読経に加わるのだろう。どうだ」

「はい、加わります」

「だったら葬式小僧ではないか」

「小僧ではありません」

「そうか」

住職はわずかに笑みを浮かべ、

「葬式小僧ではないかもしれぬが、葬式僧ではある」

そうかも知れないと思ったが、道三は黙っていた。

「ところで、逆の立場だとして、お前ならその子どもたちのように葬式小僧と囃したてたりするか」

住職はきいた。

「いえ、しません」

「どうして」

「されたらいやだからです」

「そうか」

住職は道三の言葉を胸におさめたようだった。

「孔子の教えに、己《おのれ》の欲《ほっ》せざる所《ところ》、という言葉がある」

下段は何だと住職は問いかけた。

「人に施《ほどこ》すこと勿《なか》れです」

『論語』は道三の愛読書だった。

「そうだ。相手が嫌がることをおまえがしたのではない。おまえに非はない。泣く必要もない。いずれ相手も愚かな行為だと気づくときがくる。そのときまで待つしかないだろう」

今度のことは笑って許してやるとよかろうと住職は諭した。

道三は知らないうちに身をもって論語の教えを体験したようだった。

「おまえは孔子さまのようになりたいといっていたそうだな」

住職はきいた。

「はい。しかし、それは大それた望みでした」

「そんなことはない。孔子とて人間だ。孔子のようになってみろ」

住職は湖を見つめて言った。道三は黙っていた。

そして、道三も琵琶湖を眺め渡した。雲が切れて少し見晴らしがよくなっていた。

五

雲達和尚は漢詩、赤壁の賦を好み、みずから唱えるのはもちろん、修行僧に暗記させ詠じさせた。この寺で『赤壁賦』の朗詠は必修になっていた。

ある日、作務を終えた道三は住職の部屋に呼ばれ、朗詠を命じられた。

「では、始めてくれ」

と雲達和尚は言った。

道三は、わかりましたと一礼し、

「蘇東坡《そとうば》。赤壁《せきへき》の賦《ふ》。前《ぜん》」

と居住まいを正して膝に両手を置いた。

蘇東坡（一〇三六～一一〇一年）は、中国・北宋の政治家にして文人。唐宋八大家の一人として有名だった。その蘇東坡は揚子江の赤壁に同じ年に二度訪ね、二回とも詩を詠んでいる。そのため、『赤壁賦』には、「前」と「後《ご》」がある。

十二歳になる道三は漢詩を好み、赤壁賦も何度も繙いて暗記していた。

道三は深く息を吸い、詩を口ずさみはじめた。

『一葦《いちい》の如《ゆ》く所《ところ》を縦《ほしいまま》にして、萬頃茫然《ばんけいぼうぜん》たるを凌《しの》ぐ。浩《こう》浩乎《こうこ》として虚《きょ》に馮《よ》り風を御《ぎょ》して、其《そ》の止《とど》まる所を知らざるが如《ごと》し。

飄飄《ひょうひょう》乎として世《よ》を遺《わす》れて独立し、羽化《うか》して登仙《とうせん》するが如し。』

子どもの声とは思えぬほど、朗々と詠じた。

終わって、道三は息を整えてから静かに一礼した。

住職も余韻を味わうように目を閉じていた。

しばらくして、道三は、

「後《ご》はいかがいたしましょう」

と問いかけた。

「今日のところはよい」

住職はうなずいてから、

「上手いものだ。ところで、おまえはこの詩の意味はわかっているのか」

ときいた。

「いえ、よくはわかりません」

道三は音として漢詩を味わうのが好きだった。音読に魅力を感じ、内容は二の次だった。それは経文を覚えるのとどこか似ていた。

「小舟に乗って、はてしなく流されるままに身をゆだねていると、羽が生えて天へ昇って行くようだという意味だ」

住職は簡単に説いてみせた。

道三は神妙に胸におさめていた。

「さらに深い意味はいずれわかるときもくるだろう」

住職は言葉を継いで、

「ところで」

と住職は改まった口調になった。

「ひとつおまえに頼みがある」

道三も自然と姿勢を正した。

「二日後に京の建仁寺から僧が訪ねてくる」

江北に向かう途中に弟子をともなって立ち寄るという。

「その世話をしてほしい」

と住職は言った。

「わたしがですか」

意外な申し出に道三は戸惑った。

「もっと、年かさの先輩僧がたくさんおられます。その方たちのほうがふさわしいのではありませんか」

「いや、おまえが適役なのだ。さっきの『赤壁賦』の前と後を詠じてきかせてあげるがいい」

それから梅湯を差しあげるようにと住職はつけ加えた。

「梅湯も……」

梅湯については作り方も覚えかなり習熟してはいたが、世話をするほどの器量は自分にはないように思えた。

「ただ、粗相があってはならない相手だ」

それだけは気をつけてほしい、と住職は強い口調だった。

建仁寺は京都五山の一寺であり、歴史も古く格式は高い。住職もそのあたりに気を使っているようだった。

「しかも、訪ねてくる原心《げんしん》和尚は優れた見識と厚い徳行により都でもよく知られている」

四十四歳で、建仁寺内でも位は上にある高僧という。

——原心……。

道三は胸のなかでその名前を繰り返しながら、十二歳の自分に何ができるだろうかと心配になった。

六

その日——、建仁寺から高僧が訪ねて来る日、天光寺は朝から騒がしい空気に包まれていた。

二人の修行僧がいなくなってしまったのだった。昨夜まではごく普通に生活していたが、朝方、寝所から消えていた。僧たちが総出で寺内を隈なく捜してもどこにもいなかった。すでに街道筋を逃げているにちがいなかった。

「いや、追わなくてよろしい」

住職の雲達は指示した。

厳しい修行に耐えられず寺を逃げ出す僧はこれまでに何人かいて、珍しい出来事ではなかった。

「ここは雪も滅多に降らない。氷も張らない。この寺で我慢できないようでは、どこへ行ってもものにはならん」

追手を出すには及ばないと繰り返した。

それにしても、建仁寺から大切な客人が来るという日にいなくなった。

——何もこんな日に……。

と道三も思ったものだった。

人騒がせな逃亡だった。

建仁寺から僧、原心は弟子を二人ともない予定通り、午《うま》の刻（十二時）に到着した。

一行は住職ともども軽い食事をした。

その高僧を道三は住職の指示で、琵琶湖が見渡せる天光寺裏手の一望台に案内した。

琵琶湖を見下ろす場所に立つのは原心の要望だった。和尚が急な坂道に足をとられないように道三は気をつかった。

「わたしはこの近江で生まれ育ったのだ」

原心は琵琶湖を見渡しながら言った。長年の修行に耐えたせいか、四十半ばの彫りの深い顔は威厳に満ちている。温かい眼差しと落ちついた物腰に人徳のようなものがにじみ出ていた。

道三は、

「わたしはこんな大きな湖をこの寺に来てはじめて見ました」

と言い、自分は京都で生まれたとつけ加えた。

「そうだったか。では、この湖ができる前にあった土がどこへ行ったかは知らないだろうな」

と問いかけを楽しむように原心はきいた。

道三には初めて聞く話だった。

原心は、湖水となった場所の土が駿河の国に積もってできたのが富士山だと説明した。

「これが近江の伝説だ。だから富士山で暴風に遭ったときは、近江の、近江の、と呼ぶと山は鎮まる」

富士詣での近江人が先達をつとめると安全が約束される、ともつけ加えた。

「そのような伝説があるのですね」

道三はあらためて琵琶湖を一望した。

晴天で見晴らしはよかった。初夏の風に吹かれ、一隻の帆掛け舟が湖面を移動していた。

道三は言った。

「わたしはあの舟を見ていて思うことがあります」

「舟が動いているのか、それとも、湖が動いているのか、と」

「ほう」

原心は珍しいものを目にするように道三を見つめた。

「しかし、湖が動くわけはありません。ですからわたしの目はどうかしているといつも反省するのです」

「何も反省する必要はない。大事な視点だ」

感心したと原心は言った。

「そういうものでしょうか」

道三は少しばかり照れくさかった。

「では、『赤壁賦』をお願いしようか」

と原心は朗詠を促した。

「わかりました。まず、前を」

道三は一礼し、威儀をただして詩を詠じはじめる。前が終わり、後を続けて詠じた。

『是《こ》の歳《とし》十月の望《ぼう》、雪堂《せつどう》より歩《ほ》して、将《まさ》に臨皐《りんこう》に帰らんとす。二客《にきゃく》予に従い、黄泥《おうでい》の坂《はん》を過《す》ぐ。霜露《そうろう》既に降《くだ》り、木葉《ぼくよう》盡《ことごと》く脱《だっ》す。人影《じんえい》地《ち》に在《あ》り、仰いで明月《めいげつ》を見る。顧《かえり》みて之《これ》を楽しみ、行々《ゆくゆく》歌うて相答《あいこた》ふ。』

終わっても原心はしばらく目を閉じていた。余韻に浸っているようだった。

道三もそのまま佇んでいた。

それから二人は一望台を下り、道三の淹《い》れた梅湯を飲んで原心は天光寺をあとにした。

道三はその後ろ姿を見送りながら、阻喪がなかったことに安堵していた。

それから数日後、道三は方丈に呼ばれた。

「ここに原心和尚から手紙が届いている」

住職は封書を卓に置いていた。

「ひとつおまえにききたいことがある」

と住職は言った。改まった口調だった。

道三は何か阻喪があったのかとわずかに不安を覚えた。

「おまえは梅湯を和尚に出したな」

「はい、差し上げました」

道三は丹精こめて梅湯を作って飲んでもらっていた。

「それはどのようなものだったのだ」

住職はきいた。

「どのようなといわれましても……。わたしなりに作りお出ししました」

「いや、原心和尚がたいへん褒めた便りを寄こしたものだから、どのような梅湯を作ったのかと思ったのだ」

「そうでしたか」

道三は阻喪ではなくて安堵した。

「原心和尚さまは旅でお疲れの上、裏手の高台に登り汗をかいておられました。きっとのどが渇いていらっしゃると思い、梅湯の量を多くして、その分、薄味にしました」

皮と果肉の量を減らし、種の芯から惨みだす味に重点を置いて煮出したので薄味に仕上がった。道三はこれまで何度も梅湯作りをする中で、相手の体調や年齢、さらに時間、気候などに応じて梅湯を作るのが理に適った茶礼ではないかと思うようになっていた。

「そうであったか」

住職は満足そうだったが、

「だが、なぜ、それをわしには飲ませなかった」

と半ば冗談で不平をもらした。

「申し訳ありませんでした。それでは早速作ってお持ちします」

道三は自分流に作って原心和尚に差し出したのと同じ梅湯を雲達和尚に運んだ。

「なるほど。こういう味であったか」

住職は一口味わい納得したものがあったようだった。

「これからもおまえの梅湯が飲めるのが楽しみだ」

と住職は湯呑み茶碗を飲み干した。

しかし、その住職の楽しみはそう長くは続かなかった。

京の禅寺

一

住職の部屋に雲達和尚はいなかった。呼ばれて畑の作務を中断して来たのだが、部屋に和尚の姿はなかった。

——急いで来たつもりだったが……。

道三は自分に落ち度はなかったはずだと思いながら部屋の奥も見回したが、やはり住職はいなかった。

どうしたものかと思案したとき、卓の上に広げられた読みかけの和綴じの書物がふと目に入った。漢文で記されているものの、道三が普段読み込んでいる漢籍とはどこか違っていた。漢字で記されている点は同じだったが、その書物には空白部分が多いような気がした。項目が羅列されているような個所も目につく。

——何だろう?

勝手に見るのは、盗み読みするようで気がひけたが、つい好奇心が先に立ってしまった。

「何をしている」

急な背後からの声に道三は卓のかたわらで直立の姿勢になった。声音で住職とすぐに分かった。

「ただいま部屋にうかがい和尚さまをさがしていたところです」

直立不動で道三は言った。

「そうか」

と住職は円座《えんざ》に正座した。道三は不動の姿勢のままでいた。居心地が悪かった。

「何をしている。座りなさい」

と住職は道三を促した。

道三は恐縮しながら、

「勝手に和尚さまの本を見てしまいました」

と言いながら卓から離れて座った。

「そのようだな」

と住職は言って、もう少しこっちに寄りなさいと手招きした。

「おまえがこうした書物に関心を示すのも当然の話だ。わしは咎めるつもりは何もない」

もっとしっかり見なさいと言いながら、住職は卓の本を道三のほうに回した。

道三は改めて書面の活字を追った。やはり、字配りは儒書や経典とは違っていた。これまであまり出会っていない活字がならんでいるような気がした。

「何の本でしょうか」

道三はたずねる。

「医学書だ」

住職はそう言って、

「わしはここを調べていたのだ」

と開けた頁の一か所を指さした。そこには、

「四君子湯」

と記されていた。道三は読み方がわからず、ただ書面を見つめていた。

「しくんしとうと読む」

と住職は教えた。

「わしはこのごろ年のせいか腹をこわす機会が多い。具合が悪くなったときにどんな薬を飲んだらよいか探していたのだ」

住職は言った。

「この四君子湯というのはお腹《なか》の薬なのですか」

「そうだ。処方薬のひとつだ。使用する材料も記されている」

四君子湯では、「人参」「茯苓《ぶくりょう》」「甘草」「白朮《びゃくじゅつ》」を細末にして煎じて飲むように記述されていた。

「四つの薬剤を君子のように大事に扱って作るので、この名がある」

道三は住職が説明した薬剤を君子に見立てるその発想に興味を惹かれた。

住職は改めて書面を指さし、

「この本には、体の不調に応じてどんな薬を飲んだら

よいかが出ている」

と言って医書を閉じて表紙を上にした。

医書は『太平恵民和剤局方《たいへいけいみんわざいきょくほう》』だった。中国・北宋の大観年間（一一〇七～一一一〇年）に、ときの皇帝が医者に命じて国中から優れた処方を集めて編んだ書物だった。

「貴重な書物だ」

住職は全十巻から成る和綴じの書を卓に積み上げた。

道三はうずたかく積まれた十巻という質量に驚くとともに、そこに記された膨大な知識の集積に圧倒された。まさに圧巻だった。と同時に、なぜそのような貴重な十巻にもわたる医書が古刹とはいえ、さほど大きな寺でもない天光寺に所蔵されているのか不思議でならなかった。

「うむ、そこを聞いてきたのはおまえがはじめてだ」

道三の疑問に感心した住職は続けて、

「ここ近江には石が祀られている神社がある」

と言った。

「石？」

石ですか、と道三は信じられずにきき直した。

「そう、石だ。石がご神体だ」

はるか古《いにしえ》の時代に半島から若狭か丹後あたりに流れ着いた渡来人が、この南近江に土着したとみられ、医薬の技をもたらしたと伝えられている。

「その昔は割ったり、尖らせた石の角を人体の急所に当て鍼とした」

それが鍼灸の原型だった。また、石を火であぶって温めて患部に当てる温石《おんじゃく》という方法もあった。

石が治療のための重要な道具として使われていたのだった。

「治療の甲斐がなく病人が亡くなってしまったとき、薬石《やくせき》効なくと表現する」

その薬石とはこの石を指していると住職は言って、さらにつけ加えた。

「こうした渡来人こそ、この国の医薬の祖ではないかといわれている」

医薬の技がもたらされた近江の地に貴重な医書が存在しても不思議はなかった。

道三は近江の歴史の奥深さに触れた思いだった。

二

住職は十巻の書を卓の端に移動させた後、ところでと改まった口調になった。

「今日、ここに呼んだのは、おまえを京都のほうの寺に預けようと思ったからなのだ」

急の話に道三は戸惑った。

「わたしを、なぜ？　何か和尚さまの意にそぐわないことでもしたでしょうか」

「いや、そうではない。わしもおまえをこの寺に置いておきたいのはやまやまなのだ」

「それなら和尚さま、わたしをこのままここに置いておいてください」

この天光寺での生活は修行ゆえの厳しさはあったものの、他に不平や不満は何もなかった。修行を始めて五年が経過していた。

「覚えているだろう。以前、この寺を訪ねてきた建仁寺の原心和尚のことを」

「もちろんです」

かれこれ一年ほど前の出会いだったが、道三は鮮明に覚えていた。

「その和尚さんが、おまえを京都の寺に移してさらに深く修行をさせてはどうかと助言してきている。じつはわたしも前から原心さんと同じように思っていたのだ」

住職は気まずそうに口にした。なかなか決心がつかなかった自分を責めている風だった。

「和尚さま、わたしはここで修行を積みたいのです。このまま置いてください」

道三は訴えた。

「いや、こんな小さな寺にいるよりもっと深く学べる寺に移ったほうがよい。だれのためでもない。おまえのためだ」

「しかし、修行する寺に大きいも小さいもないのではありませんか」

「それは……。それは普通の僧ならそういえるかもしれない。だが、おまえはちょっと違うのだ」

「わたしは普通の僧です」

道三は特別扱いしてほしくなかった。

「それは違う。いま、この和剤局方に強い関心を示したおまえが象徴的といえる」

住職は積み上げられた医書に手を置いた。

「残念ながら、他の僧にはそれほどの探究心はないのだ。京都の大きな寺に行けば、こうした書物はいくらでもある。思いきって学べるぞ」

そう言って住職は和剤局方の表紙を小さく叩いてみせた。

「わたしはいつまでもおまえを独占しているわけにはいかないのだ。わかってほしい」

住職は諭すように言った。

庭先のつくばいで小鳥が水浴びを始めた。

道三は開け放たれた障子戸の向こうで戯れる数羽の小鳥をしばらく眺めていた。

「わかりました」

と道三は言った。おのれの身は入山したときから雲達和尚に預けていた。

「そうか。決心してくれたか」

住職は安心したようだった。

「わたしはどこの寺に行けばよいのですか」

道三はたずねた。原心和尚の建仁寺に呼ばれたのかと考えていた。しかし、建仁寺は京都五山の第三位に列せられている名刹である。そうした由緒ある大寺院に行けるはずはないと思った。

しかし、住職の口から意外な寺の名前が飛び出した。

「相国寺《しょうこくじ》に行ってもらう」

と住職は言った。

「えっ……」

その寺の名をきいて、道三は言葉が出なかった。相国寺は、弘和三（一三八三）年、足利義満が創建した、夢窓疏石《むそうそせき》の開山になる臨済宗の寺院である。京都五山（天龍・相国・建仁・東福・万寿）の第二位に置かれ格式は高い。

格式もさることながら、道三は相国寺の裏手の柳原で育っている。同じ町内で生活してきていた。

「原心和尚はおまえが相国寺の近くで育ったときいて、少しでも縁のある寺との配慮から、この大寺を紹介してくださった」

「そうでしたか」

相国寺の境内を遊び場にしていたといっても過言ではなかった。

――相国寺……。

懐かしくも、思い出多い寺だった。

「わたしもおまえを格式高い名刹に送り出せて鼻が高いというものだ」

住職はわがことのように喜んでいた。

「これも和尚さまのお陰です」

道三は頭をさげた。

「いやいや、これはおまえの器量だ。わたしの力などたかが知れている。だが、ただひとつ残念なことがある」

道三はそれが何か想像できなかった。

「もう、おまえの梅湯が飲めなくなると思うと淋しい」

日頃、楽しみにしていたのだと住職は真顔で言った。

「梅湯など、誰が作っても同じではありませんか」

「いや、違うから残念だといっている」

住職は口惜しそうだった。

道三は住職の様子に、急遽、梅湯を作って部屋に運んだ。

三

永正十六（一五一九）年八月上旬の朝、道三は京都に向かった。

思い返せば五年前の七月だった。京都・柳原の家を早朝に出立し、八里の道のりを歩いたものだった。馴れない長い徒歩で足に豆ができて難儀もした。あのときは案内の僧が付き添ってくれたものだが、今回は一人旅である。十三歳ではあったが、道三は五年間の厳しい修行に耐えて、自信のようなものが自分に身についているのが実感できた。

また、柳原までの道は途中、東海道と合流する草津で少し注意すればよかった。ほとんど一本道であり、その点でも安心できた。

この日は蒸し暑く、少し歩いただけで汗が流れた。守山宿のはずれにある大光寺から宿の中央を通り、街道筋の街区を抜けたあたりに来たときだった。

一頭の葦毛《あしげ》の馬がいななきながら暴れているのが見えた。数人の男たちが暴れ馬を取り囲み、手綱をとってなだめようとしているが、馬の勢いはおさまらなかった。

馬は前脚を高くあげて宙を蹴って、手綱を振り切ろうといななかいている。男たちは手綱を引いて必死に押さえにかかっている。

すると、今度は後ろ脚を蹴りあげて男たちに抵抗していた。馬と男たちの闘いは永遠に続きそうだった。

そのとき、横から現れた大柄な男が毛布のような厚手の布を広げると、大声一番、投げつけて馬の頭からかぶせた。馬は視界をさえぎられて、一瞬ひるんだ。その虚を衝いて男たちが一斉に馬に寄り身動きできないように取り囲んだ。馬もようやくおとなしくなり、静かに馬小屋のほうに曳かれて行った。

暴れ馬が去ったあとで、一人の少年が倒れて泣いているのが見えた。松の木の根方に横たわり、かたわらで父親らしき馬子が介抱している。

道三はその少年に見覚えがあった。寺から守山宿に買い物に来ると、少年たちが取り囲み、「葬式小僧」と囃したててからかったものだった。今、根方で横たわった少年は率先して道三をからかった張本人だった。棒でひどく叩いてきたこともあった。

道三は何度泣かされたかしれず、憎い相手だった。

道三が二人のそばに佇んで見ていると、父親は、

「馬に蹴られて怪我したんだ。見せ物じゃねえ」

あっちへ行けと命じた。

子どもの脚の脛《すね》が紫色に腫れ上がっていたものの、血はそれほど出ていなかった。

「ここに、打ち身に効く薬があります。使いますか」

ときいた。

「薬?」

父親は胡散臭そうに道三を眺めた。子どもに何ができると言いたげだった。

「ここにあります」

道三は背負った布袋をおろして竹箱を取り出した。住職が用意してくれた道中薬が納まっていた。その中には兵糧丸《ひょうろうがん》という近江・伊賀地方に伝わる忍《しの》びの者が携行する非常食もあった。雲達和尚による万が一の気づかいだった。

「できるのか?」

父親は半信半疑で道三を見つめた。

「やってみます」

道三は道中薬から陀羅尼助《だらにすけ》を選び、手のひらに載せて、そこに竹筒の水を少量流した。そして、両手で揉み合わせ、さらに水を加えると固形の陀羅尼助は次第に柔らかくなった。それを頃合いの大きさに広げて道三は少年の腫れ上がった脛に貼りつけた。医薬にも詳しい雲達和尚から習った処置だった。

その間、少年は道三を見つめながら黙って治療を受けていた。

不思議な話だった。以前、この少年に棒で叩かれ腫れ上がったときに使った陀羅尼助を、いま、その憎い相手だった者の治療に塗っている。

後年、戦国の世にあって名医の名をほしいままにした曲直瀬道三であるが、このときの処置が生涯で初めての治療となった。

そのとき、少年が何を思ったのか、急に道三の耳元に顔を寄せた。

「ありがとう。悪かった……」

聞こえるか聞こえないかの小さな声だった。

道三は少年の目を見つめながら黙ってうなずいた。何か言おうとしたが適当な言葉が見つからなかった。

「終わりました。これで時間がたてば少しはよくなると思います」

と道三は父親に告げた。

その途端、少年が大声で泣きだした。

「ばか。治療が終わって泣くやつがあるか。この人に礼をいえ」

父親は子どもを叱りつけて、一方で、道三にしきりに頭を下げた。

道三は父親に残りの陀羅尼助を分け与え、簡単に使い方を教えて再び京都に向けて歩きはじめた。

その日の夕刻に道三は伯母の栄泉と姉の乗水が住む柳原の自宅に着いた。神社仏閣が建ちならぶ懐かしい風景だった。

「ただいま帰りました」

道三は伯母と姉に挨拶した。五年ぶりの帰宅だった。

伯母はただただ道三を見つめて涙を流しているばかりで言葉にならなかった。

一方、姉は、

「大きくなったね」

と道三の成長に感心していた。

「伯母さんはおまえがどうしているかと、それはそれは毎日毎日案じておられましたよ」

あれほど行くのを嫌がっていましたからねと姉は言った。

「大丈夫でした。この通り元気です。お寺の生活にも案外、早く慣れました」

道三は自分でも驚くほど早く寺の生活に馴染んだものだった。泣いて近江行きに強く抵抗したのが信じられないほどだった。

「守山までは二日かければ女の脚でもそう苦労なく行ける距離だからね。どんな様子でいるか心配で見に行ってみようかと伯母さんはいって……」

と言った。

「えっ、お寺にいらしたのですか」

道三は驚いた。住職からは何もきいていない。

「まさか。でも伯母さんはそれほど心配していたのだよ」

わたしもねと姉は言った。

「確かに苦しいこともありました。でも、そのときはこれを取りだして凌ぎました」

と道三は懐《ふところ》から松毬とお手玉を取りだした。

それは伯母と姉が道三の旅立ちに際して与えた品だった。松毬を父、お手玉を母と思えという印《しるし》である。

――こんな物が何になる……。

預かったときには、気休めにしかすぎないと道三は思った。だが、何かあったとき、天光寺の裏手の一望台に登り、松毬とお手玉を握りしめながら耐えたものだった。琵琶湖を眺めているうちに心が静まるのを感じた。救われたのである。改めて伯母と姉の配慮に感謝した。

その夜は三人でつつましい宴を張って道三の無事な帰宅を祝った。

三日後、道三は相国寺の山門をくぐって再び禅寺での生活を始めた。

四

永正十六（一五一九）年八月十五日、十三歳の道三は京都・相国寺の塔頭《たっちゅう》（注・本寺に関係する小寺院）のひとつである蔵集軒《ぞうしゅうけん》に入った。

先輩僧に案内されて住職の部屋に向かう。方丈《ほうじょう》は大きな建物で、物音ひとつ聞こえなかった。渡り廊下を何回か折れ曲がったが、なかなか住職の部屋には着かなかった。

磨きのかかった廊下を進みながら、道三は、

――天光寺とは違う……。

と何度も思った。

数日前まで修行していた近江の寺とやはり規模が違った。建物は堅牢で、柱は太く天井は高かった。京都五山の上位に位置している古刹からだろうか、方丈の空気に包まれているだけで奥行きの深さを感じた。敷板は良質の材木を使っているらしく足裏の感触さえ違っていた。道三はただ先輩僧の背中を見つめて歩を進めていた。

ようやく部屋の前に着いて、先輩僧は障子戸越しに住職に声をかけた。中からやや甲高い声の応答があり、道三は先輩僧の合図を受け部屋に入った。

住職は名を木峰《ぼくほう》といった。

天光寺の雲達和尚と同年配だが、体形は二まわりほど細く痩せていた。彫りの深い顔だちは名刹の高僧らしく威厳をたたえて床の間を背中に座っていた。

部屋には先客が一人いた。道三と同じような年回りの少年が控えていて畏まっている。

「そこへ座りなさい」

道三の挨拶が終わると、住職の木峰は少年の隣に用意された円座を指さした。

「珍しいこともあるものだ。二人が同時に入門してきた」

木峰は道三と少年を交互に見つめて言った。年若い入門者らに和尚は楽しそうだった。将来が楽しみで仕方がないといった風情である。

それから木峰は二人をそれぞれ紹介した。

少年は西一鷗《にしいちおう》という名前だった。道三より二歳年下の十一歳。肥前の出身だった。

「おまえたちのような幼い歳の者が来るのは久しぶりだが、二人の入門は頼もしい」

和尚は相変わらず目を細めている。

道三は西一鷗という名の少年に挨拶し、あらためて少年を見つめた。色は白く小太りで落ち着いている。目は切れ長ながら憎めない容貌で、顎は丸かった。鼻の先も丸くふくれあどけなく、どこまでも丸い感じで角張ったところはなかった。育ちがよいのか、どこか品のよさも感じられた。

この西一鷗との出会いが道三の人生に大きくかかわってこようとは、このとき道三は微塵も想像していなかった。

修行が始まった。

道三は名を商英等皓《しょうえいとうこう》と変えた（注・本稿では道三で統一表記）。喝食《かっしき》（注・食事の合図を知らせる役僧）の役目をこなしながら修行と勉学に励む生活を始めた。いずれは一人前の僧侶となり、さらに、将来、相国寺を統括する本寺に入れれば僧としてたいへんな出世だった。伯母も姉もそれを願っているに違いなかった。

西一鷗も道三と同じように喝食となり、二人は同じ部屋で生活するようになった。

五

この頃、相国寺は応仁の乱の傷跡をまだ残していた。応仁の乱（一四六七〜七七年）は全国の武士が京都を舞台に、十年余にわたり戦いをくりひろげた内乱である。主に、東軍の細川勝元（一四三〇〜一四七三年・永享二〜文明五年）と西軍の山名持豊（宗全）（一四〇四〜一四七三年・応永十一〜文明五年）の二大勢力が、将軍の跡目争いや豪族同士の融合離散、幕府権威の失墜など、複雑な様相を呈しつつ、闘いをつづけ、なかなか決着がつかなかった。この間、京都は戦火に明け暮れた。

特に、内裏《だいり》や幕府をはじめ公家、武士屋敷が密集していて政《まつりごと》の中心地だった北部市街地が主戦場となった。この激戦が繰り広げられた地域に相国寺は建っていた。

また、相国寺は細川方の陣地が設営されていて攻撃の矢面《やおもて》にたち、伽藍はすべて兵火で焼け落ちた。さらに、寺は京都の北部に広大な寺領を有していたものの、乱を境に大半の土地を失い、経済的大打撃を受けた。京都五山の一位に置かれる天龍寺も燃えた。

長期の内乱で京都が文化や経済面で受けた被害は甚大だった。どれほどの人間が戦禍に倒れたか知れなかった。京都は常習的に死体が放置される事態が続いた。

焦土と化した都の民衆は疲弊し、窮乏に喘いだのだった。乱の最中、京都に悪性の麻疹《はしか》が子どもから老人まで大流行し、庶民は三重、四重の苦難に耐えねばならなかった。

道三が相国寺に入ったときは再建が成って伽藍も整っていたが、完全とはいえなかった。

——終わっていない……。

応仁の乱はまだ終わっていないと思った。再建予定の建物がいまだ手つかずで、ところどころ空き地だった。礎石がそのまま残され空虚なたたずまいだった。

寺の修行は近江時代と変わらず朝は早かった。読経、作務、提唱《ていしょう》（禅書の講義）、座禅など、一日はまたたく間に過ぎていった。

入門して半月ほど経過した九月一日、京都を台風が襲った。

「板戸を閉めろ！」

と叫びながら先輩僧が廊下を走った。蔵集軒には方丈のほか別棟が二軒あり、板戸の総計は百枚を下らなかった。

道三は一鷗ともども作務を中断して板戸を閉める作業に加わった。雲が低く垂れこめ真昼にもかかわらずあたりは暗かった。

庭先にははげしい雨と風が渦巻いている。大粒の雨が道三の頬を叩いた。痛いほどで目も開けていられない。庭木は風をきって左右に鋭い音をたてて大きく揺れている。

道三も記憶にない暴風雨だった。

それから、笠と蓑《みの》を被って外の作業にかり出された。強風をまともに受ける玄関まわりの戸や窓を棒と板で固定させる仕事に先輩僧たちと一緒に従事した。ふと気づくと一鷗はここにはいなかった。

道三の笠は激しい雨と横殴りの風に飛ばされ、蓑もずぶ濡れで防水の役目を果たさなかった。豪雨はぬかるんだ地面を叩きつけ、泥をはねあげている。

そのうち、増水した今出川や堀川の水があふれ、いくつかの橋が流されたとの報が届いた。

三十がらみの先輩僧が、心配そうに、

「加茂川が氾濫するかもしれない」

と雨空を仰いだ。寺のすぐ横を川が流れている。

「氾濫したらどうなりますか」

道三は加茂川でよく水遊びに興じ、河原で遊んだ子どものころを思い出していた。あの広い河川敷が水で満たされ町にあふれるとは想像できなかった。たいへんな事態だと思った。

しかし、加茂川は暴れ川で知られ、過去には何度も氾濫した記録が残されている。高野川との合流地点の出町付近は相国寺にも近く、増水しやすいという。

「このあたりは水びたしになるだろう。そうなったら、僧坊の二階か屋根に逃げるしかない」

天井裏に梯子《はしご》が用意されているのはそのためだと言った。先輩僧は体験済みなのか、案外平然としていた。

「どうも今年はおかしい」

と先輩僧は首をひねった。

「春には地震があったし、夏にはこの嵐だ」

先輩僧によれば、この年の三月十八日、京都を震源地とする大地震が発生した。京都は地下から突き上げる激しい衝撃に多数の人家がまたたく間に倒壊した。揺れは長く続いて火災も各所で発生し、人家の密集していた油小路あたりは炎に包まれた。

そのころ近江にいた道三もその激しい揺れを体験した。思わず庭に飛び出すと、境内の杉の木が大きく左右に揺れ、本堂の甍も波うっていた。京都が発生地ときいて、都での揺れはいかばかりかと思われ、伯母と姉の安否が気づかわれたほどだった。

この永正十六年は梅雨も長く、さらに猛暑も続き、京都は天候異変、天変地異に見舞われた年だった。

「何も起きなければよいが……」

先輩僧は再び雨と風が渦巻く黒い空を仰いだ。

「どういうことですか」

道三は先輩僧の横顔を見つめた。

「自然が怒っているときは、何か起こるものだ」

「悪いことでも起こると……」

道三が神妙に問いかけると、先輩僧は黙ってうなずき、

やがて、

「人と自然は一体だから」

と言った。

「何が起こるのでしょう」

また応仁の乱のような戦争がこの京都に起こるのかと思った。相国寺が再び灰塵に帰すのか。

「災厄は誰にも予測できない」

そう先輩僧が口にしたとき、急に横なぐりの激しい強風が大粒の雨や折れた木の枝とともに吹きつけた。

――危ない。

道三は自分の体が浮くのを感じ、先輩僧の腕を掴んで事なきを得た。

すぐにそのまま全員、屋内に避難した。

その夜は一晩中、休みなく風雨が吹き荒れ眠れない夜となった。方丈は頑丈な造りのはずだったが、それでも時折、柱をきしませて揺れていた。

だが、一鷗はいつもと変わらずかたわらで眠っていた。丸い鼻をふくらませ心地よいいびきさえかいている。

昼間の屋外作業のときに一鷗の姿はなかった。

無事かと思いつつ、そばにいた先輩僧にきくと、

「あれはいい。危ない作業だから」

という返事だった。

道三は一鷗が何か保護されている感じを持った。理由はわからなかった。

翌日、道三が表に出てみると寺の境内には落ち葉や枝、ごみなどが散乱していた。あちこちに水たまりができていたが、幸い加茂川は氾濫しなかったようだった。

台風が過ぎ去って、まだ時折風が吹きつけるものの空は青く澄んでいた。蔵集軒、さらには本寺の本堂、僧堂などの建物は無事だった。内裏のある御所の濃い緑の森も静かなたたずまいに戻っていた。

蔵集軒の横にはため池があり、この日は嵐のあとということもあって、水は濁り、水面は落ち葉におおわれていた。

池には大小さまざまな岩が点在していて、その岩の上に何匹もの亀が乗っていた。昨日の嵐など想像できないほど、のどかな光景だった。

「何を見ているのだ」

そう声をかけて近づいてきたのは木峰住職だった。

「亀を見ています」

道三はすぐそばの岩の上を指さした。

「これほど亀が棲んでいたか」

住職はあらためて岩の上の亀を見回して言った。

池はかなりの広さがあり、豊富な水をたたえている。

「平和だな」

住職はつぶやいた。岩の亀はどれも首を伸ばしたまま ほとんど動かなかった。

住職は池に目をやっている。道三はその住職にきいてみたかった。

「和尚さま、この都の平和は続くのでしょうか」

先輩僧は天変地異が人心に影響すると話していた。

「それはわからない。だが、争いを起こすのは人間だ。そして、争いに巻き込まれて苦しみ路頭に迷うのは、決まって善良な庶民たちだ」

違うかと住職は問いかけた。

「その通りだと思います」

道三は答えた。自分の先祖も京都にあって辛酸を嘗めたに違いなかった。

「そうか、わかるか。ならば、争いのない時代が来るように、少しでも庶民が救われる世の中になるようおまえも力を尽くす必要がある」

「えっ、わたしが」

道三は驚いた。自分はまだ十三歳である。応仁の乱以後、確かに世相は下克上で荒れていたが、それと自分は別であり、時代のことは頭になかった。

「できるでしょうか」

どう考えても荷が重い。

「できるとも。争いのことなどおのれと無関係と思っていると、いつまでも他人事になる」

「そうですが……」

「ただ、争いにも二つあって、おのれの権力欲や権勢確保のための狭い料簡で起こすのもあれば、一方で、この国の行く末を遠く、大きく、確かに見据えている人物がやむを得ず挑む正義の争いもある」

それを見分ける必要があると住職は言った。

「難しい問題ですね」

「確かに、難しい。だが、力を持った者を正義に導く務めを果たしている人間もいる」

たとえば、と住職があげたのは、博覧強記の儒学者、有徳の高僧、知恵のある軍師などであった。

「それと、国手《こくしゅ》と呼ばれる医者だ」

「こくしゅ……」

その言葉は道三には初耳だった。

「医者だ。だが、単なる医者ではない。国がかかえている病《やまい》すら治してしまう医者だ」

「そのような医者がいるのですか」

「立派な仕事だ。おまえになれるか」

「わたしにはなれそうにもありません」

道三は正直に首を振った。

「なれないと思っている限り、生涯、なれない」

「そうかも知れませんが……」

「儒者でも、僧侶でも、この世を良くするなら何でもよい。できる限りでよい。できることを見つけるのも、この寺に入ったおまえの務めのひとつだ」

そう言って住職は再び亀に目を落とした。そして、しばらくして池の畔《ほとり》を離れて行った。

六

道三が相国寺・蔵集軒に移って四カ月ほどが経過した。毎日の生活に馴れて周囲を見渡す余裕も生まれてきた。すると、自分と一鷗に接する先輩僧の態度の違いがさらに気になってきた。

あの九月一日の台風のときの先輩僧の配慮でもわかる。一鷗をかばっていた。また、言葉づかいも違った。喝食という役目は同じだったが、一鷗には一歩引いた感じで丁寧に対応している気がした。

床の拭き掃除をする作務にしても、水桶を持つのは一鷗で、道三はいつも雑巾がけの役だった。

道三ははじめそれが二歳年下という歳のせいと考えていた。労りの気持ちから優しく扱っているのだろう。ところが違うのである。

——どうしてこうなるのか……。

ほぼ同年齢で扱いが違うのは気持ちのよいものではなかった。

ひとつ考えられるのは経歴だった。

一鷗は建仁寺から移ってきていた。同じように他寺から移ってきた道三であるが、近江の天光寺とは明らかに格が違う。一方は京都五山の名刹だった。そのあたりが先輩僧の態度に露骨にあらわれているように思えた。一鷗はいわば特待僧だった。

いまひとつの不思議は、一鷗がなぜ禅寺で修行しているかである。道三自身は両親を亡くし、いわば行き場所がないので寺に身を寄せている。一鷗も道三と同様に両親を亡くしたか、よほどの家庭の事情があるのかもしれなかった。しかし、顔にも身なりにも不幸をうかがわせる部分はなかった。むしろ気品さえたたえているのである。

あるとき、写経の手を休めて道三は、かたわらの一鷗に、

「原心和尚を知っているか」

とたずねた。

建仁寺の原心和尚が近江の旅の途中、天光寺を訪ねてきたときに、道三は一望台に案内している。梅湯も飲んでもらった。接した時間は短かかったが、徳にあふれた僧だった。

「ええ、知っています。講義にも誘っていただきました」

一鷗は当然というように原心和尚を知っていた。

さらに詳しくきくと、一時期、原心和尚の身の回りの世話もしていたようだった。直接指導を仰いでいたのである。

やはり特待僧だった。

「道三さんは原心和尚を知っているのですか」

今度は一鷗がきいた。丸い目は好奇心に満ちている。

「少しだが」

相国寺に入門できたのは和尚のお陰だったと説明した。

「そうでしたか。あの和尚さまはすばらしい人です。学識に優れているだけではなく、人間的に尊敬できる人です」

一鷗は大人びた口調だった。

道三も同感だった。二歳年下ながら人物をよく観察できていると思った。

——ではなぜこの寺へ移ってきたのか。

原心和尚とそれだけ接していたなら建仁寺で修行を続ければよいではないか。道三はそれを一鷗に問いかけた。

「それはわかりません。父に命じられたままここに来ました」

「そうか」

家庭の事情ならよくある話である。あとで気づいたのだが、もっとその父親のことをよくきいておけばよかったと思ったものだった。

「それより、今度、経堂《きょうどう》に一緒に行きませんか」

と一鷗は言った。目を輝かしている。

「経堂に何がある?」

小ぶりの古ぼけたお堂が方丈の横に建っていた。経典が納められていて、それ以外に興味をそそるような物があるとは思えなかった。だが、一鷗の様子は経典だけではないようだった。

「行けばわかります」

一鷗は積極的だった。

「いずれ行ってみよう」

道三はさして気乗りせずに約束してそのまま写経を続けた。

七

数日後、道三と一鷗は蔵集軒の経堂に入った。

――経典しかないはずなのに……。

道三は経堂にあまり期待していなかった。

しかし、一鷗が強く誘うについては何か理由があるはずだった。

その理由をきいても、

「行ってみればわかります」

と含み笑いを浮かべて、丸い頬をさらに丸くするばかりで明らかにしなかった。

道三は一鷗の真意が次第に気になってきていた。

この日は庭掃除の作務の合間をみての堂内入りだった。昼間というのに堂の内部は暗く、中の様子はうかがい知れなかった。わずかに扉の隙間から射し込む光があるばかりである。

一鷗は持参した火打袋《ひうちぶくろ》を取り出した。巾着《きんちゃく》のような袋の口を開けて火打石を打ち合わせ、火口《ほくち》に点火して火種を作った。そして、細く薄い付木《つけぎ》を用いて灯心《とうしん》に火を点けた。手なれた作業だった。

あたりがほの明るく照らされる。室内の様子が次第に明らかになってきた。目も馴れてくる。

埃《ほこり》と油の燃えるにおいが鼻孔を刺激し、道三は思わずくしゃみが出そうになった。

堂の中は十畳ほどの広さだった。中央に太い柱をとり囲む形で、横にわたした棚が背より高くしつらえられている。棚には和綴じの本が積みあげられていた。一部は木箱も置かれ、中には巻物や経典が納められているようだった。また、四方の壁も棚になっていた。書籍のあふれる様は壮観だった。仏像は安置されていなかった。

「全部、経典ですか」

道三は堂内の棚を見まわしながら一鷗にたずねた。

「いえ、それだけではありません。多くはありませんが、漢籍や史書、暦本、地図もあります」

「そんな種類の書物まで……」

さすがは京都五山の古刹だと感心した。経堂は単なる仏典の収蔵庫ではなかったのだった。

「わたしはときおりここに来て書物に目を通していま

す」

時間の経過も忘れるほどですと一鷗は言いながら棚の上の一冊を手にとった。表紙に『中庸精義《ちゅうようせいぎ》』と墨書されていた。一鷗は漢籍に関心を寄せていた。

経堂は知の宝庫だったのである。一鷗が目を輝かして誘ったはずだった。

――これは一鷗が夢中になるだろう。

道三はそう思いながら改めて棚を見渡した。四書五経は当たり前のように揃っているようだった。

「ここの一画には薬学、医学書が置かれています」

一鷗は漢籍のすぐかたわらの棚を指さした。

「なぜ経堂なのに医薬の書物が収蔵されているのだろう」

道三には経堂と医薬書は結びつかなかった。

「さて、わたしにも詳しい事情はわかりませんが、その昔、僧侶の一部が医者を兼ねていた時代が長く続いたといいますから、こうした寺の蔵書に医薬書が含まれていても不思議はないように思えます」

そう言いながら一鷗が指さしたところに道三は見慣れた書物の表紙を発見した。

――これは……。

『太平恵民和剤局方《たいへいけいみんわざいきょくほう》』だった。天光寺の雲達和尚の卓に山積みされていた医学書である。棚に全十巻が揃っていた。

道三はそれを懐かしい物に触れるように手にした。あのとき和尚は四君子湯の処方を探していた。少し頁を繰ってから棚に戻した。

他には、『傷寒論《しょうかんろん》』、『霊蘭集《れいらんしゅう》』といった難しそうな表題の書物が置かれていた。初めて目にする医学書だった。道三はしばらくその種の書物を繰って眺めた。

読み始めると道三は止まらなかった。

どのくらい時間が経過したか、急に一鷗が、

「道三さん、面白いものをお見せしましょう」

と言うと、棚から『医心方《いしんぽう》』と記された一冊を抜き取った。そして、頁を繰って中身の一部を示した。

「経典ではないようだね」

漢語がならんだ教養書のような体裁で、一見したところ、特別、面白いと感じる書物ではなかった。

「これはきわめて貴重な医学書です」

『医心方』は医家の祖、丹波康頼《たんばのやすより》が平安時代の永観二（九八四）年に中国伝来の医学書から重要な部分を抜粋して編纂したわが国最初の医学全書だった。全三十巻か

ら成り、内容は医師の心得から薬の処方、各科にわたる病気の症状と治療法、鍼灸術、食事法まで多岐にわたっている。天皇への献上書であったが、その写本がこの寺に伝わっていた。

「医心方は学術書ですが、この巻にはこんな風に冊子が付いていています」

一鷗は薄手の冊子を道三に手渡した。

本体は大部なのに、付属の冊子は薄かった。

「誰かが写本を作るときに、本体とは別に付録として用意したのだと思います」

中を見てくださいと一鷗は促した。

道三は本体の解説書か記載漏れ分かと想像しながら冊子を開けて驚いた。

――これは……。

道三は言葉が出なかった。

そこには何も身に纏《まと》っていない男女が絡みあっている図がいくつも描かれていた。

男女の姿態はさまざまで、裸のまま奇妙な姿勢をとっている図も多く見受けられた。

「これは医心方、巻二十八・房内篇のいわば絵解き本です。誰かが本体の内容をわかりやすく教えるために付録として描いたのだと思います」

一鷗は相変わらず落ちついた口調だった。

さらに、巻二十八・房内篇は寝所における男女の養生や心構え、交合法などを説く一冊だと説明した。

道三は動揺していた。見てはいけないものを目にしたと思った。一方で、これが大人の世界なのかもしれないとも感じた。

しかし、一鷗には道三が覚えた罪悪感や興奮はないようだった。平然としている。

「いかがですか」

と道三の反応を楽しむかのような問いも投げかけてきた。

「一鷗はどう思うのだ」

道三はできるだけ平静を装いたずねる。

「わたしはもう何度も見ていますから」

馴れましたと一鷗は含み笑いを浮かべて言った。

初めてのときは一鷗も刺激を受けたに違いないと想像しながら、道三は男女の交合図に見入っていた。そして、何か一鷗と悪事を共有した気がしてならなかった。

そのとき、急に扉の方で物音がした。

「誰か来た」

一鷗は小声で言うと素早く灯心の火を吹き消し、腰を屈めて棚の陰に隠れた。

扉が静かに開いて誰かが入ってきて、堂内が明るく照らし出された。足音から推測して二人いるようだった。扉はすぐに閉じられ、再び、堂内は暗くなった。

入ってきた二人は押し殺した声で何事か話し始めた。明かりを点ける気配はない。囁くような声で、二人が何を話しているか道三には聞き取れなかった。だが、くぐもった笑い声や気配から察して何か戯れているのではないかと思えた。

――何をしているのだろう。

道三は暗闇に耳を澄ませたがわからない。

さして時間が経過しないうちに二人は経堂を出て行った。

結局、道三には二人が何のために経堂に来たのかわからなかった。一鷗も理解できなかったはずだった。

それからすぐに道三と一鷗はともに経堂をあとにして、庭掃除の作務についた。

経堂は知の宝庫だったというのが道三の発見であった。暗い中に入ってきた二人のことは間もなく忘れた。

八

それから何日か経過して、道三は木峰《ぼくほう》住職に呼ばれて書院に向かった。

呼びにきた先輩僧にきいても用件はわからなかった。

――何だろう？

道三に住職から呼ばれる理由は思いつかなかった。他の僧とともに受けた提唱《ていしょう》が終わったばかりだった。

住職は卓に向かって何か筆記の最中だった。

「そこで待っていなさい」

と隅に置かれた円座を指さした。

住職は和紙の巻紙に、しきりに筆をすべらせていた。どのくらい待たされただろうか、ようやく住職は顔をあげて道三を見つめた。

いつになく厳しいその眼差しに道三は一瞬、違和感を覚えた。

「おまえは一鷗と一緒に経堂に入ったというが本当か」

住職は強い口調だった。

「はい、入りました」

「鍵はどうした」

「鍵？」

そういえば、経堂に入る前、一鷗は錠前に鍵を差し入れて扉を開けていた。

「鍵は一鷗さんが持っていました」

「あそこは勝手に入れる場所ではない。なぜ鍵を持っているか不思議に思わなかったのか」

「ええ、迂闊でした」

確かに迂闊ではあったが、それは当然、許可を得ているものと思ったからだった。どうやら、一鷗は無断で鍵を持ち出したらしい。住職はそれを怒って厳しい口調になっているようだ。

「おまえが経堂に誘ったのではないのか」

住職は詰問調だった。

「違います。一鷗さんに誘われたのです」

「一鷗が誘ったのか」

そうだったのかと住職はしばらく考える顔になった。

「で、中で何をしていたのだ」

住職は今までにない強い口調できいた。

道三はその厳しい声音に少したじろいだ。

「何をしていたといわれましても……」

このとき道三は一鷗に誘われるまま経堂に入った自分を悔いていた。そして、あの男女の交合図を閲覧した事実を話すべきかどうか迷っていた。

「得難い書物がありましたので、それを読ませていただきました」

「書物か」

「そうです。薬学や医学書までありました」

「うむ、それはどういうものだ」

住職は急にやわらかい口調になっていた。

道三は手にとって記憶に残っている太平恵民和剤局方や医心方、霊蘭集の書名をあげた。

「なに、霊蘭集に目が止まったか」

住職は驚いていた。

「はい、中身をつぶさに読んだわけではありませんが」

「あれは細川勝元公の記した医学書だ」

「勝元公……。武将のですか」

「そうだ」

住職は大きくうなずいた。

「勝元公が……」

戦国の世にあって武将がなにゆえ医学書を残し、それがなぜ相国寺に所蔵されているのか道三には不思議でならなかった。

「そこだ。人というものは見かけによらないもので、下手の横好きもあれば、好きこそ物の上手なれもある」

「霊蘭集はどちらなのですか」

「さて、それはおまえ自身で確かめてみてはどうだ」

「ひもといてよろしいのでしょうか」

道三は住職が蔵書の閲覧を許可したのをきき漏らさなかった。

「もちろんだ。書物は必要とする者が利用してはじめて輝きを増す。今度、用意しておくから、ゆっくり読むといい」

そして住職は細川勝元の人物を語った。

細川勝元は武将でありながら、和歌、絵画にも造詣が深かった。また、禅宗に帰依して龍安寺、龍興寺を建立した。さらに、医療に関心を示し、古医学書を収集しつつ、みずからも医術を嗜んだ。医学の諸書を渉猟して、その要所を抜きだして一冊にまとめて『霊蘭集』と名づけたのである。この書はいわば細川勝元版の『医心方』といえた。相国寺に東軍・細川方の陣地が設営されていた関係からその草稿が収蔵されていたのだった。応仁の乱の戦禍からも奇蹟的に免れていた。

住職は一鷗に鍵をあずけ、自分の読みたい経典や書物を経堂から運ばせていた。一鷗が経堂の開閉や明かりの確保に手なれていたはずである。

「すると、おまえは一鷗とともに経堂で書物を調べていたというのだな」

「和尚さまに許しも得ず、立ち入りましたこと、お詫びいたします」

道三は深く頭をさげた。

「きくところによると、僧の中に合鍵を作って無断で入り、よからぬ行為に及んでいる輩がいるようだ。おまえたちがその連中と同類かと思って心配したものだ」

安心したと住職は言った。

道三は住職の言う意味がよく理解できなかったが、あとで知った話では、男同士が男と女のように睦み合う関係があり、その関係を念者《ねんしゃ》ということだった。男ばかりが生活する寺社ではそうした悪習が男色と称され陰で行われていたのである。

道三が一鷗と経堂に入っているとき、現れた男二人が明かりも点けずに何をしているのかうかがい知れなかったが、念者だったのかもしれなかった。そういえば、道三も先輩僧から理由もなく菓子や土産品を貰ったことがある。あれは誘いの贈り物だったのかもしれない。

「寺内の規律と風紀を乱す行為は許せない。寺の生活は修行にある。この気高い目的を忘れてはならない」

おまえは絶対に道をはずれてはならないと住職は念を押した。

道三の胸に住職の厳しい言葉が残った。

「和尚さまにおたずねします。霊蘭集を読みときたいと思うのですが、これは一鷗さんに頼めばよろしいのでしょうか」

道三は一瞥《いちべつ》しかしていない霊蘭集をこの際、読んでみたいと思っていた。武将の編んだ内容に興味が湧いていた。

「一緒に学ぶがよい。あの者に書物を運ばせる役目を命じているのだが、それは漢籍に通じているからだ」

一鷗が漢籍に詳しいのは中国・明《みん》に留学した著名な漢学者の父親を持った影響が多分にあるだろうと言った。

やはり一鷗は特待僧だった。この国で明からの留学帰りの家柄など砂浜で砂金を見つけるより難しかった。先輩僧たちが保護する態度をとるのもこんなところにあったようだ。

「いずれは一鷗とともにおまえにも書物の運搬役に加わってもらう予定だ」

住職は道三の書物好きを知ってそうした案を思いついたようだった。

程なく道三は経堂への自由な出入りを許された。道三は時間を忘れて蔵書を読みふけった。

九

相国寺の周辺が騒がしい。師走の風が吹きはじめたこ数日前から門前の通りに大勢の人が集まっていた。

相国寺のまわりには、細い路地を隔てて幕府の諸機関が点在していて、そうした建物に向かい、人々の集団が何やら叫びながら押しかけていた。あるときは、太い垂木を数人で抱えて門扉に突入を企て、警備の兵と揉みあいにもなっていた。

これまで幕府から何度か出されていた徳政令の要求だった。貸借関係の契約が破棄される徳政令は重税や生活苦にあえぐ庶民にはありがたい法だった。都は世直しの風潮に満ちていた。

一鷗は不安そうに、

「打ちこわしというもののようです。夜中の一人歩きはできません」

と言った。

この頃、幕府の威令《いれい》は衰え、京の都は平穏には程遠いありさまだった。辻斬り、夜盗、火つけなども起きていた。

道三も一鷗も、もともと夜歩きなどしないが、身を守る必要性を感じていた。

ある日、世直し集団の一部が警備兵に追われ相国寺に逃げ込んできた。警備兵はさらに追い、集団は路地のほうに逃げて行った。

その中で若い男が一人、方丈の庭に取り残された。裸足《はだし》で、粗末な野良着は泥だらけだった。額《ひたい》は棒で打たれたのか紫色に腫れあがり、太股《ふともも》からは血を流している。

ちょうど庭掃除をしていた道三と一鷗の足元で男はうずくまっていた。一鷗は鮮血を目にして体を硬直させ怯えた。一方、道三は男を抱き抱え、手当てをしたいと思ったもののなす術がなかった。血が出ている太股を男の野良着で押さえるばかりである。

そのとき、事態をききつけた住職があらわれた。そして、男に寄ると出血場所に液体を流して洗い、白布で巻いて止血した。それから、丸い薬剤を飲ませた。手早い処置だった。

「焼酎で洗った。飲み薬は血を止める作用のある薬物だ」

と住職は道三に説明した。

道三は住職の落ち着いた的確な治療にただただ感心した。

「預かっている僧たちの身に何が起こるかわからない。そのためにも和剤局方や霊蘭集をひもといている」

住職は言った。木峰住職は僧侶にして医術の心得のある僧医といえた。この国に古くからある医者のひとつの形だった。

男は住職に礼を言うと、早々に立ち去った。

年が明けた永正十七（一五二〇）年、正月の屠蘇気分もさめないころ、大規模な土一揆が発生し、世直しを訴える集団が京都に攻め入ってきた。京の都は打ちこわしが各所で横行し、治安は乱れた。だが、幕府に蜂起した土一揆を制圧する余力はなく、二月に徳政を発令して事態を糊塗するしかなかった。

翌三月には地震、さらに暴風と洪水が襲った。前年に続き、京都は天候異変、天変地異に見舞われたのだった。京の都は混乱し、不穏なまま月日が過ぎた。

――争いに巻き込まれて苦しみ路頭に迷うのは善良な庶民だ。

木峰住職の言葉が道三の耳元で響いた。

——戦いはまだ終わっていない……。
道三は戦乱の世に生きていると痛感した。
京都の行く末とともに、おのれの未来も案じられた。

第二章

地沢《ちたく》の章

旅立ち

一

道三はかたわらの一鷗が草取りの手を休め急に立ち上がるのを見て、

——またか……。

と思った。

一鷗は空を仰いで、伸ばした腰をこぶしで叩きながら、

「ああ、いやだ、いやだ」

と辟易した調子で言った。

この日、道三と一鷗は蔵集軒《ぞうしゅうけん》の北側に広がる庭園の草取りをしていた。このところ、連日、朝からの草取り作業だった。

「夏に草取りをして、秋になったらまた草取りだ。こんな雑草取りをしていて何になるのだろうか」

一鷗は道三が竹篦《たけべら》で草取りをする手元を見つめながら愚痴をこぼした。それでも道三は草取りの手を休めなかった。竹篦は先端を斜めに切った竹筒で雑草の根を起こして引き抜く道具だった。道三の手作り品である。

道三も腰に痛みを感じていた。一鷗同様、愚痴のひとつでも言いたいところだったが、黙々として作業を続けた。

「枯れかかった草なのだから、いっそ枯れきってから掃除したほうが手間ははぶけるというものだ」

そう思いませんか道三さん、と一鷗は腰を叩きながらきいた。

「そうかもしれない。だが、いまは蚊がいないだけましだ」

道三は愚痴をこぼすのが芯から嫌いだった。文句を言っているあいだに目の前の用事を片づけたほうがどんなにか気分がよいか知れなかった。夏場の草取りはやぶ蚊に刺されて往生するが、彼岸過ぎともなれば蚊もいなくなる。それだけでも助かった。考え方ひとつではないかと思えた。

「この寺に来てもう七年にもなる。それなのにまだ草取りにかりだされる。しかも、わたしたち二人だけだ。もっと若い雲水もたくさんいるのだから、その連中にやらせればいい」

一鷗の不平不満はどこまでも続きそうだった。

道三は、この年――大永六（一五二六）年の九月、二十歳になっていた。ひとつの節目の年齢を乗り越え新しい気持ちで修行に臨んでいた。一鷗が口にした通り、相国寺《しょうこくじ》に移って七年が経過している。いつの間にかの七年である。長いようで短い月日だった。修行の内容は深化していたが、日々の日課はそう変化していなかった。

「これを見てください、道三さん」

と一鷗は両手を前に突き出した。手の甲は泥だらけで、爪の先は土で真っ黒になっていた。

それは道三とて同じである。

「こんな雑草取りをしていて何になるのだろうか」

一鷗は再び不平をもらした。疲労もたまっている様子だった。

澄みきった秋空の強い陽射しの下、道三は額《ひたい》に大粒の汗をかいていた。それにひきかえ、一鷗の方はさして汗ばんでいないのは、草取りに身が入っていない証拠でもあった。

庭園は寺僧にとっての生活の場であり、客人に見せるための空間ではなかった。禅院では掃除について、日天《にってん》作務《さむ》といって、とりわけ清掃作業を重視する。本堂や禅堂、方丈《ほうじょう》などと同様、整理と清掃が行き届いていてなければならない。身ぎれいにしてこその禅堂生活だった。生活がそのまま修行に直結しているのが禅寺だった。そうした禅院での基本を一鷗は知らないはずはない。

「こんなことより、今度この寺に来訪するという明《みん》からの使者が持参するはずの経典や書籍をひもといてみたいものだ」

「確かに……」

道三は立ち上がってひと息入れた。込み入っていて草を取るには厄介な低木の根元がようやく終わった。

「だが、日天作務も重要なはずだ」

一鷗同様、道三も腰のあたりを叩きながら言った。

「うむ、わかっています」

一鷗は痛いところを衝かれたせいか渋い表情だった。

「道三さんはどうもきれいごとすぎる。不満はないのかと考えてしまいます」

このところ急に背が伸びてきた一鷗は道三を抜く勢いだった。丸いだけだった顔つきも変わって大人びてきた。

道三はどのように説明すればよいかしばらく考えた。

「きれいごとかどうかでしていることではない。作務の積み残しは避けたい。それだけだ」

　実際、その通りだった。草取りを始めると、一本の雑草が気にかかった。放っておけない。やり残しを避けたいだけだった。自分のためでも人のためでもない。結果は、自分も他人も利する自他利《じたり》の世界を実践していた。道三はそうした精神がおのれに染みついているのを感じて驚いた。これまで特別に意識したことはなかったが、修行の成果かもしれなかった。

　だが、こうした考えはいまの一鷗には通じないと思った。

「作務をただ作務としてこなしたいだけだ」

　道三は淡々と口にした。

「それならいいのですが……」

　不満はないのかと考えてしまいますと、一鷗は繰り返してきいた。道三は黙っていた。

　やがて、一鷗は、

「わたしはいつまでもこんなことをしていたくありません」

　できれば、と一鷗は言って、ひと呼吸置いた。

　次の言葉は道三の意表を衝いていた。

「ここを出たい」

　と一鷗は言った。

——出る……。

　道三にはない発想だった。手にした竹箆が止まった。

「出るのか?」

　道三はきいた。一鷗の不満は道三の想像をはるかに超えていたようだった。

「出てどうする」

　道三はきかずにいられなかった。

「いや、そこまで考えていません。ただ、いつまでもこんなことをしているのはいやなのです。もっと学びたいと思います」

　道三さんはどうなのです、と一鷗はきいた。

「学びたい気持ちはわかる。しかし、ここは京都五山でも上位の寺だ。ここより深く学べる場所はないように思える」

　実際、経典であれ、漢籍であれ、相国寺以上に揃っている寺はないように思えた。また、学識あふれた僧侶も擁している。相国寺自体が知識の宝庫なのだった。

「それに、わたしはここを出たら行き場がない」

　この格式の高い寺で一人前の僧侶になることが、世話になった伯母と姉への最大の恩返しになる。

「そうですか……」

一鷗は道三の返答に少し考えさせられるところがあったようだった。

「一鷗はこの先どうするのだ」

道三はたずねる。

「いまもいった通りです。いつまでもこんなところにいるのはいやなのです」

一鷗の不満は相国寺にいる限り解消しないような雲行きだった。

「僧侶になるつもりではないのか」

「うむ……」

一鷗は口ごもっていた。

「そういえば、一鷗の父は明に留学したときいた」

漢学者の父親を持っていた。

「そうです」

「留学するのか?」

留学のための何かよい方法があれば知りたくも思う。

「それは……。それは行きたいのはやまやまですが……」

一鷗は遙か遠くを見つめて、いまは無理な話ですとつぶやいた。

渡航には莫大な費用を要した。また、勝手に出かけられる場所ではない。資格や語学力も必要だった。

そのとき、道三の頭の中で弾けるものがあった。

——相国寺で特待生になる。

この京都五山の寺には中国・明からの使者も来れば、明への遣いもときおり送り出している。一鷗はその方法を狙っているのかもしれなかった。

道三がそれを話すと、

「そういう道もあるでしょうが、派遣の計画は不定期です。いつになるか当てにはなりません」

とあまり乗り気ではなかった。

それから二人は草刈りに精を出した。

道三は竹箆を操作しながらしばらくは留学の件が頭から離れなかった。

二

急に不思議な作業を命じられた。

道三は一鷗とともに古文書の筆写を木峰《ぼくほう》住職から依頼されたのだった。

「これは庭の草取りより数段ましです。わたしのぼやきがご住職にきこえたのでしょうか」

一鷗は半分照れながらも満足そうな様子だった。古文書をかたわらに置いて、細筆を持ち背筋を伸ばして筆写する恰好は様になっていた。

道三から見ても、確かに一鷗は竹箆を持って草を刈るより筆写のほうが似合っていた。道三にとっても墨の匂いも古文書も嫌いではなかった。

二人は寝泊まりしている部屋に卓を持ち込み筆写した。古文書は期限を切った借り物で、悠長な時間はなかった。

「それにしてもこの本は筆写しにくい文字ばかりが並んでいるものだ」

道三は古文書を写しながら思わず感想をもらした。

住職が二人に示した古文書は『大同類聚方《だいどうるいじゅうほう》』だった。和綴じの医学書で、住職によれば、平安時代初期の大同三（八〇八）年に完成。全百巻のうちの十二巻分だった。平城《へいぜい》天皇の勅命で安倍真直《まなお》と出雲広貞が共撰した。中国とは別に日本に古来から伝わる独自の医薬品について記した医薬処方集だった。動植物や鉱物の名と産地を記した用薬類の部と、地方の豪族や神社に伝わる薬方を病名別に列記した処方類の部から成る。

道三が一鷗とともに経堂で手にした、『医心方』より古い文書だった。

「全百巻とはとてつもない大部の書物だ」

道三はその量を想像して驚嘆した。よほどの使命感と情熱がなければ成しえない編纂《へんさん》事業だった。

ただ、そのうちの十二巻分を住職はどこから借りたのかは口にしなかった。

さらに、

「ほかの僧には黙って内緒で筆記せよ」

との命だった。

何か秘密めいていた。

「何もそれほど内密にする必要はないのではないかと思う」

道三は用薬類の部の一冊を筆写しながら言った。

「いや、そうでもありません。ここにこうしてこの書物があること自体、寺としては秘密にしたいはずです」

「それは、どういう意味だ」

道三は手にした筆を自然と卓に置いていた。

「それはおそらくこの書物自体の存在を知られては困る人がいるからでしょう」

「困る？　だが、秘密文書でも書簡でも何でもない。内容は医薬にまつわる記述だけで見られて困るものではないはずだ」

「その通りです。単なる医薬書です。だが、全百巻で編まれたうち、ここには十二巻しかありません。収蔵しているよそでも、百巻が揃っているところは、まずないでしょう」

「戦禍で失われたのか」

「いや、そうではなくて、破棄です。この書はその経緯から抹殺された書物ときいています」

一鷗はあたりをはばかる感じで、

「歴史に翻弄された書なのです」

と言った。

「それほどの稀覯本《きこうぼん》だったのか」

「確かに内容は得難い知識が集積されています。だからこそ、ご住職もわれわれに筆写を命じたのでしょう。だが、この書はいわば幻の書物で、十二巻を目にしたときは驚ろきました」

一鷗は書写している処方部の一冊を改めて見つめた。

「一体、何があったのだ」

道三はたずねる。経緯が気になって、心静かに筆写する気持ちになれなかった。

一鷗によれば、『大同類聚方』は『古事記』『日本書紀』以来、日本において勅命で編まれた最初の文書だった。わが国で初めての公定の薬局方集である。同様の趣旨の医薬書が中国にある。『太平恵民和剤局方《たいへいけいみんわざいきょくほう》』だった。北宋の皇帝・徽宗《きそう》が医者に命じて国中から優れた処方を集めて編んだ書だが、『大同類聚方』はこれより三百年も前に完成していた。

命を下したのは平城天皇だった。恒武《かんむ》天皇の皇子・安《あ》殿《て》親王が即位して平城天皇となり、元号を延暦から大同と改めた。この頃、年来の大洪水にともない疫病が流行し、庶民は病魔に喘いでいた。京都では死体が常時、街路に野ざらしになっていたほどだった。それを憂慮した天皇は衆民救済を願い医薬書を編んだのである。

「その庶民のためを思って、人力と時間を使って収集した文献をどうして抹殺する必要があるのだ」

道三の素朴な疑問だった。

「それは平城天皇の行為を快く思っていない勢力が存在していたからでしょう」

平城天皇は大胆な行政整理を実行する一方、再び平城京の造営を企てた。平城京こそ正都という思いが強かった。このため、一時期、平安京と平城京の二都が並立する二所朝廷の様相を呈した。反平城天皇の勢力とは、譲位した嵯峨《さが》天皇だった。

平城天皇は上皇となってから、寵愛する藤原薬子《ふじわらのくすこ》とその兄、仲成《なかなり》とともに嵯峨天皇とのあいだに戦いを起こしたものの、敗色濃厚な情勢に東国への脱出を試みたが阻止された。平城上皇は出家し、仲成は殺害され、薬子は自殺した。これが、弘仁元（八一〇）年に発生した「薬子の変」だった。

「『大同類聚方』は単なる医薬書ですが、血塗られた歴史の裏面を照らす象徴書でもあるのです」

その書の一部がいま目の前にあると一鷗は感慨深く冊子を手にとった。

「それにしても庶民救済のための医薬書だ。その上、記紀に次いで編まれた貴重な公式記録でもある。何も抹殺しなくてもいいのではないかと思う」

道三の感想だった。

「そこです。権力者というのは面白いものだと思わざるを得ません。前権力者の否定の上におのれの権力を構築したいと願うものらしい。前権力を破壊して、おのれの正当性を強調する習性があるようです」

「破壊か……。しかし、そんな権力者の習性がそれほど面白いものか」

「ああ、面白い。可能ならそばに近づいて、習性の核心に触れてみたいものです」

一鷗は公文書の筆写より権力者への接近のほうに関心が強かった。

道三は一鷗の権力志向を初めて知った。その一鷗が後年、望みを果たすのを直に目にするのである。

「それにしても、この本は筆写しにくい難解な文字ばかりが並んでいるものだ」

道三は再びため息をついた。漢字の読みを拾っても直ぐには意味は通じなかった。

「難しい文字の多用にも理由があります」

一鷗の説明では、資料の提供者が嫌がって、動植物や鉱物の名前や産地、処方も故意にわかりづらくしたという。ときの権力への抵抗だった。

「急がねば……」

誰に言うとなく道三は口にして筆を握った。

時間は限られていた。嘆息している暇はないのである。

二人は再び筆写にとりかかった。

三

一鷗の姿が見えなくなった。

『大同類聚方』の筆写が終わった翌日だった。朝、起きてみると一鷗の寝床はきれいに畳まれていた。はじめは寺内のどこかにいるものと思っていたが、早朝の読経の際にも現れず、一鷗の姿は本当に消えてしまった。

二人で秘密裡に筆写した『大同類聚方』とその筆写本は寝床の脇に置かれていた。

道三はこの二書を住職の部屋に運んだ。

「無理をいって筆写させたから気が抜けたのかもしれない。しばらく様子をみよう」

住職は一鷗の一件を冷静に受けとめていた。

確かに、日にちを限られ道三も不休に近い形で筆写した。だが、姿をくらませるほど根を詰めたとは思えない。第一、疲れが取れないいなら休みを住職に願い出ればすむ話だ。いなくなった理由がわからなかった。

気になるのは、一鷗が、

「ここを出たい」

と言っていた点だった。留学も希望していた。まさか留学ができるようになったとも思えない。その一鷗の願いを住職に伝えるべきか否かを道三は迷っていた。

「無理な話だったが、よくやってくれた。お陰で、すぐ返せる」

住職は筆写本を繰りながら満足そうに文字を追っていた。

「おまえは以前、『霊蘭集《れいらんしゅう》』を手にとったことがあったな」

住職がきいた。

『霊蘭集』は細川勝元が著した異色の医薬書で、相国寺・経堂に収められている。

「あの書はこの『大同類聚方』の中身をずいぶんと引用している。一度、本物の『大同類聚方』を見てみたいと思ったものだった」

住職の願いは叶ったのである。

「この書は貴重な書物とききました」

道三はたずねる。

「そうだ、めったに見られない。しかも、大部のうちの多くは失われてしまった」

しかし、と住職は次に意外なことを口にした。

「あるところにはある」

と住職は言った。

「あるといいますと、もしかして全巻揃っている場所があるという意味でしょうか」

一鷗は全巻揃っているところはまずないだろうと残念そうだった。

「そうだ。あるところにはある」

住職は断言した。

そのとき、遠くで太鼓を打つ音がきこえてきた。提唱《ていしょう》（禅書の講義）の時間だった。揃っているという場所をききたかったが、無理だった。

四

道三は風呂敷包みを持って京都・四条の建仁寺《けんにんじ》をめざしていた。

木峰住職から、建仁寺の元箇様《げんかん》を訪ね、荷物を届けろとの命だった。風呂敷包みの中身は木箱だったが、木箱の中に何がはいっているかはわからなかった。かなり重い荷物でもあり、ときおり左右の手を持ちかえ、また、道端に置いて休んだりもした。大事な物がはいっている。慎重に扱えという住職の注意もあった。

相国寺から鴨川沿いを南に向かった。道三が相国寺の境内を出るのは托鉢のときくらいであり、まして届け物を命じられるのは初めてだった。この日は強い秋風が吹き、その上、冬の訪れを感じさせるような冷たさを含んでいた。

建仁寺は建仁二（一二〇二）年、明庵栄西《みょうあんえいさい》を開祖とする京都で最も古い禅寺だった。京都五山の第三位にあり、広大な敷地に伽藍《がらん》を形成している。相国寺同様、応仁の乱の戦禍に遭ったが、一部はかろうじて焼け残った。

訪ねる塔頭《たっちゅう》の両足院《りょうそくいん》は山門の脇に建っていた。

玄関で使いを通すと、方丈の一室に案内された。小さな床の間のある明るい客室だった。部屋には僧衣姿の男が一人待っていた。元箇だった。ずんぐりした体形で五十代の風格と落ち着きを備えていた。高い位にあることは案内した僧の慇懃《いんぎん》な態度でわかった。

「ご苦労であった」

元箇は荷物を受けとり道三をねぎらいつつも、帰ってよいとは言わなかった。

道三はなぜ自分のような立場の者が客室に通されたかわからなかった。用事が済むまで玄関脇で控えていればよい話だった。道三が考えている以上に荷物がよほど大事なのかも知れなかった。

道三は初対面の、しかも身分の高い人物を前にして居心地が悪かった。

元箇はそうした道三の気持ちを察したのか、風呂敷を解きながら、

「しばらく待ってもらえるかな」

ときいた。

「もちろんです」

元簡の案外やさしい声音に道三は少し安堵を覚えた。

元簡は木箱の蓋を開けて中の物を卓に置いた。

その品物を目にして、

「あっ」

と道三は胸の中で小さく叫んだ。

『大同類聚方《だいどうるいじゅうほう》』だった。数日前まで一鷗とともに秘密裡に筆写していた十二巻がそこにあった。

「これほど早く返却されるとは思っていなかった。木峰和尚ももう少しゆっくり現物を研究すればよかったのに」

元簡は誰に言うとなく口にした。そして、十二巻の書物を一冊ずつ繰りながら丁寧に確認して行った。

「そなたはこの文書を書き写したというではないか」

確認が終わって元簡は顔を上げた。

「さようでございます。難解な文字ばかりで閉口しました。庶民救済の医薬書ならもっと平易な表現ですむと思いました」

「そうか」

元簡はわずかに笑みをたたえながら、

「だが、無駄な書物はない。知識は世の中を変える力がある。少しは役にたったのではないのか」

ときいた。

「何が書いてあるかよく理解できませんでした」

役にたったといえば、初めて目にする文字もあり漢字の習得につながったかもしれなかった。だが、とにかく早く筆写するのに精一杯で内容については二の次だった。

「理解できないのは変則的な表記をしているからだ。書いた側の意図に気づけば案外たやすく読み解ける」

元簡はさらに言葉を継いだ。

「医薬や漢籍に造詣が深い木峰和尚などはたちまち理解できるだろう。それより和尚は、不揃いとはいえ、この古医学書に出会い、さぞかし感激しただろう」

そして、卓上の十二巻を改めて見つめた。慈しむような眼差しだった。

その元簡に道三は疑問をぶつけた。

「わたしはこんな話をききました。この『大同類聚方』は単なる医薬書だが、血塗られた歴史の裏面を照らす象徴書でもあるというのです」

「誰だ。そのような話をしたのは」

元簡は急に表情を固くした。

道三は元簡の反応に戸惑いながら、同室の修行僧で、一緒に筆写した西一鷗という人物からきいた旨を伝えた。

「そうであったか」

元簡はただうなずいていた。

「本当に歴史の裏面を照らしているのでしょうか」

「確かに、それはいえる。書物は貴重であればあるほど、その裏には成立にまつわる秘史が隠されているものだ」

「木峰和尚さまがお話しされるには、この書が全巻揃っている場所があるといっておられました」

「ほう、そのようなことを話されていたか」

「あるところにはあるというお話です。全百巻揃っている所などあるのでしょうか」

その後、住職に『大同類聚方』にまつわる話をきく機会はなかった。

「うむ、ある」

元簡は答えた。

「どこです」

と道三はきこうとした。

が、その前に元簡は、

「そなたなら、いずれわかるときがくる」

と言ったものの在り処《か》は口にしなかった。

『大同類聚方』の話はやはり秘密めいていた。

五

元簡が卓上の小ぶりの鈴《りん》を振って二度鳴らした。

やがて廊下から、

「お呼びでしょうか」

とたずねる声がきこえた。

「用事は終わった。もう、よい」

と元簡は外に向かって言った。

「わかりました」

襖《ふすま》が静かに開くと一人の男が控えていた。

「あっ」

と道三は思わず声が出た。

男は一鷗だった。

「一鷗、ここで何をしている」

道三はきかずにいられなかった。その問いかけには応じず、一礼すると一鷗は部屋に入り、道三の横に座った。

「そなたはこの一鷗を捜していただろう」

元簡は一鷗を指さしつつ、たずねた。

「わしが呼んだのだ」

「はあ……」

何が起きているのか道三にはわからなかった。一鷗が消えて十日あまりが経過している。

「少し用事があって、わしが呼んだのだ」

そして、一鷗のほうに向かって言った。

「その用事について話してあげなさい」

元簡は一鷗を促した。

「わかりました、父上」

一鷗は深く頭をさげた。

——父上？

親子だったのか。道三は一鷗と元簡を見較べた。元簡のずんぐりした体形と丸い印象の一鷗は似ている感じがした。特に、顔の輪郭と切れ長な目のあたりはそっくりだった。

「急な明《みん》からの遣いがこの寺に滞在し、将軍とも面会しました。そのとき持参した一部の文書を筆写する仕事を手伝っていました」

一鷗は言った。

「木峰和尚は？」

「もちろん、知っています」

道理で木峰住職は落ち着いていたはずだ。

「遣いはあわただしく帰って行きました」

その間の通訳は主に元簡が務めたようだった。

「心配したぞ」

つい詰問調になった。同室者がいわば失踪したのである。心配した分、道三の語調が強くなるのは当たり前だった。

「申し訳ありません。遣いと将軍との面会は極秘でした。わたしのことも秘密扱いでしたので、何もいえませんでした」

許してほしいと一鷗は詫びた。

「留学したのかと思った」

「まさか」

したいところだがと一鷗は父、元簡に目をやりながら言った。

よほどの奇蹟でも起こらないかぎり、十代での留学など無理だった。

「元簡様は明のどちらで学ばれたのですか」

道三はたずねた。一鷗と元簡が父子関係と知ると何か気安い気持ちになれた。

「福州《ふくしゅう》の禅寺を足場にして学んだ。もうかれこれ四半世紀以上も前の話になる」

懐かしい思い出だと元簡は遠くを眺めるように顔をあ

げた。

福州は中国・福建省の都で、閩江《びんこう》の下流にあり、唐代から港町として栄えた。ここの福州五大禅寺のひとつである西禅寺を足場にして、禅学はもちろん、儒学を学んだのだった。

「わたしなど留学などといっても末席にいた一人だ。まだまだ優秀な人物はたくさんいたものだ」

元簡は静かに口にした。

「優秀は優秀として評価しなければならないが、ただそれだけでは不十分だ」

「それはどういう意味でしょうか」

道三はきいた。

「学んでも、それだけでは意味がない。この世で使ってこそ、使われてこその学問だ。知識の習得だけでは宝の持ち腐れになる」

「元簡様は先程、無駄な書物はない。知識は世の中を変える力があるといわれました。しかし、知るだけでも意味はあるのではないですか」

「それはそれで意義はある。無駄ではない。知らないよりはましだ。だが、本格的な学問には学と術の世界がある。知識と技と置きかえてもよい」

たとえば、と元簡は『大同類聚方』について言及した。この古医学書の字面を研究しただけでは十分とは言えず、内容にこめられた医術を病に苦しむ人の治療に活かしてこそ書物の価値も上がると言った。

「術がなければ、書物の内容の善し悪しや是非も判断できない。それは漢籍も禅学も同じだ。実践あっての学問だ」

と元簡はつけ加えた。留学や長い学者生活から得た学理論だったようだ。

道三は黙って胸におさめた。

実子の一鷗にはいつもきかせているのだろうと想像した。漢籍に長じた学問好きは一鷗にも伝わっていると感じた。

六

建仁寺からの帰りは一鷗も一緒だった。来た道を御所のほうに向けて並んで歩いた。今度は重い荷物もなく手ぶらだった。

「父は道三さんのことが気に入ったようでした」

一鷗は言った。

「まさか」

道三は肩をすぼめて応じた。風はさらに冷たさを増して木枯らしのようだった。

「いえいえ。父は無口なほうで、初対面であのように話をすることはあまりありません。ちょっと考えられません」

「そうですか」

ただ、なぜ元簡がそれほど熱心に学問について自分に語ってきかせたのかわからなかった。

「それは父が道三さんを買ったからです」

「それはないでしょう」

「いやいや、間違いありません」

「では、わたしのどこを買ったのでしょう」

「それはわかりません。しかし、道三さんに何か感じたものがあったようです。ですからあのように、父にしては饒舌に話したのです」

一鷗は確信しているようだった。

「それにしても、一鷗はよい父上を持ったものだ。羨ましい」

父親を早く亡くした道三にとって、父親という存在に憧憬し、羨望もした。さらに、有識者であるならなおさらだった。


「わたしにとっては重荷のほうが強い。圧力を感じるのです。ただ、父親の関係で上の人物と話ができるのはありがたいと思います」

このたび、将軍と明からの使者と面会できたのも、父親のお蔭ですと一鷗は感謝していた。

「どうだった、将軍と会った感想は」

道三はきいた。一鷗は権力者への接近を念願していた。その願いを今回、一時的にせよ果たしたのだった。時代の最高権力者、第十二代将軍・足利義晴のそばで話をきく機会があったのである。限られた者だけに許される謁見だった。

「あれは将軍ではありません」

と一鷗は言った。

意味がわからず道三はただ一鷗を見つめた。

「本当の将軍は細川高国《ほそかわたかくに》という人物です。高国はもちろん将軍を立ててはいますが、実権は高国が握っています」

細川高国は応仁の乱における東軍の雄、細川勝元を義理の祖父に持つ武将で、管領《かんれい》（注・将軍の補佐役）の地位にあった。大永元（一五二一）年、高国は十一歳の足利義晴を将軍に就ける。四年後、高国は出家して、家督を子、穂国《たねくに》に譲ったが、その子は半年で死去した。このため内部抗争が始まり、再び細川高国が復権して義晴を擁護するものの、新興豪族の台頭に政権は不安定に推移した。

一鷗が将軍と高国に会ったのはこの頃である。

その後、高国は苦戦して近江へ退去した。やがて抗争に敗れ、享禄四（一五三一）年に摂津で自刃する運命をたどる。

「あの将軍はたいした人物ではありません。自信がないのです。将軍なのに展望を持っていません」

一鷗は最高権力者に失望したようだった。

「われわれより年下では致し方ないのではないか」

十六歳の傀儡《かいらい》将軍では何もできないだろうと道三は思った。

「権力者にもいろいろあると知りました。どうせなら、強固な信念と確かな展望を持った為政者に会ってみたいものです」

「それは誰だろう」

「わたしにはわかりません。ただ……」

一鷗は言いかけて口ごもった。

「ただ、何だ」

道三は促す。

「いま、この国は乱れていると思います」

「そうか……」

一鷗の認識は正しいと道三は思った。

鴨川の川べりはひときわ風が強かった。

道三も一鷗も着物の襟元を合わせ、肩をすぼめながら寄り添って相国寺をめざした。

七

思いがけない話だった。

「ここを離れようと思っています」

と一鷗が言ったのである。

「ここ?」

道三はひと呼吸置いて、

「この寺のことか」

ときいた。

「そうです」

一鷗は当然というようにうなずいた。決意が籠められた声音だった。

そういえば、ここ半月ほど一鷗は何事か思案している風ではあった。ぼんやり窓の外を眺めては考えに耽っていたり、心ここにあらずの状態で、話しかけても返事があやふやだったりすることが多かった。道三は難しい公《こう》案《あん》（禅の課題）でも出されて考えあぐねているのかと思っていた。

「わたしはもともとこの相国寺に長くいるつもりはありません。いずれ出て行くつもりでした」

その出て行く時期が来たようだと言った。一鷗は二十歳を迎えていた。

「そうか……」

あまりに急な話に道三はどう応じてよいか分からなかった。ただ、一鷗には一鷗の考えや計画があるのだろうとは思った。

「もっと漢学を専門に修めたいと思っています。それにはここにいてはだめです」

限界があると一鷗は言った。

「限界も何も、寺の経堂にある蔵書を読み終えたのか。あれだけの量は他にはないはずだ」

「そうでもありません」

「一鷗の学びたい気持ちはわかる。しかし、ここは京都五山でも上位の寺だ。ここより深く学べる場所はないように思える」

実際、経典であれ、漢籍であれ、書籍が相国寺以上に揃っている寺はないように思えた。また、学識あふれた僧侶も擁している。相国寺自体が知識の宝庫なのだった。

「いや、ここを出ます」

一鷗の決意は固かった。

「この京都のどこへ行こうというのだ」

道三はすでに予定をたてていると思われる一鷗に問いかけた。

「いや、京都ではありません。京都ならこの相国寺の蔵書量を凌ぐところはあまりないでしょう」

「では、どこへ行こうというのだ」

「足利《あしかが》です」

足利学校だと一鷗は力強く言い放った。

——あしかががっこう？

道三ははじめてきく名前だった。

——がっこうとは何か？

道三は理解できず、ただ一鷗の次の言葉を待つしかなかった。一鷗を権力志向のある、優秀な人物と思っていたが、いまここに視野の広さを持っている点を新たにつけ加える必要性を感じた。どこで情報を仕入れたのか。一鷗に新たな個性を発見したような気がした。

「下野国《しもつけのくに》（現・栃木県）の足利に足利学校という名の学びの舎《や》があります。そこには漢学、歴史、天文、地理、医学など、あらゆる学問が学べて、教える人も全国から集まっているといいます」

一鷗はよどみなく言った。

「そんな場所があるのか」

道三は応じながら、頭の中で全国地図を思い浮かべていた。

——下野国……。

はるかかなた、想像したこともない遠方の国だった。朝鮮や中国に行くようなものだった。

「あります。この寺以上です。じつは父がそこで教えています」

「えっ、元簡様が」

道三は驚いた。元簡は建仁寺で生活していると思っていた。

「いや、あのときはたまたま所用で京都に来ていただけです。足利で儒書を講じるのが父の務めです」

教える場所はどこであれ、漢学者として漢籍を教えるのが一鷗の父親の仕事だった。

「父上に教えてもらうのか」

「それもあるでしょうが、別の師にも指導を仰ぐつもりです」

一鷗はすでに決めているような口ぶりだった。

父親の血を継いだのか、一鷗は漢籍を渉猟し、漢学には抜きんでた知識を持っていた。今後、さらに学べば奥を究められるだろうと道三は思った。

「ついては」

と一鷗は座りなおして道三と向かい合った。

「道三さん、あなたも行きませんか」

と問いかけた。

「行く？」

もしかして足利へかと思いながら、道三は自分を指してきいた。一鷗は黙ってうなずいた。

「その足利学校とかいうところか？」

道三は確かめた。

「そうです」

一鷗は大きくうなずき、きっぱりと答えた。すでに予定がたっているためか返事も早かった。

「この時期、寒くてかないません。少し暖かくなってからでいかがでしょうか」

大永八（一五二八）年の二月の上旬だった。節分は過ぎていたがまだまだ冷え込みはきびしかった。

道三はあまりに意外で急な提案に戸惑うばかりだった。

――寺を出る……。

寺を出て別の場所で学ぶ。これは道三にはない発想だった。

道三はあらためて一鷗との縁を思い返した。

道三と一鷗は同じ日にこの相国寺・蔵集軒に入った。そして、同時に剃髪《ていはつ》（髪を剃る）して、得度《とくど》（仏門に入って僧になる）したのである。以来、同室で生活をともにし、修行してきた。二歳年下を上手に利用して要領のよいところはあるが、悪人ではない。ここまで仲良く学んできた同志だった。その相手と離れ離れになるのは、惜しい気もしないではない。

「道三さんもさらに深く学ぶべきです。足利学校はこより学ぶ環境は整っています」

一鷗はたたみかけて促した。

「しかし……」

道三は口ごもった。突然持ち出された話を急には決められなかった。

道三には道三の事情がある。この格式の高い寺で一人前の僧侶になることが、世話になった伯母と姉への最大の恩返しになる。また、この寺を出たら行き場がないのも現実だった。高名な漢学者を父親に持つ一鷗の恵まれた家庭環境とはまったく違っていた。

――だが……。

道三は迷っている自分に気づいていた。その足利学校という学びの舎に未知の魅力を感じていた。というのも、寺の修行を物足りなく思う気持ちが涌いていたのである。特に二十歳を過ぎてから、これでいいのかと感じ始めていた。修行は相変わらず厳しいが、飲食する上で不自由はない。むしろ環境を変えて、寺以外の生活を体験し、修行に役立てたいという思いが芽生えてきていた。八歳で寺に入ったまま、その他の生活を知らないのである。

しかし、寺を出るとなると、いずれにせよ、住職や伯母、姉とも相談しなければならないと思った。

――寺を出る……。

あり得ないという気持ちのほうが道三の頭を占めていた。

いつの間にか、一鷗は地図を持ち出し、畳に広げていた。半畳はあるだろうか大きな地図で、「大日本行程大絵図」とあり、日本全体が俯瞰できた。北は蝦夷から、南は薩摩までを街道中心に描いていた。

「道三さん、見てください」

と一鷗は広げた地図に膝を進めた。目が輝きを増している。

もうそこまで準備しているのかと道三は驚くと同時に、一鷗の足利学校にかける並々ならない意気込みを感じた。

「足利までどれくらいあると思いますか」

一鷗はたずねた。

「さて……」

と道三は応じて地図に目を落としたものの見当がつかなかった。

「今はここにいます」

一鷗は丸の中に大文字で「京」と書かれた場所に人指し指を置いた。そして、京都から琵琶湖の横を通過し、中山道を指先でたどり、美濃、信濃、上野を通過して最後に下野の足利で止めた。

「足利までは百十里ほどあるようです」

一鷗は地図を眺め渡して言った。

——百十里（およそ四百四十キロメートル）……。

途方もない距離は道三の想像を超えていた。遠出といえば、近江・守山《もりやま》への八里の道のりを歩いた経験しかなかった。

「百十里とは……」

道三は不安を覚えた。

「なに、わたしの父が出かけた場所です。行けるはずです」

一鷗はあくまで積極的だった。作務では怠惰な一面も見せたが、こと学問を究める姿勢は積極的だった。

——そうか……。

五十歳を超えている一鷗の父親が赴任した所である。考えてみれば、二十代の若者ならその気があれば行ける場所だった。

問題はやる気、それに資金だろうと道三は思った。

八

道三は足利行きを迷いつつ、木峰住職の部屋を訪ねた。床の間にはいつものように雪舟筆の達磨図が掛かっていた。

「行きなさい」

住職は間髪を入れずに応じた。

「はあ……」

あまりの即答に道三は次の言葉が出なかった。もしかすると一鷗からこの話が伝わっているのではないかと推測した。

「いつかおまえを足利学校に送ろうと思っていた」

「わたしをですか？」

「そうだ」

「どなたからか話があったのでしょうか」

道三は一鷗の父の可能性も考えた。

「いや、よそからの話などではない。寺独自の判断だ。この寺ではこれはと思う人材を明《みん》に送るのが基本だ。おまえはそれに該当しているということだ。日頃の修錬が際立っている。新たな境地を目指すにはよい頃合いだ」

と住職は言った。

「足利学校は僧侶でなければ入れない規則だ。今のおまえは僧として修行を積んできた身だ。入門に何ら支障はない。また、足利学校なら学ぶ場として不足はない」

向こうでの当面の生活資金や路銀の心配は無用だと住職はつけ加えた。

道三はありがたい話と受けとめる一方、選ばれた者として重圧も覚えた。

「わたしは何を学んだらよろしいのでしょうか」

道三はきいた。

「それはわからない。見つけ出すのもおまえの仕事のひとつだ」

「そうですか……」

考えれば考えるほど迷いと不安が募った。

「今、この世は乱れている。いつかいったたつもりだが、少しでも庶民が救われる世の中になるようおまえも力を尽くす必要がある」

蔵集軒に来て間もないころ、十三歳の道三に住職が話した内容は道三も覚えていた。戦乱と自分は無縁であると思っていたので驚いたものだった。戦乱は他人ごとではないと認識させられた。

応仁の乱後、京都周辺は一応の平静をみているが、それはうわべだけだった。昨日も桂川べりで兵同士の小競り合いがあり、数人の死者が出ていた。日常茶飯事の出来事で、いつ再び京都が大きな戦乱の舞台になるか知れたものではなかった。

「国手と呼ばれる人物がいる」

と住職は急に口にした。

「こくしゅ……」

道三は初めて耳にした。

「名医のことだ。すぐれた医術はもちろんのこと、庶民から信頼され、さらに乱れた国さえ治《じ》すほどの医者のことだ」

住職はさらに言葉を継いだ。

「おまえはせっかく足利学校で学ぶなら、国手と呼ばれるような人物を目指せ」

と住職は諭した。

「国手になどなれるでしょうか」

道三は自信がなかった。

「それくらいの気概をもって学んでこいということだ。おまえならできる」

道三、おまえならできると住職は繰り返した。

「この絵を描いた人のように」

と住職は振り向いて床の間の軸を指さした。

周文の弟子・雪舟の達磨図だった。雪舟は相国寺で修行を積んでのち、中国・明に渡りおのれの才能を開花させ、その道の第一人者になった。

「できるでしょうか」

道三には自信などなかった。雪舟は絵画界に聳える巨大な巌《いわお》だった。自分と比べるのはおこがましいと思った。

だが、この日、木峰住職から足利学校への道が提示されたのは事実だった。

「できる限りを尽してまいります」

そう決心して、道三は住職の部屋を辞した。

道三は足利学校への遊学が現実のものになろうとしているいま、望みは大きく持とうと誓った。

九

大永八（一五二八）年――、三月三日、二十二歳の道三は二十歳の一鷗とともに夜明けを待って相国寺の山門を出た。いよいよ、関東遊学に旅立つのである。

新しい草履の履き心地が門出を意識させた。二人とも小さな振り分け荷物を肩にかけていた。頬をなでる風に極寒の厳しさはなく、春めいた和やかささえ感じられた。

さらば、京都。

思い返せば、近江・守山の天光寺から相国寺・蔵集軒に移って九年が経過する。あのときは、頭髪もたれ髪にした十三歳だった。それが今や二十二歳だった。

「一鷗の提案がこんなに早く実現するとは思わなかった」

道三は京の町を近江に向けて歩きながら一鷗に言った。

一鷗が寺を離れて足利行きを言いだしたときには他人事と思ったが、それが実現し、さらに同行して関東に下るようになるとは想像もしなかった。夢のようだとも思ったが、それは口には出さなかった。

「わたしもこれほど早く出立できるとは考えていませんでした。道三さんと一緒できて、道中、心強く思います」

一鷗は楽しそうだった。念願の足利行きが実現して胸がふくらんでいるようだ。

「それはお互いさまだ」

道三も足利まで途方もない距離と思った口である。

今回の足利行きに際して、一日休みをもらい伯母の栄《えい》泉《せん》と姉の乗水《じょうすい》に了解と挨拶を兼ねて会った。二人とも心配しつつも、道三の成長を喜び、将来に期待を寄せていた。

足利までは十日ほどの行程だった。途中、何が起こるかわからない。

伯母は、

「水が替わるとお腹をこわしやすい。水には気をつけなさい」

と言って胡椒を渡した。下痢止め、解毒作用が期待できるようだ。

また、虫よけのお守りです、と濃い緑色の草を納めた袋を道三に差し出した。

「苦参《くじん》というものです」

宿で眠るとき、枕元に置いておくと蚤《のみ》が寄ってこないという。こうした細かい配慮に道三は目頭も熱くなった。

さらに、餞別にわずかな路銀も用意してくれた。

別れ際には伯母も姉も涙を抑えきれなかった。それまで我慢していた感情が一気に溢れて、道三も涙が止まらなかった。名残りは尽きず、見送る伯母と姉の嗚咽は道三の耳に残った。

道三と一鷗、二人の所持品はさして多くはなかった。着替えや生活品に加え、携帯用食糧の兵糧丸《ひょうろうがん》を用意してあった。

道三は懐中に、父母の印の松毬とお手玉を忍ばせていた。

道三たちはいつしか京都を抜けて近江へ入り、中山道の守山宿にさしかかった。

——ここで修行していたのだ。

懐かしい風景だった。

守山の街区を抜けた。横道に入って進めば五年間修行した天光寺だった。

だが今は先を急がねばならない。感傷に浸っている時間はなかった。そして、高宮宿で一日目の宿をとった。

翌日、中山道・鳥居本宿《とりいもとしゅく》を抜け、磨針峠《すりはりとうげ》にさしかかった。視野が開け、湖東平野とその先に琵琶湖が眼下に一望できた。一番北に竹生島が、南に奥の島、竹島の三島が湖に浮かぶのが見えた。天光寺裏にある高台で道三が勝手に名づけた一望台より眺望はよい。琵琶湖がひときわ大きく見えた。日本一の湖はまさに淡海《あわうみ》だった。

「大きい、大きい」

と一鷗は初めて見る海のような湖に歓声をあげていた。

二人旅の七日目は下諏訪宿だった。

諏訪湖を前にして、前方に富士山が眺望できた。

――これが富士山……。

道三は初めて目にする日本一の山をただ無言で眺めた。以前、建仁寺の原心和尚から、天光寺の一望台で、琵琶湖ができたときの元の土が盛り上がってできたのがこの山ときいたものだった。

「大きい、立派だ」

一鷗は琵琶湖のとき以上に大声をあげ、目を丸くして富士山を眺めていた。

二十五里近く離れているというが、それでも富士山は高く聳え、雄大だった。

――この富士山のように気高くありたい。

道三は富士山の雄姿にただ素直にそう思った。

足利学校

一

門が見えてきた。黒い柱の清楚な門構えだった。

「道三さん、あれではないでしょうか」

一鷗が立ち止まって街道筋の先を指さした。

「うむ、どうやら着いたらしい」

道三も応じた。

おそらくそこが足利学校のようだ。

一帯には五月の風が吹きわたり、杜《もり》は新緑に映えていた。

小さな門だった。左右に板塀をめぐらし、一画は堀に囲まれ土塁が築かれていた。構えは、大名屋敷ではなく、寺社でもない。民家や農家の門でもなかった。武家の簡素な通用門風だった。

二人はさらに足利学校に近づく。

――ここが足利か……。

道三はいま踏みしめている足利の土を強く意識していた。京都の感触とは少し違い乾いているような気がした。

どれだけ草鞋を履きつぶしただろうか。足の裏はまめが潰れて腫れあがり血も固まっている。ここまでくると不思議と逆に歩行にもなれてきた。

道三は今までの道中を思い出していた。

京都の相国寺を旅立って以来、十日間歩き通しだった。幸いにして途中、事故にもあわずに来た。宿場を発ってすぐに大粒の雨に打たれ、山中で強風にみまわれた日もあったが無事たどりついた。伯母に教えてもらった歩行の疲労に効くと教えられていた足の三里への灸も必要なかった。

ただ、道三は前日に食べた魚料理が悪かったらしく、下諏訪宿で腹をこわしてしまった。足利宿まで三日ほどの距離だった。

――もうすぐ足利学校なのに……。

道三は痛みが広がり力の抜けた下腹が恨めしかった。熱はないものの気力が湧かなかった。

すると、宿の主人が信州に伝わる「お百草《ひゃくそう》」と称する黒い小さな丸薬を用意してくれた。

正式には百草丸という名の薬を五粒ほど口にしたとたん、口中に刺激をともなった苦みが広がって、

「苦い」

と思わず叫んでしまった。吐き出したいが、吐くわけにはいかない。

すると、一鷗が笑った。よほど道三の顔が歪んだらしく、笑いがこみあげてきたようだった。

「我慢するといい、道三さん。良薬、口に苦しというではありませんか」

とまだ笑っていた。

路銀にゆとりはない。先を急ぐ旅である。力も入らず腹痛もあって早歩きはできなかったが宿をあとにした。

ただ、道三はその百草丸を二度飲んだだけで下痢はとまった。よく効いて歩いているうちに体調は平に復してきた。

――あんな小さな粒が……。

正直、その効き目に驚いた。と同時にどこかで口にしたようにも思えた。味に覚えがある。

――百草丸。

その名前を頭に刻んだ。後年、道三は黄柏《おうばく》（きはだの樹皮）を主剤としたその薬が、天光寺で知った陀羅尼助《だらにすけ》

と同様の処方であると気づくのにさして時間はかからなかった。

道三と一鷗——二人は足利学校の門を見上げた。黙ってならんで見つめていた。

小さな瓦屋根の軒下に『入徳《にゅうとく》』と大文字で彫られた扁額が掲げられていた。

「着きましたね、道三さん」

一鷗が今さらのように言った。

「ああ、着いた」

無事に着いたと道三は言った。

入徳門を通過すると、再び同じような門が建っていた。扁額に『學校』とある。

——ここが足利学校だ。

道三はあらためて長い旅の終わりを感じた。しかし、ここが出発点でもある。

その學校門をくぐると、さらに門があり、その先の正面に寺の講堂のような造りの大きな建物が見えた。

二人が歩を進めようとすると、横から三十がらみの男があらわれた。作務衣《さむえ》姿で剃髪していた。学僧風だったが、これが足利学校の普段着のようだった。

「その先には入ってはならない」

と男は鋭く制した。

「この先は入校を許可された者だけが入れる場所だ」

行く手をふさぐように二人の前に立ちはだかった。

門の扁額に『杏壇《きょうだん》』とある。その先の建物は大成殿《たいせいでん》で、学問の師、孔子を祀る聖廟《せいびょう》だった。足利学校を象徴する神聖な場所である。

——まだ入学は許されていない……。

道三は浮かれてはいられないと気を引き締めた。一鷗も同様の感想を抱いたらしく、これまでになく緊張の面持ちだった。

道三と一鷗は名を名乗って挨拶し、相国寺から来た旨を伝えた。男は勝手がわかっていたらしく、

「こちらへ」

と二人を庭のほうへと案内した。

そこは広々とした南庭園と呼ばれる場所で、掃除が行き届いていた。回遊式の泉水《せんすい》が澄んだ水をたたえ、中央に小高く築山《つきやま》が二つ築かれていた。松の古木が初夏の陽射しを浴びて輝く水面に影を映し、自然石が各所に優雅に配置されていた。

その庭に面して茅葺き屋根の大きな方丈が建てられていた。足利学校の教学場である。学びの中心だった。方

丈に隣接して庫裡《くり》が続く。

男は庭園を通過して方丈から東南の方角にあたる長屋のような建物に案内した。そこが衆寮《しゅうりょう》（注・寄宿舎）で、二棟ならんで建っていた。入学が許可された学生が寝泊まりする場所だった。

二人はひとまず六帖ほどの板敷きの部屋に荷をおろした。

「来ましたね、道三さん」

一鷗は部屋中を見まわして今さらのように言った。簡素な造りで天井は梁《はり》がむき出しだった。

「ああ、来た」

道三も何度もうなずいた。

二人は確かに足利学校にたどり着いたのだった。

翌日に文伯《ぶんぱく》という名前の庠主《しょうしゅ》（注・校長）との面接が待っていた。

二

道三と一鷗の面接は別々に行なわれた。

先輩学徒が庫裡《くり》の玄関で待っていた。庫裡は禅寺同様、竈《かまど》がしつらえられた土間や板敷きの台所、畳敷きの大小の部屋、湯殿などがあり、庠主や学生たちの日常生活の場だった。

道三が玄関で挨拶すると、先輩は庫裡の奥にある庠主・文伯のいる書院に向かった。そこは足利学校を率いる総責任者の書斎だった。

先輩学徒は書院前の障子戸の脇で立ち止まり、中に改まった口調で到着を伝えた。

「入りなさい」

と室内から入室を促す声がきこえた。

道三は緊張しながら一人で部屋に入った。うつむきながら机の前まで進み出て、畏まったまま頭《こうべ》を垂れて正座した。二十二歳のこの年になるまで、これほど緊張した経験はなかった。

道三は自分の名を名のって静かに顔をあげた。

そのときである。

「あっ」

と声が出た。自分でも驚くような大声だった。

叫んでから礼を失したと反省したが後の祭りだった。

——原心《げんしん》様……。

今度は胸のなかでつぶやいた。

目の前の人物、足利学校第六代庠主・文伯は原心和尚だった。

建仁寺の原心和尚が近江の旅の途中、天光寺を訪ねてきたときに、道三は寺の裏手にある高台、通称、一望台に案内している。梅湯も飲んでもらった。接した時間は短かかったが、徳にあふれた僧だった。あれから十年が経過していた。

「驚いたようだな」

僧衣姿の文伯はさも楽しそうに笑みをたたえている。五十半ばにさしかかっていて、彫りの深い顔には修行を経てさらに人徳がにじみ出て厳かな気配に満ちていた。二年前の大永六（一五二六）年から庠主の地位に就いている。

「旅の疲れはないか」

文伯はきいた。

「ありません」

道三は答えながらほとんど疲れていない自分に気づいた。若さのせいか、緊張のせいか分からなかった。

「このたびの京都からの旅で富士山も初めて見ました。琵琶湖の元の土が積もって富士山ができたと老師さまからおききしていましたので富士山を見る目も違いました」

「そうか」

と文伯も満足そうだった。

「近江育ちのわしにとっては、琵琶湖と富士山は気になる存在だ」

「どちらも日本一です。足利までの日々は貴重で思い出深い旅となりました」

道三の本心だった。

「それはよかった。わしもこれからいつでもおまえから蘇東坡《そとうば》の赤壁賦《せきへきのふ》がきけるので楽しみだ」

文伯はにこやかに言った。道三は一望台で赤壁賦の前《ぜん》と後《ご》を詠じている。

いまの文伯の言葉は道三の胸に明るく響いた。

「それでは、老師さま、わたしの入学は認められたのですか」

「ああ、もちろんだ」

文伯は大きくうなずいてみせた。

「赤壁賦ばかりか、そのほうのあの素朴な梅湯がまた飲めるかと思うと、それも楽しみだ」

ここでの生活に慣れたら淹《い》れてもらおうと文伯は言った。

「いつでもご所望ください。老師さま」

と道三は応じた。そういえばここしばらく梅湯を作っていなかった。少し練習しなければならないと思った。

「じつは、おまえのことは木峰住職からことあるごとにきいていた。住職はそのほうをここで学ばせたかったようだ」

「ありがたいことです」

道三は自然と頭を下げていた。あらためて木峰住職に感謝した。住職はお前ならやれる、国手を目指せとまで言って買ってくれている。多くを学び、励まなければならないと強く心にとめた。

「他でもない。木峰住職の推薦だ。預かった当方も安心だ」

期待していると文伯は伝えて面接は終わった。

ここに道三は、享禄元（一五二八）年五月五日、正式に足利学校に入学した。

三

道三の足利学校での勉学が始まった。一鷗も同様に入学が許可されたが、衆寮は別々になった。部屋は大部屋で各々に小さな荷物置き場と夜具が与えられた。

日常は相国寺とほぼ同じような生活だった。禅寺では常住坐臥これ修行だった。足利学校では学問もさせることながら、雑務も重視された。掃除、洗濯、食事の支度、水汲み、風呂焚き、便所掃除、庭園の手入れ、菜園作業などの作務《さむ》が課せられていた。これはいわば、常住坐臥の修行と同じだった。

――座禅と托鉢がないだけだ。

当初の道三の感想だった。

代々禅家の高僧が庠主に就くならわしだったから、学舎での生活は万事、禅寺風だった。飲食も簡素だった。

――これならやれる。

学校でどんな生活が待っているかと案じたものだが、道三は自信を深めた。雪中や炎天下の托鉢がないのでむしろ楽だった。

足利学校は、鎌倉時代に下野国《しもつけのくに》（現・栃木県）足利に建てられた学校である。室町時代中期の永享四（一四三二）年、関東管領《かんれい》・上杉憲実《のりざね》が再興して向学の気運が高まり、勉学の環境も充実した。僧侶やその子弟が中心の学び舎だった。

入校して半月ほど経ったころ、道三は明るい陽射しの下、菜園で野菜を手入れしている一鷗を見かけた。学校では常時、五、六十名の生徒が学んでいて、その上、棟も違うとなると、相国寺とは違って一鷗と話す機会はそう簡単には見つけられなかった。

「精がでますね」

道三は掃除の手を休めて一鷗に声をかけた。一鷗も道三同様、作務衣姿である。

「畑の虫で困っています」

一鷗は立ち上がって腰のあたりを叩いた。

「取っても取っても虫がたかる。虫との戦争です」

一鷗は閉口していた。

足利学校の評判は諸国にきこえていた。ここで学べること自体が名誉だった。それは海外から来日したキリスト教の宣教師たちにも知られ、フランシスコ・ザビエルは天文十八（一五四九）年に、「日本国中、最も大にして最も有名なる坂東《ばんどう》の大学」と報告している。

この日本最古の学校で学ぶ者は、たとえ無駄と思われるような仕事に従事しても誇りを持つことができた。

だが、相国寺でも掃除や庭園の作業を嫌がっていた一鷗である。野菜の手入れにはあまり意義を見いだしていないはずだった。

「少しは生活になれましたか。道三さん」

一鷗は一度空を仰いで伸び上がり、再び腰のあたりを叩きながらきいた。


「気候も同じようだし、京都での生活とさして違いはない」

道三は感想を伝えた。

「そうですか。わたしはあの暁《あかつき》七つ（午前四時ころ）起きの読経がないので助かっています」

朝に弱い一鷗だった。特に寒中の本堂での読経はつらい勤めでいつもこぼしていた。

「講義はいかがですか」

一鷗がきいた。

講義は四書五経や諸子百家など、中国の古典籍類を教材にして方丈で行なわれた。

「元簡さまの易経《えききょう》の談義は興味深く感じた。これからも楽しみだ」

足利学校では教授の講義は談義と呼ばれた。道三は入校して早々に一鷗の父、元簡の『易経』の談義を受ける機会を得た。幸運だった。

『易経』は五経の最初にあげられる儒教の基本となる聖典の一書だった。その宇宙観は陰陽の二元をもって天地の森羅万象《しんらばんしょう》を説明する。中国・周《しゅう》代に大成され、易経での分析や解釈には兵略、科学、算術、芸術などの多彩な概念が包含されている。人体を小宇宙に見立てる発想もあり、医学にも関係している。道三には、まさに人間学を究める上で必須の一書に思えて関心はつのるばかりだった。

「わたしは父の韓非子《かんぴし》の談義を面白く感じます」

『韓非子』は中国・戦国時代に生きた韓非の論集だった。権力強化のために法律と刑罰をもって政治の基礎とする法家思想に貫かれていた。権力者への接近に関心を抱く一鷗らしい興味の持ち方だった。

「ところで、この虫退治は明日には解放されそうです」

一鷗はうれしそうに言った。

「そう、それはなぜだ」

道三は菜園作業をそれほどまでに嫌がっている一鷗を知った。

「といいますのも、明日にも鎌倉に出かけます」

「鎌倉?」

この下野、足利から遠い武蔵の地だった。それにまだ京都から足利に着いて間がなかった。

「一日、江戸に出て、そこから鎌倉に向かいます。ここから三十四里ほどあるようです」

一鷗はすでに調べていた。

「この前京都から来たばかりではないのか。旅の疲れはないのか」

「それは大丈夫です。金沢文庫という古典籍の収蔵庫があり、稀覯本《きこうぼん》が多数所蔵されているといいます。そこの典籍を調べてきます」

交換研究のため、足利学校の所蔵本も運ぶという。

「それは元簡さまの指示なのか」

「まあ、そんなところです」

一鷗は曖昧に応じた。役まわりは秘しているようだった。

翌日、一鷗は鎌倉に向かった。

四

足利学校では教授陣の談義が毎日行なわれたが、それが主体の学校ではなかった。生徒の学習の中心はもっぱら筆写だった。古典籍を書き写すのである。この時代、書籍は金銀同様、貴重品だった。足利学校には中国からの輸入書もあり、その意味でも学校の存在意義があり、権威も高まった。

道三たちは方丈の板の間に文机を出して、いぐさで編みあげられた円座《えんざ》に座り学習に臨んだ。

生徒は文机に向かい、まず、墨をする。道三はこの墨の香りが好きだった。深く、沈んだ墨の香りが硯に溶けだし、気分が落ち着き、学ぶ姿勢ができてくる。そして、毛筆を持って、墨書するのだった。

おおむね四書五経のなかの一冊を書写する。この間、方丈は静寂に包まれ、書籍をめくる音ばかりがきこえた。私語は禁止されている。

板木を叩く音で午前の学習は終わる。軽い昼食の後、作務や談義、学習などに臨んだ。

毎日がこの連続だった。

ある日、午後の書写が終わった頃、道三は庠主・文伯から書院に呼ばれた。

生徒が庠主から呼ばれるなど滅多になかった。入退学時や個別指導など特殊な用事があるときだけだった。

「これから所蔵庫に行く」

ついてきなさいと命じられた。同時に、細長い木箱を持つように言われた。

庠主は庫裡の北東側の裏手にある土蔵に向かった。そこは土蔵一棟がまるまる書庫のようだった。広い室内には床から天井まで組まれた棚に書籍が積みあげられていた。重要品が納められているらしい木製の箱もならんでいる。棚に書籍が詰まっている光景は圧巻だった。蔵《ぞう》集軒《しゅうけん》の経堂の蔵書とは、量、質ともに比べようがないほど充実していた。

「床の間の掛け軸を取り替える」

庠主は言いながら、道三に持たせた細長い木箱を別の箱と取り替えた。

それから、棚から一冊の和綴じ本を手に取った。表紙に、『礼記正義《らいきせいぎ》』とある。

「これは上杉憲実公が寄進された稀覯本だ」

庠主は宝物を扱うように両手に持った。

「たいへん貴重な書物とお見受けします」

道三は稀覯本を注視した。

「それにしましても、ここの蔵書量には驚きます」

道三はただただ驚嘆してあとの言葉が出なかった。

そのとき、ふと棚に整然と積まれた書物の表紙が目に入った。

――『大同類聚方《だいどうるいじゅうほう》』……。

「庠主様、これは……」

「平安期の医学書だ」

庠主は事も無げに言った。

「全巻揃っているのですか」

一鴎とともに筆写できたのは不揃いな十二巻分だけ

だった。

「もちろんだ」

『大同類聚方』が全百巻揃っていた。

――ここにあった……。

道三は感激していた。

いつか相国寺の木峰住職が、

「あるところにはある」

と断言していたがここにあったのである。住職はこのことを言っていたのか。

――足利学校……。

道三はたいへんなところに来たと改めて感じた。

一鷗に一刻も早く教えたいところだが、まだ鎌倉から戻っていなかった。長く連絡がとれないという話だった。

五

足利学校の敷地の一角に一本の黒松が植えられている。孔子を祀る大成殿《たいせい》を取り囲む塀には杏壇門《きょうだんもん》があり、そのまえにそびえていた。

黒松は「字降松《かなふりまつ》」と呼ばれていて、十尺（およそ三メートル）以上の高さがあった。

足利学校では教授陣の談義を聴いて分らない字や疑問が生じた場合、質問事項を紙に記して松の木に結びつけ、答えを待つのをならわしとした。そこで、いつしかこの松を学徒たちは、「字降松」と呼んだ。足利学校ならではの悠長で優雅な師弟の交流だった。

ある日、道三は一鷗の父、元簡の『中庸《ちゅうよう》』の談義を受けた。

教授陣の談義は典籍をもとに方丈の教学場で行なわれるが、高価で貴重品の教科書を持つのは教授だけだった。また、一部の年長者で長く足利学校で学んでいる者は、収蔵本を筆写する機会と時間が与えられていたので典籍を手元に置いて談義にのぞめた。

したがって、ほとんどの生徒たちに教科書はなく、談義の最中、耳を澄ませて教授の話に聞き入り、必死で要点を筆記しなければならなかった。

しかし、聞き逃したり、理解できない部分がどうしても生じた。その場合、筆写本を持った年長者から借りるか、学校で収蔵している典籍にあたるしかなかった。書物は貴重品であり、数も限られているので取り合いになった。一冊に何人もの学生が顔を寄せ合う光景は日常茶飯事だった。

ようやく調べ終わっても不明の個所が出る。その場合、教授陣に問うしかなかった。こうしたときの質問の場が「字降松」だった。道三は元簡の『中庸』の談義のあと、その内容に疑問を覚えて独自に研究した。

『中庸《ちゅうよう》』の作者、子思《しし》は孔子の孫で、孔子の精神の発揚を謳って孟子《もうし》に授けた書が『中庸』である。天と人とのあいだに一貫した誠《まこと》の道があるという天人合一説《てんじんごういっせつ》を唱えている。偏《かたよら》ない、中正の徳の道を説いた一書である。道三には『易経』とならんで関心の深い書物だった。

道三が元簡から受けた談義は、『中庸』の第二十章にある、「誠は天の道なり。之《これ》を誠にするは人の道なり」の項目についてだった。誠をわが身に実現するのが人としての道であると説く章である。

その中で道三には気になる一節があった。そこで質問事項を紙に書きつけて「字降松」に結びつけた。

「人一能之、己百之（人、一之《ひとたびこれ》を能《よく》せば、己《おのれ》之を百《ももたび》す）――これは、人が一回できたなら、自分は百回行なう、という意味ですか」

どのような答えが返ってくるか、道三は楽しみに待った。毎日毎日、おそらく元簡からもたらされるであろう返答を待って「字降松」の枝を見に行った。

三日が経ち、十日が過ぎた。

他の学徒が発した質問には次々と返事の紙が届いていたにもかかわらず、道三には返事がなかった。

――難しい問いかけではないはずだが……。

道三は首をひねった。普通なら二、三日で解答がもたらされるものだったが、それがないのは、よほど奥深い質問をしたのかもしれない。逆に、あまりに取るに足らない問いかけに失笑、無視された可能性もある。

道三としては気軽な気持ちで発した質問だった。「字降松」に結んだ道三の質問紙は消えていたから、相手に疑問は届いているはずである。どうであれ、待つしかなかった。

一方、足利学校での生活は早朝から就寝まで連日、判で押したような毎日だった。修学と作務《さむ》で日々が過ぎた。休む時間はなく床に就くと疲労ですぐに眠りに落ちていた。

道三は多忙にまみれ、ふと「字降松」の件を忘れる瞬間もあった。

六

数日後だった。

先輩学徒があらわれ、

「元簡様がお呼びだ」

庫裡の部屋に来るようにとの伝言だった。

「字降松」の件かもしれないと思ったが、「字降松」の質問に教授が直々に指導する例はないときいていたので、道三は元簡に呼ばれた理由がわからなかった。

「おまえがあまりに不思議な問いかけをしてきたものだから、じかにきいてみたくなった」

元簡は教学場で見せる厳格な態度とは違い、寛いで座っていた。

「人一能之、己百之については、これまで何度も多くの学徒から質問があった。この意味は、善行を人が一回するところを、自分は百回する、と解釈できる」

これが基本的な解答だった。

元簡によれば、これまで解釈についてたびたび質問を受けていて、よくあるその内容は、人が一回でできることを、自分は百回かかる、というものだった。

「だが、おまえは、違った。人がようやく一回できることを、自分は努力して百回もする、と解釈した。こんな風に質問してきた人物は今までにいなかった。そこでおまえにきいてみたかったので、今日はここに来てもらった」

元簡は相変わらず寛いでいた。

「百回できたらそれで満足か」

元簡が問いかけた。

道三は何のことかわからなかった。

「おまえは、学んだことを、人が一回できたなら、自分は百回行なう、といった。それなら、その徳行の百回目のあとはどうなるのかと、わしは疑問に思ったのだ」

「それは……」

道三はそこまで思い至らなかった。

しばらく考えて、

「それはさらに続けます。徳行を積みます」

と答えた。

「無限か」

「ある意味で無限です」

「それなら『中庸』の精神に適っている」

元簡は満足そうだった。それから、『中庸』に一貫して流れる性善の思想について語った。それは元簡が道三にほどこした、いわば特別談義だった。

道三はありがたいことだと思った。感謝の気持ちを胸におさめた。

道三は元簡の談義が終わってから元簡に問いかけた。

『中庸』第二十章の疑問とは別に一鷗の状況も気にかかっていた。

一鷗は野菜畑の虫退治から解放されるとうれしそうに言って鎌倉に出かけて行った。が、それ以来、三カ月ほどが経過しているものの、今もなお帰って来ていなかった。

一鷗は鎌倉行きの自分の役まわりをあまりはっきり言わなかった。道三はその点でも気になっていた。

「うむ、そうなのだが……」

元箇は急に顔を曇らせた。

「一鷗さんは、書物の受け渡しが終わったならすぐにでも帰ってくるような話しぶりでした。体調を崩しているのか、あるいは何かの用件で長引いているのでしょうか」

文献の研究で帰りが遅いのなら安心ではある。

「うむ、そこなのだが、いま、事情を調べているところなのだ」

「調べる？　すると、遅い理由はわかっていないのですか」

「そんなところだ」

道三は気が抜けてしまった。父親にしてはあまりに悠長ではないかという気がした。

「何があったのでしょうか」

道三は心配だった。

「調べているところだ」

元箇は歯切れが悪かった。

しかし、道三にそれを問いつめる資格もなければ、立場でもなかった。

早々に部屋を辞した。

――何事もなければ……。

持ち場に戻る途中、一鷗との相国寺・蔵集軒での生活が甦っていた。

七

「曲者だーーっ」

突然の大声だった。

道三が声のする方に目をやると、夏の陽射しが照りつける中、二十代とおぼしき野良着姿の若い男を先輩学徒二人が必死に追いかけていた。

「引っ捕らえろ」

叫び声をあげて二人は男を追いかけていた。

先輩の一人は飯野という名前で、道三が京都からの旅を終えて学校に初めて入ったとき、杏壇門の前で立ちはだかって大成殿への立ち入りを止めた男だった。背が高く、それだけで人を威嚇するところがあった。学校に十年近く在籍していて学徒というより世話役だった。教授の手伝いや学徒の相談に乗り、また、校内の監視監督の役も務めていた。

道三は方丈の裏庭にあたる北庭園を竹箒《たけぼうき》でちょうど掃除の最中だった。昨日まで長雨が続いていたので落ち葉を集めるのに難儀していた。

逃げてきた若い男は門から出られず、塀伝いに逃げてきたようだった。二人に追われ男は北庭園内を早足で駆け抜けようとしていた。

男は道三の存在も目に入らないのか大成殿の裏手を目がけて走っていた。

道三は男が脇を駆け抜ける際、男の脛《すね》に素早く竹箒の柄を水平に打ち当てた。

男は前かがみに水たまりに転がって、その場にうずくまった。そして、そのまま脛を抱えて身動きしなかった。

「でかした。道三」

飯野は言いながら男の襟首を掴んで力まかせに引き上げると、腕を後ろ手にとってひねりあげた。

男は泥だらけの顔をゆがめながら悲鳴をあげた。丸坊主の頭にも泥が付いていた。

「騒ぐな泥棒」

飯野は苦々しそうに舌打ちし、

「不届きな泥棒め。この前の盗みもおまえの仕業だろう」

とさらに強くひねりあげた。

男は違うと苦痛に耐えながら首を激しく横に振った。

学校では学徒たちの米や塩、味噌などは人数に見合った分を貯蔵してある。そうした大量の食糧を狙う盗賊がこれまで何回か押し入っていた。

「泥棒を文伯《ぶんぱく》様のもとに連れて行く」

おまえも一緒に来いと、飯野は道三に命じた。

文伯の前に男が引き出された。板の間で男は神妙にしていた。文伯はしばらく男を観察してから、

「単なる泥棒には見えないが」

と言った。

飯野にはそれが意外だったらしく、

「そうです、庠主様。この男は得体が知れません。よからぬことを企んでいたにちがいない。忍びの可能性もあります。三十棒《さんじゅうぼう》をくらわせましょうか」

三十棒は棒で打ちつけて悟らせたり、懲罰を加える一種の仕置きだった。

「いや、待て。この者にも何か言い分があろう」

話してみよと文伯は促した。

男は鎌倉から来たと言った。

「鎌倉だと。でたらめをいうな」

飯野は拳を振りあげた。

「この学校に西という人物がいるかどうかを調べに来ました」

男は冷静に話した。

どこから入ってていいものか迷っているうちに大柄な人物にいきなり大声で注意を受けて動転し、校内を走りだしてしまったという。

「西はここの学徒だ。西一鷗という。だが、今はいない。鎌倉に使いに出したが居所がわからずに困っているのだ」

文伯は言った。

「そうですか。確かに在籍されているのですね」

男はうなずいた。確認できた後も文伯の目の中をのぞいて再度確かめていた。

「じつは今、西と名乗る男を寺で確保しています」

男は答えた。

「寺？」

「称名寺《しょうみょうじ》です」

鎌倉の古刹《こさつ》だった。金沢文庫をあずかる寺である。男は学僧だった。

「そうか……」

文伯はしばらく何事か考えていた。

そして、

「西が何か間違いをしたのか」

ときいた。

「禁を犯し稀覯書を筆写しました。寺ではどこかのまわし者ではないかと強く問いただしました」

その後は処罰として暗い部屋に幽閉されていますと男は言った。

道理で父、元簡も一鷗の状況を掌握していないはずだと道三は納得した。

——何と大胆な男か……。

一鷗の無鉄砲には驚いた。

「その西という人物に足利学校では何か指令を出されたのではないですか。寺のみんなが寝静まった深夜に書庫に入り密かに筆写していたのです」

男は厳しい調子だった。

「いや、そうした指示はない。あの男の個人的な行為だ。探究心の発露としか考えられない」

西という男は勉学にのめり込むと右も左も分からなくなる傾向があると文伯は眉をひそめた。

「間違いありませんか、庠主様」

男は強く問いかけた。

「間違いない」

文伯は一段、声を高めて断言した。

「分かりました」

男はそう言うと、座り直し、

「指令を出したなどと疑ったことをご容赦ください。ご無礼つかまつりました」

と深く頭をさげた。

男は称名寺に帰り事情を説明すると言った。

「おそらくすぐに幽閉は解かれるものと思います」

と見通しを述べた。

文伯は一鷗を鎌倉まで男と同道して迎えに行く段取りとし、その役を飯野と道三に命じた。

ついては、男には風呂に入ってもらい、一晩、学校でゆっくり休んでもらうことになった。


「庠主様はどうしてあの男が学僧だと見抜かれたのですか」

飯野が男を休憩所に案内して部屋からいなくなって道三はきいた。

「あの汚れた野良着姿はどう見ても農夫にしか思えませんでした」

「うむ、そうかもしれない。だが、あの男の手を見たか?」

「いえ」

「手には人の生活があらわれるものだ。農夫や職人なら、手はもっと分厚く、たくましい。あのように細く、真っ直ぐな指はしていないものだ」

そう言われて道三は自然と自分の両手を広げて眺めた。作務で掃除や畑仕事をするくらいである。たこも傷もなく、農夫の手には程遠い、柔らかく白い手をしていた。

「それにしましても、庠主様。あの称名寺から来た男はひどく一鷗を疑っていました。まわし者などと考え過ぎもはなはだしく異常です」

道三は憤りを感じていた。

「確かに、西がまわし者であるはずはない。ただ、鎌倉の人間は相当、疑心暗鬼になっているようだ」

「疑う事情があるのでしょうか」

「争いがからむと誰も信じられなくなるかもしれない。おまえは京都育ちだから応仁の乱のことは知っていると思うが、ここ関東でもそれに匹敵する享徳《きょうとく》の乱という戦いが起こっている」

　享徳の乱は応仁の乱（一四六七～一四七七年）に先立つこと十三年、享徳三（一四五四）年に鎌倉公方《くぼう》・足利成氏《しげうじ》が関東管領・上杉憲忠《のりただ》を謀殺した事件に端を発していた。以来、北関東を根城とする下総《しもうさ》の古河公方と武蔵、相模の南関東を勢力範囲とする伊豆の堀越公方とが対立して経過していた。

「内乱は果てしなく続き、悲しい話だが、今なお尾を曳いているのだ」

「そういう事情がありましたか」

　一鷗は間が悪いときに鎌倉入りしたようだった。道三は自分が戦乱の世に生きている事実を再認識した。

八

　翌日――、道三と飯野、それに称名寺の若い寺僧の三人は真夏の陽が照りつける中、鎌倉に向け足利学校を発った。一鷗が言っていたが、三十四里（およそ百三十六キロメートル）ほどの道のりである。江戸を通過し、東海道を品川、神奈川宿を過ぎて保谷《ほどがや》宿から脇にはいり金沢に至る道程である。京都から足利までの百十里（およそ四百四十キロメートル）ほどではなかったが、かなりの距離ではある。

「ところで、一鷗はどんな稀覯書を筆写したのですか」

　道中で道三は歩きながら気になっていたことを若い寺僧にきいた。

「寺宝に匹敵する中国伝来の貴重書のようですが、漢籍は不案内でわたしには分かりません」

　寺僧は仏典には詳しいが、それ以外は知らないようだった。

　一鷗に直接きくしかなく、道三はあきらめた。

　道中、猛暑は続いた。炎天下、街道には土埃が舞い上がっていた。汗かきの道三は喉が渇いて仕方なかった。水はいくらあっても足りなく、竹筒の水はすぐなくなった。

　東海道の川崎宿を過ぎたあたりで豪雨にあい、小さな神社の祠《ほこら》で雨宿りすることにした。

　蒸し暑く、道三は喉の渇きを覚えた。が、竹筒に水はなかった。

た。

「では、水を作ろうか」

飯野は言った。

「作る? まさか」

水など作れるはずはない。戯れも過ぎると道三は思った。

飯野は立ち上がると祠の前に放置された桶を運んできた。雨水が溜まっていた。

そして、飯野は振り分け荷から何か梅干しの種のような丸い粒を取りだした。

「これは杏仁《きょうにん》というものだ」

と言って七、八個を溜まり水に投じた。杏仁はあんずの種子の硬い殻を割って得られる種を乾燥させたものである。

「一時、我慢してくれ。そうすれば飲める」

そう言ってからどれくらいの時間が経過したか、雨も小降りになったころ、飯野は雨水の上澄みを小皿ですくって飲んだ。

「上等だ」

うなずいて道三にも促した。

「杏仁は潰して粉にして飲むと苦いが咳止めに効く。こうして水に浸せば濁った水でも飲めるようになる」

「飯野さんはそんな不思議なこともご存じなのですね」

道三は感服しながら聞きつつ水を飲んだ。少し苦味を感じたが、不都合はなかった。

「こんな時に役に立つとは思わなかった。旅の知恵を医者の田代三喜《たしろさんき》というお方から教えてもらったのだ」

「田代三喜?」

「ああ、以前は足利学校で医学を教授されていた」

「今はどうされているのですか」

「さて、どうされているのか」

飯野は首をひねった。

「元箇様ならご存じかもしれない」

「元箇様?」

「かなり親しい間柄ときいている」

飯野は再び杏仁の水を飲んだ。

——田代三喜……。

道三が田代三喜の名前をきいたのはこのときが最初だった。道三の人生を決定する人物の名前だった。

関東の名医

一

一鷗は鎌倉の古刹・称名寺の庫裡に閉じこめられていた。明かり取りのない暗く狭い部屋だった。

一鷗は道三を見た瞬間、

「道三……さん……」

と弱々しい声をあげた。

「一鷗……」

道三は一鷗の肩を引き寄せた。

「よく来てくださいました」

緊張から急に解きほぐされたのか一鷗は泣き出した。よほど不安と恐怖に苛まれていたのだろう。

しばし道三は一鷗の肩を引き寄せたままだった。

――痩せたな……。

一時より肩の肉が落ちていた。丸い雰囲気、丸い体型の一鷗が一変して痩せていた。足利を発って三カ月が経過している。心細かったに違いない。

足利から同道した寺僧が狭い部屋から明るい部屋に案内してくれた。

「よかった、よかった」

と足利から一緒だった飯野も安心したようだった。

ほどなく、寺僧は、

「一服してください」

と茶を運んできた。

一鷗は熱い茶を口にして、

「ああ……」

とため息とも安堵ともつかない声をあげた。頬骨が浮き出て、衰弱は隠しようがなかった。

一鷗はそのまま横になると心地よい寝息をたてて眠り始めた。道三もかたわらで体を横たえると、旅の疲れか間もなく眠りに落ちた。

数刻後、目を醒ました二人は住職の前に呼び出され事情を聞かれた。道三は、一鷗が確かに足利学校からの使いで、それ以外に用がない旨を、庠主《しょうしゅ》文伯から預かった書簡を示しつつ釈明した。こうして一鷗の嫌疑は晴れた。

そのあと、別室で出された精進料理は満足な食事にありついていなかったので特別の味がした。椀に満たされた国清汁《こくしょうじる》は足利学校でも定番の汁物だった。味噌仕立てで、大根、人参、牛蒡《ごぼう》、豆腐などが入る具だくさんの汁物である。米のとぎ汁が混ぜてあり、こくのある深い味も同じだった。

翌朝、二人は寺の境内を散策した。夜が明けたばかりで、阿字池《あじがいけ》と名のついた池面には朝靄《あさもや》がたちこめていた。

「自由というのはありがたいものです」

一鷗は幽閉から解かれ、極楽浄土を実感したようだった。暗い部屋での三カ月は地獄だったのだろう。

「わたしは忍びの者と勘違いされたのです。ばかばかしい話です」

わたしが忍びの者であるはずはありませんと一鷗は呆れていた。

「そこだ。一鷗の認識が甘かったのではないか。ここ鎌倉はまだ戦地なのだ」

道三は文伯からきいた享徳の乱にまつわる歴史の一端をかいつまんで話した。

「とんだところでわたしは迷惑を受けたものだ。道理で持ち物を何度も調べますし、着物も糸を解いて折り込みの中まで点検する過敏ぶりでした。わかっていれば、もっとやり方を変えたものを」

一鷗は一向に反省していなかった。

「しかし、それより前にこの地の人たちは足利学校の関係者を信用していないふしがあります」

「信用していない?」

「ええ、ひときわ警戒していました」

「どういうことだろう」

道三は警戒する理由が見いだせなかった。

「江戸城を築いた武将の太田道灌《おおたどうかん》はこの鎌倉の地に住んだ扇谷上杉氏《おうぎがやつうえすぎし》に仕えました。その道灌が足利学校で学んでいるのです」

一鷗は幽閉されている間に食事係や見回りに来る寺僧から種々の話を伝えきいたようだった。武将として名を馳せた道灌の話は権力者好きの一鷗にとって興味を惹かれたはずだった。

太田道灌は長禄元(一四五七)年に江戸城を築いている。その後、上杉氏同士の内紛に巻き込まれる中、文明十八(一四八六)年に主君、定正の嫉妬にあって、五十五歳のときに暗殺されている。和歌を愛した武将・道灌は軍事にも通じていた。軍略に長けていたのは、まさに足利学校出身者ならではであった。

「道灌は鎌倉五山で学んだあと、足利学校に移りました。鎌倉ではこうした経歴を持つ道灌を警戒し、足利学校を得体の知れない学問を授ける場所と思っている人が珍しくありません」

これが幽閉を体験した一鷗の印象だった。道三は足利学校こそ、この国で最も進んだ学問が受けられる場所と確信している。人々が足利学校に寄せる畏怖や憧憬の念が屈折して疑義の念を抱かせるのではないかと想像した。それは仕方のない心情だと思った。

二

「ところで、一鷗は金沢文庫でどんな稀覯書を筆写していたのだ」

道三はきいた。称名寺から調べに来た若い寺僧の話では、寺宝に匹敵する中国伝来の貴重書のようだった。

「そこですが、あまり話したくありません」

一鷗は面倒くさそうに言った。昨日、閉じこめられていた部屋で見せた憔悴しきった顔つきとは一変していた。

「それはないだろう。わざわざ、足利から迎えにきたのだからな」

道三は一鷗の態度が気に入らなかった。もともと自分勝手なところのある男だが、助けられたばかりで勝手をされては腹もたつ。

「迎えに来てくれたことには感謝しています」

「だったら、話してもいいだろう」

道三はまだ気がおさまらなかった。

「何を隠している」

「いえ、隠すつもりなどありません」

それでも一鷗はまだ話したくなかったのか黙って池面を見つめていた。岩の上の亀が一匹水中に消えた。やがて、一鷗は重い口を開いた。

「ここには鎌倉幕府以来の知識と歴史、伝統、戦略が詰まっています。話にはきいていたがこれほどだとは思いませんでした」

書庫には、仏典、国書、漢籍類が所蔵されていたという。内容は有職故実、歴史、文学、儒教、兵学など多種に及んでいた。金沢文庫は一鷗にとって、垂涎《すいぜん》の的で宝の山だったようだ。

「一番知りたかったのは楠《くすの》木《き》正成《まさしげ》の戦略のことでした」

と一鷗は口にした。

「楠木正成……」

道三にはいきなり意外な名前が出てきた。だが、権力者の動向に関心のある一鷗なら不思議はないだろう。

「どうして楠木正成が千早城《ちはやじょう》で事前の予想に反して勝てたのか不思議でならなかったのです。そこには何か巧みな軍略があったのではないかと考えました」

楠木正成が河内国赤坂（現・大阪府千早赤阪村）の千早城で元弘二（一三三二）年、鎌倉幕府軍、五万の軍勢に対し、たった二千人で勝利をおさめている。

「父、元簡の指摘では、それは孫子の兵法によるものであろうというのです」

「違うのか」

道三はきいた。孫子については道三も関心がある。

「わたしはまず、足利学校に所蔵された孫子を調べました。しかし、それらしき戦法は見当たりませんでした。欠けた章が多くてわかりませんでした」

この時代、『孫子』の完本は朝廷の図書寮《ずしょりょう》にしかなかった。

「ところが、このたび、この金沢文庫で孫子の兵法だったと確認できたのです」

「欠けた章があったのか」

「いえ、違います」

「違う？　どういう意味だ」

「所蔵されていた別の兵法書で確認されたということです」

「ほう。どんな兵法書だ」

「知りたいですか」

一鷗は道三を覗き見るような姿勢をとった。

「焦らさずに教えろ。一鷗」

「『三十六計《さんじゅうろっけい》』という書です」

「三十六計……」

道三は初耳だった。

「わたしには思わぬ発見でした」

書物の持つ力をあらためて認識したと言いながら、一鷗はしきりに顎の先を右手の指で撫でまわした。これは一鷗が得意のときにとる癖だった。

「楠木は三十六計にある調虎離山《ちょうこりざん》という戦略を利用したものと思われる。これはもともと孫子に出ている兵法です」

敵をおびき寄せて味方に有利な地に誘い込み相手を撃破する計略だった。楠木正成は鎌倉幕府軍に上赤坂城、下赤坂城を相次いで落とされ、さらに奥の山城、千早城に籠もった。敵は山岳地に入り重要な戦力の軍馬は使えなくなった。

「さらに、三十六計には、自軍が相手より劣勢のときに用いる敗戦計という戦術もあり、楠木軍はこの中の走《そう》為上《いじょう》を応用したものと推測できます」

両赤坂城を落とされた楠木軍は逃げに逃げ続けて千早城に入った。

「逃げ続けて勝ったのか」

道三はきいた。

「ええ、逃げました」

「敵に背中を見せるのはどんなものか。戦場の大道とはいえないな」

道三には抵抗があった。堂々と名乗りあってこそが戦いの大義として通用してきた。

「いえいえ、道三さん。戦況において圧倒的に不利な場合、三十六計では逃げるのは不名誉でも何でもないと教えています。負けてはもともこもない。貴重な教えです」

一鷗は思わぬ戦略書の発見に充実した時間を持ったようだった。

楠木軍は兵力を温存し、最後の砦で迎え撃って勝利を掴んだ。鎌倉幕府の大軍勢を少数の兵力で奇跡の勝利に導いたことは歴史が伝えている。

「しかし、道三さん。あともう少しで筆写が終わるというところで寺僧に見つかってしまった。その上、せっかく写した物まで全部取りあげられてしまった。まったく横暴な連中です」

一鷗は寺の態度を怒っていた。

道三は危機に遭ってなお探究心を失わない一鷗におどろいた。深夜に無断で書庫に侵入し兵法書を筆写したなら、忍びの者と疑われても仕方なかった。

――この男は何を考えているのか。

だが、その並はずれた好奇心を見倣わねばならないと感服した。

「そうか、惜しかったな」

道三は同情しつつも、一鷗の行為は危険地帯に立ち入ったと思った。

「道三さん。わたしは今回あらためて思ったことがあります」

一鷗は居住まいを正して道三に向きあった。

「知識は力です。知らずにいることは人生の充実から程遠く、不幸でもある」

「そう思うか」

一鷗はその知識を武器に権力の中枢部に分け入り、おのれの人生を拓いて行くのだろうと道三は思った。

「知識は腕力のないわたしに自信を与えてくれます」

一鷗は確信したようだった。

道三も同様、腕力に乏しい。

——一鷗の生きざまには見倣う面がある……。

三十六計ではないが、おのれの人生に的確な戦略を見いだす生き方は重要だと胸におさめた。

それから五日を経て、道三は一鷗、それに同行してきた飯野とともに称名寺をあとにして足利に向かった。

三

足利学校に戻った道三に元の生活が始まった。別棟に住む一鷗とはまた別々の離れた生活になった。

道三は田代三喜という医者が気になっていた。鎌倉行きの途上で先輩学徒の飯野からきいた、足利学校で医学を教えていたという人物である。飯野によれば一鷗の父、元簡がかなり親しいという話だった。

鎌倉からの帰り道で一鷗に田代三喜についてきいてみると、

「足利学校出身で、名医だという評判をきいたことがありますが、わたしはそれ以上は知りません」

という答だった。

「足利学校で学んでいたのか」

道三はきいた。

「そのようです」

「教えていただけではないのか」

太田道灌といい、田代三喜といい、足利学校は多彩な人材を輩出していたとあらためて感じた。

道三は早く元簡に会って三喜についてききたいと思ったが、所用があって留守だった。遠出しているという。

道三は通常の勉学に集中した。

二カ月ほど経過して、元簡が学校に戻ってきた。

しかし、学徒にとって教師とじかに話をするのはそうたやすいことではなかった。

道三はこの場合、一鷗に依頼するのが得策と考えた。友人を介して、いわば特別講義を願い出たのだった。

「ちょっと頼んでみましょう。道三さんにはこの前、称名寺の件で世話になったことだし」

一鷗は言った。

それでもすぐには難しく、元簡の部屋に呼ばれたのは、一鷗に頼んでから半月ほど経過してからだった。

「田代三喜について知りたいという話だが、なにゆえあの方に興味を抱いたのだ」

と元簡はきいた。

道三は鎌倉行きの途中で飲み水がなくなったとき、同行した飯野が杏仁《きょうにん》を用いて水を確保した話をした。その方策は三喜から伝授されたもので、道三はその知恵に感心すると同時に、三喜の名が忘れられなかった。

「そうだったか。あの方は医術ばかりでなく多方面の知識を持っている。たいへんな学者であり、人物だ」

それから元簡は三喜の人物像を語りはじめた。

田代三喜は寛正六（一四六五）年に、武蔵国（いまの埼玉県）越生《おごせ》に武士、田代兼綱の子として生まれた。十五歳のとき、医者を志すようになる。当時は僧侶でないと医者になれない時代だったので、妙心寺派の寺にはいり修行した。その後、足利学校に移り学問を積む。長享元（一四八七）年、二十三歳のとき、商船に便乗して中国・明に渡って、以来、明で十二年間という長期にわたって医学を修め、多くの医学書を携えて帰国した。

「その三喜先生と一度中国で会ったことがある。当時、すでに名医と謳われ各地の領主からも請われて治療に出かけていた」

と元簡は言った。

「人参《にんじん》使いの妙医と異名をとっているともきいた」

「人参……」

「朝鮮や北中国に自生する草だ。この根を薬として用いる。小さな大根と思えばよい。強壮作用があり、弱った人を立ち直らせ、さらには不老長寿の万能薬にもなるという話だ」

「貴重な薬草のようですね。日本にはないのですか」

「ない。栽培できないときいている」

「それは……」

残念な話だと道三は思った。

「古くは奈良朝期に渡来品として伝わっていて、もっぱら雲上の貴人に高貴薬として使われたらしい」

三喜は医学書同様、かなりの量の人参を持参して帰国したと元簡はつけ加えた。わが国で貴人ばかりでなく民間でも使用したのは三喜がはじめてだった。

「富貴貧賤《ふうきひんせん》を問わず診るのが三喜の方針だ」

そう言って、急に、

「うむ、思い出したことがある」

と元簡は遠くを見つめながら思い出話を語り始めた。

四

元簡が三喜とともに足利学校の所用で利根川流域を舟で移動しているときだった。

ある船着場で休んでいると出てきた茶屋の女将が、三喜に気づいた。

医者が日常的に着ていた黒い十徳《じっとく》を羽織っていただけでなく、目が丸く、口も大きなその特徴的な風貌でも三喜の名は知られていた。

女将は、

「主人が気うつ状態で寝込んでいて困っています」

と相談を持ちかけてきた。

主人は五十がらみで確かに目に力がなく覇気もない。寝ている部屋は暗く、気分をさらに暗鬱にさせた。

三喜は板戸を開けさせてから、落ちついた態度で脈をとり、腹に手を這わせて診断した。

やがて、

「もうすぐ足に腫れ物ができるかもしれぬ。気分が塞ぐのは、その兆しのせいだ。これからは足にどんな腫れ物ができるか注意して見ていなさい」

と診断した。

治療はそれで終わったという。

「何か薬を処方しなかったのですか」

道三はたずねた。

「しないのだ」

「なぜでしょう」

「必要ないというのだ」

「腫れ物ができるのはわかっているのでしょう。それを防ぐ手だては必要ないのですか」

「わたしもそう考えたから、三喜にきいたのだが、いらないという」

そして、二人はそのまま旅を続けた。

半月ほど後、そのかえり道で再び茶屋に立ち寄った。すると、茶屋の主人が明るく立ち働いていた。

「寝ているのが嫌になった」

と主人は言った。

「そうか。今後、足に腫れ物が出ることもないだろうから、安心して働きなさい」

と三喜は主人が運んできた茶饅頭を美味そうに口にしたと元簡は語った。

「腫れ物はできなかったのですね。三喜さんの診断の予想が外れたということでしょうか」

道三はきいた。

「いや、違う。三喜の予想通りだった」

「どういう意味ですか」

「三喜の診断では、茶屋の主人は雨が降り続いて売り上げが落ちているのが気になって仕方なく、それを病気と称して逃げ込んでいた。しかし、病気でなくても、寝ていると人はそれだけで体調が悪化する」

三喜は、閉じこもっている主人を寝床から動かす必要を感じた。そこで、とらわれている心を何か別の物に向けさせ気分を変化させようとした。別の物として腫れ物を出した。

「精を移して気を変えるというのが三喜のとった治療法だ。薬無用。人の機微をとらえて病を治した」

三喜はまさに名医の名に恥じない医者だと元簡は言った。道三はますます三喜に対して関心を抱いた。

「三喜さんは以前は足利学校でも医学を教授されていたときいています」

道三はきいた。

「そうだ」

「今はどうされているのですか」

「さて、どうされているのか。あの人は住居も転々と変え、また、関東中を診察の旅に出ているという話だ」

「どこへ行けば会えるのでしょうか」

「わたしにはわからない」

「そうですか」

道三は少し気勢を削がれた。できればすぐにでも会ってみたかった。

「道三。おまえが早く会ってみたい気持ちもわかるが、闇雲《やみくも》に会ってみても始まらないぞ」

「どういうことでしょうか」

「もう少し学んで、種々の知識を増やしてからでも遅くはない。浅薄な知識しか持ち合わせていないと、何をきいていいのか、そのつぼさえわからない。その上、相手に失礼でもある」

「わかりました」

元簡の助言に道三は足利学校での通常の勉学に勤しむことにした。

五

その日、足利学校内の空気がいつもと少し違っていた。学徒たちは教学場に入っても墨をするでなく、書物を広げるでなく、何となくくつろいだ様子だった。

道三が足利学校で学んで、三年が経過した初秋の日のことだった。ここ数日、霧雨が続き、庭園に紫紅色の花を咲かせた萩も濡れてしおれているように見えた。だが、この日は久々に澄みきった青空が広がった。

その爽快さが学徒たちをゆるい雰囲気にしているのかと道三は思った。

「どうしたのだろう。何かあるのかな」

と道三はとなりの一鷗に語りかけた。

「ええ、知らないのですか」

一鷗は見下したような口調だった。道三の無知を半分笑っているようなところがあった。

「道三さんはどうも世間の話題に疎いようですね。もう少しよそのことに関心を持ったほうがよいと思います」

道三は二十五歳になっていた。漢籍類をはじめ、科学や兵法、歴史、医学、算術など、大方はほぼ学び終わっていた。が、一鷗の人を小馬鹿にしたところは変わっていなかった。

「庠主《しょうしゅ》様が呼んだ学校の先輩がこれからここで話をする」

「ほう、誰だ」

「導道練師という人らしい」

一鷗は得意そうに言った。

「どうどうれんし?」

道三はおうむ返しにきいた。

「どんな人なのだ」

「いや、名前だけで、それ以上は知りません」

一鷗は首を振った。

道三は居合わせた先輩学徒の飯野にきいた。

「練師は修養を積んだ者の意だ。導道様は、この足利学校出身で医術に長けておられる。諱《いみな》(注・実名)を田《た》代三喜《しろさんき》という」

「えっ、三喜様!」

道三は思わず大声を発した。声は教学場に響きわたった。

ほかの学徒たちが何事かと振り返って道三たちを見つめた。道三は肩をすぼめ、しばらくその視線に耐えた。

――とうとう会える。

道三は胸が高鳴る自分を感じていた。

「何年ぶりだろうか。わたしも久しぶりに三喜様にお会いする」

飯野は懐かしそうだった。

「いまおいくつくらいの方ですか」

道三はきいた。

「さて……」

と飯野はしばらく頭で計算している風だった。

「六十半ばだろうと思う」

飯野は言った。

「かなりのお年ですね」

「ああ、だが少しも年を感じさせない。活力にあふれたお人だ」

と飯野がそう口にしたとき、教学場の空気が急に静まり返った。

六

文伯に導かれて一人の黒い十徳《じっとく》を羽織った恰幅のよい男があらわれた。

文伯はごく簡単に田代三喜について紹介した。

三喜は中国・明で十二年間という長期にわたって修行を積んで、三十四歳のとき、帰国した。鎌倉・円覚寺の江春庵《こうしゅんあん》に留まり、その後、下総《しもうさ》の古河《こが》（現・茨城県古河市）に移動し、古河公方《くぼう》・足利成氏《しげうじ》に重用され、「古河の三喜」と呼ばれて尊敬された。そして、六十歳になって生まれ故郷の越生に戻り、ここを拠点に関東一円を行き来して、医療活動を続けていた。住居をあまり定めぬ、いわば放浪医だった。

「庶民相手に医療を施しているのが田代三喜先生だ」

と文伯は締めくくった。

三喜は文伯に促されて演壇にあがると、集まった学徒たちをゆっくりと見まわした。太い眉の下の大きな目はむしろ愛嬌があった。厚い唇を動かしおもむろに口をひらいた。

「わたしの尊敬している医者に華佗《かだ》がいる」

と切り出した。六十半ばを過ぎた年にしては力強く、よく通る声だった。

「華佗は今から千三百年以上も前の人だが、その医療内容と誇り高き生き方は今もなお中国で燦然と輝いている」

それから三喜は華佗の生涯に話をすすめた。

華佗は中国・後漢時代の名医として知られていた。麻酔薬「麻沸散《まふっさん》」を用いて、世界で初めて全身麻酔下に外科手術を行なっている。手術が必要な場合は、「麻沸散」を酒服《しゅふく》（注・少量の酒で薬を飲む）させて一気にメスを入れ手術したという。人々が最も苦痛を覚え、恐怖を感じる手術時の痛みから解放して治療した。また、薬は最小限しか使用せず、鍼灸も数カ所にとどめ、病気を治した。その心眼と神業は世間に鳴り響いた。また、住居を定めず自由に暮らし、放浪医として過ごした。

「華佗が名医かどうかの評判はわたしには関心がない。新しい医学と庶民のための医療を模索して実践した。その行動力に敬意をはらいたい。わたしは少しでも華佗に近づきたいと思って医療に従事している。だが、まだまだ足元にも及ばないと反省させられる日々が続いている」

三喜は場内を見まわしながら言った。

それから三喜は話題を変え、これから目指すべき医療について話しはじめた。

「現代、わが国で行なわれている医療は安易で、病む人の身になった治療が行なわれているとはいいがたい。これは局方医学《きょくほういがく》という中国伝来の医学に依存しすぎているからにほかならない」

三喜はきびしい口調だった。

局方医学の大元をなす基本書は『太平恵民和剤局方《たいへいけいみんわざいきょくほう》』だった。中国・北宋の皇帝・徽宗《きそう》が医者に命じて国中から優れた処方を集めて編んだ書である。日本では鎌倉時代に普及し医者に汎用された。

「徽宗帝のころ、中国は寒冷化した時代でもあった。人々は寒さに震え、病にも罹りやすかった。徽宗帝が民《たみ》の健康と安寧を願って全国から優良処方を集めたのは評価できる。問題は、その後にこの医学書を利用した使い手にある」

簡便なので医者に重宝されたが、便利さゆえに安易に使用されがちだった。また、さしたる医学の心得がなくても、漢文の素養があれば、和剤局方の字面だけを追い薬を処方するのは可能だった。なかでも、難解な仏典に親しんでいる僧侶は和剤局方を解読でき、信徒に医療を施せた。僧医という形だった。

三喜は、

「宗教と医学は世界が違う。分離されねばならない。僧侶が片手間に施す医療は変える必要がある。患者のためにならない」

と言って、続けた。

「体の具合をただ上辺《うわべ》だけを診て薬を与える。そこには投与する薬について何の理由や裏付けもない」

たとえば、と三喜は腹痛を例にとった。

食欲がなく、胸がつかえ、腹が張り、食後に下痢を訴える患者には、「平胃散《へいいさん》」を処方する。生薬の陳皮《ちんぴ》、厚《こう》朴《ぼく》、甘草、蒼朮《そうじゅつ》の四剤を煎じて飲ませる方法がよく行なわれた。

「なぜ腹痛が起こったのか。どの程度進行したのか、しないのか。腹のどのあたりが痛いのか。一口に腹痛といっても、原因や経過、軽重はさまざまだ。ひとつひとつの腹痛をそれぞれに総合判断してはじめて薬を処方するのが本道である」

薬を使わない選択も医の道だと三喜は強い調子で訴えた。

「これからの医学は、いたずらに和剤局方だけに頼るのではなく、さらに医術を磨き、発展させた医学を施さねばならない。たとえば、華佗が試みたような新しい医学、大胆な医術の開発、的確な処方の方策などが求められる。これは何も医学に限ったことではない。あらゆる学問において、新しいうねりを起こさねばならない。時代がそれを待っている」

三喜はそう言って演壇をおりて行った。

会場は静まりかえったままだった。

道三は足利学校に所蔵されている医学書はほぼ読破し、要点は筆写し終わっていた。だが、三喜が訴える医学は道三が読み終えた医学書にはなかったように思えた。

――新しい医学……。

三喜の医療に道三は惹かれた。それには、直接三喜から学ぶ必要があるように思えた。

七

その夜、一鷗が道三に話しかけてきた。わざわざ道三の衆寮《しゅうりょう》に来るのは珍しい。

「道三さんはあの三喜先生をどう思いますか」

ときいた。

「立派な方だ。華佗を尊敬されていたようだが、むしろ華佗の生まれ変わりではないかと思う。一鷗はどうだ」

「たいした人だと思います。理想を実践している姿勢も敬服に値《あたい》します。明に十二年もの間、留学していただけに、おのれの医療に相当の自信を持っているようでした」

足利学校出身者にああいう人がいるのは誇りに思いますと一鷗は言った。

「わたしも同感だ」

道三はこの瞬間、足利学校の敷地内で呼吸している幸運に感謝した。思い返せば、京都からの道のりは決して平坦ではなかった。

「わたしも三喜先生のような医療を実践してみたいところだ」

と道三は言った。本音だった。

「わたしもですが……」

と一鷗は少し考える顔になった。

「どうした。三喜先生の行動は敬服に値するといったばかりではないか」

「そうなのですが……」

「はっきりしろ。どうなのだ」

道三は苛立ってきた。

「確かにあの方は新しい医学を目指しています。しかし、なぜか広がっていません」

「広がり?」

「そうです。そんなによいものなら、いわば三喜流の医学が各地に浸透して、もっと広がってもいいと思うのです」

実態はそうなっていないようですと一鷗は言った。

確かに、三喜が帰国して三十年以上が経過する。だが、三喜流の医学についての話をきかない。実際、道三も一鷗も三喜の唱える新しい医学を知ったのは、この日の講演が初めてだった。

「なぜ、広がらないのだろうか」

道三はたずねた。

「さて、わたしもよく分かりませんが、三喜先生に因があるのではないかと思います」

「どういう意味だ」

「今日の講演をききましたね。局方医学を激しく批判していました。今の医学を完全否定していました」

「確かに。だが、医学の改革を真剣に考えている。真剣であればあるほど、ああなるのはやむを得ないのではないか」

「そうかも知れません。それと、あの方は弟子をとらないという話です」

「とらないのか」

道三は失望した。

「あの方が唱える新しい医学がどんなものか、入門してそばで学べたらと思ったのだが」

「入門は無理です」

一鷗は即座に言った。

「どうしてだ。医術を誰かに教えてこそ医学の発展もあるのではないか」

「理屈ではその通りです。これはきっと、弟子をとらないのではなく、とれないのではないかと思うのです。かなり激しい性格のようですので、だれも寄りつかないのではないでしょうか」

「そうだろうか」

「さらにいえば、自由に動きたいのではありませんか。弟子は足手まといでしかありません。あの方が尊敬している華佗にも弟子はいません。往々にして天才肌の人間は弟子をとるのを嫌がるもののようです。出来の悪い人間がそばにいられるのは不愉快なのかもしれません」

一鷗は三喜にあまりよい印象を持たなかったようだった。出てくる言葉は否定的な評価だった。

一方、道三は三喜に対し敬服するばかりだったが、一鷗の意見をきいていると三喜への傾倒が削がれるような気がした。

思い直して、

「だが、三喜先生は庶民に優しい医療を施しているではないか。それは一鷗の父上、元簡様が三喜先生とともに船で旅したときに体験している」

と道三は反論した。

「そうですか。すると三喜先生は何かを使い分けているのかもしれませんね」

分からなくなりましたと一鷗は首をかしげた。

しばらくして一鷗は自分の衆寮に帰って行った。

道三は一鷗とは違い三喜への関心は変わらず、三喜の居場所を探してすぐにでも弟子入りしたいと心に思っていた。

だが、翌日になると、文伯から釋奠《せきてん》の儀式で用いた祭器の清掃を命じられた。釋奠は足利学校で行なわれる最重要視される厳粛な儀式だった。孔子を学問の神として祀る行事で、爵《しゃく》や俎《そ》、豆《とう》といった祭器を祭壇に置いて、米、餅、鯛、酒、野菜などを供える。

校内の北西に建つ孔子廟《こうしびょう》で毎年、二月と八月上旬の丁《ひのと》の日に行なわれる。今年は滞りなく終わっていた。この年、道三と一鷗が祭器の清掃を命じられたのだった。

「何でこんな仕事をしなければいけないのでしょうか」

一鷗は布で器を拭きながら不満をもらした。典籍研究以外に意味を見いだしていないのが一鷗だった。

「大事な行事に使う祭器だ。それを掃除できるのは光栄でもある」

実際、成績優秀者に当番がまわってきていた。

「そんな風にはとても思えません。道三さんは何でも前向きに考えられる人ですね」

「おめでたいといいたいのだろう」

「いえいえ、そんなつもりはありません」

一鷗はそう言って祭器の清掃に専念した。道三は掃除しながら三喜に会える日を想像していた。だが、その方策となると適当な方法は思いつかなかった。この名医は関東一円を放浪しているのである。

八

十一月になり道三は、文伯から下総、古河《こが》にある古河館《やかた》へ使いを命じられた。古河公方三代目の足利高基《たかもと》への親書と小箱の包を届ける用事である。

秋晴れの下、道三は身支度を整えて足利学校に近い渡《わた》良瀬川《らせがわ》の船着場から小舟に乗った。川を下れば古河に着く。渡良瀬川と利根川をひかえた地にあるのが古河だった。下野国、武蔵国とも接している戦略的にも文化的にも要衝の地である。

一部急流もあったが、無事昼過ぎに道三は古河の船着場、柳生《やぎゅう》の渡しに着いた。あたりは湿地帯で一面、葦が生い茂っている。

舟から下りて渡し場の背後に目をやると、後から着いた舟から、見覚えのある人物が今にも陸に上がろうとしているところだった。黒い十徳《じっとく》を羽織り、目が丸く、口も大きな、その風貌は忘れられなかった。

――三喜先生……。

思わず道三は胸のなかで叫んでいた。

道三はすぐに三喜に駆け寄った。そして、突然の失礼を詫びながら名を名乗り、足利学校での講演の印象を伝え、新しい医学を学びたい旨を伝え、弟子入りを申し出た。

「弟子といわれても……」

三喜はあまりの突然の申し出に明らかに戸惑っていた。

「こんな場所で失礼とは思いましたが、ちょうどよい機会だと考えましてお話させていただきました」

道三はこのときとばかり三喜に思いのたけを伝えた。この場を逃したら再び話を交わす機会はそう早くは訪れないと思った。必死だった。

三喜は船着場に佇み当惑の態だった。道三はさらに入門を訴えた。

「わたしはこれから古河館に行かねばならない」

三喜は船着場を離れようとした。

「わたしも古河館に用事があります」

と道三は言った。

「そのほうも、古河館に？」

三喜はいぶかしそうな顔を道三に向けた。

古河館は統治の拠点である。めったに入れるものではなかった。

道三は庠主に依頼され足利高基に親書と包を届ける用事がある旨を伝えた。

「左様であったか」

三喜は納得したようだった。

道三は再度弟子入りを申し出た。

「弟子といわれても……」

三喜はさっきと同じ反応だった。

「先生は弟子をとらない人だとききました。やはりおとりにならないのですか」

道三はきいた。

「とらない？　そんな話が伝わっているのか」

「はい、有名なようです」

「有名か……」

三喜は苦笑しながら剃りあげた頭をなでまわした。

しばらくして、

「それほど有名な話なのに、そのほうはどうしてわたしに弟子入りを申し出るのだ。無駄ではないのか」

と三喜は問いかけた。

「それは……」

と道三は頭の中で考えを整理した。

「自分で確かめてみないことには本当かどうかわかりませんから」

と告げた。

「そうか」

三喜はうなずいてから、

「先ごろ、そのほうと同じようにきいてきた若者がいる」

と言った。

――同じような人物？

一体誰だろうと道三は思った。一鴎ではないはずだ。足利学校の学徒かも知れなかったが、思いつかなかった。

「では、三喜先生、実際のところはどうなのですか」

と道三はたずねた。

「とるとも、とらないともいった覚えはない」

と三喜は答え、

「先ごろいってきた若者はわたしについてまわってい

る」

と言った。

「それでは、入門できるのですね。先生のもとで医学を究めたいと思います」

「自由にするがいい」

と三喜は言い、もう古河館に向けて歩きだしていた。

あわてて後を追う道三——。

ここに曲直瀬道三は田代三喜に入門を果たした。道三、二十五歳と三喜、六十七歳であった。

享禄四（一五三一）年十一月十五日——記念すべき日だった。

第三章

山風《さんぷう》の章

謎の男

一

田代三喜と道三は下総、古河《こが》にある古河館《こがやかた》の奥座敷に通されていた。

開け放たれた障子戸から山水をあしらった広い庭園が望まれた。晩秋ながら穏やかな気候の日で、小春日和の陽射しが廊下に射し込み暖かい風が吹き渡っていた。庭園の中央に池が広がり、その池の背後の築山《つきやま》に低木が配され、石組みから滝が流れ落ちている。ときおり、獅子脅しの響きがきこえるだけの静かな座敷だった。

さきほどから、三喜は出された茶を悠然と飲んでいた。道三はかたわらに控えて畏《かしこ》まっていた。

そこへ使いの者があらわれ、廊下に片膝ついて、

「三喜先生、連れという方がお見えですが、いかがいたしましょう」

ときいた。

「連れ？」

はて、誰だろうと三喜は茶碗を手にしたまま少し考える顔になった。

「その連れという方なのですが、本当に三喜先生のお連れなのでしょうか」

使いは言いにくそうにたずねた。

「どういう意味だ」

三喜が茶碗を卓に戻して使いを見つめた。

「いいえ、連れといいはる方なのですが、失礼ながら、先生のお連れにしてはあまりにも身なりにかまわない人なものですから」

言葉づかいに配慮しながら、使いはそう言った。

「そうか、そうか。あの者であったか」

三喜は思い出したと言いたげに、何度もうなずいた。

「通してよろしいのでしょうか」

「ああ、かまわない」

三喜は答えた。

ほどなく、使いが一人の男を案内してきた。

――これは……。

あらわれた男を見て道三は目を見張った。異様としかいいようのない男だった。年のころは道三と同じように

見えた。

　使いは身なりにかまわない人と言っていたが、それは遠慮しての言葉で、この上なく汚い恰好だった。着ている緑色の野良着は垢にまみれて光っている。縞の模様が入っているが、それは目をこらして初めて分かる縦縞の模様だった。荷馬を曳く馬方《うまかた》を彷彿とさせていて、下帯《したおび》が覗いていないだけまだよしとしなければならない。何より異様なのはその顔と髪である。顔全体に髭がおおっていた。もみあげから顎、鼻の下まで髭が密生している。頭は総髪で、後方部にざんばらに垂らしたままだった。

　不意にその男と道三の目が合った。

　黒目の勝った一見鋭い目つきではあるが、目の奥は澄んで、柔らかかった。

　――やさしい目だ……。

　どこかで一度会ったことがあるような親しみを感じる眼差しだった。身なりは汚らしいものの、心の内は汚れていないように感じた。なぜそう感じるのか道三にも分からないが、この人物が発する磁波のようなものとしか考えられなかった。

　使いが下がって行っても、男はそのまま廊下に佇んでいた。

「こちらに入れ。徳本《とくほん》」

　三喜は男の名を呼んで道三のかたわらを指さした。

「よろしいのでしょうか」

　徳本と呼ばれた男の声はいかつい髭面とは裏腹におだやかな声音だった。

「ああ、かまわない」

　三喜の指示に徳本は一礼すると、ゆっくりと歩をすすめて道三の横に座った。

　三喜が柳生の渡しで、

「わたしについてまわっている若者がいる」

と言っていたが、それがこの男にちがいないと道三は思った。

「この者は永田徳本《ながたとくほん》という男だ」

　三喜の紹介によると、男は、三河（現・愛知県）出身で、道三より六歳年下だった。その風貌から道三は同じ年まわりくらいかと思ったが、まだ二十歳にもなっていなかった。すでに医学を別の医者に習っていて、医術の心得が少しあるという。

「徳本は武士の出のくせして医者を目指している。そうか、道三、おまえも元は武士であったな」

　きっと二人は気が合うだろうと三喜は言った。かく言う三喜も武家の生まれだった。

　このとき、徳本が黙って頭を下げたので、道三もお辞儀をかえした。

　後年――門弟八百余名を育てたといわれた曲直瀬道三と「甲斐の徳本」と呼ばれた二人の名医はここに出会ったのであった。

二

　まもなく、再度、使いがあらわれ、

「先生、それでは診察をお願いいたします。お部屋のほうへご案内いたします」

と言った。

　道三と徳本も三喜につき従った。遣いは屋敷の廊下を何度か曲がった末、とある奥まった部屋の前でとまった。

　使いが襖《ふすま》越しに声をかけると、

「入れ」

と中から返事があった。

　薄暗い部屋には足利高基が寝床に横たわっていた。そばに数人の重臣が控えていて、重苦しい空気が支配していた。

　長老の重臣が、

「親方様は先日来より高熱を発して苦しんでおられる。熱はややおさまったが、お腹の具合が相変わらず優れないので心配している」

と説明した。食欲はなく、水を飲むのも大儀だという。

　高基はこのとき、四十代半ばの年回りだったが、六、七十の老人の顔貌だった。憔悴しきっていて、頬がこけている。仰向けに寝ていられないのか、横向きになって、細く息をついていた。

「どれ」

と三喜は高基のそばまで膝をすすめ、まず高基の左手をとって手首に三指を当てて脈を診た。次いで、右手のほうの脈を診た。脈を診ながら注意深く高基の顔色や息づかいを観察した。

　それから、

「口を開けて舌をみせてください」

と言った。

　高基は苦悶の表情を浮かべながら乾いた唇を開けた。

　三喜はその口に蝋燭《ろうそく》の灯を近づけ、中を覗こうとした。だが、小さくて満足に観察できなかった。

「もう少し大きく開けて、舌を出してもらえませんか」

と三喜は促した。

高基は眉をしかめながらそれでも口を開けた。三喜は素早く、舌の中央に湿って、厚く盛りあがった白い苔の様子を観察した。それから、寝巻の前を広げ、腹部全体に手をゆっくりと這わせて高基の反応を窺った。

臍《へそ》の下あたりを押さえて、

「このあたりはいかがですか」

ときいた。

高基は
「うっ」

と低く呻き、

「吐きそうだ」

と弱々しい声を洩らした。

さらに、三喜はしばらく腹に手を這わせて診察を終わらせた。

「何が原因なのだ」

と長老の重臣が詰問調できいた。

「おそらく食した何かがお腹に障ったのだと思われます」

三喜は答えた。

「われわれはみんな親方様と同じものを食しておる。それが、親方様だけ苦しんでおられる。おかしいではないか」

長老は問い詰めた。

「これはそのときの人の調子によるとしかいえません。同じものを食べてもお腹に障る人もあれば、平気な人もあるわけです」

「そんなものなのか……」

長老は不服そうだった。

「ところで」

と三喜は居住まいを正して、

「公方様は近ごろ何か精神的な負担を抱えてはいませんでしたか」

とたずねた。

「精神的な負担とな……」

長老はしばらく考える顔になったが、

「親方様は強いお方だ。精神的な負担を抱えるなどありえない」

なぜそのような無用の質問をするのだと鋭く問いかえした。

「治療をする上で必要と思ったものですので、きかせていただきました。悩み事といった精神面が脾胃《ひい》に影響するのはよくある現象なのです」

「悩みなどない。一切ない」

長老は強く言いかえした。

高基は目を閉じ弱々しくうなずいていた。

「わかりました。それではお薬を処方させていただきます」

三喜はそう言って、薬方を紙に書きつけ徳本に渡し、道三とともに別室で調剤してくるように命じた。

二人は部屋を一旦出て、先ほど通された控えの間に戻った。

三

三喜の示した紙には「人参湯《にんじんとう》」と処方名が記され、煎じ薬十日分を作るよう指示してあった。

人参湯は、人参、朮《じゅつ》、甘草、乾姜《かんきょう》の四生薬を用いて煎じ薬とする。

二人の調薬作業が始まった。

とはいえ、道三には勝手がわからなかった。足利学校で医学書を含め古典籍を読破した。その過程で乳鉢や薬研《やげん》を使い多少、調剤も試みたが、真似事の域を出ていなかった。あくまで書物の上の知識であり、耳学問でもあった。

徳本は三喜が持参した柳製の往診箱から生薬を選び出し、薬研で生薬を細かく砕き始めた。すでに煎じ薬作りの心得があるらしく、手つきもよかった。

道三のほうは甘草を薬研にかけて両手で操作した。見よう見まねだった。

「おぬし、道三といったな」

徳本は薬研の鉄製の輪を回転させながらきいた。顔というより、髭の密林が動いて口調は威圧的だった。目つきも鋭い眼差しに変わっている。初対面の柔和さはなかった。

「そうだ」

道三はぶっきらぼうに答えた。隙は見せられないと感じた。

「さっきの三喜の治療をどう思う?」

と徳本はきいた。

「どう思うときかれても……」

道三は本格的な治療の現場に臨んだのは初めてだった。治療内容を云々する立場にない。ただ、医書の知識だけで考えれば、腹痛と下痢、微熱などの症状を総合すれば、三喜の処置は的確で、処方は体力の回復を図る人参湯で適切と考えられた。

「わたしには分からない。だが、問題にする部分はないのではないか。そのほうはどう思うのだ」

道三は逆にきいてみたかった。自信たっぷりの態度も気になっていた。

「生ぬるいと思った」

徳本は断言した。

「生ぬるい……」

「どうも、三喜は人参が好きなようだ。人参湯では弱い」

徳本は師匠を呼び捨てにしていた。道三は失礼ではないか、入門した先生相手に礼を欠いていると思った。

「ではどうする?」

「おれなら、ここは附子《ぶし》を使って一気に攻めて治す」

徳本は密集した髭を動かした。

「では、何を処方するのだ」

「真武湯《しんぶとう》が適当だ」

徳本は言った。

——真武湯……。

道三はこれまで読破してきた医書にある処方の記憶をたどった。真武湯は、またの名を玄武湯《げんぶとう》ともいい、茯《ぶく》苓《りょう》、芍薬《しゃくやく》、朮、生姜、附子の五生薬を用いる薬方だった。

「真武湯もそう強い薬ではないが、あの古河公方の状況にはちょうどよいのではないか。おれならそうする」

「そうか……」

道三はそう応じるしかなかった。

「おぬしは足利学校で学んだなら、医書も読み解いただろう。だったら、おれの方針もわかってもらえるはずだ」

「確かに、処方集も学んだ。だが、実地がともなっていないから判断するのは無理というものだ。だから、このたび三喜先生に入門させてもらったのだ」

おぬしもそうだろうと道三はきいた。

「まあそうだが……」

徳本の反応は曖昧だった。

道三は徳本が三喜一辺倒でないのを感じた。徳本はすでに他の医者に医術を習っていたので、三喜流になじまないのかと思った。

「それにしても、古河公方にへばりついていた側近のさっきの慌て方は滑稽だった」

徳本は小さく肩をゆすって笑った。

「あれは慌てていたのか」

道三は気がつかなかった。

「精神的な負担は大ありだ。あの長老は必死に否定してみせたが、公方があんなに下痢に苦しんでいるのが精神的苦悩が強い何よりの証拠だ」

もちろん三喜はお見通しだがなと徳本は言った。

「公方の身に何があったのだ」

「あの古河公方は長く怨念の関係にあった父親が死んでほっとしている。その安堵と裏腹に、目標を無くした喪失感に戸惑っている。と同時に、今度は弟から攻撃目標にされる恐怖もある。心労で落ちつかぬのだろう」

公方の高基は、この年の七月に父、政氏《まさうじ》を亡くしていた。長年、統治の方針をめぐり、親子で骨肉を分けて争った間柄だった。永正の乱と呼ばれる長い戦いだった。いつ寝首をかかれるかしれない戦国の世である。徳本が言うように、その心労が急に噴き出したとしても不思議はないと道三は思った。

「三喜先生の医療が広がらないという人がいる」

かつて一鷗はそう話していた。

「なぜ、広がらないのだろうか」

道三は徳本にたずねた。

「それは治療が生ぬるく、患者があまり効いた気がしないからだろう」

徳本は言下に言った。

「患者が評価しないならこれほど名声を博することはない。治療に効果がないのではなく、三喜先生が難しい人で弟子が育たないからではないのか」

道三の印象だった。

「難しい人？」

と言って、徳本はふんと鼻先で笑った。

「難しいのは人ではない。その教えだろう」

と徳本は言った。

「どういう意味だ」

徳本の言うことはいちいち難解であり、屈折している。

「三喜が明《みん》から持ち帰ったというその医術が難しいのだ。その方法を一から習得するには相当の時間と頭が必要だ」

「そんなに難しいのか」

「ああ。おれから見れば、難しいというより、面倒ではある」

そう徳本が言ったとき、薬研での処理が終わった。

二人は細かくした四種の生薬を混ぜ合わせて、一回分の煎じ薬に分けて十日分に分けた。

そして、三喜の待つ部屋に持参した。

三喜はこれを側近の長老に煎じて飲む方法を教え、十日後に古河館を再訪する旨を約して三人は高基の元を辞した。

古河館の門前で別れ際、三喜は、

「おぬしたちも十日後に来られるか」

ときいた。

徳本は黙ってうなずき、道三も、

「来させていただきます」

と答えた。再び、三喜の医療に接することができるのである。

道三は徳本という男とまた会えそうでもあり、それはそれで楽しみだった。

道三は二人に別れを告げて柳生の渡しに向かった。

四

足利学校に戻り、道三は、文伯に無事遣いの物を古河館に届けた旨を報告した。

文伯は道三をねぎらってから、

「三喜様に会えたか」

ときいた。

「はい、会えました」

と道三は答えた。が、どうして文伯が三喜の名前を出したのか不思議だった。

——もしや……。

文伯は故意に古河館に自分を遣わし、会いたがっている三喜に会えるよう設定したのではないかと推測したが確証はなかった。

「出会いは大切にするものだ」

文伯は言った。

「三喜先生が診察するのをじかに見せていただきました」

そして、人参湯を処方した経緯を話した。

「三喜先生の新しい医学とはどんなものなのでしょうか」

道三はきいた。徳本からの感触では難しそうでもあり、面倒でもあった。

「三喜先生は李朱《りしゅ》医学をこの国に持ち込み、定着させた方だ」

文伯は三喜が足利学校で講義をした時代に聴講しているので、三喜の医術には詳しかった。

——李朱医学……。

新しい医学の一派と思えたが、道三は初めて耳にする流派だった。

「診立てが基本だ。証《しょう》を定めて処方を決める」

文伯は言った。

「証とは何でしょうか」

「患者の様子だ。問題はその証をどのようにして得るかだ。四つの診察方法を駆使する」

望診《ぼうしん》、聞診《ぶんしん》、問診《もんしん》、切診《せっしん》の四つがその方法だった。これで病名を定める。

――そういえば……。

と道三は思った。

古河公方の高基を診た三喜は脈をとり、顔色をうかがいながら舌を診て、腹部を触っていた。

「切診とはどんな診察法でしょうか」

他の診察方法は文字でおおよそ想像できるが、切診だけは分からなかった。

「これは脈と腹を診る方法だ。患者の体にじかに触れて診察する」

脈診と腹診は高度な技術を必要とすると文伯は言い、続けて、

「ところで、李朱医学の李朱は中国の名医、二人の頭文字をとっている」

と言って、李朱医学の概要を説明した。

李朱の「李」は、李東垣《りとうえん》（一一八〇～一二五一年）をさし、「朱」は、朱丹渓《しゅたんけい》（一二八一～一三五八年）をさした。李朱医学はまたは、金元《きんげん》医学とも呼ばれた。李朱医学は中国の金《きん》（一一一五～一二三四年）と元《げん》（一二七一～一三六八年）の時代に興った医学でもあった。

「金と元の時代は戦国の世だった。疲弊した兵士や民衆を救う医療が必要とされた。中国の時代背景がこの李朱医学を成立させたのだ」

文伯は一呼吸置いて、

「気づかないか、道三」

と道三を指さした。道三は文伯が何を言いたいのか分からなかった。

「いま、この日本は戦いに明け暮れている。戦国の世だ。中国の金元時代と同じだ」

いまこそ李朱医学がこの日本に必要だと言った。

道三は文伯の言葉に新しい世界が広がるのを実感していた。

「李朱医学の基本は、陰陽《いんよう》五行《ごぎょう》学説《がくせつ》に裏打ちされた医学だ」

文伯は言った。

文伯によれば、陰陽の学説は中国の古代に成立した哲理で、およそ五千年にわたって伝わっている。五行説では、天地間に存在する万物を「木《もく》・火《か》・土《ど》・金《ごん》・水《すい》」の五元素に分け、それが巡《めぐ》り循環交代すると考える。この「木・火・土・金・水」を人体に配当すると、「肝・心・脾・肺・腎」が当てられる。これが五臓だった。季節は五季で、「春・夏・土用・秋・冬」となる。方角、味、色、香り、感情、体の部位、声など、それぞれを五種類に分け五行の配当表に割り振ることが可能だった。

「この世のすべてが、五行思想で説明できるのですね」

道三は難しい話だと思いながらきいた。

「そうだ。だから病気の原因や経過、治療なども陰陽五行学説に準じて対応する」

じつに奥が深いと文伯は言った。

――これか……。

道三はこれが三喜の医術をして難しいと言わしめていると思った。奥が深いのである。深いというより、広すぎて、その上、到達点も見えてこなかった。

――難解だ……。

いま、文伯の説明をきいただけでもすべてを理解するのは無理だった。基本を語ったのだろうが、さらに詳しく、またこれに実践的な医療の話が入ればもっと難解になるのだろうと思った。

――自分に習得できるだろうか……。

いつになく道三は不安をおぼえた。

「三喜様が実行されている医術は李朱医学だ。どうだ。おまえにできるか」

と文伯は道三の心情を見透かすようにきいた。

「わかりません」

道三は答えた。なぜかできませんとは言いたくなかった。

「三喜様も孤独な人だ」

文伯は急にそんなことを口にした。

「それはどういう意味でしょうか」

「医術を継ぐ人がいないのだ」

文伯は言って、続けた。

「これはおそらく三喜流医術が難しすぎて満足に理解できる者がおらず、後継者が育たないからだろう」

「いま、庠主様のお話をきいてみても難しく、わたしも十分には理解できませんでした」

道三は言った。

そのとき、ふと永田徳本のあの髭だらけの風貌が思い出された。

——あの男なら理解できるかもしれない……。

理由などなかったが、そんな風に感じた。徳本は難解ではなく、面倒だと言っていた。

「そうか。だがわたしは二つの面で三喜流医術が継承されてほしいと願っている。三喜様は病者に対し、その原因や症状、経過を詳しく見立てた上で薬方を決める。患者も医者もどちらも納得できる医療だ」

巷で横行している上辺だけを診て右から左へ薬を処方する、局方《きょくほう》医学《いがく》とは次元が違うと文伯は指摘した。

局方医学については、以前、三喜が足利学校で講演したとき、きびしく批判していた医療だった。局方医学の大元をなす基本書の『太平恵民和剤局方《たいへいけいみんわざいきょくほう》』を、医術に心得がなく医者を名乗る不届きな人間が安易に使用し、実のある医療ができていないのが実情だった。

「それと三喜様の患者に接する態度だ。富貴貧賤《ふうきひんせん》を区別せずに診る。なかなかできることではない」

文伯はしきりにうなずいていた。

五

文伯の書院は足利学校に建つ庫裏《くり》の一番奥にあった。部屋からは北庭園が望まれ、その向こうに孔子廟《こうしびょう》が見える。庭園の泉水に鳥が三、四羽戯れていた。

やがて、文伯は、

「道三、やってみろ」

と言った。

道三は何事かと文伯を見つめた。

すると、文伯は、

「おまえなら三喜流医術ができるはずだ」

と指さし、やってみろと繰り返した。

道三はしばらく考えた。泉水の鳥はどこかに飛んで行っていなくなっていた。

「庠主様。わたしには難解な李朱医学を学びとる自信はありません」

道三はやはり自信がなかった。

「わたしは学びとれるか否かをいっているのではない。どんな難解な学問でも、やる気があり、時間をかければ一定の水準に達するものだ」

「そんなものなのですか」

「そういうものだ。わたしが注目しているのは、おまえの感受性と集中力だ」

「はあ……」

道三は文伯が何を言おうとしているか分からなかった。

「覚えているか。わたしが天光寺を訪ねた日のことを」

と文伯はきいた。

それは道三が僧侶となるため近江・守山の天光寺で修行していた十二歳のときだった。文伯は原心という名で建仁寺から客として訪れた。そして、道三は住職に命じられて琵琶湖を眺望できる裏山の一望台に案内した。

「そのときおまえはわたしにいったことがある」

「覚えています。庠主様」

道三は鮮明に覚えていた。

あのとき、道三は琵琶湖に浮かぶ帆掛け舟を見て、舟が動いているのか、それとも、湖が動いているのか、どちらなのかわからないと思うことがあるといったのだった。常識で考えれば、湖が動くはずはない。だが、それまで何度かそんな経験をしていたので話題にしたのである。賓客に奇妙な質問を浴びせたかもしれなかった。

「わたしはいつか解決するときが来るだろうといったと思うが、どうだ、解決したか」

文伯はたずねた。

「いいえ、庠主様。わたしには無理です」

その後も思い出すたびに考えてみたが、納得できる答えは導き出せなかった。

「こうした設問には明確な答えがあるわけではない。むしろ、時に応じて変わりもする」

文伯はさらに言葉を継いだ。

「舟が動くか、湖が動くかを感じるのは、よほど舟を凝視しなければそのようには思えないものだ。わたしが感心したのは、おまえのその対象物に対する集中力と疑問を抱く感受性だ。十二歳の子どもにしては珍しく、得がたい能力だと思った」

「わたしはただ舟を見ていて思ったことをお話させていただいただけです」

道三はただ素朴に感じたままを話しただけだった。

「そこが得がたいと指摘したのだ。常識にとらわれていない発想と心を持ち合わせている」

「そうですか……」

文伯の言葉に道三は庠主が自分をそんな風に見ていると初めて知った。他人《ひと》がどう自分を評価しているかはわからないものだと思った。

「湖が動くように見えたのは、おまえの身体の奥の奥にある心が動いたからといえる」

文伯はさらに続けた。

「舟や湖だけの問題ではない。疑問を持つのは心が動くからだ。心が動かねば、人間としての思索も思考もない」

と文伯は言った。

「ではなぜ心が動くのでしょうか」

「それはわからない。その深い意味は、道三、おまえ自身が見つけろ。わたしにもわからない問題だ」

「わたしにも……」

難しいと道三は胸におさめた。

すると、文伯は座りなおして言った。

「今の舟の話といい、おまえの日頃の生活を見ていて感じるのは、観察眼に長けている点だ」

「そうでしょうか」

自分の中に特別の観察能力があるなど考えた試しはなかった。

「それは間違いない。医者に向いている能力を持っている」

と文伯は強調した。

「おまえは三喜様の医術を体得するのがいい。そして、医者になれ」

文伯は道三を指さした。


このとき、道三は不意に実母のことを思い出した。出産で自分は助かり母は死んだ。母は出産に際し急な高熱に冒された。その産褥熱《さんじょくねつ》に際し、もし的確な薬物があったなら助かったかもしれない。

悔やまれた。二十九歳という、あまりにも早い死だった。同様の悲劇は多くの家族で起きているかもしれない。それを救う立場に自分の身を置くのも意義があると思った。それよりも何よりも、道三自身が三喜の医学に興味を抱き、弟子入りを申し出て認められたばかりである。おのれの希望どおり素直に行動すれば、医者になるのは自然の流れだった。

――挑戦してみよう……。

たとえ難解であっても当たってみようと道三は思った。三喜流医術の習得を心に決めたのだった。

それから、文伯は、

「天光寺のことを思い出したついでといっては何だが、あの見晴らし台でもきいた赤壁賦《せきへきふ》をひとつここで久しぶりにお願いしようか」

どうだときいた。中国・北宋の政治家にして文人の蘇《そ》東坡《とうば》が作った漢詩、赤壁賦の朗詠を注文したのである。

「わかりました。それでは……」

と道三は深呼吸をつき、姿勢を正して赤壁賦を詠じはじめた。

「一葦《いちい》の如く所を縦《ゆ》にして……」

何年振りかの突然の朗詠だった。が、幼少時から馴れ親しんだ漢詩である。おのれの血となり肉となっているのか澱みなく漢詩は口をついて出た。

文伯は目を閉じて聴きいっていた。

六

田代三喜と道三は下総にある古河公方三代目の足利高基の屋敷、古河館の奥座敷に通されていた。前回の訪問から十日過ぎていた。

十日前に古河館を再訪する旨を約して、三喜、道三、徳本の三人は高基の元を辞していた。古河館の門前で別れる際、来られるか否かをきいたとき、徳本は黙ってうなずいていた。

だが、三喜と道三は約束通り来たが、徳本の姿は見えなかった。

「あの男は気まぐれだからな」

と三喜はさほど気にしていなかった。

「あとで現れるのではないですか」

「さて、それはどうか」

「では来ないのですか」

約束していたのである。道三には考えられなかった。

「来ないだろうな」

三喜は徳本を待っていなかった。

やがて、高基が側近とともに現れ、上座に就いた。前回と違い顔色もよく、体調は回復しているようだった。

「そのほうの薬のおかげで、元気になった。助かったわ」

高基は上機嫌だった。

前回、病床に伏しているときとは別人のようだった。

「ご回復は慶事でございますが、念のため脈と舌を診させていただきます」

よろしいでしょうかと三喜はきいた。

「ああ、もちろんだ」

しっかり診てほしいと言うなり、高基はもう袖をまくって準備した。

三喜は高基に近寄ると左右の手首を順にとって脈を診、ついで、舌を入念に検査した。

「この前は腹を診たが、今日は腹のほうはよいのか」

と高基がきいた。

「すっかり旧に復しておられます。腹診は不要と考えます」

「左様か。安心した」

三喜、ご苦労であったと高基はさらに機嫌がよくなった。健康を取り戻して素直に喜んでいた。

「では」

と三喜は部屋を辞そうとした。

するると、側近の長老が高基に目配せしたかと思うと、三喜を引き止め、

「三喜殿。じつはもうひとり診ていただきたい人がいる。よろしいかな」

ときいた。

三喜に断る理由はない。

「青木。そのほう案内せよ」

と長老はかたわらにいた二十代半ばの家来に命じた。若いが武芸の師範という。

青木という若者の案内で、三喜と道三は廊下を進んだ。弟子入りを認めた三喜は当たり前のように道三を従わせた。

青木は武芸師範のせいかきびきびとした所作だった。そして、渡り廊下の先の薄暗い部屋に二人を案内した。

部屋には簾屏風《すだれびょうぶ》がかかり、内側に若い女が寝床に横たわっていた。付き人らしき老女が一人控えている。

「殿のお嬢様です」

と青木は告げて、

「外で待たせていただきます」

と部屋の外に出た。

「お嬢様は気分がすぐれない上にお腹の具合が悪いのです。食欲もありません」

老女は女の容体を伝えた。もう四、五日臥せっているという。高基の娘は絹の寝巻姿だった。

三喜は型通り顔色や息づかい、肌艶などを診る望診をすませてから、

「吐きましたか」

ときいた。

「いえ、吐きませんが、食欲がいまひとつなのです」

と老女は答えた。

娘は十五歳で、まだあどけなさが残っていて、わずかに口を開け、肩で息をついていた。顔色は悪く、肌が白いせいで静脈も透いて見えていた。

娘に体調を問いかけても、小さくうなずくばかりで老女の伝える内容以上の状態は何もきけなかった。三喜は

娘に口を開けさせ、舌を診た。舌診だった。

「おまえも診るがいい」

と三喜は道三を促し、口の中を見るように言った。舌の中央は白っぽいものの、あとの部分は薄赤く潤っていた。

それから切診《せっしん》に入り、三喜は娘の腕をとって脈を診た。

「おまえも脈をとってみろ。切診だ」

と三喜は脈診をすすめた。切診は脈診と腹診を指し、高度な技術を必要とした。

道三は医学書で脈のとり方は分かっていたものの、実地に脈をとるのは初めてだった。娘の細い手首に三指を当て、脈を診た。脈は案外強く響いて伝わってきた。

さらに、三喜は寝巻をはだけ、腹診に入り腹部に手を這わせた。腹部全体に手をゆっくりと当てて動かしながら娘の反応を窺った。

「道三。おまえも切診するがいい」

と言った。

あらわになった娘の腹部を目にして道三は逡巡《しゅんじゅん》した。女、それも若い女の肌を見るのも初めてなら、触った経験もなかった。

「何を迷っておる。医者の基本だ。触診せよ」

と三喜は促した。

道三はおそるおそる娘の腹に手のひらを置いた。

——柔らかい……。

男にはない柔らかさだった。すべすべした肌は張りがあった。

道三は三喜の真似をして腹部の上部中央から左、右へと手のひらをゆっくりと這わせ、ときに押してみた。手のひらの感触に神経を集中させた。

そして、臍の下あたりにさしかかったとき、

「そのあたりはどうだ」

と三喜はきいた。

「特に、何もありません」

下腹部に力のない状態を少腹不仁《しょうふくふじん》というが、それからはほど遠く、また、腹面に硬さもない。異常はないと感じた。

娘の様子を窺うと目を閉じ、相変わらず細く息をついていた。

「よし、そこまで」

と三喜が言って、診察は終わった。

「これは軽い食あたりです」

と三喜は老女に伝えた。娘にきこえるような伝え方だった。

それから、平胃散《へいいさん》を処方する旨を伝えた。陳皮《ちんぴ》、厚朴《こうぼく》、甘草、蒼朮《そうじゅつ》の四生薬から構成される薬だった。

「ごくごく一般的なお腹の薬です。あとで処方薬を届けさせます」

と言って三喜は娘の部屋を出た。

廊下で青木が神妙に正座して待っていた。

「そのほう。もしかして、ずっとそのままの姿勢で待っていたのか」

三喜はたずねた。

「左様でございます」

と青木は正座したまま答えた。

「ご苦労であった。もう終わったから安心するがよい」

「ははっ」

と青木は頭を深く下げてから立ち上がった。

ふたたび、青木は前に立って廊下を案内した。

高基は側近とともに奥座敷で待っていた。屈託なく談笑中だった。

ここで道三はおどろくべき診断結果をきくことになった。

放浪医

一

三喜は声音を落として人払いを高基に頼んだ。

「何か仔細があるのか」

高基はきいた。

「左様でございます」

三喜は硬い声で応じた。

この三喜の神妙な態度に高基は、

「者ども、退室せい」

と命じた。長老を一人残してたちまち部屋から側近たちが退室した。

広い奥座敷は奇妙な静寂につつまれた。

「姫様の容体につきましてお伝えしなければならないことがあります」

三喜は居住まいを正して言った。

「腹痛ではないのか」

「違います」

「申してみよ」

三喜はひと呼吸置いて、

「お子を宿されています」

と告げた。

「なにっ」

高基の顔が一瞬引きつった。

――妊娠……。

これには道三もおどろいた。腹診したときの肌のぬくもりがまだ手のひらに残っている。思わず道三は自分の手のひらを広げて見つめた。娘の柔らかく白い肌は、庶民とは無縁の館の深窓で何不自由なく育った証のようだった。あの感触の下に胎児が宿っているとは思いもよらなかった。

「おぬし、何を申しておる。娘はまだ十五歳だ。第一、嫁にも行っておらぬわ。たわけを申すと、わしの病気を治した医者とはいえ、許さぬぞ」

高基は怒りをあらわにしていた。

「お気持ちはわかりますが、人の体は嘘をつけません。高基様が体調を崩しておられたのと同じです」

三喜の態度は揺るぎなかった。

部屋には重苦しい沈黙が支配した。

しばらくして、高基は、

「間違いないのか」

と観念したようにきいた。

「左様です。三、四カ月くらいかと……」

三喜の指摘に高基は息を呑んだようだった。

「しかし、娘は日頃、下女や老女たちに囲まれて生活している。男と一緒にいる時間も機会もない。下女のなかに男が隠れているとでも申すのか」

妊娠などあり得ないと高基はまだ三喜の見立てに不審をいだいていた。というより、妊娠を信じたくない様子である。

三喜はわずかに間を置き、

「馬の練習はどうされていますか」

ときいた。

「そうか。馬があったか。馬には馬術師範がつく」

これは男だと思わず高基は膝を打った。

「となりますと、殿。長刀《なぎなた》や弓の武芸の時間も」

長老が脇から言った。

「左様か。男と接する機会はあるのか」

高基は今更のように口にした。

「では、誰だ。その不束者《ふつつかもの》は」

高基はこみ上げてくる怒りを抑えられずに長老を睨みつけた。長老はただただ恐縮するばかりだった。

「これは武門としては放置できない問題だ」

高基は脇息を小刻みに叩きながら、

「相手は誰だ」

と再び長老に怒りをぶつけた。

「殿。これはしばらくお時間をいただきませんと……」

長老はただただ平伏するばかりだった。

三喜は高基に早急に産婆をつけるよう助言して、

「安産をお祈りいたします」

と言った。

「他言無用である。三喜」

高基は気弱に依頼した。

「無論です、殿。秘密の保持は医者の大事な務めの一つです」

そう三喜は約束し、程なく奥座敷を退室した。

二

古河館から柳生の渡しまでの帰り道、道三は三喜と同道した。二人はゆっくりと歩を進めた。


道三にとって、古河館で三喜の医療を見聞できたのは得がたい体験だった。

「それにしましても、三喜先生はあの娘が妊娠していることがよく分かりましたね」

道三は三喜の指導のもと、娘を診察した。真似ながら、道三は初めて脈診と腹診という、診断の基本である切診を実践した。しかし、妊娠の気配すら感じなかった。

「それは経験を積まねば誰も分からぬ。おまえが見抜けなかったのは不名誉でも何でもない」

それから三喜は、高基の娘の妊娠は三、四カ月で胎児はまだそれほど育っていないので、腹診だけで懐妊を判断するのはかなり難しいと言った。

「しかし、先生は妊娠を断定されました。どうして可能だったのでしょう」

よほどの自信がないと断言できないはずだった。相手は古河公方三代目の足利高基である。さらに、妊娠という微妙な問題だった。間違ったなら、家名に泥を塗り、娘の名誉を傷つける。謝罪では済まないだろう。

「腹診でも多少は判断できたが、脈診で確定できた」

三喜は言った。

——脈で……。

道三は脈で妊娠が診断できるのかと改めて三喜流医学の威力を知って驚いた。

三指を当てて診る脈診では、病気の状態――陰陽、虚実、寒熱、気血水などを判定して治療の道筋を考える。深《しん》奥《おう》を極めれば初期の妊娠さえ診断できるのだった。古医学書には二十七種の脈があると解説されている。

道三は三喜の普通ではない才能を敬服、憧憬し、自分も三喜のようになりたいと強く願った。

「脈診で滑脈《かつみやく》が出ていたので妊娠が確認できたのだ」

「滑脈ですか……」

「そう、滑脈だ。なめらかに打っている脈なのだが、これは口では説明できない。おまえが娘で体験した、あの脈が滑脈だ」

三喜は説明した。

そう言われても、道三には娘の滑脈と通常の脈との違いはよく区別できなかった。ただ、触れてみたときに力強く脈打っているとは感じた。

「ところで、古河公方はしきりに娘の相手を気にしていた。おまえには相手が誰か分かったか」

「とんでもありません。分かりません」

そう言って道三は三喜の様子を窺った。

「まさか、先生は相手が誰かを……」

「うむ、おそらく」

三喜は含み笑いを浮かべて応じた。

「だれなのです」

道三はきかずにいられなかった。

「青木とかいう若い武芸師範が案内係をしていただろう」

「ええ、確かに」

二十代半ばと若く、また、武芸の師範らしくきびきびした身のこなしで、美男子だった。

「先生。まさか、あの者が?」

道三は三喜の横顔を見た。

「おそらく、相手はあの若者であろう」

と三喜は言って、さらに続けた。

「あの者はひどく娘の体調を気にしていたし、廊下で待っている間、聞き耳をたてていた恰好は尋常ではなかった」

「そうでしたか」

応じながら、道三は三喜の観察眼に驚くとともにいまだに信じられない気持ちでいた。

三

「そこで少し休むとするか」

三喜が道筋にある小さな茶屋を指さして言った。

馴染みの茶店らしく、三喜は出てきた四十半ばの女主人と二言、三言、言葉を交わし茶と団子を注文した。

「古河館で出る茶は味わって飲めぬ。落ちつかないものだ。この茶店はあの奥座敷と違ってゆっくり飲めるし、いい味を出している」

三喜は縁台に座り、行き交う人たちを眺めながら寛いでいた。風もなく晩秋の穏やかな陽射しが乾いた地面を照らしていた。

やがて、茶と団子が運ばれてくる。

「うむ……？」

一口茶を含み、三喜は眉を寄せた。

「どうかされましたか」

道三は三喜の示した態度の異変が気になった。

「うむ。味が……」

三喜はそう言って、もう一口含み、

「おかしいのだ」

と首をひねった。

道三も同じように茶を口にしたが、味にそう違和感はなかった。

――普通ではないか。

道三はごく普通の味のように思えた。だが、三喜には馴染みの茶店ゆえに味の変化を感じたのだろう。

それから、三喜は茶店の奥に呼びかけ女主人を呼んだ。

あわてて出てきた女主人に、

「この味はどうしたのだ」

と三喜にしては厳しい口調できいた。

女主人は顔色を変えて、

「三喜様。申し訳ありません。淹れ直します」

と茶碗を片づけようとした。

「いや、待て。女将、茶はもうよい」

と三喜は制して、

「茶の味が変わったようだが、何か心配事でもあるのか」

と問いただした。

女主人は三喜に真っ直ぐ見つめられ観念したのか、

「三喜様には隠しだてできません」

と言った。

「じつは息子がまた人の家に盗みに入り、役人に捕まりました。何とかやめさせたいのですが、わたしは無力で……」

後は涙で声にならなかった。

女主人は息子の将来を考えると夜も眠れず、茶や団子の味まで思いが至らなかったようだ。

「それは心配であろう」

三喜はしばらく何事か考えていた。

「わしは以前、息子さんがここで働いているのを見たことがある。一生懸命手伝っていたではないか」

「そうなのです。根は真面目な子なのです。それが急に盗みを……」

女主人は戸惑いを隠せなかった。

「それはおそらく息子さんが何か心の内に憂いをかかえているからだろう」

思いあたるふしはないかときいた。

「どうしてなのか、わたしにも心当たりがありません」

女主人は首をひねるばかりだった。

「そうか。では、ごくごく普通の心の憂いを解く薬を処方してしんぜよう」

三喜は柳で編んだ往診用の行李《こうり》から薬籠《やくろう》を出し、生薬のおさめられた紙の袋を取り出した。そして、選んだ生薬を匙《さじ》ですくって、四角い小さな紙の上に用意した。灰色の粉状の薬だった。

「この粉を耳掻きに一杯、みそ汁に混ぜて一日に二回飲ませなさい。きっと、その粉薬がなくなるころには息子さんも盗みを働く悪さをしなくなるでしょう」

と三喜は指示した。

女主人は紙の包みをおしいただくように受けとった。

「あの子には父親を早くに亡くしかわいそうな思いをさせてしまいました。淋しくないよう欲しいものは何でも与えてやりました。それなのに盗みなどを働いて……」

と女主人は再び涙声になった。

「心の内の憂いが解ければ、黙っていてもまた茶店の仕事に就くでしょう。少し気長に対応しなさい」

と三喜は助言した。

「わかりました。三喜様」

女主人はていねいに頭を下げた。

「今度来たときは、いつもの美味い茶を頼むぞ」

と三喜は言って縁台から立ち上がった。

「三喜様、薬のお代はいかほどですか」

女主人はきいた。

「いや、今日のところは、さっきのお茶の代金と引き換えでよろしい」

「いえ、それでは申し訳ありません」

女主人は三喜の手をとって離さなかった。

「いや、かまわぬ。それより、粉薬を一日に二回必ず飲ませなさい」

と再び指示を出して、茶店をあとにした。

相変わらず、街道に晩秋の陽が射していた。

「先生は何を処方されたのです？」

茶店から遠ざかって道三はたずねた。

「あれは半夏《はんげ》だ」

と三喜は言った。

――半夏？

道三は医学書にある半夏の特性を思い出していた。サトイモ科のカラスビシャクの球茎を使用するのが半夏だった。畑の雑草としてどこでも生えていて、薬としての用途は広い。薬効も顕著で、吐き気止めや去痰《きょたん》、不眠改善などの薬として常用される。

「半夏を単独で？」

ほかの生薬とともに使用するのが半夏で、単独で用いる方法は珍しいと思った。

「単独で使うことはまずない」

三喜は言った。

「しかし、先生はその処方はごくごく普通の心の憂いを解く薬だと母親に説明していました」

「いや普通ではない。特殊も特殊だ。だが、特殊といっては母親が心配する。安心させるための方便だった」

「そうでしたか。しかし、半夏がどんな治療に寄与するのですか」

道三には半夏の効用と盗癖は結びつかなかった。

「半夏は他の生薬とともに使えばよいが、一剤だけでは喉を刺激して咳が止まらなくなる」

するとどうなると三喜はきいた。

道三はしばらく考えて、三喜のある策に気づき、

「咳が止まらないと、盗みには入れません」

相手に露見してしまいますと答えた。

「そうだ。盗みは諦めざるをえないだろう。だが、これは医学の邪道ではある」

三喜は照れ隠しに剃った頭をなでまわした。

「半夏は盗み対策だけではない。咳が続けば母親は息子を心配し、息子は母親を頼りにするだろう。親子の関

係が変わるきっかけになる」

　三喜はさらに続けた。

「あの母親は目先のことしか考えていない。一人息子に店を継がせるために甘やかしているふしがある。物を与えていれば満足するだろうと思うのは親の勝手な思い込みだ。物では心のすき間は埋められない。子どもがほしいのは母親の匂いだ」

「匂い？」

　道三はきいた。

「肌の匂いが親子の絆を固くする」

　三喜の言葉に道三は母親を知らずに育った自分を振りかえった。母親はいなかったが、伯母と姉が母以上の愛情で育ててくれた。

「病気は何も高熱や腹痛、頭痛といった体に症状の出るものだけが病ではない。心が病み平常心が失われて起こる病気はじつに多い。心の動揺を鎮めるのも医者の務めだ」

　薬はむしろ二の次だと三喜は言った。

「悪行というのは癖になりがちだ。その典型が盗癖だ。邪道だが、半夏であの息子の盗み癖が治ってくれれば助かる」

　三喜は茶店の息子の改心を願っていた。

四

「今日はついに徳本は来ませんでしたね」

　道三は話題を変えた。

「ああ、あの男は気まぐれだから」

　三喜に失望や怒りはなく、むしろ愉快を感じているようだった。

「だが、つぼははずさない勘の鋭い男だ。わしから吸い取るものを吸い取っておる」

　三喜はまわりの景色を眺めながら街道をゆっくり進んでいた。

　そして、不意に、

「絵師の世界で才能ある人物をどう育てるかについてきいたことがある」

と言った。

「絵師？」

　道三は三喜が持ち出した急な話題に意外性を感じた。医学に関係ない絵画についての話だった。

「二つの方法があるようだ。基本は臨画運筆《りんがうんぴつ》だ」

　優れた絵を脇に置いて写し、線や色使いを学ぶという。

「正攻法といえる。もう一つは、心の赴くままに描く方法だ。手が描くのではなく心が描く。心画だ」

心画写描といえるかもしれないと三喜は言った。

道三は黙ってきくしかなかった。

「わしがこんな話をするのは、おまえと徳本を比べるからだ」

「わたしと徳本を?」

「そうだ。おまえが向いているのが臨画運筆で、徳本は心画写描だ。どちらが良い、悪いの問題ではない。向き、不向きをいっている」

どちらも特徴を活かして医学を極めてほしいと言った。

そんな話をしているうちに、二人は柳生の渡しまで来た。するとその船着場に男がひとり釣り糸を垂らしていた。

男は顔中髭だらけで身なりにかまわない例の恰好だった。徳本だった。

「坊主だ、坊主だ」

と投げやりに言った。坊主とは魚が釣れないという符《ふ》牒《ちょう》である。

「いつから釣っているのだ」

道三はたずねた。


「そう、一時半《いっときはん》（注・約三時間）前くらいかな」

一時半前なら、道三が三喜とともに古河館で高基の娘を診察しているころの時間である。

「なぜ来なかった」

道三は問いつめるような口調になった。

「ちょっと面倒になった」

徳本は古河館に集まる約束など意に介していないようだった。

渡しから舟が出る時間になって船頭が声をかけると三喜は舟に乗り込んだ。道三とは逆方向だった。

道三は三喜に別れの挨拶をする。

やがて、三喜を乗せた舟は船着場を離れて、次第に遠ざかって行った。

「一緒に行かなくていいのか」

と道三は徳本にきいた。

「ああ、これから行きたいところがある。今日はやめた」

徳本は糸を垂らしたまま言った。

「どこへ行くのだ」

道三はきいた。

「ちょっと古河館に行こうと思っている」

「古河館？」

いまさら古河館に何をしに行こうと言うのか。

「あそこへ行けば、飯と寝床にありつけるからな」

徳本は不敵に笑っていた。

この男は一体何を考えているのかと思いつつも、

「そうか」

と道三は受け、

「では、さらばだ」

と渡しに着いた舟に向かった。

道三は舟に乗り込む。

徳本は相変わらず水面に糸を垂らしていた。

五

道三はそのまま足利学校に帰った。するとすぐに文伯から書院に来るように言われた。

「どうだった。三喜様の診療は？」

文伯がきいた。

「技量といい、人間性といい、感じ入りました」

三喜の診察を二度体験した道三の率直な感想だった。

そして、古河行きを許可してくれた文伯に改めて礼を言った。

「じかに三喜様の診療を体験できることなどめったにない。だが、どうやら三喜様は受け入れてくれたようだな」

文伯は安心したようだった。

「本当のところはまだ分かりません。しかし、ついて来るなとはいわれません」

「だったら大丈夫だ。あの方は安請け合いはせず真剣に対応する人だ」

「感心しましたのは、三喜先生の患者への対応です。古河公方にも、茶店の主人にも同じような態度で接するのです」

「うむ。なかなかできることではない」

文伯はそう受けてから、

「なぜだと思う？」

とたずねた。

「それは先生の人間性ではないでしょうか」

庠主はおかしなことをきくと思いながら道三は答えた。

「確かに人間性ではある。あの人は相手がたとえ、殿様でも馬子でも駕籠かきでも、何であれみんな同じに接する。区別なく診る。それが基本姿勢だ。これは華佗《かだ》と同じだ」

中国の名医の名前が出てきて道三は耳を澄《す》ませた。

「華佗は放浪医として富貴貧賤《ふうきひんせん》を問わず診ていた。今から千三百年以上も前の人だが、国手《こくしゅ》として、その医療内容と誇り高き生き方は今も輝きを失っていない」

三喜様も感銘を受けておられると言って、さらに続けた。

「華佗こそまさに国手だ。国を医する医者だ。だが、その運命はどうだったか。その非業の死については学ぶべき点が多い」

「非業の死……。何があったのですか」

道三も華佗の名は知っていたが、その生涯について詳しくは掌握していなかった。

「華佗の名声をきいた魏《ぎ》の王、曹操《そうそう》はおのれの病気を華佗に診てもらおうと考え、呼び寄せた」

後漢の滅亡後、中国では、魏・呉《ご》・蜀《しょく》の三国が天下を争い戦乱の世を迎える。英雄豪傑の一人、曹操はめまいをともなう頭痛の持病に悩まされていた。呼ばれた華佗は鍼を用い、たちまちその頭痛を治した。曹操は感激して侍医にとりたてた。だが、華佗は仕官を求めていなかった。過去に何度も高位の官職を示され招聘されたが、ことごとく断っている。放浪医として自由に診療の旅をするのが性に合っていた。

曹操の侍医になるのは、ふつうなら名誉この上ない話だったが、華佗は嫌って何とかして王宮を抜けだそうと考えていた。そして、製剤のための生薬が欲しいとして郷里に帰りたい旨を申し出た。ようやく許しが出て、帰郷した。

しばらくすると曹操から王宮に戻るよう矢の催促が始まった。戻りたくない華佗は妻が病気だとして帰らない。数年間戻らない華佗に業を煮やした曹操は所轄の地方役人に現地から送り出すよう命じた。それでも従わない華佗。さらに調査すると、妻は仮病だった。嘘に激怒した曹操は華佗を獄につないで、あげくに獄死させたのだった。

――何と横暴な……。

道三は曹操の独善的な振る舞いが腹立たしかった。

「権力者というのは身勝手なものだ。おのれの意のままにならないと殺害してしまう」

文伯は苦々しく唇の端をゆがめた。

「権力に近づけば近づくほど危険が生じる。道三、おまえもゆめゆめ油断してはならない」

道三は深く頭を垂れながら、文伯の助言を胸におさめた。

華佗の非業の死から学ぶことは多かった。

六

道三は細い山道を登っていた。

樹木の間からは雪こそないものの、二月の寒風が作務衣の襟元から容赦なく忍び込んできた。

山道のもうすぐ先には足利織姫《おりひめ》神社が見えるはずだった。社殿の前は平坦になっていて、そこからの見晴らしを道三は気に入っていた。渡良瀬川が眼下に見え、広大な関東平野が見渡せた。

神社に来ると、琵琶湖を眺めた一望台を思い出すのだった。天光寺のようにすぐ裏手ではなかったが、足利学校から少し足をのばせば神社に来られた。夏の暑さや冬の寒冷をいとわず、気が向くと道三はこの神社に足を運んでいた。わざわざ夜間に登って月をぼんやり仰いでいるのも好きだった。

社殿前の平坦地に着くと、先客がいた。

――こんな寒い日に……。

誰だろうと道三は見るともなしに先客に目をやると、その後ろ姿に何となく見覚えがあった。

道三の気配に気づいて先客が振り向いた。見慣れた色白の丸顔が目を見開いた。

「一鷗！」

道三は思わず名を呼んだ。会うのは久しぶりだった。

「道三さん。どうしてここへ」

一鷗はまだ目を見開いている。一鷗も今しがた着いたのか、頬が赤かった。

「それはこっちがいいたい台詞《せりふ》だ」

道三は言った。

「この時期、ここからの見晴らしは格別です」

一鷗の言葉に、

「わたしもそう思う」

と道三も応じ、それから二人は並んでしばらく境内からの眺望を満喫した。

寒冷の澄んだ空気に広々とした関東平野も見通しがきいて、この日は正面に雪に覆われた富士山が望めた。

「これだけ見通しの良い日も珍しいですね」

一鷗の視線は富士山をとらえていた。

「来た甲斐があったというものだ」

道三も富士山の雄姿を見つめた。

やがて、一鷗が口を開いた。

「田代三喜先生に医学を学んでいるとか。ききましたよ」

「うむ。どれだけ学べるか」

道三は答えながら、一鷗にも自分の行動が伝わっているのを知った。

「厳しい人らしいが、来る者は拒まないともきいています」

「一鷗はどうだ。漢籍の研究は進んでいるのか」

父の元簡に付いてさらに漢籍を修めているにちがいなかった。道が違って二人が口をきく機会もほとんどなくなっていた。

「漢籍もさることながら、足利学校の近くで開業している医者がいて、そこで医学も習っています」

「ほう。どうだ、医学は面白いか」

一緒に医学書を筆写した仲間でもある。一鷗が医学に興味を持っても何ら不思議はないのだが、道三自身、三喜から本格的に医学を習得しようとしているときだけに、一鷗の動向も気になった。

「知れば知るほど興味が増す。患者を相手にすると、奥が深いのでやる気が出るというものです」

「そうか」

一鷗がそれほど医学に興味を持つようになったとは知らなかった。

「そこで、今ちょっと考えているのですが、ここを離れようかと思っています」

一鷗は言った。

「離れてどこへ行くのだ」

「京都に帰ろうかと思っています。そのほうが、人材も多彩で実地の医学を深く学べますし、上の人間にも出会えて面白そうですから」

「上？」

「ええ、大名や公家です」

「そうか」

一鷗の権力者志向は相変わらずだと思った。

一鷗が道三の横顔を窺うようにしてきいた。

「道三さんは帰りませんよね」

「おれか……」

きかれて、道三はしばらく考えた。京都は魅力だった。考えてみれば、はじめは一鷗に誘われて足利学校に来たのである。

「おれは三喜先生からまだまだ学ばねばならない」

当分帰れないと答えた。何カ月か何年か分からなかった。

「そうでしょうね」

一鷗は予想していたのか落胆もせずに、

「わたし一人で帰ります」

と言った。一鷗はすでに帰京を決めているようだった。

「旅の安全と成功を祈る」

「ありがとう」

一鷗は丁寧に礼を述べた。

「だが、上の人間には気をつけるように。華佗の例もある」

道三の頭に、

――権力に近づけば近づくほど危険が生じる。

文伯の言葉が甦がえっていた。

「華佗……。あの人は駄目です」

と一鷗は一蹴した。

「どう駄目なのだ」

道三は一鷗の反応の早さを意外に感じた。同時に、相手は伝説上の人物とはいえ、名だたる名医である。それを駄目と一蹴するのは、あまりにも傲慢ではないかと思った。

そのとき、ふと髭面の徳本を思い出した。

――あの男も華佗を一蹴するかもしれない。

一鷗と徳本、二人の個性は違っていたが、時折、傲慢な一面を見せる点では共通していた。

「華佗は医術では確かに優れていたかもしれません。しかし、処世という点ではどうだったのでしょうか」

一鷗は疑問を呈した。

「どうなのだ」

「間違っていた、というより、落第ではなかったかと思うのです」

「落第……」

これは傲慢の一語に尽きると道三は思った。

「華佗は名医だったかもしれませんが、国手ではなかったのでしょう。領主、曹操をなだめてこその国手だと思います」

一鷗はさらに続けた。

「権力者は身勝手なものです。しかし、身勝手だからこそ国を治められる面もあるでしょう」

「では、どうしたら華佗は殺されずにすんだのだ」

「わかりません。しかし、わたしだったらここは孫子の兵法で行きます。彼れを知り己れを知れば、百戦殆《あや》うからず。彼れを知らずして己れを知れば、一勝一負《いっしょういちぶ》す、です」

「そうか」

「それでも駄目なら……」

一鷗は故意に口ごもった。

「どうする」

道三はきかずにいられなかった。

「三十六計、走るを上計《じょうけい》と為《な》すです。逃げます」

「なるほど。一鷗は漢籍を人生に活かそうというのだな」

「以前に話したと思いますが、知識は腕力のないわたしに自信を与えてくれます。知識と知恵は力です」

後になって、一鷗は天下人の主治医を務めたが、身勝手極まりないその天下人から理不尽な扱いは受けなかった。まして、華佗のように命を落とす悲劇にも遭わなかった。

一鷗は三日後に足利学校をあとにした。

七

足利学校の庭に梅が咲き始めた。道三が学校の大成殿《たいせいでん》に安置された孔子座像の掃除を終えたとき、文伯があらわれた。

「庠主様」

道三は一礼し、

「ただいま終わりました」

と言った。

「ご苦労であった。今日の午後、宥座《ゆうざ》の儀を執り行う」

文伯は手に青銅製の小さな杓《ひしゃく》を持っていた。

「宥座の儀といわれましたか」

道三はききながらも、青銅の杓が気になっていた。

「そうだ。ここで初めて行なう儀式だ」

文伯はそう言いながら祭壇の前に置かれた机のそばに立った。机の上には水をたたえた深みのある四角い鉢が用意されていた。

この鉢は道三が初めて目にする鉢で、掃除しながら何のための水なのか疑問に思っていた。

水面の中央に傾いた器が浮かんでいて、それは左右の端から渡された紐で結ばれていた。あたかも傾いた舟が浮かんでいるように見えた。不思議な装置だった。

「これが宥座の器《き》というものだ」

文伯は中央の器を指さしながら、小さな杓で水をすくって、器の中に少しずつ水を注いだ。

やがて、器の中に水が溜まると傾いていた器は真っ直ぐになり平衡を保った。

「これが中庸《ちゅうよう》という状態だ。程よく調和が保たれている」

文伯は道三に器をよく見るように言った。

「だが」

と文伯はさらに杓の水を器の中に注ぎ込んだ。すると、水をたたえた器は傾きはじめ、そして、たちまち器はひっくり返り、中の水は鉢にあふれた。

「中庸を過ぎるとこうなる」

文伯は言って、道三にも試みるように杓を手渡した。

道三も文伯にならって杓の水を器の中に注ぐと、平衡を保っていた器は、やがてくつがえった。

「月の満ち欠けと同じだ。満ちて満月を迎えれば欠ける。欠ければやがて満ちてくる。人も、国も同じだ。度を越せば転覆する。奢《おご》れる者が長く天下を治め続けることはない」

文伯は道三を諭した。

「盛衰は天地自然の現象なのですね」

道三はたとえ国手になったとしても奢り高ぶってはならないと思った。

「そうだ。誰も天の支配には抗《あらが》えない。それを教えるのが、この宥座の器だ」

文伯は今は傾いたままの器に目をやった。

道三は宥座の儀で、ほどほどの大切さを知ったのだった。文伯の貴重な教えに感謝した。

「庠主様。お願いがあります」

道三はこのときが良い機会だと感じた。

「田代三喜先生のもとで医学を修めたいと思います。何年かかるか分かりませんが、学校のほうは休ませてください」

と言った。

「おお。いつ言い出すかと思っていた。思う存分学んでくるがいい」

文伯は言った。

道三は深く頭を下げた。

「大いに励むがいい。そして、国手をめざせ」

文伯は道三に期待していた。

この日の午後、予定通り足利学校で学ぶ生徒たち一人一人に宥座の儀が執り行われた。

それから十日を経て、道三は旅支度を整え、『杏壇』門、さらに『學校』門をくぐった。

——さらば、足利学校。

道三は『入徳』の扁額を仰いで門前を離れた。

第四章

天雷《てんらい》の章

医術開眼

一

道三は上州・館林《たてばやし》でようやく三喜に会うことができた。

関東一円を放浪しながら庶民を診療しているのが三喜だった。どこにいるかは噂を集めながら見つけるしかなかった。関東の名医として名を馳せ、また、顔も知られていたので、旅籠屋や茶屋、馬方、番所などにきけばおおよその足取りはつかめた。が、もともと自由人の気がぁり、風まかせの移動だった。患者の病気が重いと、その家に泊まりこむ場合もあった。

三喜が佐野にいるらしいという情報をつかんだ時は、早速、駆けつけたが、すでに遅く宿を発っていた。その前は壬生《みぶ》に滞在していた。

何度か一足違いをくり返すうち、旅籠屋で館林の方角に向かったときいて、急いで追いかけ、ようやくこの宿場町で出会うことができたのだった。足利学校を発ってーカ月ほどが経過していた。三喜を見つけるだけで、こんなに時間をとられるとは思っていなかった。

利根川支流の川の土手に並んで植えられていた桜がちょうど満開だった。咲き誇って密生した花びらで桜の枝はおろか、幹も隠れて見えないほどだった。

三喜は桜の木の下にある茶店で休んでいた。白小袖の上に黒い十徳《じっとく》を羽織ったいつもの恰好だった。縁台に座り草餅を頰張っていた。三喜のまわりにはいつもゆったりした時間が流れていた。

三喜は道三に気がつくと、丸い目をさらに見開いて手をあげ、

「おう、道三」

と叫んだ。

――ようやく捕まえた！

道三は会えたというより、捕まえたという気がした。

「先生！」

道三が走って近づくと、

「道三。こんなところで何をしている？」

と親しげにきいた。

道三は足利学校の庠主文伯《しょうしゅぶんぱく》から三喜の下で医学を学ぶために学校を休学する許可を得た旨を話した。足利学

校で学び始めて三年が経過していた。

「そうだったか」

三喜は人ごとのように反応した。

それから道三は改めて三喜に入門を願い出た。ときに、享禄四（一五三一）年、道三は二十五歳。三喜は六十七歳であった。

「好きにするがよい」

と微笑みながら三喜は満開の桜を仰ぎ、残りの草餅を頬張った。もともと大きな口に草餅は吸いこまれた。

道三も茶店に茶と草餅を注文した。

目の前の川は大きく蛇行し、池のように水をたたえている個所があった。葦が生い茂っているその池を縁取るように桜が咲いていた。水面からは春風が渡って来ていた。

道三は縁台に座り、運ばれてきた草餅を口に運んだ。それから、二人は風景も肴《さかな》にして、花見を楽しんだ。

道三は茶を一口飲んでから、

「先生は華佗をどう思われますか」

と三喜に問いかけた。

文伯から、三喜と華佗の名医としての共通点をきいたばかりだった。

——これほど似かよっている医者もいない。

道三はそう思い、三喜に華佗を重ねていた。放浪医として自由に生き、地位や名誉、金銭に恬淡《てんたん》としている。老若男女、富貴貧賤《ふうきひんせん》を問わず医療をほどこしている医師として高く評価したかった。

「華佗は不可能とされる手術を実施して天下に名をとどろかせた。名医だ」

と三喜は華佗を尊敬しているのか、念を押すように言った。

「しかし、先生。その死は悲劇というしかありません」

「うむ。並はずれた医術を持っていたからこそ、逆に危険がつきまとったといえるかもしれない」

三喜は水面を見つめながら言った。

「それは……」

と道三は少し間を置いて、

「先生にもいえることではないですか」

ときいた。

三喜は表情を変えず、

「わたしなど、高が知れている。華佗は国手で、天才だった」

と言いながら桜を眺めていた。

「その天才的医術をもってしても曹操の持病を治せなかったので、華佗はあんな仕打ちを受ける結果になったのでしょうか」

道三の疑問だった。曹操の持病の頭風眩《ずふうげん》（注・めまいのともなう頭痛）には種々の複雑な原因がからみ治療は困難をともなう。

「いや、そうではないだろう。華佗ならさまざまに対応できたはずだ」

三喜は華佗の医療を信じていた。

「では、なぜ？」

なぜ獄死するような仕打ちを受けたのか。道三には解せなかった。

それから、三喜は曹操の人物像を語った。

曹操は、自分が人を裏切ることはあっても、人が自分を裏切ることは許さないと公言していた人物だった。また、過去の戦いの中で復讐戦において勝利した後、数十万人の男女を虐殺しつつ国元に引き揚げている。大河がおびただしい数の死体のために流れが堰きとめられたといわれるほどだった。まさに、乱世の奸雄だった。

「乱世の英雄、覇者とはいえ、晩年になるほど苦戦を強いられた。曹操の頭風眩は狂の域に入っただろう。だが、強大さを誇った権力者の末路として、静かに引退はできない状況がある。救いを華佗の治療に求めたはずだ。しかし、この場面でいかに名医とはいえ戦いを好転させる力はない」

「その怒りを断罪という形でぶつけて華佗を獄死させたのですね」

道三はきいた。

「さて、それはどうだろうか。かけがえのない医者を抹殺はしないだろう」

「えっ、では先生はどのように死んだとお考えですか」

「うむ。わたしはみずから命を絶ったのではないかと想像する。華佗は曹操の持病に振りまわされたのではなく、残虐者のもとで力を発揮することに絶望感をいだいたのではないかと思う」

三喜は神妙に口にした。

――華佗は自殺した……。

にわかに信じられなかったが、ありえない話ではないと道三は思った。

華佗は建安八（二〇三）年に死亡したとされる。享年、六十二だった。

「華佗は悲劇を避けるために何をしたらよかったので

しょうか」

「それは残念だがわたしにもわからない。ただ、権力者というのは往々にして横暴なものだ。権力者には常に敵がいるが、医者の敵は病気だ。あくまで病気だ。相手が権力者であれ誰であれ病気を治すことに専念するのが医者の務めだ」

道三を直視した激しい口調に道三は背筋をのばした。

「分かりました」

道三は一礼しながら三喜の言葉を胸におさめた。

「餅も茶もなかなか美味かった」

三喜はそう言って、どれと茶店の縁台から腰をあげた。

そのとき、十八、九の若い娘があらわれ、

「三喜さまでしょうか。診察をお願いしたく存じます」

と三喜の元にひざまずいた。

問いかけると、娘の父親が高熱を出し、咳がとまらず困っているという。

「では、案内しなさい」

と三喜は娘に命じた。

茶店から数軒離れた漆塗り職人の家だった。土間には盆や茶椀、桶、箸など、これから塗りに入る商品が置かれていた。

徳兵衛という名の父親は奥の暗い居間に寝ていた。五十がらみの痩せた男が薄い布団に横たわって肩で息をしている。

三喜は舌、さらに、脈拍、腹を順に診ていった。

「これは季節の変わり目によくある風邪だ。ただ、少しこじらせてしまったようだ」

と三喜は見立てた。そして、処方名を小声で道三に伝えて道三に調薬を命じた。

道三はすぐさま三喜の持参している柳で編んだ往診用の行李《こうり》から薬籠《やくろう》を取り出し、生薬を選んだ。

道三が調薬している間に娘は、

「先生。父がこんなに長い間、伏せることはありません。丈夫な人で、一晩寝ればまず治るのが父です。長引いているのは、父に心配事があるからなのです」

と泣きながら訴えた。

「何があったのだ。話してみなさい」

三喜は促した。

娘の語るところによると、父親は借金を頼まれて、漆塗り職人にしては大金にあたる金額を融通してある男に貸した。ところが、約束の一年が経過しても返す意思がない。何度催促しても一向に返済の気持ちがないという。

「誰だその男というのは」

三喜は不快な顔できいた。

「この先にある駕籠屋の総元締めで弥助といいます」

と娘は答えた。この街道筋で手広く駕籠屋を営んでいて強欲なことをしている男だという。

「駕籠屋の弥助……」

三喜はつぶやいた。

「生活も楽ではないのに、父はそんな悩みをかかえて治る病気もこじらせてしまったのです」

娘は肩をふるわせて泣いた。

「そうか……」

三喜は考える顔になった。

道三の調薬作業が終わった。すると、三喜はただちに一服分を煎じて父親に飲ませた。素早い行動だった。

「この薬は特別で薬の中でも早く効いてくる薬だ」

三喜は父親にもきこえるように言って、娘が運んできた茶をゆっくりと飲んだ。

道三も薬籠に生薬を納めた後、茶を口にした。

お茶の時間も終わった頃、

「先生。何か父の頬のあたりに赤みがさしてきました」

と娘が驚いたように父親の顔を覗きこんだ。


見ると、確かに父親の顔つきが明るくなっていた。道三もその効き目に驚いた。劇的に効く処方薬ではないはずだった。

「早く効く薬といった通りだ」

これからどんどん良くなるはずだと三喜は娘と父親に告げて、徳兵衛の家を後にした。

三喜と道三は街道を進んだ。

道三は今の三喜の治療で分からないことがあり、それをきこうとしたとき、街道筋の大きな家の中からはっぴ姿の二十歳ほどの男が飛び出してきた。

「三喜先生でいらっしゃいますね」

と若い衆が言った。家の前には駕籠が三挺《ちょう》ならんでいて、駕籠かきが四、五人ほど車座になって休んでいた。

三喜がうなずくと、

「待っていました。弥助親分が中で先生のおいでを待ってます」

若い衆は腰を低くしながら家の中に導いた。

――弥助？

道三はさっき娘が話していた男の名前が出てきたのでおやっと思った。

長い廊下を歩いた先に弥助という親分が寝ている部屋

があった。駕籠屋の総元締めのせいか、床の間のある十畳ほどの豪華な造りだった。

「弥助親分は先生のおいでを首を長くして待っておられました。診察をお願いします」

と若い衆が言った。

弥助は色黒の五十半ばほどの年齢で分厚い布団に横たわり肩で息をしていた。

――これは……。

道三はさっき診た漆塗り職人の徳兵衛と同じ症状ではないかと思った。

三喜は徳兵衛のときと同様、舌や脈拍、腹を順々に診ていった。

入念な診察が終わって、

「おまえはこの先にある徳兵衛とは仲の良い友だちか」

と三喜は問いかけた。

「それはどういう意味ですか、先生」

弥助は病人ながら鋭い眼差しを向けた。

「いや、おまえの体の具合があまりに徳兵衛と似ているものだから……」

こじれ方といい、咳や腹具合といい、みんな同じだと三喜は説明した。

「この病気は仲良く一緒にいると染《うつ》ってしまう病なのだ。それできいたのだが、仲はどうなのだ」

「それは、先生。同じ街道筋です。仲はいいに決まってます」

「そうかそれで安心した」

「安心?　どういうことですか」

弥助は警戒しながらきいた。

三喜は弥助の質問には答えず、

「よく効く薬があるのだ」

特効薬だと三喜はつけ加えた。

「そうですか。ぜひそれをください、先生」

弥助はようやく警戒心を解いたようだった。

「だが、その特効薬はここにはない」

三喜は強く言い放った。

「ない？　何とかしてください。わたしは必死で若い衆に先生を探させていたのです」

弥助は訴えた。

「ここにはないが、近くにはある」

「どこです、先生」

「徳兵衛のところだ」

三喜は言った。

「徳兵衛……」

弥助は口ごもった。

「徳兵衛のところで処方した薬で材料が全部なくなってしまった。おまえと仲は良いのだろう。半分わけてもらえば、おまえもすぐ治るというものだ。わたしから徳兵衛に話はつけておく」

「徳兵衛ですか……」

弥助は不服そうだった。

「嫌ならやめるだけだ。この病はその薬を服《の》まないかぎり治らないだろう」

三喜は腰を浮かした。

「待ってください、先生」

弥助はあわてて、

「分かりました。徳兵衛に頼んでみます」

と三喜を止めた。観念したようだった。

「そうか。だが、この薬は高いぞ。高価な材料を使っているからな」

「特効薬なら額はといいません」

いかほどですかと弥助はきいた。

三喜は薬代を告げた。徳兵衛が貸した金額を少し超えた料金だった。

「高いですね、先生」

「高いか。だが、わしの治療代の踏み倒しは許さんぞ。阿漕《あこぎ》なことをしていると治る病気も治らないのが常識だ」

三喜は釘を刺した。

「滅相もありません。きちんと払います」

と弥助は神妙に答えた。

この後、三喜は徳兵衛に話をつけてから再び街道を進んだ。

街道の街区から遠ざかってから、道三は、

「先生はあの弥助から診察を頼まれていたのですね」

とたずねた。

「ああ、佐野で若い者が頼みに来ていた」

三喜の駕籠屋訪問は予定の行動だった。

その三喜が徳兵衛を診察したとき、弥助による借金の踏み倒しの話を娘からきいて処方薬の売買を思いついたと道三は想像した。

「しかし、先生、徳兵衛さんの病気は特別なものではありませんよね」

道三はきいた。

「ああ、あれはふつうの風邪を少しこじらせてしまっただけだ」

「わたしもそう思っていました。あの薬は特効薬でも何でもありませんよね」

三喜から命じられた処方は香蘇散《こうそさん》だった。香附子《こうぶし》や蘇《そ》葉《よう》、甘草、陳皮《ちんぴ》、乾生姜《かんしょうきょう》の五種の生薬から構成される処方だった。この薬は風邪による高熱があり、胃腸をこわし、食欲がない場合に処方された。こじらせた風邪のときに多用された。香附子はハマスゲの根、蘇葉はシソの葉でどこにでも生えている野草だった。高価でも何でもない。

「でも、なぜ、あんなに早く効いたのでしょう」

服用させて半時と経たないうちに徳兵衛の様子が良くなった。道三にも意外だった。

「暗示にかけたのだ。わたしは父親にわざときこえるように薬の効き目を強調した。それに、香附子や蘇葉は気剤で、気を整えてうつの気分を取り払う薬剤だ。その作用により気持ちが変われば、血の巡りも良くなる。気分次第で薬の効き方も変わってくる」

人間は不思議なものだと三喜は口にした。

――これが三喜の医療か。

道三はひとつ学んだ気がした。

二

道三は三喜に従い放浪しながら医療活動を続けた。関東一円が道三の診療所であり、医学校だった。

すでに五年を経て、三喜、七十二歳。道三は三十歳になっていた。

街道筋を中心に関東一円を巡って請われると診療に応じた。この放浪診療には徳本も同行したものだが、徳本の気まぐれから途中で急にいなくなってしまうことも珍しくなかった。そして、再び、どこかで合流するという繰り返しだった。

だが、徳本はときおり三喜の診療に異議を唱えた。

三喜は気分を害した様子もなく、

「ほう」

と感心してみせるだけで黙って徳本の意見をきいていた。

そして、多くは、

「それも一理ある」

というのが三喜が最後に示す答えだった。

道三が三喜と放浪生活をともにするようになって感じるのは、三喜の健脚と健啖だった。自分より四十歳以上も年上の年齢で弱音も吐かず、疲れを知らない日常に舌を巻かざるを得なかった。夏季の炎天下も冬季の厳寒もよく凌いでいた。驚くべき体力だった。齢七十を超えた、いわば老人が道三に負けず劣らずの、いや、むしろ三喜のほうが足取り軽く街道を進む姿は高齢者の動きではなかった。体の芯から力が湧きだしているようにも見えた。

道三はその秘訣を知りたく思った。

あるとき、山道を歩きながら、

「先生はたいへんお元気ですが、どのようなことを心がけて日々を送っておられるのですか」

と道三はきいた。医者が病気では病人を治療できないのは当然である。自分の心身を正常に保ってこそ病める人を診られるというものだった。では、どうおのれの身体を健全に保つかである。これから医業を長く続ける上で養生法は重要だと思えた。

急な山道にもかかわらず、三喜はいつものように歩を進めていた。

「わたしが明で師事した医者に月湖《げっこ》という人がいる。尊敬できる良医だった。その先生が常に唱えておられたのが、少の心構えだった」

三喜はわずかに歩みをゆるめながら言った。

「少《しょう》といわれましたか」

道三はしょうときこえたので、そうたずねた。

「そうだ。少だ」

三喜は念を押した。

「多いの反対だ。これは、人を病に陥らせない、いわば無病の要諦といえる」

わたしは今日までただそれを実践しているだけだと三喜は言った。

「ぜひ、ご教示ください」

道三は強く依頼した。

「そうか。では、その要諦を教えよう」

そして、三喜はゆっくりと、また朗々と次のように唱えた。

多く思えば神、怠る。
多く念《おもえ》ば志、散ず。
多く欲すれば志、昏《くら》し。
多く事《つとめ》れば形《かたち》、労す。
多く語れば気、乏《とぼ》し。
多く笑えば蔵《ぞう》、傷《いた》む。
多く愁《うれえ》れば心、懾《おそ》る。
多く楽しめば意、溢《あふ》る。

「多くを求めると心身ともに破れるというのが月湖先生の教えだった。養生を心がけるなら、行少除多《ぎょうしょうじょた》が根幹をなす」

と三喜は言った。

その具体的行動の指標は以下の通りになる。

少思、少念、少欲、少事、少語、少笑、
少愁、少楽、少喜、少怒、少好、少悪。

「少を心がける、この十二少のお陰でわたしは放浪しながらも、この歳まで大病もせずに医者が務められている」

三喜は歩みの速度をあげた。

道三は十二少の教えを胸に納めつつ、あわてて三喜のあとを追った。

三

三喜と道三の二人は、いつしか武州・河越《かわごえ》の宿に入った。いわば〝関東一円旅〟をしている道三には三度目の河越だった。

――河越か……。

道三は河越の街区に入るとほっとした気分に浸った。

何か親しみを感じるのは、川の存在にちがいなかった。生まれ育った京都・柳原のそばには加茂川が流れていた。河川敷で遊んで育った者には川の流れが身近に感じられる河越はくつろげる土地柄だった。

この日は紅葉の時期には早いが、秋の深まりを感じさせるおだやかな日だった。

河越は切りたった台地の上に平坦な土地が広がっている。城下の三方は川に囲まれ、自然の要塞を思わせる地形だった。軍略の要地でもあり、古来から戦乱に巻きこまれた土地だった。つい先年には河越城に居城していた扇谷《おうぎがやつ》上杉氏を小田原の北条氏綱《うじつな》が攻めて勝利し、北条氏家臣の福島綱成《つななり》が入城していた。

街道筋はおだやかな日和に人々がのんびりと歩いていた。秋の陽射しに時間も心なしかゆっくりと過ぎていた。

そのときだった。急に街道筋の前方で悲鳴があがり、人々が左右に散って逃げ惑うのが見えた。

「何事だ」

三喜が珍しく気色ばんできいた。

「何でしょう」

道三も何事かとつま先立って街道の前方を見つめた。

「先生、馬です」

道三は三喜を道のかたわらに寄せてから、再び前方に目をやった。

向こうから道行く人たちをはじき飛ばすようにして、一頭の黒い裸馬が疾走してくるのが見えた。

馬上には鉢巻き姿の二十歳ほどの若い侍が乗っていた。鞭《むち》を片手に手綱をあやつり街区を駆けて来る。

若侍は、

「どけっ、どけーっ」

と大声を発しながら馬を走らせていた。

傍若無人の暴走だった。

――危ない！

道三の目の前で道の脇に立っていた十歳ほどの少年が馬にはじき飛ばされた。

馬はそのまま街区の外れに向けて蹄《ひづめ》の音高く走り抜けて行った。

一瞬の出来事だった。

少年が道に倒れていた。額と脛《すね》から血が流れている。腰を強く打撲したらしく少年は腰のあたりを押さえて苦悶の表情で泣きじゃくっていた。

三喜はそばの旅籠に少年を運ばせると、すぐに治療に取りかかった。一方で、道三に調薬すべき薬方を命じた。

「わかりました」

道三は三喜の行李から薬籠を取り出し生薬を用意した。

そして、素早く煎じ薬を作りはじめた。

その間、三喜は少年が怪我を負って血を流している個所を焼酎で洗い、軟膏を塗った。少年は痛みに耐えられず呻きながら泣き続けていた。

その光景に、道三は自分の体験を思い出していた。

――あれは……。

記憶の糸が手繰り寄せられた。

その昔――、十三歳のとき、近江・天光寺での修行を終えて京都・相国寺に向かうときだった。守山宿のはずれで暴れ馬に蹴られて脛《すね》が紫色に腫れ上がった少年を治療したのである。とっさの応急処置だった。

あのときは携行薬《けいこうやく》の陀羅尼助《だらにすけ》を使った。キハダを材料にした当時よく庶民にも伝わっている薬で打ち身に効くとされた。

これが道三が患者を診た最初だった――。

やがて、煎じ薬もできて、三喜は少年に飲ませた。三喜の手際のよい治療に、少年も安心したのか次第に落ち着いてきた。そして、少年は奥の部屋に運ばれて行った。

一段落して、

「先生におききしたいことがあります」

と道三は言った。

「先生は今、わたしに独参湯《どくじんとう》の処方を命じられました」

独参湯は人参一種だけを単独で用いる作用の強い処方だった。出血し、脈が細くて弱く、体力が衰弱している状態に強壮作用が期待できる。

「しかし、人参はたいへん高価で、しかも日本で採れません。先生は明《みん》からの土産としてたまたま人参を持ち帰っていますが、これはいずれなくなります。そのときどうされるのですか」

日本で人参を使い始めたのは、中国・明に十二年間留学した三喜だといわれている。

道三の薬籠に人参は入っていなかった。とても高価で手が出ないのである。大名、公家といった限られた階層が貿易品として入手するしかなかった。だが、それも少量に限られていた。

「うむ、おまえもそこに気づくようになったか」

三喜は柔和な眼差しを道三に向けた。弟子の成長を喜んでいるようだった。

「確かに人参はこの国ではそうたやすく入手はできない。どうしたものか」

おまえなら今の治療をどうすると三喜はきいた。

「わたしは打撲や出血部に太乙膏《たいっこう》を塗り、通導散《つうどうさん》を処方します」

道三は答えた。

通導散は大黄《だいおう》や当帰《とうき》、芒硝《ぼうしょう》、厚朴《こうぼく》、陳皮《ちんぴ》など、計十の生薬から成る処方だった。使用する薬種は多いが、人参ほどの高貴品はなく入手は可能だった。打撲や出血、疼痛などに対応でき、さらに内出血の血液が体内に散るのを防止できた。

「なるほど。独参湯ほどの即効性はないが、それは良い処方だ」

三喜は満足そうにうなずいた。

そして、続けた。

「わたしの医学を難解という人がいる」

それは当たらないと言った。この時代、医者に『太平恵民和剤局方《たいへいけいみんわざいきょくほう》』が流布して、この書に載った処方を安易に患者に当てはめて薬を処方する、いわゆる〝局方医学〟がまかり通っていた。三喜はそれに警鐘を鳴らし、明で学んできた証を見立てて、確かな理論の下に処方を決めるという医学を志向した。基本は、「李朱医学」

だった。

「わたしは孔子が仁をなぜあのように説いたかを、あの国にいるときに考えた」

三喜は遠くを見る目になった。

「世上であまりにも不仁がまかり通っていたからではないかと考えた。孔子は不義、不仁、不孝を嘆き、それを強く説きたかったのではないかと思った」

三喜は安易な医学がまかり通っている現状を嘆き、それを孔子の教えに見立てて話したかったようだった。

「それにしても違うのは、この国と中国だ。肌の色も体形も同じように見えるが、違うのだ。同じ処方薬でも使う生薬の分量が違う。日本では少なくしないと害ばかりが出てしまう」

三喜は留学体験から自分で感じた日本と中国の違いを述べ始めた。

日本は海に囲まれた国土で、天皇を頂く万世一系の国。山岳がほとんどで、澄んだ小川のせせらぎや清流に親しみを覚える。そして、数字は三七五の奇数を重んじる。

一方、中国は大陸の国土で、易姓《えきせい》革命（注・統治者の姓が変わり新王朝が興る）で統治者が変わる。砂漠地帯や荒地が多く、大河は濁り、その淀みの中で生き、数字は偶数を好む。

「こんなことを話すのも、おまえにこの国に見合った、いわば、和医学、あるいは和医方の医術を確立して広げて欲しいのだ。何でもよその国のやり方を真似すればいいものではない」

三喜は強い調子だった。

「和医学の確立ですか」

道三は師の視線に気圧《けお》されていた。

「さよう。さっきのおまえの処方をきいて、安心した」

三喜は河越の宿場を見渡していた。おだやかな眼差しだった。

四

どのくらい時間が経過しただろうか。秋の陽射しの中、街道筋の外れのほうから牛がゆっくりとこちらに向かって進んで来るのが見えた。

牛には人が乗っていた。

「あれは……」

道三はおもわず指さした。

「徳本ではないか」

三喜は縁台に座ったまま伸び上がって見つめた。

牛に跨《また》がっているのは徳本だった。角《つの》も生えた毛並みのよい茶色の牛で、尻の部分は白く斑《まだら》になっていた。

徳本は牛の尻尾にさっき暴走して行った若侍の馬を繋いでいた。よく見るとその馬の背に若侍が腹這いになって乗せられている。馬の背に振り分けられていて、足と頭が左右から垂れ下がっていた。落馬したのか、顔や衣服は泥だらけで、額や目尻、顎のあたりから筋を作って出血していた。かなりの大怪我を負っているらしく、終始低く呻き声をあげている。顔面は蒼白で、さっき街道を疾走して行ったときの威勢はなかった。

「どうした、徳本」

道三は近寄ってきいた。

「危なかった。もう少しで正面からぶつかるところだった」

と言いながら、徳本は牛から下りるなり、

「なあ」

と同意を促すためか若侍の腰のあたりを軽く叩いてみせた。

若侍はいきなり触られて悲鳴をあげてのけ反った。

徳本はまわりに集まった人に若侍を馬から下ろすように頼んだ。

宿場の人たちによると、若侍は城主の福島綱成につらなる勘定方の子弟で、馬を暴走させ住人を困らせて喜んでいるという。悪たれとして地元で知られていた。

「そうか、札付きだったか。それなら、ここをこうすれば、二度と馬に乗れないようにもできる」

と徳本は言いながら、若侍の右膝の上あたりを鷲掴みにしてみせた。

すると、若侍は再び悲痛な叫び声をあげて身をよじらせた。やさしく扱うよう哀願し、何度も謝罪した。

「どこでこの者と出会ったのだ」

と道三はきいた。

「宿場に入るあたりだった」

前方から馬がまっしぐらに走ってきたという。

「もう少し気づくのが遅れたら亮《りょう》と正面衝突していただろう」

徳本は危なかったと言いたげに首筋をなでてみせた。着ている野良着は垢にまみれて光っており、相変わらず顔には不精髭が密生していた。

「りょうとは何だ?」

道三はきいた。

「亮はこの牛の名だ」

徳本は言った。

「正面衝突を避けて脇によけたら、この札付きのばか者が、牛があらわれて驚いたのか落馬したのだ」

亮に怪我がなくて何よりだったとつけ加えてから、三喜に向かい、

「ご無沙汰しています。先生」

と頭をさげた。

徳本と三喜はしばらく近況を話していたが、それが終わると、

「ところで、そのほうはこの若者にどんな治療を施したのだ」

と三喜はきいた。自分の弟子が、落馬して大怪我を負った者にどんな治療で臨んだのか気になったようだった。

「わたしは打撲部分に手持ちの太乙膏を塗り、桃核承《とうかくじょう》気湯《きとう》をとりあえず水で振り出して飲ませました」

徳本は淀みなく師匠に説明した。振り出しは和紙に処方薬を包んで湯に浸して成分を引き出す方法だった。煎じ薬の代わりに簡易的に投与できた。

――桃核承気湯……。

道三は自分が三喜に示した処方と違うのを知った。

――おれは気づかなかった。

言われてみれば、打撲、出血に恰好で応用範囲の広い処方だった。

桃核承気湯は、桃仁《とうにん》、桂枝、大黄、芒硝《ぼうしょう》、甘草の五生薬から構成される薬だった。人参は必要なかった。

「古くからある処方だ。よく気づいたな」

三喜は感心したようだった。

これまで徳本の処方をきくとよく口にした、それも一理ある、とは言わなかった。桃核承気湯がよほど的確だったのだろう。

三喜と徳本の二人はさらに処方について議論していた。

道三にとって、徳本は謎めいて気になる人物だった。

五

道三が久しぶりに出会った徳本は牛に乗って悠々とあらわれた。

――なぜ牛に？

徳本の行動には時に驚かされ、時に呆れもするが、牛に乗っての登場はただただ意外で言葉もなかった。

やがて、河越城の家臣たち十人ほどが一団となって若侍を迎えにあらわれた。若侍の帰りが遅いので方々を捜しまわっていたらしい。家臣たちは莚《むしろ》に横たわった若侍

を見つけると、駆け寄って口々に同情の言葉を投げかけた。

　すると、徳本は大声で、

「やめよ」

と家臣たちを制した。武士を相手に恐れを知らないものの言いだった。

「そのほうたちが甘やかすからこんな目に遭うのだ。これまでどれだけ暴走を見逃してきたのだ」

　宿場衆の迷惑を考えろと徳本は家臣たちに注意を喚起しながら見まわした。徳本の迫力に家臣たちはただ神妙にききいっていた。

　それから、徳本は最年長とおぼしき家臣に薬を渡してから、今後の手当ての方法をていねいに教えた。

　やがて、若侍が駕籠《かご》に乗りこむ際、徳本は、

「二度と裸馬に乗るな。まして、暴走させるなどとんでもない」

と強く念を押した。

「わかりました」

　若侍は腫れた顔を歪めながらか細い声で応えた。

「本当にわかっているのか。今度打ちつけたら歩行もままならなくなるぞ。痛いだけではすまないのだ」

　わかっているのかと徳本は布が巻きつけられた脚をひねってみせた。

　すると、若侍は飛びあがって悲鳴をあげた。

「資之進《すけのしん》様に何をする」

　家臣の一人が血相を変えて刀の柄《つか》に手をかけた。

「それ、それ、それだ」

と徳本は怒りをあらわにしてその家臣を指さした。徳本の総髪が逆立っている。

「その甘やかしがこの若者を増長させている」

　まだ分からんのかと徳本は家臣を叱りつけた。

「なにっ」

　家臣は刀の柄を引いて、今にも抜く構えを見せた。

「やめっ」

　鋭い声があがって長老の家臣が進み出てきた。

「これはまことに申し訳ないことをいたした」

　刀に手をかけた家臣を制しつつ長老はお許しくださいと頭を下げた。

「これからは怪我の養生とともに、心も入れ替えるようにいたします」

と恐縮しつつ詫びた。

「宿場衆に迷惑かけるな」

徳本はまだ怒りがおさまっていなかった。

長老はただただ頭を垂れていた。

それから、家臣たちは若侍を乗せた駕籠とともに引きあげて行った。

これまでの一部始終を見ていた三喜は、家臣の一団を見送りながら、

「あの者たち、本当に心を入れ替えるのだろうか」

とつぶやいた。

「難しいでしょうね」

と徳本が応じて、さらに続けた。

「ですが、今度大怪我したら満足に歩けなくなるのは事実です」

と言った。

三喜は黙ってうなずいていた。

そこへ馬にはねられた少年の母親が青ざめた顔であらわれた。

「息子はどこに?」

と心配する母親と一緒に三喜は少年の寝ている奥の部屋に向かった。

六

道三と徳本が旅籠の玄関口に残された。

ここが頃合いとみて、道三は、

「そのほう、元気そうで何よりだ。それにしても、なぜ河越に来たのだ」

と徳本に問いかけた。

「この宿場の患者に呼ばれたからだ」

河越宿のはずれにある農家に往診を頼まれているという。

「では、これからそちらに行くのか」

「そうだ」

「牛に乗ってか」

「もちろん」

徳本が強くうなずくと、頭の後方にざんばらに垂らした総髪が大きく揺れた。当たり前のことをきくなと言いたげに髭だらけの顔をうごかした。

「なぜ牛に乗っている?」

道三はきいた。

徳本の出自は武士ときいているので、馬を扱うならまだ理解できるが、牛はどう考えても分からない。

「牛は利口だし、背中に乗って高見から眺めて移動するのは気分がいいものだ」

何なら乗ってみるかと徳本は旅籠の前に繋がれた「亮」と名付けられた愛馬ならぬ、愛牛のほうを見つめた。亮は涎《よだれ》を垂らしながら、始終口を動かしていた。亮も気になるのか時折、徳本のほうを眺めては首を上下に動かしていた。

「馬ではだめなのか」

道三はきいた。

「馬は乗り心地が悪い」

「えっ、乗り心地が良いのではないのか」

「牛には敵わない」

徳本によれば、馬は上下動が激しく、尻を浮かせて跨《また》がっていれば別だが、上下動で内腿がこすれるし、尻も痛くなるという。その点、牛は左右にゆっくり振れるだけで、背中も広く安定感もあって疲れない。

「それに牛は病気にも強い。しかし、馬はあっという間に死んでしまう。馬死《ばし》とは突然に死ぬことを意味するといっていいだろう」

「では、馬の利点はないではないか」

道三はきいた。

「ああ。走るのが速いくらいのものだ」

徳本は素っ気なかった。

「牛は道々の雑草を与えておけばそれですんで手間もかからない。じつに良い乗り物だ」

徳本は亮のほうを見つめながら絶賛した。

「ところで、さっきの若侍だが、暴走して来た馬と宿場の入口付近で出会ったという話だったな」

道三はきいた。

「ああ。とんでもないばか侍だった」

徳本は舌打ちした。

「あの馬に何があったのだ」

「何？　どういう意味だ」

徳本は怪訝そうにききかえした。

「あの若侍はばか者に違いはないが、相当の馬の使い手だ。急に牛と出会ったからといって落馬するとは考えにくい」

「あれが落馬してなかったら、衝突してこっちが牛から転げ落ちていただろう」

危なかったと徳本は言った。

「正面衝突を避けたのか」

「当然だ」

徳本は口髭をわずかに動かしただけで表情は変えなかった。

「何をしたのだ」

道三は徳本のとった行動が知りたかった。暴走馬の速度は尋常ではなかった。衝突していたなら間違いなく徳本は牛から転落して、大怪我を負い、打ちどころが悪ければ命を落としたかもしれなかった。

「ばか侍に常識は通じない。非常識で対応するしかないだろう」

徳本は顎髭を指先でなでまわし始めた。思わせぶりな仕種だった。

「何をしたのだ」

道三は改めてきいた。

それでも徳本は顎髭をなでていた。

やがて、

「これを飛ばしたら馬の眉間に当たったようだ」

と徳本は握った左手を広げてみせた。

小さな褐色の球が握られていた。

道三は丸く少し凹凸のある玉に目をこらした。あまり馴染みはなかったが、どこかで目にしたことのある木の実の殻だった。

「胡桃《くるみ》か？」

道三は自信なげにきいた。

「そう。胡桃だ」

徳本はそう言って、道三の手のひらに胡桃を置いた。

胡桃の殻は石のように固かった。

――これが馬の眉間に当たった……。

石が飛んできたのと同じだった。

さぞかし馬も痛かっただろうと道三は想像した。いきなりの胡桃の礫《つぶて》に馬も驚き足元も乱れその弾みで若侍は落馬したに違いなかった。

眉間に当たったようだと他人事のように徳本は話しているが、狙いを定めたその素早い行動は尋常ではない。牛に乗っているが、牛の緩慢さはなかった。

道三は徳本の意外な一面を知った。どこかでその俊敏さを磨いたようだ。

――ただ者ではない……。

そう思いながら道三は徳本の横顔を見つめた。さっきもし、柄に手をかけた家臣が刀を抜いたなら、徳本は何らかの対抗措置をとったにちがいなかった。

徳本は何も表情を変えず懐をまさぐっていた。

「この固い殻の中にある実《み》がじつに美味い。甲州の名産品だ」

ひとつ、どうだと言って実を道三に渡した。

道三はそれを口中で噛み砕いて味わった。殻の固さからは想像できないほどの柔らかい食感だった。木の実の素朴な味がして、噛むにしたがいわずかな渋味とともに油分が口中にあふれた。

「それが胡桃仁《ことうにん》というものだ」

薬の材料だった。咳止め、滋養薬として用いられる。

――そうか。これが胡桃仁か。

道三は生薬の知識を一つ身につけた。そして、脂っこい実を味わいながら、改めて胡桃の殻を手のひらに転がしてみた。

――こんな固い殻の中に油味が詰まっている。

道三が胡桃の実を初めて食べた感想だった。

「固い殻だからこそ、実のありがたみも倍加するというものだ」

徳本は好物のせいか胡桃の実を頬張り髭面を動かしながら美味そうに食べていた。

「殻は石か何かで割るのか」

相当大きな石が必要ではないかと道三には思えた。

「いや、そう難しいことではない」

こつがあるのだと徳本は言った。

殻を炭火であぶってから水につけると先端部分が開いてくる。そこに小刀を差しこめば容易に中の実は取り出せるという。

「美味いだけではない。こんな使い方もある」

そう言うと、徳本は懐から殻を取り出して、唇に当てて息を吹き込んだ。

ぴゅーっ。

街道筋に鋭い笛の音が響きわたった。通行中の人々が何事かと徳本のほうに目をやった。

徳本は胡桃の殻に穴を二つ空けて中身を抜き笛にしていた。

笛の音に〝愛牛〟の亮が反応した。徳本のほうを見つめてしきりに首を上下に振っている。

「亮を呼ぶ笛なのだ」

と言った。

七

「それにしても、三喜は少し遅いな」

徳本は旅籠の奥のほうに目をやった。

三喜が馬に跳ねられた少年を母親とともに奥座敷に診

に行ってかなりの時間が経過していた。治療が長びいているようだった。

「先生は少年をていねいに診察されていた。母親相手に今も時間をかけて診ているのだろう」

特に腹診は入念だったと道三は言った。

「腹を診るのは三喜の得意技だからな」

徳本は相変わらず師匠を呼び捨てにしていた。

「得意技というのはどういう意味だ」

道三は徳本が三喜を何か小馬鹿にしたようにきこえたので気になった。

「だから、腹診は三喜がみずから研究して得意とし、また重視する技だといったのだ」

「中国の古来から医者の誰もが使う技ではないのか」

道三は問いかけた。

「中国にはそんな診察方法は普及していない」

徳本は当然というように口にした。

「なに。ない？」

意外だった。腹診は患者の病態を知るための当たり前の手段と道三は思っていた。

「ないのか」

再度きき直した。

「ない」

徳本は首を横に振って否定した。

「腹診は患者を詳しく診るための古来からの習慣だと思っていた」

「いや、三喜が独自に始めたものだろう」

「そうだったのか。だが、先生は少しもそんなことはいわなかった」

「自分が始めたことをか？」

「そうだ」

「だろうな。自慢して吹聴する人物ではない。人参を好んで使うのはどうかと思うが、腹診技の研究には頭がさがる」

口は悪いが徳本は三喜を評価し尊敬していた。

「明《みん》にも腹診はないのか」

道三は三喜が日本独自の和医学を志向するよう話していたのを思い出した。

「ない。古医学書では脾胃《ひい》の具合を重視し、処方も決める。だが、その割にはそこを診察しない。おかしな話だ」

だから三喜は研究したのだろうと徳本は指摘した。

「なぜ、中国では腹を診察しないのだ」

道三の素朴な疑問だった。

「そこだ。そのほうも知っているだろうが、中国の古医学書に腹部で五臓の盛衰を探る記述が多少とはいえある。しかし、もともと中国人は腹を他人に見せるのも、見られるのも嫌がる」

儒教の教えが基本にあり、また、歴史的、社会的習慣として腹部の露出を忌避する傾向が強かった。また、医者にもともと腹を診る習慣はなかった。

その点、日本はそれほど腹部に対する抵抗感は少なかった。また、着物の前をはだければ腹部も出る。診察もしやすかった。

「だが、三喜が腹診に熱心なのは、脈診と舌診だけでは不満だったからだろう。実際問題、腹診は病態を知る重要な手段だ」

徳本は強調した。

それは道三も同感だった。

やがて奥座敷から三喜が戻ってきて、

「いや、思ったより少年の腫れがひどい。母親が心配して、なだめるのに時間がかかってしまった」

と言った。治療に戸惑った様子はなかった。

「もう、大丈夫なのですか」

道三はきいた。

「うむ。骨に異常はないから、今は腫れが大きく目立つが、引くのも早いはずだ」

三喜には見通しがついているようだった。

そこへ、徳本が進み出てきて、

「わたしは今、この先の農家から往診を頼まれています」

このへんで失礼しますと三喜に丁重に挨拶した。

「そうか。体を大切にな」

三喜は師匠らしい言葉を投げかけた。

徳本は一礼して離れ、亮のもとに行き、背中に跨がった。馴れた身軽な動きだった。

徳本が手綱を動かして促すと、亮は涎をたらしつつ、ゆっくりと歩み始めた。

河越宿の街道を牛に乗った徳本が秋の陽射しを浴びながら悠然と移動して行く。

牛の歩みは緩慢に見えるが、大型動物だけに、速度は案外速かった。

「乗り心地がよさそうだな。それにしても、あの男、なかなかうまいことを考えたものだ」

三喜は牛を見送りながらつぶやいた。

「うまいとはどういう意味でしょうか」

道三はしきりに感心している三喜が気になった。

「うむ……」

三喜は何事か考えていた。

「牛は乗って楽だし、病気もせず丈夫だといっていました」

徳本は道三にそう話した。

「それだけではないだろう。確かに牛は山道にも強い。だが、移動だけなら馬のほうがよいように思う」

「わたしもそう思ってきいたのですが、徳本は、あの亮という牛を殊のほか気に入っています」

「そうか。あの男が牛を選ぶについては、彼らしい理由があるようにも思える」

「それは何でしょうか」

道三はきいた。

「そこだ。それをここで話してしまうのはたやすい。だが、それでは医学の習得のためにならないし、わたしが勝手な解釈をあの男にくだしているのかもしれない」

もう少し様子を見たいと三喜は言った。

――牛の選択と医学がからんでいる？

道三はその関連の意味を解明したいと思ったが、それにはまだ時間がかかりそうだった。

そうするうちにも徳本の乗った牛は街道を遠ざかり、その姿は小さくなっていた。

道三と三喜は佇みながら牛に跨がった徳本を見送った。

やがて、見えなくなった。

古河の三喜

一

三喜と道三が旅籠の玄関口で休んでいると、三喜の到来をききつけた河越宿周辺に住む住民が診察を求めて三々五々集まってきた。

このころ、三喜の名声は関東一円に広がっていた。

――関東に名医あり。

それが三喜の評判だった。

来る者は拒まないのが三喜の方針である。これは放浪医の宿命でもあり、やり甲斐でもあった。旅籠の帳場裏の広い部屋に屏風を立てて仕切り、急ごしらえの診察室とした。

　この日、かなりの患者が押しかけた。風邪、腹痛から火傷、悪阻《つわり》、半身不随まで、さまざまな患者で混みあった。道三は三喜の指示のもと、助手を務め、患者をさばいた。こうした体験は道三にとって、さらなる医術の習得と技量の増進に役立った。

「さすがに疲れたな」

　夜になって患者がいなくなった部屋にたたずみ、三喜は拳で肩を叩きながら言った。

　休みなく働いた道三も三喜の一言に緊張が解けて急に疲労を覚えた。

　旅籠に泊まることになった。よくある流れだった。

「ひと風呂もらおうか」

　三喜と道三は旅籠の湯を浴び、ささやかな夕餉《ゆうげ》をともにして床に就いた。

　翌朝、旅の準備を整えて、

「どれ、出かけるとしよう」

　旅籠の軒先をくぐって三喜は言った。

　――また、旅が始まる。

　放浪医としての旅が始まると道三は思った。草鞋《わらじ》の履き具合を足裏で確かめた。

　三喜はいつものように白小袖の上に黒い十徳《じっとく》を羽織っている。袖口もすり切れた着古しの着物だった。一方、道三は藍染の作務衣姿で、これもすり切れた古着である。薬籠を入れた行李を背負って、菅笠《すげがさ》を被り手っ甲脚絆姿だった。

　七十代と三十代の放浪医二人である。風まかせの貧乏くすしの旅だった。

　街道を歩き始めて間もなく三喜は、

「考えてみると……」

と河越宿のはずれのほうに目をやりながら口を開いた。

「徳本は牛だが、われわれも牛だ」

　三喜の視線の先は徳本が牛に乗って消えた方角だった。

「牛ですか？」

にわかに理解できずに道三はきき返した。

「徳本が牛なら、われわれはかたつむりという名の牛だ」

　三喜は答えた。

　――かたつむり？

　道三は背中に巻き貝を背負ったかたつむりを思い浮かべた。子どものころ、加茂川の河川敷でよく見かけたものだった。捕まえては友だち同士石投げのように川に向かって投げ飛ばし、どちらが遠くに届くかに興じた。いま考えればかたつむりには迷惑千万な悪戯に違いなかった。

「かたつむりを漢字で書いてみるがいい」

三喜は促した。

道三は漢字を脳裏に書いてみた。

――蝸牛。

……だった。かぎゅうとも読む。

「なるほど牛がつきます」

道三は納得した。

「徳本も牛だが、われわれも牛だ」

三喜はそう言って続けた。

「同じ牛だが牛が違う。蝸牛は巻き貝を背負って生きている。われわれは巻き貝の代わりに薬籠を背負っている。徳本は牛に薬籠ごと載せて移動している。われわれの歩みは徳本の牛よりのろい」

どうだ、われわれも牛だろうと三喜はわずかに微笑みながら言った。

「なるほど。これは三喜先生、面白いことをいわれます」

道三は笑った。

「みんな牛なのだ。愉快な牛だ」

と三喜は丸い目で明るく笑った。

道三もつられて腹の底から笑った。

笑いながら、道三は蝸牛の歩みに地を這う医療を想像していた。三喜もじつはそれが言いたかったのかもしれない。

二

秋の陽射しが柔らかく街道を照らし始めた。二人が話しながら河越宿の外れから三町（約三百三十メートル）ほどに来てみると、立派な門構えの農家の前に一頭の牛が繋がれて飼葉桶《かいばおけ》の草を食んでいるのが見えた。

「徳本の亮ではないか」

三喜は牛に近づいて行った。

茶色で毛並みがよく尻の部分が白く斑になっているのは明らかに徳本の亮だった。

するとそのとき、一人の男が邸内から飛び出してきた。

「おお、徳本ではないか」

三喜は徳本に呼びかけた。

「先生」

徳本が三喜に駆け寄ると、

「今、先生を探しに出ようと思っていました。わたしの力では無理な患者がいます。助けていただきたいのです」

と珍しく必死の形相だった。

「どうした?」

三喜は肩から行李を下ろしながらきいた。

「この農家の娘が奇病に罹っています」

昨日、徳本は農家から往診を頼まれていると言って先に発ったが、目当てはこの豪農の家だったようだ。

それから徳本は邸内に三喜を導いた。

農家の奥まった薄暗い部屋で十七、八歳の若い女が寝床に臥せっていた。その娘のそばに母親が身を縮め心配そうに付き添っていた。娘はなぜか両手で顔を覆っていた。

徳本は母親に師匠の三喜を紹介して安心させてから娘の症状をかいつまんで説明した。

「風邪をこじらせて高熱はひいたのですが、のどの痛みが激しく、声も出ない状態です」

これほどひどいのどの症状に出会ったのは初めてだと徳本は言った。

「どれ、診てみよう」

と三喜は蝋燭《ろうそく》の明かりを娘の顔のあたりに近づけた。

「お嬢さん、のどが見たい。口を開けて中を見せてくださらんか」

三喜は顔を覆っていた娘に呼びかけた。

すると、娘は両手はそのままで、鼻から下の部分をはずして口を開けた。

すかさず、三喜は覗いて観察した。

のどの奥が真っ赤に腫れていた。口の中もただれている。舌も赤く腫れ上がっていた。

「なるほど。これではお嬢さん、のどが痛かろう」

三喜は娘に同情を示して、さらに、

「おぬしが驚くのも無理はない。わたしも初めてだ」

と徳本に伝えた。

「先生もですか」

徳本は意外そうに三喜を見つめた。

徳本は三喜を先生と敬称をつけて呼んでいた。道三は陰での三喜に対する批判的な態度ばかり見ていたので、徳本の健気で控え目な様子は意外だった。

もっとも、徳本は道三より少し先に三喜に弟子入りしている。二人でいるときの様子は知らなかったが、徳本は素直に三喜から教えを受けていたようだった。

「先生。これだけではありません」

と徳本は声を低めて言った。

「他に何があるというのだ」

三喜は徳本の辺りを配慮した態度を気にしつつ問いかけた。

すると徳本は、母親と視線を合わせて了解をとって布団の裾をまくりあげ、さらに白い絹の寝巻をはだけた。娘の下半身があらわになった。

――あっ！

と道三は思わず声が出そうになったが、それは押し止めた。

「先生。これです」

徳本は下半身のつけ根に視線を当てた。

娘の秘所のわずか下、左内腿に出来物が盛り上がっていた。それは胡桃の実を半分に切ったような凸凹の形と色をしていた。

この醜い腫れ物を、まして下半身を医者とはいえ男にさらすのは屈辱であり、羞恥でもあったのだろう、娘は終始顔を隠したままだった。

「先生。この醜い顔を見てください。これは祟りです」

母親の言う通り、腫れ物の表面の凸凹は見方によっては人の顔のようにも見えた。

「娘の嫁入りを邪魔する悪魔の仕業です。祟りです」

悪いことをした覚えは何もありませんと母親は恐怖に怯えながら訴えた。娘は年明けに婚礼が控えているという。

三喜は腫れ物の表面に指を這わせて出来物の具合を診た。

「お母さん。これは治ります。だが、のどの痛みをとって、声が出るようにするのが先決です」

三喜は母親をなだめながら安心させた。

三人は別室で検討することにし、三人は控えの間に移動した。

「三喜先生。わたしは処方方針で迷っています」

徳本は開口一番に言った。

「ほう、迷うとはおぬしにしては珍しいな。何を迷っておる。おぬしも祟りと思っているのか」

と三喜はきいた。

「いえ、祟りなどではないと思っています。ですが、声が出ないのも、人の顔をした腫れ物も、何か奇病ではないかと考えます」

徳本は自信なさげだった。

「確かに奇妙ではある。だが、奇病などではない。あの出来物は人面腫《じんめんしゅ》というものだ」

三喜は言った。

「人面腫……」

徳本はおうむ返しにつぶやき、

「そんな名前の出来物があるのですか」

と髭面を微動もさせず三喜を直視した。

「ある。なぜか下半身の、それも若い女にできやすい。一見、人の顔のような形をして醜悪に盛り上がるので人を驚かすが、ごくふつうの出来物と違いはない」

「わたしは太乙膏《たいつこう》を塗りました」

徳本は言った。

「それで十分だ。さらに排膿散《はいのうさん》を服《の》ませればなおさらよい。月が変わるころには小さくなるだろう。問題はどのほうだ」

三喜はのどの症状を重視していた。初めて出会った重い症例で、驚きもし、警戒もしたようだった。

「で、おぬしはどんな処方を考えたのだ」

「迷いました。迷った末、甘草を一味で使おうかと考えました」

甘草湯《かんぞうとう》だった。中国の古医学書にある処方である。甘草はマメ科の多年草で、乾燥させた根を生薬として用いる。

「いかがでしょうか、先生」

徳本は真剣に問いかけた。

「うむ……」

三喜は腕組みして考えていた。

「わたしはこれまで甘草湯を治療に用いたことがありません。非常に強い作用があるときいています。この症例に処方してよいものか判断がつきかねているのです」

「そうか」

三喜はうなずいて口を開いた。

「悪くはない。だが、この場合、大量の甘草が必要だ。それが調達できるのか」

三喜はきいた。

「あります。先生」

と徳本は答えた。

「なに、あるのか」

三喜は驚きを口にした。

「あります」

先生と徳本は薬籠から甘草を納めた布袋を取りだした。かなり大きな袋だった。

「おぬし、それほど大量の甘草をどうしたのだ」

三喜は驚いて目を見開いた。ただでさえ丸く大きな三喜の目がさらに大きくなった。

甘草は人参同様、日本には自生していない薬用植物だった。

「甲州で手に入れました」

徳本は答えた。

「甲州で……。甲州で採れるのか」

三喜は信じられない様子だった。

「採れるようになったのです。先生」

「ほう」

「武田信虎が栽培を奨励しています」

「知らなかった。信虎が……」

「信虎をご存じですか」

「診てはいないが名前はきいている」

甲州に覇を唱え越後や武蔵、相模を窺おうとしている武将だった。

このころ、武田家では信虎の長男、信玄が初陣後、急速に勢力を伸ばしていた。次男の信繁《のぶしげ》に家督を相続させようと画策する信虎と信玄の間に、父子の暗闘が始まっていた。


「甲州で甘草栽培か」

いまさらのように三喜はつぶやいた。

「先生。地域の殖産興業は領主の命題となっているようです」

有用植物の甘草は栽培に成功すれば巨万の富を産みだすだろう。武田家は財の捻出の一手段として甘草栽培に注目したようだった。

それが今、徳本の手元に甘草をもたらしていた。

そういう徳本も後年、甲州において、網棚形式による葡萄の栽培を奨励して地域振興に一役買っている。今日、山梨県に葡萄の栽培が盛んなのは徳本の指導の賜物である。「甲斐の徳本」と敬愛されたのは医者としての業績ばかりでなく、徳本の地域貢献も加味されている。

「甘草湯の効き目はわたしには分かりません。ぜひ、先生に指導を仰ぎたいのです」

徳本は訴えた。

「わたしも未経験だ。おぬしと条件は同じだ。ただ、先人の使用例をいささか記憶している。それをここで試《こころ》みるしかない」

三喜は緊張の面持ちだった。

「それと緊急事態に対応する必要がある。しばらくここにいなければならないようだ」

三喜が言うと、徳本も道三も黙ってうなずいた。

それから、三人は娘のいる寝室へもどり治療を続けた。

「どうぞ、先生方、何もできませんが、何日でもこの家にいて娘を診ていただければ幸いです」

三喜が提案する前に、母親は滞在を申し出てきた。

三人はしばらくこの農家に滞在して治療に当たることとなった。甘草湯の効き目は確かに強かった。

　三日後には、娘の症状に改善のきざしが見え、わずかながら声も出せるようになった。

――甘草湯の効能、恐るべし。

道三はこの薬方の効果に改めて感じ入った。と同時に、甘草の投与量を適宜増減する的確な三喜の医術―李朱《りしゅ》医学を改めて目の当たりにした。

――これが察病弁治《さつびょうべんち》か。

新しい医学だった。患者を詳しく診断して病状（証）を明らかにした上で治療を行なう。また、患者の症状に応じて処方内容も適宜変えて行くのが察病弁治だった。

一方、巷で横行している局方《きょくほう》医学は、患者を満足に診断せず、上辺だけの状態を診て薬を処方してよしとしていた。

二つの医学はともに薬を用いるものの根本的に違っていた。道三はおのれが目指す医学は察病弁治だと心にとどめた。

娘の治療の目安を立てるにはあと一、二日は必要かというのが三喜の判断である。まだ予測不能の部分があった。

三

翌日、農家の玄関戸が荒々しく叩かれた。

何事かと道三が応対に出ると、数日前に旅籠の前で馬を暴走させた若侍の件で一悶着起こした河越城の家臣たちが四、五人集まっていた。

――まだ何か用か？

道三はまた面倒を起こす気かと身構えるような気になった。

そこへあらわれた三喜が、

「何事だ」

ときいた。

「古河から高基様の使いが来ておられる」

家臣の中の主格なのだろう三十半ばの家来が声高に言った。そして、かたわらに控えていた侍を促した。

四十がらみの侍が進み出てきた。落ち着きの中にも威圧感を与える雰囲気を備えている。目つきも鋭く、動作に隙がなかった。中堅の武道師範のような役柄が想像できた。

「三喜殿だな。高基《たかもと》様が高熱と腹痛で臥せっておられる。すぐ、古河に来ていただきたい」

足利高基の使いは命令口調だった。

「すぐ?」

三喜はきき返した。

「すぐだ。ただちに旅の準備していただきたい」

使いは命令した。

「すぐは無理だ」

三喜は強い口調で答えた。

「なにっ」

使いは血相を変え、

「来られないというのか」

と肩を怒らせた。

「今、この農家の娘さんを診ている。まだ、安心できる状態ではない。もう少し時間が必要だ」

三喜は言った。

「では、親方様を診られないというのか」

「そんなことはいってない。ここの患者を診終わったらそちらに向かう」

「それでは、遅い。ぐずぐずしているあいだに親方様に何かあったらどうする。急ぐのだ」

「だが、ここの患者も油断できない状態だ」

「しかし、相手は百姓だろう。こっちは古河公方様だ」

「いや、患者に身分の上下はない」

三喜は断言した。

「親方様は病で七転八倒しておられる。ぐずぐずいわずに、早く準備を整えろ」

使いは命令した。

「いったはずだ。ここの娘さんをもう少し診なければならない」

「たわけ者が。おまえは誰のお陰でこの地で医者を続けていられるのだ。古河の三喜と呼ばれているようだが、何のための古河なのだ。先代の成氏《しげうじ》様のお情けがあって医者稼業が成立しているのだ。ありがたく思え。それが、何だ。こんな肝心のときに役立たずでは、ご恩に泥をかけるのか」

恩知らずの無礼者めがと使いは次第に激昂してきた。

「いや、どうあろうとも。今は動けない。それがわからないそのほうはよほどのたわけではないか」

三喜は冷静に対応した。確かに成氏は三喜が長く仕えた恩人にあたる人物だった。

「貴様、いわせておけば、減らず口をたたきおって」

こうしてくれるぞと使いはやにわに刀を抜いて三喜を前にして上段に構えた。

道三には場面が一瞬凍りついたように感じた。

次の瞬間、道三は三喜の前に夢中で飛び出し、

「待てっ」

と両手を広げた。

古河公方の使いの侍は急にあらわれた無謀な人物に驚くとともに、機先を制せられたのか振り上げた刀が自然と下におりていた。

だが、すぐに気を取り直し、

「ええい、邪魔だ」

どけっと叫びながら道三を振り払うように刀を横に振った。

白刃が一閃した。

その直後、道三は顎のあたりに激しい衝撃を受け一瞬目が眩んだ。

——死ぬ。

と道三は思った。人の死はこのように訪れるのかと観念した。

が、道三は倒れなかった。倒れていなかった。

その後、左顎のあたりに激痛を覚え、そこに手をやるとみるみる鮮血に染まった。切っ先が左顎を掠めたようだった。

——血か……。

おのれの体から大量にあふれ出る鮮血を目にするのは初めてだった。

すぐに作務衣の袖を傷口に当てた。だが、袖はたちまち血で濡れた。出血を抑えられずにあふれた鮮血は足元に滴り落ち地面に赤い雫の跡がついた。徳本が駆け寄り、傷口に手ぬぐいを当てて押さえた。

「どけっの言葉がきこえぬか。このたわけ者め」

使いは道三の血を見てさらに興奮していた。

三喜は道三を庇うように前に歩み出ると、

「たわけ者はおまえだ！」

と腹に響きわたる怒声を浴びせた。

「なにっ」

使いは刀を振り上げ上段に構えて一歩近づいた。斬りかかる寸前の気配だった。

「わしを斬ってみろ。だれが公方を診るのだ」

三喜は真っ直ぐ使いを指さした。三喜は長刀に臆することなく胸を張り自然体で立っていた。

使いは三喜の指摘に一瞬ひるんだ。

「なにっ、小癪な。公方様は他の医者が診るわ」

使いは三喜の鼻の前に切っ先を突きつけ、今にも斬りかかる勢いを見せた。

「そうか。他の医者がいるのか。当てがあるならわしを斬るがいい」

三喜は胸を張ったまま微動もしなかった。

これに対し、使いは刀を突きつけたものの凍りついて言葉もなかった。三喜に危害を与えれば、三喜の来診を心待ちにしている公方の失望と怒りは計り知れず、使いに降りかかる運命は明らかだった。

やがて、刀を持つ手が震えだした。

「どうした。斬るがいい」

三喜は平然として言った。

使いは震えが止まらず、ついには刀を地面に落として、

「申し訳ない。この通りだ」

と地べたに膝をついて土下座した。

「ばか者！　脅せば誰もが意のままになると思っているのか」

三喜は使いを見下ろして叱責し、

「さっきも言った通り、公方邸にはここの治療が終わってから向かう」

と伝えた。

「申し訳ありません。公方様の治療の件は三喜様にお任せします」

使いは平伏しながら答え、やがて、顔を上げて、

「つきましては、ひとつお願いがあります」

と弱い声で訴えた。卑屈な態度だった。

「何だ」

三喜は睨みつけた。

「どうか、今わたくしのとった行動を公方様には内緒でお願いしたいのです」

使いは哀願して再び、地面に額をこすりつけた。

「なぜ内緒にしておいてほしいのだ」

三喜はきいた。

「それは……」

使いは戸惑いながら、

「お願いです。三喜先生。分かっていただけませんか」

と訴えた。

「分からないからきいている」

三喜は落ちついていた。

「それは、先生を相手に刀を抜いたと公方様に知れますとわたくしは謹慎か、あるいは牢につながれます。場合によっては手打ちに遭うかも知れません」

使いは震えながら言った。

「それも仕方なかろう。自業自得だ。犯した罪に責任を負うのは当たり前の話だ」

「二度とこのようなことは致しませんので、今回だけはお許しを」

使いは泣き顔で哀願した。

「そう簡単には行かぬ。おまえの許しがたい行動でわしの弟子が傷ついた。一歩間違えれば命も危ないところだった。これはどうするつもりだ」

「この通りです。お許しを願います」

使いは平伏した。

ここで三喜は振り向いて、

「どうだ。道三、この者をどうする。おぬしが最大の被害者だ」

おぬしに処分を任せたいと言った。

「わたしに……」


いきなり任せられ道三は戸惑った。

——どうしたものか……。

道三は顎に痛みを感じながら土下座している使いをただ見つめていた。今は思いのほか出血もおさまっている。これは徳本が施した的確な治療の賜物としかいいようがなかった。道三自身、さっきまでの緊迫感や緊張も解けてきていた。

使いは微動もせずに平伏していた。

そうした使いを眺めていると、道三自身の怒りも次第におさまってきていた。抜刀しての高圧的な脅迫行為は許しがたかったが、これも公方の体調を気づかえばこそと考えれば、使いの焦りや使命感も分からなくはないと思えてきた。

やがて、道三は、

「今回だけは許します」

と三喜に言った。

「そうか。許すか。分かった」

三喜はうなずいてからしばらく使いを見下ろしていた。

「弟子もこういっている。刀を抜いたことは公方には黙っておいてやる」

三喜はそう伝えた。

「ありがとうございます。以後、気をつけます」

使いは顔をあげて道三を見つめてから、再び平伏して謝った。

「二度と刀で人を脅してはならないぞ。忘れるでない」

と言い残し三喜は踵《くびす》を返して娘の待つ奥の部屋に戻って行った。

三喜がいなくなってから、河越城の家臣たちと公方の使いは、再度、道三に詫びて農家の玄関前から引きあげて行った。

四

「阿呆な男というのはどこにでもいるものだ」

徳本は顎髭を指でなでながら家臣たちの一行を見送った。乾いた風が砂埃を舞いあげて一行を包んでいた。

「大丈夫か?」

徳本は道三の顎の傷を見つめながらきいた。

「ああ、何とか……」

痛みはまだ消えていなかったが血は止まっていた。

「それにしても、おぬしは無謀だな。おれはあの使いの狼藉に間に合わなかった」

徳本は手のひらを広げて見せた。胡桃が一個載っていた。

「目つぶしを食らわせようとしたが遅かった。相手は血気にはやっている。おぬし、あんなことをすると、命を落とすぞ」

徳本はまばたきもせず道三を見つめた。熱を帯びた真剣な眼差しだった。

道三はどう答えてよいものか分からず、ただ徳本の目を見つめていた。

「だが、おぬしがあれほど師匠思いとは知らなかった」

「いや、そうでもない」

無意識にとった行動だった。道三自身、驚いていた。

――危ない!

と心で叫び、気づいたときには三喜の前に飛び出していた。夢中だった。

だが、今、徳本に思わず庇った行動をそう指摘されると、道三は何か気恥ずかしかった。

「照れることもない。おぬしを見直したぞ」

「見直す?」

「ああ。あれほどの熱血漢とは知らなかった」

「そんなこともない。おぬしの買いかぶりだ」

今になって考えるとおのれのとった行動は無謀で冷や

汗ものだった。命を失ってもおかしくない場面だった。だが、徳本が指摘するように自分では気づかなかったが、熱血漢の血が流れているのかも知れなかった。

「ひとつききたいことがある」

道三は問いかけた。徳本の手のひらにあった胡桃を見て疑問が生じた。

「何だ」

徳本は柔和な目で応じた。

「どうしておぬしはあの使いが三喜先生の鼻先に刀を構えたとき、その胡桃を投げなかったのだ」

「それは、勝負がすでに決まっていたからだ」

徳本は即答した。

「勝負？」

「ああ。三喜の右手には毫鍼《ごうしん》が握られていた」

「先生はそんな鍼を隠していたのか」

道三はまったく気づかなかった。太さや長さはさまざまだが、毫鍼は鍼治療で汎用される鍼だった。

「もしあのとき、あの使いの刀が少しでも動けば毫鍼が放たれ天突《てんとつ》に突き刺さって、あの男はたちまち絶命だ」

天突は頸の正面にある急所の経穴《ツボ》である。

「三喜は医術にすぐれているが、巧みな鍼の使い手でもある。馬や牛の病すら鍼灸で治してしまう」

「そうだったのか」

道三は三喜がそれほどの鍼灸の使い手とは知らなかった。

三喜にそんな毫鍼による攻めの用意があったからこそ、徳本は抜刀した使いを無視して前に出てきて自分を治療してくれたのだと道三は思った。徳本もあのとき危険に身をさらしていたように見えたが、そうではなかったのである。

「おぬしも何かのときに必要となる。護身術を身につけてはどうだ。大事だぞ」

胡桃でよければ教えるがと徳本は案外熱心にすすめた。

「必要ない」

と答えようとしたが道三は思い止まった。

なぜか突き放す気にはならなかった。理由は分からない。徳本に対し素直な自分がいた。

「そうか。大事か」

「ああ、大事だ。世の中にはああした思いも及ばぬ乱暴狼藉を働く者がいる。それで命を落としては馬鹿馬鹿しいではないか。なに、体の急所を心得ているおぬしだから、そう苦労はしなくても習得できる」

胡桃でなくても、小石でもいいのだと徳本は言った。

「おぬしはその護身術を三喜先生から習ったのか」

道三はきいた。

「そんなところだ。経穴を攻めればいいのだ。腕力は必要ない。必要なのは」

これだとばかり徳本はいきなり手にした胡桃を道三に向かって放り投げた。

咄嗟に道三は払い落として、

「何をする！」

と怒りをあらわにした。

「ちょっと試してみた。いや、その反応の早さなら身を護るには十分だ」

許せと徳本は顎髭をしごきながら言った。

「治療の要諦は決断力だ。逡巡や迷いは患者を死に近づけるだけだ。三喜に入門を許されたおぬしのことだから、決断の早さはおぬしに備わっているはずだ。いや、今の反応」

十分だったと徳本は満足そうにうなずいた。誉めているのか、馬鹿にしているのか分からないのが徳本だったが、道三はなぜか憎めなかった。


「要は当てる場所だ。おぬしなら分かっていると思うが、目を見えなくするには何も目に当てなくてもよい。急所をどう突くかだが、正確さが大事だ。これは練習あるのみだ」

「そうか。では、おいおい教えてもらおうか」

「動乱の世の中だ。いつ乱暴者に出会わぬとも限らない。にもかかわらず、三喜に放浪医が務まっているのは、身を護る術を心得ているからだ」

そう言いながら、徳本は亮のところに近づいて行った。そして、涎を垂らしている口に何か与えた。

牛は喜び、しきりに尻尾を振った。

「何を与えたのだ」

道三はきいた。

「塩の塊だ。牛の好物だが、亮は特に大好物にしている」

りんごやはちみつも好物だと言った。それから、亮が間断なく垂らしている涎を手ですくい取って小さな桶に集め始めた。

「何をしている？」

道三はその不思議な作業が理解できなかった。

「ああ、これか」

徳本は時折、亮の頭をなでながら涎をすくい取っていた。

「人の百倍出る。これを利用しない手はない。脾胃の病に良く効くし、滋養にもなる」

ここの娘に与えようと思っていると徳本は言った。

――これだったか……。

先日、三喜が牛に乗った徳本を見送りながら、あの男、なかなかうまいことを考えたものだと感心していたが、この涎の利用を言いたかったのかも知れない。牛の選択と医学がからんでいたのである。

「その涎をそのまま飲ませるのか」

道三はきいた。

「そのままでも害はないが、若い娘には無理だ。糯米《もちごめ》の粉と一緒に混ぜて小丸にして、蒸したものを与える。体力をつけるのによい」

おれで経験済みだと徳本は言った。

徳本は涎で混ぜた糯米丸を保存食にしているようだった。後で道三が知ったところでは、牛の角や尿、糞なども薬剤として用いられた。過去の歴史では、天皇の麻疹治療にも用いられ効果があったと伝えられている。牛はまさに歩く薬剤だった。三喜がうまいことを考えたものだと言うのも納得できた。

それから、徳本は娘の治療に専念した。

五

二日後、三喜と道三は古河館を訪れた。

古河公方三代目・足利高基は、家臣たちに見守られ奥座敷で臥せっていた。確かに熱を帯びた顔つきをしていたが、すでに峠は越しているような状態だった。

使いは今にも死ぬようなことを言っていたが、さして重い病とは考えられなかった。あの使いの興奮は何だったのかと道三は腹立たしく思い出された。

三喜は腹診を終えて、

「ほとんど回復されています。滋養をとって休まれれば、あと一両日で体調は元に戻るでしょう」

と言いながら、はだけていた高基の夜衣を元に戻した。

「いや。ご苦労だった」

高基は安心したのだろう。機嫌もよくなった。顔色まででよくなっている。

――現金なものだ。

道三は内心、舌打ちした。

「じつはそのほうを呼んだのは、治療もさせることながら、別件があるのだ」

相談に乗ってほしいと、声音を落とした。

高基はすぐに床から起きあがると、枕の下に隠してあった一枚の紙を取り出した。

「その文面の意味が分からない」

読めないのだと言いながら高基は紙を三喜に手渡した。

三喜はしばらく文面に目を落としていた。

それから、その紙を道三に手渡した。

「おぬしなら何と読む？」

三喜がたずねた。

道三はなぜ重要な文書を自分に示すのか意外だった。

そして、何事かと思いながら文面に目をやった。

訴状

一　二　三
四　五　六
七　八　九
十　　　四

……とあった。

——これは何だ？

道三は並んだ数字を何度も読んだが意味は分からなかった。何かの暗号と思えた。

道三は高基の置かれている政治状況を考えた。享徳の乱（一四五四～一四八三年）以来、下総《しもうさ》の古河公方と伊豆の堀越公方との根強い対立抗争が繰り広げられていた。公方の暗殺を画策している勢力も古河に潜伏しているかも知れない。

文面はそうした秘密の裏指令書の可能性もある。高基は暗殺を懸念して、死が間近にせまっている恐怖を覚えたようだった。

体調不良と三喜による急ぎの診察を仰いだが、この文書の解読こそ緊急の課題に違いなかった。

——こっちの相談が本命だったのか……。

道三はそう解釈した。だが、いくら知恵をしぼっても文面は読めなかった。

「わたしには分かりません」

と道三は答えて、紙を三喜に返した。

「そうか。ではわたしが読み解いてみよう」

三喜はふたたび紙に目を落とした。

――三喜先生は読めるのか？

道三は驚くとともに、高基が真剣な眼差しを三喜に向けるのを見た。

三喜がおもむろに訴状を解読し始めた。

「まず、この一の数字は、一つ一つ申し上げますと読めます」

と言った。

高基は神妙にうなずいた。

「以下、わたしは次のように読みます」

三喜は訴状にある数字を読み解いて行った。

「二が二がしきことながら、三年この方、四じょうな飢饉で、五穀も六々みのらず、七（質）に置くやら、八じ（恥）をかくやら、九るしみにたえかね、十とう当村の村民こぞって願いあげそうろう」

三喜はゆっくりと、だが、流れるように読み上げた。

読み終わって、部屋は静まりかえっていた。部屋に控えた家臣たちはただお互いに顔を見合わせるだけだった。

やがて、高基は、

「そうか。そう読むのか」

と一声応じた。

三喜は黙ってうなずき、訴状を高基に返した。高基はしばらくその文面に目を落としていた。

「ではこれは百姓による年貢の減免を願い出た文書であったのだな」

高基の顔には安堵の色が出ていた。訴状はある日、いきなり古河館に投げ入れられた文書で、差出人は不明だった。怪しく、不可解な手紙に違いなかったが、暗殺指令でもなければ、不穏分子の秘密の暗号でもなかったのだった。

「しからば、最後にある、四は何の意味だ。死と読むのではないのか」

高基はきいた。

「これは、おそらく、訴状を出した者の名前でしょう」

「名前とな？」

「左様です。おそらく、与平や与助、志蔵といった、名前によんやよ、しの字のつく者が書いたのでしょう」

「なるほど。人名であったか」

高基は感心しつつ家臣に向かって名前に心当たりがあるか否かを問いかけた。家臣はしばらく考え、知能にも優れ、名前によの字のつく百姓のいる村を挙げた。

「なるほど、名崎のほうか。あのあたりは土地もやせているから、ここ数年なかなか飢饉から抜け出せずにいる」

高基は納得していた。積年の不作によって、不満がくすぶっている地域のようだった。

「そこの名主の名は、与助《よすけ》といいます」

家臣は言った。

「おぬしのいう通りだ。与助とよのつく名前の者がいる」

と高基は三喜に伝えた。

そして、かたわらの重臣に、近々、与助を呼んで、年貢の減免について話し合うよう指示した。

それから、三喜に、

「おぬしの機知と頭脳で訴状の内容が読めた。お陰で領民にきめ細かく対応できるというものだ」

と上機嫌に笑いながら、高基は続けた。

「くつろぐがいい。何日でも、好きなだけゆっくりしていくがよい」

高基は元気を取り戻し、訴状も解読できて安心したようだった。領主にとって、百姓一揆や強訴は統治上、未然に防がねばならない大きな命題なのだろう。

「ご高配に感謝いたします」

三喜は型通りに一礼した。

――久しぶりにゆっくりと風呂で休める……。

道三は自然と頬がゆるんだ。館の広々とした浴室でくつろぐ時間を想像した。放浪旅には何よりの贅沢だった。

六

やがて、三喜と道三が別室に案内されると、そこには膳が用意されていた。漆塗りの膳台は黒光りして、姿ばかりか顔の細部まで映りそうだった。膳の上には、二人が普段、旅籠で口にするような一汁一飯の食事とは異質の贅をこらした色とりどりの料理が並んでいた。皿には地物の鮒《ふな》なのだろう、大きな甘露煮がのっていて、ひときわ目を惹いた。さらに、昼にもかかわらず酒までついていた。

道三は豪華な料理や酒肴に、箸を持ったもののしばらくは迷って手が出なかった。

ふとかたわらを見ると、三喜は鉢の物を普段通りに美味しそうに食べていた。

道三は二、三の皿に手をつけてから、

「それにしても、三喜先生はよく、あの訴状が読めましたね」

ときいた。驚くべき解読術だと思った。

「あの訴状を示され、わしは本当に驚いた」

驚いてしばらくは言葉が出なかったと三喜は箸を止めた。訴状を開いたときの場面が甦ったようだった。

「先生。わたしは、いくら時間をかけ、知恵をしぼってもあれは読めません」

「わしとて同様だ。きっと読めなかっただろう」

「それはどういう意味ですか」

道三は師が何を言いたいのか分からず、箸を膳に置いて、三喜の言葉を待った。

「わしが読めたのは、以前、同じ訴状を目にしたからだ」

数年前だったという。河越に近い集落で百姓一揆が頻発した時期がある。そのとき、放浪医として河越宿を通りかかった三喜は地域の領民を診療する過程で訴状を目にし、その内容も知ったのだった。関東一円に地を這う蝸牛の医療を実践しているからこそ、出会えた訴状だった。

「先生。わたしは農民の機知を感じます」

数字を並べただけなのに、そこに深い意味をこめている。

「そうだ。これは百姓の知恵だ。あまり直接訴えると厳しい処罰を受ける。それが暗号なら、訴えを否定することさえできる。驚くべき知恵というしかない。わしはこのたび、同じ訴状に出会い、農民の連体を感じた。遠く離れていても、暗号は伝わり、その心はつながっている。百姓は強いものだ」

その強さは武士や商人の比ではないと三喜は強調した。

道三は一片の訴状にこめられた重く、深い意味を噛みしめつつ、再び箸を握った。

そして、食事があらかた終わったときだった。

家臣があらわれ、

「三喜殿に書簡が届いている。今、河越のほうから回ってきた」

と伝え、和紙に包まれた書状を手渡した。

三喜は早速、書状を広げ文面を追って読み終えると、

「そうか……」

と小さくつぶやいてから、一呼吸置いて、道三に向かい、

「早々にここを発つとしよう」

と言った。

――えっ、早々に……。

道三は意外だった。さっき、高基から逗留を誘われ同意しているのである。

それは家臣も同じように思ったらしく、

「三喜殿。親方様もあのようにいわれていた。ゆっくりされればいいではないか」

と引き止めた。

「確かに。公方様のお誘いはありがたい話ではあります。しかし、こうしてご丁重におもてなしもしていただきました。さらに、ちと用向きもできましたし、思い立ったが吉日ともいいますゆえ」

三喜はもう旅立つ算段を立てていた。

手紙といえば、道三の記憶で、以前一度だけ越生《おごせ》の本宅から三喜に書簡が届いたことがあった。が、そのとき、三喜は流し読みすると、即座に破り捨ててそのまま囲炉裏にくべたものだった。

――何もそんなにぞんざいに扱わなくても……。

と思ったものだった。医療に専念する気持ちが強く、帰郷などまったく胸中にないと道三は判断した。

それが今回は違っていた。発信先は分からなかったが、届いた手紙に敏感に反応していた。

「そうか。出立するのか。まあ、好きにするがいい」

家臣はうなずきながら、部下に膳を仕舞うよう命じた。

――夢だったか……。

道三が期待した館の広い浴室でくつろぐ楽しみは果敢《はか》ない夢に終わったようだった。

七

やがて、二人は旅支度を整え、古河館をあとにした。葦の群生する渡良瀬川の遊水池のほうから乾いた秋風が吹きわたってきた。

古河館が小さくなったところで、三喜は、

「わしは越生に帰る」

と言った。

「越生に？」

以前に郷里から届いた手紙の反応とは一変していた。道三は歩を進めながらただ三喜の横顔を見つめた。

「越生から義母の急病を伝えてきている」

「そうですか」

道三は義母の緊迫した病状を想像した。

「ずいぶんと越生には帰っていないから、ここらで一度戻るのもいいだろう」

三喜は街道のはるか先に越生を見ているような眼差しを向けた。

「では、わたしも」

これまで越生に出かけたことはなかった。

初めて三喜の生まれ故郷に足を踏み入れられると思った。

「いや、おまえは越生に寄る必要はない」

三喜は首を横に振った。

「必要ない？　先生。それはどういう意味でしょうか」

思わず道三は立ち止まった。

「わしだけ帰る。おまえは好きにするがいい」

三喜はしごく当然というように口にして、歩き続けた。

——好きにする……。

道三は戸惑った。届いた手紙で三喜は予定を変更したのだろうが、道三にとってはあまりに急な指示だった。

道三はあわてて追いかけた。

「おまえにはすでに医術の奥義書を示している」

『当流医道之奥義』だった。これは三喜が中国・明に留学中に教えを受けた月湖《げっこ》伝来の医術の基本と要諦を記した一書で、道三はすでに筆写を終わっていた。

さらに、理論と医術を説く薬方の実践編とでもいうべき、貴重な『用薬百二十種之効能』も授かっていた。

「もうおまえに教えることはないといってもいいくらいだ」

三喜は言った。

「しかし、先生……」

そばにいて教えてもらうことはまだまだ山ほどあるような気がした。

「おまえは勘違いをしているようだ。医者の技能は何も師匠から弟子に伝えるだけではない。また、師匠からすべてを教えられるものではない。じつは師匠よりもっと優れた先生がいる」

誰だと思うと三喜はきいた。

道三は考えをめぐらせたが思いつかなかった。

「患者だ。病める者が医者を育てる。病者と真正面から向き合って医者は一人前になる。失敗や苦闘こそが真の医者に導くのだ」

二人はいつしか柳生《やぎゅう》の渡しに来ていた。思い返せば、道三が三喜に出会って入門を申し出たのはこの渡しだった。記念すべき場所だった。

二人は舟に乗って対岸に渡った。

「わたしは越生に帰らねばならない。これからは、一旦、離れて修行するのがいいだろう」

再び歩き始めて三喜は言った。

「すると、先生とまた、ご一緒できる機会もあるのですか」

道三は三喜の一旦、離れての言葉が耳に残った。一人で医療を実践すれば疑問や迷いも生じて来るはずだった。

「そういう機会も、あるかも知れない」

三喜は否定しなかった。

「ぜひ、ご一緒させてください」

道三は希望をつないだ。

しばらく歩いて、三喜は、

「先のことは分からない」

と言った。

そのしんみりとした口調が道三には気になった。

「わたしももう歳だ。いつまでこうした旅が続けられるか分からない」

三喜は七十二歳になっていた。三十歳の道三に比べれば、足取りは遅いし、動作も機敏さからは程遠く、体力の低下も否めない。元気ではあるが年齢は隠せなかった。

――これが最後になるかもしれない……。

三喜とともにした放浪の医療活動は五年を経ていた。それも終わりを迎える時が来たようだ。

――独立する……。

いつか来る日だと道三は肝に銘じた。


「わたしの医術を難解だという人がいる」

急に三喜は改まった口調になった。

「だが、そうではないことをおまえは身をもって知ったはずだ。今後はそれを実践してほしい」

「わかっているつもりです」

道三は三喜の実践する察病弁治《さつびょうべんち》の医療をさらに深めて行きたいと思った。その医学こそこれからの時代に必要な医療だと信じた。

「これがちょうどよい機会だ。以前から話そうと思っていた。この際だからいっておくが、おまえは学舎《まなびや》を作るがいい」

「学舎といわれましたか」

道三には意外な話だった。

「そうだ。足利学校が見本だ。いずれあのような学舎を開き、門人を育てろ」

三喜は道三を直視し、力をこめて言った。

突然の提案に道三は戸惑った。しかも、自分には大きすぎる話だった。

「学舎なら、先生がお作りになればいいではありませんか」

道三は感じたままを言った。

「そう思うか」

「当然です」

「それが無理なのだ」

「なぜですか。先生こそ、学舎を開く恰好の人と思います」

学識といい、経験といい、三喜が最もふさわしいと道三は思った。

「それは……」

と三喜は言いかけて、口ごもった。

そして、しばらく間を置いてから、

「開きたいのは山々なのだが、わたしには医者を育てる器量がない。放浪しつつ市井にあって人と話しているのが性に合っている。大勢の門人を育てるなどできないし、やりたくもないのだ」

と言った。

道三は三喜が謙遜しているとは思えなかった。裏表のない師匠だった。

このとき、道三は、いつか一鷗が三喜には弟子がいない、育たないと言っていたのを思い出した。三喜の医学が難解なのか。人格によるものなのか。理由は分からなかったが、今、その理由のひとつに三喜の放浪癖があるのかもしれないと推測された。

「わたしも同じです、先生」

道三は自分も門人を育てるなどできないと思った。

「いや、おまえは違う。もちろん、市井相手も大事だ。だが、おまえを市井に埋もれさせるのは惜しい。医学の学舎はまだだれもこの国で建てていない。門人を育てろ」

それはおまえしかできないと三喜は真剣な眼差しを向けた。

「それは、先生の買いかぶりではないですか。徳本もいるではありませんか」

医術なら、徳本のほうが上かもしれなかった。西一鷗も優れている。

「ああ、徳本か。あの男はわたしと同じだ。牛に跨がって気ままに放浪しながら病人を診るのが性にあっている」

そして、三喜はさらに真剣度を加え、

「この前、わたしは河越の農家の前で公方の家来に刀で脅された。あのとき、おまえは何を感じた?」

ときいた。

道三は必死で三喜を庇ったおのれが思い出された。そして、左顎のあたりに指を這わせた。かすった刀で負った傷あとが指先に触れて、あのとき体験した恐怖が甦ってきた。

「正直、恐い思いをしました」

「そうか。あのときは危なかったぞ。今は戦乱の世だ。人は血気にはやっている。われわれもいつ災禍にみまわれるかもしれない。孤独な放浪医は死ねば終わりだ。後には何も残らない」

残らないのだと三喜は淋しそうに繰り返した。

「おまえは学舎を開いてわたしの医学を伝えてほしい。わたしはできなかったが、おまえが門人を育てれば、わたしの医学は末永く伝承されて残る」

こんなに嬉しいことはないと三喜は初めて笑顔を見せた。三喜は医学伝承の夢を道三に託したかったようだった。

「いつかわれわれは蝸牛のようだと話したことがあったが、おまえは蝸牛で生きてほしい。背中に背負うのは学舎だ」

そして、三喜は、

「都《みやこ》に出ろ」

と言った。

「都に？」

「そうだ。京都だ。京都には人と財と歴史がある。政《まつりごと》の中心地でもある。そこで活動するがいい」

都に出ろと道三を指さした。

――都……。

道三は生まれ故郷の京都を思った。加茂川の流れや修行した相国寺が懐かしく思い出された。

「やるからには、国手を目指せ」

――国手……。

相国寺の木峰住職にもきいた話だった。このとき、道三はこれまで経験したことのない高揚感に満たされていた。顔の火照りと同時に腹の底から沸き起こる感情を覚えていた。

――学舎を開き門人を育成する。

道三はおのれの人生の目的を確実に掴んでいた。

「さて」

とつぶやき、三喜は心なし歩を早めた。

「どうする？　わたしは河越に出て、それから越生に向かう」

三喜はきいた。

越生は武蔵国（現・埼玉県）の中西部に位置し、古く鎌倉時代から越生氏が統治し、後に太田道真《どうしん》が隠棲した、道真、道灌《どうかん》父子ゆかりの土地でもある。河越の北西、約五里（二十キロメートル）にあり、秩父に至る街道筋にあたる。

「では、河越までご一緒したいと思います」

「いいだろう」

古河から越生に行くには一旦、河越に出て、それから山間部の街道筋に入った。

三喜は歩きなれていて、土地勘もあるのか黙々と歩を進めた。

道三は並んで歩きながら三喜との別れが近いことを実感していた。

八

道三は河越宿の茶店で三喜とともに一服した。少し小雨模様だった。

古河からの道中ではいつも通り、治療を続けながら河越に来ていた。頼まれれば診る、放浪医の生活である。古河館を発って、ひと月ほどが経過していた。

三喜は茶を飲み終えて、

「どれ、出かけるか」

と縁台から立ち上がった。

しばし曇天を仰いでから、

「体を大切にするのだぞ、道三。さらばだ」

と編笠を被った。

「先生こそ、お気をつけて」

道三も立ち上がり深く頭をさげた。

三喜はゆっくりした足取りで歩き始めた。越生まで約五里（二十キロメートル）の道のりである。

道三は茶店の前にたたずみ三喜の背中を追った。その姿は次第に小さくなっていった。

――先生……。

三喜から独立を促され決心したものの淋しさが胸に迫ってきた。

――いよいよ一人か……。

道三は改めてこれから始まる孤独な医学の修行を胸におさめた。

やがて三喜の姿は見えなくなった。

「さて」

と声に出して道三は一歩を踏み出した。

道三に特別行く当てはなかったが、三喜の道とは別の街道を進んだ。いつか徳本が人面腫《じんめんしゅ》の娘を診て、三喜に応援を頼んだ農家のある道筋だった。

どのくらい歩いただろうか、遠目にその農家が見えてきた。さらに近づくと門の前に牛が繋がれているのが見えた。茶色の牛は徳本の亮にちがいなかった。

——まだ逗留しているのか。

娘のその後の経過が思わしくないのかもしれない。

道三が農家の前に来ると、ちょうど行李《こうり》を手にした徳本が出てきた。

「おう、道三か」

徳本は目ざとく道三を見つけて声をかけた。以前は緑色の野良着が垢にまみれていたものの、なぜか汚れは落ちていて、縦縞の模様が明らかだった。おそらく農家で洗ってもらったにちがいなかった。だが、相変わらず不精髭が顔全体をおおい、総髪は後方部にざんばらに垂らしていてむさくるしいままだった。

「まだ、ここにいたのか」

道三は問いかけた。

「ああ。居心地がよかったものでな」

徳本は平然と答えた。

「娘の具合はどうなのだ」

道三はきいた。

「すっかり治っている。腫れも熱も引いた」

祟りだなどといっていたのが嘘のようだと徳本は言った。

「では、なぜ」

と思ったが道三はしいてきかなかった。徳本の悠長さと図々しさには驚くしかなかった。

「やぼ用があってここにいたが、これから発つところだ」

一緒に行くかと徳本は行李を亮の背にくくりつけながらきいた。

「どこへ行くのだ」

と道三がきこうとしたとき、農家の母と娘が小走りで出てきた。娘は若い女らしい薄黄色の着物を身につけていた。

「先生、どうぞもう少しゆっくりしていってください」

母親は徳本の袖を掴んで引き止めようとした。

「いや、いや。これ以上お世話になっては罰が当たる」

徳本は殊勝な面持ちだった。

「そんな。罰だなんて。わたしどもは本当に先生に命を救われたのですから、ゆっくりしていただきたいのです」

「もう、十分にゆっくりさせてもらった」

罰が当たっては医業が続けられなくなると言って徳本は亮の背に跨がった。身軽な動きだった。

するとそれまで黙って二人のやりとりをきいていた娘が急に亮に近寄り、

「徳本様」

と徳本の足に手をかけ、

「どうぞ、もう少し休んでいってください」

と懇願した。まだあどけなさの残る清楚な娘が必死の形相だった。

「いや。そうもいかない。こんなわたしでも、待っている患者がいるのだ」

「どちらにいるのですか」

娘はうらめしそうにきいた。

「まず寄居《よりい》に行かねばならない。その後は秩父だ」

「そうですの」

娘は淋しそうに応じて一歩さがった。

「また会う日もあるかもしれん」

さらばだと徳本は手綱を動かした。

亮がゆっくり歩き始める。

「道三、前の手綱を持ってくれ」

徳本にそう言われて、道三は亮の鼻の先に垂れた手綱をつかんで一緒に進んだ。

いつのまにか、道三は徳本と同道する流れになっていた。

九

「まだ見ているぞ」

しばらく歩いてから、道三が振り返ると母と娘はまだ門前にたたずんでいた。

「そうか」

徳本はさして関心を示さなかった。

やがて、街道が大きく曲がる個所に来た。

道三は亮を止めて振り返った。すると、小さくなった母と娘はまだ名残惜しそうに立ちつくし、手を振っていた。ひと月以上にわたり滞在した徳本に情が移ったのかもしれないと道三は思った。

「徳本。どうする、まだ見送っているぞ」

「そうか」

徳本は無表情で牛の背に乗っていた。

最後に、道三は母と娘に手を振ってから角を曲がった。

「これからどこへ行く？」

道三は手綱を引きながらきいた。

「何も決めていない」

徳本は牛に揺られながら無愛想に答えた。

「えっ、寄居に行くのではないのか」

さっき徳本は母娘にそう話していた。

「あれは方便だった。だが、今は寄居に行こうと思っている」

「寄居か……」

河越から北西に七里半（三十キロ）ほど離れた宿場だった。道三にも特別、行く当てはなかった。ただ、ぼんやりと熊谷に出かけてみたいとは思っていた。以前、三喜とともに治療で逗留した場所だった。景色も気に入っていて、患者も多かった。今、その患者たちがどうしているかを確かめるのも意義がありそうだった。

「おぬしはどこへ行く？」

当てはあるのかと徳本がきいた。

「熊谷に行くつもりだ。寄居まで一緒していいか」

寄居に寄れば遠回りではあるが、風まかせの急ぐ旅ではなかった。途中の見聞も楽しみだった。

「ああ、好きにするがいい。ところで、三喜はどうした」

徳本はきいた。

「河越のはずれで別れたばかりだ。越生の本宅に帰られた」

「越生か。いよいよ三喜も里心がついたようだな」

「いや、義母殿が病気のようだ」

「それはどうかな……。帰郷したい言い訳だろう。三喜自身の問題ではないのか」

「先生自身？」

「ああ。もう、かなりの歳だ。ゆっくりしたいのだろう。おれは以前、腰の痛みを訴える三喜から、灸や鍼の治療を何度か頼まれた」

と徳本は言った。

それは、道三も同様だった。三喜は弟子に練習の場を与えるつもりもあったのだろう。ツボをはずすと繰り返しツボの取り方を指導したものだった。

後年、道三は『鍼灸集要』ほか二冊の鍼灸専門書を著している。道三にとって鍼灸は重要な治療手段だった。

道三は七十歳を超えた年齢相応の症状を訴える三喜に鍼灸治療を施していた。その三喜が徳本の指摘するように、ゆっくり体を休めるために帰郷した可能性はありうると道三は思った。では、あの手紙の内容は何だったのか。道三は読んでいないので詳細は不明だった。

——本当に里ごころがついたのかもしれない。

やはり三喜も人の子だと道三は思った。

「あの農家で、やぼ用があってここにいたといっていたが、どんな用だったのだ」

道三は気になっていたことをきいた。

「やぼもやぼ。河越城から使いが来て城主を診てくれの矢の催促で何度か通ったのだ」

「通う？ 城に泊まればよいではないか」

そのほうが往復の手間が省けるというものだった。

「ばかばかしい。あんな堅苦しいところに泊まっていたら息が詰まってしまう」

徳本は吐き捨てるように口にすると、

「それに引き換えあの農家は居心地がよかった。もう少し居たかった」

と言った。

「居たかった？ あの母娘はあれほど止めていた。それなら、居ればよかったではないか」

「いやいや。それは危ないのでやめにしたのだ」

徳本は髭だらけの顔を手のひらでしごいて見せた。

「危ないとはどういう意味だ」

「うむ……」

徳本は言いにくそうに口ごもった。

「何があったのだ」

道三は牛の背に乗った徳本を見上げて促した。

「昨夜、危ない時間が訪れたのだ。おれが酔いつぶれて寝ているときだった」

徳本がすすめられるまま好きな酒をしこたま飲んで夜具で臥せっているときだったという。部屋は秋の夜も更けて虫の音も静まり、月明かりもない全くの闇だった。

一人の女が、

「お情けを……」

とささやきながら控え目に徳本の脇に体を滑りこませてきたという。

徳本は酔った頭の中で、そのきき覚えのある声の主は農家の娘だと探し当てていた。

女は熱く火照った柔らかい肌を寄せてきた。ふくよかな乳房を押し当て、徳本の脚にすすべの足をからめてきた。

「すると女は何も着ていなかったのか」

道三はきいた。もしそうならあのあどけなさの残る農家の娘にしては大胆な行動に思えた。

「ああ、裸だ。素っ裸だ。そういえば、枕元でかすかに衣ずれの音がしたような気もする」

そのとき脱いだのだろうと徳本は人ごとのように言った。

「で、どうしたのだ」

道三はきかずにいられなかった。

「おぬしならどうする」

徳本は道三の顔色を窺うようにきいた。

道は細い山道にさしかかっていた。

「さて……」

と道三は考えたが、まず、そうした場面に出会ったことはなく想像できなかった。だが、あのようなあどけない娘を相手にはできないだろうと思った。一方で、あの必死の引き止めの裏にはそうした事情があったのかと理解した。母娘ともに逗留する徳本という人間を気に入って、家に留めおく算段で体を張ったにちがいなかった。おそらく徳本の人物に魅了されてしまったのだろう。

そんなことを考えていると、徳本は急に、

「据え膳食わぬは男の恥という」

と髭を激しくしごきながら不敵に笑った。

「では、おぬし……」

「据え膳は食うものだが、相手が患者なら別だ。患者は女ではない」

徳本はそう言って、

「昨夜、釣り落とした魚は大きかったかもしれんな」

と徳本は笑い飛ばした。

そして、しばらく進んでから、徳本は、

「いや、いや。危なかったが、またぞろ、危ないことが起きそうだ。道三、構えろ！」

と大声で叫んだ。

十

道三は一瞬、何が起きたのか分からなかった。

藪《やぶ》の中で潜んでいたらしい四人の侍が、熊笹の茂みからばらばらと出てきて亮を取り囲んだ。山道にさしかかっていたが、そのあたりは道幅も広く、平坦だった。

「お出でなすったか」

徳本は四人を見回してから、

「道三、毫鍼《ごうしん》の練習はしたか」

ときいた。

「ああ、少しは」

道三は四人に身構えながら答えた。

徳本に護身を指摘されて以来、旅籠の部屋や街道筋の道端で、手にした毫鍼を的に目がけて投げる練習を重ねていた。だが、どの程度腕を上げたかは未知数だった。今は袖の中に隠し、いつでも投げられるように何本かの毫鍼を常に用意していた。

「おぬしは筋がいい。ここが試してみる良い機会のようだ」

徳本はそう言ってから、侍四人に、

「さっきからつけてきていたのは知っていた。何の用だ」

徳本は牛の背の上から睨みつけた。

「問答無用」

年かさの侍が刀を抜いて構えた。それを合図に他の侍も刀を抜いた。

「どうも、口封じのためにあらわれたようだな。安心しろ。おまえたちの主《あるじ》が重い病気で苦しんでいるなど誰にもいわぬわ」

徳本の声はひときわ大きかった。

徳本は登城を頼まれ、農家から何度も往診していた。城主は扇谷《おうぎがやつ》上杉《うえすぎ》家《け》の流れをくむ上杉朝興《ともおき》だった。扇谷上杉家は同流の山内《やまのうち》上杉家と離合集散の果てしない闘いを続けていた。上杉朝興は後北条氏の侵攻を許し、江戸城を追いたてられて河越に逃れた経緯がある。だが、その河越は軍略の要衝地であり、戦いの火種を常にかかえていて、決して安住の地ではなかった。緊張を強いられているのが扇谷上杉家だった。

実際、翌年――天文六（一五三七）年に上杉朝興は死去している。さらにその後、天文十五年には、後北条軍に攻められた河越夜戦で敗れ、扇谷上杉氏は滅亡した。

こうした河越の緊張感は部下や城内に満ちあふれているようだった。

「おのれ、誰にもいわぬといいながら大声で親方様の病気の話をしているではないか」

年かさの侍は刀を構えてすり足で近寄った。他の三人も道三までの距離を縮めてきた。

「大声を出したのはおぬしたちの魂胆を確かめたかったからだ。どうも図星だったようだな」

ばかばかしい連中だと徳本は吐き捨てた。

「問答は無用だ」

年かさの侍は刀を振り上げた。

「どうも、河越では危ない目に遭うようにできているらしい」

徳本はそう口にすると、

「道三、行くぞ！」

と叫んで袖に隠した胡桃の実を年かさの侍の眉間目がけて投げつけた。

あっと叫んで侍は仰向けにひっくり返った。振りかぶった刀は藪の中に飛び、眉間からおびただしい血が流れた。

侍たちは混乱し、白刃を振りかざして遮二無二に襲いかかってきた。

徳本は亮の背から舞い降りると同時に、刀を振りかざして襲ってくる侍を、中腰姿でこれも眉間に胡桃を命中させた。

道三も懸命にかわしながら、袖口に隠し持った毫鍼を侍相手に矢継ぎ早に飛ばした。一人の侍には胸と肩に、もう一人には腕に突き刺さった。

やがて、侍四人は山中の平坦地に苦悶の態で倒れこんだ。

「鍼でどこを狙ったのだ」

徳本がきいた。

「刀を持った腕だ」

と道三は応じた。

「もう少し練習に励む必要があるな。一人にしか命中していないぞ」

徳本は道三が投げて刺さった鍼を見ながら言った。

そして、徳本は倒れている年かさの侍の胸ぐらを掴んで引き起こし、目の前にかなり太く長い鍼を突きつけた。その鍼で喉元を突けば命を失うのは必定だった。

侍は恐怖に怯えながら、足をばたつかせて、震える声で、

「ご容赦ください」

と繰り返した。

徳本はさらに鍼を近づけ、

「おまえの命をとろうとは思わぬ。だが、わしたちの命を狙った罪は消えぬ。それ相応の裁きは受けてもらう」

と侍を腹這いにさせた。それから、背骨に沿って注意深く二本の指を背中から下に這わせて腰のあたりで止めた。その止めた個所に狙いを定め、直角に服の上から鍼を刺し入れた。

急に侍は静かになった。下半身が脱力して動けない様子だった。

徳本は不敵に笑いながら、

「大腸兪《だいちょうゆ》だ。分かるな」

と道三に問いかけた。

腰痛患者の痛みを解消させるツボだった。適度に刺入すれば、症状は改善するが、急所だけに間違えば腰が立たなくなる。頃合いが肝心だった。

侍は腰が抜けたような状態でもはや反抗する気力も消えていた。

「ちょっと治療が過ぎたが、なに、おまえの腰は、二、三日も経てば普通に動くようになる。安心しろ」

徳本にそう言われて、侍は安堵したのか何度もうなずいた。

「では、手のほうもついでに治療しておく」

徳本はそう言うと、侍の右手の袖をまくりあげた。

「おお、この手が自慢の剣術を披露したのか。腕が鳴って仕方がないようだな。それも困った話だ」

徳本は、侍の右肘の外側を肩に向かって上方に指を這わせた。

「おまえたちのような者は、この際、刀の使用を少し遠慮してもらわないと善良な領民が迷惑を被ってしまう」

ついでに治療だと言いながら、肘のやや上部に鍼を刺し入れ、さらに深く入れてその鍼を回した。峰打ちの急所でもあった。

侍はやや苦悶の態だったが、さして痛みは感じなかったようで声もあげなかった。

だが、鍼の効果は徳本が鍼を抜いたときにあらわれた。

「手が……。手が利かない」

侍は震えながら悲しそうな声をあげた。まったく力が入らないのか右手をぶらぶらさせるばかりだった。

「刀を持つのは、一年は我慢してくれ」

徳本は言いながら、次の侍にも同様の〝治療〟を始めた。

「何を見ている。そっちの二人はおぬしがやってくれ」

徳本は道三を促した。

「おお、そうだった」

道三も同じようにツボに〝治療〟を施した。

徳本と道三――二人の〝治療〟で、侍は四人とも腰がたたず、手も利かなくなった。

「この者たちをどうする?」

道三は顎を出して山道に転がっている四人を見てきいた。

「心配ない。オオカミに襲われる前に、いずれ城の誰かが見つけるだろう」

徳本はそう言って亮に跨がった。

二人の旅が始まった。道三は徳本と道々、住民を治療しつつ寄居まで同道し、そこで別れて熊谷に向かった。

道三の一人放浪医の生活が始まった。

十一

その腹痛の患者が現れたとき、道三はその後に起こる展開を全く予想できなかった。

道三はこの日から熊谷の旅籠に泊まることにしていた。徳本と寄居で別れてから、頼まれれば治療を施す放浪医を実践しながら熊谷にたどり着いたのだった。途中、日々、診療に追われる旅だったが、気がつけば年が改まって半月ほどが過ぎていた。

旅籠は以前、三喜とともに何度か泊まった宿屋で、「まるや」といった。熊谷を訪れたときのいわば定宿である。軒先に掲げられた煤けた白布の旗に、墨で「○や」と描かれていた。

道三はその「○や」の旗が風に揺れているのを見ると懐かしさで気の休まる思いがした。

「お久しぶりです」

「まるや」の主人の茂助《もすけ》が目敏く道三を見つけ丁寧にお辞儀をしながら玄関先で出迎えた。茂助は痔疾の持病があり、道三の患者でもあった。

道三はいつもの部屋で荷をほどき、久しぶりにゆっくりと浴室でくつろいだ。その後の夕食は茂助が気を利かせて道三の好物を膳にならべた。道三は料理でも旅の疲れをとることができた。

この夕食の最中に、仲間の肩を借りながら、その患者が運ばれてきたのだった。四十がらみの留吉《とめきち》という名の男で、熱っぽい顔を苦痛で歪めて終始、低い呻き声を出していた。

「どうした、留公《とめこう》」

茂助は心配そうに男に近づいた。

留公と呼ばれた男は茂助に満足に返答もできず、呻き声をあげるだけだった。竹や藤の蔓で籠や農器具を作る細工職人だという。

留吉は仲間の肩を離れ、帳場のあがり框《かまち》に腹部をかばうようにくの字に横たわった。すると、急に全身を何度かくねらせたかと思うと、大口を開けて喉の奥から声を絞り出し、激しく嘔吐した。吐瀉物が黄色い粘液と混じって土間に吐き出された。

「こりゃ、ひでえ」

と茂助はあわてて使用人を呼び、吐瀉物の始末を命じた。

それでも留吉の嘔吐は止まず、やがて吐く物がなくなって、粘液ばかりがあえいだ口元から垂れ下がった。

道三は食中毒を想定した。呼吸困難の症状はなく、キノコやフグなどの猛毒による中毒ではなさそうだと一応、判断した。

道三は留吉を診察するため、静かに仰向かせ腹部に手を這わせた。すると、留吉は急に便意を催したらしく、いきなり起き上がり腹に手を当てながら便所に走った。

「先生。留公はさっきから、あれなんです」

と付き添ってきた若い男が言った。

「何か食べたのかね」

道三はきいた。

「昼に弁当を食べました」

小正月の祝いで集会所で配られたという。握り飯に煮物、漬物が添えられた弁当だった。

「あとはお茶や酒を飲んだだけです」

付き添ってきた若い男は言った。

「そうか……」

道三はうなずきながら食中毒の原因を考えた。煮物の材料が腐っていたか、飯を握った人物の手が不潔だったか、弁当を包んだ竹の皮が汚れていたか。原因はそんなところにありそうだった。

「私も留公と同じ物を食べたのですがね」

何ともありませんと若い男は腹部をなで回した。

「同じ弁当を食べても当たる人と平気な人がいる」

「でも、留公は七転八倒して、あんなに苦しんでいますよ」

「そこが、人間の不思議なところだ。人が違えば体の反応や病気の様子も違ってくる」

道三はそう説明した。道三も常日ごろ感じている不思議だった。実際、人の体は千差万別で、人体の病気への感受性は不可思議というしかなかった。

それでも納得できないのか若い男は首をひねっていた。

そこへ、留吉が青白い顔で足をふらつかせながら戻ってきた。

「大丈夫か」

茂助が駆け寄って腕をとり、静かに帳場に横たえた。

道三は処方薬として薬籠の紫円《しえん》を取り出した。霍乱《かくらん》（激しい嘔吐と下痢を繰り返す症状）に対する救急薬で、常時、何回分か携帯していた。巴豆《はず》、杏仁《きょうにん》、代赭石《たいしゃせき》、赤石脂《しゃくせきし》という四種の薬剤を粉末にしてから固めた丸薬で、食あたりの特効薬だった。

道三は留吉に水とともに飲ませてから、

「しばらくは吐き気と下痢が続くが、やがては落ちつくだろう」

と言って、奥で休むよう指示した。

その留吉と付き添ってきた若い男が奥座敷に消えるか消えないかというときに、玄関口に肩を抱えられた顔色の悪い中年男が運ばれてきた。

「先生。また患者です。例の祝いの集会に参加した男です。同じ弁当を食べています」

茂助が言った。

しかし、それだけではおさまらず、病人はあとからあとからあらわれた。おぶられて来る者、駕籠《かご》に乗って来る者、板戸の板に乗せられ運ばれて来る者――。

症状の軽重はあるが、全員、腹部を押さえながら顎を出し、低い声で呻いていた。やがて、帳場は患者であふれて修羅場と化した。

――よほどひどい物を食べたようだ。

だが、道三に弁当の内容にかかわっている時間はなかった。

道三は診察を急ぎ、次々に手持ちの紫円を与えた。だが、用意分には限りがあった。また、新たに調薬する材料もなければ、時間もなかった。

間もなく、紫円は底をついた。

だが、患者は続々とあらわれた。三十名は超えたであろう。まだ増えそうな雲行きだった。頼みの特効薬はもうない。

道三は診察しながら、

「この地に医者はいないのか」

いらいらして茂助にきいた。

「一人いるにはいるのですが、出かけていて家にいないのです」

茂助は申し訳なさそうに言った。

熊谷の町は後に江戸期に入って中山道の宿場町として重視され大きく発展したが、この頃はまだ小さな村落でしかなかった。鎌倉時代の武将で、一の谷の戦いで平敦《あつ》盛《もり》を討ち取った話で知られる熊谷次郎直実《くまがいじろうなおざね》に縁《ゆかり》の土地である。その直実が庵を結んだ熊谷寺《ゆうこくじ》が村の中央に位置していた。

――誰もいないのか……。

せめてここに一人か二人の医者がいれば、患者の集団にもう少しまともな対応ができるものをと悔しい気持ちにとらわれた。一人では限界があるのだった。

さらに言えば、医者の絶対人数が足りないような気がした。先人の医者が医者を育てて多くの医者がいてこそ、患者の危機に対応できる道も開けてくる。力のある医者が若い医者を育てるのは実力医の務めのような気がした。

――すると、これは三喜先生の怠慢ではないか……。

道三ははじめて師匠を批判する気になった。三喜は自分は教えるのが苦手で、放浪医として活動する器量しかないとしきりに言っていた。であれば、おのれの欠点を克服して後進を育てるのが名医のもうひとつの務めではないかと思えた。だが、もしかすると、三喜は集団発生する病気の事態を知らなかったのか。

――いや、いや。

そんなはずはないと考えた。長い経験を積む途中で、食中毒の集団発生に出会ったはずだった。そのとき、個人の力には限りがあることに気づいていたにちがいない。医者は誰かが育てねばならないのだ。

――やはり怠慢ではないか……。

これが師匠に対する道三の実感だった。

だが、いまさらここで愚痴を言っていても始まらなかった。今、目の前で苦しみ、あえいでいる患者を救わねばならない。この急場を何としてもしのがねばならなかった。

気を取り直した道三は茂助に硯に墨をすり、筆を用意するよう頼んだ。

「先生。こんなときに書き物ですか」

茂助は合点が行かずにきいた。

「いいから、早く用意してくれ。急げ」

時間がないと道三は茂助を急《せ》かせた。

道三は鍼を準備しながら、「まるや」の使用人に串団子に使う串を宿にあるだけ用意するよう命じた。

――医術は正を先にし、奇を後にせよ。

これは三喜の日頃の教えだった。

今、大量の食中毒の患者をかかえて、頭に浮かぶのは三喜のこの手法だった。

病に対し、まず正攻法で立ち向かい、手に負えなかったり、通じなかったら、奇策で対応するのを原則とする手法である。食中毒の患者に紫円を投与するのは正攻法だったが、特効薬が底をついたので、奇法を選ぶ。たった今、怠慢だったと三喜を批判したばかりだったが、その師匠の秘法を採用する気になっている。どうであれ、三喜は名医に相違なかった。

やがて、墨が用意されたので、道三は一人の患者をうつ伏せに寝かせた。そして、両足の人指し指、裏側の中央部に墨で印を付けた。濡れた墨のまま足底方向に折り曲げると足の裏に小さな墨跡がつく。そこが裏内庭《うらないてい》という経穴《ツボ》だった。食中毒を治す急所である。

道三はそのツボを鍼の先端で突っついて刺激し、茂助や使用人たちに治療法の模範を示した。

「墨跡をつけるから、みんなも同じようにツボを串の先で突いてくれ」

本当は灸をすえるほうがよく効くのだが、安全に大勢の人に手伝ってもらう方法としては尖った串のほうが簡便で効果も期待できた。患者によって違うが、両足のツボを何十回、何百回と突いているうちに症状が治まってくるはずだった。

やがて、「まるや」の帳場と奥に続く部屋は治療の現場と化した。呻きながらうつ伏せに横たわる大勢の食中毒患者を、集まってきた村民が串を持って治療に協力した。

治療は深夜から翌朝まで続いたが、一人、二人と症状が治まり、三々五々自分の家に帰って行った。

——これほど効果があるとは……。

道三が驚くほど裏内庭のツボの効き目は絶大だった。改善のみられない患者には道三が直接、治療した。この場合、最も効果的な方策は米粒大の灸を矢継ぎ早にすえる方法だった。さらに、男患者には左足、女患者には右足を中心に注意をはらってすえる。施灸法の基本だった。

道三ははからずも、食中毒の集団発生のお陰で鍼灸治療を実践し、その効果も確認できた。薬を処方するとき、このたびの紫円もそうだったが、ともすれば調薬のための原材料が不足しがちだった。放浪医として薬籠に収納できる生薬の種類や量には限りがあった。その点、鍼灸では鍼一本、艾《もぐさ》一掴みあれば急場をしのげるばかりか、実のある治療も施せた。

——さらに鍼灸法に習熟しなければならない。

道三はあらためて実感した。

「一時はどうなるかと思いました」

詰めかけた患者の大方が帰宅してから茂助が言った。

「いや、わたしもお手上げだった。それが茂助のお陰で助かった。わたし一人ではとてもこうは対処できなかった」

道三の偽りのない感想だった。

「そういっていただければ、わたしも手助けできた甲斐があったというものです」

茂助はうれしそうだった。

「では、茂助、そのほうの治療に入るとするか」

道三は茂助の痔疾のために艾を用意した。

「お願いします」

茂助は神妙にお辞儀をした。

道三は茂助の頭に指を這わせて頭頂部の中央に指を置いた。百会《ひゃくえ》というツボだった。

髪をかき分け、そこに米粒大の艾を置いて、線香で火をつけた。やがて髪の毛が少し焼ける臭いが部屋中にたちこめた。道三は燃え尽きた艾を指で摘んで捨て、再び灸をすえた。これを五、六回繰り返した。さらに、腰に鍼を刺し、腰回りの鬱血を取り払って治療を終えた。

「楽になりました。先生」

茂助は晴れ晴れとしていた。

「だいぶ良くなっている。日ごろの手当てがよいからだろう」

道三は茂助に常日頃、肛門部をよく洗い、洗ったあとに蝸牛《かたつむり》の粉を付けるように指導していた。蝸牛を陰干しにして乾かした粉は痔に効果があった。どこにでも生息している蝸牛なら茂助にでも捕まえられるのでこの療法をすすめていた。

その後、道三はこの熊谷の「まるや」を拠点に、治療に専念した。一人放浪医として、下野《しもつけ》（現・栃木県）の佐野や宇都宮など。上野《こうずけ》（現・群馬県）の伊勢崎《いせさき》、高崎、館林、下総《しもうさ》（現・茨城県と千葉県の一部）古河、下妻《しもつま》、さらに、武州の大宮や鴻巣《こうのす》、岡部、岩槻にも出かけた。

また、ときおり足利にも足を延ばし足利学校の庠主《しょうしゅ》と会って近況を報告し、新たに収蔵された書籍も閲覧して研究の資とした。

道三の医術は年々高まって行った。

十二

その年の秋、一通の手紙が道三の元に届いた。差出人は三喜だった。道三が熊谷を拠点にしてかれこれ六年が経過していた。

「三喜先生……」

懐かしさに道三はしばしその表書きの筆跡に見入った。越生《おごせ》に来るようにという内容だった。河越で別れて以来の師匠からの便りだった。

急遽、道三は旅支度を整えて越生に向かった。越生は三喜の生まれ故郷である。越辺川《おっぺがわ》の流れが町を貫き、なだらかな山なみが遠望できた。梅が香る町で南北朝時代に太宰府から神霊を勧請《かんじょう》した梅園神社に梅の古木がそびえていた。

道三にとっては初めての越生である。だがなぜか、以前に来たことがあるように思えた。

――そんなはずはない。

そう思いながら道三は改めて町を見渡した。やはり、初めての来訪に違いはなかった。

三喜の居宅は梅園神社にほど近い藁屋根の古びた小さな家だった。玄関を入ると、二十代半ばの女が出迎えた。

「お待ちしていました」

女は格子柄に葉文様をあしらった茶色の着物姿で深くお辞儀をした。

――どこかで会ったことがある……。

道三は女の涼しげな目元を見つめた。会ったと思ったのは気のせいのようだった。

若い女は淡々と足桶に水を用意した。道三はあがり框で足を洗ってから、案内されるまま奥の部屋に入った。

そこに三喜が座卓を前にして座っていた。

「先生……」

道三は挨拶もそこそこに近寄った。六年の空白が一瞬で埋め合わせできた。

三喜はいつものように白小袖の上に黒い十徳《じっとく》を羽織っていた。太い眉の下の大きな目、また、大きな口も懐かしい風貌だった。だが、八十歳を二年後に控えて少し老けた印象だった。考えてみれば、三喜に入門して十二年の月日が経過していた。

そこへさっきの若い女が茶を運んで来て、楚々とした身のこなしで座卓に茶を置いて戻って行った。

「どうだ。道三。今の娘は？」

三喜は女がいなくなるときいた。

「どうといいますと？」

道三は三喜の真意がわからなかった。

「何か思いあたらないか」

「ええ、そういえば、気のせいだと思ったのですが、どこかで出会っているような気がするのです」

「いや、気のせいではない」

会っていると三喜は言った。

「えっ、どこでですか」

「横瀬《よこぜ》だ。森又左衛門の屋敷に出かけただろう。あの家の娘だ」

もう十年も前の話である。道三が三喜とともに放浪医生活を続けるうちに請われて訪れた秩父郡の武士の家だった。そのときも娘は父親の治療が終わると茶を運んできた。同時に、もともと心の臓が弱い娘を三喜ともども道三も診療に当たっていた。

「あのときの娘の結衣《ゆい》だ」

三喜は言った。

「そうでしたか」

道三はしばし遠い昔を回顧した。そして、結衣という娘に親しみを覚えた。それは元患者に久し振りに再会したというだけでは説明できない親近感だった。

結衣の住む横瀬は越生に近いこともあって、三喜は何度か治療に訪れていたという。三喜の妻の体調不良もあり家事を手伝ううち、妻の要望で居続けているという。

「なかなか気の利くよい娘だ」

すると三喜は茶を一口飲んで、

「ところで、道三。おまえはいくつになった」

ときいた。

「三十七です」

いつの間にかそんな歳になっていた。

「そうか。このたびおまえを呼んだのは身を固めてはどうかと思ったからだ。おまえは仕事熱心だ。感心する。しかし、熱心のあまり自分のことをおろそかにする傾向がある。結婚を考えたことがあるのか」

三喜は問いかけた。

「いえ、ありません」

「だろう。そこがおまえの長所なのだが欠点でもある」

そして、三喜は少し居住まいを正して、

「結衣はどうだ」

と厚い唇を動かした。

「どうだとは、先生、如何なる意味ですか」

「おまえはやはりそのあたりが鈍い。嫁にするのはどうだときいておる」

「嫁……」

道三はおうむ返しにつぶやいた。

――嫁を迎える……。

これまで考えたこともなかった話だった。だが、歳は三十七に達していて、むしろ結婚していないほうがおかしいほどの年齢だった。さっき結衣という女に玄関先で会ったとき、以前どこかで出会ったと思った以外に不思議な親近感を覚えた。それは言葉では説明できない心の動きだった。

「今回はおまえを結衣に娶わせようと思った次第だ。結論をすぐに出せとはいわない」

考えて決めろと三喜は言った。

その日の夕食で膳を用意する結衣と一瞬、目が合った。そのとき頬を赤らめ静かにうつむく結衣に道三の気持ちは決まった。

翌日、道三は三喜に結婚の意思を伝えた。

「そうか。決めたか」

わたしの提案も満更ではなかったようだと三喜は満足そうだった。

数日後、形ばかりの祝言をあげた。

しかし、結婚も束の間、河越と狭山、所沢のほうから往診の催促が飛び込んできた。

道三は結衣を残し、再び放浪医に戻った。

十三

道三はなかなか越生に行かなかった。各地を点々とし、ある地にいると別の地から往診を頼まれ、そちらに向かうといった毎日だった。知らず知らずに月日は経過した。

結衣のことも気になったが帰れなかった。

その道三に手紙が届いた。結衣からだった。淋しい想いを伝える内容かと思って文面を追うと、三喜の病を伝え、帰郷を望んでいた。

――先生が病気……。

道三は急ぎ越生に戻った。

三喜は奥座敷で臥せっていた。顔色は悪く別人のように痩せ細っていた。

「先生……」

道三は寝床のかたわらから三喜の手をとった。

「おお、来たか」

三喜は咳こみながら無理に笑い顔を作った。

「先生、無理はしないでください」

道三は師匠の重い症状を察知していた。

「道三。おまえのなすべき仕事は分かっているな」

「分かっています。先生」

「孤独な放浪医は死ねば終わりだ。後には何も残らない。おまえは門人を育てろ」

わたしはできなかったと三喜は寂しそうに言った。

「先生……。哀しいことを言わないでください」

と道三は三喜の骨ばんだ手を握った。

「わたしの脈を診よ。道三」

三喜は声をふりしぼった。

道三は命じられるまま三喜の手首に三指を当てて脈を診た。

「どうだ」

三喜がたずねる。

「はい……」

喉がつまって道三は何も言えなかった。

「もうおまえなら分かっているはずだ」

「はい」

震える声で答えながら道三は涙を我慢できなくなった。大粒の涙があふれ、手の甲に後から後からこぼれ落ち止まらなかった。

「よく覚えておくがよい。これが死脈だ」

三喜はそう言って、細く長い息を吐いた。

古医学書には二十四種の脈があると解説されている。この「二十四脈《にじゅうしみゃく》」の外にあるのが死脈だった。深奥を極めれば初期の妊娠さえ診断できるのが脈診だった。が、命が尽きるときにあらわれる死脈の様相は医学書に記載されていなかった。

「先生……」

かすれた弱々しい声で伝える師匠の最後の教えを、したたり落ちる涙で濡れた紙に記した。それが今日、『涙墨紙《るいぼくし》』として残っている。

それから数日後、三喜は静かに目を閉じた。

「先生ーっ！」

道三は三喜の手を握ったままあたり構わず何度も大声で呼んだ。

三喜は微動もせず、瞑目したままだった。

天文十三（一五四四）年、四月十五日、一代の名医はここに死去した。享年、七十九だった。

道三は三喜の下、二十五歳から三十八歳まで、実に十三年間師事した。三喜なくして道三はいない。

曲直瀬道三は田代三喜の死でおのれの人生を見直す必要にかられた。

第五章

天沢《てんたく》の章

京都の風

一

道三は鳥のさえずる声で目がさめた。障子に朝日が明るく射し込み、真新しい障子紙の白がことのほか際立っていた。その障子戸に庭で飛び交う小鳥の影が目まぐるしく動いていていた。

――ここはどこだろう……。

道三は一瞬、自分が今いる場所が分からなかった。まどろみがまだ解けていないせいもある。

枕に頭をのせたまま部屋の様子をうかがった。天井や欄間、壁にいたるまで、懐かしいたたずまいだった。

――姉の家にいるのだ。

京都・柳原にある姉・乗水《じょうすい》の家に着いたのは二日前だった。武蔵国・越生《おごせ》を発って陸と海路を使っての一人旅だった。まだ、体の芯に疲労がよどんでいた。妻の結衣《ゆい》は子どもがまだ小さかったので残してきた。

別の小鳥も飛来したらしく、さえずりがにぎやかになった。戯れる鳥の声はどこか雅びな響きがあった。つい先日まで放浪していた関東の野原に鳴く鳥の声とは違うような気がした。鳥の鳴き声などどこでも同じだと思うが違ってきこえるのが不思議だった。

――今、京都にいる……。

道三は布団の感触に実家を感じた。旅籠にはないぬくもりや安らぎがあった。あらためて生まれ故郷に戻った自分を実感した。この年――、天文十四（一五四五）年四月に帰郷したのである。じつに十七年ぶりの京都だった。道三は三十九歳になっていた。

実家の庭に辛夷《こぶし》と三葉躑躅《みつばつつじ》が同時に咲いていた。道三が育ったころは、辛夷が散って、やがて三葉躑躅が咲いたものだ。それが物の順序で、ごく自然な季節の移ろいだったが、今の庭は狂っていた。辛夷と三葉躑躅の同時開花は初めて目にする光景だった。

姉は、

「今年の京都は天候不順で、早春にも異常な同時開花があったのよ」

と言った。

春先に猫柳と連翹《れんぎょう》が同時に開花したという。

「去年の秋は大雨で加茂川があふれるし、このところ異常気象がつづいています。何か世の中の悪い兆しでないといいのですが」

と姉は庭木の異変を気にしている風情だった。

その姉とは急な帰郷や十七年間の空白にもかかわらず、すぐに打ち解けて間隙も埋まった。

夜にはささやかな帰郷の宴もひらいてくれた。

ただ、伯母の栄泉は三年前に他界しており、道三は仏壇に手を合わせた。

「おまえに知らせようにもできなくて」

と姉は涙声で、いつも道三の様子を案じていた伯母のことを語った。

道三はただ位牌を見つめながら伯母との思い出に浸り、冥福を祈った。

「このお守りのお陰で無事帰って来られました」

道三は布袋から松毬《まつかさ》とお手玉を取り出して姉に示した。

「そういえば、おまえはそれを持っていたのだね」

姉は懐かしそうに松毬とお手玉を見つめた。

道三は八歳のとき、近江・天光寺に修行に出た。そのとき、伯母が、父と母と思えと言って渡した品だった。

その後、肌身離さずに関東まで持って行った。無事故郷に帰れた今、お守りに感謝したかった。伯母の祈りが通じたのだと思った。

「そんなに大事にしていたのなら、伯母もきっと喜んでいるはずです」

姉は言った。

そして、伯母に深く感謝しつつ、ひとまず松毬とお手玉を仏壇に飾ったのである。

それが昨夜の出来事だった。

――これから都の生活が始まるのだ……。

道三は寝床の中で鳥のさえずりを耳にしながら、この都でおのれに課した命題を頭の中で思い描いた。すると、不意に三喜の死に顔と髭面の徳本が目に浮かんだ。

――徳本……。

かれとはもう何年も前に寄居で別れて以来、会っていなかった。その後も性に合った放浪医を続けているはずで、おそらく関東を放浪して一生を終えるのだろうと想像した。自分の帰郷を伝えられず黙って別れたままになったのが少し心残りではあった。

だが、もし、帰郷を伝えられたとしても、徳本は愛牛・亮の上から、

「そうか。帰るか。元気でな」

と無造作に言ってそれで終わりだったにちがいない。

――さらば、徳本！

道三は目の前にはいないが、不精髭の放浪男に呼びかけた。

それから寝床から起き上がって作務衣に着替えた。

二

この日、道三は相国寺の塔頭、蔵集軒を訪ねる手筈になっていた。

十七年前―享禄元（一五二八）年三月三日、二十二歳の道三は二十歳の友人、西一鷗とともに夜明けを待って相国寺を出立した。それ以来、身分はまだ相国寺の修行僧だった。細い糸ながらこの寺とつながっているのである。

今、道三はその山門前に立っていた。

――帰りました。

道三は山門を見上げながら誰に言うとなくつぶやいた。

そのまま蔵集軒に向かい、住職に帰郷を報告した。当時の住職だった木峰《ぼくほう》和尚はすでに亡く、円仁《えんにん》が住職に就いていた。木峰住職から国手になれと言われた同じ部屋で円仁和尚と向かい合った。六十半ばの彫りの深い顔に厳しい修行を積んだ跡があらわれていた。

「おまえの勉学の様子については足利学校のほうから定期的に連絡がはいっている。古河の三喜殿に教えを受けていたというではないか」

「お陰さまで、ありがたい機会を与えていただきました」

道三は両膝に手を置き、深く頭を下げてお辞儀した。

そのとき、

「京都へ行け。門人を育てろ」

という三喜の声が耳の奥できこえたような気がした。

「三喜殿は当代随一の名医だったお方だ。その名医に教えを受けたおまえにはこの京都でこれから力を発揮してもらわねばならない」

「わかっているつもりです」

今はもはや師はいない。頼れるのは自分だけである。甘えや依頼心は許されなかった。

道三は下唇を噛んで決意をあらわにしていた。

今、自分の顔つきを確認したなら、眦《まなじり》を決して、太く濃い眉毛はそばだっているはずだった。その高揚した面構えを自分で見たいとも思った。

――医師、曲直瀬道三で生きる。

道三は関東から京都に帰る道々で足利学校に倣った医学の学舎《まなびや》を作ろうと強く決めていたのだった。

「つきましては、僧籍を離れ、今後、一市井人として生きて行きたいと思います」

と道三は言った。還俗《げんぞく》（僧侶が俗人に戻る）を想定していた。

「そうか。還俗してどう生活の糧《かて》を求めるのだ。何か考えているのか」

「それは……」

と言いかけて道三は口ごもった。おのれの目標は医学校作りにある。だがこの場面で、まだ、京都に何の名前も地盤もない自分が軽々にその話をするのは気が引けた。

「医療をもって人々に貢献したいと思います。それと、できれば医学の研究をさらに推し進められればと考えます」

「そうか。当分はこの寺の僧や信徒の病について相談に乗るとして、いずれ誰か要人の侍医になるのがひとつの道ではある」

どうだと住職はきいた。

「ご配慮に感謝いたします」

道三は礼を述べ、

「わたしの考えます方策として、どこかに家を借りてそこを拠点に医療活動ができればと思います」

これは長年にわたる放浪医の経験から得た方法だった。放浪医療は持参する薬剤や器具について、質も量も制約を受け、決して満足な治療はできなかった。しかし、熊谷の旅籠「まるや」を拠点にしたところ、道三を目当てに訪れる患者が大勢いたし、医薬品もそれなりに常備できた。また、患者も武士や農民、町人など、階級を問わず診療が可能だった。医療拠点を持つのは道三が目指す、庶民から権力者まで差別なく診る医療を実践でき、また、察病弁治《さつびょうべんち》も可能にするような気がした。

「なかなかしっかりした考えを持っているので安心した。われわれも陰ながらできるだけのことはしよう」

「ありがとうございます」

道三は頭を下げた。徒手空拳の身に、相国寺という京都五山の一角から支援が仰げれば力強かった。

すると、住職は改まった口調で、

「ついては少し話がある」

と黒い長袖の裾を直した。

三

「じつはおまえの腕を見込んで診てほしい人がいる」

と住職は道三を凝視した。

先月、相国寺では足利十二代将軍義晴夫婦を招き、観世元広を勧進元にして猿楽を興行した。この席には細川晴元も招待したのだが、よんどころない事情で出席できないと伝えてきた。無類の猿楽好きの晴元が欠席するはずがない。何か事情があるのだろうと使いをやってきくと、体調を悪くして寝込んでいるという。

「そこでおまえに頼みなのだが、晴元殿を診察してほしいのだ」

と住職は言った。

「えっ、わたしが……」

道三は戸惑った。帰郷後、最初の患者が将軍と権力を二分している大名とは。相手が誰であれ富貴貧賤を問わず医療活動を実践してきた道三であるが、何分、まだ京都に帰ってきたばかりだった。

道三の戸惑いを住職も敏感に察知したのか、

「急な依頼で悪いとは承知している。だが、事は急ぐのだ。侍医に半井という医者がいるのだが、これがどうも頼りにならないらしい」

と舌打ちした。

「なからい、ですか」

道三が初めて耳にする名前だった。

「うむ。古くからつづく医家の名門だ。だが、今の代はどうも腕が悪いらしい。晴元殿は一向に容態が改善しないのだ」

そう話すと住職は口をつぐみ、道三の返事を待っていた。

しばらく考えて、

「わたしでよろしければ診させていただきます」

と道三は答えた。どうであれ住職の頼みは無にできなかった。

「そうか。引き受けてくれるか」

住職は安堵の態で表情をなごませた。

「わたしでよろしければ」

道三は繰り返した。帰郷したばかりで、荷も満足に整理していなかった。二、三日中に往診に行くのだろうかと思っていたが、作務衣を洗い、薬籠も準備しなければならないと思った。

「早いほうがよい。急ぐのだ。できれば今から行ってくれ」

「は、はい」

虚を衝かれた。返事はしたものの、あまりに急なので道三も驚くしかなかった。

「着替えは用意してある」

薬籠は寺の若い僧に持たせると言った。

道三は医者としての気持ちに切りかえた。

——曲直瀬道三になる。

急にもかかわらず用意周到な住職の態度から、道三は細川晴元の普通でない病状を想像した。

四

道三は今出川通りに面した細川晴元邸に入った。広大な敷地には屋敷が建ち並んでいた。敷地がどこまで広がっているのか見当もつかなかった。相国寺の大伽藍を思わせた。東の方角に庭園があるのだろう。遠く瓦屋根の上に高い松の木がそびえていた。

道三は晴元の家臣に案内されて邸宅の廊下を進んだ。

——違う……。

道三は廊下を踏みながら古河公方の館との違いを感じていた。関東の、それも田舎の公方の館と将軍を補佐する管領職の邸宅ではこうも違うものかと驚くしかなかった。板廊下の造りは強固で、磨きがかけられ光輝いていた。柱や壁、天井に至るたたずまいがまったく違うのだった。旅籠と御殿の差があった。

思い返せば、道三が足利学校をめざして京都を発ったころは、細川高国《たかくに》がまだ実権を保持していた。だが、その後、細川家に内紛があり、晴元《はるもと》らにより高国は自刃に追いやられていた。道三が都を離れている間も京都は戦乱がやまず、過酷で非情な下克上の世界が繰り広げられていたのだった。

——どこまでつづくのか。

道三は邸宅の広さに呆れるばかりだった。

渡り廊下の先に数寄屋造りの建物があり、ようやくたどりついたその座敷で、晴元は付き添いに囲まれて臥せっていた。

三十二歳の武人にしては痩せて小柄な体型だった。終始、疑り深い目を道三に向けていた。

道三は寝床のかたわらで丁重に挨拶して、晴元の脈や舌を診た。顔は蒼ざめ、体力低下をきたしていた。それから入念に手のひらを腹部全体に這わせて診察した。

晴元は相国寺から連絡が入っているためか、案外おとなしく診察に応じた。疑り深くしているものの道三を信用しているようだった。

枕元の盆に薬袋が放置されている。服《の》んだ形跡がなかった。

「せっかくの薬をなぜ服まないのですか」

ひと通りの診察を終えて道三はきいた。

晴元は何も答えない。付き添いの家臣に目を向けても誰も口を開かなかった。

晴元を名門の医家である半井が治療している。道三から見れば、そう間違った治療をするとは思えなかった。気になるのは半井の医者としての構えである。名門ゆえに、また権力者への遠慮から、失敗を恐れて思いきった治療を施していない可能性はある。それが病気をこじらせ、ひいては重症に陥らせる場合があった。

薬を服みたがらない細川晴元に何か訳がありそうだったが、もとよりすぐに分かる問題ではなかった。

道三は入念に晴元を診たあとおもむろに口を開いた。

「失礼ながら、殿は血の混じった便を出されてはいませんか」

「なにっ」

晴元は眉をしかめながら道三を睨んだ。威嚇したようだが、それは図星を衝かれて狼狽する子どもの仕種に似ていた。

道三はかたわらに控える家臣に目で問いかけた。一人の老臣が無言で静かにうなずいた。

――やはり……。

胃の腑の内部がただれ、血の滲みでる様子が想像できた。晴元当人が思っているほど症状は軽くなかった。急激に病状が悪化する可能性があった。血の気のない白い唇がそれを物語っていた。

「殿。このまま放置しておきますと、とりかえしのつかない事態を招来します」

道三は感情を交えずに伝えた。

「とりかえしのつかない事態だと」

どうなると言うのだと晴元はやや気弱な声音できいた。

「一時に大出血をきたし、命も危ぶまれる状況におちいる可能性があります」

「命……。脅かすな」

「いえ、いえ。これは脅しでも、戯れでもありません」

道三がそう言っても晴元は疑いの目を向けていた。

――どうしたものか……。

医者としては患者から疑惑を持たれている限り、治る病も治らない。信頼されてこそ治療も可能になる。

「わたしはその昔、細川勝元様が著した医薬書を読ませていただいたことがあります」

道三は言った。

「ほう。勝元様が……」

晴元は強い関心を示した。

『霊蘭集《れいらんしゅう》』だった。細川勝元が古今の医薬書を研究してまとめた異色の書物で、相国寺が所蔵していた。寺の経堂に収められているのを修行していた頃、一鷗とともに読み解いたものだった。細川勝元は応仁の乱で東軍の総帥を務めていて、晴元にとっては曾祖父にあたり、細川家があげて崇拝する先祖だった。

「その勝元様の医薬書に照らし合わせてみますに、殿の病は決して軽くはないのです」

出血傾向は重病の前ぶれに違いはなかった。

「そうであったか」

晴元は神妙に応じた。

「これから処方します薬はかならず服んでいただきたいのです」

「わかった」

服もうと晴元はうなずいた。

すると、まわりを取り囲んでいた家臣たちから期せずして安堵のため息がもれた。

道三は晴元の精神不安にも注目し、生薬の人参《にんじん》を主薬にした三種類ほどの処方を想定した。そして、その中で最も作用の強い処方を思い切って晴元に服ませた。晴元の精神的動揺こそが病を重くしていると診断を下したのだった。相国寺が準備した薬籠には、高価な人参も潤沢に用意されていたので、気兼ねなく使用できた。また、出血傾向に対しては、黄連解毒湯《おうれんげどくとう》を時間を置いて処方する方法で対応した。

日を経ず晴元の体調は旧に復した。

だが、皮肉なことに、この晴元の回復が新たな戦いの芽となるのだった。

五

道三は都の噂を耳にした。

それは細川晴元が、この年――、天文十四（一五四五）年五月に山城国宇治に出陣し、一族の細川氏綱を敗走させ、京都に戻ったという話だった。

道三が晴元をその邸宅で診たのはほぼひと月前だった。

細川一族間で繰り広げられている争いの詳細を道三は

知るよしもなかったが、町の噂によると、この争いには足利十二代将軍義晴がからんでいるという。将軍義晴は晴元を権力の中枢から追い払い、細川氏綱《うじつな》を管領に就けようと画策していた。氏綱は管領職だった細川高国の養子だった。晴元からみれば、義理の従兄弟にあたる人物である。

晴元はこうした策謀に怒りを抑えきれなかった。一方で、いつ攻められるかしれないという不安に駆られていた。

道三が診た晴元の病は、こみあげる怒りと出陣前の緊張で胃の腑に出血をもたらしたものと考えられた。

道三にとって、あのときは京都に帰ったばかりで何の用意もない上、心構えもできていなかった。にもかかわらず、医者としての任務を果たした。

——三喜先生なしに対応できた。

おのれの力量を認識した。関東での放浪医生活は無駄ではなかったと思えた。

一方で、もし晴元の病をあのまま放置しておけばどうなっただろうと考えた。晴元は病床に縛られ出陣など不可能だったはずだ。

——すると戦いは起こらなかったのか？

いやいや、晴元が仕掛けなければ相手が攻め込んだにちがいない。京都が戦場になったかもしれない。

——武将の戦とおのれの治療は別物。

医者はひたすら病と戦い、治療に専念すればよいと再認識した。

道三が晴元の動向を耳にした翌日、再度その晴元から往診を依頼された。また胃の腑からの出血による血便をみたのかもしれないと道三は考えていた。

早速、道三は晴元の邸宅に赴いた。再び案内の若侍に長い廊下を導かれた。だが、寝所には向かわず、奥座敷の庭に面した広い一室に案内された。

晴元は床の間を背にして半身になって脇息にもたれていた。顔色もよく、ひと月前、蒼ざめた表情で床に臥せっていた同じ人物とは思えない。

「おお、よく来てくれた」

晴元は機嫌がよかった。声にも張りがある。戦いに勝利し、三十二歳の若き武将は、いわば凱旋したので気分も高揚しているようだった。

だが、それとは裏腹に晴元は脇息に半身をあずけ投げ出した左足をしきりに撫でている。

「痛みがだんだん強くなってきた。どうにかならないか」

と訴えた。

「どうされました」

道三は晴元のそばに寄ってきいた。左足の外側部分の足首から大腿部にかけて紫色に腫れていた。かなり強打した様子が想像できた。

「うむ。馬がちと暴れてそのはずみにこうなった」

晴元は言いにくそうに口にした。

「左様ですか」

道三は患部を静かにさすりながら、おそらく晴元は落馬した不名誉を隠しているのだと思った。

「これは打った個所に血が集まり散らないので、このように腫れあがっています。これからさらに痛みが日々増してくる可能性があります」

「なにっ、もっと痛むのか」

晴元は眉をしかめた。

「当分は酒や閨《ねや》を控えてもらわねばなりません。やがて前回のように腹部に違和感を覚え、便通にも異常が起こるでしょう」

「何とかならぬのか。そうゆっくりもできぬのだ」

晴元は小柄な体ながら武将らしく肩を怒らせた。


「できるだけのことをさせていただきます」

そう言って、道三は治療に入った。

まず、薬籠に用意した塗り薬の太乙膏《たいつこう》を患部に薄く塗っていった。

「その方、なかなか手際がよいものだな」

晴元は痛みをこらえながらも道三の手つきのよさに感心したようだった。

「これが仕事でございますから」

道三は丁寧に塗り薬を広げつつ、塗り薬に加えて痛み止めの服《の》み薬の処方を何にすべきかを考えめぐらせていた。

すると、晴元は不意に、

「なぜ、わしはそうゆっくりできぬと思う」

と道三の顔色を窺うようにきいた。

「さて、なぜでしょうか」

道三は警戒心をいだいている晴元を安心させる意味もあって無造作にそう応じた。晴元の頭の隅には次の出陣を想定しているのかもしれなかった。

「気にならぬのか」

「気にはなりますが、わたしなどが知っても何か申し上げる立場にはございません」

「それもそうであるな」

晴元は納得して何度もうなずいてから、

「鹿狩りに出かけたいのだ」

と言って笑ってみせた。すると座にいた家臣たちからも一斉に笑いが起こった。

「それはそれは、楽しみなことです。養生されて痛みが取れれば鹿狩りなどお安い御用であります」

「そうか」

晴元は満足そうにうなずいた。

「のちほど服み薬も処方いたします」

と道三は伝えて塗り薬の作業を終えた。そして、痛み止めとして通導散《つうどうさん》の処方を探りあてていた。大黄《だいおう》、当帰《とうき》、芒硝《ぼうしょう》など、十種の生薬から構成される打撲の要薬だった。太乙膏との相乗効果で、腫れや痛みは日を経るうちに次第に軽減するはずだった。

六

「そのほう、何か所望《しょもう》のものはないか」

治療が一段落したところで晴元がきいた。

「所望……」

急に言われて道三は考えた。とりたてて欲しい物はなかった。案外欲のない自分に気づかされた。

「そのほうのお陰で、この前は腹痛から逃れられた。こたびもおそらくこの痛みは取れるだろう。安心できる。礼がしたいのだ」

名のある茶釜や茶碗というのは無理だがなと晴元は冗談半分に釘を刺した。

――所望のもの……。

考えてみれば道三は子どものころからあれこれ欲しがるほうではなかった。両親を早々と失い、欲しがっても得られない状況があったからか。欲望を無意識に封印してきたのかもしれなかった。

そのとき、ふと道三は思いついて、

「では、お言葉に甘えて申し上げますが、実は治療院を設けたいと思っています」

と言った。

帰郷して相国寺の住職に話したばかりの計画だった。

「治療院とな」

「はい。いわば病人を診る旅籠です」

「病人を診る旅籠か……。では、家があればよいのだな」

「左様でございます」

そこを足がかりにやがて医学校にできないかと思った。

「そうか。では、ちょっと探してみよう」

晴元はそう言って、部屋に控える家臣たちの一人に探索を指示した。

「ところで、ものはついでといっては何だが、奥の部屋で寝ている女がいる。それを診てほしい」

「女人？　どんな具合なのです」

道三は一応きいておきたかった。

「わしにはわからない。ただ、このひと月ほど具合がよくないのだ。医者は付けているが、どうも頼りにならない」

そのほうなら診ればわかるはずだと晴元は家臣の一人に案内を命じた。

邸宅のさらに奥の薄暗い部屋にその若い女は寝ていた。案内係の家臣によると、女は一年ほど前に晴元の側室として迎えられたという。

部屋の中央には御簾《みす》が垂らされ、女はその内に敷かれた夜具に臥せっていた。

——静かだ。

静か過ぎると道三は感じた。

部屋には二十代半ばとおぼしき侍と中年の侍女が控えていた。さらに、その横には剃髪した十徳《じっとく》姿の医者らしき男の後ろ姿が見えた。

お付きの侍女は礼儀正しく道三を中に導いた。

「この女《ひと》は丹精して作った料理に少しも手をつけないのです」

お付きの侍女とは思えない言い草だった。

道三は脇に控えながら侍女が御簾をまくりあげるのを待った。そのとき、何気なく横を向いてちょうど十徳姿の男と目が合った。

「おっ！」

と口の先まで出かかった驚きの声を唇のすんでで押し止めた。

相手も同じだったとみえ、ただ目を見開いて道三を凝視するばかりだった。

道三もその男を見つめた。

——一鷗！

西一鷗だった。ここで何をしているのかと道三の頭は混乱した。

一鷗も何か話しかけたい様子だったが体を凍らせ目を見開くばかりだった。

すると、

「どうぞ」

と侍女の強く刺のある声に促された。侍女は何度か声をかけたらしいが、一鷗に気をとられていて道三は気づかなかったようだった。すでに御簾はあがっていた。

道三は夜具に寄り診察に入った。女は二十歳前後で、細面の顔には気品と憂いがない交ぜになっている。白い絹の寝衣《しんい》を身につけ、目を閉じていた。

道三は型通り脈をとり、舌を診た。そして、寝衣をはだけて腹部に手を這わせた。胸から腹にかけてあらわになった豊潤な肌は白く滑らかで女体の魅力にあふれていた。

道三は腹診を続けた。すると、臍の下あたりで、女は目を開けうっと声を挙げた。

「ここに何か感じますか」

手を置いたまま道三は問いかけた。

女は黙ってうなずいた。道三はさらに時間をかけて腹を診た。もう一度、臍の下あたりにも手をすべらせた。女は何も反応しなかった。

終わって、寝衣を元に戻した。

「どうなのですか」

侍女が問い詰めるようにきいた。

「腎と脾の臓が弱っているようです」

道三はそう伝えた。

「では、まだ食事はできそうにないのですか」

それまで部屋の隅に控えていた侍がきいた。

その侍の名を三好長慶《ながよし》といった。この二十三歳の若き武将は、先の山城国宇治への出陣に際し、晴元に従軍して多大の功績をあげて帰陣している。十二歳で早々と元服式を挙げ、色白でひ弱そうに見えるが、武将としての実力と頭脳は出色と陣内でも評判をとっている家臣である。

「これから先、もっと食が細くなると殿の心配はさらにつのることになる」

三好長慶は晴元の側近らしい配慮を見せてたずねた。

「ご安心ください。これから処方する煎じ薬で徐々に食欲も出てくると思われます」

道三は自信をこめて答えた。

「左様か。安心した」

三好は安堵し、侍女と視線を合わせてうなずいた。それから、咎める目を一鷗に向けた。

一鷗は肩をすぼめてその視線に耐えていた。

「では」

と道三は一礼して部屋を辞そうとして、一鷗に、

「調薬のお手伝いを願えますか」

と話かけた。

「ええ。もちろんです」

一鷗は小声で答えつつ、道三とともに部屋を出た。

廊下には案内の家臣が待っていた。

道三は案内人に製薬作業にふさわしい板の間の部屋を希望した。

七

「道三さん！」

板の間で二人きりになると一鷗は無言を強いられた苦痛から解放され、堰をきって口を開いて道三の名を呼んだ。

「道三さん」

膝を進めて道三の手を握った。

「一鷗。久しぶり」

道三は一鷗の柔らかい両手を握り返しながら、一鷗の目から涙が落ちるのを見て驚いた。

一鷗は言葉が出ないようだった。

「ここで何をしているのだ」

道三は剃髪している一鷗をあらためて眺めわたした。足利学校で別れて以来、かれこれ十三、四年会っていない。相変わらず色白で、鼻の先もふくれてあどけない感じは残っていた。ただ少し痩せたようだった。

「医者。いや、医者のまねごとをしている」

一鷗は気後れしているのか小声だった。その後、漢学の研究からは離れ、生活のために細々と医業に携わっているという話だった。

「そうか」

道三はそう言うしかなかった。だが、十徳姿は似合っていると思った。

「凄腕《すごうで》の新しい医者が呼ばれたときいたが、道三さんのことだった。謎が解けた気分だ」

「つい先月帰郷したばかりだ」

「そうでしたか。わたしなど晴元様を診たくても呼ばれもしない。その点、道三さんが晴元様を診られたのは、それだけで絶大な信用を得ているという証拠だ」

「そうかな」

「そうです。ところで、今診たあの側室の病気は何だろうか。わたしは処方をそれなりに変えて様子を見るものの、一向によくならないのです」

それから、一鷗は主治医として、これまで処方した胃腸の働きをよくする薬方のあれこれを列挙した。

「なるほど……」

と応じて道三はどう答えたらよいものかと思案した。

「道三さんはさっきあの三好長慶に、ご安心くださいと話していました。どんな薬を処方するつもりなのです」

一鷗はきいた。

「うむ。当帰《とうき》芍薬散《しゃくやくさん》を考えている」

道三は言った。

「ええっ。そんな薬であの食欲不振が治るのですか」

「おそらく、大丈夫だ」

道三は自信があった。

「でも、道三さんは三好長慶に腎と脾の臓が弱っている、と説明していたではないですか。その話で処方するとなると、当帰芍薬散は少し的が違うのではないですか」

一鷗は控えめに異議をとなえ、

「道三さんはどんな病気だと考えているのですか」

とたずねた。

「あれは何をしても治らない」

「それほどの重病ですか」

「そうだ。自分で重い病気にしている。仮病のようなものだ」

道三の診断だった。あの艶やかな肌が病気でない証であった。

「仮病？　本当ですか」

「間違いないと思う」

「道理でいくら薬方を変えても治らないはずだ。それにしても当帰芍薬散でいいのですか。血の道症と不妊症の薬でしょう」

当帰芍薬散は芍薬、蒼朮《そうじゅつ》、沢瀉《たくしゃ》、茯苓《ぶくりょう》、川芎《せんきゅう》、当帰の六種の生薬から構成される古典中の古典婦人薬だった。

「あの側室は一年ほど前に晴元様の側室に迎えられたときいた。だが、子どもを産んでないはずだ」

「確かに子どもはいません。すると、あの症状は妊娠の兆候ですか」

「逆だ。一年も過ぎたのに子種を宿せないのを気に病んでいる。それで食欲もわかないし、さらにあの侍女が重石になっている」

「侍女？」

「あの侍女がくせ者だ。嫌がっているのだ。あれがお付きでいる限り、今の具合はおさまらないだろう」

「では、侍女を変えるよう働きかけてみましょう」

「それがいい。その上で、不妊薬の当帰芍薬散の効き目があらわれれば妊娠はそう遠くないだろう」

「なるほど。そんな風に治療するものなのですね」

一鷗はいまさらのように感心した。

「さすが三喜先生のもとで学んだ道三さんだ。わたしなどとは雲泥の差が生じてしまった」

「それほどでもないだろう」

道三はそうあからさまに言われると照れくさかった。

「いやいや、もう、医家の名門として知られている半井家も足元にも及ばないだろう」

一鷗はそんなことを口にした。

「そういえば、晴元様は半井殿の処方した薬を服んでいなかった」

道三が晴元を診たとき、枕元に薬袋が放置されていた。

「それは当然でしょう」

「なぜだ。名門ではないか」

「半井家は現将軍の足利義晴様も診ています。この義晴様と晴元様は犬猿の仲です。どんな薬が、いや、毒が盛られるかしれない。頭から信用していません」

一鷗はそう解説してみせた。

それから、二人は当帰芍薬散、それと、晴元用の通導散の調薬作業に入った。

考えてみれば、道三は永正十六（一五一九）年八月、十三歳で相国寺の蔵集軒《ぞうしゅうけん》に入った日に一鷗と出会っている。その日以来、何かと一鷗と行動をともにした。誘われて享禄元（一五二八）年三月には一緒に足利学校を目指して出発して、長く学び合ってきた。

しかし、このような煎じ薬の調薬作業をともにするのは初めてだった。

一鷗は一心に薬研で生薬を破砕していた。道三は別れてからの一鷗の生活に思いを馳せつつ一鷗の手元を見つめた。その手つきはよく、医者としてかなり年季を積んでいるように思えた。

――大丈夫……。

道三は一鷗が自分を卑下するほど医者としての腕は悪くはないはずだと判断した。

そのとき、道三はこの一鷗とともに医学校作りができないかと思った。

医学校

一

天文十五（一五四六）年四月十五日――。この日は田代三喜の三回忌だった。

――早いものだ。

道三は月日の経過が早いと痛感した。三喜が死去して、もう丸二年が経ったのだった。

道三は早朝、仏壇に向かい経をあげた。目を閉じ静かに読経していると、関東一円を三喜とともに放浪医生活を送った日々が思い出された。厳寒や酷暑も厭《いと》わず患者を診た。患者はひきもきらずあらわれ、次々にそれを捌いていった。二人だからできた医療活動だったかもしれない。よく自分たちが病気にならなかったものだった。奇蹟ともいえた。

――お蔭で医術の腕もあがった。

奇蹟に感謝しつつ、道三は合掌した手に力をこめ、深く息をついた。

この日はまた、武蔵国・越生に置いてきた妻の結衣と子どもの守真《もりざね》が京都に上ってくる予定になっていた。手紙の様子では、到着するのは夕刻前になりそうだ。結衣は三喜がすすめた相手だった。細やかなこころづかいのある気だてのやさしい妻で、三喜が推薦したのもうなずける。道三が帰京を考えたころ、男児がちょうど生まれた。二人が京都に上ってくれれば、ようやく妻子ともども暮らせるようになるのである。

――三喜先生のご命日に帰ってくる。

まさか天上から三喜が導いてくれたとは思わなかったが、不思議な縁を感じた。

――新しい生活が始まる。

早くに両親を亡くした道三は、ひとつ屋根の下に妻がいて、子どもがいるという、そんな当たり前の家族の生活を知らなかった。

二人は手紙通り夕刻前に、道三が寄宿中の姉・乗水の家に着いた。中年女の付き人が越生から同行していた。三喜未亡人の計らいだったという。

「たいへんご無沙汰しています」

結衣は手っ甲脚絆を脱ぎ、旅の荷を解いた部屋で丁重に三つ指をついて道三に挨拶した。守真にも挨拶するよう促したものの、守真は道三を怖いものでも見るように結衣の後ろに隠れていた。

　道三はすぐにでも膝に抱きたいところだったが、守真の人見知りがおさまるまで待つ必要があると思った。

「少しやつれたようだな」

　一年ほどが経過しての再会だった。やつれた様子は少しどころではなかったが、道三は配慮を示してそう言った。

　旅の疲れは明らかだった。顔色は生彩を欠き、垂髪《すいはつ》の髪がほつれて額や耳に垂れ下がっていた。初めて越生で会ったときの、控え目ながらも溌剌とした若さにあふれていたあのころと一変していた。涼しく澄んだ目にも力がなかった。

「こんなむさ苦しい姿で申し訳ありません」

　結衣は小さな咳をつきながら頭を下げていた。

「そんなことは気にしなくてよい。それより、熱があるのではないか」

　道三は結衣を望診し、体内にこもっている熱を感じていた。

「これしきのこと。大丈夫です」

　結衣は居住まいを正して言った。

「今日のところは早々に休んで疲れをとるがいい」

　道三は姉に寝床の用意を依頼した。

「結衣さまはかなり無理をされています。守真さまがおぼつかないながら歩けるようになると、お子さまを一日でも早く旦那さまに見せたいといわれ旅に出られたのです」

　結衣と守真が寝所で眠りに就いてから、付き人の女が言った。

「そうでしたか」

　道三は越生から京都までの長い道中を思い描いた。二歳にも満たない子をかかえての長旅は苦労の連続だったに違いなかった。

「守真さまが生まれたときの旦那さまのかわいがりようを見ている結衣さまは、一日も早く京都へと思われていました」

　途中もあまり休まなかったと付き人は言った。

「そんなに無理はしなくてもいいのに……」

　近況や消息を問う手紙を越生に何通か送っている。それが上京を催促したのかもしれない。今となってはそんな便りを出さなければよかったと道三は後悔した。

二

三日ほど滞在して付き人は越生に帰って行った。結衣の様子が急変したのはその翌日からだった。

それまでは小さな咳が出て微熱があったものの、それは旅の疲れから来る体の火照りだと道三は判断していた。三、四日休めば元に戻るだろうと考えていたが、急に咳が激しくなり呼吸も荒くなった。舌は乾き、汗も流れた。体内にこもっている熱が一気に吹き出した感じだった。

――これは……。

旅の途中で風邪か熱病に罹ったと思われた。それに過労が重なり、悪化して肺炎を引き起こしたようだ。病臥する結衣のかたわらにいるだけで高熱が伝わってきた。

道三は薬方として、始めは体力の回復を期待して人参《にんじん》養栄湯《ようえいとう》を処方したが、急遽、大承気湯《だいじょうきとう》に切り替えた。大黄《だいおう》を主剤とする強力な解熱作用のある薬方で、その効果に期待した。

結衣の咳は絶えまなく続き、胸部を触診すると激しい痛みを訴えた。さらに、血のからまった痰《たん》を吐き出した。

――労咳《ろうがい》（結核）か……。

道三は結衣の厳しい病状をあらためて認識した。手桶の水を何度も替えながら結衣の額を冷たい手拭いで冷やしつつ、同時に体力をつけるため重湯や鶏卵を与えたが満足に口にしなかった。

やがて、終日、苦しい息づかいでうわごとを言うようになった。

道三は入念に脈診、舌診、腹診を繰り返し、寝ずの毎日が続いた。望みを大承気湯の解熱効果に託していたが、結衣の病状の変化をみて、薬方を白虎湯《びゃっことう》に切り替えた。熱を下げる石膏《せっこう》を主薬にする処方だった。

「少しは休んだらどうだい」
と姉の乗水は痩せて目に隈のできた道三の体調を案じた。

「わたしは大丈夫だ」

気が張っているためか道三は疲れをおぼえなかった。医者というより、夫として妻と向かい合っていた。

しばらく経過した日の深夜、結衣がうなされながら何かうわごとを口にした。行灯の薄明かりの中、寝床のかたわらに付き添っていた道三は結衣の口元を凝視した。

「守真……」

結衣はわが子を呼んでいるようだった。

それから、なおもうなされていたが、

「守真」

再びわが子の名を口にした。

そのとき、道三は結衣の目尻から一筋の涙がこぼれ落ちるのを見た。

――結衣……。

道三は胸の内で妻の名を呼んだ。

やがて結衣は眠りに落ちていった。

数日後、結衣は水を含むのも難しくなった。熱は下がらず、汗が流れた。

「道三さま……。どうか守真をお願いします」

結衣はうなされながら弱々しく言った。

「結衣。無理に話すな」

道三は手を握りながら結衣を制した。

「先立つ妻をお許しください」

結衣の声はかすれていた。

「馬鹿なことをいうな」

道三は励ましながら結衣の脈をとった。

――これは……。

三喜の臨終で診たあの死脈が触れた。

結衣は薄く目を開け、乾いた唇をわずかに動かした。

「どう…さん…さ…ま……」

そのまま静かに目を閉じた。


「結衣ーーっ！」

道三は結衣の両頬を両手で挟みながら、あたりを憚らず大声で名を呼んだ。結衣は何も反応しなかった。

道三の叫びはいつか泣き声に変わっていた。それでも道三は妻の名を呼び続けた。

三

葬儀が終わっても道三は何もする気がしなかった。結衣の位牌を枕元に置き、終日、部屋で臥せっていた。乗水が気を利かせて食事を運んできたが、手がつかなかった。

道三は後悔にさいなまれていた。

どうして結衣と守真ともども一緒に帰らなかったかである。

――待てばよかった。

いくら早く京都に戻り医学の学舎を作る目標があったとはいえ、なぜ一年待てなかったのか。子連れの旅も自分が同行すれば結衣の負担も軽減されたし、もし途中、体調不良に陥れば的確に対応できたはずだった。医者なのに何もしてやれなかった。何のために自分は医者になったのかとおのれの腑甲斐なさに怒りがこみあげてきた。

悔いても悔いは残った。

さらに、おのれの治療法が間違っていたのではないかと思えてならなかった。結衣の体調をはじめは旅の疲れと考えたが、高熱病の初期症状だった可能性があった。早急に大承気湯を処方していれば、また、その後の病状の変化に素早く対応して白虎湯に転方していれば治癒に向かったのではないか。あの血痰は激しい咳で喉を痛めたためで、労咳による出血ではなかったのではないか。もともと結衣は心の臓が弱く、そこにもう少し心を砕いていればよかった。肺や脾胃にばかり目を奪われていた。医術を過信した慢心があったたか。誤治療だったのかもしれない。

――結衣をみすみす殺してしまった。

一カ月余にわたる懸命の治療も及ばず、結衣は二十六年の短い一生を閉じたのである。何が国手だという気がした。家族一人すらも救えないのである。医者失格だと再びおのれに怒りを覚えた。

――何の幸せも与えてやれなかった。

道三は布団をかぶり、おのれの頭を拳で何度も叩いた。喉の奥から苦い液がこみあげてきた。


妻の生涯は果敢なく終わった。同時に、守真を片親にしてしまった。

――おれ同様、母を知らぬ子になる……。

道三は守真が不憫でまともに見られなかった。

ある日、乗水が道三の部屋にあらわれ、

「この子はわたしが育てます」

と守真を抱きしめながら宣言した。

道三はただただ感謝した。

それから数日たって、相国寺からの使いが訪れた。

道三は急いで着替え、形を整え客間に向かった。長く臥せっていたせいか、途中、廊下で体がふらついた。

使いの若い僧は、

「将軍の診察をお願いしたい」

と言った。時の最高権力者、足利十二代将軍義晴への往診の依頼だった。

だが、力の入らぬ道三は体調不良を理由にひとまず使いに失礼の段を願い出た。使いは不承不承で帰って行った。

その日の夕刻、乗水が道三に、来客を告げた。

また相国寺からと思い、道三は、

「使いならことわってくれ」

と頼んだ。

「いや、使いではない」

と来客はいきなり部屋にあらわれた。

誰だろうと思いながら道三は重い体を起こした。

「一鷗……」

一鷗が乗水と入れ替わって部屋に入って来た。

「何しに来た」

道三は不機嫌に応じた。

「何しに来たではないでしょう。将軍の往診依頼をことわる人がありますか」

一鷗はやわらかい口調ながら咎めていた。

「体が重い。やる気が出ないのだ」

道三は布団に胡座《あぐら》をかいて、あらためて一鷗を見つめた。心配して訪ねてきてくれた友の心づかいはありがたいが、うるさくも感じられた。

「奥方を亡くした哀しみはわかります。だが、いつまでもそんな風に寝ているわけにもいかないでしょう」

「わかっている」

閉じこもっていては駄目だと思ってみても、体が動かない道三だった。結衣の死後、ひと月近くが経過していた。

「わかっている」

と道三は繰り返した。

「そうですか。わかっているのですか」

一鷗はうなずくと、

「わたしが代わりに往診できればいいのですが、あいにく先方はそれを許さない」

おぬしでないとだめなのですと言った。

道三は黙って下を向いていた。

「本当にわかっているのですか。おぬしを必要としている人物がいるのですぞ」

それでも道三は黙っていた。

一鷗はため息をついて口を閉ざした。

どのくらい時間が経過しただろう。一鷗が急に立ち上がり、窓に寄ると、

「道三さん。あれ……」

と言って、庭先を指さした。

「光が……」

「光？」

道三は下を向いたままききかえす。

「蛍だ」

道三は目の前を蛍が飛ぶ情景を思い描いた。すると結

衣があらわれたような気がした。

「どこだ」

と道三も立ち上がって窓辺に寄った。

庭は夕暮れがせまっていた。開け放たれた窓の外に椿や山茶花《さざんか》などの喬木が黒く繁っている。

道三は庭に目を凝らした。だが、そこには庭木が影を作っているばかりだった。

そのときだった。天空に一点の光が見えたかと思うと、明滅しながら黄色い一筋の光が糸を引いて庭を横切って行った。

蛍だった。

――結衣……。

道三は光の筋が結衣の魂のように見えた。

「蛍だ……」

一鷗は光を追いながらつぶやいた。

しばらくすると、再び、一匹の蛍があらわれ庭先に光の筋を作って旋回し、やがて、庭木の上方に消えて行った。

庭は再び黒く沈んだ。

「よし。河原へ行ってみよう」

道三は作務衣に着替え始めた。

「河原?」

「加茂川だ。蛍がたくさんいるはずだ」

そのとき、道三は自分の体が立ち直っているのを感じていた。

二人は日の暮れた道筋を加茂川まで歩いた。家の裏手を少し進めば土手に出る。

蛍が乱舞していた。河川敷には無数の蛍が光の筋を描きながら飛び交っていた。

「こんなにたくさん……」

一鷗は光の情景に見入ってただただ感激していた。

道三にとっては子どものころ目にした懐かしい光景だった。川辺で遊んでいて小さな巻き貝の川蜷《かわにな》に蛍の幼虫が群がる様が思い出された。その幼虫が成虫となって空を飛ぶのを網を持って追いかけたものだった。

暗闇の中、道三と一鷗は加茂川の土手から飽かず光の宴を眺めていた。

やがて、道三は一鷗に、

「一緒に行ってくれないか」

と声をかけた。

「えっ」

一鷗は意外そうに道三の次の言葉を待っていた。

な医療活動が発揮できると思われた。
て、年来の友である一鷗と一緒に往診すれば、再び的確
ぜひ、頼みたいと道三は念を押した。今の自分にとっ

「頼む」
「それは……。わたしでよければ」
「将軍家へ」

四

足利義晴の邸宅は相国寺に隣接した一画に建っていた。花御所《はなのごしょ》といわれた広大な室町殿は応仁の乱で焼失したが、義晴邸はその敷地内に小規模に再建されていた。室町通りに面した門から通された。再建は小規模とはいいながら、敷地には武家屋敷を思わせる建物が軒を接して並び建っていた。

道三は案内されるまま、一鷗とともに屋敷の長い渡り廊下を進んだ。

——御殿《ごてん》そのものだ。

道三はこれまで訪れたどの邸宅より豪華に感じた。焼失した元の花御所の規模は如何ばかりだったかと想像された。

一鷗はこの邸宅に二、三度訪ねているらしく、さして驚いた風はなかった。だが、将軍に会うのは初めてだった。

義晴は大広間に金屏風を背にして、家臣たちに囲まれていた。左右の襖には金地に松の巨木が描かれていた。

「よく来てくれた」

三十半ばの将軍は機嫌がよかった。名門、足利家らしい落ち着きを見せていた。

道三は挨拶しながら望診に心がけた。だが、重い病をかかえているようには窺えなかった。

「そのほう、細川晴元を邸宅で診たというではないか」

「ええ。診させていただきました」

「どんな具合だった」

義晴はごく自然に探りを入れた。

「それは……。それは申し上げられません」

道三は丁重に応じた。

将軍、義晴と細川晴元は犬猿の仲である。相手の弱点や体調は少しでも知りたいはずだった。

国手《こくしゅ》にはつねに危険がつきまとうぞと三喜は注意を促していた。自分は時の権力者を健康たらしめるのが国手と理解していたが、三喜の警告が早くもあらわれたと実感した。

　すると、そばに侍っていた家臣の一人が道三を指さしながら、

「そのほう、将軍様に失礼ではないか。きかれたことに答えろ」

と声を荒らげて怒りをあらわにした。

「いえ、それはできません。逆を考えてください。わたしが将軍様を診察して、それを晴元様にお話し申し上げたら将軍様はどう思われますか」

　道三は義晴に問いかけた。

　義晴は急に小さく笑って
「よい。もう、よい」

と家臣を制止し、

「この者はそのほうの口の固さを試したまでだ」

と言った。

「では、わしを診ても誰にも伝わらぬのだな」

「もちろんでございます。信用をなくしたならこの仕事は終わりと心得ています」

　道三は頭を下げながら宣言した。

「では、診てもらおうか」

　寝所に参ると義晴が言うと、数人の家臣が集まり、義晴を抱えあげた。一人では立てない様子だった。

五

　道三は一鷗とともに将軍の寝所に入った。

　壁、天井、畳、襖、御簾に至るまで贅を凝らしたたたずまいだった。

　一鷗も目を奪われたのか口を開けたまま部屋中を眺め渡していた。

「それでは、お体を拝見いたしましょう」

　道三は将軍義晴に言った。

　義晴は寝床に横になって、みずから寝衣《しんい》の脚の部分をまくり上げていた。膝から下の両足があらわになっている。

「このあたりが連夜にわたり攣《つ》って痛くてたまらないのだ」

　義晴は顔をしかめながら、左足のふくらはぎを撫でて訴えた。家臣たちに抱えられて寝所に運ばれたのは、痛みが残り一人では満足に歩けなかったからだろう。

　道三は義晴の顔色を望診しつつ、両足を上から下まで入念にさすりながら異常を探った。足は柔らかく脛毛も薄かった。農夫や漁師といった激しい労働をする者たちとは無縁の感触だった。優雅な生活が肌触りからうかが

われた。

左足のふくらはぎの奥に固く小さな塊のようなものが触れた。だが、右足に塊は触れなかった。

「このあたりはいかがですか」

何か感じますかと道三は固い塊のあるあたりを押しながらきいた。

「昨夜はその辺が攣って痛かったが、今は痛みはない」

そう言う義晴の反応を見ながら道三はさらに膝や足首もさすりつつ、関節部分を動かした。なすがままにされていて、関節の痛みはないようだった。

「そうしてさすってもらうと気持ちのよいものだな」

義晴は目を細めてくつろいでいた。頬もゆるんでいる。

道三はそのまま義晴の足をさすり、筋肉を揉みほぐした。これも治療の一環だった。

「今は具合がよいようですね」

道三はきいた。

「ああ。じつに気持ちがよい」

義晴は相変わらずくつろいでいる。

「殿は最近、遠出はされたことはありませんでしたか」

道三は足をさすりつつきいた。

「遠出とな……。そういえば、数日前に久しぶりに鷹狩りに出かけた」

義晴は楽しそうに言った。久しぶりの鷹狩りがよほど楽しかったのだろう。

「だが、そのほう、どうしてわしが遠出したとわかるのだ」

「この、足の様子からです。ついでにおききしますが、暑くはありませんでしたか」

「うむ。あの日は暑かった。陽射しも強かったしな」

「かなり汗をかかれたでしょう。水はいかがされましたか」

「水？　水がどうした」

「飲まれましたか」

「いや。鷹狩りに夢中で水など飲まなかったわ」

「左様ですか」

道三はうなずいていた。

「水と足の痙攣とは何か関係があるのか」

「これは大いに関連があります」

道三はそう応じて続けた。

「体の水が不足しますと、血と水の巡りが悪くなり、足は冷えてしまいます」

取り過ぎもいけませんがと道三はつけ加えた。

「冷える？　わしの足は冷たいのか」

「ええ。こうして触っていますとふくらはぎの奥はかなり冷えています」

道三は揉みとさすりを続けた。

「のちほど調合して煎じ薬をお渡ししますが、いかがでしょう、鍼治療もされますか」

「鍼だと……」

義晴は警戒しながらきいた。

道三は携帯してきた鍼を入れた木箱を開けて示した。長短、太細など九種類の鍼が並んで納められている。

「そんなものを体に刺して害はないのか」

恐い物でも見るように義晴は鍼を眺めた。

「鍼治療は古代から中国で伝わっている伝統療法です。我が国でも古くは天皇も治療でお使いです」

安全で効き目の確かな療法ですと道三は言った。

「その鍼で、足の具合はもっとよくなるのか」

義晴は鍼を見つめていた疑いの視線を道三に向けた。

「かなり効きます。足が軽く感じるでしょう」

道三は自信をこめて言った。

「それは助かる。痛くはないのか」

「ほとんど痛みはありません」

「そうか。では、やってもらおうか」

義晴は決めたようだった。

すると、そばに控えていた家臣が進み出て、

「殿。よろしいのですか。鍼を刺すのも危険なら、折れた場合も危ないのではないですか」

と心配そうに申し出た。

「そうか。危ないか……」

義晴は改めて恐怖を覚えたようだった。

「しかし、殿。もう、三千年の歴史を持つ療法です。しかも、私自身、これまで一度も問題を起こしたことはありません」

どうぞ、ご安心くださいと道三は安全を強調した。

「そうか。そこまでいうならやってみよう。深夜にあの痙攣から解放されるなら助かるからな。とにかく痛くて夜通し眠れないのだ。あの痛みは体験した者でなくてはわからない」

義晴には痙攣の苦痛が甦っていたようだった。

道三は鍼治療に入った。義晴をうつ伏せ寝にして、下半身の寝衣をはだけ全体を見渡した。むくんでいる様子が見てとれた。

「では、治療に入ります」

と道三は義晴の左足に指を這わせ、膝の裏側に目当てにしている経穴《ツボ》を探した。委中《いちゅう》というツボで、足のむくみや痛みに効く。そのツボを指先で探り当て、そして、鍼治療で汎用される毫針《ごうしん》を刺し入れた。この委中に灸を据えても同様の効果があったが、痕が残り化膿しやすく鍼のほうが向いていた。さらに、右足の委中にも鍼を打った。

　無言でいる道三にじれたのか、義晴が、

「まだ鍼は刺していないのか」

ときいた。

「いえ、もう打ちました」

　道三は刺した鍼をもむように静かに回しながら答えた。

「なに、もう刺したのか」

「左様です」

　道三はそう言いながら、委中の脇にある委陽《いよう》というツボにも鍼を打った。

　それにしても、この前に診た細川晴元は落馬して左足を打撲したし、今度は、晴元に敵対する義晴が左足の痙攣発作に陥り不眠に悩まされている。双方とも痛い思いをしているのは偶然とはいえ、不思議ではあった。

「本当に夜中の痙攣が治るのだな」

　義晴はきいた。

「ご安心ください」

　道三は治療を続けながら言った。

「夜毎に痙攣が起こって眠れないと戦《いくさ》にも出かけられない」

　義晴はふとそんな言葉をもらした。

だが、問題と思ったのか、

「いや、戦など考えておらぬがな」

とあわてて打ち消した。

　そして、話題を変えるように、

「そのほう、医学の学校を作りたいというではないか」

　義晴はうつ伏せのままきいた。

「はい。左様でございます」

　道三はそう答えながら誰にきいたのだろうと考えを巡らせた。医学校の話はまだ細川晴元にしかしていないはずだった。他に知っているのは、同席していた家臣、それに相国寺の住職くらいのものだった。

　道三は義晴の早耳を知った。将軍の情報収集の力を見せつけられる感じがした。まさか義晴と晴元が裏で通じているとは思えない。

「どうしてご存じなのですか」

道三は確かめてみたかった。

「ああ。風の便りできいたまでだ」

「そうですか」

「どうだ。その医学校をここに建てればいい」

義晴は道三の戸惑いを知ってか知らずか、そう提案した。

「ここ、と申しますと？」

道三は問いかけた。

「今いるこの、わしの地所の中だ」

「この御所に」

道三にはありがたい話だった。

「そうだ。だが、条件がひとつある」

と義晴は言った。

道三は義晴の次の言葉に耳を澄ませた。

「わしの侍医になれ」

「侍医……」

道三には想定外だった。

「さすれば、同時に門人も育成できるというものだ。一石二鳥ではないか」

ややあって、義晴は首を回して道三のほうを見つめた。

「たいへんありがたいお話ですが、少し考えさせてください」

道三は即答を避けた。

「もっとよい条件を出す人物がいると申すのか」

「いえ。そういう意味ではありません」

「では、何だ」

義晴は道三が喜んで一も二もなく承諾するものと確信していたようだった。思いもよらぬ道三の返事に気分を害していた。

「ありがたいのですが、わたしはまだ帰郷したばかりで、京都の事情もわかっていません。それに、十年ひと昔で京の様子もかなり変わっています」

少しお時間をいただきたいのですと道三は遠慮がちに応じながらも、鍼治療の手は休めなかった。

「そうか。まあ、いい。ゆっくり考えるがいい」

義晴はそこで学校の話をおさめた。

そのうち、義晴はよほど気分がよくなったとみえて眠ってしまった。心地よいいびきまでたて始めた。

そばに控えていた家臣や侍女は、将軍の居眠りに戸惑いつつも苦笑いを浮かべていた。

六

義晴が眠っている間、道三と一鷗は案内された別室で調剤作業に入った。

「将軍はよほどお疲れのようだ」

一鷗は生薬をおさめた柳行李を解きながら言った。

「あれは腓《こむら》返りだろう」

道三は言った。

原因は種々あるが、ふくらはぎの筋肉が痙攣を起こすのが腓返りだった。

「わたしもそう思っていました。薬方は芍薬甘草湯《しゃくやくかんぞうとう》でいいと思うがどうでしょう」

一鷗は判断を仰いだ。

「それが適切だと思う」

道三は同意した。

芍薬甘草湯は、芍薬と甘草の二生薬から構成される薬方で、腓返りや胃痙攣に特効を発揮する。

「おお。わたしも道三先生のお墨付きをいただいた」

一鷗は喜びをあらわにした。

「冗談が過ぎるぞ。おぬしも立派に医学に習熟しているではないか」

卑下する必要はないと思った。

一鷗は楽しげに薬籠から芍薬と甘草を取り出し、調剤作業に入った。芍薬と甘草の根をそれぞれ薬研で細かく砕く必要がある。

「ところで道三さんは医学の学校を作ろうと思っているのですか」

「そうだ。一鷗にも相談しようと思っていた」

「だとしたら、将軍の侍医話は朗報ではありませんか。考える理由があるのですか」

一鷗は薬研の鉄輪を動かしながらきいた。

道三が保留したのが解せない様子である。

「うむ。だれか特定の人物の侍医を務める気はないのだ。束縛される。わたしは身分や男女に関係なく、できるだけ多くの人々と接したいのだ」

師だった田代三喜の医療がそれである。その平等と自由性を踏襲したかった。

「そうか。わたしなら一も二もなく引き受けたところです」

一鷗は残念そうに口にした。

「それはそうと、わたしはこの京都に足利学校のような医学校を建てたいと思っている」

と道三は言った。

「そこで、おぬしに頼みなのだが、学校作りを手伝ってほしい」

　すると、一鷗は鉄輪を操る手を休め、

「わたしでよければ、何でも手伝う」

と道三の方に顔を向けた。

「それは心強い」

　教師が道三一人では心細かった。気心知れた一鷗がそばにいてくれるのは大助かりである。

「学校か……。足利は楽しかったな」

　一鷗は目を細め、遠く足利学校時代を思い出している風だった。

「だが、一鷗、おぬしが鎌倉から帰ってこなかった時は心配したぞ」

　道三は一鷗が金沢文庫で捕らえられた日の顛末を思い出していた。当時、武蔵国は古河公方と堀越公方が対立していて、金沢はまだ戦地であり、人々は緊張状態にあった。にもかかわらず、一鷗は好奇心の塊から書庫にもぐり込み、収蔵されていた稀覯書《きこうしょ》を筆写していたのだった。怪しまれ捕らわれの身となった。

「あの時はみんなに迷惑をかけてしまいました」

　一鷗は気まずく照れ笑いを浮かべた。

「そこで、医学校の件なのだが、学校の名前を考えてみた」

「もう考えたのですか。まだ場所さえ決まっていないのでしょう」

「この手のことは、具体的に描かないと先に進まないというから、考えてみたのだ」

「それはよい心がけです。で、何という名前にするのですか」

「まだ、決めたわけではない。あくまで、腹案だが」

　道三は一呼吸置いて、

「啓迪院《けいてきいん》ではどうかと思っている」

と言った。

「けいてきいん、ですか……」

　一鷗は胸におさめるようにつぶやいた。

　中国の漢籍『書経』にある一節からの引用だった。教え導くという意味である。

　果たして、一鷗は出典を知っていた。

「いいではないですか」

　語感もいいですしと気に入った様子だった。

「そうか」

道三も一鷗に賛同してもらえて安心した。

――よし、決めた。

医学校名は「啓迪院」に定めた。だが、土地もなければ、資金もない。場所さえ決まっていない。

――我ながら……。

我ながら何と無謀かと思った。自分の中に棲む見知らぬもう一人の大胆なおのれが育っている気がした。

二人は調剤作業を続けていた。

「さっき、義晴様の腓返りを鷹狩りに出かけた折りの水分不足と話した」

道三は一鷗に語りかけた。

「それは原因のひとつには違いないが、本当のところは、将軍のひどい寝不足にあると思う」

それが道三の診断だった。心配事が不眠をもたらし、その不眠の連続が脚の痙攣を引き起こしたと考えられた。

「寝不足を引き起こすのは、出陣を考えあぐねているからかもしれませんね」

一鷗は感想を述べた。

義晴がさっきふと洩らした戦の話に一鷗も気づいていたようだった。

「ありうるな。一人で抱えて苦悶しているようだ」

「戦が近いのでしょうかね」

一鷗が心配そうにきいた。

「わたしにはわからないが、おぬしのほうに情報はないのか」

道三はきいた。

「ない。義晴様が戦うとしたら、細川晴元でしょう」

因縁の相手だと言った。

道三は戦になる可能性があると思った。もしかすると、再び、京都が戦場になるかもしれない。

やがて、薬研の作業は終わり、二人は煎じ薬として芍薬甘草湯を一回分ずつ、計五日分を紙に包んだ。

それから、二人は将軍の寝所に向かった。

長い廊下に人気《ひとけ》はなく、物音ひとつしなかった。その途中の渡り廊下で、前方から薄緑色の直垂《ひたたれ》を着た侍《さむらい》烏帽子《えぼし》姿の武士が歩いてきた。道三は立ち止まり、少し脇によけて譲った。そのすれ違う瞬間、男の横顔が目に止まった。若い侍だった。

――誰だろう?

どこかで見たことのある人物のような気がした。しばらく進んでから振り向いて侍を目で追った。後ろ姿が遠ざかって行った。

「どうしました？」

一鷗が怪訝そうにきいた。

「あの男の顔を見たか」

「いや」

一鷗は侍の後ろ姿を見つめながら、首を横に振った。

「どこかで会ったような気がするのだ」

「そうですか」

後ろ姿では一鷗も誰だか分からないようだった。

「気になるのですか」

「うむ。ちょっとな」

道三は思い出せないので余計、気になった。

やがて、正装した若い侍は廊下の角を曲がり姿は見えなくなった。

「あの侍は義晴様の部屋から出てきたようですね」

一鷗は渡り廊下のすぐ先にある将軍の寝所を指さした。

「そのようだ」

答えながら道三は、侍と義晴が何か重要な話を交わしたような気がした。もとより根拠は何もなかった。

そのまま、道三と一鷗は義晴の寝所に入った。

道三は義晴に服薬の指導と養生法を説きながらも、さっきの若い侍のことが気になって仕方なかった。

七

京都の中空に満月が浮かんでいる。ちょうど雲が切れたあたりに蒼く輝いていた。

その月明かりの下を道三と一鷗は今出川通りを東に向かって歩を進めていた。義晴を診ての帰りだった。

「将軍の腓返りはかなりひどい状態でしたが、薬は五日分で大丈夫だったのでしょうか」

一鷗がきいた。

「無理だろうと思う」

道三はそう応じた。

「では、なぜもっと多く処方しなかったのです」

「おぬしならわかっているはずではないか」

道三は一鷗の横顔を見つめた。

「いや、わかりません。十日分出しても薬が腐るとも思えませんが」

一鷗は得心していなかった。

「おそらく、五日も経たないうちに呼び出しが来るだろう」

「そうですか」

「おそらく」

「なるほど。道三さんの読みは深いな」

一鷗は感心していた。

「だが、案外早く不眠から解放されれば五日分も必要ないかもしれない。どう展開するか」

わからないと道三はつぶやいた。

「いや、きっと義晴様は道三さんを近々呼ぶに違いない。そのときはまた、学校の件をちらつかせて細川晴元の病状をきき出す算段でしょう」

「可能性はある。だが、おれは他人の病状を話したりはしない」

道三は力をこめていた。

「道三さんはそのやり方を貫くべきです」

一鷗は強くうなずいていた。

通りには人影はなく、その一画には旅籠や、酒屋、茶店などが並び、看板の屋号も月明かりに照らされている。

「それにしても明るい」

道三は仰ぎ見ながら言った。

「月の光は日光より早く魚を腐らせるという話をきいたことがあります」

一鷗も月を仰いでいた。

「そんな話があるのか」

道三は初耳だった。

「ええ。妖しい力を秘めて不気味に照るのが月の光です。こんな満月ともなればなおさら魚の腐るのも早まるでしょう」

「満月か……」

水たまりを鏡に見立て、満月の明かりで自分の顔を映して見れば、生のおのれ自身が読めるときいたことがある。月光には不可思議な力が宿っているのだろうと道三は月を仰ぎながら思った。

「道三さんに会わせたい人がいます」

歩きながら一鷗は急にそんなことを口にした。

「ほう、それは誰だ」

「面白い人です。今はそれしかいえません」

「何だ。思わせぶりだな」

「会えばきっと興味を持つはずです」

「ますます気になるな」

道三は一鷗を窺ったが、一鷗は黙ったままだった。気になるといえば、義晴の寝所前ですれ違った直垂姿の侍も気になったが、まだ思い出せなかった。

八

二人は今出川通りの加茂川が見えてくる付近を左に折れて、細い露地に入った。あたりは寺や屋敷が並んでいて、長い築地塀《ついじべい》が延びていた。

しばらく進んだところで、露地の角からいきなり黒装束の男たち三人があらわれ、

「待て！」

と道三と一鷗を取り囲んだ。一様に刀を帯び黒覆面を被っている。

「ひえーーっ」

一鷗が悲鳴をあげ、尻もちをついてそのまま屋敷塀の脇まで後ずさりした。

「一鷗の話は本当だったたな」

道三は油断なく身構えながら言った。

「ど、どういう意味ですか」

一鷗は震えながらきいた。

「月の光は日光より早く魚を腐らせるといっていたではないか。この連中は今夜の皓々《こうこう》とした月の光に腐った口だ」

「そうかもしれませんが。今はそれどころでありませんん」

一鷗は薬籠を投げ出し、足も心も萎えているようだった。

道三は黒装束の配置を確認しながら、

「何者だ」

ときいた。左に二人、右に一人だった。関東一円で過ごした放浪医生活から習い性になっていて、袖口に護身用として毫鍼《ごうしん》を潜ませていた。

「おとなしくついてくれば何もしない」

三人の中の頭《かしら》らしい男が低く威圧した。

「どこへ連れて行こうというのだ」

「どこでもいい。おとなしく来ればいい」

頭らしい男は刀の柄に手をかけながらすり足で中央に歩み出てきた。

「黄泉《よみ》の国へでも連れて行くのではないのか」

「黙れ。手向かうなら考えがある」

男が刀を抜くと、他の黒装束の二人も鞘を払った。月夜に白刃が妖しく光った。

「道三さん！」

一鷗が腰を抜かしたまま再び悲鳴をあげた。

「怪我をする前に、おまえもおとなしくその場に座っ

て両手を後ろにまわせ」

　男は刀を高くかかげながら威嚇した。覆面で籠もった声は不気味だった。

「いやだといったらどうなるのだ」

　道三は後ろに一歩さがった。

「こうなるのだ」

と言いながら刀を横に払ってから上段に構えた。道三の顔前を刃《やいば》が白い光の筋を残して横切った。

「次はそれではすまないぞ」

　どうだと男が一歩前に出たとき、道三は腰を低く屈め、素早く袖口の毫鍼を男の手首と脛を目がけて飛ばした。満月の明かりは的を定めるには好都合だった。

「わあっ！」

と男は奇声を発して刀を落とし仰向けにひっくり返った。さらに、斬りこんできた他の二人の脛にも毫鍼を飛ばした。急所に刺さった鍼に二人はその場にうずくまった。

　そのとき、道三は突然、鋭い笛の音をきいた。

　ピュ――――！

　月夜の静寂を突き破る音色だった。

　暴漢たちが仲間を呼ぶための合図かと思った。

　――まずい。

　これ以上暴漢が増えては応戦できない。自分一人なら何とか逃げるが、この場には腰を抜かした一鷗がいる。

　ピュ――――！

　再び、笛が鳴った。

　よく見ると暴漢三人は地面に尻もちをついたまま悶えている。しかも、笛を吹いている様子はない。

　ピュ――――！

　三度目の笛の音がきこえた。

　音の出所は道三の背後からのようである。

　笛は一鷗の指笛だった。一鷗は人指し指と中指の二本を口にくわえて息を吹き出したのだった。

　すると、頭の男が、

「散れ、散れ」

と命じながら落とした刀を鷲掴みにして露地を足早やに駆けて行った。他の二人もあわてて後を追った。

　月に照らされた露地に人影はいなくなり、再び静寂に包まれた。

「一鷗。その笛に助かったぞ」

　道三は暴漢たちが逃げて行った方向を目で追いながら言った。

「どうなるものかと思ったが、指笛には連中も驚いたようだな」

道三は笑いながら口にした。

「それにしても、上手いものだな。その、指笛」

道三は危機が回避され、事態が急転したのを感謝していた。

「いや、何、こんなものちょっと練習すれば上手になります」

一鷗は照れていた。

「そうかな……」

ためしに道三は指を二本くわえて息を吹き出してみたが、虚しく息が洩れるだけだった。

「こんな方法もあります」

と一鷗は右手の人指し指をくの字に曲げると口にくわえ強く息を吹き出した。鋭い音が鳴った。さらに、指を操作し、息の吹き具合を加減させると、音は高く、また、低く、音程が変わった。器用な指使いだった。

「たいした技だ」

道三は感心した。人は誰でも不思議な才能を持っているものだと思った。

そのとき、屋敷の木戸が開いて下僕らしい男が顔を覗かせ、道三を上から下まで眺め渡して、

「笛が鳴ったようだが、何かあったのか」

と不審そうにきいた。

「いえ、何でもありません。ご安心ください」

と言いながら道三はもう歩きはじめていた。

しばらく進んでから、

「笛で迷惑かけてしまったようですね」

と一鷗はしきりに謝った。

「いやいや、指笛は効果的だった。連中もあの音には度肝を抜かれたようだ。あの恰好みたか」

何度もすべって転がりながら逃げて行ったと道三に笑いがこみ上げてきた。

「それにしても、連中は何者なのでしょう。われらをどこへ連れて行く気だったのでしょうか」

一鷗の荒い息遣いはようやくおさまっていた。

「わからない」

道三は首を振った。

京都はこのところ政情不安定だった。義晴は確かに将軍職に就いているが全権を掌握しているとはいいがたい。管領職もここ数年不在で、細川晴元が復権を虎視眈々と狙っているが力はまだひとつ及ばなかった。

「われわれは義晴と晴元の権力争いに巻き込まれたの

だろうか」

道三は疑問を提示した。

「大いにありえます。さっきの暴漢は晴元の手先かもしれません」

一鷗は言った。

「晴元の手先？　わたしが義晴を診に行ったからか」

「そうです。おのれの病状や内部の様子が洩れてしまったのではないかと心配したのかもしれません」

「そこでわたしを捕まえ、義晴に何を喋ったか晴元自身がききだそうというのか」

「きっとそうでしょう。合わせて義晴の病状を探るつもりだったのではないでしょうか」

「ご苦労な話だ」

道三は権力者の身勝手と疑心暗鬼を同時に感じた。

「だが、義晴の放った刺客の可能性もあります。義晴の病を診て、薬も処方したばかりです。これは誰も知らない。いわば秘密を握ったわけで、義晴とすれば公言されては困る」

口封じだと一鷗はつけ加えた。

「もしそうなら愚かというしかない。おれは病気を相手にしているだけなのだから」

「それは道三さんの考えで、連中には通用しない」

「ばかばかしい話だ」

しかし、相手は真剣を抜いて命さえ奪おうとしてきたのである。撃退できたからよかったものの、命を落としては何のために生まれ故郷の京都に戻ってきたかわからなかった。

「今、話に出た晴元の病状ですが、わたしの想像するところ、そう軽くないはずです。落馬して骨折したらしいという噂も耳にしました」

どうなのですと一鷗は道三の顔を窺った。

「うむ」

と道三はうなずいてみせた。

そのとき、この一鷗とて間者かもしれないと思った。あの医学校の話でも、細川晴元にしかしていないはずだったのに義晴も知っていた。陰で情報が飛び交っているのが戦国の世なのかもしれない。

——危ない。危ない……。

油断のならない時代に生きている。永年の友人さえ疑わねばならない嫌な世の中だった。道三は自分も乱世の危ない時代に身を置いて呼吸しているのを、帰郷して間もない京都の路地裏で思い知らされたのだった。

「晴元の具合はまだ様子をみないと何ともいえない」

道三はそうお茶を濁した。

「そうですか」

一鷗は軽く応じただけだった。

「それにしても、いつから道三さんはあんなに強くなったのですか。あまりに強いので驚きました。あの武術はどこで習ったのですか」

「なに、武術などといえるものではない」

護身用に関東時代に習得した技だった。田代三喜も永田徳本もおのれを守るために身につけていた。

——徳本は今ごろ何をしているか……。

急にあの髭面が思い出された。きっと愛牛の亮に乗って放浪医を続けているにちがいなかった。

「何ならいつでも教えるぞ」

道三は袖口から毫鍼を取り出して飛ばす仕種をしてみせた。

「いえ。わたしは武に興味はありません」

一鷗は激しく手を左右に振って否定して、

「学問と知識だけで生きて行きたいのです」

と言った。一鷗は権力者への接近を念願していた。

二人は月明かりの下を歩いた。満月はまだ中空に浮かんでいた。

九

その日、道三は剃髪《ていはつ》を予定していた。姉の乗水に髪切り役を頼んでいた。

京都に戻り、本格的に医業を始めるについて、剃髪は不可欠と考えていた。髪の毛を剃り落とすのは、このころ、医者を生業《なりわい》とする者の常だった。一鷗はすでに剃髪をすませて坊主頭だった。

「お願いします」

と道三は姉に言った。

部屋には小刀、灰汁《あく》、湯など、剃髪のための道具が用意されている。

姉は小刀を手に取った。

道三の髪は総髪を首の後ろで束ねただけの髪型だった。

剃髪には、小刀で髪全体をできるだけ短く切り落とし、それから丁寧に剃るのが段取りだった。

だが、姉は小刀を持ったまま、なかなか道三の髪を切ろうとはしなかった。

「どうしました。姉さん」

道三は問いかけた。

「本当に切っていいのかい」

姉はきいた。

「姉さん。剃髪は得度したときに一度経験しています。今のわたしには覚悟ができています」

どうぞ、ばっさりとやってくださいと道三は強く言い放った。

「わかりました。では、始めます」

姉は鋏を両手にかざして道三に示し、神妙に一礼した。そして、道三の髪に小刀を入れた。

一度入れると姉は思いきりよく、髪を前から後ろにかけて、さらに左右を次々に刈り上げて行った。たちまち、道三の髪は虎刈りながら、短髪となり、最後に灰汁《あく》で濡らして丁寧に剃っていった。

「涼しくなりました。姉さん」

自分の髪を撫でまわした道三の感想だった。

「ところどころ痛い思いをさせてしまったね」

姉はいたわるように道三の頭を撫でて、蒸し手拭いを頭に乗せた。

道三の剃髪は終わった。傷ついた個所には太乙膏《たいつこう》を塗ってしのいだ。痛みはしばらくは続きそうだった。

この日の夕刻、道三は一人の女性の訪問を受けた。傷だらけの頭で人前に出るのは避けたいので、日を改めるように姉に頼んだ。

「西一鷗さんのお知り合いの娘さんらしいよ。とても綺麗な人です」

姉は言った。

――一鷗の？

一鷗の知り合いの娘など道三には知るよしもない。だが、わざわざ訪ねてきたのである。無下《むげ》に帰すわけにはいかなかった。

道三は奥の部屋でその娘と会った。頭に山高頭巾《ずきん》を被って対面した。少しは傷が隠せるはずだった。

娘は紫乃《しの》という名で二十代半ばの薬種商の娘だった。薄桃色を地にした小花柄模様のおとなしい服を着ていた。姉の言う通り目鼻だちの整った美しい女だった。

紫乃という女は丁寧に三つ指をついて挨拶してから突然の訪問を詫び、

「わたしは一鷗さんにもう一度お会いしたいのです」

と言った。

「そうですか」

と道三は応じて、一鷗なら数日前に会ったはずなのにと思った。

「一鷗とはお知り合いなのですね」

道三は一鷗と紫乃という女の関係を測りかねながらきいた。

「もちろん知っています。居場所もわかっています。でも、会っていただけないのです」

「会えない。なぜでしょうか」

道三はそう問いかけた。

「さて、それは」

と紫乃は口許を少し緩めて笑い、

「道三先生にぜひその理由をきいていただきたいのです」

と頼んだ。

「わたしが……。わたしがきいてもいいが、あなたと一鷗の関係はどのようなものなのですか」

「婚約者。いえ、今は婚約者だったといったほうが正確です」

紫乃はきっぱりした口調だった。

――一鷗の婚約者。

道三は座りなおして紫乃と向き合った。

＋

一鷗の婚約者と名乗った紫乃という名の若い娘と会った翌日、道三は一鷗の油小路通りにある住まいを訪ねた。

板塀で囲われた町家風の家だった。

留守番をしている腰の曲がった老人が出てきて、

「旦那様の居場所は分かりません」

と言った。

「分からない？」

道三は首を傾げた。

一鷗を訪ねた紫乃は門前払いをされ、会ってもらえなかったと訴えていた。道三は居留守を使っているに違いないと想像した。結婚を約束しながら顔も出さないのは失礼極まりないと怒りを覚えていた。

そして、今、分からないという。

――おれに対しても居留守か。

道三は怒りを抑えられず、

「分からないとはどういうことだ」

ときいた。

「旦那様はもう五、六日前から帰って来られないのです」

留守番の老人も途方に暮れている様子である。

「本当に一鷗はいないのか」

道三の詰問に、

「いません。何でしたら、家中探してみてください」

と老人は腰を屈めながら手で奥を示した。

一鷗は本当に在宅していないようだった。これでは引き下がるしかない。

道三は老人に一鷗の行方が分かったら教えてくれるよう自分の住所を伝えて、来た道を戻った。

——どこへ行ったか？

帰りの道々、行方を考えたが見当もつかなかった。

自宅の前に来てみると、玄関先で姉の乗水が若い男と話しているのに出会った。

「ああ、ちょうどよかった。道三、おまえにお客さんだよ」

乗水が言った。

「里村《さとむら》と申します」

初めましてと若い男が丁重に頭を下げた。剃髪した頭は長頭だった。顔は下ぶくれで、ちょうど茄子の形を思わせた。二十歳を超えたばかりの年回りで肌艶が良かった。

道三は僧侶かと思ったが僧衣姿ではなかった。小袖を身にまとっていて、正体不明の感があった。

里村と名乗った男は、改めてお辞儀して、

「里村紹巴《じょうは》です。歌を学んでいます」

と自己紹介した。

「歌？」

道三はきいた。

「連歌《れんが》です。五七五と七七の歌を何人も詠みつないでいくものです」

公家や大名、商人などのあいだで急速に広がっている遊びだと紹巴はつけ加えた。

このとき二十二歳の里村紹巴は、後に連歌界の第一人者となり、あまたの公家や戦国武将と交流して、時代の寵児となる。が、この時期はまだ師匠の下で連歌の基礎を学んでいた。

連歌の話は道三には初耳だった。優雅な大人の遊びを連想したが、もとより自分には無関係の世界に思えた。

それにしても、そんな男がなぜ自分を訪ねて来たかが不思議であり不可解でもあった。

「一鷗さんのことでぜひ道三さんにお願いがあって今日、来させてもらいました」

突然で失礼しましたと紹巴は改めて頭を下げた。

「一鷗と知り合いですか」

道三はきいた。

「一鷗さんは命の恩人です」

と紹巴は言った。そして、以前、高熱に冒され、咳が止まらず難儀したのを救ってもらった経緯を語った。

「生まれて初めての大きな病気で死ぬかと思いました。それが一鷗さんの処方してくれた煎じ薬を服むとたちまち熱も引き、咳も止まったのです」

一鷗先生は名医ですと紹巴は苦しかった体験が甦ったのか、胸のあたりをさすった。

——一鷗先生か……。

一鷗は一体何を処方したのだろうかと道三は考えをめぐらせた。いずれにしても、処方薬は特効を示したようだった。

「その一鷗先生の言われるには、自分より腕の立つ名医がいて、それが道三先生だと常々話されていました」

「一鷗が……」

一鷗が陰でそんなことを話しているとは知らなかった。名医呼ばわりはこそばゆい気がした。

「あなたは一鷗とよく会うのですか」

「ええ。連歌の会でよくご一緒します」

「連歌で……」

一鷗も歌に興味があったようだ。学問一筋かと思ったが、案外、風流の素があるのかもしれない。

「そのあなたが一鷗の件でどんな願いがあるというのですか」

道三は里村紹巴と名乗る男の用件が気になった。

「一鷗さんがいるところに一緒に行ってほしいのです」

「いるところ？　すると、あなたは一鷗の居場所を知っているのですか」

「知っています。一鷗さんに頼まれ事があって行くのですが、初めての場所の上、一人で行くのはどうも……」

紹巴はそこで口ごもった。

その態度に何か特殊な雰囲気を感じて道三は深く追求しないことにした。とにかく紹巴に同行しようと思った。一鷗の居場所が分かるだけでも意味はあると感じていた。

十一

道三はそのまま身支度を整え、紹巴に同道した。

そこは道三の住む柳原の自宅から一里半ほど離れた場

所だった。紹巴は手にした地図を見ながら加茂川に沿って南に下った。

そして、道々、道三に連歌について、その魅力を熱心に語った。連歌は連衆と呼ばれる参会者が上の句の五七五に、下の句の七七と短詩をつないで行く遊びだった。式目《しきもく》（注・決まり事）が多くあり、それがこの遊びに深みと変化をもたらした。豊かな教養や当意即妙の機知なくして連歌の遊びは成立しなかった。

道三は、紹巴の話をきいていても、連歌にさして興味を感じなかった。まして、その後、強く惹かれるようになるとは、このとき思いもよらなかった。

紹巴は、

「いずれは捌《さば》きになり、興行を打ってみたいと思っています」

と目を輝かせた。捌きは師匠を指し、連歌の場を取り仕切った。長年の経験とよほどの素養なくして捌き役にはなれなかった。

「一回の興行で恋句《こいく》をどこに入れ、どう詠ませるかが、捌きの重要な役目になります」

紹巴は言った。

「恋句とは、男女の恋や愛を詠んだ歌ですか」

道三はきいた。

「そうです。恋の歌です。恋の歌を必ず入れるのが決まりです。一鷗さんはわりと上手に詠みます」

「一鷗が?」

道三は一鷗の別の姿を見る思いがした。恋、まして恋の歌などとは縁遠いと感じていた。それは認識不足で、男女の機微に通じているのかも知れないと思った。

「一鷗さんは名医の上、優れた歌詠みだとわたしは思います」

と紹巴は強調した。

やがて、紹巴が目指す場所に近づいたようだった。

二人は河原町通りが七条通りと交差する地点を西に折れた場所を進んでいた。

「あのあたりだと思います」

紹巴は地図を見ながら前方を指さした。そこは七条通りを少し進んで東洞院通りと交わるあたりだった。

間もなく目的の家に着いたようだった。

「ここです」

紹巴は地図を再確認して言った。そこには、「三輪屋」と書かれた看板が玄関先に吊るされていた。

道三は一風変わったその一帯の家々を見渡した。武家屋敷でもない、町家でもない楼閣が建ち並ぶ一画だった。

――ここは……。

窓には紅殻格子《べにがらごうし》がはめられ、軒先には提灯が吊るされていた。さらに、二階の窓には簾《すだれ》がおりていた。夜ともなれば、楼閣にずらりと吊るされた提灯の蝋燭に火がはいり、眩しく灯る様子が想像できた。

――遊廓ではないか。

道三も初めて足を踏み入れる場所だった。

京の都の遊廓は足利義満の時代に開かれたといわれている。幕府の安定と人口増とともに遊び地である花街もできたのだった。世の中が推移する過程で生まれた街といえた。

やがて、島原に移る遊廓はこの時期、東洞院通七条下ルにあった。

道三は若い紹巴が一人で来るのを嫌がったわけが分かったような気がした。遊廓の地を訪ねるのは気が退けたのだろう。

そのとき、「三輪屋」の中から笛の音がきこえてきた。

その哀愁を帯びた音色に促されるように、紹巴は道三とともに、「三輪屋」の暖簾をくぐって中に入った。

その玄関先の上がり框《かまち》に座り横笛を吹いている人物がいた。

「一鷗先生！」

紹巴が叫んだ。

「おお、紹巴。よく来てくれた」

と一鷗は笑みをたたえて立ち上がって紹巴の手を握った。

だが、それも束の間、そばに道三が控えているのに気づいて、

「道三さん」

と消え入りそうな声を出した。

「こんなところで何をしているのだ」

道三は詰問調でせまった。

「道三さん、なぜここに？」

一鷗は気まずそうに上目使いで道三を見つめた。

「それはこっちがいいたい台詞《せりふ》だ。おぬし、笛吹きになったのか。それとも、歌舞管弦の巷に身を沈めてみたいというのか」

「そんな、皮肉はよしにしてください。居残りです」

面目ないと一鷗は罰悪く頭を下げた。遊びすぎて手持ちの金銭が底を尽き、帰るに帰れない状況だった。

すると、紹巴は前に進み出て、

「一鷗さん、お約束のものをお持ちしました」

と懐から紙包みを取り出して一鷗に手渡した。

「ありがとう」

これで助かったと紙包みを拝むように額の前にかざした。

紹巴は一鷗から金を融通するよう頼まれていた。一鷗の指示で堺の豪商を訪ねて金を調達して持参したのだった。

十二

一鷗は早速、店の帳場で支払いを済ませ、居残りから解放された。

「いやいや、婆婆の空気は美味しいものだ」

一鷗は建物を出ると、大げさにあくびをしてみせた。

「婆婆には婆婆の規則がある。居残りでは済まない厳しい定めもある」

道三は強い口調だった。

「今日の道三さんはひときわ厳しい」

一鷗は気まずそうに道三の横顔を窺った。

「当然だ。紹巴さんのような若い人にくだらない用をいいつけて」

「いえ、生きるか死ぬかでした」

「自業自得だ」

「二度としませんから」

「当たり前だ」

道三は畳みかけて一鷗を諫めた。

三人はそのまま来た道を柳原に向けて歩き始めた。

「道三さんに以前、紹介したい人がいると話したことがありました」

「ああ。覚えている」

道三はうなずいた。将軍義晴を診ての帰りにきいた話だった。面白い人だという。

「その紹介したいというのは、この里村紹巴さんです」

一鷗は言った。

「そうだったのか」

道三は改めて紹巴を見つめた。若いながら、連歌に熱中しているところは確かに面白い人物だと思った。柳原からの道々、紹巴は見識も高く、教養にもあふれているできた人物だと感じた。

「紹巴さんは、今、連歌を熱心に勉強しています」

一鷗は言った。

「うむ、それはこっちに来るまでの道すがらきかせてもらった。連歌の話で紹巴さんを紹介したかったのか」

「そうです。興味を持ったでしょう」

「まあ、そうだが、よく分からない分野の話ではある」

道三はまだ連歌をよく理解できなかった。

「それでは、何でしたら、道三さん。今度、連歌の集まりに参加しませんか」

紹巴が横から誘った。

「えっ、集まりに?」

いくら何でも早いのではないかと道三には思えた。

「いいえ、集まりでは何も句を詠む必要はありません。脇できいていて雰囲気を楽しむのも一法です。さらに、肴をつまんでお酒を飲むのも楽しいものです」

「お酒?　酒が出るのですか」

「捌き役の方針にもよりますが、たとえば、一歌仙《かせん》を巻《ま》いたとして、興行半ばを過ぎるあたりからお酒も出るのがふつうです」

紹巴は楽しそうだった。一歌仙は三十六句から成り、一作品を詠み込むのを巻物に見立て、巻くと称した。

「紹巴さんの師匠が催す連歌会には、公家をはじめ、名のある武将や豪商たちも参加します。多士済々です」

一鷗が言った。

「一鷗、おぬしも参加する口らしいな」

「そうです。時間があればでかけます。この前などは、公家の九条家も来ましたし、将軍が来ることもあります」

一鷗には遊びを楽しむと同時に、権力者にも接近できる恰好の場所のようだった。

「将軍も来るのか」

道三は驚いた。遊びの席に幕府の主があらわれるのは想像がつかなかった。

「連歌会では身分は同等です。高等な遊びですから、庶民も将軍もないといえます」

一鷗は当然のように話した。

身分は同等だという言葉は道三の胸に響いた。自分の医療においても、庶民も権力者も区別しない医療を志向していたからである。このとき、道三は強く連歌の世界を意識したといえる。後になって、「養生俳諧」を数多く詠んで、健康の啓蒙に寄与したのは、連歌に興味を抱いたからこそ可能になったといえる。

「ところで、紫乃さんのことはどうするつもりなのだ」

道三は突然、一鷗にたずねた。

一鷗は、一転して顔色を変え、動揺し、押し黙った。

「おぬしがおれに紹介したいといっていた人物は紫乃

さんかと思ってもいた」

と道三は言った。

しばらく下を向いて黙って歩いていた一鷗は、ようやく口を開き、

「なぜ、あの女のことを知っているのですか」

ときいた。

「隠してもだめだ。不実はいずれ露呈する」

道三は紫乃が自宅を訪ねてきて、一鷗に会えない悲哀を訴えた経緯を語った。

「おぬしを訪ねても会えないはずだ。三輪屋で極楽気分で遊んでいたのだからな」

道三はたっぷり皮肉をきかした。

「紫乃さんはおぬしの行き先を知り、その上、居残りしていたことをきいたらどう思うだろうか」

「道三さん、それだけは内緒にしておいてもらいたい」

「話してほしくないのか」

「もちろんです」

「一鷗は連歌で上手な句を作るらしいな」

「いや、そうでもない」

一鷗は連歌に話題が戻ったかと安心した様子を見せた。

「純情な娘さんをもてあそべば恋句も上手になるだろう」

「そんな。道三さん、たとえがきつ過ぎます」

「女を悲しませて大成した男はいないのが常識だ」

「分かっています」

「ではあの女《ひと》をどう思っているのだ」

道三はひどく悩んでいた紫乃の顔が思い浮かんで、怒りをぶつける形になっていた。

「結婚するつもりです」

一鷗は言った。

「一緒になるつもりか。では、なぜ」

なぜ、あんなところで遊んでいたのだと言おうとしたが、それは控えた。一鷗と紫乃のあいだに二人にしか分からない事情があるのかも知れなかった。今後の一鷗の態度を見るまでは、これ以上の深入りは避けようと思った。

「すみません」

一鷗は急に立ち止まって頭を下げた。丸くあどけなさが残る顔をしおらしくして畏まっている。

それから、

「すぐにでも紫乃に会って、話を進めるつもりです」

と言った。

「そうか」

「もう若くないですし」

一鷗は三十七歳になっていた。

「歳など関係ない」

心が問題だと道三は思った。

「分かっています」

一鷗はまだ畏まっていた。

いつの間にか紹巴は一人先を歩いていた。

二人の込み入った話に知らぬふりをする配慮のようだった。若いながら、空気を察する人物だった。

紹巴との距離がかなり離れてしまったので、道三と一鷗は小走りして追いついた。

この帰りの道で紹巴が誘った連歌の集まりは意外に早く訪れた。

その日は紹巴の師匠にあたる周桂《しゅうけい》が捌きを務めるという会だった。道三は一鷗とともに上長者町《かみちょうじゃまち》の屋敷に出かけてみることにした。

興行会場にはすでに何人か連衆が集まっていた。その中の一人が道三の目に飛び込んで来た。

――あの男だ！

足利義晴の寝所前ですれ違った薄緑色の直垂《ひたたれ》を着た若い侍だった。どこかで出会ったと思って気になっていた、あのときの男に間違いないと思った。

男は三好長慶《ながよし》だった。細川晴元の側室の部屋に控えていた若者だった。

その三好長慶は、なぜか笑みをたたえながら道三に近づいてきて、

「その節は細川晴元様と側室の治療にご尽力いただきお礼申し上げます」

と言い、色白の機嫌のよい顔のままで話を続けた。

「よいところでお会いしました。じつは医学校の件で恰好の場所が見つかりました」

長慶の語る医学校の話は魅力的だった。

道三の頭は少し混乱していた。

十三

里村紹巴は若いながら師匠の周桂《しゅうけい》を助けて興行を盛り上げていた。道三は飲食を楽しみつつ、一鷗を含めて二十人近い連衆の手並みをもっぱら見学していた。

――なかなか楽しい会だ。

それが道三の連歌に参加した初印象だった。

その連歌の帰り道、

「道三さんはどうするつもりなのです」

と一鷗がきいた。

三好長慶の話では、細川晴元が医学校の土地の提供を考えているという。六条通りの一画で、五百坪を超える敷地だった。

「うむ……」

道三はうなずきつつ歩を進めた。

三好長慶の話では、敷地は細川晴元の縁者にあたる者の所有地で、そこに古い屋敷が雨ざらしになっているという。屋敷は修繕しなければ使えないが、家屋自体はそれなりの広さがあって学舎《まなびや》に恰好で、改造すれば寄宿舎にもなるという。

良い話だった。だが、その一方で、細川晴元とは犬猿の仲の将軍・足利義晴は邸宅内に土地を提供しようと提案してきている。

ありがたい話である。しかし、道三としてはどちらも選ぶわけにはいかなかった。いずれか一方に肩入れすれば、自由な診療行為が阻害される。

「わたしならすぐに承諾してしまうけど、道三さんは本当に奥ゆかしいというか……」

と一鷗は言って口ごもった。

「馬鹿ではないかといいたいのだろう」

道三は一鷗の横顔を見つめた。京都に帰郷し、細川晴元邸で一鷗に再会したときも同じ言葉をきいた覚えがあった。

「いえ、そんな風には……。でも、道三さんは本当に慎重ですね」

今回もそれを実感しましたと一鷗は神妙だった。

「細川晴元殿には次の機会に断ろうと思っている」

道三は決めていた。

「じつに惜しい。このご時世、相手構わずたかるのが当たり前。道三さんは珍しい存在です」

一鷗は惜しいを繰り返した。

二人はしばらく黙ったまま、烏丸《からすま》通りを北に向けてならんで歩いた。夜はすでに更けていて、やわらかい風が少し酔った道三の頬を撫でて行った。

「それにしても、三好長慶が足利義晴の屋敷にいたというのは今でも信じられません」

本当ですかと一鷗はきいた。

「うむ。確かにあの男だった」

足利義晴の寝所前ですれ違っている。その三好と足利義晴が何か重要な話を交わしたような気がしたものだった。もとより根拠は何もなかった。

「そうですか」

一鷗はうなずきながらも納得できない様子だった。

「確かに三好だったが、一鷗がそこまで疑問に思うと、もしかしたら違うのかもしれないという気にもなる」

見たのは一瞬だった。人違いもありうるだろう。

「三好と足利義晴が同席するなど考えられないのです」

一鷗は首を傾げている。

足利義晴と細川晴元とのあいだでいつ大きな戦いが起こっても不思議はないというのが一鷗の見解だった。双方は憎しみ合っていて、実際、小競り合いは洛中や郊外でしばしば起きていた。三好長慶はその細川晴元の側近中の側近だった。晴元に与《くみ》する長慶が宿敵の足利義晴に会うなどありえないという考えだった。

――だが……。

と道三は思う。足利義晴は道三が計画している医学校の話を知っていた。その話はまだ細川晴元と一部の者にしか明かしていないはずだったが、将軍・義晴の情報網にかかったのだろう。その網のひとつに三好がいたのかもしれない。となると、内通だった。学校の話など小さな話題であろうが、この世にまだ存在しない医学の学舎だから、二人がその計画に興味を持ったとしても不思議はない。戦《いくさ》をするにしろ、まずおのれの体調を整えねば士気もあがらないだろう。武将にとって健康管理は必須の課題だった。医学の動向は気になるはずである。

ただ、道三にとって、その武将たちがどうせめぎ合っているかはあずかり知らない問題だった。

そのとき、一鷗が急に、

「三好のことで忘れてならない事情があります」

と言った。真剣な表情だった。

「どういうことだ」

道三は一鷗を見つめるしかなかった。

「この京都を支配しようと狙っているのではないかと思います」

「狙うも何も、細川晴元に与しているのではないのか」

「いえ、三好は父、元長を晴元一派に殺害されていて、その怨念は消えていないはずです」

「父親を殺されたのか」

足利から帰ってさほど月日の経っていない道三には、この間、京都で起こった事件や暗闘の数々は知らなかった。

「そうです。そこには複雑な経緯があるのですが、今は細川晴元側についているのです。しかし、実際は面従腹背に違いはありません。父の仇に火がつき、いつ反旗を翻すか分からないのが三好です」

「それなら、三好が陰で将軍・義晴と誼《よしみ》を通じていてもおかしくはないな」

連歌会場で笑みをたたえながら近づいてきた三好と、足利義晴の寝所前ですれ違った直垂姿の若い侍との顔が重なって思い出された。

――内通か……。

戦いの当事者が、裏で密かに交渉している話は、政治の世界ではそう珍しいことではない。

「三好は多趣味、多芸の人物で交際範囲も広く、頭も切れます。目が離せません」

「では、少し気をつけるとしよう」

道三は胸におさめるように口にした。

――分からない……。

権力者たちが裏でどう通じ合っているか分からないと思った。

夜の冷たい風が下りてきたらしい。酔いが少し冷めてきた。

十四

夜の静寂の中、右手に丈の高い築地塀が延々と続いている。その向こうは黒い森におおわれていた。内裏《だいり》だった。

「内裏か……」

と道三は思わずつぶやいた。そこに住まわれている天皇のことが頭をよぎった。

「何かあるのですか」

一鷗がきいた。

「診察を頼まれている」

道三は言った。

このころ、京の都で道三の医者としての名声は知られつつあった。新しく的確な医療を施す医者がいるという、その評判をききつけて柳原の家に訪ねてくる患者や相談者が後を絶たなかった。往診する機会も増えていた。姉の乗水も対応に追われ、忙しく立ち働いていた。

その中に朝廷からの依頼も入っていた。

臣下が訪れ、

「少し診ていただきたい」

と往診を求めてきた。このとき、後奈良天皇の御世であった。

「どこかお悪いのですか」

一鷗はきいた。

「いや、話をきいた限りでは、そう差し迫った状況ではない」

「では、なぜ道三さんを呼ぼうとしているのでしょう」

「それは分からない」

道三にも真意は測りかねた。

「どんな医者か見てみたいのではないのですか」

一鷗の軽い感想だった。

「わたしを見てどうするのだ」

「評判がよいので会いたいのでしょう」

と言って、続けて、

「行くのですか?」

ときいた。

「どうしようかと思っている」

道三は迷っていた。

「道三さんらしくないな。何を迷っているのです」

「少し気が重い。第一、侍医が対応しているはずで、あまり介入したくないのだ」

道三は気後れしていた。

「侍医の存在など気にするのはおかしい。そんな理由なら足利将軍を診るのもおかしな話になります」

もっとほかに理由があるのではないですかと一鷗はたみかけてきた。

「理由がなくはない」

鋭い指摘だと道三は感じた。

しばらく歩いてから、

「糸脈《いとみゃく》が気になるのだ」

と本音をもらした。

天皇の脈を取るとき、廷臣が脈所に糸を巻き、次の間に控えた医者が脈を診るという方法だった。医者は天皇の腕に触れないのである。

「あの話は嘘です」

一鷗は即座に否定した。

「嘘?」

「そうです。あれはそれこそ天皇の侍医が、おのれの権威付けと保身のために流した噂にしかすぎません。他医を排除したいための方便です」

父親からきいた話だと一鷗は自信をこめて言い放った。

一鷗の父は儒学者として天皇に侍講した経験を持っている。

「嘘か」

「嘘です。道三さんは安心して診察に当たるのがいいでしょう」

「それで気が楽になった。糸脈の方法では相手の容体など診断できるはずがない。分からないのに責任を持った治療はできない」

「まったくです」

では、行くのですかと一鷗はきいた。

「行こうと思う」

道三は決心していた。

「ついては、一鷗に頼みがある。今度内裏から呼ばれたら一緒に行ってほしいのだ」

道三は一人より二人で行きたかった。自分では意識していなかったが、やはり天皇は別格だったのかもしれない。

「お安い御用です」

一鷗は大きくうなずいた。

十五

それから数日後に天皇の使いが来たので、道三は一鷗とともに内裏に出向いた。

乾《いぬい》門から内裏に入り、常御殿《つねごてん》と呼ばれる天皇が生活している書院造りの建物に案内された。

廷臣は奥まった座敷に導いた。

――これは……。

さりげなく道三が座敷内を見渡すと、壁をはじめ欄間、畳、天井、襖などの造作は質素である。よほど足利将軍邸のほうが豪華だった。

後奈良天皇の時代、世は下克上がはびこり、その上、悪疫と飢餓が襲っていた。天皇は災厄の終息と民の安寧秩序を祈願して、書写した経典を次々に神社に奉納した。内裏の財政も逼迫していて、天皇は質素を旨としていた。

室内にはよい匂いが微かに漂っている。

道三がその感想をもらすと、

「さきほど聞香《もんこう》が終わったところです」

と廷臣が答えた。

焚いた香をかぎわけて、当てる遊びが聞香である。

道三は内裏にふさわしい雅びな遊戯だと思った。

「御上《おかみ》はこちらにおられます」

と廷臣が襖を開くと、御簾《みす》が下りた室内の中央に天皇が座っていた。御簾の中はさらに薄暗く、天皇の姿がかすかに映っていた。

「こちらへ」

と案内されるまま、道三と一鷗はその部屋に入った。

すると、廷臣は手なれた様子で御簾を巻き上げていった。その間、道三は平伏したままだった。

「面《おもて》をあげ」

と廷臣が命じた。

道三が天皇に名を名乗ると、一鷗も続いて挨拶した。一鷗の声はやや震えていて緊張している様子が窺えた。

御簾が開《あ》いた部屋に五十歳を迎えたばかりの天皇の姿が明らかになった。寝衣ではなく、単《ひとえ》の普段着姿だった。

「どこか、お体に不調を感じるところがおありなのですか」

道三はきいた。自宅に何度か訪れた使いに体調をきいても今ひとつ状況がつかめなかった。

「いや、それほどでもないが、このところ少し疲れ気味なので、そのほうに診てもらおうと思ったのだ」

ゆっくりした口調で、やさしげな天皇の声音だった。

道三は一礼して、

「お体、拝見いたします」

と天皇に近寄り、顔色を観察してから、

「舌の様子を拝見してよろしいでしょうか」

とたずねた。

「かまわぬ」

と天皇は言って、口を開けた。

道三は素早く口の中を覗き、舌を診た。潤いのある正常な舌だった。

舌診《ぜっしん》を終え、

「お手の脈を取ってよろしいのでしょうか」

ときいた。一瞬、糸脈のことが頭をよぎった。

「頼む」

と天皇はごく自然に応じた。

「それでは」

と道三は深く頭を下げ、天皇の手首に人指し指、中指、薬指三指を当てて診た。浮きも緩みもない正しい脈だった。

これで、道三は診察を終えた。本来なら、仰向いて寝た姿で腹に手を這わせる腹診を実施したいところだったが、それは控えることにした。初めての診察で腹部を露出させるのを遠慮したのと、舌診と脈診の結果から、その必要を感じなかったのである。

道三は診察を終え、一歩下がり、平伏して、

「申し上げます。お疲れはお勤めの多忙が原因かと存

じます。格別、お体の異常はないものと思われます」

と報告した。

「そうか。では、このまま何もする必要はないというのか」

天皇は問いかけた。

「いえ。この場合、未病《みびょう》を治《じ》すのが恰好かと存じます」

「未病とな?」

「御意。病気を未然に防ぐという考えで、医の上策と申せます」

服薬は必要ありませんとつけ加えた。

「そうか。では、何をするのだ」

「灸を据えさせていただければと存じます」

と道三は言った。

そのとき、そばに控えていた廷臣が、急に進み出てきて、

「今、何と申した」

と気色ばんだ。

「灸を据えさせていただきたいのです」

道三は繰り返した。

「愚かな。玉体《ぎょくたい》に火傷の痕をつけるなど許されない」

廷臣は強い口調で反対した。


鍼灸と朝廷との歴史をたどれば、鍼治療は危険視されて室町時代初期から行なわれていなかった。一方、灸は平安時代からすでに行われていて、必要に応じて実施されていた。だが、廷臣の中には天皇の身を案ずるあまり、灸さえ恐れて許さない者も多かった。

このとき、道三はそうした歴史を知らなかった。ただ、未病の医学を実践したかっただけだった。

「灸が体によいという話はきいたことがある。だが、痕は残らないのか」

天皇は心配そうだった。

「方法次第で、痕は残りません」

道三は言った。

「御上。お気をつけください」

廷臣はなおも反対した。

「それでは、見本をお見せします」

道三は言った。

「見本とは何だ」

天皇がきいた。

「ここにおります医師、一鷗に灸を据えてお見せいたします」

いかがでしょうかと道三はきいた。

「そうか。では見せてもらおう」

と天皇は言った。

　承諾を得られ、道三は一鷗に火付けの用意を頼んだ。

「灸のための火種は銅鏡《どうきょう》を用いて日光から取るのを最上としますが、本日は曇り空のため陽の光がありません。次善の策として火打ち石にて火を取らせていただきます」

　そう言って道三は一鷗の用意した火打ち石を打ち合わせて、火口《ほぐち》に点火して火種を作った。

「このたびは、百会《ひゃくえ》というツボに灸を据えます。頭頂の中央にあるツボです」

と言いながら、道三は剃髪した一鷗の頭頂部に胡麻粒大の灸を据えた。

　百会の百はもろもろを意味し、病の集まるところだった。疲労、気うつ、不眠、頭痛、五臓六腑の不調などに効果があった。特に首から上の病に効き目がある。

　道三は天皇が精神的な疲れが少しあると判断し、百会を選んだ。

　灸は据えてすぐに消す方法を五度ほど繰り返した。

「熱くないのか」

天皇がきいた。

「ぴりっとほんの一瞬少し熱いだけです」

　一鷗が安心してもらうように言った。

「そうか。だが、熱そうだな」

天皇は心配気だった。

「では、肌にじかに据えないやいととという方法をお見せいたしましょう」

　そう言って、道三は持参した素焼きの小皿を取り出した。そして、それを一鷗の百会に乗せ、その上に小指の頭大の艾《もぐさ》を置いて、線香で火を点けた。艾から一筋の煙がたちのぼった。

「熱くないか」

再び天皇がきいた。

「熱いのですが、とても気持ちのよい熱さです」

　一鷗はにこやかに言った。

「効き目はどうなのだ」

天皇がきいた。

「やいととは瘢痕《はんこん》ののこらない隔物灸《かくぶつきゅう》という方法で、効果は直接灸とさして変わりはありません」

　道三は言った。

「では、そのやいととという方法で頼もうか」

天皇は安心して灸を受ける気になったようだった。

この日以来、道三は医者として朝廷とかかわりを持つようになった。以後、道三は天皇や公家の診療にも従事した。

後奈良天皇への治療が終わって、道三と一鷗は廷臣に控室へ案内された。くつろぐための部屋のようで、室内には書見台が置かれ、壁際には冊子が積み上がっていた。開いたままの絵草子もあり、蹴鞠用の毬まで転がっている。

中央に漆塗の黒い卓が用意されていて、廊下の向こうに小さな庭が望まれた。

「今日はご苦労であった。御上《おかみ》もことのほか喜んでおられた」

九条西家に連なるという四十がらみの廷臣は、二人をねぎらうと、

「これは御上からのお渡し品だ」

と言って、桐の小箱を卓上に置いた。手のひらにおさまる小さな箱だった。

二人が黙って見つめていると、

「開けてみるがよい」

と廷臣は促した。

道三が小箱を手に取り静かに開けると、中は砂の色をした粉だった。箱から清澄な匂いが薫ってきた。

「塗香《づこう》だ」

このようにして使うと言いながら廷臣はごくわずかの塗香を右の人指し指に取ると、左の手のひらに塗り付けた。

すると、そこはかとない香の匂いが室内に漂った。

——どこかで嗅いだ匂いだ……。

道三は記憶をたどった。

間もなくそれは昔、相国寺の蔵集軒で修行していたとき、住職の身辺に漂っていた香りとよく似ていたと思い当った。

——良い匂いだ。

道三には、懐かしくも、心洗われる匂いだった。

「香は古来より心身を清めるものとして用いられた。武士が戦に臨むにあたって鎧や兜などに香を焚きこめるのも心を整えるためだ」

おぬしたちも塗ってみるがいいと廷臣はすすめた。

道三と一鷗は手のひらに塗香を付けて香りを嗅いでみた。

——雅びの匂いだ。

しかし、道三は蔵集軒のときとはわずかに違う匂いを

嗅ぎわけていた。塗香は数種の希少な香木を粉にして混ぜ合わせてあるらしく、いま手に付けた匂いのほうが清澄で典雅に感じた。やはり禁裏の世界は違うと思った。

一鷗は手のひらを鼻に近づけしきりに匂いを嗅いでいた。

「気にいったかね」

廷臣が一鷗に問いかけた。一鷗があまりに熱心に嗅いでいるのできいてみたくなったようだ。

「もちろんです。これまでいくつか塗香を試したことはありますが、このたびの塗香は特別です」

何が入っているのですかと一鷗はきいた。

廷臣は小さく笑いながら、

「それはいわないことになっている」

と一蹴した。

「そうですか。それはちょっと残念です。おそらく沈香の種類によるのだと思います」

「そうかね」

「違いますか？」

「さて、どうだろう」

廷臣は何も答えなかった。

道三は二人の会話を耳にしながら塗香のかすかな香りを楽しんでいた。そのとき、ふと卓上に置かれた小石のようなものに目が止まった。将棋の駒だった。

「ほうこれは高級な駒だ」

一鷗が目ざとく言った。

「そのほう、将棋をやるのか」

廷臣は急に目を輝かせてきいた。

「少しですが、たしなみます」

一鷗は言った。

「どこで覚えたのだ」

廷臣は興味に駆られたのかたたみかけてきいた。

「好きな寺僧がいまして、何度か遊んでいるうちちいつのまにか覚えました」

本当は七条通りの遊廓で覚えたのだが、そうとは言えなかった。特に、居残りをしているときに連歌仲間と何番も指している。

将棋の歴史をたどれば、遣唐使や僧侶によって大陸からもたらされた遊戯だった。

この室町時代、将棋はまだ庶民の遊びではなかった。そのルールや駒数は今日と違っている。たとえば、「酔《すい》象《ぞう》」という駒があって、敵陣に入ると、「太子《たいし》」となる。「太子」ができると、「王将」が取られても、将棋は成立して続行される。駒は九十二枚使用されていた。これは、「中将棋」と呼ばれたが、この方式を変更して、今日、普通に通用している四十六枚の駒を用いる、「本将棋」を定めたのが後奈良天皇だった。

このとき、天皇は相手から取った駒を再び使えるように改革した。戦国の世にあって、敵方の兵隊（駒）を味方につければ、これ以上の強みはない。この方式は一種の重要な戦略であり、天皇は盤上において戦の要諦を武将たちに示したのかもしれない。

また、従来の方式では比較的短時間で将棋が終わってしまうので、もっと長く楽しむ方法として、このルールを考え出したともいえる。取った駒をどう使うかで楽しみは無限に広がる。

いずれにしても、敵の駒を再び使う方式は世界に類をみない革命的な遊戯方法だった。

遊戯法を後奈良天皇がみずから工夫したので、公家や風流人のあいだで急速に将棋が興じられるようになった。

「どうだ、一局、手合わせするか」

廷臣は一鷗の反応を窺うようにきいた。

「わたしでよろしければ」

一鷗は満更でもなかった。将棋好きだったのである。

ただちに将棋盤に駒が並べられ、二人の将棋が始まった。

遊びは次第に熱気を帯びていった。二人は息を殺し真剣そのもので盤上を見つめている。

異常な熱気を感じた。

しばらく盤上の駒が行き交った。単なる遊びにすぎないはずなのに白熱している。道三は黙って見守っていた。

そして、ようやく勝負がついたようだった。

長いため息をついてから、廷臣が、

「負けました」

と一鷗に一礼した。苦しそうな顔だった。

負けたほうが相手に負けを宣言するのが、この遊びの規則だった。

部屋には気まずい空気が流れていた。

道三はその雰囲気に耐えられず、

「では、このへんでおいとまさせていただきます」

と腰を浮かした。

だが、廷臣は無言で体を固くしたままだった。負けて悔しい様子が傍目にも気の毒なくらい見てとれた。

一方、一鷗は将棋に勝って喜びに浸っているのか、道三が退室を目で合図を送るのだが一向に気づかない様子だった。

廷臣は相変わらず悔しさをにじませていた。

一鷗は廷臣のその様子に、

「いかがです。もう一番指しますか」

きいた。

すると、廷臣は喜色を浮かべ、

「そうか。やるか」

と急に背筋を伸ばした。

再び駒が盤上に並べられ将棋が始まった。

一鷗は「銀」をせり出して攻めているのに比べ、廷臣のほうは「玉」を固め、「歩」を相手陣に入れて「と金」を作る作戦のようだった。廷臣のほうが有利に戦いを進めていて、さっき見せていた悔しい様子はなく、頬をゆるめ余裕を感じさせていた。

一方、一鷗のほうは苦戦していて、空咳ばかりを連発していた。

しばらく緊迫したせめぎ合いが続いた。二人とも黙りこくって盤面を見つめていた。熱戦が続いているようだった。

急に一鷗が、

「王手」

と言い、駒音高く敵陣に「金」を打ち込んだ。

廷臣は驚いて盤面に釘付けとなり一点を凝視していたが、やがて、

「負けました」

とつぶやき、悔しそうに一鷗に一礼した。

再び部屋は重い空気に包まれた。

道三は一鷗を促し、

「長居をしました。これで失礼いたします」

と立ち上がって頭を下げた。

「そうか。わかった」

と廷臣はうなずき奥に向かって激しく手を叩き、従者を呼んだ。

あらわれた従者に、

「この者たちを門まで送るがいい」

と怒ったように命じた。明らかに将棋に負けて悔しがっていた。

勝負は一鷗の二連勝で終わった。

御所の門を出てから、道三は、

「あんな勝ち方をしていいのか」

と一鷗にきいた。

「ああ、仕方がありません。手抜きしてもいいのです

が、それは相手に失礼にあたります」

一鷗は当然という顔だった。

「相当悔しがっていたな」

たかが駒遊びではないかと道三には思えた。

「勝負にこだわる人物は多いものです。あの人は相当、自信を持っていたのだと思います」

だが、ちょっと攻めが甘いと一鷗は感想をもらした。

「それにしても、あそこまであらわに悔しがるとは大人げないし、異常でもある」

「負けると悔しい思いをするのがこの遊びです」

「そこまでしてやりたいものかね」

「ええ。遊びではありますが、ひとたび勝てば負けた悔しさは吹き飛びます」

一鷗は楽しそうに口にした。足取りも軽かった。

十六

突然、その日、道三は十二代将軍・足利義晴から往診を頼まれた。

道三は一鷗とともに急ぎ足で足利邸に向かった。

「何でしょう。また腓《こむら》返りがぶり返したのでしょうか」

一鷗はきいた。

「いや、あれは治っているはずだ」

治療効果はあがっていて、再発するとは考えられなかった。

「以前もしきりと細川晴元の病状について知りたがっていました。今度もそのあたりを探りたいのではないですか」

「それは考えられる」

と道三はうなずいた。

この頃、将軍・足利義晴と細川晴元の暗闘は続いていて、義晴は細川家の家督を細川氏綱《うじつな》（晴元の義理の従兄弟）にすえようと画策していた。

一方、細川晴元はこの義晴の動きに真っ向から対立し、この年――天文十五（一五四六）年八月、側近の三好長慶らの軍勢を堺に侵攻させた。堺で細川氏綱が反細川晴元で挙兵したからである。

その堺の町は日明貿易で潤い経済力をつけていた。富を得た堺の商人たちは自治組織、会合《え ごう》衆《しゅう》を作って都市を動かしている。細川氏綱はこの会合衆の支援もとりつけ、急速に勢力を伸ばしていた。堺に兵を進めた長慶らの軍は反撃に遭い、たちまち氏綱方に追い返され、会合衆の仲裁を受ける体たらくだった。

細川晴元方は敗走して、将軍・義晴は勝ったのである。

「自分のほうが勝っている今、晴元が病気で弱っているなら追い打ちをかける作戦かもしれません」

一鷗が言った。

「考えられるが、わたしは何もいわない。それはすでに将軍にもわかっているはずだ」

「でも、そこを探るのが政治に携わる者の常なのでしょう」

一鷗はそう言って、

「それにしても烏《からす》がうるさいですね」

と空を仰いだ。

どんよりした空に烏が群れをなして飛んでいた。その数、四、五十羽はいただろう。ちょうど足利邸の上を旋回するような具合で異様な光景だった。

道端で子どもたちが烏を見上げながら声を合わせて歌っていた。

「鳶《とんび》まわれば空はよし。烏《からす》まわれば泣き空」

鳶が舞えば、晴れ。烏が舞えば、雨という俗信を歌にしていた。また、烏は不吉のしるし、死の前兆としても見られていた。

「あれだけの数の烏が飛ぶのも珍しい。将軍家に何か悪いことでもあったのかもしれないですね」

一鷗は眉をしかめながら空を仰いでいた。

――まさか将軍が死の病に……。

初めて目にする烏の光景が道三にも悪い予感を与えていた。

将軍の邸宅に着くと、すぐに寝所に案内された。

二人は寝所前に立った。

道三はここで会った直垂姿で侍烏帽子をかぶった武士を思い出していた。あのとき、すれ違った直垂姿の若者は三好長慶のように見えた。敵同士が会うのは危険な行為でもある。両人は何か密約を交わしたのかもしれなかったが、それが今度の三好による堺侵攻で反故になった可能性もある。

道三は一鷗と一緒に寝所に入った。

――これは……。

道三の目に異様な光景が飛び込んできた。

薄暗い寝室で、義晴は全身に布団をかぶっていた。盛り上がった布団は小刻みに動いている。

「親方様は昨日からこのご様子です」

案内の家臣は当惑したように言った。

「何があったのですか」

道三はきいた。

「わかりません。診察をお願いします」

家臣はただただ困惑していた。

「外で鳥の大群が舞ってます。将軍はあれを目にしましたか」

道三はきいた。

「見ました。鵺《ぬえ》が来たとしきりに話されています」

家臣の声は心なし震えていた。

――鵺か……。

道三は胸におさめた。

鵺は正体不明の怪獣だった。その昔、源頼政が紫宸殿上で射取ったという伝説上の化け物である。戦乱や悪疫、飢餓が世を襲っているこの時代、不吉や悪霊を鵺の仕業にする風潮があった。

道三は枕元に近づき静かに布団をまくった。震えながらうつ伏せに丸まっている義晴があらわになった。亀がしきりに首を引っ込めようとしている恰好に似ていた。そこに将軍の威厳はなく、幼児のように震えている病人がいた。

道三は診察しに来た旨を伝え、

「将軍、どうされました」

なおも問いかけると、将軍はようやく、

「恐い、恐い」

とか細い声で応じた。

道三は将軍が極度の精神不安に襲われていると判断した。尋常でない状態が震えをもたらしているようだった。

「ご安心ください。鵺を退治してみせます」

と言って、道三は一鷗に灸を用意するよう伝えた。

一鷗は言われたままに手際よく火種を作り施灸の用意を整えた。

「これから二個所に灸を据えます。少し熱いかもしれませんが、これは鵺を追い出すための熱さだと思ってください」

と言い、道三はまず、頭頂の中央にある百会《ひゃくえ》のツボに米粒大の灸を連続して据えていった。後奈良天皇に据えたのと同じ所だった。天皇のときは未病《みびょう》を治《じ》すのが目的だったが、将軍の場合は本格的な治療のためだった。灸の大きさも数も違っていた。

将軍は、

「熱い、熱い」

と訴えた。

道三はそのつど、

「将軍、我慢、我慢です」

と繰り返して励ました。

灸を据えるうち将軍の反応が変わってくるのを見て道三は、

「では、今度は手首のほうに灸を据えます」

と将軍の手を取って手首の内側三寸（約十センチ）くらい上のところに胡麻粒大の灸をした。霊道《れいどう》というツボである。

途端に将軍が、

「熱っ！」

と飛び上がった。

「将軍、我慢、我慢です」

と励ましつつ、左右の手首に繰り返し据えていった。

灸が終わると、震えていた将軍の顔にも赤みがさし、態度も落ち着いてきた。

それから、道三は一鷗とともに、精神不安を取り除くため、「四逆散《しぎゃくさん》」を別室で調剤して将軍の邸宅をあとにした。

帰り道、一鷗は、

「将軍はいつか道三さんに医学校を邸宅内に建てればいいといっていましたが、今日はそれどころではありませんでした。一体、将軍はどうしたのです」

ときいた。震えていた将軍の姿が信じられない様子だった。

「あれは憑き物にとりつかれたせいだ」

道三は言った。極度の不安に襲われおののいていると判断した。

「しかし、将軍は堺で細川晴元方を蹴散らしたはずではありませんか。勝って喜ぶはずですがね」

一鷗はきいた。

「まあ、そうなのだが、将軍ともなると人にはわからぬ重圧があるのだろう」

そのへんは道三も理解できない領域だった。将軍は逆襲を恐れて、おののいているのかもしれない。

「鳥の襲来ではないが、ああいう現象に悪霊を見たのかもしれない」

道三は言って、しばらく歩いてから、

「それにしても、百会と霊道への灸があれほどの効果を発揮するとは信じられなかった」

道三の驚きだった。

「経験済みではないのですか」

一鷗がききかえした。

「いや、初めて試みたのだ」

「そうだったのですか」

「鍼灸もばかにしたものではない」

道三の実感だった。鍼灸の研究をさらに深めようと考えていた。

「将軍は邸宅内に医学校をと提案しているようですが、じつは先日、別の援助の話が舞い込んできました」

「将軍や細川晴元などから支援される話は嫌なのだが」

「それが、違うのです」

別の支援者ですと一鷗は楽しそうに口にした。

京の学舎

一

「どこへ行くのだ」

と道三はきいた。前を歩く一鷗の足取りはどう見ても速かった。着物の裾を蹴散らし足早に歩を進めている。

「急ぐのです。道三さん、速く歩いてください」

一鷗は顔だけ振り向いて道三を急かせた。

「これでも急いでいる。一体、どこへ行くかときいている」

道三は息をきらしながらたずねた。さっきからもう何度きいたか知れなかった。

「来ればわかります」

一鷗はうるさそうに答えながらも一向に足取りをゆるめなかった。

一鷗は御所を左手に見ながら進んでいた。九月初旬の中の刻《さる》（午後四時頃）でまだ昼間の暑さの余韻も残る時間だった。あまりの急ぎ足に驚き振りかえる通行人もいた。

道三の見るところ、一鷗は誰かと待ち合わせをしていて、急いでいるに違いないと思った。

——一体誰だろう？

そう考えながら、道三も裾を蹴散らし、一鷗に遅れをとらずに歩を進めた。

やがて、一鷗は足をゆるめて立ち止まった。烏丸通りを西に二本ほど入った新町通りの一画だった。雑木林が続き、その中に民家が点在していた。

「よかった。まだ来てなかった」

一鷗はあたりを見回し安堵していた。

「今日、急に使いが来て、この時間にこの場所を指定するものだから急いで駆けつけたのです」

急がせて申し訳ありませんと一鷗は道三に詫びた。

それから、一鷗は、

「どうです？　ここは」

と低い生垣の中を指し示した。

かなり広い敷地には倉庫のような古ぼけた建物が二軒並んで建ち、その背後は竹林だった。

「気にいりましたか」

一鷗は道三の反応を楽しむようにきいた。

「どういうことだ？」

道三は一鷗の言いたいことが分からなかった。

「道三さんに以前、医学校への支援者の話をしましたが、それが具体化したものですから、今日ここに来てもらったのです。その人たちは、この地を医学校にといっているのです」

一鷗は再び敷地内を指さした。

道三は改めて敷地を見渡した。三百坪はあるだろうか、ところどころに低木が植えられ、あとは黒い板塀の建物が建っているだけで空き地が目立った。ぼんやり眺めているうちに、古い建物を修繕して、玄関戸も作り直し、そこへ医学校の看板を掲げる場面を想像した。さらに、空き地に薬草を植えれば自前で生薬が調達できると思った。

——捕らぬ狸の何とやら……。

強引な空想に苦笑いがこぼれた。

道三は気を取り直して、

「支援者は足利将軍でも細川晴元でもないのだな」

と念を押した。

「もちろんです」

一鷗はうなずいた。

「この場所なら御所からも近いので天皇の診察もしやすい」

後奈良天皇には灸による治療をして以来、何かと頼りにされている道三だった。医学校への援助も惜しまないというありがたい話ももらっている。

「そうですか。ここなら、御上《おかみ》も安心しますね」

一鷗は妙に得心したようだった。

「で、その支援者というのは何者なのだ」

道三はきいた。

「もう少し待ってください。今、あらわれます」

一鷗は言って、

「そろそろなのですが……」

と背伸びするように通りの左右を見渡した。

往来にはまだ夏の余熱が残っていた。

二

ほどなく、二人の若い男があらわれた。

一人は連歌師の里村紹巴《じょうは》だった。剃髪した下ぶくれの顔に道三は見覚えがあった。もう一人は仕立ての良い渋い茶色の小袖を着ていて、恰幅がよかった。口も鼻も小さく親しみやすい感じを受けた。突き出た額の下に細くやさしい眼差しの目があった。しかし、その黒目の奥は窺い知れない不気味さのようなものを秘めていた。

里村紹巴との挨拶が済むと、一鷗は、

「こちらは今井宗久《いまいそうきゅう》さん。堺で貿易の仕事をされています」

と恰幅のよい男を紹介した。

「はじめまして」

道三は今井宗久という男に挨拶した。面と向かうといかにも商人という雰囲気を感じた。

宗久は礼儀正しく一礼して、

「こちらこそ。でも、わたしはもうあなたさまにお会いしています」

と細い目をさらに細くして言った。

「会っていますか？」

道三は意外だった。

すると、横から、一鷗が、

「会ってます。今井さまのいわれる通り連歌の会で一緒しています」

と言った。

上長者町で開かれた連歌の会だった。道三は里村に誘われ初めて連歌を見学したのである。この会場に連衆として宗久がいたのだった。当日は連衆が一組や二組ならまだしも、何組も組まれていたから、初参加の道三が参加者を捕捉するなどできない話だった。一方、宗久のほうは道三の存在に気づいていたらしい。

――それにしても若い人たちだ。

道三は改めて二人を見つめた。里村紹巴は二十二歳。今井宗久は二十七歳だった。四十歳の道三からすれば若い二人だった。急速に力をつけている若い芽を感じた。

「今井さんは医学の学舎《まなびや》にたいへん関心を持ち、この場所を提供したいといわれているのです」

一鷗が言った。

「わたし一存の考えではありません。堺の商人衆が医学の教育に強い関心と期待を寄せていまして、それならとここを思いついたのです」

宗久は控え目に口にしながら、

「きくところによりますと、御上も医学校には期待を寄せられているとか」

と言った。

「よくご存じですね」

道三は宗久がどこで天皇の関心事をききつけたのかと少し驚いた。堺という町の商人衆の早耳に警戒する気持ちも覚えた。

宗久は門の扉を開けて敷地内に入った。

「建物は二棟とも貿易品を納める倉庫でした。しかし、ご覧の通り水はけがよくありませんから、倉庫には向かないのです」

確かに足元は少しぬかるんでいた。十日ほど前に小雨が降って以来、雨はなく、地面は乾燥していていいはずだった。

「そもそも京都の町は水はけがよくない土地柄ですが、地盤固めなどして、水はけをよくすれば問題ないでしょう。商人衆からのささやかな好意として使っていただきたいと思います」

なめらかな宗久の口調だった。

「ありがたいお話ですが本当によろしいのでしょうか」

道三は恐縮しつつ、たずねた。

「いや、こちらこそありがたいのです。わたしたち商人もいつ病気に罹るかしれません。そのとき、助けていただけますし、同時に優れた医者の養成をお手伝いできて社会のお役にたてると思うのです」

宗久は淡々と口にしてから、倉庫の鍵をさして扉を開けようとした。だが、いくら引いても扉はびくとも動かなかった。

「わたしがやりましょうか」

と紹巴が進み出て扉を引いたが動かなかった。

「これは……」

と紹巴は気を取り直し、息を止め腰を入れて引くと、ようやく扉がいやなきしみ音をたてながら開いた。

「ご覧の通り、建てつけも悪くなっています」

もう半年近く開けていませんと宗久は申し訳なさそうだった。

建物の中は薄暗く、黴臭《かび》いにおいが四人を襲った。床は土を踏み固めただけで、天井の梁《はり》は剥き出しだった。左右の壁には貿易品を置く棚が並んでいた。まさに倉庫だった。棚板に置かれた品物は生物《なまもの》だったようで一部が腐っていて異様なにおいを発していた。

「雨漏りもしますから、使うとなると相当直す必要があります。もちろん修理の費用もご心配には及びません。いかがでしょう」

宗久はきいた。

「ありがたい話です」

道三はうなずいた。建物は補修の必要があり、水はけの問題も解決しなければならないと思った。

「それでは、これを受け取ってください」

と宗久は鍵を道三に渡した。

「よろしいのですか」

手のひらに載った鍵は予想外に重かった。

——重い……。

鉄の重さだけではなかった。医学校の始まりがこの鍵に集約されているかと思うと、その重みが手に伝わったようだった。

「それでは、わたしたちはこれで」

と紹巴は一礼して宗久とともに建物を出て行った。

二人はこの後、連歌の会に出かける予定が入っていた。

三

「いよいよですね。道三さん。啓迪院《けいてきいん》が実現します」

里村紹巴と今井宗久の姿が上長者町通りを小さくなるまで見送りながら一鷗が言った。

「人は人を呼ぶ。縁は異なものというが、一鷗が里村さんを治療しなければ、今日のようなことは起こらなかったはずだ」

道三の感想だった。

「里村さんはしきりに一鷗を名医だといっていた。高熱と激しい咳を治したというではないか。一体、どんな治療を施したのだ」

道三はきいた。

「なに、あれは竹葉石膏湯《ちくようせっこうとう》を処方しただけの話です。たちまち効いたのでわたしが驚いたほどです」

一鷗は控え目に答えた。

「麦門冬湯《ばくもんどうとう》を使ったのかと思った。違うのか」

高熱と咳の症状にはよく用いられる処方だった。

「違います。鼻づまりがひどくて、さらに石膏で熱を下げたいと思いまして」

「なるほど。解熱に石膏を思いついたあたり、一鷗も生薬のたいした使い手ではないか。里村さんが一鷗を名医と讃えるのは正しい評だと思う」

道三は言った。

「名医呼ばわりなどおこがましいですが、里村さんがわたしを信頼してくれているのは、治した医者としては嬉しい限りです」

一鷗は照れた様子だった。

「お陰で里村さんは今井さんを連れてきてくれた」

道三はそう言って、

「そうか。もしかして、あの今井という人が居残り代を立て替えた人物か」

と言った。里村紹巴は一鷗に依頼され、堺の豪商を訪ねて金を調達し、遊廓に持参していた。

「そ、そうです。あの方一人が出したのではありませんが」

一鷗は痛い昔話を蒸し返しされて気まずそうだった。

「融通してくれたのでいうのではないが、今井さんは商才に優れ、若いが堺の商人の間で絶大な信用と人望を得ているようです」

一鷗は誇らしげに言った。

「御所にも出入りしているだろうか」

道三はきいた。

「ありえますね。どうしてですか」

「いや、さっき御上も医学校に期待していると言ってたものだから」

「堺の商人衆は、いま町が栄え、財を蓄えて飛ぶ鳥を落とす勢いです。当然、天皇にも近づきがあるでしょう。御所への寄付もしばしばだときいています」

一鷗は御所のあるほうに目をやりながら言った。

それから、二人は敷地を点検するために、一巡りして再び建物の中に入った。

道三は黴臭い倉庫内を見回してから、

「あらためて感謝する」

と一鷗に向かって頭を下げた。

「道三さん。改まってどうしました」

一鷗は不思議そうに道三を見つめた。

「わたしは足利将軍でも細川晴元でもない支援を求めてきた。それがここに実現する。一鷗のお陰だ」

ありがとうと道三は一鷗の手を握った。二人の権力者は破格の条件を道三に提示して支援を申し出ていた。しかし、戦国の世に特定の武将だけに肩入れして医学教育政《まつりごと》の中心地で人と財と歴史がある京都に戻ってきたのだった。

——いよいよ、学校が作れる。

道三は胸の高まりを覚えていた。

天文十五年（一五四六）九月——、ここに、道三は医学校『啓迪院《けいてきいん》』（現・上京区新町通上長者町通上ル）の土地と建物を確保した。

四

玄関のほうから姉・乗水のけたたましい叫び声がきこえてきた。朝食後の普通なら静かな一日の始まりの時間だった。

「道三、道三！」

と呼んでいる。

何事かと道三は調薬の手を休めて玄関に駆けつけると、乗水が額や唇から血を流した三十がらみの男に、大丈夫ですかと必死に声をかけていた。

「どうしました。姉さん」

道三は乗水に駆け寄った。

「どうもこうも、急にこの人が転がりこんできたものだから」

を実践するのは避けたかった。道三はあくまで平等の医療ができる環境を志向していた。

「そんな。道三さん、たまたまこうなったのです。わたしの力など微々たるものです」

一鷗は遠慮がちに言った。

倉庫内は異様なにおいが充満していた。道三はまず腐った品物類を処分しなければと思った。それから、棚をはずした上で床板を張って板の間に作り変えれば、一応、教場となると踏んだ。

——医学校を作れ。

耳の奥から師匠の田代三喜の声がきこえてきた。

わたしはできなかったが、おまえが門人を育てれば、わたしの医学は末永く伝承されると三喜は言っていた。

三喜とともに放浪医生活を続けている最中に、河越《かわごえ》の郊外で暴漢に襲われたときがあった。あのとき、もし三喜が死んだらどうなるかと思った。高度な医学の終焉になるような気がした。さらに、一人の医者だけでは力に限界があるとも感じた。

足利学校に倣って医学校を作るのは三喜の遺言だった。それには自分が学校を建てて、和方医学の構築、伝承、発展を図りたいと念じた。そして、三喜の勧めに従って、乗水は当惑げに男の肩を抱いていた。

このころ、道三の家の軒下には、「くすし」と墨書した旗を掲げていたので、患者が訪ねてくるのは珍しくなかった。だが、こんな血だらけの患者が飛び込んでくるのは初めてだった。

男は強く殴られたらしく、額や唇、鼻などからおびただしく血を流し、目のまわりに隈ができていた。野良着や脚絆は泥だらけで、そこにも血が飛び散っていた。走ってきたのかしきりに肩で息をしている。

「どうしました」

ききながら道三が怪我の具合を観察すると後頭部からも血があふれていた。出血は打撲によるもので刃物の傷ではなかった。

「加茂川のほとりで休んでいましたら、いきなり襲われたのです」

気が動転しているのか男は震えながら言った。

京都には辻斬りや夜盗、追いはぎなどが横行していて、相変わらず治安は悪かった。

「ここでは何ですから、奥の部屋に行きましょう」

と道三が男に肩を貸して抱き上げようとしたときだった。いきなり、玄関から人相のよくない男二人が入ってきた。目が血走っている。

「こんなところにいたか。おい、出せ」

と怪我した男につかみかかった。暴漢は遠慮なしに胸ぐらを締め上げた。怪我の男は抵抗したが恐怖で声が出ないようだった。

「待て！」

道三は鋭く制した。

「わたしの患者にそれ以上乱暴を働けば容赦はしない」

そう言って首にさげた小さな竹笛を口にくわえた。一鷗からもらった竹笛で危害防止にいつもぶら下げていた。

「この笛を吹けば見回りの役人がすぐに駆けつける段取りだ」

いまにも吹く姿勢を見せると、暴漢は急に態度を軟化させ、

「こいつが持っていた物をおとなしく渡せば、それだけでいい」

と男を放した。

「持っていた物？」

怪我の男は手ぶらだった。持っていたかどうかを姉にきいた。

「いいえ、駆け込んできただけで、何も持っていませ

んでしたよ」

と乗水は首を横に振りながら即答した。

するとゝ暴漢は、

「こやつ、途中、どこかに隠したな」

来た道を戻って探せと言うなり、二人して玄関をあわただしく出て行った。

それから、道三は男を治療部屋に運び、傷を入念に手当てした。そして、打撲や出血には著効を示す薬として、三黄瀉心湯《さんおうしゃしんとう》を服《の》ませた。

男は安心したのか眠りについた。

「ようやく寝ました」

と道三は乗水に報告した。

「そうかい。それはよかった」

乗水も安堵したようだった。

すると、乗水は急にあたりをはばかるように声を落として、

「じつは持っていた物があります」

とささやいた。

「えっ、どういうことですか。姉さん」

と道三は顔を近づけた。

「さっきは暴漢に嘘をつきました。あの人が持っていた物がありました」

乗水は立ち上がり押し入れから何か細長い布の包みを取り出した。

「あの人が隠しておいてくれと必死に頼むものだから、すぐにしまっておいたのだよ」

と乗水は言った。

「何ですか?」

道三は包みの中身が気になり始めた。

「分からない。重い物だよ。おまえが見てみるがいい」

と言う乗水から道三は包みを受け取った。

——これは……。

異常な重さに道三は不気味さを覚えた。

細長い包みは重量感あふれ長さは片手に余り、かなり厚手の袋に包まれていた。袋はさらに二、三重に巻かれ厳重だった。

道三は巻物を解くように包みを広げ、袋の中の物を取り出した。

——これは……。

鉄製の細長い筒状の物だった。

重量が道三の両手にずっしりと伝わってきた。

「何だい、それは」

乗水が恐る恐るたずねた。

「種子島《たねがしま》……だと思います」

と道三は答えた。噂にはきいていたが、鉄砲の実物を目にするのは初めてだった。

「たねがしま、ですか」

「ええ。火縄銃という異国から伝来した武器です」

道三はそう答えながら、銃を両手で構えて見せた。

「よしなさい」

わたしのほうに向けないでと乗水は払いのける仕種をとって腰を退いた。

「大丈夫です。弾は入っていませんし、縄に火も点いていません」

「どんな仕掛けがあるか知らないけど、武器なんだろう。恐いじゃないか」

乗水は身を縮めながら筒先を見つめた。

「これは、これは」

道三は鉄砲を引っ込めて畳に置いた。両手に力を籠めて扱わないと膝に落として打撲しそうである。

歴史をたどれば、わが国に鉄砲が伝来したのは、天文十二（一五四三）年種子島に来航したポルトガル船員によるとされている。

以来、三年が経過している。だが、道三はこのとき、自分が手にした鉄砲がこの国の歴史を変える飛び道具になろうとはまだ気づいていなかった。

布の包みには火縄銃とは別に小ぶりの丸い包みも入っていた。袋の中は小箱や小袋、紐など、種々の小物が納められていた。

「それは何だい？」

再び乗水がこわごわたずねた。

「これはおそらく鉄砲で使用する道具類だと思います」

飛び道具には刀剣にはない小道具が必要だと道三はきいていた。

道具類は銃丸を納めた革製の方形袋、輪にしてまとめた火縄、竹製の量り、鉄砲玉の原材料などだった。

「これは火薬の原料だと思います」

道三は白い布袋に入った黒い粉を手のひらに広げて乗水に示した。

「大丈夫かね、道三。火薬なら爆発するだろう」

乗水は恐がっていた。

「火がなければ爆発しません」

大丈夫ですと道三は言いながら道具類をあらためた。

何に使うか分からない小物もいくつかあった。後で知ったことだが、早合《はやごう》という紙製の筒は一発分の玉と玉薬をあらかじめ入れておく容器だった。革でできた胴乱《どうらん》はその早合を収納しておく容器だった。さらに、火縄は木綿と檜の皮、竹の三種類があり、木綿と檜は湿気に強く、竹火縄は火移りがよかった。

「それにしても、逃げてきたあの男は何でこんな物騒な物を持っていたのかね」

乗水は男から隠すように依頼された物が武器と知って、男の素性が気になったようだった。

道三も鉄砲と小道具類をあらためながら同じことを考えていた。男の目的も気になった。もしかすると、誰かを狙い撃ちにするつもりなのかもしれない。

——刺客か。

だとすると、その相手は誰なのか。

にわかに男の正体が気になった。

「逃げてきたとき、あの男は包みを隠す他に何かいっていませんでしたか」

道三はきいた。

「そうだね……」

乗水はしばらく考える顔になって、

「そういえば、あわてて逃げ込んできてすぐに、ここは怪我を診てもらえるはずです。頼みます、と訴えていた」

と言った。

「怪我を診るも何も、ここが医者であることは、軒先にくすしの旗も掲げているから分かっているはずだが」

「そうなのだが、妙に親しみをこめたような感じなのだよ。おまえ、あの人を以前に診たことはないかい」

「いや。それはありません」

一度診れば忘れるはずはなかった。

道三はますます男に謎めいたものを感じた。

どのくらい時間が経ってからか、廊下で人の気配がして、

「よろしいでしょうか」

と男の声がした。

道三が襖を開けると怪我の男が廊下に立っていたので部屋に導いた。

男は恐縮しながら正座して、

「すっかり眠ってしまいました。お陰さまでだいぶよくなりました」

お世話になりましたと頭を下げた。

男の顔は最前より腫れあがっていたものの顔色はよく

なっていた。だが、頭は包帯で巻かれたままで痛々しい様子に変わりはなかった。

「熟睡したようだな」

道三がきいた。訪ねてきたときにはかなり消耗していたが、眠りがそれを軽減したように見えた。

「ええ。本当によく眠らせていただきましたし、痛みも少しとれました」

と言いながら、男はかたわらの鉄砲を納めた袋に目を止めた。

包みはまとめられていたが、元の包み方とは違っていて、開封した様子は歴然としていた。

「中は見せてもらった。その武器をどうするつもりだ」

と道三はきいた。危険性を際立たせるために故意に武器という言葉を使った。

「手当てをしていただいた点はお礼申しあげますが、それはいえません」

男はしきりに謝りながらも、かたくなな態度を崩さなかった。

「誰かを撃つつもりではないのか」

「滅相もございません。わたしは最近鉄砲を手にしたばかりで、撃ったこともありません」

「ない？　では、なぜこんな物騒な物を持っているのだ」

姉は見ただけで脅えたものだと道三は言った。

乗水はうなずいてから、

「ここを道三の家と知って逃げてきたようだね」

ときいた。

「そうです。かねがね一鷗先生から道三先生のところは安全だときいていたからです」

と男は言った。

「なに、そのほうは一鷗を知っているのか」

道三は驚きを口にした。

「ええ。知っています」

男はうなずいた。

「どうして知っているのだ」

「どうしてといわれても困るのですが、堺で知り合ったのです」

「そうか」

道三は少し納得した気になっていた。一鷗は堺衆との付き合いが深い。

「京都に来たのも一鷗先生に会うためです。相談したいことがあるのです」

「それは鉄砲がらみなのか」

道三はきいた。

「それは……。それはいまはいえません」

「そうか。仕方ない。だが、一鷗ならもうすぐここに来る予定だ」

「一鷗先生が？」

「そうだ。一緒に往診に出かける手筈になっている」

「そうでしたか。それなら、ここで待たせていただいてよろしいでしょうか」

男が控え目にきいた。

「かまわない」

道三は答えながら、一鷗が来れば男が鉄砲を持っている理由も少しは分かるのではないかと思えた。

それから道三は男に奥の部屋でもう少し休んでいるように言った。

男は一礼すると、大事そうに鉄砲を納めた袋を持って奥の部屋に消えた。

五

道三が調剤室で作業を再開していると、やがて、一鷗があらわれた。寝起きの顔で、帯はだらしなく結ばれている。

「どうした。目やにがついてるぞ」

道三は薬研を回す手を休めて言った。

「昨夜《ゆうべ》、飲みすぎてしまいました」

一鷗は欠伸をこらえていた。

「いつものことだ。体を壊す。少し控えたほうがいいな」

今日はお客が来ているぞと伝えた。

「お客？　何の話ですか」

一鷗は眠そうに目をこすりながらあたりを見まわした。

「不思議な客だ」

と言って、駆け込んで来た男についてかいつまんで話した。

「そうでしたか。鉄砲を……」

誰だろうと一鷗は首をひねった。

道三は乗水を呼んで、男を連れて来るように頼んだ。

男はすぐにあらわれた。大事そうに鉄砲の包みを抱えている。

「欣助《きんすけ》ではないか」

男を見るなり一鷗は叫んだ。

欣助と呼ばれた男は、これまでとうって変わって相好

を崩し、

「一鷗先生。お久しぶりです」

と親しそうに一鷗に近寄った。

「どうした、その恰好は」

腫れあがった顔と痛々しい包帯姿に一鷗は医者の目を向けた。

「道三先生に助けていただきました。なに、もう大丈夫です」

と欣助は小さく笑ってみせ、

「一鷗先生にお会いしたく京都に来ました」

と言った。

「会いに来たのはいいが、鉄砲を持っているというではないか」

一鷗は欣助が抱えた包みを一瞥してから、本当かとたずねた。

「本当です。先生」

相談がありますと、あたりの気配を窺うような態度を示した。

明らかに道三の存在を気にしている様子だった。

その空気を察して、一鷗は、

「道三先生は大丈夫だ。わたしの先生でもある」

と欣助の警戒心を解いた。

「分かりました」

と欣助は一礼し、

「じつは、誰に売り込みに行けばいいものか先生におききしようと思っていました」

と言った。

「売り込む？　鉄砲をか」

「そうです。先生は細川家にも、足利将軍家にも出入りされ、さらには名のある武将もご存じですので、どこに鉄砲を持ち込めばいいか、ご助言をいただきたいと思いまして」

「そんな……」

と一鷗は一呼吸置いてから、

「そんな助言はできない話だ。それより、おまえには生薬を扱うというれっきとした仕事があるではないか。そんな危ない話には乗るな」

と諫めた。欣助は堺の薬種問屋「壺屋」の使用人だった。

「新しい仕事ですが、危ないことはないと思います」

「危ない話だ。実際、おまえは襲われたではないか」

「あれはきっと堺からつけてきた男たちだと思います。もう少し気をつけていればこんなことにはならなかったはずです」

欣助は暴漢に臆しているところはなかった。体格はよく、腕力も強そうだった。

「それまでして鉄砲を売り込みたいのか」

一鷗は呆れたようにきいた。

「そうなのです。これは新しい商売なのです」

「だが、鉄砲などおまえの本筋の仕事ではないではないか」

「いえ、先生。生薬を扱うからこそ、鉄砲商売が魅力なのです」

「どういうことだ」

一鷗は怪訝そうにきいた。

「鉄砲の火薬は生薬で作ります。生薬なしには一発の玉も撃てないのです」

欣助は誇らしげに言った。

木炭と硫黄、硝石が火薬の材料だった。

「そうか。確かに生薬だ」

感心したように一鷗はうなずいた。

道三も薬の材料が飛び道具の必需品になるとは知らなかった。

生薬としての木炭は薬用に工夫すれば、解毒、便通の効果が期待できた。硫黄は外用薬の材料として、また、腹の調子を整える薬に用いられた。硝石は使い方を誤らなければ便通、解毒の特効薬だった。

「新商売がここにあるではありませんか。鉄砲の本体は鍛冶屋にまかせるとして、火薬のほうはわれわれ薬種商の出番のような気がします。堺の商人たちに伝わる戒めの言葉があります。人は三十歳《みそのとし》のうちに名を発《おこ》せざれば、立身ならぬ物なり、です」

欣助はなめらかに口にした。

「それは里村紹巴の口癖だ」

一鷗は言った。

「そうです。歳は下ですが、わたしが尊敬している人です。わたしももう少しで三十ですので名を発そうと思っています」

欣助は意気込みを示した。

「それはそうと、どうしてこんな物をおまえは持っているのだ。高価で、そう簡単には入手できないはずだ」

一鷗がきいた。

「それは火薬に目をつけたからには、鉄砲を一挺手に入れないといけないと思い、堺のある筋から入手したのです。金を積み拝みたのんで融通してもらいました」

欣助はさらに続けた。

「火薬と生薬の関係についてまだ誰も気づいていません。先生もご協力願えますか」

「火薬ねえ……」

満更でもない様子で一鷗は顎をなでまわした。

「先生、一緒にやりませんか。特に火薬で重要な硝石は貿易品が主で、ほぼ堺で独占しています。これは医者や薬種商だからこそ扱え、利用の仕方も心得ているわけです」

「そうか」

一鷗は顎に手を置き考えている。

「ですから鉄砲商売が魅力なのです。これから盛んになること請け合いです。いかがです。ご一緒しませんか」

欣助は熱心だった。

「そこまでだ」

と道三は鋭く二人の話に分け入った。

「いまはそんなことより怪我をきちんと治すことが先決だ」

道三は鉄砲話に終止符を打った。そして、欣助という患者のために調薬した十日分の三黄瀉心湯《さんおうしゃしんとう》を与えた。

「これでも足りないようだったら、また来るがいい」

と早々に引き取らせた。

欣助は大事そうに鉄砲の包みを抱えて出て行った。

欣助が帰ってから、

「まさか、鉄砲商売に一枚嚙むつもりではないだろうな」

と道三は一鷗にきいた。咎める口調だった。

「欣助にそんな危ない商売をやめろといっていたのに、最後は何のざまだ」

「いや、ちょっと面白いと思ったものですから」

一鷗はまだ満更でもない様子だった。

「火傷するのがおちだ。やめておけ」

道三は強く制した。調子に乗ってしまうのがこの男の甘いところで、悪い癖だと心配がつのった。

「止めなければ、一鷗は欣助に細川家か将軍家をすすめただろう」

「かもしれません」

と言って、

「いや、違います」

と否定した。

「どういう意味だ」

と道三はきいた。

「三好長慶の名をあげたと思います」

と一鷗は言った。

「三好？　なぜだ。この前、堺で負けただろう」

「あれは不本意で出陣したもので、三好にやる気はなかったとわたしは考えます」

「そうか。だが、一鷗は鉄砲商売などに頭を突っ込むのはやめたほうがいい」

道三は忠告した。

「わかっています」

一鷗は神妙に応じていた。

記録をひもとけば、畿内《きない》で初めて鉄砲が使用されたのはこの年の四年後——天文十九（一五五〇）年、細川晴元と三好長慶が京都、上京《かみぎょう》の川端《かわばた》で戦ったときだった。細川方の撃った鉄砲の弾に当たって三好方の一人が死んだ。

「そういえば道三さんが以前話していた、将軍・足利義晴の寝所前ですれ違った直垂姿の若侍は三好長慶に間違いないようです」

「やはり、そうか。どうしてわかったのだ。一鷗はありえないという認識だっただろう」

「ええ。いまでも信じられないのですが、堺からの情報です」

「ほう、堺筋か。堺という町は底が知れないな」

道三の印象だった。いままた、欣助の鉄砲話でも堺の不気味さを感じたばかりだった。

「三好長慶は虎視眈々と細川晴元への復讐を企てています。油断できない武将です。裏で密かに相手方に通じていても何らおかしくはないのです」

「そうか」

これではっきりしたと道三は思った。権力者の正体は窺い知れなかった。

「いずれにせよ、一鷗は鉄砲なんかより啓迪院への援助を頼む。教師がいなければ、学校を維持できない」

「わかりました。わたしでできることをさせていただきます」

一鷗は真剣に応じた。

この日、道三と一鷗は五件ほど往診を一緒にこなし、その足で学舎の改築現場に寄った。土地と建物が提供されると、噂をききつけて、多くの支援者があらわれた。その中には、足利義晴や細川晴元も入っていた。誰にも与《くみ》しないという教育方針が壊れない限り、道三は支援者を選ばず誰からでも資金援助を受け入れた。

改修の突貫工事は進みつつあった。

六

道三は戸口横の柱に『啓迪院《けいてきいん》』と墨書された看板を掲げた。真新しい白木に墨の文字も黒々として鮮やかだった。

「立派な字ですね」

一鷗は腕組みしながら看板の文字を上から下まで何度も往復させて、ゆっくり眺めた。

「道三さんがこんなに書に長けていたとは知りませんでした」

「そうでもないが……」

道三はみずから筆をとった白木の文字を一字、一字改めて追った。

——けいてきいん。

そうつぶやいてみた。

長い道のりだった。師匠・田代三喜の遺言をついに実現させたのだった。

——三喜先生……。

不意に胸にこみ上げてくるものがあり、道三は思わず涙がこぼれそうになった。それを一鷗に感づかれるのが気恥ずかしく空を仰いだ。

雲一つない秋空だった。

「いい天気だ」

道三は空を見回して言った。

「本当ですね。道三さん」

一鷗も空を見上げ、

「秋晴れです。学校の門出にふさわしい天気ですね」

と楽しそうに口を開け両手を広げた。

「一鷗。何も口まで開けなくてもいいではないか」

「いえ、いえ。こんな機会はめったにありません。今日の良き日の空気を思いきり吸い込んでおきたいのです」

「そうか」

それもそうだと道三も倣って大きく口を開けて胸をふくらませ何度も呼吸した。澄んで乾いた空気が鼻孔を通って肺に浸透して行くのが実感できた。

天文十五（一五四六）年秋、道三は医学の学舎『啓迪院』を開いた。日本初の民間医学校だった。

啓迪院の敷地内に二棟あった倉庫は急ながら一応、修繕を終えて学校の体裁をとっていた。一棟は教場中心の本部棟でほぼ完成していた。一方は道三や一鷗がおいおい住む生活棟で、生徒の寄宿舎としても使用する予定だった。まだ改修半ばである。さらに井戸を掘り、便所と湯殿も別棟にして設置した。足利学校には及びもつかないが、多数の生徒が学べる環境は不十分ながら整った。

二人は本部棟とする建物の中に入った。

棚は取り払われ、床は全面板の間になっていた。天井は倉庫だったそのままに太い梁が剥き出しになっている。以前に充満していた生物《なまもの》の腐敗臭はなくなっていた。

「新しい木のいい匂いがしますね」

戸口に入って、開口一番、一鷗はそう言って鼻をうごめかせた。

「上等の木材は使えなかったが、鉋《かんな》だけは密にかけるよう大工に頼んだ甲斐があった」

道三は木を生かすも殺すも鉋の使い方次第で決まると教えられたことがあり、それを実践したのだった。

二人は板の間に上がった。大広間は優に三十畳はある。奥に板戸で仕切られた部屋が四部屋ほど並んでいた。

「ここが教場になりますね」

一鷗は体を回転させながら広々とした空間を確かめた。

「生徒には座卓で学んでもらう」

かなりの人数でも対応できるはずだと道三は言った。

「あの棚は何ですか」

一鷗は北側の一画に作られた奥行きのある棚を指さした。床の間の床を上に持ち上げた作りで、棚というより台だった。

「これは神農像《しんのうぞう》を安置する祭壇だ」

道三は祭壇に近づき木像を置く真似をしてみせた。

神農は古代中国の伝説上の人物で、百草をなめて薬を見つけ出したといわれ医薬の祖として知られている。人の形をした像は牛の頭をしていて木の葉の衣装を身にまとい、左手に稲穂を掴み、右手に草木採取用の鞭を握っている。

「安置するのは孔子像でもよいのだが、医学校なので、神農像のほうがよりふさわしいと思っている」

どうだろうと道三は一鷗に問いかけた。

「賛成です。神農像が恰好だと思います」

「そうか。まだ神農像は用意できていないが、そのうち何とかするつもりだ」

いずれ星辰図《せいしんず》も掲げる予定だと道三は言った。

星辰図は星座を描いた天文図だった。大きな世界観を養うにはよい教材だった。

「道三さんは庭に薬草園を作るといっていましたが、どうでしょう、空き地に茶と桑の木も植えませんか」

一鷗は何を思ったのかそう提案した。

「茶と桑の木も？　どうしてだ」

道三はききかえす。

「道三さんもご存じでしょうが、茶と桑の葉を乾燥させて蒸したものを飲むのは身心を安らかにして薬となります」

「うむ。確かに」

道三はうなずいた。道三も茶の効用には気づいているつもりだった。

茶と桑の効用については、臨済宗の開祖で、中国・宋から茶種をもたらした明庵栄西《みょうあんえいさい》が著した『喫茶養生記《きっさようじょうき》』の中で詳しく述べられている。

「特に茶の苦みは学舎で学ぶ生徒たちの眠気覚ましに最適だと思います」

一鷗は茶の木の栽培に積極的だった。

「茶と桑の木を植えるのは賛成だ。ただ、茶の栽培は難しいときいている。種であれ、苗であれ根づかせるのはたいへんなのではないのか」

「その通りです。ですがそれはわたしにまかせてください」

一鷗はさらに続けて、

「わたしは少しばかり心得ていますから」

と自信をこめた。

一鷗の父・元简《げんかん》は建仁寺《けんにんじ》の儒僧だった。その建仁寺こそ、栄西禅師が建仁二（一二〇二）年に創建した禅宗寺院だった。

「そうか。一鷗は父上のいた建仁寺に通って茶の研究もしたのか」

足利から一足早く京都に戻った一鷗が何をしていたか道三は知らなかった。京都ならではの多くのことを学んだのだろう。茶もそのひとつかもしれなかった。

「そんなところです。茶は知れば知るほど面白いですよ」

二人のあいだで、茶と桑の木の話はしばらく続いた。

七

パン！　パン！

いきなり啓迪院の広い板の間に手を打つ音が響き渡った。

「道三さん、どうしました」

一鷗は怪訝そうに道三を見つめていた。驚きとも疑いともつかぬ顔で口を開けたままである。行動の真意を確かめている様子だった。

「いや、どんな音がするかと思って……」

そう言いながら道三は再び手を打った。

パン！　パン！

何もない、がらんとした大広間に音が響いた。

「じつによく響く」

道三は天井を見上げていた。

「どういうことですか。道三さん」

一鷗はふたたびきいた。

「いや、申し訳ない。ちょっと思い出したことがある。三喜先生からあるとき両手を打ってみよといわれたのだ」

それは関東一円で放浪医生活を続けている最中の話だった。

木の切り株に休んでいた田代三喜は急に、

「両手を叩いてみよ」

と道三に言った。

道三は言われるままに両手を打った。

青空の下に音が鳴った。

「どうだ、音は見えるか」

と三喜はきいた。

「いえ、見えません」

不思議なことをきくものだと道三は師匠の顔を凝視した。

「両手から打ち出される見えない音がまさに治療方法なのだ。その音を出す両手こそが医者の力量を示す。医者としての使命といってもいい」

打ってみよと三喜は促した。

道三は再び両手を打った。

パンと澄んだ音が出た。

「すると、三喜先生は右手をあげて、この手だけで音を出してみよというのだ」

「片手で音を？　無理な話です」

一鷗は手を振って否定した。

「医者はどんな危険に遭うかしれない。怪我をしたり、片手を失う場合もある。そんなときでも治療法を見つけ出さねばならない。片手でも音を出すのが医者だというのだ」

道三は切り株に座った三喜の姿を思い浮かべながら言った。懐かしい師匠の面影が甦ってきた。

「片手で音を出すなど絶対無理です」

一鷗は右手だけを振ったり握ったりしたものの、当然音は出なかった。

「しかし、いまようやく三喜先生から出された課題が解決されたような気がする」

「ということは、道三さんは片手で音が出せるのですか」

一鷗の問いに道三は黙ってうなずいた。

「まさか」

と一鷗はあとが続かなかった。

「三喜先生が片手で音を出せといわれたのは、本当はこう考えろといわれたのだと思う」

そう言うなり、道三は一鷗の左手を掴み、その手に自分の右手を叩き合わせた。

パン！

と音が出た。

一鷗は身じろぎもしなかったが、

「出ましたね、道三さん」

とようやく声を発した。

「医学校を作れというのは三喜先生の助言だったが、両手の音でいいたかったのは一人の力には限界があるということだと思い至ったのだ」

道三はそう言って、再び一鷗の左手に自分の手を叩き合わせた。

そして、一鷗に真っ直ぐ向き合い、

「啓迪院の看板を掲げることができたいま、一鷗にあらためて学校の運営に協力をお願いしたい」

頼むと頭をさげた。

「道三さん、いまさら何をいうのです。わたしこそここで医学の腕を上げたいと思っています。お願いしたいのはこちらです」

一鷗は神妙だった。

「この啓迪院で和医学の構築と発展を図りたいと思う」

道三は続けた。

「大陸伝来の医学をそのまま使うとともすれば日本人に不都合もある。三喜先生の教えるところだ。そこで新しい方法や技術をあみだし、この国にふさわしい医術に発展させて定着させたいと思う」

道三が掲げる医学は後年、後世方派《ごせいほうは》と呼ばれた。江戸時代に発展した古方派《こほうは》とともに日本医学の二大潮流を形成した。

「この啓迪院で新しい方法や技術をあみだし、この国にふさわしい医術に発展させて定着させたいと思う」

道三は再び口にして、それから手を二度打った。

パン、パンと大広間に乾いた音がこだました。

一鷗も居住まい正して耳を澄ませていた。

ここに、啓迪院は始動したのである。

八

この年――、天文十五（一五四六）年、一人の武将が元服を迎えた。尾張国・守護代の家老の嫡男として生まれたこの武将は、八歳のとき、父親から那古野城《なごやじょう》を与えられた。頭脳は優秀で、弓道や馬術、水練、相撲などにも秀でていた。そして、十三歳を迎え元服したのである。元服式は自分が出生した尾張国・愛知郡の古渡城《ふるわたりじょう》にて執り行われた。烏帽子をつけ、幼名・吉法師を廃して、父親・信秀の偏諱《へんき》（名の中の一字）を受け、元服名を三郎信長とつけた。織田信長の誕生である。やがて、この国の運命を左右する武将に成長する。

天下をうかがう織田信長と新しい医学を模索する曲直瀬道三が出会うにはまだ数年の月日を要した。

同じくこの年――、天文十五年、もう一人の要人が元服した。十二月十九日、将軍・足利義晴は十一歳の嫡男・菊幢丸《きくどうまる》を元服させて、名を義藤《よしふじ》（のちの義輝）と改め、その翌日、義藤は征夷大将軍に任じられた。将軍職の禅譲は、細川晴元の攻勢をかわす義晴の巧妙な作戦のひとつだった。

その後、足利義晴、義藤の将軍方と細川晴元方との攻防は、年が明けるとさらに激しさを増してきた。いつ終わるか知れない抗争に京都の治安は悪化の一途をたどっていた。

こうした状況に道三は毎日床に就く前に戸締りを再確認していた。

道三は連日読書にいそしみ深夜に及んだ。書物を読みはじめると、つい時間の経過を忘れて日付けが変わる時間になってしまうのが常だった。机に向かって静座し書籍に親しむ文雅な時間は道三の最も好むひとときだった。

そうしたある日の夕刻、道三は一鷗に急に河原町通りの茶店に誘われた。酒も出す店で、戸口に屋号を書いたくすんだ旗を掲げている。旗が師走の木枯らしに舞っていた。

「ちょっと一杯やりましょう」

と一鷗は店内に入った。

板の間に上がり隅の席に陣取ると一鷗は早々に仲居に

酒と料理を馴れた様子で注文した。すすけた板の間の店内は各々の席が衝立《ついたて》で仕切られている。この日、客は二、三組ほどがいるだけで空いていた。

道三は店内を見回しながら、一鷗の横顔を窺い、

——この男は何を考えているのか。

と思っていた。何か下心があるときは決まって取り入るような行動をとるのがこの男の性癖だった。

「ここにはよく来るのか」

と道三はきいた。

「ときどき来ます。ちょっと息抜きするときにちょうどよいのです」

一鷗がそう話していると、早くも酒と料理が運ばれてきた。卓に里芋煮や胡麻豆腐、棒鱈の煮つけを盛りつけた小鉢がならんだ。

一鷗は道三の猪口に酒を注ぎながら、

「今の女をどう思いますか」

ときいた。

「女？　誰のことだ」

道三は質問の意味が分からなかった。

「今、この料理を運んできた女です」

「さて……」

確かに女が料理を運んで来たようだがよく見ていなかった。若い女と感じただけだった。

「道三さんはそういうところ、ぼんやりしているというか、欲得がないというか」

一鷗は猪口の酒を空けて、駄目だというように首を横に振った。

「店の女を欲得で見る奴がいるか。そっちのほうがおかしいだろう」

「気づいてほしかったので話したのです。千恵《ちえ》といって、若いながらなかなかよくできる女なのです」

「千恵……。なぜ名前を知っているのだ」

道三は驚いた。

「それは少し面倒をみていますから」

と一鷗は自慢げに鼻の下を指でこすってみせた。

「面倒を……。一鷗、まさか、紫乃さんをさし置いてその千恵とかいう女を何とかする気ではないだろうな」

「やめてください」

一鷗は大仰に手を左右に振って否定してみた。

「では、何なのだ」

「京都で学びたいというので、ひとまずここで働き口を見つけたのです」

一鷗の話によれば、千恵という女は堺の絵師の娘だった。一鷗が懇意にしている堺筋の商人から紹介を受け、生活の段取り付けを依頼されたようだった。

「そうだったのか」

道三はうなずきながら酒を口にした。

「千恵は道三さんに会いにきたのです」

一鷗も猪口を傾けた。

「えっ、おれに何の用だ」

道三はあやうく酒をこぼすところだった。

「千恵は医学を学びたいといっています。特に、鍼灸に興味を持っているのです」

「ほう。女性で医学を……」

珍しいと道三は思った。

「ついては啓迪院も開校することですし、千恵を生徒の一人に加えてみてはどうかと思ったのです。賄《まかな》い役を務めてもらいながら」

「賄いを？」

「そうです。寄宿生やわれわれも食事を摂らねばなりません。その世話を誰に頼むかです。千恵のような人物が恰好ではないかと思いました」

「なるほど」

道三はうなずいた。道三自身、寄宿舎の賄いまでは目が届いていなかったので、一鷗がそこまで配慮を示しているのは意外であった。いずれ道三も生活の場を啓迪院に移そうと考えていただけに食事の当てがつくのはありがたい話だった。

「それにしても、どうしてその千恵という人は医学を学ぼうと思ったのだろうか」

「それは絵師の父親が長い時間絵筆を持てないほど病弱で、結局、昨年亡くなりくやしい経験をしたからです。何とかしたいと子ども心に思いつつ、看病の限界も感じ、それには医学を学ばねばと思い至ったようです」

また、父親は外仕事ができないので絵師を職に選んだという話だった。

「絵筆だけで生計をたてていたのか」

よほどの才能がないと生活を維持するのは難しかっただろうと人ごとながら道三は気になった。

「それが、かなりの実力の持ち主でした。堺の町衆で知らない者はいません。血筋なのでしょう、千恵もなかなかの筆達者です」

「ほう」

感心しつつ道三はどれほどの腕の持ち主か興味が湧い

た。

「千恵をここに呼びましょう」

と言うなり、一鷗は手を打って酒を注文した。

やがて、二十代半ばの若い仲居が徳利を載せた盆を持ってあらわれた。明るい茶色の着物に赤い前掛けを下げてたすきを掛けていた。

千恵だった。

——涼しい……。

というのが道三の印象だった。色白のふっくらとした頬に目元の涼しい女だった。涼しげな目元はどこか死んだ妻の結衣に似ていなくもなかった。

「こちらが以前話した道三先生だ」

と一鷗は女に道三を紹介した。

「はじめまして、千恵です」

と千恵は丁寧に三つ指をついてお辞儀した。清楚な中に華のある微かな色香を漂わせていた。

「医学を学びたいとか」

道三はきいた。

「はい。なかなかきっかけがつかめなかったのですが、一鷗先生に出会って道がひらけたような気がします」

千恵は物静かに答えた。

「今、話していたのだが、道三先生はこのたびの啓迪院でそなたが学ぶことを許すはずだ」

と一鷗は道三の返辞を待った。

「えっ、よろしいのですか」

千恵は驚きとも喜びともつかない表情で道三を見つめた。

「熱心な人ならどんな人でも学んでほしいのが啓迪院です」

道三は千恵の入学を歓迎した。

一鷗は酒と料理を喜んでいる千恵に再度注文した。それから啓迪院のこれからの見通しを二人で話した。完全に開校の準備が整ったとはいいがたい学舎だった。備品も揃え、内装が終われば、年が明けて入居できる見通しである。そのときには、道三も一鷗夫婦も啓迪院が生活の場になる予定だった。

この晩は道三にとって久しぶりに楽しい酒になるはずだった。

突然、板の間を激しい音をたてて駆け足で近づいてくる者がいた。

「一鷗先生！　一鷗先生！」

千恵が血相を変えて叫んでいる。さっきまでの穏やかな顔つきとは一変していた。

「どうしました、千恵さん」

一鷗は中腰で応じた。

「表で子どもが急に倒れました」

助けてくださいと一鷗の手を引いた。

言われるまま一鷗も道三も千恵に従ってついて行くと、店の前の路上で十歳ほどの子どもが力なく横たわっていた。

その子をかかえ上げながら付き添いらしい三十がらみの侍が、

「犬千代様、犬千代様」

と必死に叫んでいた。

道三がかたわらに寄り、子どもの様子を窺うと火照った顔をして、息づかいは荒く、明らかに高熱に冒されていた。

「道三先生、ひとまず奥の部屋へ」

と千恵は店内を指さした。

「かたじけない」

道三は千恵の配慮に感謝しながら、侍に奥に運ぶよう指示した。

部屋におさまり、道三は千恵に水と手拭いを頼み、まず子どもの額を冷やした。

それから改めて子どもを診察した。前髪を垂らしたその顔はまだあどけなさが残っていて、苦しそうに口呼吸を繰り返していた。

ときおり、子どもは、

「痛い、痛い」

と訴えていた。

道三は子どもの手首をとり脈を診た。皮膚の表面部に脈を感じる浮脈《ふみゃく》という症状だった。

「犬千代様は何を痛がっているのでしょうか。どこもぶつけていませんが」

侍は心配そうにたずねた。

「おそらく、体の節々が痛むのでしょう。頭痛もあるかもしれません」

このとき道三は内心、子どもの病気を油断できない急性の熱病と診断していた。

厳しい状況は侍も感知しているらしく、

「急に倒れました。犬千代様のお命は大丈夫でしょうか」

と声を落として問いかけた。

「できるだけのことをするつもりです」

あとは医者にまかせてほしいと道三は言って、侍には別室に引き取ってもらった。

部屋に道三と一鷗の二人が残った。

一鷗は侍が居なくなってから子どもを一瞥して、

「熱病のようですが、これは危ないですね」

と声をひそめて言った。

「熱が皮膚の下にたまっている。ひじょうに危険な状態だ」

道三も小声で応じた。

「かわいそうに、もう手遅れです。わたしに方法は浮かびません」

悲しそうな顔をして一鷗は喘ぐ子どもを覗き込んだ。

「何か方法はないだろうか」

道三は呻くように目を閉じた。

しばらく呻いていたが、急に目を明け、両手をかざして軽く叩き合わせた。

ポンと小さな音が両手から発せられた。

「田代三喜先生の両手の音……」

一鷗はつぶやいた。

「そうだ。両手から打ち出される見えないこの音がまさに治療方法なのだ。諦めるのは早い」

それから、道三は何度か両手を小さく叩き合わせて、その音に耳を澄ませた。

「あった！」

と道三は叫んだ。

「ありましたか。何をします？」

一鷗は目を輝かせた。

「還魂湯《かんこんとう》に賭けてみよう」

道三は言った。

「なるほど。還魂湯か……」

一鷗は大きくうなずいた。

還魂湯はまさに字の如く、魂を甦らせる起死回生の妙薬だった。麻黄《まおう》、杏仁《きょうにん》、桂枝《けいし》、甘草《かんぞう》の四種の生薬を用いる。

「だが、今夜は酒を飲むために外出したので薬籠を持参していない。残念だがここに生薬はないのだ」

「それはわたしにまかせてください。とっくに酔いは覚めている」

一走りして薬籠を持ってくる、と一鷗はもう部屋を飛び出していた。

道三は間に合うことを祈りながら、子どもの額の濡れ手拭いを取りかえた。

そのとき、ふと子どもの名前が浮かんだ。

――犬千代……。

名前も顔だちもどこか名家の子弟を想像させた。さらに、なぜこんな師走のあわただしく、また木枯らしの吹きつける時期に京都を訪れたのだろうかと不思議に思えた。無理な旅は歴然としていてそれが原因の病だった。

これは単なる旅だったのか。

――あの侍は何者なのか。

一鷗の一刻も早い到着を祈りながらも、道三には疑問が次々と湧き起こっていた。

どこかの寺院で鳴らす鐘の音がかすかにきこえてきた。木枯らしがかき消すのだろう、その消え入りそうな音に道三は寒さがより身に沁みた。

道三は犬千代という名の子どもの顔を見つめていた。荒い息づかいだった。

――持ちこたえてくれ。

そう祈るしかなかった。子どもの生命力に頼るだけである。いま手持ちの医療道具といえば、袖口に忍ばせた護身用の鍼だけである。だが、鍼は高熱の病には無力だった。一鷗が運んでくる薬籠を待つしかなかった。火照った顔に荒い息づかいをしている子どもの顔を見ていると、妻の結衣が死の病床で示した様子が思い出された。

――結衣も高熱に苦しんでいた。

妻は幼い子を残して二十六歳で若い命を閉じてしまった。

道三はおのれの医術の未熟さが妻を死に至らしめてしまったと思うと、再び苦い後悔の念が甦ってきた。

結衣の死後に蛍が乱舞する様を見たものだった。いまは木枯らしがしきりに板戸を動かし、部屋に灯したろうそくの炎さえ時折揺らしている。子どもの命も風前の灯火かと思わせていた。

――持ちこたえてくれ……。

道三は嫌な予感を払拭するようにつぶやいた。それは同時におのれを励ます言葉でもあった。

薬籠が届いたところで子どもの延命が図れるかどうかの保証は何もなかった。だが、いまはただ一鷗の到着を願うばかりで、一縷《いちる》の望みをそこに託すしかなかった。

そのとき廊下のほうで足音がきこえ人の近づいてくる気配を感じた。一鷗にしては戻ってくるのが早いと思いながらも、

「一鷗か」

と道三は期待しつつ襖《ふすま》を開けた。

そこには犬千代に付き添ってきた侍が佇んでいた。

「犬千代様の具合はいかがでしょうか」

侍は腰を屈めながら寝床のほうに目をやった。手に細長い布袋を持っている。

道三は侍を中に導いた。侍は静かに足を運んで近づき枕元に膝をついて犬千代の顔を覗き込んだ。

「まだ何ともいえない状態です」

道三は相手に無用の不安を与えないよう慎重に応じた。

「そうですか。まだ苦しそうにされている。ところで、先ほど連れの方がどこかに行ってしまわれました。何かあったのですか」

侍は疑いの目を道三に向けた。

「急な事態で、ここには薬剤がないものですから、いま薬籠が届くのを待っているところです」

「おおかたそんなところだろうと思いました。そこでここに用意させていただきました」

と侍は布袋から竹の筒を取り出した。

水筒のように見えたが道三には侍が何を用意したのか見当がつかなかった。

「難儀されているようにお見受けしたので、いま、この近くの神社を訪ねてご神水をいただいてきました。いかがであろう、これを犬千代様に飲んでいただいたら」

侍は竹の筒を道三に差し出した。

「ご神水ですか」

道三は水筒を受け取りながらどうしたらよいものかと思案した。無下に断っては侍の誠意を無にする。さりとて内容も定かではない水を与えるわけには行かない。第一、高熱で苦しむ子どもに水を飲ませるだけでも難しかった。

「薬籠の届くのを待ちたいと思います。たとえ霊験あらたかなご神水といえど、いま水を飲ませるわけにはいきません」

道三は侍の提案を拒絶した。

「なぜです。手をこまねいて見ているだけでは犬千代様は治りません。もし犬千代様に万一のことがあったら、わたしはご主人様に顔向けできないのです」

「それは分かります。わたしどももやるだけのことはしています」

では、こうしましょうと道三は水筒の神水を盥の水に注いだ。

「このご神水が加わった水で冷やせばご加護も期待できましょう」

道三は犬千代の手拭いを盥の水に丁重に浸して絞り、再び額に置いた。

侍も納得したのか黙って道三の手元を見つめていた。神水の影響とは思えないが犬千代の具合は小康状態を保っていた。

道三も一息ついて、

「旅の途中とお見受けしました。どちらからいらしたのです」

と侍にきいた。

侍には意外な問いかけだったようで、一呼吸置いて、

「東海道です」

と答えた。あまり話したくない様子だった。

「東海道は広い。東海道のどちらですか」

道三はたずねる。

「尾張です」

侍は不承不承の態で答えた。

「尾張ですか……」

道三の足利学校からの帰りの道のりは、佐野から下総を経て小田原に寄り、伊豆から海路で伊勢の大湊《おおみなと》に着いて、伊勢神宮に参ってから京都に戻った。したがって、尾張は通らなかった。

「この師走にかなり遠いところからいらっしゃいましたね」

「犬千代様が京の都が見てみたいとあまりに懇願されるので来たのです」

「そうでしたか」

「しかし、いま考えますとこの寒い時期は避けたほうがよかったかもしれません」

侍は犬千代のほうを見つめながら深く息を吐き出した。

道三はまだ合点が行かなかった。犬千代と京都に来たのは都見物だけだろうか。何か他に用事があるにちがいないと思えた。

そのとき、廊下で、

「お水を持ってまいりました」

と女の声がした。

千恵が新しく冷水を運んできたのだった。

「わたしはこれで」

と侍は一礼して入れ代わりに別室へ出て行った。

千恵は新しい水に手拭いを浸して絞り、犬千代の額の手拭いを取り替えた。

しばらく犬千代の顔を眺めてから、

「具合はいかがですか」

と心配そうに千恵はきいた。

「厳しい……。少し落ちついているが油断はできない」

道三は己を戒めるように言った。

すると、千恵は外の気配を窺うような仕種を示して後、

「いまのお侍さんは人を探しているようです」

と声をひそめて言った。

「人を？　どういうことです」

道三も小声でたずねた。

「探している理由は知りませんが、探している人の名は分かっています」

「誰ですか」

「壺屋の欣助さんです」

千恵はごく普通にその名を口にした。

「千恵さんは欣助を知っているのですか」

三月《みつき》ほど前、道三宅に転がり込んできた患者である。鉄砲の売り込み先を探していて一鷗が知っていた男でもあった。

「ええ、知っています。堺では知られた薬種問屋で働いている人です」

「なるほど」

応じながら道三は千恵が堺に住んでいたことを思い出した。

「先生はどうしてご存じなのですか」

逆に千恵がきいた。

道三は先般、患者として治療した経緯をかいつまんで話してから、

「付き添ってきた侍はきっと犬千代のための薬を求めて欣助を探していたと思う」

と言った。わざわざ神社に出かけ神水を持ってきた侍である。治療薬を何とか手に入れようと必死だった可能性がある。

「いえ、それは違います」

千恵は案外強く否定した。

「違う？　どういう意味ですか」

「欣助さんを探していたのはもう三日も前の話です」

「三日前……。では犬千代の急病のためではないですね。すると何だろう」

欣助を探している理由が分からなかった。

「わたしにも分かりませんが、欣助さんの居場所をきかれたのです」

「それで千恵さんはどう答えたのです」

「知りませんといいました。欣助さんがこの京都に来

ているなど初めてききましたから。それに、わたしにとりまして、欣助さんはあくまで堺の人です」

「そうでしたか」

道三はそう答えながら、あの侍は何のために欣助を探していたのかと再び気になり始めた。

そのとき木枯らしがひときわ激しく吹き抜け板戸を揺らした。すると犬千代が苦しそうに寝返りを打った。痛い、痛いとうわ言を言った。

道三は犬千代の手を取り、熱の具合を診た。まだ高熱は続いていて、内に籠もった熱が痛みを増幅しているようだった。

千恵は額の手拭いを取り替え、

「水を取り替えてまいります」

と言って部屋を辞して行った。

九

どのくらい経過しただろうか、息をきらせて薬籠を抱えた一鷗が飛び込んできた。

開口一番、

「子どもはどうです」

ときいた。

「幸いにも一息ついている」

道三はそう応じながら薬籠を引き寄せ製薬の準備を始めようとした。

「道三さん。還魂湯はここにあります」

と一鷗は竹筒を懐《ふところ》から取り出した。

「ある？　もう用意してあるのか」

道三は意外に感じた。

「あります。来るのが遅れたのは道三宅で還魂湯を煎じていたからです。水筒に入れてくれば、ここに来るまでに冷えてすぐに服《の》めます」

「さすが、一鷗だ」

一鷗にしては気が利いていると言いたかったが、いまは駄弁を弄している暇《いとま》はない。調薬の時間が省けるのは大助かりだった。

早速、道三は抱き起こした犬千代の口に水筒をあてがった。

「少し服みずらいが、これは良い薬だ。我慢して服み込みなさい」

きっと良くなると道三は竹筒を傾けた。

還魂湯は即効性のある効き目が強力な薬方だった。

犬千代は荒い息をつきながら健気に道三の言葉に従っ

た。少しこぼしながらも一回分の還魂湯を服みきった。

「よく服んだ。これで良くなる」

と言いながら道三は犬千代を布団に横たえた。

「これで治るぞ。安心しなさい」

道三は犬千代の顔を覗き込みながら言った。この場合、治ると患者に暗示をかけるのが治療効果を上げる一つの方法でもあった。子どもにはなおさらこの方策が効き目をあらわした。

やがて犬千代は寝息をたてて眠った。

「良くなるといいのですが……」

一鷗は寝ている子に気を使いながら言った。もう手遅れだ、方法は浮かばないと諦めていた一鷗だったが、いまは還魂湯に望みを託しているようだった。

「それにしても、犬千代というこの子はどこから来たのでしょう」

一鷗は熟睡している犬千代を見つめた。

「尾張のほうから来た」

と道三はさっき侍からきいた話を一鷗に伝え、同時に、壺屋の欣助を探していたことも話した。

「そうでしたか」

一鷗はうなずき、

「ついこのあいだ堀川通りでばったり欣助に出会いました。傷はすっかり治っていて、まだ京都にいるので、どうしたのだときくと、商売が案外うまくいっていて堺と京都を行き来しているといっていました」

と説明した。

「あの侍が欣助を探していた理由が分からない。欣助は薬種の商売がそんなにうまくいっているのか」

道三はきいた。

「いいえ、鉄砲です」

「そうか。鉄砲だったか」

道三はようやく納得した。

「だが、遠方の尾張から侍が子どもを連れて鉄砲のためにわざわざこの京都に来るものだろうか」

「道三さん、それは少し認識不足ではないですか。鉄砲はいまや地方の武将たち垂涎の的なのです。入手するために多くの侍たちがこの京都に蠢《うごめ》いています。犬千代というこの子どもはおそらく武器調達の密令を隠すための囮《おとり》でしょう」

かわいそうに犠牲になってしまったと一鷗は寝床のほうに目を向けた。

さらに一鷗は、尾張や美濃、三河のほうでは大名たちが群雄割拠していて一触即発の状況で、各大名は天下取りのために上洛を虎視眈々と狙っていると話した。

「一鷗はじつに詳しいね」

道三の感想だった。

「これはすべて欣助からの受け売りです」

「そうか、あの男だったか」

道三は暴漢に殴打されて怪我を負った欣助を思い出していた。体格の良い俊敏な男だった。憎めない笑顔は人の気をそらさなかった。さらに、背中を丸めて揉み手するあたりは商売人風情である。

「欣助は道三さんを命の恩人と尊敬していました」

「恩人とはずいぶん大袈裟だな」

「いえいえ、本当です。思った以上に早く完治したので助かったと感謝していました」

「当たり前の手当てをしただけだ」

「あのとき鉄砲の商売話をしていましたね。道三さんのそのときの毅然とした態度に欣助は感服したようです。会いたがってもいました」

道三と一鷗がそんな話を交わしていると、還魂湯を与えられた犬千代の体から汗が噴き出てきた。容体の変化は顕著で、やがて全身汗まみれになり、布団も取り替えねばならないほどに汗をかいた。還魂湯では一気に汗を出して解熱を期待するのだが、その優れた効き目があらわれた。

「大丈夫だ」

道三が一安心した所に侍があらわれた。

侍は犬千代の容態をきいて安心したのか、

「少し所用があります。出かけもよろしいでしょうか」

ときいた。

「どのような用事なのですか」

と道三はきこうかとも思ったが、止めた。おのれはくすしであり病のほかはあずかり知らぬことなのである。当初から終始秘密めいているのがこの侍だった。おそらく鉄砲の入手のため欣助を探しに町に出るのだろう。その欣助が目の前にいる一鷗の知人だと知ったら驚くだろう。

道三が外出を許可すると侍はたちまち部屋を出て行った。

「あれはきっと鉄砲ですね」

侍がいなくなると一鷗が囁いた。

道三も黙ってうなずいた。

犬千代の病状は熱が発散せず内に籠もる質《たち》の悪い風邪の一種だったと考えられた。それに旅の疲れと師走の寒気に当てられ重篤化したものと判断された。もう少し遅れれば命を失ってもおかしくない高熱だった。

翌日に熱はさらに下がった。あれほど訴えていた節々の痛みも消えていた。また、浮脈《ふみゃく》も触れず、脈は正常に戻った。

犬千代は、

「おなかが空いた」

と寝床から起き上がろうとした。子どもだけに治るときの変化も急だった。

急遽、千恵にお粥を運んできてもらった。

それから二日後、侍と犬千代は帰って行った。回復した犬千代は名家の子弟なのだろう、姿勢を正して元気に治療の礼を述べた。

「還魂湯はまさに名薬でしたね」

二人の後ろ姿を見送りながら、一鷗はしきりに感心していた。

道三も同感だった。二人の氏素性はついに分からなかったが、子どもの命が救われたのは道三の喜びであった。

それから数日経って、

「飲み直しませんか」

と一鷗は道三を誘った。

考えてみれば、千恵の働いている茶店で飲んでいる最中に犬千代の高熱に出会ったのだった。それから治療に忙殺され、酒どころではなかった。

「それもそうだ。飲み直そう」

道三も飲みたい気分だった。

二人は改めて店の席に陣取り千恵に酒と肴を注文した。

「祝杯といこうか」

道三は杯をあげ上機嫌で言った。

「祝杯とはまた、道三さんにしては珍しいですね」

一鷗は道三の機嫌に驚きつつ、

「何かこの酒が還魂湯のように思えてきました」

と言った。

「酒が還魂湯か。一鷗、なかなかうまいことをいう」

道三はさらに続け、

「祝杯は何もあの犬千代という子どものためだけではない。一鷗、おぬしの婚儀もある」

と酒を口にした。

「わたしの婚儀?」

一鷗は思わぬ話に戸惑ったようだった。

「紫乃さんとの婚儀の式次第はわたしにまかせてほし

い」

と道三は言った。

「もちろんですが、急にどうされたのですか」

「年が明けたら早々に挙げたいと思うのだがどうだろう」

「おまかせします。道三さんのことですからあまり派手なことはしないと思いますが、どんな式を考えているのですか」

「それは言えない」

道三にはすでに腹案があった。

「そうですか。楽しみです。紫乃も喜ぶと思います」

一鷗は頬をゆるませて道三の杯に酒を注いだ。

祝言の日が啓迪院の門出にもなるだろうと思いながら道三は燗酒を喉に流し込んだ。

今日は酔いがいつもより早くまわりそうな気がした。

十

天文十六（一五四七）年――、新しい年が明けた。干支は丁未。後奈良天皇が即位してから二十年以上が経過した。

道三は一鷗と紫乃《しの》の婚礼の準備を整えつつあった。

つつましいながら厳粛で思い出に残る式にしたかった。自分も一鷗も医業をもって世を渡っている身であるので、医学の学舎にふさわしい式を目指すつもりだった。

道三は挙式日を十五日と決めた。古来より正月十五日は上元《じょうげん》の日で小豆粥に団子をのせて食べれば疫病から免れるという日である。道三はそうした歳時に関係のある日を選んだのだった。

七草粥を食した日――、正月七日の昼過ぎに道三は千恵の働く河原町通りの居酒屋に向かった。婚礼の式次第は驚かすつもりはなかったが、直前まで一鷗にはいわば秘密だった。当然、準備も一鷗に内緒で進めたかったので、一人で店に出かけると、道三は千恵に奥座敷に通された。

千恵には婚儀に必要な道具類の準備や食品の手配を依頼してあった。若さに似合わず顔が広く気も利いて、任せて安心だった。準備は怠りなく整っているようだった。

「例の件は首尾よく進んでいるかな」

道三は茶を運んできた千恵にきいた。

「ええ。進んでいます。頼んである人が間もなくお見えです」

千恵は卓に茶碗を置きながら言った。

「誰か人が来るのか」

「はい。直にお話されたほうがよいと思いまして、来ていただくことにしました」

このたびの婚儀で道三が重要と考える一品があった。その良品を得るには急速に経済力をつけている堺に求めるのが最善だった。栄え潤う堺の町には最良品が集まっていた。そこで道三は堺に縁の深い千恵にその一品の入手を依頼していたのだった。

奥座敷から望まれる中庭には、葉を落とした喬木に寒雀がしきりに飛び交っていた。

道三が茶を飲み終わるころ千恵があらわれ客の到来を告げた。

「失礼いたします」

と腰を低くかがめながら入って来たのは堺の薬種問屋「壺屋」の欣助だった。

「何をしに来たとお思いでしょう。しかし、このたびは千恵様直々のご依頼ですのでしっかりと務めさせていただきました」

欣助は揉み手こそしなかったが背中を丸めたまま笑いを絶やさなかった。

「その節は命をお救いくださりありがとうございました。改めましてお礼申し上げます。傷の治りも早く、あの薬はよく効きました」

先生は命の恩人ですと欣助は丸く大きな鼻をうごめかしながら頭を下げた。

「今度のことでは恩返しの意味もありますので精一杯務めさせていただきました」

と言いながら欣助は小ぶりの風呂敷包みを解いた。そして、中身を大事そうに取り出し、

「いかがでしょう」

と卓上に白い金属性の小さな容器を置いた。棗《なつめ》の実の形をしていて、合わせた両手の中に納まる大きさだった。

道三はその容器を手にとった。小型のわりには案外重かった。ずっしりとした重量である。

「この金属は何だ」

道三は手のひらで重さを量るように上下に動かしてみた。

「錫《すず》で作られています。木や陶器の入れ物は湿気に弱く、また、匂いがつきます。その点、錫はいずれの影響も受けません。錫製が最高なのです」

欣助がそう自慢げに話すのをききながら、道三は容器の上蓋に手をかけた。密封度が高いせいか蓋は吸いつく

ように持ち上がった。上蓋をはずすと摘まみのついた中蓋があり、それを摘まみ上げて中をのぞいた。

容器の中は抹茶である。濃い緑色の粉が納まっていてほのかな香りが立ちのぼってきた。

「石臼で丹念に挽いた最高の品を用意させていただきました。一鷗様の婚礼用とおききしていますので万全を期したつもりです」

きっと満足していただけると思いますと欣助は自信をこめて言った。

道三は一鷗の婚儀を建仁寺に伝わる茶礼《されい》に準じて執り行ないたいと計画していた。相国寺で修行した身には、同じ禅宗寺院の儀式に倣って価値ある意義深い礼法に思えた。

茶礼は正しくは、「四頭茶会《よつがしらちゃかい》」と呼ばれる喫茶儀式である。方丈で静寂のうちに開かれる厳粛な儀式だった。啓迪院の教場で、一鷗と紫乃の婚儀をその茶会に似せて執り行なうのが道三の計画だった。そこで道三は一鷗に気づかれぬように建仁寺に通い、茶会の段取り一切を学んだのだった。

「茶筅《ちゃせん》や茶杓《ちゃしゃく》も用意させていただきました。わたしが点《た》てますので味をみてください」

欣助は持参した漆塗りの盆に茶筅と茶杓をならべて置いた。

道三は千恵に湯と広口茶碗を運んでくるように頼み、早速、抹茶を点ててみることにした。

「千恵さんも一緒に味わってみましょう」

と道三はすぐ引き返そうとする千恵をひき止めた。

欣助は二つの茶碗に茶筒から茶杓二杯の抹茶をそれぞれ入れて湯を注ぎ茶筅でかき混ぜた。堺で経験しているらしくかなり馴れた手つきだった。

点て終わると欣助は道三と千恵の前に茶碗を置いた。

道三は両手に茶碗を載せ、緑色の液体に目を落とした。茶の表面が細かく泡立っている。しばらく無数の泡粒を見つめてから、少しずつ口に含み、最後に押しいただくように仰いで飲み干した。ねっとりとした濃い液が舌を這い、渋苦い味が口中に広がった。建仁寺で点ててもらった抹茶にもひけをとらない深い味だった。

千恵は抹茶を初めて口にしたのか、飲み終わってもしばらくは顔をしかめていた。

「なかなかの味だ。当日はこの品を用意してもらおうか」

道三は注文を出した。

「かしこまりました。気に入ってくださり、良品を探した甲斐があったというものです」

欣助は憎めない笑顔を絶やさず、

「千恵様からは食品や調度品の手配も頼まれていますので、今回の婚礼につきましては一心に務めさせていただきます」

と頭を深く垂れた。

このとき道三は、抹茶ばかりか千恵に任せてあった調度品の発注先も欣助だったと初めて知った。

——この男、なかなか抜け目がない。

道三は感心しながら使いようによっては学舎を運営する上で力になるかもしれないと思った。

「お願いします」

と千恵は欣助に調度品の手配を改めて依頼し、茶碗や茶筅などを下げて行った。

「おぬしにひとつききたいことがある」

千恵が部屋からいなくなって道三は欣助に語りかけた。

「どんなことでしょう」

欣助は抹茶の評判が良く気をよくしたせいか、どうぞ何でもきいてくださいといった態度だった。

「年の瀬に尾張のほうから来た侍に会わなかったか」


道三は犬千代に付き添ってきた侍の素性がまだ気になっていた。

きかれて欣助は急に口ごもった。さっきまでの商売人らしいなめらかな調子は消えていた。

「十歳ほどの子どもを連れた侍だ」

どうだ知っているだろうと道三は語調を強めた。

それでも欣助は黙っていた。

「おぬしは先ほどわたしを命の恩人だといったではないか。恩きせがましくせまるつもりは毛頭ないが、あの侍と犬千代という名の子どもの関係も知りたいのだ」

と道三はきいた。

欣助はなおも考えていたが急に顔をあげ、

「あの侍は尾張、前田家の家来です」

と言った。

「前田家？」

「荒子《あらこ》城を根城とする豪族です」

「ではあの犬千代という子どもは」

「城主、前田利昌の四男です」

「四男……。長男ではないのだな」

「違います。たとえ京都を見聞させるためとはいえ、城主が嫡子を危険な旅に同行させたりはしません」

「では、やはり囮か」

武器調達の密令を隠すための囮だと一鷗は説明していた。子連れであれば、傍目には危険な武器を保持しているとは見られないだろう。

「だと思います」

欣助はうなずいた。

「おぬしは鉄砲を用立てたのか」

「はい。三挺ほど取引しました」

やはり侍と子どもは単なる都見物だけではなかった。

この犬千代は後に利家と名を変え、槍使いの名手として織田信長に仕えて、「槍の又左衛門」と愛称された。

前田家の長男、利久に子がないときいた主君の信長は、「養子など迎えずとも、前田家には又左衛門がいるではないか。これに家督を継がせればよい」

との鶴の一声で前田家は利家が相続したのだった。利家、三十二歳のときである。

道三は犬千代の病が癒えてよかったとあらためて回顧した。九死に一生を得た運のよい子だった。

「おぬしも商売繁盛でなによりだ」

道三は皮肉を利かせた。

「それは、先生。どういう意味でしょうか」

欣助は目を細めて道三の顔色を窺った。

「この京都には鉄砲目当ての侍たちが蠢《うごめ》いているというではないか」

商売繁盛だろうと道三は言った。

「いえ、先生。これは余技です。副業と申せましょう。決して正業ではありません」

「そうか。それならいいが」

ところでと欣助は座りなおした。

「先生はこれから啓迪院で薬種をお使いになるでしょう。いかがでしょうか、その薬種一切の調達をわたしに一任いただけませんでしょうか」

「一任とな」

道三は商人の顔になった欣助を見つめながら考えた。

確かに教育用に生薬は必需品である。さらに、訪ねてくる患者や往診にも必要だった。大量に必要となろう。だが、一鷗の新婦、紫乃の実家も小さいながら薬種商を営んでいる。

「一任はできないが、抹茶で見る限り、おぬしはなかなかの目利きだ。間違いのない生薬を用意するだろう。出入りの一業者に加えてもいいと思う」

「ありがたいお話です。務めさせていただきます」

欣助は深々とお辞儀をすると満足そうに引き上げて行った。

その後、十五日に一鷗と紫乃の婚儀は、茶礼に則り滞りなく終わった。

第六章

風雷《ふうらい》の章

武将蠕動

一

　その子どもが従者とともに部屋に入って来たとき、織田信長はあまりのあどけなさに拍子抜けして、しばらくは相手の挙措《きょそ》をただ目で追うばかりだった。少年というより幼児を見た気がした。相手は松平家の嫡男で、六歳だった。

「竹千代にございます」

と竹千代は信長の前で前髪を揺らしながら型通り礼儀正しく平伏した。色白で聡明そうな風貌をしていて、どこか育ちの良さと品位を感じさせた。あどけない印象とは裏腹に落ち着きをみせている。のちの徳川家康である。

　このとき、信長は十四歳だった。前年、すでに元服を終えていて織田家の嫡男としての自覚ができていた。そして、この年――、天文十六（一五四七）年、今川方の三河大浜を攻めて初陣も飾っている。すでに城持ちの一人前の武将だった。

　信長は自分の名を名乗ってから、

「おぬし、いくつだ」

と手にした扇子で竹千代を指し示しながらきいた。

「六歳です」

　竹千代は信長を凝視し生真面目に答えた。

「おぬし、どうしてここに来たのだ」

　信長がきいた。

「わかりませぬ」

　答えて竹千代は口を真一文字に結んだ。

「そうか」

「ただ」

と竹千代は言いかけて口ごもり下を向いた。

「ただ、何だ。竹千代」

「はじめの行き先と違うようです」

「ほう。はじめはどこだったのだ」

「確か、今川様のところだったとききました」

「そうか。それがどうしてこの城に来たのだ。ここは織田方だぞ」

　信長は室内に視線を這わせた。

　那古野《なごや》城の一室で二人は会っていた。竹千代は熱田神宮からこの城に移動してきたばかりだった。

信長の問いかけに竹千代は口をつぐんでいた。

やがて、信長は強く言い放った。

「おぬしはだまされたのだ」

幼児を相手にするには容赦のない残酷な口調だった。

竹千代は黙っていた。事態を必死で我慢している風だった。

竹千代の父、松平広忠《ひろただ》は子どもを人質として今川義元の元へ送った。松平家の内紛を収め、岡崎城の奪還にも加勢してくれて恩義のある今川義元に嫡子を差し出すのは止むを得なかった。

竹千代は今川の人質となるべく、数十人の家臣とともに駿府に向けて岡崎を出発し、西郡《にしごおり》（現・蒲郡《がまごおり》市）まで来た。ここから船に乗り、三河湾を横断し田原に着岸させ、あとは陸路、駿府に向かう手筈だった。

迎えに来ていた田原城主・戸田康光の家臣は竹千代を船に導いた。竹千代一行は戸田の配慮に感激しつつ船に乗り込んだ。戸田康光は竹千代の継祖父に当たるため信用していた。

ところが、海上に出た船は途中から突如、舳先を一転させ西に向けて走り、さらに伊勢湾を北上し尾張熱田に着船させた。竹千代は寝返った戸田康光の謀叛により、織田方に拉致《らち》されたのである。それが八月二日のことだった。

戸田康光は謝礼に永楽銭一千貫文（一説には五百貫文）を受け取ったという。竹千代はたかだか一千貫文で売り飛ばされたのだった。

二

「おぬしはだまされたのだ」

信長は再び言った。

竹千代は下を向いたまま唇を噛んでいた。

松平家は織田方と今川方に挟まれ難儀の絶えない領地であり、微妙な立場に置かれている状況はそれなりに理解しているつもりだった。だが、大人たちの都合で、この身を取引の材料にされる理不尽を子ども心に恨んだ。

「それにしても、おぬしは運がいいの」

いきなり信長が口にした。

「何の話でしょう」

竹千代は笑いを浮かべている信長を睨みつけた。

「数日前、おぬしは古渡《ふるわたり》城にいた。それがいま、この那古野城に来ている」

なぜだと思う、と信長はきいた。

しばらく竹千代は考え、

「わかりません」

と答えた。何のために目の前の城主がそんな問を発するのかも理解できなかった。

「生きているからだ」

と信長は諭すように言った。

「生きている……。当たり前です」

竹千代は頬をゆるめて、半ば笑って信長を見つめた。竹千代が信長相手に示した初めての笑顔だった。

「笑ってすまされるから運がいいといっているのだ。おぬしは古渡城で命を取られるはずだったのだ。わが父、信秀はおぬしの父、広忠殿に使者を出し、今川と手を切らねば人質の命はないと伝えたのだ」

信長は続けて、

「やがておぬしの父の答えがもたらされた。今川殿との恩義を反故《ほご》にするのは武人の恥である。子への愛より義を重んじたい。竹千代の命はそのほうにお任せするとの返事だった」

だが、おぬしは今ここに生きている、と信長は竹千代を指さした。


「あなたが呼んでくださったからですか」

竹千代は真剣に問いかけた。

「そうだ、といいたいところだが、わしはおぬしの命の行方などに興味はないわ」

信長は顎をしゃくり鼻先で笑った。その子どもの境遇に同情するほど感傷家ではなかった。

真相は、竹千代を生かしておけばいずれは松平家も織田方になびくだろうという織田信秀の深謀遠慮だった。それに、幼い竹千代を殺せば松平方を刺激し、無用の怨念を拡大させるだけだった。

竹千代はこのあと、那古野の万松寺《ばんしょうじ》に送られて行った。監視された生活が始まるのである。

織田信長と竹千代（のちの徳川家康）との初めての出会いはこうして終わった。

竹千代は那古野で人質生活を送ることとなる。しかし、二年後の天文十八（一五四九）年三月、父の松平広忠が家臣に刺殺され、それを機に今川が岡崎城を襲撃して占拠した。さらに、三河・安祥《あんじょう》城にいた織田信広（信秀の庶子）が捕らえられ、織田に拘束されていた松平竹千代との人質交換が成立した。

竹千代は久しぶりに故郷の岡崎に帰る。が、その岡崎ではすでに父は亡く、主だった重臣たちも駿河に移動させられていた。なつかしい岡崎城での生活を始めた竹千代だったが、それも束の間、半月後には駿河の今川の元に送られた。
竹千代——家康には、以後、十二年間の長期にわたる人質生活が待っていた。

三

天文十八（一五四九）年六月、細川晴元と将軍方が入り乱れ、離合集散を繰り返した長い抗争の果てに京の都を制したのは三好長慶《ながよし》だった。

三好長慶は細川晴元一派の主力武将を摂津国江口（現・大阪市東淀川）で討ち取ったのである。負けた晴元は足利義晴、義輝らとともに東坂本（現・大津市）に逃亡した。ここに細川晴元政権は崩壊し、三好長慶が都を支配した。父、元長を細川晴元一派に殺害され、長い間、細川晴元に対して面従腹背を強いられてきた長慶は積年の恨みを晴らしたのである。

そうした情報を「壺屋」の欣助がもたらし、今し方帰って行ったのだった。

——あの、三好長慶が……。


道三は意外に思いつつ、再び卓に広げた書物に目を落とした。啓迪院《けいてきいん》の教場の奥にある八畳ほどのこの部屋は道三と一鷗の、いわば教授の控え室だった。

部屋の一角に大小、長短、細太のさまざまな竹とともに、小刀、のこぎり、紐などが散乱していた。これは一鷗が趣味としている竹細工の道具類だった。

一方、広い教場には文机がならべられ生徒たちは古典籍を読み、あるいは筆写するのを日課としていた。道三と一鷗は時に応じて生徒に医学を講義した。生徒は十二人に増えていた。

そのとき、一鷗が教場から帰ってきた。

「おぬしのいう通りになったな」

道三は一鷗に語りかけた。

「いきなり何の話ですか、道三さん」

一鷗は道三に向かい合って座った。

「三好長慶が細川晴元一派を京都から追い払った話だ」

道三は欣助からきいた話を伝えた。生薬の納品に来たのだが、雑談のほうに興味を覚えた。

「なぜ一鷗は長慶が勝つと予想したのだ」

一鷗はなぜか以前から三好長慶を買っており、いずれ頭角をあらわすだろうと予想していた。その一鷗の読みは当たったのである。長慶の能力を見定めていたのかもしれない。

思い返せば、道三が長慶と初めて会ったのは、十七年ぶりに帰った京都の細川晴元邸だった。その際、同じ部屋に居た一鷗に足利学校以来久しぶりに再会したのである。考えてみれば縁の深い武将だった。

「なぜときかれても困りますが……。特別、勝つと予想したわけではありません。ですが、あの晴元に対する怨念は半端ではありませんでした」

「父の仇ともなれば恨みは消えないだろう」

色白でひ弱そうに見えた長慶だったが、武将としての功績もあげていたし、頭脳も優秀だった。同時に、内に秘めた力も強かったのだろう。そうでなければ京都を制するなどできない話だった。

「長慶は単なる武人ではなく、人間の幅は晴元や将軍の比ではないと思います」

一鷗は言った。

「人間の幅とはどういう意味だ」

道三は興味を惹かれ卓の開いたままの書物を閉じた。

「歌道にも精通するのが真の武士である。これが長慶の口癖でした」

「ほう」

「心に万葉、古今の歌道を諳《そら》んじています。歌の世界では、吟朗すること三千の人、との評判のようです」

「そうか。そこまでの人とは知らなかった」

「茶の湯にも親しんでいます。また、連歌好きでもあり、里村紹巴《さとむらじょうは》の主催する連歌興行でわたしも何度か会っています。連歌の心得は秀逸といえましょう」

「文武両道の武将のようだな」

「まさに」

将の器のような気がしますと一鷗は大きくうなずいた。

雨上がりの初夏の風が部屋を吹き抜けて道三と一鷗の頬を心地よく撫でて行った。

今、京都の町には足利将軍に代わり、二十七歳の若き武将、三好長慶が支配する風が吹き渡っていた。

「ところで道三さん、例の学則の件は何か決まりましたか」

と一鷗がたずねた。

「うむ」

と道三は応じた。

啓迪院を開いて以来、どう医学校を運営するかは道三と一鷗の共通の関心事だった。これまでこの国になかった民間の医学校を経営するのだから、困難ははじめから予想されていた。ついては学舎《まなびや》の基本となる揺るぎない教育方針を定めたいというのが二人の一致した意見だった。

だが、忙しさにとりまぎれているうち、なかなか決まらずに今日まで来てしまっていた。

「医道の基本ともなる言葉を考えていた」

腹案はできていると道三は答えながら、かたわらの硯箱を卓に置き、半紙と筆を用意した。

一鷗は興味深そうに半紙に注目した。

道三は筆に墨を含ませ、背筋を伸ばしてから紙に筆を走らせた。

『慈仁』

と墨書した。

情け深いことを意味する言葉だった。

——慈仁《じじん》……。

道三は小さくつぶやいてみた。

慈愛と仁術をもって病人を憐れみ救うことに専念する志をあらわしたつもりだった。

「いいではないですか、道三さん」

一鷗は強く賛同した。

「では、慈仁をこの啓迪院の教育基本方針としよう」

道三は宣言しつつ、もう少し字を練習してから、『慈仁』の額を教場に掲げようと考えた。

「今、教場で生徒から、香蘇散《こうそさん》と参蘇飲《じんそいん》をどう区別して処方したらいいものかきかれました」

どう応じたら一番いいのでしょうかと一鷗が問いかけた。

「わたしもその手のことをきかれたことがある。もちろん、その場で答えてもよいのだが、相手に考える習慣を植えつけ、調べる面白さを認識してもらうには、少し時間を置いたほうがよいと思う」

道三はさらに続けた。

「字降松《かなふりまつ》の方法を採り入れたらどうだろうかと思っている」

「なるほど」

一鷗はうなずいた。

字降松は足利学校の教育法のひとつだった。生徒が読めない字や疑問が生じた場合、質問事項を紙に記して松の木に結びつけておくと、後日、教授陣が答えるという優雅な方式だった。道三も一鷗も足利学校時代に馴れ親しんだ方法だった。

「でも、啓迪院の庭に松の木は生えていませんよ、道三さん」

「そこだ。竹ではどうだろうか」

裏手には竹が繁っている。

「竹に紙を……。何か七夕のようでもありますね」

「やはりそう思うか」

道三はある程度予想していた。

「そこでだ。そこにある孟宗竹《もうそうちく》を使ったらどうかと思う」

と道三は部屋の隅に置かれた竹を指さした。直径が五寸（約十六センチ）ほどもある大きな竹が横たわっていた。

竹細工が趣味の一鷗はさまざまな竹を取り揃えていて、太い孟宗竹もその一つだった。

「竹筒を教場に設置し、そこに質問紙を投げ込む方式だ」

質問竹とでも呼ぼうかと道三は言った。

「なるほど。質問竹ですか……」

一鷗は気に入ったようだった。

「それなら、もっときれいに仕上げてから置くことにします」

と孟宗竹を手にして眺め渡した。


その後、道三は門人から寄せられる質問に対し、折り紙を半ばに切った紙に答えを認《したた》めて渡した。もちろん相手に考えさせ、あるときには逆に質問し、指導には手間と時間を要した。

門人の技量や才能に応じて手渡すこの紙は、「切紙《きりがみ》」と呼ばれ、内容はいわば道三流医術の秘訣であった。

授与された門人は感激して切紙を納め、医術練達の励みとして医道の研鑽に励み、さらに技を磨いたのだった。

後年、この切紙が集められて一冊の本にまとめられ、医則五十七カ条として今日にも伝えられている。

その冒頭、第一条は、「慈仁」だった。学則をそのまま医道の秘訣に掲げている。

第二条は、「脈証を察して病名を定むべきこと」と記された。脈を入念に診て治療に当たれと教える。

第十条は、「病因を弁察すべし」だった。

道三の察病弁治《さつびょうべんち》――病気の原因をつきとめ、それから治療に入るという医学の基本精神があらわされている。

第二十一条には、「諸病、先ず八要を明らめよ」とある。八要は、虚実、冷熱、邪正、内外である。察病弁治の具体的診断法の一端を示している。

やがて、道三は卓に用意された紙と筆で、慈仁の文字の練習を始めた。一鷗は孟宗竹の手入れに取りかかった。

そこに、門人の一人があらわれ、

「道三先生。三好長慶さまの使いの者が訪ねてきました」

と告げた。急用とのことで玄関に待たせてあるという。

「ここに通せ」

使者は三好長慶への往診を依頼し、その用件だけを話すとあわただしく帰って行った。

「早速、三好長慶からお呼びがかかりましたね」

一鷗は神妙な声だった。

「これまでの長慶とは違うでしょう。相手は京を牛耳った男です。気をつけるにこしたことはありません」

と一鷗は言った。

道三は腰をあげて薬籠《やくろう》を準備した。顔が引き締まっているのが自分でも分かった。

四

道三は吉祥院《きっしょういん》城（現・京都市南区）の一室に一鷗とともに訪れていた。摂津国江口の戦いで勝利して以来、三好長慶が宿舎としている城だった。門には番兵が群れていて、邸内も兵士がそこかしこに立ち緊張感にあふれていた。

道三らは途中何カ所も関門を通過して奥の部屋に通された。邸内の中庭には高木の陰で紫陽花《あじさい》が籠に似た花を数多く咲かせ、そこだけが華やかさとともに静けさが感じられた。

三好は左右に家臣を侍らせ、一段高い畳の上で円座に座り脇息にもたれかかっていた。太く長い眉は男らしく、鼻の下には威厳に満ちた髭を蓄えていた。

道三と一鷗が型通り挨拶すると、

「そのほうたち、息災であったようだな」

と前かがみの姿勢のままきいた。

「お陰さまで元気でやっております。学校のほうも無事開校することができました」

その節はお世話になりましたと道三は平伏して礼を述べた。啓迪院を開くにあたっては三好からも援助をもらっていた。

「それは何よりであったな」

そう言いつつも三好は冴えない表情だった。

「いかがなされましたか」

道三は三好の様子を窺いながらきいた。細川晴元との戦いに勝ち、父の仇も討って、その上、京の都を制したので晴々としているかと思いきやどこか生気がなかった。背筋を伸ばして座れないのか脇息にもたれるばかりだった。

「うむ。頭が痛くてたまらないのだ」

三好は眉をしかめながら手のひらを額にあてがった。

「頭風ですか……」

道三はあらためて三好を凝視した。顔色は特段悪くはなかったが、いま一つ気力のようなものが乏しかった。

「わしは何か疲れてしまった」

三好はつぶやくように口にした。

道三は黙って三好を見続けた。今度の戦いで精根尽き果ててしまったのかもしれないと思った。

「つい先ほどまで奥で寝ていたのだ。足利義晴も病気ときいたがどうなのだ」

三好はさぐるように道三を窺った。

「それは何も申し上げられません」

道三は一蹴し、

「お体拝見つかまつります。脈を拝見」

と三好の右手に三指を当てがい脈を診た。

三好は神妙に診察に応じていた。

道三は次に左手を診た。左右の手とも少し浮いている力の弱い脈だった。

「めまいはありますか」

道三はきいた。

「ない。それはない」

「それでは、最近、体を冷やされたことはありませんか」

脈診《みゃくしん》を終えて三好の手を離した。冷たい手をしていた。

「冷やす？」

三好は首を傾げた。

雨に打たれてそのままにしたとか、寝冷え、うたた寝、あるいは、湯上がりに裸でいたり、濡れた髪のまま過ごしたといったことがないかを道三は問いかけた。

「風呂のあとに裸でいたり、髪をそのままで寝るなどいつものことだ」

珍しくもないと三好は言った。

「この度も？」

「ああ。そうだ。濡れた髪のまま寝てしまったわ」

「さようですか」

道三は答えながら、今回の頭風は濡れた髪からくる湯冷めが原因のような気がした。若く血の気の多い武将であってみれば、湯上がりの過ごし方など問題にもしないのであろう。

「自分では気づかないものの体調が優れないときに湯冷めしますと、風邪や頭風、吐き気、めまいなどを引き起こします」

「そんなものなのか」

三好には初耳だったようだった。

「これからは十分に気をつけてください」

道三は注意を促した。

「わかった、といいたいところだが、すぐに忘れてしまいそうだ」

三好は道三の注意を小馬鹿にしていた。さして気にも留めていなかった。

「それは困りましたね。医者としては覚えていてもらいたいところです。そうでないと、頭風だけではすまされず全身が冒される重病を招く原因となります」

「そうか」

と三好は面倒くさそうにうなずいた。

「どうも忘れてしまいそうですね。では、ひとつ、歌にしてみましょうか」

道三は思いつきを口にしていた。自分でも意外なほど気軽に話していた。

「歌？　何のことだ」

三好は怪訝そうだった。

「三好様は歌道に通じておられ、また、連歌好きときいております。そこで恐縮ですが即興で頭風の予防を拙いながら歌にしようと思ったのです」

「ほう。それは面白い」

三好は強く興味を示した。

道三は筆をとり、しばらく考えて半紙に書き付け、さらに推敲した。

そして、出来上がった歌を読み上げた。

「湯あがりのそのぬれ髪にいぬる人頭風《ずふう》ともなり目もまうぞかし」

これが初めて道三が詠んだ養生歌だった。

道三は堺の里村紹巴や今井宗久に出会い、また、一鷗の祝言を茶礼の儀式で行なって以来、連歌や茶の湯に関心を寄せ自己流ながら誹諧の研究を進めていた。

「湯からあがって髪の毛が濡れたまま寝込むと頭痛や風邪の元になります。それを詠み込みました」

半紙に書き付けた養生歌を三好に示した。

「なるほど。これなら覚えやすい。これから気をつけようぞ」

三好は気に入ったようで半紙を見つめていた。

「そうですか。ぜひこれからは湯上がりに注意してください」

道三はそう伝え、

「では、治療に入りたいと思います」

と告げた。

三好は道三と話しているうちに気も紛れたらしく頭風もかなりおさまっているようだった。道三が患者に対したときによく見かける状況だった。話しているうちに患者の病状が好転するのである。

「今回はまず、灸を据えたいと思います」

道三が口にした方針に、一鷗はみずから施灸の準備を整え始めた。

啓迪院の開校以来、一鷗は生徒たちに教える必要性もあって、急速に鍼灸の腕を上げていた。

この日、道三は一鷗に施灸を任せるつもりだった。言わなくても当然、経穴《つぼ》は心得ている。

「灸か……。熱いのだろう。効くのか」

三好は不安そうだった。

「もちろん効きます。治療は煎じ薬が主ですが、灸を据えるとより効果が期待できます」

そう言いながら道三は一鷗を促した。

一鷗は艾《もぐさ》と、火を点けた線香を乗せた盆を持って進み出、一礼して、

「それでは始めます」

と三好のかたわらに寄った。

一鷗は三好の眉と眉の中央に指を置き、そのまま垂直に這わせ額から髪の中を分け入っていった。額の生え際から三寸（約十センチ）ほどのところで指を止めた。

そこは顖会《しんえ》という名の経穴だった。頭風治療の急所である。

一鷗は髪を分けて頭皮をあらわにし、

「では、据えます」

と宣した。

そして、胡麻粒大の灸を置いて火を点じた。艾から薄い煙が立ちのぼり匂いが部屋に漂った。

瞬間、三好は顔を歪めた。

「熱いですか」

の一鷗の問に、

「いや、そうでもない」

と三好は応じた。

三好が返事をしたときには、一鷗はすでに灸を指でもみ消していた。一瞬の灸である。

一鷗は予定通り、火を点じてただちにもみ消す方法で、たて続けに十五壮《そう》（十五個）を据えた。

「終わりました」

と一鷗は終了を伝えて三好の前から下がった。

「しばらくすると効き目がわかってくるはずです」

道三は言った。

「そんなものなのか。よくなってくれるといいが」

三好は頭に手をやりながらきいた。

「わたしなどよりずっとお若い三好様です。効く時間も早いでしょう」

「そのほうは幾つなのだ」

「四十三歳でございます」

「ほう。そんな歳には見えぬ。足腰はしっかりしているし、何か若さを保つ秘薬でもあるのか」

「いえいえ、特に何もございません。ただ、立ったり座ったりと小まめに体を使うよう心がけてはいます。それと、心はいつも安らかに保つようにしています」

道三の生活信条だった。

「心安らかに保つか……」

三好は天井に目を移し、しばし何か思案していた。そして、急に、

「少しききたいのだが、灸で泣かせたり苦しませたりするツボはあるか」

とたずねた。

「それは如何様にもできます」

だが、道三は質問の真意が図りかねて、

「しかしそれは邪道ではあります」

と釘を刺した。

「そうか」

三好はしきりにうなずいた。

「灸をした後は休むのが鉄則です。しばらくの間、横になっていてください」

道三は三好に布団で寝るようにすすめた。

「そうすることにしよう」

と三好は立ち上がり、侍女に守られながら襖の奥に消えて行った。

道三と一鷗も別室で薬を調合するために部屋をあとにした。

五

「何のために三好はあんなことをきいてきたのでしょう。灸で泣かせて苦しませるツボの話など尋常な質問ではありません」

一鷗は薬研《やげん》を操作する手を休めて道三に顔を向けた。

「わからない。初めて灸を体験して何か感じたのかもしれない」

道三にも三好の質問は意外だった。

「ただ、一鷗から、三好長慶は単なる武人ではなく、人間の幅は晴元や将軍の比ではないときいていたが、確かに堂々とした人物だった」

わからないとつぶやき道三も再び調薬作業に取りかかった。

頭痛の処方薬として、道三は川芎茶調散《せんきゅうちゃちょうさん》を選定した。一鷗も同感だった。この薬は、茶葉《ちゃよう》、香附子《こうぶし》、川芎《せんきゅう》、薄荷《はっか》、甘草《かんぞう》など、九種の生薬から構成されている。古くからある頭風の良薬だった。それを煎じてから先程の部屋に戻った。

そこにはすでに三好が同じ場所に座っていた。

「おお、待っていた」

熟睡したのか三好は機嫌がよかった。

「何か頭が軽くなったような気がする」

三好は額を撫でながら明るく応じた。

「灸の効果が出たものと思われます。即効性のあるのが鍼灸のよいところです。ただ、それが長続きするかどうかは人にもよりますし、そのときの体調にも影響されます」

と言って道三は竹筒におさめた煎じ液を茶碗に注いで手渡した。

「この薬でさらに痛みは軽減され爽やかな気分を取り戻せるはずです」

三好は渡されたまま煎じ液に口をつけた。

「これは……」

と三好は口を歪めた。

「良薬口に苦しと申します。この薬にもいえます。効き目は確かですから明日には楽になっているでしょう」

道三はそう言って安心させた。

三好は少しずつながら煎じ液を飲み干した。すると、急に、

「ところで、おぬしたちに見てもらいたい男がいる」

と言い、

「連れてまいれ」

とそばに控えていた家臣に命じた。

ただちに後ろ手に縛られた三十がらみの野良着姿の男が連れられて来た。家臣は乱暴に男を足蹴りして部屋に転がした。男の目や口のまわりは紫色に腫れあがっていた。

「こやつはこの城に侵入した狼藉者だ」

三好は口汚くののしりながら男を指さした。

「この者は何のためにここに忍びに入ったかいわぬのだ。そこでおぬしたちにこの男の口を割ってもらいたい」

と三好は言った。

「口を割る?」

道三は意味が分からなかった。

「ああ。この男は知らぬ存ぜぬの一点張りだ。だから灸を据えて吐かせてもらいたい。先ほどおぬしは灸で苦しませるツボがあるといっていた。それをここで実行してもらいたいのだ」

三好の言葉に道三は黙っていた。

「この男は足利義晴の間者に間違いない。ついでに、向こうの様子もきいてみたい。義晴が体調を崩しているという噂も入っている」

どうなのだと三好が問いかけるのに呼応して、家臣が男の腕をひねりあげた。男は低く呻いたが何も言わなかった。

「強情な男だ。一言も口を割らない。道三、灸を頼む。もう、灸しか策はないのだ」

と三好は道三を促した。

縛られた男は抵抗しながらも、道三を窺い、哀願するような目を向けた。

「お断りします」

道三は強く言い放った。

「出来ないというのか」

「先ほど灸で苦しませる方法はあるものの、それは邪道と申しあげました。邪道を実行する意志はまったくありません」

道三は断言した。

「無礼者！　親方様に歯向かうのか」

控えの家臣が叫んで刀の柄《つか》に手をかけた。

「待て」

と三好は制した。

「どうしてだ。おぬしには簡単なことではないか。どうなのだ、道三」

「ご所望とあれば、お体は拝見いたします。しかし、薬師《くすし》ゆえ、病のほかはあずかり知らぬことです」

道三は宣言した。

「そんな減らず口を叩いてここから出られると思っているのか」

控えの家臣は刀の柄に手をかけたままだった。腰をかがめ、今にも抜く勢いである。

「待て。控えろ」

と三好は再び制して、

「わしの病を治してくれたお方だ。これからも世話になるのに刃傷沙汰にしてどうする」

控えよと三好は家臣を部屋から立ち去らせた。

「道三殿。では、これではどうだろう」

三好は一転してやさしげな声音だった。

「自白させる急所があるはずだ。そのツボがどこかだけでも教えてもらえないか。灸はこちらで据えることにする」

「薬師ゆえ、病のほかはあずかり知らぬことです」

道三は同じ言葉を繰り返した。

「あい分かった」

三好は諦めたようだった。灸の話はそこで終わった。

それから、道三と一鷗は処方した五日分の川芎茶調散を置いて吉祥院城をあとにした。

帰り道、一鷗は城での一件が尾を引いているようだった。

「いや、ひどい目に遭いました。武将というのは自分の権力を維持するためには手段を選ばない生き物のようです。灸を据えて白状させようなどというのは灸を馬鹿にした話です」

「まったくだ」

道三はうなずいた。

「道三さんは最近、義晴を診たのですか」

知らなかったと一鷗はきいた。

「ああ、一鷗がちょうど往診しているときに義晴の使いが来て出かけたのだ」

「それにしてもどうして三好は道三さんが義晴を往診したと知っているのでしょう」

「それこそ蛇の道はヘビといえる。こうした世の中だ。お互い間者を放って敵情を探っている」

と道三は言った。

道三は、足利義晴が細川晴元とともに洛中から逃げ落ちる十日ほど前に往診していた。一見して手遅れを感じた。三十九歳には見えず、老人が背中を丸めていた。土気色した顔貌で、声にも力はなかった。腹部に手を這わせると塊が確認できた。凸凹が克明にわかるほど塊は大きく、固かった。痛め止めを処方しただけで終わった。

「つけられている」

道三は小声で一鷗に注意を促した。さっきから黒服の男がつかず離れずについて来るのが気になっていた。

宵闇がせまり加茂川の流れが黒く見えた。

――油断できない……。

道三はあらためて自分は戦国の世に生きていると思った。

「道三さんは三好を武将としてどう思いますか」

一鷗がきいた。

「医者として判断するしかない」

道三は答えた。

「医者、ですか」

「そうだ。幸い医者なら公然と相手の体に触れることができる。息づかい、血の流れ、肌の張りがわかる。人間そのものの体力や生命力、精神力がじかに伝わってくる」

これは貴重だと道三は言って続けた。

「わたしは三好の体を診て、三好の人間を見たつもりだ」

三好の脈の強弱、呼吸の深浅、声の高低など望診、聞診、触診の限りを尽くして観察した。

「脈力も気になったが、一番注目したのが丹田《たんでん》の力だ。臍下丹田《せいかたんでん》に力が欠けていた」

道三は三好の眉間と胸の中央、臍下の三つの丹田を入念に触診した。丹田は人体の基本的な生命力を蔵するところだった。最も重視していたのは臍《へそ》の下三寸（約十センチ）あたりで、道三はここに柔らかく脆弱な腹圧しか感じなかった。ここは五臓の働きが集まるところで、この場所に生命力があふれていなければ人間自体の力も充実しないというのが道三の考えだった。

「力がなかったのは頭風からくる体調不良によるものではないのですか」

一鷗はきいた。

「その影響はある。だが、三好が本来持っている臍下丹田の力か、病気によるものかどうかの判断はつくつもりだ」

「では、三好の丹田の力は弱いと？」

「うむ」

道三はうなずきながら、

「時代を牽引するなら、丹田に放射するような、あるいは爆発するような魔力を秘めている必要があると思う」

とつけ加えた。道三の持論だった。天下人にはそれにふさわしい人間的な迫力や激しさ、自信、巨きな器といった特殊な気質が求められるような気がした。

「道三さんの説にしたがえば、三好の天下は長くは続かないようですね」

「わたしはそう思う」

「そうですか。だとすると、三好は運は良いが押しつぶされる武将の部類に入りそうですね」

「それはどういう意味だ」

道三はきいた。

「足利学校で兵法の時間に学びました」

それから一鷗は、足利学校で学んだ、人生には抗《あらが》えない物が二つあるという教えについて話し始めた。一つは生まれだった。どんな身分でどの親のもとに生まれるかは、いかなる人間も選べなかった。もう一つは運命である。どんな運命が待ち受けていて、いかなる人生をたどるかはわからないという。

「覚えている」

道三はうなずいた。兵法は興味深い学問で道三も熱心に聴講したものだが、今、この場面で一鷗の語る話は思い出さなかった。

一鷗は話を続ける。

大多数の人は良い運命を求めるのだが、果たせないのが普通だった。しかし、一方で、良過ぎるほどの運命を引き寄せながら、それに押しつぶされる人物がいるという。

「運が良ければそれで安泰というものではない、という点が印象的で記憶に残っているのです」

一鷗が言った。

「三好はいずれ押しつぶされるというのか」

道三はきいた。

「そうです。三好は運良く、今は京都を治めていますが、やがてつぶれるにちがいありません」

「さて、どうだろう」

「すると、また将軍、足利義晴あたりが勢力を盛り返してくるかもしれません」

「義晴か……」

道三はつぶやきながらさりげなく背後に目をやった。黒服の男がまだ後をつけていた。

「義晴にはもう力はないだろう」

丹田の力どころか命も危ぶまれる状態だった。

「そうですか」

一鷗は察したらしく、それ以上追求しなかった。

「一鷗、わたしは権力者を診ても政《まつりごと》に関与する気はない。病気が敵であり、治療に最善を尽すだけだ」

「道三さんのその考え、わかっているつもりです」

「しかし、戦乱の世だ。いやが応でも危険や誘惑は多い。お互い医者としての本分を忘れぬよう心しておこう」

「わたしも気をつけます」

一鷗は神妙に応じた。

しばらく歩いてから、一鷗が急に、

「道三さん、さっきの三好相手のあの歌は面白かったですね」

と道三の横顔を見ながら言った。

「歌？」

「頭風の歌です。湯あがりのそのぬれ髪にいぬる人頭風ともなり目もまうぞかし」

一鷗は流暢に詠みあげた。

「覚えているのか」

道三は驚くと同時に一鷗が即興の歌をかなり評価しているのを知った。

「道三さんにあのような才があるとは知りませんでした」

「才などというものではない。まったくの即興であり、座興だ」

「いえいえ、即興であれだけの歌が詠めるのは誇ってよい才能です」

「そうかね」

あまりに一鷗が褒めるので道三はこそばゆい思いだった。

「そこで思いついたのですが、道三さんはあのようにして病気の予防や治療法を説いたらどうでしょうか」

養生歌ですと一鷗は熱心だった。

「養生歌か……」

なるほどと道三は思った。悪くはないかもしれないと考えた。

「たとえばですが、道三さん。食べすぎを諫める歌はできませんか」

一鷗が促した。

「食べすぎか……」

「どうです？」

「歩きながら考えるのか」

「できるはずです、道三さんには」

一鷗は強引だった。

――ひとつやってみるか。

道三もその気になっていた。酔狂かもしれないが養生歌という一鷗の発想は面白いと思った。

道三は足元の雑草に目をやったり、加茂川の水を眺めたりしながらゆっくり歩を進めながら歌を考えた。考えるというより、ひとつの歌がでできた。

やがて、ひとつの歌ができた。

何度か頭の中で推敲してから、

「食はただよくやわらげてあたたかにたらわぬ程は薬にもます」

と詠みあげた。

足りないくらいの量の食事は薬以上の効果がある。養生上の小食のすすめで体に良い習慣だった。

「なるほど。道三さん、さすがです。見事に過食を戒めています。しかも温かい食事を推奨しています」

一鷗は満足したようだった。

道三自身はそう苦吟した気はしなかった。楽しんで作っていると案外歌は出来上がってくるものだった。

「では、ついでといっては何ですが、性愛の過剰を諫める歌はできませんか。房事過多は健康を損ねます。分かりやすく戒めてください」

一鷗の期待はふくらんでいるようだった。

「房事過多、ねえ……」

道三は再び考え出した。

いくつか案が浮かんできた。方針として、男女の房事をあからさまに詠むのは避けたかった。

そして、道三は、

「出《で》入《はいり》の口と色とを謹《つつ》しめば禍《か》病《へい》の二つ身にもよりこず」

と詠んだ。飽食と多淫を同時に戒める歌にした。

「うまい、うまい」

一鷗は今にも手を叩きそうだった。

道三自身は人に誇れるような秀作とは思えなかったが、即興にしては当を得た内容を一応詠み込めている気がした。深く考えるより、興の赴くまま詠んだほうが自分には向いているかもしれないと思った。

「今の歌をあの長慶にきかせたら驚くはずです。歌道に精通して、吟朗すること三千の人と評されている長慶です。何というか」

「一鷗、買いかぶりもはなはだしいぞ」

道三は一鷗を制した。恥ずかしさも先にたっていた。

だが、その後、道三が請われて武将たちを訪ねた際、養生歌を披露する機会が増えたものだった。それが今日、『養生誹諧《ようじょうはいかい》』百二十首として残っている。

いつしか二人は丸太町あたりにさしかかっていた。

そのとき、冷たいものを額に感じた。

「雨です。道三さん」

細かい雨が降りだしてきた。

二人は足取りを速めた。少し疲労を覚えていたが啓迪院まではあと一息である。

後をつけていた黒服の男の姿はいつの間にか消えていた。油断はできなかった。道三はあらためて戦国の世に生きている自分を感じていた。

六

細川晴元が挙兵するという噂を道三がきいたのは天文十九（一五五〇）年の夏の初めころだった。

京都奪還を画策する細川晴元はかねてから、京都の周辺に拠点を作ろうともくろんでいた。そして、密かに銀閣寺の裏山に城を築いていた。それが中尾城だった。

道三はその中尾城に四月の終わりころ、一鷗とともに往診に出かけている。密使が来て、とにかく診察を頼むという一点張りだった。

――いつの間にこんなところに城を……。

道三たちが驚く中、二人が案内された部屋に床が延べられ男一人が臥せっていた。

「義晴……」

小声ながら一鷗が思わず叫ぶのを道三はきいた。

――なぜここに。

道三にも意外だった。足利義晴は細川晴元とともに京都奪還を図るため、逃亡先の東坂本から病をおして中尾城への移動を敢行したようだった。

――無謀過ぎる。

病身でただでさえ命が危ないというのに床を離れて動くのは自殺行為だった。道三は改めて権力者の権力への執着を知った思いがした。

義晴は痩せ衰え、骨ばった顔に目ばかりが異様に目立った。息も絶え絶えでまともに話はできなかった。腹中のできものはさらに巨大化していた。

もはやなす術はない。一鷗も無言で首を横に振っていた。

義晴は十日ほど経った五月の初めに死亡した。行年、四十歳だった。

その後、義晴の子の義輝も中尾城に入城するのに呼応して、京都の町のあちこちで、三好方と細川・義輝方の小競り合いが始まった。市街戦の最中、鉄砲に撃たれ三好方の兵士が一人死んだ。記録に残る、畿内《きない》で初めての鉄砲による死者だった。

双方、一進一退が続き決着がつかなかったが、師走が近くなるころ、細川・義輝方の劣勢が明らかとなってきた。細川・義輝方による復讐戦は不発に終わり、近江に撤退して行った。たちまち中尾城は破壊された。

道三は戦いを耳にしながら、一人気になっている人物がいた。

三好長慶の側近で松永久秀という武将だった。

以前、一鷗とともに吉祥院城に往診したとき、長慶から少し離れた場所にいて、絶えず気配を窺っている様子が気になった。他の家臣にはない雰囲気を感じていた。顎の張った、鷲鼻で油断のならない鋭い視線をあたりに投げかけていた。

誰だろうと思い、帰り際、案内してきた家来にさりげなくきくと、

「あの方は松永久秀殿です」

という答えだった。

そこで壺屋の欣助に頼んで松永久秀にまつわる情報を集めさせていた。

ある木枯らしの吹く夜、啓迪院に欣助が来て、

「三好長慶の側近に間違いないのですが、正体不明の人物です」

と開口一番に言った。

「道三先生が注目するだけのことはあります。このたびの戦いで一番戦功があったのは松永です」

欣助によれば、細川・義輝方の北白川の陣地に火を放って打撃を与え、随所で最も激しく戦ったのが松永久秀だった。中尾城を徹底的に破壊したのも松永久秀である。

「正体不明とはどういうことだ」

道三はきいた。

「素性がわからないのです。誰も出身地を知りません。歳もはっきりしません」

四十に近いようですと欣助は言った。京都御所の近くに詰め所を構え、公家や社寺との折衝にあたり、交渉役を一手に引き受けていた。幕府の窓口にあたる侍所《さむらいどころ》もわが物のように牛耳っているという。

「三好からかなり信頼されているようだな」

道三の感想だった。

「ええ。三好の娘を妻にしています。それを笠に着て日増しに地盤を固めています」

「長慶は知っているのか」

「うすうすは気づいていますが、義父ですからいつでも抑えられると考えているようです。それに三人衆がいますから安泰なのでしょう」

三人衆は、三好長逸《ながゆき》、政康《まさやす》、岩成友通《いわなりともみち》の一族と重臣から成り三好三人衆と呼ばれていた。

「それより長慶の執心は歌です」

「歌……」

「歌道です。歌道にも精通するのが真の武士であるとして、連日のように公家を邸宅に呼んでは連句の会を催しています。その後は決まって宴会ですから悠長なものです」

「松永は今どこにいる」

道三はきいた。

「わからなかったのですが、ようやく見つけました。これは曲者です。面白い人間といえましょう」

欣助も興味を惹かれたようだった。

「どこだ、聖護院《しょうごいん》あたりに潜んでいるのか」

「いえ、堺にいます」

「堺？」

道三は意表を突かれた。

「鉄砲の入手でしょう」

「鉄砲なら欣助、おまえの商売ではないのか」

「いえいえ、わたしなど鉄砲の世界では小者です。松永は大量に手に入れようとしているのではないですか」

「そうか」

堺かと道三はつぶやいた。

「それに、あの松永は密かに堺に拠点を作ろうとしています」

「目的は何だ」

「さて、それは……」

わかりませんと欣助は首を傾げた。

「ところで、欣助。人参の種は手に入るか？」

「いきなり何ですか」

欣助は戸惑ったようだった。

「いや突然で申し訳ないが、薬用人参の栽培に挑戦してみようと以前から思っていたのだ」

師匠の田代三喜《たしろさんき》がこの国で初めて薬用人参を活用し治療に役立てていた。その滋養強壮作用は、霊薬ともいえる効き目だった。道三が目指す医療に合致する生薬だったが、輸入品であり非常に高価だった。道三としては、この国で栽培できれば多くの人に使えると踏んだのである。幸いにも、一鷗が啓迪院に薬草園を作り多くの生薬の栽培に挑戦している。薬用人参をその一つに加えられないかと思ったのだった。

「人参の種ですね。道三先生の頼みとあれば、ひとつ、探してみましょう」

欣助はかなり乗り気で帰って行った。それから、道三は蝋燭の火の下で読書を続けた。ときおり強く吹く風に炎が揺れていた。

読書に没頭していた道三はふと廊下に人の気配を感じた。何者かが密かにたたずみ部屋の内部を窺っている様子だった。時刻は日付けが変わろうとする深夜である。

——誰だろう？

一鷗と吉祥院《きっしょういん》城から帰るときに黒服の男につけられていた。警戒するにこしたことはないと思った。

道三は静かに立ち上がった。作務衣《さむえ》の袖口には毫針を忍ばせてある。いつ襲われても準備はできていた。

蝋燭《ろうそく》の火を消そうかと思ったが、それはやめて、摺り足で廊下に近づき身構えながら一気に襖を開けた。

「あっ」

とお互い、同時に声が出た。

淡い光の中、しばらく二人は顔を見合って立ちすくんでいたが、やがて、

「何をしている」

と道三が声をかけた。

相手は千恵だった。千恵はまだ驚きから解放されないのか、胸の前に両手を置いたまま身動きしなかった。

「どうした、こんな時間に」

道三は啓迪院の主宰者らしい落ちついた態度で接した。

ようやく千恵も一息ついたのか、

「眠れないものですから、少し夜風に当たろうかと思いまして……」

と着物の合わせ目でまだ両手を組んだまま答えた。枯れ葉色を基調にした厚手の着物を身にまとっていた。

「そうか。でも、外は木枯らしが吹いている。どうだ」

ここで少し休んでいかないかと言った。

「そんな。滅相もありません」

千恵は手を激しく横に振りながら後ろにさがった。

「いや、読書に飽きてきたところだ。かまわない」

と道三は部屋に入るよう促し、襖をさらに広く開け放った。

部屋の中央に火の灯った蝋燭と書見台、それに円座が置かれていた。壁には書棚と行李があるだけの簡素な書斎だった。

「お邪魔ではないのですか」

千恵は控え目だった。

「遠慮はいらない。入りなさい」

道三は千恵を導いた。

千恵は医学生たちの食事の世話をしつつ医学を学んでいた。特に、鍼灸の研究に熱心だった。だが、考えてみれば、道三は忙しさにかまけこれまで千恵とゆっくり話をする暇もなかった。

千恵は道三の用意した円座に座った。

向かい合った千恵を改めて眺めると、目元のあたりはどこか死んだ妻の結衣に似ていた。それは河原町の茶店で一鷗から紹介されて初めて会ったときの印象でもあった。

「そのほうの神農図で助かっている」

道三はいたわるように口にした。

教場に彫刻の神農像を飾りたいところだったが、資金的に厳しい状況が続いていて、まだ用意できずにいた。代わりに千恵の描いた神農図を掲げていた。絵師の娘らしくなかなかよく描けていた。

「拙作ですが、お役にたっているようでしたら幸いです」

千恵は相変わらず控え目だった。

「いや、よく描けている」

一呼吸置いて、道三は、

「眠れないのは何か訳があるのか」

ときいた。千恵が暗い廊下にたたずんでいたのは、たまたま通りかかったからではないと考えていた。密かに、いわば息を殺すように立っていたようだ。何か問題を抱えているような気がした。

「わたしも読書をしていたのですが、目が冴えてきてしまいました。このところなぜか眠れないのです」

千恵は姿勢をただしたまま言った。

「悩み事でもあるのか」

熱心に、それも異常なほどの熱意で学んでいる千恵の評判は、道三の耳にも入っていた。

「いえ、そのようなものはありません。医学を学ばせていただいてありがたいと感謝するばかりです」

ただと口をつぐんだ。

「ただ、何だ」

道三はきいた。

「自分では気づかない何かが、頭や体に潜んでいるのかもしれません」

千恵は多忙で勉学が思うように進まない日常を感じているようだった。

「悩みとはそんなものだろう。おのれの知らぬ間に侵入し、いつの間にか拡大して行く。疲れているのかもしれない。読書もいいが、根を詰めると体に毒になる。ほどほどにしなさい」

道三は千恵の揺らいでいる精神状況が気になっていた。

「分かりました」

と千恵はうなずきながらも納得していない様子だった。

「千恵は眠れないようだが、自分にはどんな薬方が適当か考えてみたのか」

その答えの内容で、千恵の力量を判断する一つの材料になるだろうと考えた。

「酸棗仁湯《さんそうにんとう》か温胆湯《うんたんとう》を想定しました」

いかがでしょうかと千恵はきいた。

「いいだろう。的を射ている」

酸棗仁湯は不眠に用いる代表的な処方であるから、ある意味で選択して当然だった。だが、温胆湯は薬剤を使いこなし、ある程度医療の経験を積まなければ思い至らない処方だった。心が揺れ、しかも、おのれの脾胃《ひい》の症状も自覚しているのだろう。今の千恵には恰好の処方と思われた。医学を志してまだ日の浅い千恵であるが、かなりの習熟を見ていた。熱心さだけでは説明できない千恵の非凡な才能に気づかされる思いだった。

「よく温胆湯に気づいたな。で、飲んでどうだったのだ」

問いかけた道三はおのれの迂闊《うかつ》に気づいた。薬があまり効かないから今夜のような訴えになっているのである。だとしたら、このまましばらく続けるか、処方を変えるべきかを考えねばならない。

「わたしは飲んでいません」

千恵はごく自然に答えた。

「なに、飲んでいない」

道三は驚いた。温胆湯に気づいていながら飲まないのは考えられなかった。

「なぜ飲まないのだ。飲んでみなさい。不眠や悩みが軽減され、脾胃の不調も治る可能性がある」

道三は強くすすめた。それは啓迪院の主宰者として弟子を指導するというより、患者に接する態度に似ていた。

すると、千恵は座り直して、

「飲む前にぜひ先生に教えていただきたいことがあります」

と訴えた。

「気の病を治すわらしべ法という術があるとききました」

千恵は真剣な眼差しを向けていた。

――わらしべ法……。

それは痛み傷ついた心を癒す一方法である。鬱々とした心の不安や焦燥を晴らし、人を安穏に導く鍼灸術であった。

道三にとって懐かしくも重要な施術の一つで、師の田代三喜と放浪医生活を続けているうちに習得した鍼灸術だった。

「どこでわらしべ法を知ったのだ」

道三は千恵がどこの誰からその施術法をきいたのか疑問に思った。医者の間でもそう誰もが知っている術ではない。

「昨夜、一鷗先生からおききしました」

千恵は答えた。

「そうか、どんな方法だと話していたかね」

一鷗には伝えた施術だった。

「いえ、一鷗先生は何もお話ししません。ご自分ではまだ試していないようなのです」

「そうであったか」

「もし教えてもらいたかったら、道三先生に直接おききして実技指導を受けろといわれました」

千恵は一途にそう言った。

「うむ……」

道三は迷っていた。

――どうしたものか……。

一鷗がそう助言したのなら教えてもかまわないと思いつつも、一方で躊躇するおのれがいた。

千恵は道三が迷っているのを感じたのか、

「今のわたしの状態を晴らすには、わらしべ法が適当だろうと一鷗先生もいわれていました。向学のためです。

ぜひ教えていただきたいのです。その効き目を実感して習得したなら、今後の医療に活かせると思うのです」

千恵はますます真剣味を増していた。

「それはそうなのだが……」

道三が田代三喜からわらしべ法を伝授されたのは武蔵国・熊谷の郊外だった。不眠と気うつでふさぎ込んでいる農家の中年女性に施した、いわば救急の治療だった。薬籠の薬剤も底を尽き、頼れるのは鍼と灸だけだった。だが、優れた鍼灸師にとって、鍼一本、艾一塊があれば対応できない病はなかった。経穴《ツボ》を取るため三喜は家にあった稲藁《わら》を利用した。稲藁の芯であるわらしべ数本をつなげて用いたので、道三は術名のなかったこの方法に、わらしべ法と名付けたのである。三喜は気うつを払うツボを定め、そこに施灸して著効を得たのだった。道三にとって懐かしくも重要な施術の一つであった。

「わらしべ法は秘術とおききしました。わたしのような未熟者にはまだ早いのでしょうか」

千恵は半分諦めたような口ぶりになった。

「いや、そんなことはない」

道三は首を横に振った。秘術を独占しておくというようなさもしい根性はなかった。


「ぜひ教えていただきたいのですが、ご迷惑でしたらやめておきます」

千恵の声は細っていた。

――潰してはならない。

道三は熱心な、しかも優秀な弟子の向学心を潰してはならないと思った。そして、千恵という若い女の弟子を前にして、おのれが逡巡していた理由を軽蔑する気持ちに至り、吹っ切れた。

「よし、分かった。教えよう」

道三は決断した。

千恵の顔が一瞬、明るくなった。

「着衣を脱ぎなさい」

と道三は言った。相手は二十歳も年の離れた若い女だったが、ふだん患者に接するときと同じようにごく自然に伝えた。

千恵は立ち上がると、言われたままに身にまとっていた枯れ葉色の着物と肌小袖を脱いで行った。そして、さらに腰巻きにも手をかけた。

「それは必要ない。上半身だけでいい」

と道三は制した。

道三の前で弟子の千恵が上半身裸になっていた。

——済まぬことをしてしまったか……。

道三は後悔の念にとらわれた。

だが、千恵は裸身をさらすことに抵抗はない様子である。秘術を習得する熱心さに羞恥心の入り込むすき間はないようだった。

道三は千恵を座らせ向き合った。蝋燭の火が揺れる中、艶のある白い肌が浮かびあがっていた。

「では、わらしべ法の施術に入る」

道三はそう宣言して用意した細く長い紐を千恵の首にかけて前に垂らした。わらしべ法では、長い紐が用意できれば、何もわらしべを使う必要はなかった。まず、紐を首にかけ胸前に垂らした。そして、一方の紐の先端を千恵の右の乳首に合わせた。それからもう一方に垂れた紐を左の乳首に置いて、そこで紐を切った。

胸前に垂れた、その紐の両先端を持ったまま、半回転させ背中のほうに垂らした。そして、紐の両先端を合わせて届いた一点に墨で印をつけた。背中の上部中央で背骨の部分だった。

「ここがわらしべ法のツボだ」

道三は指で押しながら位置を伝えた。

「分かりました」

千恵は小さくうなずいた。

それから道三は千恵をうつ伏せに寝かせ、ツボに胡麻粒大の灸を五十壮（注・五十個）たて続けに据えて治療を終えた。

「今夜はこれで終わる」

ただちに千恵は衣服を身につけた。

「効き目のほどはいずれきかせてもらう」

そして、今後わらしべ法の治療は一鷗から受けるように伝えた。

千恵は丁重に三つ指をついて礼を述べてから部屋を辞して行った。

七

天文二十（一五五一）年三月十四日の夕刻、道三は政所《まんどころ》執事の伊勢貞孝《いせさだたか》の屋敷に突然、往診を頼まれた。使いの侍は血相を変えている。

——政所が何だろう？

伊勢貞孝邸に行くのは初めてだった。

一鷗とともにと思ったが、昼に受け持ちの患者の往診に出かけたきりでまだ帰っていなかった。そこで、道三は往診の補佐として初めて千恵を指名した。診療の現場に立ち合わせるのは、千恵の研鑽《けんさん》のためにもなった。

「わたしでよろしいのでしょうか」

千恵は相変わらず控え目だった。

「かまわない。だが、薬籠は重いぞ」

「重い物を持つのは毎日の賄い仕事で馴れています」

千恵は往診に同行できるのを喜んでいた。医学を学ぶ情熱は啓迪院の学徒たちより熱心なほどだった。

道三が千恵にわらしべ法を伝授したのは去年の師走だった。

あれからしばらく経って、教場の廊下で道三は、

「その後、眠れているか」

と千恵に声をかけた。

「眠れます」

千恵は即答した。憂いが晴れている。

「では、治療を一鷗から受けているのだな」

一度は道三からわらしべ法を受けたときけば、一鷗なら治療に応じるはずだった。

「いいえ、受けていません」

「なぜだ。一鷗が嫌がるのか」

道三は再び千恵の裸身に接するのを避けたくて一鷗にまかせたかった。


「必要がなくなったからです。先生の施術で著効を得ました。それだけで十分でしたが、一応、温胆湯も数日間飲んでみました。これはこれなりに効きました」

「そうか」

「わらしべ法の効き目は絶大でした。まさに秘術と思いました」

千恵は感激していた。

「それはよかった」

「ですので、今のわたしはわらしべ法も温胆湯も必要ありません」

そう明るく言う千恵に、道三はわらしべ法を伝授して正しかったと思ったものだった。

「先生、もっと急いでください」

伊勢貞孝からの使いは道三を急かせた。

伊勢邸は高倉通りのほうで、啓迪院からそう遠くはなかった。

使いは気が急いているらしく道三の手を引っぱった。

「伊勢貞孝様はどんな具合なのだ」

小走りの無理な姿勢ながら道三はきいた。

「患者は伊勢様ではありません」

早く、早くと使いはさらに急かせた。

千恵は薬籠を背負いながら必死で走ったが、ともすれば遅れがちだった。

「では、誰なのだ」

道三は息をきらしながらきいた。

「来ていただければ分かります。命にかかわるのです」

急いでくださいと使いは道三の手を強く引いた。

やがて、道三と千恵は伊勢邸の大広間に案内された。

——これは……。

道三は息を殺して室内を見渡した。

部屋には血だらけの侍四、五人が血を流しながら、うめき声をあげてうずくまっていた。壁や襖、天井など、一面に血飛沫《ちしぶき》が飛んでいた。畳には侍から流れ出た血が池のように溜まっていた。修羅場だった。

千恵は声もなく立ち尽くしていた。

上座には見覚えのある武将が息も絶え絶えに倒れていた。三好長慶だった。

「何をしている」

薬籠を出せと道三は呆然としている千恵を叱りつけた。

三好長慶は手首と肩口、背中を斬られて、かなり出血していた。特に肩口がひどく、割れた傷口から赤い肉が見え、止めどなく血があふれ出ていた。三好は苦痛で表情を歪めていた。

「三好様、しっかりしてください」

道三は励ましつつ、焼酎で傷口を洗い、軟膏を塗り、布で押さえて止血した。

「道三殿、頼む」

三好は喘ぎながらようやく声にした。

京都を制して、今や足利将軍に優る権力を手にしたはずの武将が、道三の腕の中で苦悶の表情で救いを求めていた。

「おのれ、卑怯な」

治療を受けながら、三好は白目を剥いて、うわ言を言うように低く呻くばかりだった。

道三が後で知った話では、大広間で白拍子《しらびょうし》が乱舞するのを観ていた三好に暴漢が突然、刀を抜いて襲いかかったという。暴漢は幕府の奉公衆の一員で、十三代将軍・足利義輝の回し者だった。

実はこれより前の七日にも三好が陣を置いている吉祥院城で暗殺未遂事件が起きていた。伊勢貞孝を招いて酒宴をひらいている最中、怪しい動きを見せている年少の侍を捕らえて詰問すると、城に火を放って三好を焼き殺す予定だったと白状した。三好は内部の関与者を成敗したばかりだった。

にもかかわらず、今回、伊勢邸で襲撃された。気をつけていながら防ぎきれなかった三好には衝撃であるが、恥でもあった。京都を制したはずであったのに現実はまだ不安定だった。それを露呈した相次ぐ暗殺未遂事件だった。

「おのれ、卑怯な晴元め」

呻く三好は細川晴元や義輝への復讐ばかりを考えているようだった。

斬られた侍たちの止血の治療も終え、道三と千恵は別室で調薬作業に入った。

「たいへんな場面でした」

千恵はまだ青ざめていた。

「これが医学の現場なのだ」

千恵にはいきなりの修羅場で衝撃を受けたようだが、よい勉強になっただろうと考えた。

「ところで、千恵は三好たちにはどんな薬方が適当と考えるかな」

止血剤として千恵が何を選択するかをききたかった。

千恵はしばらく考えてから、

「三黄瀉心湯《さんおうしゃしんとう》ではいかがでしょうか」

と言った。

「なるほど。いいだろう」

止血と、この場合、興奮状態にある三好には鎮静作用も期待できる三黄瀉心湯が恰好だった。道三が想定していた薬方でもあり、千恵の力量を知る思いがした。

二人は早速、薬方作りに入った。

その翌日、細川晴元の軍勢が京都市中に攻め込みあちこちで小競り合いが始まった。三好方の動揺を狙い撃ちしていた。

道三は新たな戦いの火種を感じとっていた。

灰塵

一

遠くで人の呼ぶ声がした。おーいと呼んでいるようにきこえた。

――気のせいか……。

道三は深い眠りの中でそう思い寝返りをうった。

しばらくすると、再び人が呼んでいるような声がした。

かすかな声は、おーい、おーいと叫んでいる。

道三は寝床に半身起き上がって耳を澄ませた。

確かに人の呼ぶ声がして、風のせいか途切れ途切れにきこえた。時刻は亥《い》の刻（午後十時ころ）過ぎだった。

――何だろう……。

声は北東の方角からきこえた。御所のほうでもある。

そのとき、

「火事だーーっ！」

と叫ぶけたたましい声が啓迪院の裏手からきこえた。

道三は布団をはね除け、裸足《はだし》で庭に飛び出して学舎を見つめた。

学舎は燃えていなかった。あたりにも火の気はなく闇に包まれている。

間もなく、次々に生徒たちが心配そうに庭に集まってきた。

一鷗も裸足で出てきて、

「火事はどこです。道三さん」

と急かしてきいた。

「いや、分からない。叫んだ生徒はどこにいる」

と生徒たちを見まわした。


そこへ息せき切って一人の生徒が走りこんできた。

「先生。火事は御所の北です」

と学舎の北東方向を指さした。

「屋根に登って見ました。並の火事ではありません」

生徒は興奮の態だった。

「御所ではないのか」

道三はきいた。

「御所ではありません。その先です」

「先？」

と道三はきいて一鷗と目を合わせた。

「先にあるのは相国寺《しょうこくじ》ではないですか」

一鷗は言った。

その震えた声に道三は、

「行こう、一鷗」

と手を引いた。

道三は生徒たちに飛び火に注意するよう言い置き、草鞋《わらじ》を履いて寝巻のまま表通りに出た。

この日――天文二十（一五五一）年七月十四日、蒸し暑い夏の風が通りを吹き抜けていた。

道三と一鷗は御所伝いに烏丸通りを小走りに北上した。

寝巻の裾がまとわりつくので、二人は尻をまくり上げていた。

「相国寺でないといいのですが……」

一鷗は息をきらせながら言った。

「そうだが」

と応じながらも不安はさらに募っていた。

二人が一条通りあたりまできたとき、御所の黒い森の向こうの空がほの赤く染まっているのが見えた。

一鷗は空を指さしながら、

「道三さん、相国寺の方角ですよ」

急ぎましょう、とさらに足を速めた。

言われるまでもなく道三は足取りを速めていた。

二人が今出川通りと交差する場所に来たとき、相国寺の火事は明らかになった。

遠目に境内のあちこちから火柱が上がっているのが見えた。

――相国寺が燃えている。

道三は眼前の光景が信じられなかった。自分が修行した禅寺が炎を上げて燃えているのだった。

この日、京都奪還を狙う細川晴元軍が大挙して丹波から入京し、相国寺に陣を敷いていた。そこへ、夜陰に乗じて三好長慶の部将、松永久秀が攻め込んだのだった。

戦いの最中にどちらかの兵士が火を放ったにちがいなかった。

二人が相国寺の総門前に着いたとき、両軍の戦いはまだ終わっていなかった。二人は総門脇に聳《そび》える銀杏《いちょう》の大木の陰に隠れながら、戦いの様子を窺った。

広大な境内は火の海で夜目にも明るかった。燃え上がった堂塔《どうとう》からは舌のように揺れ動く赤い火が見えた。黒い煙の中、火焰《かえん》が空高く立ちのぼり、崩れ落ちる建物から火の粉が舞い上がって、ひときわ明るくあたりを照らした。火は次々と堂塔に燃え移り、火の海は広がるばかりだった。

その赤い炎を背景にして、刀や槍を持った兵士たちが右に左に駆けめぐっている。刀と刀のぶつかり合う音がきこえ、ときおり、鉄砲の音も響いた。気勢と怒号。悲鳴とうめき声が交錯した。弓矢が飛び交い、馬のいななきもきこえる。

一方が気勢をあげて攻め込むと、他方はそれを押し戻す。鍔ぜり合いは続いた。

相国寺の境内は戦場と化していた。

そのとき、一鷗が、

「道三さん。あれを」

と悲鳴をあげながら、いましがた火柱の上がった建物を指さした。

道三は自分の体が凍りつくのを覚えた。

「蔵集軒《ぞうしゅうけん》が……」

道三が一鷗とともに修行した懐かしい塔頭・蔵集軒が火に包まれていた。

――蔵集軒が燃えている……。

道三はなす術もなく火に包まれている思い出の寺院を見続けた。

蔵集軒は赤く揺らいだ炎火を柱や壁にからませながら、火柱となって燃え上がっていた。火は激しさを増し、黒煙とともに渦を巻いて燃え盛り、さらに砕けて飛び散ると火の粉は中空まで舞い上がった。

やがて、建物は炎とともに火の光を輝かせ音をたてて崩れ落ちた。

――燃えてしまった。

道三はくすぶる蔵集軒を見つめながら、無力感に襲われ膝を折り、座り込んだ。

そのときだった。

「危ない。道三さん」

と一鷗が叫ぶなり、道三をかたわらに押し倒した。

その頭上を火の点いた矢が通過し、鋭い音をたてて総門に突き刺さった。

矢は次々に飛んできて刺さり、総門はたちまち炎火に包まれた。

「道三さん。ここは危険です」

一鷗は道三を抱えあげた。

二人は御所の土塀の陰までさがって兵火を逃れた。

二

夜が次第に白み始めた。

道三と一鷗は寺から離れられず御所の近くで夜を徹して過ごした。

二人は焼け落ちた総門のあたりから相国寺の境内に入った。

境内は朝霧が低くたちこめていた。

夜の明けた相国寺の境内は両軍とも引き払って閑散としていた。昨夜の戦いが嘘のように静まりかえっている。ところどころに倒れているのは死体なのだろう、その兵士に僧侶が蓆《むしろ》をかけていた。傷ついた兵士を抱きかかえて境内をあとにする兵士の姿もあった。

前夜の戦いで、松永久秀は細川晴元軍を相国寺から追い出し、勝利をおさめていた。この兵火のため、相国寺は伽藍《がらん》のほとんどを焼失してしまった。堂塔の屋根は落ち、瓦は散乱し、黒く焼けた柱は天空を指していた。京都五山の名利は無残なありさまになっていた。

相国寺は応仁元（一四六七）年、応仁の乱のとき、細川勝元軍の拠点となった。そのとき、兵火のため伽藍のほとんどを焼失した苦い歴史がある。その後、十年を経るうちに、法堂《はっとう》が上棟し、徐々に方丈、書院、禅堂、三門、塔頭などが建てられ伽藍も整備されて復興が進んだ。

だが、昨夜の戦いで、復興されたその伽藍も焼け落ち灰塵となった。同じ轍を踏んでしまったのだった。

道三と一鷗は、くすぶり続け、煤《すす》の臭いのする境内を歩いた。屋根や壁、天井、廊下などが瓦礫の中に崩れ落ちていた。黒く煤けた瓦礫からは時折、熱い灰が巻き上がり、息をふきかえしたようにところどころで赤い炎の舌を出して燃えていた。

――何ということだ。

道三は一面の焼け跡に言葉が出なかった。

やがて二人は塔頭・蔵集軒の焼け跡の前に来た。

昨夜、焼け落ちる様をまざまざと見つめている。それが今や黒い塊となってくすぶっていた。

――蔵集軒……。

道三はその塔頭の名をつぶやいてみた。

すると、その昔、ここで修行した思い出が懐かしく甦ってきた。木峰《ぼくほう》住職から叱責も受け、人生のありようを教えられた日々。厳しくもやさしい老師だった。国手《こくしゅ》になれと励まし、足利学校に送り出してくれた。

その思い出の書院も方丈も経堂も、今はない。目の前で灰になっている。

――これは……。

道三は膝を落としてうなだれた。目を閉じると、瞼《まぶた》に今、目にした光景が映し出された。

すると、怒りがふつふつとこみ上げてくるのを感じた。手が思わず拳《こぶし》になる。その拳で地面を何度も叩いた。叩いても叩いても気がすまなかった。

やがて拳を地面に押しつけたまま動きを止めた。

「道三さん」

いつまでも顔をあげない道三に一鷗が声をかけた。

だが、道三は下を向いたままで動こうとしなかった。

どれくらい時間が経過しただろうか。道三が静かに顔をあげた。

一鷗はその目に涙があふれているのを見て驚いた。

「道三さん……」

一鷗は戸惑いながらも道三の目を凝視するばかりだった。相手は曲直瀬道三という名の四十五歳の名医だった。医学校を主宰して、医者としての実力も名声も当代随一の人物だった。その四十五歳の名医が泣いていた。

一鷗はどんな言葉を投げかければいいものかわからず、ただ道三の目を見つめていた。

道三の涙はあふれて止まらなかった。

「わたしは無力だ」

道三は血の流れた拳を見つめながらつぶやいた。拳には燃えかすの混じった土がこびりつき、血があふれ出ていた。

「無力？　どういう意味です」

一鷗はきいた。

「このありさまを見ろ」

道三は境内を指さした。

「庶民の安寧と幸福を祈念して仏の道を追究する場所がこのありさまだ。わたしは細川晴元も三好長慶も足利義輝も診た。だが、連中の庶民を不幸にする、この愚かな戦いは止められなかった」

「しかし、それは」

道三さんのせいではないと一鷗は言おうとしたが、道三は畳みかけて、

「わたしは戦争をする人間が許せない」

と言い放った。

「道三さん……」

一鷗はそんな激しい口調の道三と接するのは初めてだった。言葉もなくただ道三を見つめていた。

しばらく黙っていた道三は、

「一鷗。医者って何だ」

ときいた。

「急にどうしました。道三さん」

一鷗は道三の心が揺れ動いているのを感じ取っていた。

「病気を治すのが医者の務めだとはわかっている。だが、患者を診ていればそれでいいのか」

道三はさらに言葉を継いだ。

「いいと思っていたが、それでは不十分だ。これからは一歩進んでみたいと思う」

「何をするのです」

一鷗が神妙に問いかけた。

「戦いをやめさせ、この国を平和に導く人物を探した

いと思う。そして、その人物の未病に関与したいと思う」

「未病ですか……」

一鷗はその言葉を低く口にしながら、足利学校で習った中国の古典籍の文言を思い出していた。上医は未病を治《じ》し、下医は病を治《じ》すと書いてあった。優れた医者は未だ罹っていない病気を未然に治し、技能の劣る医者は罹ってしまった病気を治すという意味だった。人を病気にしないことこそが上医だった。

「国を人にたとえれば五体だ。五体が満足に機能してこそ国も正常に機能する。だが、戦いが起こるのは国が病に罹っている証拠だ。今、この国は病に冒されている」

戦いのない時代を築かねばならないと道三は言った。

「これほど熱く語る道三さんに初めて出合いました」

一鷗は驚いたように口にした。

「道三さん。これはもう道三さんが国手になるしかありません」

一鷗は古典籍の別の文言を思い出していた。

中国の『千金要方』に、『上医は国を治し、中医は民を治し、下医は病を治す』とある。この上医こそ、国手である。人徳と技量をそなえた優れた医者は、国家の病気や悪弊を治すという。

「いや、わたしにそんな力はない。おこがましい」

道三が一鷗から初めて言われた国手の話だった。今の自分にそのような力量はないと感じていた。

「わたしにできるのは、武将たちの体を健康にすることだ。健康な心を育てることだ。健康な心身を持っていれば、少なくとも人を殺す戦争はしないだろう」

道三はそう信じたかった。

「これを見ろ」

道三は焼け跡を見まわした。

「愚かな戦いの結果がこれだ」

焼け落ちた相国寺はまだくすぶり続けていた。

焼け跡は静寂に包まれていた。二人はその静寂の中にいつまでもたたずんでいた。

三

ある日、道三が啓迪院の教場から自分の部屋に戻ると、廊下に一人の男が正座して待っていた。壺屋の欣助だった。

「何だ。部屋の中にいればいいものを」

道三はすぐに室内に導いた。

「ご無沙汰していました」

欣助は丁寧に挨拶した。信濃から遠江《とおとうみ》、尾張、三河と採薬の旅に出ていたという。

「いろいろまわってきたものだな」

かれこれ半年以上顔を見せていなかった。珍しく長い旅のようだった。

「旅のほかにも野暮用がいろいろありまして」

欣助は薄笑いを浮かべた。

「そうか」

手ぶらでは来ない男だった。入手が困難な上質の生薬を持ってきたり、土産話や土産品、さらには、得がたい情報さえももたらす人物である。

「わたしのところに来るのも野暮用か」

「これは、先生。お戯れが過ぎます」

欣助は笑って否定しながら座り直した。

「尾張で面白い武将の話を耳にしました」

「ほう」

道三は興味に駆られた。欣助の面白いと言う話に間違いはなかった。これまで期待に反した的はずれな話はなかった。


「織田信長という男です」

欣助は言った。

そのときこそ道三が信長の名前をきいた最初だった。

「武将なのか」

「愛知郡にある那古野城の城主です。七歳で城主となり、十三歳で元服しています」

それから欣助は信長の生い立ちをかいつまんで話した。

天文三（一五三四）年尾張、守護代の家老・織田信秀の嫡男として生まれた。織田家は北の斎藤家、東の今川家に挟まれ戦いに明け暮れていた。十四歳で美濃国主・斎藤道三の娘、濃姫《のうひめ》と結婚。十七歳のとき、父、信秀が流行り病のため四十一歳で急死した。天文二十（一五五一）年三月三日だった。

「この葬儀のときの異常な信長の振る舞いが伝わっています」

父、信秀が建てた万松寺《ばんしょうじ》で執り行われた葬儀に、信長は髪を茶筅髪《ちゃせんがみ》に結い、平袖《ひらそで》に半袴《はんばかま》といういでたちであらわれた。

「喪服ではないのか」

道三はきいた。

「違います。いつもの恰好のままあらわれました。そして、霊前に近づくと抹香を手掴みにして仏前に投げつけたといいます」

「礼を失した態度だな」

「まさに。家臣や領民は声をひそめて、大うつけ者と噂してます」

欣助は言った。

「うつけ、か」

道三はそう思った。

「その信長が領内を馬に乗って行くさまを見ました」

信長は裸馬に乗り、わずかな供を従え悠然と領内を徘徊していた。茶筅髪に平袖、半袴の恰好で、腰には火打ち袋の巾着をぶら下げていた。途中、軒先に生っていた桃をもぎ取り、食べながら城に帰って行ったという。

「葬儀のときといい、城主にしてはずいぶんと奇怪な身なりだな」

道三はその異形な風体を思い浮かべていた。

「まったくの大うつけです。ところで、このうつけの妻は斎藤家の娘で濃姫といい絶世の美人と評判です」

欣助は言った。

「美女とうつけか。不思議な取り合わせといえるな」

「斎藤家との政略結婚に違いはないのですが、美濃の国主・斎藤道三という武将も油断なりません。油屋から身を起こし国主にのしあがった危険な男で、領民にまむしと呼ばれています」

「まむしか……。咬まれたら死ぬのか」

「その毒気で殺されます。咬まれた犠牲者も多数います」

「すると、国を接するまむしとうつけの戦いは見物《みもの》だな」

「それは必至です。わたしはこの信長という武将が気になって仕方がありません。あのうつけの行動は、地なのか演技なのか。演技だとするとこれは面白いことになりそうです」

欣助は楽しそうに言った。

「もうひとつお話があります」

欣助はそう口にするとかたわらの風呂敷包みを引き寄せた。

「お土産というほどの物ではありませんが……」

と欣助は包みを解いて素焼きの鉢を卓上に置いた。

丼の倍ほどの大きさの鉢には緑一色の植物が植えられていた。茎の根元から長い葉が何本も伸びている。濃い緑色の葉は肉厚で無数の尖った棘《とげ》がついていた。

「これは何だ」

道三は鉢の植物を上から下まで眺めわたした。丈は菜《さい》箸《ばし》くらいである。

「先生はご存じないですか」

「うむ」

分からないと道三は首をひねった。

「芦薈《ろかい》というものです」

欣助は答えた。

「これが芦薈か……」

道三は葉液を固めたものを使ったことはあるが、実物を見るのは初めてだった。

芦薈はアロエの一種で鎌倉時代に伝来した。現代において、民間で栽培されているのは、主にキダチアロエで、ともにユリ科だが芦薈とは別種である。

「痛そうな棘が出ているな」

言いながら道三は芦薈の葉の左右の端に並んで出ている棘に静かに触れてみた。棘はやはり痛かった。

「先生もごらんになるのは初めてなのですね。それなら持参した甲斐がありました」

欣助は満足げにうなずいて続けた。

「遠江で手に入れました。芦薈は暖かい場所でなければ育たないという話です」

「信濃や甲斐での栽培は無理だ、と三喜先生からきいたことがある。枯れてしまうようだ」

道三は言った。師の田代三喜は黒く硬い芦薈塊を上手に治療に使っていた。

「よく効くようですね」

欣助がきいた。

「医者いらずの異名がある。それは芦薈が幅広く使えて効き目が確かだからだろう」

芦薈は優れた下剤だった。同じく便秘を治す大黄が、通便のあと、便秘におちいりやすいのと違って、芦薈は的確に効いた。子どものひきつけにも効くし、火傷や傷の手当てに使える。まさに万能薬ともいえ、医者いらずだった。

「医者いらずの効き目を悪用する輩《やから》がいるのも事実だ」

道三は卓上の芦薈に手を伸ばし肉厚の葉に触ってみた。

「悪用……。この棘を使うのですか」

欣助も芦薈の棘に触った。

「いや、違う。飲ませるのだ。芦薈は難産の妊婦を救う薬剤でもある」

道三は関東一円を三喜とともに放浪医を続けていると

き、何度か出産に立ち会っている。産気づいているのに、なかなか産めない妊婦に三喜が芦薈を処方して安産に導いた例を見ていた。

「出産を促す働きがあるのが芦薈だ」

道三は言った。

「悪用でも何でもないですね」

欣助は怪訝そうだった。

「正しく使えば安産になる。だが、妊婦に大量に与えるとどうなるか」

道三は一呼吸置いた。

「流産を招く」

「わざと流産させれば、それは堕胎ではありませんか」

欣助は怒ったように口にした。

「そうだ。悪用すれば堕胎薬になってしまう。芦薈は効き目は確かだが、恐い植物でもある」

「医者いらずには、医者に頼らず子を処理する意味も含まれているのですね」

欣助はまだ怒っていた。

「そのようだ」

「では、これは処分しましょうか」

欣助は芦薈の鉢を持ち上げた。

「いや、いや。この芦薈は啓迪院の庭で育ててみよう。正しく使えばすぐれた生薬となる」

寒気に気をつければ増やせるかもしれないと道三は言った。

「ところで、人参のほうはどうした」

道三は薬用人参の入手を欣助に頼んでいた。その滋養強壮作用は、霊薬ともいえる効き目だった。啓迪院の薬草園で栽培できないかと思ったのである。

「これが先生。難しいのです。もう少し待ってくださ い」

欣助は顔のまえに手をかざし弁明した。

「そうか。貴重薬だからな。それを得る元の植物を手に入れるとなると、さらに難しいだろうな」

「何とか努力してみます」

欣助は決意をあらわしていた。

「芦薈が医者いらずなら、人参は医者殺しだ」

と道三は言った。

「どういう意味ですか」

欣助は首をかしげた。

「三喜先生は人参は霊薬だと話されていた。医者は廃業を余儀なくされそうだといわれていた」

それくらい効くというたとえだと道三は笑ってつけ加えた。

「わかりました。何とか努力してみます」

欣助は再度言って帰って行った。

四

天文二十三（一五五四）年一月、道三と一鷗は堺を訪れていた。

「かなりの賑わいだな」

道三は初めて訪れた堺の町を歩きながら感想をもらした。京都とさして変わらぬ人出である。

「交易が盛んですから人が集まってきます。珍しい品も手に入りますから、みんな楽しそうです。さぞかし懐《ふところ》も温かいのでしょう」

一鷗は久しぶりに来た堺を初めてのように見回していた。

中国・明との貿易でうるおっている堺は商店が軒を接して並んでいた。随所に「宿」の文字が目につく。

「旅人が多い証拠です。ここで仕入れて、地元に帰って売る。着物や履物、扇子、筆一本、茶碗一つとっても、よそでは手に入らぬ物を売っています」

堺の町に馴染み深い一鷗は、自分の町のように堺を自慢した。

商店の並んだ街区を抜けると、武家屋敷が続いていた。

「今日の茶会がある屋敷に一鷗は出かけたことがあるのか」

道三はきいた。

「いや、初めてです」

一鷗は武家屋敷の通りの先を見つめながら答えた。

この日——一月二十八日は茶人として知られる武野《たけの》紹鷗《じょうおう》が三好長慶や松永久秀、それに、武野の娘婿、今《いま》井宗久《いそうきゅう》などを「大黒庵《だいこくあん》」に招いて開く茶会の日だった。

その招待を一鷗ともども道三も受けたのである。

「行きますか？」

と一鷗が招待状を示しながらきいたものだった。

一鷗は武野紹鷗に面識があり茶会の経験もあるが、道三は茶会を知らなかった。

「なに、膳の料理を楽しみ、茶席では見よう見まねでお茶を嗜《たしな》めばいいのです」

と一鷗は軽い調子で道三を誘った。

道三も一鷗と一緒ならと出かけたのである。

武野紹鷗は堺の納屋衆《なやしゅう》（注・倉庫業を営む豪商）の

一人で、侘《わび》茶の普及につとめている茶人として有名だった。

道三は邸宅で一鷗からまず武野を紹介された。

「曲直瀬様のお噂はこの堺で知らない者はありません。わたしも五十歳を超えて体のあちこちにがたがきています。名医のその目でいずれぜひ診ていただきたいと思います」

と武野は言った。商人らしい如才ない挨拶だった。

道三はただ黙ってきいていた。

そこへ近づいてきたのはどこかで見た覚えのある恰幅のよい人物だった。

「お久しぶりです」

と頭をさげたのは今井宗久だった。

今井のことは同じ連歌師の里村紹巴から紹介されていたし、一鷗の婚礼のときにも参列してくれた。好みなのか、以前同様渋い茶色の小袖を着ていた。細い目の奥は変わらず不気味さを秘めていた。

「お忙しいでしょうが、連歌のほうにもお出かけくださいい」

と今井は言い置いて離れて行った。

「あの今井さんも招いて啓迪院の教場で茶礼にのっとり一鷗の婚礼を挙げたものだったな。あれはいつだったかな」

道三は今井の後ろ姿を目で追いながら言った。

「ずいぶん昔の話です。忘れました」

一鷗は恥ずかしそうにして触れたくない様子だった。

「これは茶会といいながら政治的な談合の場のようです」

一鷗が広間を見渡しながら急に真顔になって話題を変えた。

「どういうことだ」

道三はきいた。

「あっちに三好長慶と松永久秀がいるでしょう」

一鷗は目で広間の中央を見つめた。

そこには二人が談笑している姿が見えた。

「堺の豪商たちはいま、畠山氏が堺に攻め込む構えを見せているのに神経を尖らせています。どうやら、それを阻止するために三好方に援軍を求めたようですね」

一鷗は三好と松永の存在をそう読んだようだった。

政治の場と知って道三は急に興が醒めるのを感じた。

歴史をたどれば、この大黒庵の茶の湯の集まりが政治に利用された最初の茶会だった。

五

道三と一鷗が話をしている脇を咳き込みながら通りかかった者がいた。灰色の茶人帽を被っている。

「これは利休さん」

一鷗は気安そうに声をかけた。

利休と呼ばれた人物は立ち止まって、一鷗と目を合わせると、

「ご無沙汰しております」

と物静かに挨拶した。

「こちらは千利休さん」

一鷗は道三に茶人帽を被った人物を紹介すると同時に、道三を利休に紹介した。

「はじめまして」

と道三は挨拶しながら、あらためて千利休という人物を見つめた。

厚い唇、丸く大きな鼻、柔和な眼差しだった。全体に朴訥な感じを受けた。

――どこかで会ったような気がする。

初対面であるはずなのに、違和感はなく、以前に会っているように思えた。不思議な感覚だった。


このとき、道三は四十八歳。利休は三十三歳だった。道三はこの利休と親しく交際し、さらに師事して利休好みの侘茶を伝授してもらうほどの交流が始まるとは、このとき少しも考えていなかった。

「利休さんは納屋衆のお一人だが、今日の亭主である紹鷗さんの第一の門人です」

一鷗が言った。

「第一かどうかはわかりませんが、ご指導をいただいています」

利休は控え目に柔和な笑いを浮かべた。

「師匠の、枯れかじけて寒しの世界に感銘を受けています」

と利休はつけ加えた。

「お寺で修行も積んでおられる」

われわれと同じだと一鷗は言った。

「五年ほど大徳寺《だいとくじ》で参禅させていただきました」

と利休は言った。

当時、参禅は堺の茶人のならわしだった。臨済宗の名刹、大徳寺で受戒して宗易の号をもらっている。

道三は同じ臨済宗の相国寺で修行している。参禅と托鉢、考案の見解《けんげ》（注・答え）に明け暮れた日々が思い出

された。その体験を共有しているときいただけで親近感を抱くことができた。

「茶はわたしの愛用でもあります」

道三は利休に向かって言った。

「愛用といいますと、茶会ではなく?」

利休は怪訝そうだった。

「深夜に読書してますと睡魔に襲われるのです。このとき茶、特に濃いめの茶はよく効いて目が醒めます」

頭風にも効きますと道三はつけ加えた。

「茶の優れた効果に注目したわたしは、中国の古医学書に茶の効用を説いた個所を探しました」

「ほう。それはぜひ知りたいところです」

利休は強い関心を示した。

「この場合、最も的確な古医学書は『神農本草経《しんのうほんぞうきょう》』です」

道三は言った。

『神農本草経』は中国最古の薬物学書で後漢代(一～二世紀)に成ったとされる。三百六十五種の薬物を上《じょう》品《ほん》、中品《ちゅうほん》、下品《げほん》に分けている。

上品は毒性がなく長期服用がすすめられる、不老長寿も可能な養生薬。たとえば、霊芝《れいし》、人参、茯苓《ぶくりょう》など。

中品は使い方次第で毒にも無毒にもなる体力を養う養《よう》性《せい》薬。たとえば、当帰、黄連、葛根など。

下品は有毒で長期服用が不可能な治療薬。たとえば、大黄、巴豆《はず》、附子《ぶし》などだった。

「では、茶は上中下のどこに入るのでしょうか」

利休がきいた。

「それが、出ていないのです」

道三は言った。

「どうしてでしょう」

利休は残念そうだった。

「茶は飲んでも害はありません。心を落ちつかせ、脾胃を整えます。こんなによい薬物はありません」

上品に入れるべきですと道三は強調した。

利休は満足そうにうなずいた。

六

このとき急に利休が苦しそうに激しく咳き込んだ。ぜいぜいとした息づかいで体をくの字に曲げている。頭の帽子が床に落ちた。痰もからんでいるようである。

「昨日まではこんなことはなかったのですが」

と利休は言いながらも苦しそうに咳き込んだ。

「茶を使った咳止めの薬があります」

道三は利休を安心させるように言った。

「茶がこの咳にきくのですか」

利休は半信半疑の様子だった。

「一鷗。壺屋の欣助に急いで薬剤を運んで来るようにいってくれ」

壺屋はこの堺に店を構えている。

それから道三は処方に使う薬剤名を一鷗に伝えた。

一鷗はうなずくと部屋を出て行った。

程なく欣助は息をきらして走ってきた。

「おお、早かったな」

道三は薬剤を受け取りながら言った。

「こんなときにお役にたてなかったら壺屋の名がすたります」

欣助は息切れしながら言葉にした。

道三は早速、調薬に入った。

処方は「茶実丸《ちゃじつがん》」を考えていた。茶実と百合《びゃくごう》（ユリ科の地下茎）と明礬《みょうばん》（火山岩中に産する明礬石）の三種の薬剤を等分に混ぜて丸薬にするのだった。急性のぜんそくや止まらない痰によく効いた。

「服《の》むと強い反応が出ますが、それは効いた証拠でもあります」

あらかじめ予想を伝えておくのは患者の安心につながる。

服用して、吐くか下痢をするとぜんそくに著効を示すのが茶実丸だった。

白湯《さゆ》で丸薬を利休に服ませ、別室で横になって休ませた。しばらくすると利休は激しく嘔吐した。そして、客人たちの本膳と二の膳が終わるころには症状は落ちついてきた。

「楽《らく》になりました」

と利休は明るく言った。顔色もよくなっていた。

「茶にこんな効果があるとは知りませんでした」

利休は感心したようだった。

この日、道三は茶室、大黒庵で初めて茶の湯を経験した。四畳半の何の飾りもない部屋のうち、一畳分は板の間だった。そこに仏壇が設置され、円窓からは明かりが射していた。その異空間に道三は魅せられたのだった。

翌年の弘治元（一五五五）年閏十月二十九日に武野紹鷗は死去する。享年、五十四だった。

紹鴎の志を引き継いで利休が侘茶を大成させるのである。

七

「千恵ーーっ」

道三は啓迪院の庭から千恵を呼んだ。

「千恵はおらぬか」

道三はさらに声を張り上げた。

やがて、千恵が生活棟のほうから下駄をつっかけ、と走ってきた。早朝に院長が発した大声に驚きを隠せない様子だった。

「何事ですか、先生」

「見ろ。水仙が咲いたぞ」

五十坪ほどの広さの菜園を兼ねた薬草園には、種々の植物が植えられていた。その薬草園の端に白い水仙の花が五、六十咲いていた。

「ええ、咲いていますが……」

息をきらせて千恵が応じた。それが何かと怪訝な様子だった。

「千恵が育てていた水仙がこんなにも咲いているではないか」

水仙はすっと伸びた茎の先に横向きに六弁の白い花を咲かせていた。花の中央に黄色い筒状の小さな冠を開いている。

「去年の暮れから咲いていますよ」

千恵は当たり前のように言った。

弘治四（一五五八・二月に永禄に改元）年の年も明け、十日を経ていた。

「そうだったか」

気がつかなかったと道三は薬草園を見回した。

二人はしばらく群れて咲いている水仙を眺めた。

「よい香りだ。可憐でもある」

道三は鼻から空気を深く吸い込んだ。

「先生にも風流な一面がおありになるのですね」

千恵はいまさらのように口にした。

「花を愛でるのは楽しいものだ。意外か？」

「ええ。先生は患者の治療と門人の教育に一生懸命で、花などに興味は持たれない方だ思っていました」

「そんなことはない」

五十歳を過ぎ植物をいとおしく思う気持ちはさらに高まっていた。だが、治療と教育の熱心さの面しか見せていないとしたら反省しなければならないと道三は思った。

「どうも、風流を解さない無粋な人間だと思われているようだな」

「いいえ、そんなつもりでいったのではありません」

千恵は否定しつつ、

「でも、水仙がこんなにたくさん咲いたのは今年が初めてです。ですから先生も気づかれたのでしょう」

と言いながら水仙のまわりに生えている雑草を取り除いた。

「先生。水仙はこの先まだまだ咲き揃います。いかがです。この水仙を切り取って教場やお部屋に飾りましょうか」

千恵は雑草取りの手を休めてきいた。

「おお。それはいい」

と道三は賛成した。女性は、というより千恵は考えるところが違うと道三は感心した。

――やはり無粋な人間なのか。

道三は千恵が摘んだ水仙の束を見つめながら、おのれの無骨を反省した。

この日、啓迪院は随所に飾られた水仙で、学舎中、香気にあふれた空気に包まれた。

八

午後に壺屋の欣助が訪ねて来た。

欣助は部屋に入って道三の顔を見るなり、

「いらっしゃいましたか」

よかったと安堵の態だった。

「よかったとはどういう意味だ」

欣助が道三の顔を見たときの表情があまりに急変したので道三は気になった。

「いいえ、昨夜、先生の夢を見たのです」

夢は道三と欣助が洛中を散歩しているときの話という。なぜか急に道三が早足で歩き出し、欣助はあわてて追いかけた。だが、二人の差は広がるばかりだった。その上、欣助の足取りは重く、さらに、もつれて歩けず、やがて足裏が地面に吸いつき足が持ち上がらなくなった。道三に待つように呼んだが、道三の姿は小さくなるばかりだった。と、そのとき、急に目の前に川があらわれ、みるみるあふれる水に道三が翻弄され、やがて、水中に消えてしまったという。

「そこで目が覚めました。足が吸いつき、わたしは助けようにも先生を助けられないのです。これは先生に何か不幸があったと想像し、こうして駆けつけたのです」

お元気でよかったと思った次第ですと欣助は明るく言った。

「夢だろう。何もそんなに案じるには及ばない」

道三は笑うしかなかった。

「いえいえ。正夢ということもあります。お顔を見るまでは安心できませんでした」

欣助は神妙に口にして、

「最近、先生の身のまわりで何か不幸や事故は起こりませんでしたか」

ときいた。

「ない」

と道三は答え、しばらく考えてから、

「何もない」

と言った。

するとと、欣助は本年もよろしくお願いいたしますと改めて頭をさげて挨拶した。

「松が明けてしまったこんな日に新年の挨拶は遅すぎますが、ご容赦ください。早く先生に年始のご挨拶に伺わねばと思いながらなかなか果たせず、その焦りが今度の不吉な夢となったのかもしれません」

「そう。杓子定規に考えなくてよい」

道三はしきりに恐縮する欣助を安心させた。

それでも欣助は恐縮の態だったが、ふと床の間に飾られた水仙に目を止めた。

「よい匂いがすると思いましたが、水仙ですか」

欣助はしばらく水仙を鑑賞した。

道三は今朝、水仙を啓迪院の薬草園から採ってきた経緯を話した。

「かなりたくさん咲いていましたね」

欣助は言った。

「あの咲き誇った水仙に気づくとは風流だな」

「わたしはそんな風流なんてものに縁はありません」

「水仙を愛でるとは無粋な人間ではない証拠だ」

道三は朝の千恵とのやりとりを思い出しながら言った。

「わたしは風流から一番遠い人間です。先生こそ連歌や茶の湯をたしなんでおられる。風流そのものではありませんか」

欣助はそう言いながら続けた。

「わたしが水仙に注目しているのは、狙っているからです」

「狙う？　何の話だ」

「水仙根《すいせんこん》を狙っています」

「そうか。商売だったか」

薬種商人である欣助の抜け目なさに道三は感心した。

水仙は平安時代に渡来していて、その水仙根は百合やたまねぎ同様、球根で葉が重なる鱗茎《りんけい》の形を持つ。有害で、使い方を誤ると人の命を奪いかけない危険性があった。だが、適度に用いれば、催吐薬《さいとやく》として毒物を口にしたとき、吐かせる薬剤として有効だった。また、おろし器ですりおろした汁を腫れ物につけると優れた効果を示した。

「あれだけ水仙が群生しているのは、このあたりでめったに見られるものではありません。以前差し上げた芦薈《ろかい》も順調に育っていますし、千恵さんの手入れが行き届いている証拠です」

欣助は如才なく千恵を褒めたたえた。

「水仙根は貴重品です。ぜひわたくしどもに買わせてください」

欣助は改めて頭を下げた。

「それほど狙っていたのなら、千恵と相談の上、譲ることにしよう」

花瓶に生けられた水仙を見つめながら道三は約束した。優れた下剤である芦薈を持参してきたのは欣助である。商売とはいえ、薬種に熱心なのが欣助だった。水仙根を有効に使ってもらえるなら欣助に分けるのはやぶさかではなかった。

欣助も水仙を見つめていた。

水仙の香りが急に道三の鼻腔をくすぐった。澄んだ匂いをひときわ感じたような気がした。

九

「先生にお知らせすることがあります」

欣助は花瓶の水仙から目を離して言った。

「夢にわたしが出てきて気になって来たのではないのか」

道三は半分茶化していた。

「それはもう忘れてください。まむしとうつけのその後のお話をしようと思います」

欣助は照れていた。

「そういえば、おまえは織田信長という武将が気になって仕方がないといっていたな」

「ええ、そうです」

「今もそれに変わりはないようだな」

「ますます気になっています」

「わたしは美濃のまむしと尾張のうつけと記憶している」

道三はまむしの斎藤道三とうつけの織田信長との戦いは見物《みもの》だと思っていた。

「まむしがうつけに初めて会って、信長が帰った後、訓示したといいます」

欣助は言った。

斎藤道三と織田信長は、天文二十二（一五五三）年、両者の中立地にあたる美濃の正徳寺《しょうとくじ》で対面した。義父の斎藤道三の求めに応じて信長が赴いたのだった。馬に乗ってあらわれた信長は髪を茶筅髪《ちゃせんがみ》に結い、平袖《ひらそで》に半袴《はんばかま》という相変わらずのうつけのいでたちで、腰には火打ち袋と瓢箪《ひょうたん》をぶら下げていた。手綱を離して馬を進める手には扇子をかざしてあおいでいた。

「その様子を斎藤道三は町はずれの人家に潜んで見ていたのです」

欣助は言った。

「うつけを覗き見か」

道三はきいた。

「そうです。噂通りのうつけに呆れもしたのですが、会見場で斎藤道三は驚かされるのです」

会見の部屋にあらわれた信長は着替えて、武家烏帽子《えぼし》に直衣《のうし》袴、小刀という正装だった。しかも、人家からかくれて覗き見していた斎藤道三の行動を暴露して糾弾する始末で、義父は完全に呑まれていた。

その日、斎藤道三は信長が帰ってから、家臣たちを広間に集めた。

「あの男、たわけにあらず。油断すると、この美濃一国は危うい。わが子はかれの門外に馬をつながなければならないかもしれぬ」

と家臣たちを戒めた。斎藤道三は信長の器量を見抜いたのだった。

「信長はたわけではなかったのだな」

道三の印象だった。

「たいした人物です。さらに妻を利用する策略家でもあります」

欣助は言った。

信長は斎藤道三の娘、濃姫と結婚していた。

信長はあるときから毎晩のように寝所を抜け出して表に行き、しばらくすると戻って来て眠った。

それを濃姫が不審に思って、ある日、その理由をきいた。

「わしに味方する道三の家臣がいる。その者が道三を殺害したときに狼煙《のろし》をあげる手筈になっている。それを夜毎見に行っていたのだ」

と信長は答えた。

濃姫は後日、それを父、道三に密かに伝えた。すると、斎藤道三は信長が告げた道三の家臣を打ち首にした。狼煙話は信長の仕掛けた罠だった。成敗《せいばい》された家臣は刑場に引き出され理由も分からず命を失っている。

この一件は濃姫が斎藤道三の諜者《ちょうじゃ》であることをはからずも露呈させたのだった。

「まむしはうつけの陰謀にまんまとはまってしまったようだな」

道三が言うと、

「ええ。斎藤道三はあたら優秀な忠臣を信長の策略で見殺しにしました。その損失は計りしれません」

と欣助は応じた。

濃姫との縁組は政略結婚であり、信長は始めから妻を信用していなかったのだった。

十

「その美濃のまむしが死にました」

欣助が言った。

「なにっ、死んだ」

いつだと道三は思わず声をあげた。

「もう二年が経ちます」

斎藤道三と信長が会見して三年後の死去だった。

「まむしは信長を恐れていた。その予言通り、うつけがまむしを攻め滅ぼしたのか」

「いえ、そうではありません。嫡男の義龍《よしたつ》と戦い戦死しています」

「父と子が戦争するとは戦国の世も極まれりだな」

道三は言った。

「父子が戦うには訳がありまして、斎藤道三は子どもに何人かの男子がいましたが、嫡男の義龍を重視せず、次男以下をかわいがったといいます」

次男以下に家督を継がせる動きに義龍は廃嫡されるという危機感を抱いた。

「さらに、義龍は斎藤道三の子ではないという説があります」

斎藤道三は主家の土岐頼芸《ときよりのり》を追放し、その愛妾を奪い妻としている。そのとき妾はすでに土岐の子を宿していて、その子が義龍だったらしい。この経緯から義龍は斎藤道三を仇と狙っていたという話だった。

廃嫡の危機に接した義龍はある日、弟二人を城に呼び殺害した。この一件で斎藤道三と義龍との仲は決定的に割れ、弘治二（一五五六）年、四月二十日、道三は義龍と長良川で戦ったが、多勢に無勢で敗死する。このとき、信長が支援に軍を動かしたが道三の敗死の報が入り途中から引き返している。

「まむしはうつけを取り込もうとしたが、果たせず、それどころか身内に滅ぼされてしまったのだな」

道三の感想だった。

「そうです。義龍は敵討ちを果たしました。ところが、信長のほうでも同じような身内の争いがありました」

欣助は言った。

織田家では嫡男、信長のあまりの大うつけぶりに家臣たちが離反し、次男の信行に家督を継がせようと林秀貞《ひでさだ》や柴田勝家《かついえ》をはじめとする宿老《しゅくろう》たちが結託した。

弘治二（一五五六）年八月に反信長の旗があげられ、信長方と信行方は稲生《いのう》（現・名古屋市西区）で矛を交えた。戦いは信長方が勝利し、そのまま信行の末森城に迫った。その末森城には実母の土田御前《どたごぜん》がいて、両軍をとりなし和睦が成立した。土田御前は幼少時から信行ばかりに愛情を注いでいた経緯があるが、信長は鷹揚に矛をおさめた。

「信長の器量ばかりが目立った戦いだったような気がします」

と欣助は言った。

「少しもうつけではないではないか」

道三は信長の人物を評価したかった。

「信長は野蛮ながら賢者のような気がします。ところが、再び危機が訪れるのです。一度は謀叛を謝罪した信行が再び謀叛を密かに計画したのです。ところが、これを柴田勝家が信長に密告したのです」

柴田家は織田氏の譜代家臣の家柄。柴田勝家ははじめうつけの信長を嫌い、信行に加担していた。だが、信行が宿老の柴田をわずらわしく感じ始め、柴田は信行からうとまれるようになった。

信長は弘治三（一五五七）年、十一月二日、信行の謀叛の計画を知らぬふりをして、病気を理由に家督を譲ると称して信行を清洲《きよす》城におびき出して殺害した。

「それは孫子の内間《ないかん》の計だったようだな」

道三は言った。

『孫子』の兵法は、五つの間（諜者《ちょうじゃ》）を用いる法を説いている。

「間に五あり。郷間《きょうかん》は郷人《きょうじん》を用い、内間は敵の官人を用い、反間は敵の間を逆用し、死間は殺されることを覚悟の上で我が間に虚報を放たしめ、生間は帰りて報ぜしむ」

とある。

「信長は柴田勝家を間者に仕立てあげていたのだろうか」

「それはわかりません。しかし、信長が弟を殺害してからは、柴田を家臣にとりたて重んじました」

「内間の計を用いた可能性はある。だとすると、いよいようつけとは程遠い。それにしても、血なまぐさい家督争いではあったな」

と道三は感想をもらした。

「これは申し訳ないことをしました。水仙のこんなに清楚でよい匂いがする部屋で血なまぐさい話は不釣り合いだったかもしれません」

ご迷惑をかけましたと欣助は反省の態を示した。

「そんなことはない。まむしとうつけの話は面白かったぞ」

道三がそう言うと、欣助はそそくさと部屋を辞して行った。

その夜、道三は読書の途中で、ふと床の間の水仙に目を止めた。

不意に火を消してみたくなり蝋燭に息を吹きかけた。水仙のあたりがほの明るかった。白い花がぼんやりと闇に浮かんでいた。

「先生にも風流な一面がおありになるのですね」

薬草園での千恵の言葉が甦ってきた。

——風流か……。

水仙は香り高い匂いを発していた。道三は気分が鎮まるのを感じていた。

十一

啓迪院の庭には二月の寒気が降りていた。

道三は空を仰ぎ、頬に早朝の冷たい風を受けながら歩を進めていた。

庭は綺麗に掃き清められていた。啓迪院の朝は門人たちのあやつる竹箒《たけぼうき》の音で始まる。早朝の一時《いっとき》、啓迪院の広い庭には、さーっ、さーっという竹と土のこすれる音がひびきわたった。朝の掃除は、相国寺や足利学校の日課に倣っていた。道三は学舎の清掃を重視していて、周囲を清潔に保ち、整理、整頓してこそ学ぶ環境も整うと考えていた。

その後、啓迪院の門人は増え続け、医学を修める学舎として繁栄の一途をたどっていた。京の都に啓迪院ありとして、畿内ばかりでなく諸国から学徒が集まってきていた。竹箒の音はいわば啓迪院の朝の風物詩だった。

道三が裏庭のほうに目を向けると、一鷗が樹木の下にたたずみ、しきりにその木を眺めわたしているのが見えた。観察しているようでもあり、観賞しているようでもあった。

――何をしているのか？

道三は不思議に思いながら一鷗に近づいて行った。

すると、一鷗は木に咲いている赤い花を一輪摘み、手のひらに置いて少し見てから口に運んだ。

「何をしている？」

道三は問いかけた。

一鷗は唇に赤い花を当てたまま、驚いたように振り返った。

「見ていたのですか」

「ああ。花と戯れる一鷗を初めて見せてもらった」

一鷗は花を唇から離し、ばつが悪そうだった。

「からかわないでください。小鳥だけに独占させておくのは惜しいと思ったものですから」

「小鳥？」

そういえば、このところ、朝方、小鳥のさえずりがうるさいほどだった。その鳴き声で目が覚めるのも珍しくなかった。

「小鳥がどうしたのだ」

道三には小鳥と赤い花が結びつかなかった。

「めじろがこの椿の花蜜を吸いに来ています」

椿は早春に赤い五弁花をつける。めじろは細いくちばしで椿の花蜜を吸い、果実や昆虫を食べる習性があった。

「椿の花を見ると武将を思い出します」

一鷗は手にした椿の花を見つめた。

「武将……」

道三は椿の花を無骨な武将とは結びつけられなかった。

「落花のときは、花びら一枚一枚ではなく、花ごと一気に落ちます。潔い花です」

強くたくましい武将を思わせますと一鷗は言った。急に落花するので不吉と考える人もいますがとつけくわえた。

「椿の花弁は案外固く、鳥はよほどくちばしを花の奥の奥に突っ込まなければ蜜は吸えません。奥は筒状をしていて、全体に鎧《よろい》を着こんでいるような花でもあるのです」

めじろが花蜜を吸うときに受粉する仕掛けだった。

「その武将の花を一鷗がさっき口にしていたのは……」

「はい、蜜を吸っていました」

一鷗は手にした花の底を口に当てて再び吸うと、

「こんな美味しいものをめじろだけに独占させておく手はないのです」

と言った。

そして、一鷗は繁った椿の木に手をのばして花を一輪取った。

「道三さんも吸ってみたらどうです」

とすすめた。

「吸うのか?」

渡された花を道三はしげしげと眺めた。花の裏側には丸く小さな穴が見えた。

「その底の穴から吸うのです」

道三は一鷗に倣って穴を吸ってみた。花の蜜を味わうなど初めてだった。

「これは甘い」

蜜が道三の口中にひろがった。蜂蜜を思わせる甘さだった。

「甘くて美味しいでしょう」

一鷗は自分の手柄のように楽しそうだった。

「椿の花が鎧をつけている意味がわかったでしょう。こんなに美味しいものをそう簡単に持って行かれたくないからです」

自然はうまくできていますと一鷗は冗談めかして言った。

「なるほど」

うなずきながら道三は蜜を吸った。

「これから温かくなると椿もどんどん咲きますから、めじろの襲来も多くなるでしょう」

一鷗は椿の木を見上げていた。

「朝方はますます賑やかになるな」

めじろは群れをなして飛来するのでさえずりは増えるだろうと道三は想像した。

「あんまりうるさいようでしたら追い立てましょうか」

「どういう意味だ」

「こうします」

と言うと一鷗は袖口から丸く小さい物を取り出し、下唇に押し当てて息を吹きかけた。

ぴーっ、ぴーっと鳴った。

「椿の種です」

秋に椿の果実が割れて中の種が地面に落下する。その種の一部に小さな穴を空け、中身をえぐりだして空洞を作ると笛ができるという。

「なるほど。その笛でめじろを追い払えるということか」

道三は感心していた。

「何でしたら、ひとつ差し上げましょうか。余ってますから」

一鷗が言うのを道三は手を振って断り、

「一鷗は竹笛も作るし、笛を作るが好きなようだな」

と感想をもらしながら椿の木を見上げた。

ところどころに赤い花が開いていた。

「それより、道三さんはこんな時間になぜ庭に？」

一鷗が怪訝そうにたずねた。

「一鷗、おぬしを探していたのだ。千恵にここだときいたものだから」

まさか朝から花の蜜を吸っているとは思わなかったがと道三は揶揄した。

「茶化さないでください。何の用ですか」

「今日、これからうつけに会う。一鷗も一緒に来てほしいのだ」

「朝からわざわざうつけに会うとは、道三さんにしては物好きな話ですね」

「これが並のうつけではないのだ。織田信長という尾張を支配する若い武将なのだ」

一鷗も一緒に来てほしいと再度、道三は依頼した。

この年――永禄二（一五五九）年二月、清洲城主・織田信長は上洛した。将軍・足利義輝に拝謁して尾張支配の大義名分を得るのが目的だった。前年の十一月、足利義輝は三好長慶と和解して入京していた。将軍が京都に戻るのは、じつに五年ぶりだった。

道三は信長のうつけ話について壺屋の欣助からたびたびきかされている。今、信長は二十六歳で、道三は五十三歳である。この親子ほども離れている武将にはいつか会ってみたいと思っていたのだった。

昨夜おそく、その信長の使いがあらわれ診察を仰いで来たのである。道三自身は信長が上洛しているなど少しも知らなかった。

「信長については何も知りませんが、うつけというからには、その者が何をしでかすかわからないのですか」

一鷗は道三が身の危険を感じていると思ったようだっ

た。

「いや、そうではない。一鷗もついて来てほしいのだ」

道三は言った。

以前、権力者への仕官をしきりに口にしていた一鷗だった。その一鷗に尾張の統一をもくろむ武将を引き合わせるのは、どうであれ無駄ではないように思えた。しかし、それを道三はあからさまには口にはしたくなかった。

「わたしなど診療の場で何の助けにもなりません」

一鷗は控え目だった。

「いやいや。椿の美味しさを知っている一鷗だ。思いがけない視点がある」

そばにいてくれると助かるのだと道三は伝えた。一鷗が居ると安心できるのは本当だった。

それから、朝食を終えて二人はすぐに、信長が宿泊先としている若宮通りの館に出かけた。

十二

このとき、信長は八十人ほどの供《とも》を連れていた。すでに三好長慶に黄金を贈って将軍と接見する根回しを終えていた。正親町《おおぎまち》天皇の即位式すら実施できない幕府の体たらくを目の当たりにしていて、将軍家の衰微と無力を肌で感じた信長であった。

館は建物全体に緊張感があふれていた。尾張から上洛するにしては決して多くはない供の数だったが、奥座敷に入るまで途中何人もの家来が警備を固めていた。

信長は座敷の中央で薄手の布団に横たわっていた。まわりに小姓と数人の近習《きんじゅ》が控えていた。

道三と一鷗は挨拶をして部屋に入った。

信長は二人を目にすると、

「朝からご苦労であった」

と起き上がった。信長は小袖を身にまとい、くつろいだ恰好だった。茶筅髪《ちゃせんがみ》ではなく普通に髷《まげ》を結っていた。

道三はその声音が澄んで柔らかいのを意外に感じた。

——これが信長か……。

うつけから連想される野蛮や乱暴さからは程遠かった。面長な顔の鼻筋は通り、口元が引き締まり、目つきは柔和で眉は長かった。顔だちの整った気品を感じさせる風貌だった。

——この人物のどこに激しさがあるのだろう？

激昂《げきこう》して家臣を殴打したり、実弟を殺害した激しい気性の出どころはどこにあるのかと道三は不思議に感じた。

道三は、

「どうされましたか」

と問いかけて信長の診察に入った。

一見して信長は多少熱があるらしく火照った顔をしていた。

「うむ。腹が痛くてたまらないのだ」

と言いながら着物の上から下腹部のあたりをさすった。そして、排便がない旨を訴えた。

信長は翌日の二月二日に将軍との拝謁を控えていた。不調のまま接見に臨む不都合を案じていた。

「わかりました」

と道三は応じ、まず、診断の基本である舌の色と苔の具合を診る舌診とそれに左右の手首の脈を診る脈診を行なった。

「では、お腹を診させてもらいます」

と道三は横たわった信長の左側に座し、右手を腹に当て腹診を始めた。静かに手のひらを信長の腹部にすべらせた。

すると、信長が、

「そのほうの手は温かいな」

と言った。

「御意。このような寒い日にはあらかじめ手を温めておく必要があります」

道三は座敷に通されてから両手をさすり密かに手を温めていた。冷たい手を急に腹部に当てると腹壁が縮こまり、正確な診断をさまたげ、また、患者を不快にした。

「さすが、この京都で医学の学舎を率いる指導者だけのことはあるな」

「恐縮いたします。しかし、これは殿のご家臣が示した配慮と同じではないですか」

「何の話だ」

「寒い日に殿の草履《ぞうり》を温めていた家臣がいるとききました」

「うむ、あの話か」

信長はうなずいた。

「そのほう、どうしてその話を知っているのだ」

信長は道三に厳しい目を向けた。

「殿のご城下を以前に旅した者からききました。これは有名な忠誠話として知らない者はないとおききしています」

道三は欣助からその話をきいていた。

「そうか」

信長は納得したようだった。

道三は恐縮しつつ
「では、始めさせていただきます」

道三は改めて腹診を開始した。

露《あらわ》になった信長の腹部は、肌の色艶が良く、筋肉も盛り上がっていた。

道三は呼吸を整え、手のひらに神経を集中させながら信長の腹部にゆっくりとすべらせた。柔らかく張りのある若い肌だった。ときおり軽く押して感触を確かめた。

そして、右下腹部に来たとき、

「うっ」

と信長が息を吐き出した。

「ここに何か感じますか」

道三は問いかけた。

少し痛みを感じると言う信長の返事に、道三は念を入れて診察した。手のひらの先に少し抵抗感をおぼえた。

ここに病気の巣があると考えた。

「この痛みは何の病気だ」

信長は道三を見上げやや不安そうにたずねた。

「さほど気にされる必要のない病です。あえて病名を申せば、腸癰《ちょうよう》といえます」

「腸癰とな」

「尾張からの旅のせいでお疲れが出たのでしょう。食べた物も少し影響したのかもしれません」

簡単にいえば、はらわたの出来物と申せましょうとつけ加えた。微熱があるのはその出来物のせいだと道三は考えていた。

「大事はないのか」

「ございません。治療に使用する薬として、将軍を使いたいと思います」

と道三は言った。

「将軍……。どういうことだ」

信長は道三の顔色を窺った。

「殿には大黄《だいおう》という薬物を主にした薬方を処方させていただきたいと思います。この大黄という生薬の効き目はたいへん強いものです。生薬の中でも薬効が特に激しいために将軍と呼ばれるのです」

「左様か。だが、そんなに強い薬物を使って大丈夫なのか」

「ご安心ください。薬物は使い方ひとつでどうにでもなります。要は病をどう叩くかです。戦《いくさ》と同じです」

道三は薬方として、大黄牡丹皮湯《だいおうぼたんぴとう》を想定していた。大黄、牡丹皮、桃仁《とうにん》、冬瓜子《とうがし》、芒硝《ぼうしょう》の五種の薬物から構成される処方である。

道三は信長の場合、強い効果で一気に排便させるのが肝要と考えていた。

道三の診察は終わった。

「薬方作りに入りたいと思いますが、その前に」

と道三は言って、

「ここにいる者はわたしの同僚で西一鷗という医者です」

と一鷗のほうを向いた。

「腹を診て病気を診断する腹診の名人です。つきましては、わたしの診断を確実にするためにもこの者にも殿を診察させていただきたいのです」

よろしいでしょうかと信長にきいた。

「名人なのか」

「左様でございます」

道三は頭をさげた。

「ああ、かまわぬ」

と信長はうなずいた。

「では、一鷗。頼む」

と道三は一鷗を促し、席を譲った。

一鷗はいきなり言われた道三の提案に戸惑っていた。

――なぜおれが？

という目を道三に向けている。だが、真意をきくわけにはいかない。

道三は、

「一鷗。腹診を頼む」

と繰り返した。

「わかりました」

一鷗はうなずいた。そして、膝を進めて信長の脇に控え、腹診に入った。

一鷗は形通り入念に信長の腹に手を這わせ腹診を実施した。

「どうだ」

終わって信長がきいた。

「腸癰に間違いないかと存じます」

一鷗は控え目に言った。気弱な一面をのぞかせていた。

「ないかとは、あやふやだな。そのほう名人ではないのか」

どうなのだと信長は苛立っていた。

その口調に気圧されて、一鷗は、

「腸癰に間違いありません」

と答えた。

「道三の診断と同じだな」

「御意。薬方も同じでよろしいかと」

と一鷗は断言した。

「そうか。それで安心した」

信長は安堵したようだった。

それから、信長は道三が処方した大黄牡丹皮湯の煎じ液を飲み干した。

「それでは、ゆっくりお休みください」

と道三は信長に横になって眠るよう促した。

「効き目が強い薬ですので、経験されたことのないほどの下し方をするはずです」

「そうか。ところで、そのほうは今わしが飲んだ薬を飲んだことがあるのか」

驚かないでくださいと道三はつけ加えた。

信長はきいた。反応を窺う目だった。

「あります」

試験的に飲んだ経験があった。一時《いっとき》（約二時間）半を経過するころから効きはじめ下痢症状をきたしてきたものだった。

「あるのか。だからすすめたのか」

「そういう部分もあります。しかし、すべての処方を試し飲みしたわけではありません。作用の強い薬を中心に効き目を確認しています」

匙《さじ》加減ひとつで病気を良くもするし、悪くもする。強い薬は効き目が実感できる強い味方であるが、医者生命を脅かしかねない危ない薬でもある。

「殿が今飲まれた大黄牡丹皮湯は作用の強い薬です。にもかかわらず、殿はわたしのすすめる薬を躊躇なく飲まれました。しかも、わたしと会うのは今日がはじめてです」

よくぞ信用していただきましたと道三は言った。正直な感想だった。

「信用も何もない。わしは自分の勘を信じておるわ」

ハッ、ハハハと笑ってみせた。

部屋は十二、三畳はあるだろうか、広い部屋に信長の笑い声が響きわたった。

「初対面ですからふつうは警戒するものです。どなたも薬を飲む前にわたしに目の前で試《ため》しに飲むよう求めます」

足利将軍も天皇も、さらに、細川晴元、三好長慶、松永久秀などの武将も、本人、あるいは従者が道三に対し試し飲みを提案した。当然、道三は飲んで見せるのだった。

「殿の場合、何も指示されず、黙って飲まれました」

たいへん珍しい方だと思いましたと道三は告げた。実際、警戒心はなく、堂々としていた。

すると、信長はいきなり、

「おぬし、この部屋に入ってきたとき、何人の者がここにいるか分かっていたか」

ときいた。

「いいえ、分かりません」

不思議なことをきくものだと思いながら道三は答えた。

「向こうの隅に控えている者はさっきから刀の柄に手をかけておるぞ」

信長の指さすほうを見ると侍が一人、中腰で構えていた。異変があれば飛びかかる姿勢である。さらに見まわすと、部屋には小姓と数人の近習が控えていた。

「初めて気づいたようだな」

信長は楽しげに口にした。

「今、気づきました」

道三はそれまで気にもかけていなかった。

「その態度でわしはそのほうを信じたのだ」

と信長は言った。

「それはどういう意味でしょう」

いつも通りに振る舞ったつもりだったが、信長には安心感を与えたようだった。

「そのほうはこの部屋に入って来たときからわしばかりを見ていた。ふつうは身に危険を感じておずおずと周囲を見まわすものだ」

「いえ、それは……」

望診《ぼうしん》していますので、よそを見たりはしませんと言おうとした。

患者の診察はまず望診で始まるのだった。

「わしばかりを見て、それ以外は見ていなかった。わしに対し邪心のない証拠だ。また、医者の本分だけに心を砕いている。それで信用したのだ」

「左様でしたか」

道三は恐縮しつつうなずいた。

「それにひきかえ、そっちの医者は違った」

と信長は道三の脇に控える一鷗を指さした。

一鷗は恐る恐る自分に向けて人指し指を立てた。

「そう、おまえだ」

と言い、信長はやや声音を上げた。

「おまえは部屋に入るなり周囲を見まわしていたな」

「はっ」

一鷗は恐縮して平伏した。

「おまえはわしの病状など二の次なのだ」

「いえ、そのような」

一鷗は平伏しつつ首を横に振った。

「嘘を申せ。入って来るなり、きょろきょろ見まわしていたではないか」

「申し訳ありません」

一鷗はさらに平伏した。

「二人の態度がまったく違う。おまえは腹診の名人などといわれてつけあがり、増長している。だが、曲直瀬道三は真剣だ。わしはそこを信じたのだ」

名医と評判を取っているだけのことはあると信長は言った。

「ありがたき幸せに存じます」

道三は頭を下げた。

「曲直瀬道三、わしはそのほうが気に入った。どうだ、ひとつ、わしの主治医にならぬか」

信長がきいた。一鷗を糾弾するのとは一転して穏やかな口調だった。


「それは、ひとえにご容赦願います」

道三は即答した。これまで足利将軍をはじめ、多くの武将から侍医の申し出を受けている。が、ことごとく断っている。

「わしでは不満と申すか」

「いえ、そのようなわけではありません」

「では、何なのだ」

信長は苛立っていた。

「どんな方にもお断りいたしています。『王侯に事《つか》えず、其《そ》の事を高尚《こうしょう》にす』の精神を貫きたいと思っているからなのです」

『易経』にある言葉で、王侯貴族には仕えず、おのれの志を高く掲げて守るという意味だった。道三は患者を平等に診る、位階貧賤《いかいひんせん》を問わない医療を貫きたかった。師である田代三喜の教えでもある。

「そのほう、易《えき》をたてるのか」

と信長が神妙にきいた。

「いえ、たてるほどではありません。学ぶばかりです」

そう答えつつ、すぐに易経由来の言葉と気づいた信長の知性に驚いた。

「そうか。そのほうは誰の侍医にもならぬのだな」

「左様でございます」

「わかった。今日のところは主治医の話はやめておく。では、休むとしよう」

と信長は言って、

「おい、寝るぞ」

と奥の襖に向かって叫んだ。

するとと襖が音もなく開いた。その部屋に寝床が延べられていた。

襖のかたわらに一人の小柄な侍が恐縮の態で控えていた。

信長は隣室に足を踏み入れると、

「ああ、そうだ」

思い出したと言いたげに、急に振り向いた。

「さっき話に出たな。草履の話」

「草履を温めて精勤に励んだご家臣のお話ですか」

道三はきいた。

「そうだ。その忠臣がここにいる、この猿だ」

と信長は襖のかたわらに控えていた侍を顎を突き出してさし示した。

道三はその小柄な侍を見つめた。顔の造りが小さい割りには、耳は大きかった。頬骨は突き出て、丸く大きな目ばかりが目立っていた。信長が猿と表現したのももっともだと内心思った。

「木下藤吉郎だ。どうだ。猿に似ているだろう」

と信長は言った。

「はい」

とも言えず道三はただ口を閉ざしていた。

「では、寝るぞ」

と信長は寝床に向かった。木下藤吉郎がそれに従った。身軽な動きだった。

「後ほど殿のご様子をうかがいに参ります」

と道三は信長の後ろ姿に言葉をかけた。

十三

道三と一鷗は信長の宿泊している館を辞した。

その帰り道、一鷗は、

「道三さん、あれが尾張を支配しつつあるうつけの織田信長ですか」

といまさらのように口にした。

「そうだ。うつけだ。だが、並のうつけではなかった」

道三は今、別れてきた二十六歳の若い武将を思いかえしていた。一人の患者を単に往診しただけではない不思議な感情に支配されていた。五十三のこの歳になるまで経験したことのない清々しい気持ちが胸にあった。心地よい興奮といってよかった。

「あの信長の前で腹診の名人と紹介されたときにはびっくりしました」

一鷗は気恥ずかしそうに口にした。

「わたしは腹診の名人でもありませんし、道三さんより優れた技を持っているわけでもありません。つけ上がっているともいわれてしまいました。なぜあのような話をしたのですか」

「そこだ。急ですまなかった。名人の話はとっさに考えた方便だったのだ」

道三は謝るしかなかった。

「ぜひ、一鷗にあの若い武将の腹を触ってみてほしかったからだ」

「でも、触っても、道三さん以上に深い診察ができるわけではありません」

「そうかもしれない。わたしの目的は一鷗に腹診させたかったのだ。そして、あの腹をどう感じたかだ」

それをききたかったのだと言った。

「いや、柔らかいので驚きました。まるで幼児の肌のようでした」

一鷗は言った。

「そうか」

道三はうなずいた。道三も一鷗と同じように感じたものだった。信長の腹は筋肉が盛り上がっていたが、肌の感触は幼児のように柔らかかった。

道三はきいた。

「他には何かなかったか」

「他に……」

一鷗は考える顔になった。しばらくして、

「あるといえば、臍《へそ》です」

と言った。

「臍の左側に力があり、動気を感じました。癇癪持ちの気があると思いました」

「なるほど」

道三も臍の左に動気を感じていた。ともすると怒りに支配される体質と思われた。

「他にはなかったか」

道三は再びきいた。

「他はありませんね」

と一鷗は答えてから、

「何かありましたか」

ときいた。

「うむ。臍下丹田《せいかたんでん》に普通ではない力を感じた」

臍下丹田は五臓の働きが集まるところで、この場所に生命力があふれていなければ人間自体の力も充実しないというのが道三の考えだった。信長の場合は、そこに撥《は》ね返されるような異常な迫力を感じた。肚《はら》ができていた。同じ武将ながら、三好長慶の場合は柔らかく脆弱な腹力しか感じなかった。臍下丹田に特別の力はなかった。

「確かに……」

一鷗は信長の腹の感触を思い出しながら言った。

「ありましたが、わたしは道三さんが感じたほどのことはありませんでした」

「そうか」

道三は医者によって感じ方が違うものだと思った。

「どうだ、一鷗。あの信長に侍医として仕えてみる気はないか」

信長は侍医を探している風でもあった。

「それはごめんこうむります」

一鷗は激しく手を振った。

「道三さんは誘われましたが、わたしは叱られた口です。誰でも部屋に入れば周りを見るのは当たり前なのに、あんなに責めるのは、やはりうつけです」

一鷗は不満をもらした。

以前、道三は一鷗に、この国の戦いをやめさせて平和に導く人物を探し、その人物の未病に関与したいと思うと伝えたことがあった。信長がその人物に該当する一人かもしれないと歩きながら考えていた。

いつしか二人は啓迪院の門前に着いていた。

その日の夕刻に道三は再び信長の館に、一鷗とともに出かけた。

「道三さん、一人で行ってください」

と一鷗は同道を嫌がった。一鷗は信長が苦手だったようだが、しぶしぶ同行した。

信長は寝床に就いていたが、顔に赤味がさして回復していた。

「よくなったわ。そのほうのお陰だ」

下の物が一気に出て行ったと機嫌がよかった。熱も引いて楽になっていた。

「褒美をとらせる」

と扇が贈られた。

「ところで、わしはよくなったのだが、そこにいる猿が、生意気に腹の具合が悪いとこぼしている」

と信長は部屋の隅に体を丸めて小さくなっている木下藤吉郎を指さした。

「そのほう、腹診の名人であったな。ひとつ、猿を診てやってくれ」

と一鷗を名指しした。

「面倒をかけます。胸から腹のあたりにかけて痛みがあるのです」

藤吉郎は力のない弱々しい声で訴えた。

一鷗はその藤吉郎に近づき顔色や脈、舌の様子を診察した。朝方に見たときより表情が冴えなかった。

「気が張っておられ、それが脾胃に悪さをしたのではないですか」

一鷗はおおよその見当をつけて言った。

「気が張っただと。こやつはそんなやわな代物ではないわ。叩いても、壊しても、平気でいる男だ」

信長は笑って言った。

「では、お腹を詳しく拝見させていただきます」

と一鷗が言うと、藤吉郎は前屈みのまま、弱い足取りで隣室に向かった。

薄い布団に横たわった藤吉郎に一鷗は腹診を始めた。その痩せて荒れた肌に、胸から下腹部まで入念に手をすべらせた。

一鷗は終えると、

「道三さんもお願いします」

と急に場所を譲った。

――なにもおれが診なくても……。

と道三は思ったが、一鷗のすすめに従って診ることにした。

――よほど悪いのか。

そんな風にも考えたが、腹診を始めると病気はそれほど特別なものではなかった。いわば単なる腹痛だった。しかし、道三は一鷗が腹診をすすめた理由をおぼろげながら理解した。

――これか。

藤吉郎の臍下丹田に放射する力を感じた。さらに、臍の上部に動気を覚えた。喜怒哀楽の激しい傾向にある人物によくみられる特徴だった。

診察を終えて道三は退いた。

「親方様と同じ病気ですか」

と藤吉郎は二人に向かってたずねた。丸い目で不安そうに見つめている。

「いえ、よくある腹痛です」

一鷗が答えた。

「親方様と違うのですか」

「違います。もっと軽いものです」

一鷗は安心させるように伝えた。

二人は別室で薬方作りに入った。一鷗も道三も処方薬は小柴胡湯《しょうさいことう》を想定していた。柴胡や半夏、甘草、人参など、七種の薬物から構成される薬方である。

「道三さんもあの丹田の力を感じましたね」

一鷗がきいた。

「ああ。たいした力だ」

道三も感じていた。

「わたしはあの人は杏《あんず》のような人だと思いました」

「どういう意味だ」

道三はきいた。

「杏は花も美しく果実も美味しい。しかも、咳止めや便秘の特効薬にもなる」

一鷗は藤吉郎に親しみを覚えたようだった。木下藤吉郎（後の豊臣秀吉）と一鷗に縁《えにし》が生まれるのはまだ先の話である。

道三と一鷗の治療で信長と藤吉郎の腹症はすみやかに治った。

永禄二（一五五九）年二月二日、織田信長は将軍・足利義輝に謁見して尾張国の守護職に補せられた。その後、奈良、堺を見物してから、守山を通過し、八風峠《はっぷうとうげ》を越え、伊勢を経て清洲に帰った。

天下布武

一

織田信長は清洲城の奥座敷で一人横になっていた。

その直前まで重臣たちと軍評定をひらいていたが埒があかず、夜中に帰らせていた。

信長の領地はすでに強敵に囲まれ、織田家の危機はすぐそばまで迫っていた。美濃の斎藤、近江には浅井と六角、甲斐の武田信玄、越後には上杉謙信。そして何よりも、東海一の弓取りと恐れられ絶大な力を有して、駿河・遠江・三河を制する今川義元の存在がある。

その今川義元が今、上洛を企て東海道をのぼって来ていた。永禄三（一五六〇）年五月十二日、今川義元は大軍を率いて駿府を出発した。前軍は二日前に出ている。総勢、二万五千は東海道を攻め上がり、十六日に岡崎城に布陣した。さらに、十七日に陣を池鯉鮒《ちりゅう》城へ進めていた。

今、織田方の出城は風前の灯火である。

軍評定では籠城戦が大勢を占めていた。降伏を唱える者もいたがたちまち一蹴された。

重臣の林佐渡守が述べた、

「我がほうは三千の兵なれば、この清洲の城に引き籠もり、敵を待ち受けて戦うのが得策かと存じます」

との意見に代表されていた。

野戦では多勢に無勢で勝ちはないという見方だった。信長は戦いにはふれず、酒を飲み世間話を弄しただけだった。世上の雑談に終始する主君に家臣たちは不満と危うさを感じつつ帰宅して行った。

信長は寝返りをうち格天井を眺めつつ策を練った。清洲城の奥座敷は深夜でもあり、物音ひとつきこえなかった。

――確かに籠城が安全策ではある。

清洲城は平城ながら、五条川と湿地帯に囲まれ攻めるには難しい天然の要塞ではあった。その意味で、籠城戦には向いている城ともいえた。

だが、それこそ時間の問題だった。大軍に囲まれ兵糧が尽きれば、餓死するのが関の山である。一方、籠城中、時間稼ぎをしている間に和睦の算段を講じる策も有力だった。これが一番現実的かも知れなかった。和睦に持ち込み他日を期す作戦である。

――だが……。

と信長は考える。和睦なら使いを送り折衝するものを、肝心の交渉相手が見当たらなかった。

――あの男がいたなら籠城策をとったかもしれない。

信長は義元に仕える一人の軍師を思い描いた。太原雪斎《たいげんせっさい》である。臨済宗の僧侶で、義元の幼少時からの養育係だった。

これまで今川家の領土拡大に貢献し、義元の武勇と智略を陰で支えてきたのは太原雪斎である。今川義元と北条氏康、武田信玄の三者による三国同盟を画策して、今川家を安泰に導いたのは雪斎の戦略が功を奏したからである。また、織田信広（信長の異母兄）と松平竹千代（のちの徳川家康）との人質交換を図って成功させた策士である。そして、人質にとった竹千代を十二年間にわたり養育した。

切れ者の雪斎なら折衝相手に不足はなかった。こちらが軍門に下るのだが、優れた軍師だけに無茶はしないはずだった。

だが、その雪斎は今は他界してこの世にいなかった。雪斎が存命なら、今川方から和睦を打診する使いが発せられたかも知れない。それがないのは、今川義元はただただ織田家をひねり潰す戦《いくさ》しか考えていなかったからである。

いずれにしろ、籠城策も和睦策も織田家に未来はなかった。

――ではどうするか……。

信長は格天井を見上げていた。

そのとき、天井の右隅の角に何か動く物があった。目を凝らすと一匹の蜘蛛だった。蝋燭の淡い灯で見えるのだからよほど大きな蜘蛛にちがいなかった。蜘蛛は天井の桟をまたいで静かに左へ左へと移動していた。

信長は蜘蛛の動きを見つめながら、相手が人間である限り、どこかに弱点なり、陥穽《かんせい》があるはずだと考えた。

――それは何か。

今川義元は歌や踊りにうつつをぬかしているときいたことがある。

「物の過ぎたるは、駿河の踊り、小田原の酒」

といわれている。今川家の踊りと北条家の酒宴は有名だった。

今川は武具を壊して踊り道具を作ったほど踊り好きである。また今川家は歌に通じ、義元はみずからも好んで歌に興じた。

ある戦いのときの話である。今川義元は斥候《せっこう》に出した家臣が敵軍の首級《しゅきゅう》をあげて陣に帰ってきたのを軍規違反として厳しく問い詰めた。

件《くだん》の家臣は前線に赴いたら戦いが始まっていて、我も参戦と斬りこんで奮戦し首級を携えて意気揚々と帰陣したのだった。だが、褒められるどころか、叱られて厳しい処罰も受けそうな気配を感じて意気消沈した。

そのとき、件の家臣はその場で、

「刈萱《かるかや》の身にしむ色はなけれども見て捨て難き露のした折れ」

と詠みあげた。鎌倉時代の公卿で歌人の藤原家隆の歌だった。主君から見放されそうなおのれの危うい身の上を刈萱に見立てて歌を披露したものだった。

これをきいた義元は、

「この場で咄嗟にかような名歌を口ずさむとは見あげた歌心だ。許してつかわす」

と感心しきりだったという。

——わしならその場で斬って捨てたものを。

信長はつぶやいていた。偵察の任を放棄するなど、これ以上の軍規違反はない。全軍の崩壊をきたしかねない危険を孕《はら》む責任放棄だった。

それを義元は名歌に事寄せ甘く処置した。これは美談でもなければ、文武両道に通じた自慢話でもない。今川家の士気が緩んでいる証拠である。断罪こそ唯一の処置だった。

今川方にも探せば弱点や陥穽はまだありそうだった。

——そうだ。

信長に小さな声が出た。

——参謀がいない。

今の今川義元には軍師の太原雪斎はいなかった。五年前の弘治元（一五五五）年に六十歳で死去している。四十二歳の今川義元はおのれの判断で軍を動かすしかなかった。義元にどれだけの策が立てられるか。雪斎以上は無理であろう。これは信長にとって幸運だった。

二

太原雪斎のいない今川義元は恐れるに足らないと思ったものの、信長に特段の作戦が決まったわけではなかった。

天井の蜘蛛はいつの間にかいなくなっていた。どこかに身を隠したにちがいなかった。

そのとき、信長の頭を掠めたのは、以前、京都から呼び寄せた曲直瀬道三という医者の言葉だった。半月ほど前、頭風《ずふう》がしてならなかった。頭の芯が痛くて仕方なく、鼻血も流れて止まる気配がなかった。かつてない体調にこの清洲城に呼んだのである。

信長は前年の永禄二（一五五九）年二月、上洛した。将軍・足利義輝に拝謁して尾張支配の大義名分を得るためだった。そのとき、発熱をともなう便秘に悩まされていたが、道三の処方した薬で一気に排泄し、それとともに不思議に熱も引いて体が軽くなった。効き目が強いとの予告通り、実際強い作用があった。道三の処方薬により苦痛からすみやかに解放された経緯があった。

——大した名医である。

というのが信長の感想だった。

その後、尾張に帰ってからも、信長は道三に体調を報告し、必要に応じて薬をもらっていた。

このたび、かつて経験したことのない頭風に襲われた。鼻血も止まらず、このままでいると頭が割れるのではないかと不安に襲われた。それほどまでの症状だった。

そこで信長はまた使いを出して曲直瀬道三を清洲に呼び寄せたのだった。

曲直瀬道三は西一鷗と道案内役として薬種商人の欣助を伴い清洲城にあらわれた。

ひどい頭風は今川義元が上洛めざして兵を挙げる準備を着々と進めているときいたときに始まる。最も恐れていた相手がついに動いたのである。その恐怖が元になった頭風ではないかと思われたが、もとよりそれは信長自身の、いわば素人判断だった。

道三は信長と対面するなり、挨拶もそこそこに診察に入った。

「このたびはいかがなされましたか」

と道三はごく自然に問いかけた。

「ここが痛くてたまらぬのだ」

と信長は額に手を当て眉をしかめた。

「左様ですか」

道三は軽くうなずきながら脈を取り、さらに腹診に入った。

入念に腹部を診察し、

「鼻血は出ませんでしたか」

と道三はきいた。気がのぼせて気分が落ちつかない上《じょう》衝《しょう》の症状が見られた。

「今は止まっているが、少し前まで止まらず胸にも流れ、何枚着物を汚したことか」

「それはさぞかし難儀をされたことでしょう」

道三は同情を示しつつ、一鷗と欣助に三黄瀉心湯《さんおうしゃしんとう》を用意するように伝えた。大黄、黄芩《おうごん》、黄連の三種の薬物で構成される薬方だった。強い効き目を持つ薬方だった。

二人は別室で調薬に入った。

「それにしても、おぬしはわしの鼻血をよく見抜けたものだ」

信長は感心の態だった。

「腹を診て鼻が分かるとは、やはりおぬし、ききしに優る名医ではあるな」

「これは過分のお誉めをいただき恐縮至極に存じます」

「腹を触って鼻のことが分かるのか」

信長は驚きつつ、不可思議を感じたようだった。

「それは、医者ですので」

と道三はわずかに笑いを含みながら応じた。

「鼻ばかりか、殿の首や足の具合も分かります」

「そうなのか」

信長は感心しきりだった。

「わが医学におきましては、腹部を診て鼻のことを推測するのは、そう難しいことではございません。鼻血というのは戦場でいえば、いわば先頭集団の戦いの図といえましょう。一局地の様子であります。主戦地は他にあります」

と道三は言った。

「おぬしは兵法をよくするのか」

信長は警戒の眼差しを向けた。

「いえ、わたしは兵法には不案内です。しかし、人体に巣くった病根を絶つ方策を按配しますに、かの中国・戦国時代の軍師だった孫子《そんし》の兵法こそ、用いてまさに至法といえます。機略に富んでいまして医学の実践にも思えます」

信長が強い感心を示していたので、道三はそのまま続けた。

三

治療に用いる薬物にはそれぞれ働きがある。一つの処方の中で主になる薬物と、それに協力する薬物がある。主になる薬物は主君に相当して、君薬《くんやく》という。薬効を代表する重要な役目を担っている。君薬を補佐して、君薬の薬効を効果的にするのが臣薬《しんやく》、佐薬《さやく》だった。さらに、使薬《しやく》は君臣佐薬の働きを調整して害を最小限に抑える。このように、一処方内で薬物は、君臣佐使《くんしんさし》の働きがあった。

「なるほど。戦と一緒ではあるな」

信長はうなずいていた。

「君薬に何を選択し、臣佐使薬をどう使いこなすかは、一に医者の匙加減にかかっています」

「戦も同様。戦場において、兵隊たち各々が持ち場をわきまえ、働きを遂行してこそ戦いにも勝てるというものだ」

信長は言った。

「孫子はいいます。凡そ戦は、正を以て合し、奇を以て勝つ。善《よ》く奇を出《いだ》す者は窮《きわ》まり無きと。病魔も同様と考えられます。われわれ医者にしますれば、病魔こそ敵です。この敵を撃ち払うには正攻ばかりでなく、奇方の薬方も用います」

「奇方とな」

信長は強い関心を示した。

「奇方はいわば非常手段です。あくまで病魔を正面から攻める正攻が主流ですが、効果があがらないときに奇方を選択します」

医術は正を先にし、奇を後にせよというのが師匠、古河の三喜の教えでもあった。病に対し、まず正攻法で立ち向かい、効果がみられないときや、通用しない場合、奇策で対応するのを原則とする手法である。

「奇方では、使用する薬物の数は少なく、効能が強いのです」

と説明した。

「なに。薬物を多く使うほうが効き目が強いのではないのか」

「いいえ。少ないほうが効き目が強いことが多いのです」

よく知られた葛根湯は七種の薬物から構成される処方で、ふつう五から七、八種の薬物を用いる薬方が多かった。処方薬では、十種以上の多数と二、三種しか用いない少数の薬方は少なかった。

「ただいま殿にご用意させていただいています薬方はわずか三種の薬物しか使いません」

と道三は伝えた。

「少ないほうが強いというのは不思議ではあるな」

「御意。これは使用薬物が多いと薬物同士が複雑に交錯して相殺し合い、かえって効能が婉曲に、また圧縮されるからです。逆に申せば、おだやかな効き目が期待できます」

「まことに不思議な話だ」

「何でも多ければ良い、強いとは限らないもののようです」

「そのようであるな」

「これは戦も同様、軍勢の多いほうが勝つとは限らないのではありませんか」

このとき、信長の目が強い光を発するのを道三は見た。

「孫子は記しています。善く奇を出だす者は窮まり無きと。奇法に習熟している者は策が編み出され行き詰まることはないと教えています」

毛利元就が厳島の戦いで陶晴賢《すえはるかた》相手にとった策は奇法だったと道三は話した。弘治元（一五五五）年九月、陶軍二万の軍勢に対し、毛利軍はわずか四千だった。だが、毛利方は狭い厳島での戦いに持ち込み勝利を招き寄せた。

「相手がいかように軍を揃えようと、その軍が働かなければ力は減殺されます。多種類の薬物を使用する正攻法の薬方がお互いに関係し合って効果を減殺されるように」

道三は兵法もさることながら、孫子自身の生きざまに興味を持っていた。孫子は謀られて両足切断の罪に遭う。足をなくした孫子は野原を駆けることさえできなくなった。足の無い不幸と不自由があってこそ、孫子において、戦略の妙と術とが案出されたと道三は考えていた。

そのとき、一鷗と欣助があらわれ煎じ薬を運んできた。道三はその黄色い液体を小さな器に注いで試飲してみた。強い苦みが口中に走り、三黄瀉心湯が正しく処方されていると感じた。

それから信長にすすめたところ、あまりの苦味に眉をしかめた。

「何だこれは！」

と今にも器を投げ捨てるかの反応を示した。

「良薬口に苦しと申します」

という道三のとりなしで何とか信長も飲み下したのだった。

それから、道三は処方薬を二十貼用意し、服用法を説明して清洲城をあとにしたのだった。

四

——それにしても苦い薬だった。

信長は道三が処方した薬の苦みを思い出した。だが、その薬は良く効き、四、五服飲んだら頭風も嘘のように消えてしまった。昨年の便秘といい、今回の頭風といい、処方箋は的確だったようだ。

——よく効いた。

というのが実感だった。

曲直瀬道三は名医と評判をとっていたが、それに偽りはないと思えた。鼻血も止まり、体調は平に復していた。

そのとき、道三という医者が話した言葉が甦った。

「薬物の少ないほうが効き目が強いのです」

と言い、また、

「軍勢の多い方が勝つとは限らないのではありませんか」

とも言っていた。

孫子の兵法にあり——。

敵、衆《おお》しと雖《いえど》も闘うこと無からしむ可し、と。

相手が大軍であっても衆の力を発揮できないように策を講じれば勝機は見いだせると説いている。

さらに、善《よ》く戦う者は、人を致して人に致されず、と。

先制しておのれの戦いに引きずり込めば、相手にかき回されはしない。主導権を握れば、戦いを有利に進められるのだった。

――死中に活を求める。

毛利元就が厳島の戦いで陶軍相手にとった奇計をこたびの今川との戦で編み出し、第二の厳島の戦いができれば勝機もつかめるかもしれない。

あの医者に診てもらったときは、ただただ今川の大軍を恐れていた。頭が割れるように痛く、鼻血があふれたのはひとえに恐怖心から出た体の異変だった。今ならそれが冷静に振り返れた。

体調は整い万全だった。道三のお陰である。体の具合に不安はなく、自信をもって戦いに臨める態勢はできていた。

――死中に活を得る。

窮すれば通ず。通して活を得るのである。

信長は天井を見上げて再び蜘蛛を探した。だが、どこにも蜘蛛はいなかった。

そのとき、襖の向こうで森蘭丸《もりらんまる》の呼ぶ声がした。

「殿。鷲津《わしづ》、丸根《まるね》の両砦が落ちそうです」

蘭丸の悲痛な叫びだった。

「そうか」

信長は頭の中に尾張の地図を広げていた。

――かって知ったる我が山野。

子どものころより駆けずり回っていた場所だ。あのあたりの山裾はぬかるみの多い湿地帯が広がっている。

「よし！」

と気合もろとも信長は素早く起き上がり、

「出陣じゃ。馬に鞍を置き、酒を用意せよ」

と命じた。同時に、生絹《すずし》の単衣《ひとえ》と扇を用意するよう命じた。

諸将が集まると、信長は庭に出て白い生絹の裾をひるがえしながら、

「人間五十年、下天の内をくらぶれば、夢幻のごとくなり。一度生を得て滅せぬ者のあるべきか」

幸若舞の「敦盛」の一節を口ずさみながら、信長は舞った。

そして、舞い終わると、立ったまま飯を食い、汁を

吸った。具足を身につけ、信長は馬に跨がり強く一鞭あてた。その澄んだ音が朝靄に霞む城内に響きわたった。

信長は蹄の音高く一人駆け出していた。

五

信長が熱田神宮の境内に馬を乗り入れたとき、兵卒百人ほどが付き従っていた。どこからともなく集まってきた兵卒だった。

信長が敬してやまない武家の棟梁だった源頼朝。その頼朝の母はここ熱田神宮大宮司《だいぐうじ》の娘だった。また、日本《やまと》武尊《たけるのみこと》が東征時に佩用《はいよう》した草薙の剣が神器として祀られている。さらに、不老不死の蓬莱伝説もある熱田の地。さまざまな伝説が生きている熱田神宮は戦勝祈願をするには恰好の場所だった。

信長は祐筆《ゆうひつ》役に願文を認めさせ奉納した。

神事を終え、信長は再び馬に跨がり、

「いざ、出立だ」

と馬に鞭をあてた。

そのころ兵卒は総勢千人ほどに増えていた。

しばらく進んだとき、

「殿、煙が」

と家臣が指さす南の方向に黒い煙があがっていた。鷲津山、丸根山の両砦が落とされた証しだった。

やがて、丸根砦を守っていた佐久間盛重、鷲津砦の飯尾《いいのお》近江守、織田隠岐守の討ち死にが伝えられた。

「臆せず進め」

信長はおのれを鼓舞しつつ前進した。

信長が諸砦の兵を集めつつ善照寺砦まで来たときには兵卒はおよそ三千人に増えていた。それでも今川方の総勢、二万五千には遠く及ばない手勢である。そこへ使者が走りこんで来た。

「お伝えします。大高城が落ちました」

信長方の苦戦はますます明らかとなった。その大高城へは義元の指令の下、松平元康（のちの徳川家康）が攻め入り兵糧を運び込んでいた。

五月十二日に駿府城を出発していた今川義元は十八日には、沓掛《くつかけ》城に本陣を敷き、織田方との戦いを始めていた。そして、この十九日、桶狭間に近い田楽狭間《でんがくはざま》に着いていた。

「鷲津山、丸根山の両砦攻落に続き、大高城も落としました」

との報に義元は大満足して、

「今川の旗の向かうところ、鬼神も避くわ」

と豪語し、喜悦の態だった。

今川方が本隊をぶつけ織田方を蹴散らすのは時間の問題でしかなかった。今川義元は足利将軍家と同門という名家らしく、お歯黒に薄化粧をほどこし、金覆輪《きんぷくりん》の鞍を置いた馬に跨がって行軍してきた。

いまは、赤地の錦の陣羽織、松倉郷の太刀、大左文字の脇差を帯びて桶狭間の山下に座し、次々に寄せられる戦勝報告に満足していた。

そこへ近里の住人や僧などが、戦勝を祝う酒樽を運んで来た。義元は侍らせた三百余人の近習《きんじゅ》ともども酒宴を開いた。酔いにまかせ謡を歌って踊る者もあらわれた。義元は次々に運び込まれる織田方の首級《しゅきゅう》に喜びつつ杯を傾けていた。だが、そのうち首実検にも飽きて、欠伸《あくび》をかみしめながらも首級の点検を続けた。

六

信長は兵卒とともに中島砦に移動した。このとき、放った間者から今川義元は田楽狭間で酒宴をはっているの報がもたらされた。相手は大軍に安住し、勝利に酔い痴れて酒宴にうつつをぬかしている。

「よし」

と信長は膝を叩いた。

孫子の兵法にあり――。善く奇を出だす者は窮まり無き、と。奇法に習熟している者は策が編み出され行き詰まることはないと教えている。

――小が大を制す。

ここは奇法で行くと決意した。天地人を活用して大軍を撃破するのである。

信長は天空を仰いだ。このとき、一転して空が曇り始めた。初夏の嵐の予感だった。地はかって知ったる我が山野。桶狭間一帯はぬかるんでいて、細い畦道が延びるばかりである。いくら大軍が押し寄せるとはいえ、三、四人が横に並んで進むしかない。桶狭間山の裾野は広いが道は狭い。行軍できない大軍は恐れるに足らないと思えた。桶狭間一帯は、まさに毛利元就が陶晴賢相手に戦った厳島の戦いと同じだった。海は広いが島は狭い。動きのとれない狭所を奇襲すれば勝ち目は生まれる。人は精鋭三千の兵だ。どこにも負けない訓練された兵士だった。

――天地人は揃っている。

信長は油断を衝く作戦を考えた。まずは先遣隊を中島砦から桶狭間に通じる道で今川方の前軍と戦わせ、その隙に信長自身は横の道を進み一気に敵の本陣を奇襲するつもりだった。

そのとき、信長の前に、

「前田又左衛門、いざ、参上」

と大音声で槍を構えた若者があらわれた。

「又左衛門、何用じゃ」

信長は鋭い声を浴びせた。

「ご主君の一大事。この又左衛門、見事手柄をたてまつる」

「勝手にせい。だが、おぬしの所業、まだ許さぬぞ」

信長は又左衛門を指さしながら強く諌めた。

又左衛門は主君の言葉も耳に届かない様子で、

「見事手柄をたててみせます」

と槍を振り回して構えてみせた。

又左衛門（のちの前田利家）は、信長の家臣だったが前年に信長の同朋衆《どうぼうしゅう》の盗みを咎めて血気にはやり、男を斬り殺してしまった。信長から出仕停止を命じられ浪人生活を送っていたが、このたびの合戦の話を聞き及んで駆けつけたのであった。

前田利家はこの桶狭間の合戦で奮戦して手柄をたてたものの、信長の勘気は解けなかった。

「進めっ」

と信長は先遣隊に出兵を命じた。前田又左衛門も加わって進んだ。

このとき、厚く垂れ込めた雲のあいだから雨が落ちてきた。やがて、大木を倒すほどの強風が吹き荒れ、雷も鳴り出した。

信長は雷雨に打たれながら、今川本陣に向けて移動を開始した。手勢を隠して行軍するには恰好だった。

「天も味方している。進め」

信長方の総勢はわずか三千人。だが、軍勢の多いほうが勝つとは限らないのが戦だ。

——奇法で行く。

信長は意を決して馬を進めた。

未《ひつじ》の刻（午後二時ころ）になると雨が止み、晴れ間がのぞいた。

信長は馬上から、

「今だ。かかれーーっ」

と叫んで今川方の本陣目がけて疾走した。

兵卒たちも信長に続いて、

「わーーっ」

と喚声をあげながら、今川方の本陣に一気に攻め込んだ。

嵐のあとの奇襲だった。

酒宴の最中の今川方は不意を衝かれて総崩れとなった。突然あらわれた敵兵の突進にただただ狼狽するばかりだった。

あわてて、弓、槍、鉄砲、旗、指物などを捨て逃げまどった。義元の輿《こし》さえ放置して逃げ出した。

しかし、義元は東海一の弓取の異名を持つ無双の勇者だけあって、騒がず家臣を指揮した。さすがの大将だった。

その義元に信長方の服部小平太が槍で突きかかった。だが、義元は太刀を抜いて、槍を切断し小平太の膝口を一刀のもとに斬り捨て、倒した。この間、背後に回った毛利新助が義元を組み伏せ首を取ろうとした。

「お命、頂戴」

必死の義元は襲われながらも、新助の指を食いちぎった。しかし、そのまま新助に首を討ち落とされてしまった。

戦いは申《さる》の刻（午後四時ころ）には終わった。二時間ほどの短時間で終結した奇襲戦だった。

義元の嫡男・氏真《うじざね》は信長を追尾するどころか、戦う気力もなく領地へ逃げ帰った。

信長はその日のうちに清洲城に戻った。

七

道三が啓迪院の教場から自室に戻ると欣助が待っていた。尾張から帰ったばかりという。

欣助は桶狭間の戦いの概要を報告した。

「そうか」

道三は小さくうなずいた。

——信長が勝ったか……。

道三は清洲城で信長と語った兵法と薬方の談義を思い出していた。

そして、そのとき処方薬を二十貼用意し、頭風や鼻血、気分の乱れなどの症状が続けば、方薬を適宜飲むように指示したのである。

——信長はあのあとも飲んだのだろうか？

あのとき、信長に三黄瀉心湯《さんおうしゃしんとう》を処方した。最も古い医典籍『金匱要略《きんきようりやく》』にある薬方だった。大黄、黄芩《おうごん》、黄連の三種の薬物で構成されている。まさに奇方の薬方で、苦み同様、効き目は強い。

城から出て戦を仕掛け、しかも勝利したのだから気力も体力も充実していたにちがいない。

——わたしの奇方は役立ったようだ。

道三はそう思った。

「まったく奇蹟が起きたとしか申せません」

と欣助は言った。

「道三先生が薬を処方した武将ですから少しは応援する気持ちが働いたものでしたが、相手が東海一の弓取ですから負けは見えていました。しかも大軍ですから勝ち目はまったくないと思っていました。わたしばかりではありません。今川方のひとひねりで簡単に決着がつくものと誰もが思っていました」

欣助はまだ信長の勝利が信じられない様子だった。

「戦は時の運。軍勢の多いほうが必ずしも勝つとは限らないのではないか」

道三は言った。

「そうかもしれません。天が味方したとしか考えられません。それまで雷まじりの嵐が吹き荒れていましたが、一転、台風一過のように晴れ渡り、信長はそこで一気に敵陣に攻め入りました」

奇襲したのですと、欣助は戦場に居たような口ぶりだった。

「嵐か……」

道三は信長が雷雨と強風を味方につけ短期間で決着をつけたと考えた。現場であみだした奇法のような気がした。

三黄瀉心湯のような奇方は、効き目が強く、的を射れば、体内で嵐のように暴れていた病魔を一気に退治できる。

「その信長については、領国で相変わらずうつけの評判が消えません」

欣助が口調を変えた。尾張帰りで信長話を楽しんでいる風情だった。

「強敵、今川方に勝ったのだ。うつけは返上されたのではないのか」

道三は解せなかった。清洲城下はさぞかし勝利に沸いているはずだった。

「わたしが尾張を巡っているときは、信長が高札に掲げたお触れの話でもちきりでした」

欣助は言った。

「お触れ?」

道三は戦いの後に領民の気持ちを引き締めるために、厳しい規則を課したお触れを出したのかと思った。

「いえ、信長は自分と同年、同月、同日、同村で生まれた者がいれば名乗り出よと掲げたのです。不思議なお触れです」

信長は天文三（一五三四）年五月十二日に尾張で生まれている。

「あらわれたのか」

道三は興味を抱いた。

「あらわれました」

欣助は目を丸くして驚いてみせた。

高札に掲げてから数日後、一人の男が城に訪ねてきたという。

「わたしは上様と同じ日に生まれました」

と男は言った。

「おまえがか……」

信長は落胆の態で男を見つめた。どんな人物があらわれるか楽しみにしていたのに、貧相で、ぼろ着を身にまとった汚らしい男だった。

「そのほう、わしが触れた同年、同月、同日、同村で生まれたことにしかと相違ないな。欺けばただではすまぬぞ」

信長は厳しい顔で念押しした。

「ございません。偽りを申して何の得がありましょうぞ」

男は平伏しながら答えた。

「それにしても、わしは領主となり、おまえは貧賤の身だ。同じ日にこの世に生を受けたというのに、天命は大いに違っている」

天地の差だと信長は同情を示した。

するとと男は静かに顔をあげ、

「まことにそうでしょうか」

と信長を仰ぎ見た。落ち着きはらっていた。

「では、どういうことなのだ」

「上様とわたしの身の上はたいへんな違いがあります。しかし、この違いはたった一日の違いにしかすぎません」

「それはいかなる意味だ」

「領主となって天下を窺うというのも、貧賤に極まるのも昨日までのことでございます。すでに過去の出来事として、富貴も貧賤もいずれも、終わったことです」

信長は黙って男の話に耳を傾けていた。

「しかし、明日の身の上がどうなるかは、上様もわたしも分かりません」

「うむ。確かに、分からぬわ」

「ただ、今日一日だけは、上様は領主として楽しまれ、わたしは貧賤の身に苦しむ。それだけでございます」

男は神妙に口にした。

それから、男は詠み人知らずの歌を詠じたという。

――世の中のもの憂きことは今日ばかり昨日は過ぎつ明日は知られず。

「そのほうのいうこと。もっともである」

信長は感じ入って、男を手厚くもてなした上、金銀と衣服を取らせて帰した――。

清洲城下を巡ってきた欣助の報告だった。

八

「その話、どこかできいたことがある」

道三は言った。

「えっ、先生は先刻、ご承知でしたか。地獄耳ですね」

欣助は感心の態で道三を見つめた。

「いや、信長公の話ではない」

「違うのですか」

どう違うのですかと欣助はきいた。

「信長公と同じお触れを出した天下人がいる。中国・明の洪武帝《こうぶてい》だ」

明の初代皇帝・洪武帝（一三二八～一三九八年）は、自分と同年、同月、同日、同村で生まれた者は名乗り出よと探している。

「すると、信長は洪武帝の真似をしたのでしょうか」

欣助がたずねた。

「漢籍に通じている信長公のことだ。真似した可能性はある」

洪武帝がお触れを出したあと、どのように扱ったかは分からないが漢民族王朝を復活させ、各種の統治機構を構築し、ゆるぎない独裁体制を確立した。絶大な権力を行使して統一国家を樹立し人民を支配した。

信長はおのれを洪武帝になぞらえたのだろうかと道三は考えた。もしそうであるなら、今川を打ち破った武将として次の野望に向かって突き進むかも知れなかった。

――あの臍下丹田の力は尋常ではなかった。

道三は信長を腹診したときを思い出した。あの異常な放射力なら何事かをやりかねないと思った。

「権力を握ると、おのれの運命を過去の権力者と比較してみたくなるのでしょうか」

欣助が問いかけた。

「分からない。だが、自分と同じ日に生まれた者や、同じ名前の人物も気になるものだ。欣助、おまえはどうなのだ」

ときいた。

「わたしですか」

欣助は案外、真面目に考え出した。

「そういえば、わたしと同じ名前の瓦職人が盗みを働きました。捕まえてとっちめてやりたいところです」

欣助は怒っていた。

「先生はいかがです」

と欣助がきいた。

「さて……」

と道三は、自分と同じ日に生まれた者がどこにいるだろうかと考えた。この国の中にいるはずである。

——その人生は？

やはり気になった。改めて考えれば、信長のお触れは単なる気まぐれにすぎないかもしれないが、高等な戯れではある。

「わたしと同じ日の生まれや、同じ名前の者がいたら、知りたいものだ」

道三はそう応じた。

「信長公は奥の深いお触れを出したものです」

と欣助は感心しつつ帰っていった。

しばらくして、道三はあまりの蒸し暑さに涼を求めて廊下に出た。そして、曇天の空を仰ぎ、清洲城に戻っている信長の体調にふと思いを巡らせた。

「考え事ですか」

の声に振り向くと一鷗が佇んでいた。

「いや、考え事ではないが、いま、欣助から、あの信長公の今川との戦いの経緯をきいたところだ」

「信長公が意外にも勝ったようですね」

一鷗はその結果を知っていた。

それから道三は、欣助からきいた桶狭間の戦いのあらましを伝えた。

「そういえば、あの猿と呼ばれていた木下藤吉郎はどんな働きをしたのでしょうか」

一鷗は藤吉郎に親近感を抱いていた。

「さて、それはききもらした」

迂闊だったのか。しかし、欣助から藤吉郎にまつわる話は出なかった。

「信長公のもとでかなり信頼されていたようですから、桶狭間にも参戦しているはずです。まさか戦死してはいないでしょうが」

一鷗は気になるようだった。

「今度、欣助に会ったら、そのあたりもきいてみよう」

と道三は言った。

「欣助が桶狭間の合戦に詳しいようですから、わたしもきいてみます」

と一鷗は言って、

「ところで」

と改まった口調になった。

「少し話があります」

と言った。

「どうした。浮かぬ顔をして」

道三はいつも明るい一鷗にしては珍しいと思った。

「診療や門人の教育で休む暇もない道三さんに話すのは気がひけるのですが、啓迪院の経営がかなり苦しくなってます」

一鷗は声音を落としていた。

「経営……」

道三は虚を衝かれた。迂闊だった。

「この前、屋根を修理したのですが、思いがけず費用がかさみました」

一鷗はすまなそうに口にした。

「そうだったな」

道三は雨漏りする屋根を修理する話はきいていたが、費用の点については気にしていなかった。

もともと古い倉庫だった建物を改修して学舎に転用した啓迪院である。屋根や壁、床を含めて、事あるごとに修理してきた経緯がある。

啓迪院は天文十六（一五四七）年に開校してから十三年が経過する。里村紹巴や今井宗久などの堺の会合衆、足利将軍などの協力を得て幸運にも開校できたのだった。

十年ひと昔というが、道三はこの十三年、一心不乱に走ってきた。

――もう、十三年経ったのか。

道三は改めて月日の経過の早いのに驚かざるを得なかった。

――あのときは四十一歳だった。

それまでは関東一円で放浪医生活を続けていたが、師匠の田代三喜の死に遭い、故郷の京都に戻った当時のことが思い出された。

開校当時は学舎の切り盛りで必死だったが、その後は診療や教育、研究に明け暮れ、休む暇もなかったと思えた。

　この間、道三自身は五十四歳になり、啓迪院で学んだ門人たちが数多く巣立っていった。

　啓迪院の広い教場には文机がならべられ、門人たちは架蔵された医書や古典籍を読み、あるいは筆写するのを日課としていた。畑作業、掃除などの労働によって学びの場を確保した。道三と一鷗は時に応じて門人に医学を講義し、投げかけられる質問に答えた。また、門人は訪れる病人を世話し、治療を手伝い実践的医学の習得をめざした。

　啓迪院では受講料を納める形式はなく、門人は入門料と蔵書筆写代、それに食費と寮費を支払うくらいだった。学舎の経営は、治療費や投薬代、それに、武将や商人からの寄付金、物納寄付などで成立していた。また、さらに、諸国に知行地を保持して安定した収入のある公家からの支援も頼みの綱だった。盆や暮れにとどけられる金品も収入源として貴重だった。

「借金が増えているのか」

　道三はきいた。

「かなりかさんでいます。今のうちに手を打たないと診療にもさしつかえます」

「薬剤が揃えられないのだな」

　道三の想像だった。

　一鷗は黙ってうなずいて、

「方法として、蔵書筆写代を値上げし、新しく入る門人から支援金を値上げするしかありません」

と言った。

「そんなことをしては、富裕者の子弟しか入門できないではないか」

　道三としては、医学を志向する者には貧富の差なく学ぶ機会を与えたいと考えていた。

「仕方ありません。学舎がつぶれては元も子もありません」

　一鷗は普段にはあまり見せないきびしい表情だった。丸い目も心なしか尖り、鋭い光を放っていた。

「つぶれては……」

　そう口にして道三は一呼吸置き、

「困る」

と言った。

「困ります。この国で初めて作った民間の医学校です。門人たちも一心に学業に励んでいます。この火は消したくありません」

一鷗は唇を噛んでいた。

道三も唇を真一文字に結んでいた。

どこかで鳥の鋭く鳴く声がきこえた。気がついてみると、二人は廊下にいた。立ったままだった。

道三は一鷗を促すようにして部屋に入り、一鷗が続いて足を踏み入れるのを待って後ろ手で襖を閉めた。

卓をはさんで向かい合っても二人は黙ったままだった。

「どうしたらいいものだろう」

沈黙に耐えられず道三は口を開いた。

だが、一鷗は下を向いたままだった。

「経営がかなり苦しいという話だが、どの程度なのか」

道三は恐々《おそるおそる》問いかけた。

それでも一鷗は下を向いていたが、やがて顔をあげ、

「このままですと、破産は時間の問題といえます。閉校はまぬかれません」

と言った。

強い声音だった。

――破産……。

道三には予想もしていなかった事態で、衝撃を受けた。こと、金銭には疎い道三である。啓迪院の会計は開校以来、一鷗まかせだった。一鷗の苦しみに気づかず、のんびり構えていた迂闊な自分に腹が立った。卓の下で手を拳にして何度も膝を叩いた。

道三は自分の患者の中で支援を仰げる相手はいないか考えを巡らせた。足利将軍はこのところ影が薄い存在で頼りにならなかった。三好長慶や一部の公家に再度援助を頼むしかないと思えた。しかし、多くは期待できそうもなかった。

――あの男はどうか?

思いついたのは松永久秀だった。このところ急速に力をつけてきている武将である。以前、急な腰痛に対し、鍼灸ですみやかに治したのをひどく感謝されたことがあった。そのとき、おのれの侍女を強引に道三にあてがい歓心を買おうとした。もちろん断っている。傍若無人でもあり、道三好みではないが、破産を前にしてためらっている場合ではない。

道三は一鷗に松永久秀からの支援の可能性を伝えた。

「それはよい方法です。道三さん、頼みます」

一鷗は卓に手を置き頭を下げた。

「何とかしてみたいと思う」

道三はいよいよ好き嫌いは言っていられないと思った。すぐにでも松永の居場所を調べねばならない。

すると、急に、

「わたしもこれまで以上に支援者を探してみます」

と一鷗は言った。

「そうか。すまない」

道三は感謝した。一鷗は必死なのである。二人で築いた啓迪院である。何とか維持したいと改めて強く胸におさめた。

「ところで、よい機会だから話すのだが、一鷗、わたしは医学書を書き記したいと思っている」

経営には何の役にも立たないので気が引けるがと言った。

「それは、医則のことですか」

一鷗はきいた。

「いや、医則は医者としての心構えが中心だ。医学書は医学の基礎と実践を包括した書物だ」

「道三さん、それはぜひ実現してください。後進のためでもありますが、この国の医学の総決算ともいうべき書物になるはずです。おそらくそれは道三さんにしかできません」

と一鷗は熱心にすすめた。

後年、道三は三十年余にわたる臨床経験をもとに、天正二（一五七四）年、六十八歳のとき、医学書『啓迪集』（全八巻）を完成した。道三医学の集大成であった。『啓迪集』は、現代において当たり前に行われている科学的医学と民衆医療を基本とする医学の教科書的存在となった。道三医学は察病弁治《さつびょうべんち》と富貴貧賤《ふうきひんせん》を問わず診る平等医療が柱だった。

この書は禁裏にもきこえ、ときの天皇、正親町帝への献上の栄に浴した。

九

「もうひとつ話があります」

と一鷗は言った。

まだ難しい話があるのかと道三は身構えるような気持ちになった。

「これから一緒に往診に出かけてもらいたいのです」

「何だ。そんなことか」

と道三は思わず口に出そうになったがおさえた。

「かまわないが。どうしたのだ」

道三はきいた。

「仁和寺《にんなじ》のほうで、昨日診察に出向いたのですが、ちょっと難儀している男患者なのです」

「そうか」

「附子《ぶし》が欲しいともいっています」

「なぜだ。死ぬつもりか」

附子はトリカブトの根を乾燥した生薬である。微量を他の生薬とともに用いれば鎮痛作用や諸機能の回復作用を促す優れた薬剤だった。分量を誤ったり、単独で服用すれば死につながる危険な生薬だった。

「欲しがる理由が分からないのです。まだ二十代半ばながら、将来を悲観しているのかもしれません」

「おかしな患者のようだな」

「まったくです。ですから、ぜひ道三さんに診てもらいたいのです」

患者は悪寒と全身疼痛、冷えを訴えているという。

「舌も赤みを帯びた危ない徴候も出ています。それこそ附子湯《ぶしとう》の処方が適当かと思える症状です」

附子湯は、附子、茯苓《ぶくりょう》、芍薬、朮《じゅつ》、人参の五種の生薬で構成される処方薬だった。

「附子を持ち出すとは、その男は医学に心得があるのか」

「いえ、ないと思います。ただ、……」

と一鷗は言いよどんだ。

「何かあるのか」

「あるといえば、あるのですが……」

一鷗は言いにくそうだった。

「分かった」

道三はそれ以上きかずに往診の用意を始めた。

二人は一条通りを仁和寺に向けて進んだ。通りは蒸し暑い空気が充満していた。一里(注・約四キロメートル)の距離があった。仁和寺が遠目に見える場所にきたとき、二人は汗まみれだった。

患者の家は寺の裏手にあった。

「ここです」

と一鷗は戸の前に立った。

家というにははばかられるほどのあばら家で、掘っ建て小屋と呼ぶのがふさわしかった。屋根には草が生え、壁板は剥がれて、軒は崩れていた。

玄関戸はただ立てかけてあるだけで引き戸の役を果していなかった。一鷗は戸を両手で持ち上げて横にずらした。

道三は黙って敷居を跨いで土間に足を踏み入れた。

突然、黴《かび》や腐乱物が入り混じったたとえようもない悪臭が一気に道三の鼻孔を襲った。

「うっ」

と思わず声が出るほどの臭いだった。

一鷗が横でたて続けにくしゃみをした。

室内には塵《ごみ》が山積みされ、壁土はほとんど剥がれ落ちていた。

薄暗い板の間の中央に若い男が一人横たわっていた。

「見かねたこの近所の者がわたしに往診を頼んできたのです」

一鷗は男の横に座った。

——これか。

道三は一鷗がこの往診に出る際に見せた、胸に一物あるような反応の理由が分かったような気がした。この患者のあまりに汚れた状態に気が引けたのだろう。

男は莚《むしろ》一枚の上でしきりに荒い息をつきながら、髭一面の顔の中から力のない目で二人を眺めていた。二十代半ばにしてはひどく痩せていた。頭髪は伸ばし放題で、垢まみれの体は悪臭を放っている。もとの肌は浅黒いのか垢なのか見分けがつかないほど脂がこびりついていた。

「では」

と道三は男の横に控え、まず脈をとった。

男は背中を丸めて乾いた咳を繰り返していた。

道三は脈を診ながら、

「どこか痛いところはありませんか」

と問いかけた。

このとき、男は苦しそうに喘いで、体をくの字に曲げて背中を波うたせた。

道三は男と話すのを諦め、口を開けて舌を見せるように促した。

男が緩慢な動作で口を開けるのを道三は覗き込んで診察した。男の舌は表面が薄紫色を呈していた。

「いかがですか」

一鷗が声を落としてきいた。死の徴候を示しているのを気にしている風だった。

道三は何も答えず腹診に入った。

泥だらけの着衣を広げ、垢だらけで脂ぎった腹部に手のひらを這わせた。その間、男は乾いた咳が止まらなかった。

道三の手のひらはたちまち脂と垢にまみれた。そして、腹診を終え、手の汚れを布で拭き取り、着衣を元に戻した。

「いかがですか」

再び、一鷗が小声できいた。

「附子が欲しいといったのか」

道三は一鷗にたずねた。

「いいました」

「声が出たのか」

「出ました」

一鷗のその答えを待って、

「今でも附子が欲しいか」

と道三は男に問いかけた。だが、男は細かく咳込むばかりだった。

「うーん」

道三は唸った。

十

やがて道三は顔をあげた。

「一鷗。すまないが啓迪院に戻って、若い者を数人連れてきてほしい」

と言った。

「門人を？　どうするのです」

「この患者を啓迪院に運ぼうと思う」

「運ぶのですか」

一鷗は信じられない様子だった。


「戸板を持ってきてほしいのだ。運んで詳しく調べたいと思う」

「戸板で運ぶ……。正気ですか。道三さん」

「ああ、大丈夫だ」

道三は強くうなずいた。

「啓迪院まで一里はありますよ。そんなに遠いところはやめにして、ここで安静にしていたほうが安全だと思いますが」

一鷗は男を見ながら言った。相変わらず男は乾いた咳をしていた。

「いや、啓迪院で詳しく調べたいと思う。大丈夫だ。ただ、確かに遠いからかなりの人数が必要だ」

頼むと道三は言った。

「体調を診たでしょう。道三さん。危険過ぎますよ」

「さあ、どうかな。やってみなければ分からない」

行ってきてほしいと道三は言った。

だが、一鷗に動く気配はなかった。

「仕方がない。おれが行こう」

と道三が男のもとを離れようとしたとき、

「そこまでです」

とよく通る太い声が玄関のほうからきこえた。

四人の男たちがゆっくり土間に入って来るのが見えた。

全員、茶人帽を被って、渋い色の小袖を着ていた。

「そこまでです。芝居は終わりです」

と先頭の男が言った。

「里村さん」

一鷗が男の名を呼んだ。

「どうして、ここに」

とまだ信じられない様子だった。

連歌師の里村紹巴《じょうは》だった。あとの三人は今井《いまい》宗久《そうきゅう》、津田宗及《そうぎゅう》、千利休だった。

「今日は堺の納屋衆《なやしゅう》の皆さんにも来ていただきました」

と里村は言った。

「それにしても、どうして?」

一鷗の驚きはまだおさまっていなかった。

四人の登場は予想をはるかに超えていたようだった。

「あなた方が唱える医学がどんな風に実践されているか今日、とくと拝見させていただきました。富貴貧賤を問わず診るという方針に間違いはないようですね」

そして、里村はご苦労と患者の若い男に声をかけ、立ち去るように手を払った。

若い男は急に立ち上がると、走って家を出て行った。

「あれほど汚れた体によく触れましたね」

里村は道三に問いかけた。

「それは……。患者ですから」

道三は当然というようにうなずいた。

「なかなかできないことです。あれだけ汚れていると触るのも嫌なものです。それをよく丁寧に診ていただきました」

と言い、続けて、

「どんな医学か確かめるためとはいえ、あなた方をだましてしまった。失礼の段はお許しください」

と里村は礼儀正しく陳謝した。

「決めました。援助させていただきます。わたしたちとしましても、よい医学舎が苦しい経営を強いられているとしたら黙っていられません。これからも応援し、少しでもお役に立ちたいと思います」

「ありがとうございます」

道三は試されていて、よい気分はしなかったが、ここはひとまず怒りを抑えた。一鷗が支援を申し込んでいた相手はこの堺衆に違いないと想像もしていた。

「さすが、あなたはあの仮病を見抜きましたね」

里村はそれも驚きだったようだ。

道三は黙っていた。

「あやうく、あの若者を皆さんの学舎まで運ばれて行くところでした。そんなことをされては、仮病が露呈するのは時間の問題です」

そう言って里村は部屋中響きわたる声で笑った。

この場に、期せずして後年、茶頭《さどう》となり三大宗匠と呼ばれた三人——今井宗久、津田宗及、千利休が揃っていた。いずれも道三と縁が深まる人物だった。

十一

「ひどい話でしたね、道三さん」

一鷗は怒りがおさまらない様子だった。仁和寺裏のあばら家から帰る道のりで、ひどいを何度も繰り返した。

「里村紹巴という人も、人が良いのか悪いのか、よくわかりません。仮病を使ってこちらの態度を試すとは、だましでしょう、あれは」

失礼な話だと一鷗は舌打ちした。

「納屋衆の人たちも多額の資金援助をしようというのだ。あの人たちの方法で可否を確かめたかったのだろう」

道三も仮病をつかわれ、いわばだまされたので良い気分ではなかった。しかし、資金の援助が約束され啓迪院の破産状態は解消される目処《めど》はついた。背に腹は替えられないのだから、いつまでもあれこれ考えていても埒があかないと思った。

「わたしもあのとき、これはどうしたことかと一瞬、迷ったものだった」

道三は男を診察している最中の戸惑いを思い返していた。

「というと？」

一鷗がきいた。

「あの患者の話だが、この男は一体何をしているのかと思った。その理由が分からなかった」

人を惑わせるキツネつきかと思ったと道三は言った。

「わたしはあの男の苦悶の表情と舌の薄紫色の状態を診て危ない体だと見立てました。あの舌は死の徴候を示していたでしょう」

一鷗はきいた。

「あれはおそらく桑の実を舌の上に擦りこんだにちがいない。あの汚い態《なり》をした男を、疲弊した病人だと思いこんだ上であの舌を見れば死病と判断するだろう。医者を惑わす術《すべ》をあの男は実行したのだ。附子を欲しがったことも計算の上だろう」

道三の推測だった。

「まったく悪辣《あくらつ》な男だ」

一鷗は舌打ちして続けた。

「わたしはてっきり危ない状態だと思い、激しい咳症状もありましたから処方として麻黄附子細辛湯《まおうぶしさいしんとう》を想定しました」

「同感だ。あれが本当の症状なら、わたしもまず、その処方を選んだと思う」

道三は言った。麻黄、附子、細辛の三味の生薬から構成されるのが麻黄附子細辛湯だった。体力が低下していたり、重い風邪症状などに効果を発揮する強い処方だった。

「男が医者を惑わす本心を知りたいとあのとき思った。そこで、男が精神に異常をきたしているかもしれないと思い、霊道穴《れいどうけつ》を刺激してみた」

霊道穴は手首の内側にある経穴《ツボ》だった。精神的疲労や煩悶が生じているとき、この経穴を指で押すと患者は強い反応を示すものだった。

「だが、反応はなく指にも響いてこなかった。コリもない」

男は平然としていたものだった。

「何も異常はなく、これは仮病に違いないと判断した。いよいよ、男の本心を知りたいと思った」

「結局それは詐病《さびょう》で、堺の納屋衆たちが工作してわれわれを試す試験だったのですね。わたしは丁重にあの人たちに支援を依頼していたのですが、こんな形で試すとは心外です」

まったく失礼な話だと一鷗は再び不愉快な顔になった。

「それにしても、わたしは危篤患者と見立てていましたから、道三さんが啓迪院に運ぶときいてわたしは自分の耳を疑いました。正気の沙汰ではないと思いました」

一鷗は言った。

「いや、あれは半分は本気だった。いまでも連れて帰って、しばらく観察したいほどだ」

「えっ、本気ですか」

「ああ、本気だとも。あの男は大方、どこかで野宿していたところを、あの納屋衆に頼まれてあばら家に移動したのだろう」

「そんな男を啓迪院に連れて帰ってどうするのです」

「どこも悪いところがないのだ。ふつう、あれだけ脂だらけで黒く汚れていると内臓のどこかに支障をきたしたり、呼吸が乱れているものだ」

「あの男はしきりに咳をしていました」

「あれは偽りの咳だった。あの空咳に病的な様子はなかった」

男は歯も丈夫で、一本も欠けていなかった。目やにひとつ出ていない。皮膚が爛《ただ》れていてもおかしくないのに肌荒れはなかった。ずいぶん虱《しらみ》がたかっていたが、引っ搔いて血がにじんだ跡もなかった。

「不思議な男だ。健康そのもので、珍しい。病を寄せつけない秘密があの体のどこかに隠されているのだろう」

詳しく調べてみたいと思ったのだと道三は言った。

「あれだけ痩せていると、満足な食事もしていなかったでしょう」

一鷗の想像だった。

「まったくだ。あの元気さは、若いというだけでは説明がつかない」

不思議な男だと道三は繰り返した。

「腐った物を食べても平気なのでしょう。ふつうならお腹をこわしてしまうものですがね」

「この世にもああいう男がいるのだな」

と道三は笑った。

二人は遠くに啓迪院の門が望める場所に来ていた。空には黒い雲が垂れ込め今にも降りだしそうだった。

二人は自然と足取りを速めた。

十二

道三は、松永久秀の行方を追った。

啓迪院の経営危機は堺の商人たちの援助でひとまず切り抜ける目処がついたが、一方で援助者の一人として思いついたのは松永久秀だった。

だが、神出鬼没の風があって、どこにいるのか分からないのが松永だった。

そこで壺屋の欣助に調査を依頼した。

「分かりました。調べてみます」

と欣助はいつもの腰の軽いところをみせて承諾した。

道三は松永久秀とは少なからず縁があった。八年ほど前の天文二十一（一五五二）年、四十三歳の松永に京都の郊外で会っている。当時、四十六歳だった道三とさして歳は離れていなかった。その頃、三好長慶に仕えていた松永は細川晴元陣営を破り勢いに乗っていた。

だが、京都郊外で陣を整えているとき、松永は体調を崩し、道三に往診を頼んできたのだった。

松永の不調は、疲れの蓄積が招いていた様子なので疲労回復をはかる薬を処方することにした。

さしたる病気ではない旨を松永に告げると、安心したらしく松永は初めて小さく笑った。それまでは顎の張った、鷲鼻の顔で終始疑い深そうに見つめていた。

松永はようやく気を許したらしい。

すると、人払いをしてから、

「じつは、ひとつ相談がある」

と声をひそめきいてきた。弱気な様子は鷲鼻には少し似合わなかった。

松永は四十歳を超えてから房事への気力不足と交合後の疲労を訴えた。強壮薬を求め、併せて房事の対策法をしきりにきいてきた。

道三は自著の、性の指南書、『黄素妙論《こうそみょうろん》』を授与することにした。

この書は、全編を通して男女の交合の奥義と神髄を説いた内容だった。房中術を求める伝説上の皇帝が、同じく伝説上の仙女に問いかける問答形式で記述した。交接するまでの女人の反応、具体的な交合法の体位、女人が欲情をもよおす兆候の段階、男子の年齢と回数との関係、交接禁忌の吉凶など、交合にまつわる房中術を詳しく解説したのである。

交合における秘術のひとつが、八深六浅《はっしんろくせん》の法だった。

「して、八深六浅の法とは何か」

松永は関心を示した。

交合の最中、深くさし入れて八回呼吸し、浅くぬき出して六回呼吸するという方法だった。

「この方法を用いると、百病たちまち消除《しょうじょ》するといわれています」

と道三は説明した。

「左様であるか」

と松永はしきりにうなずいていた。男女が満足を得る秘術であらゆる病気がたちまち消えてなくなるときいてひどく感心したようだった。

房中術は単なる男女の行為ではなく、健康と長寿を実現するための方策だった。決して快楽を求めたり、鬱憤の解消であってはならないというのが基本である。中国から伝来した伝統医学において、房事は飲食とならんで健康維持のための両輪と信じられ、重んじられて来た。房中補益の思想である。

十三

道三が松永久秀に『黄素妙論』を贈ってから八年の月日を経ていた。

その後の松永は三好長慶の下で急速に勢力を拡大し、主君の力を凌ぐほどに成長していた。松永はこの年――、永禄三（一五六〇）年、弾正《だんじょう》（注・朝廷公認の警察機構）少弼《しょうひつ》（注・四等官）に任ぜられ位を上げていた。

この度、啓迪院の援助者探しという思いがけない理由から、松永の行方が気になり始めていた。

だが、道三は探索にあまり本気になれない自分に気づいていた。松永に対し嫌悪感に近い感情が生まれているのを道三自身、否定できなかった。

理由は分かっていた。

――相国寺の火災。

数年前、松永が細川晴元方と戦ったとき、相国寺に火を放ったのが松永だった。それは細川晴元方が相国寺に陣を敷いたからであろうが、そこで戦い相国寺を全焼させたのは事実だった。松永の存在を世に知らしめた戦いでもあった。

相国寺で修行した身の道三として、相国寺の火災は悲しくも悔しい出来事だった。

道三は相手が誰であれ分け隔てなく患者を診療するが、松永には特別の気持ちを抱かざるをえないのである。

しばらくして、欣助から情報がもたらされた。

「松永は城造りに熱中していまして当分は動かないと思われます」

欣助は言った。

「そうか」

道三はうなずいた。行方追求に苦労したはずだったが、それを少しも口にしないのが欣助だった。

松永は三好長慶の下、京都奉行を務め、また、堺の代官も兼ねて、政治力と経済力をともに拡大させていっていた。

「どこで城を造っているのだ」

道三はきいた。

「多聞山《たもんやま》です」

欣助によると、松永は筒井氏が支配していた大和国に侵入を繰り返して勝ち抜き、堺と奈良の間にある信貴山《しぎさん》城（現・奈良県平群《へぐり》町）を修築した。永禄三（一五六〇）年には奈良盆地を手中にし、大和一国を与えられていた。そして、いま、多聞山城（現・奈良市）を構築しようとしていた。この多聞山城は城門や石垣、長屋形式の白亜の櫓《やぐら》を一体化させた、権力の象徴として美と防御を兼ね備えた堅牢な城だった。また、四階建ての櫓は天守閣の先駆となった。

後世、近世城郭の走りといわれるのが多聞山城だった。

「松永はそのうち上洛して来るでしょう」

と欣助は見通しを伝えた。

「そうか。では、いずれ会う機会もあるだろう」

欣助の情報は信頼できると思った。

「上洛といえば甲斐と越後のほうから上洛しそうな武将がいます」

「ほう、どんな武将だ」

道三はきいた。

「武田信玄と上杉謙信です」

と欣助は言った。

「上杉？　上杉といえば、織田信長が上洛したその年に、上洛した武将ではないか」

上杉謙信は永禄二（一五五九）年四月二十七日に上洛して将軍、足利義輝に謁見している。これより前、二月二日には信長が上洛していた。天下取りを狙う武将は入洛を重視したものである。その点で道三は織田信長と上杉謙信が気になっていた。

「信玄と謙信はこれまで三度、川中島で戦っていますが、いずれも引き分けに終わっています」

二人の武将は信濃の国の南部を流れる川をはさんだ川中島で戦っていた。

「雌雄を決する戦いでどちらかが勝てば、勝ったほうが上洛して天下に覇を唱えると思います。目が離せないのがこの二人の武将です」

と欣助は楽しそうだった。

「おまえは甲斐や信濃までも出かけているのか」

道三の驚きだった。

「甘草のことが気になっていました」

武田信玄の地元の甲斐で甘草の栽培を奨励しているという話は道三も知っていた。

「栽培は上手くいっているのか」

道三は問いかけた。

「いえ。まだまだ、道は遠く険しいといえます」

「そうか。それにしても、おまえは甘草栽培にかなり熱心だな」

「甘草を牛耳れば薬種界が握れます」

と欣助は言った。

多くの薬方に配合されているのが甘草だった。逆にいえば、甘草がなければ薬は処方できなくなるといっても過言ではなかった。

「おまえはこの国の製薬界を支配しようとしているのか」

「それも面白いかもしれませんね。先生」

と欣助は不敵に笑った。

「人参のほうはどうした」

道三は人参栽培も気になっていた。

「先生、これは難行しています。甘草以上です」

「そうか」

ある程度予想していたが、欣助の反応で実現は遠い先に思えた。実際、日本での人参栽培は江戸時代まで待たねばならなかった。

「ところで、先生。甲斐では面白い医者に出会いました」

欣助は言った。

「医者？　医者が面白いのか」

道三はきいた。

「ええ。街道筋で牛に乗って診療をして歩いている医者がいました」

「なにっ」

と道三は思わず大声を出した。

「先生、どうされましたか」

「これはすまない」

その医者こそ永田徳本《ながたとくほん》に違いなかった。

——徳本……。

懐かしい名前だった。

「その医者は牛の首に、『一服十六文』の札《ふだ》と鈴をさげていただろう」

「そうです。先生、よくご存じですね」

今度は欣助が驚いたようだった。

道三は欣助に、関東一円を放浪医として巡っているときの同僚で永田徳本という腕の良い医者だと説明した。

「先生のお知り合いの人なのに、いっては何ですが、その徳本という人はかなり汚い服装《なり》をしていました」

「着物の模様は汚れて見えないだろう」

いつも緑色の野良着を身につけ垢にまみれて光っていたものだ。縞の模様が入っているが、それは目をこらして初めて分かる縦縞の模様だった。

「まったくその通りです。少しは身綺麗にしていれば人も信用すると思うのですが」

欣助は半ばあきれて口にした。

――相変わらずだ。

あの男は何も変わっていないと道三は思った。

「髭はどうした。生やしていたか」

「ええ。顔中髭だらけで、目ばかりが光っていました」

頭は総髪で、後方部にざんばらに垂らしたままだったという。

「そうですか。先生とそれほどのお知り合いなら、あの宿場で話しかければよかった」

残念なことをしましたと欣助は悔いながら帰っていった。

欣助が帰って一人になると、道三は急に寂しさを覚えた。

一緒に関東一円を診療して歩いたころが懐かしく思い出された。徳本は不敵な髭面ではあるが、なぜか憎めない男であった。

――徳本……。

道三は口に出してみた。久しく忘れていた名前だった。あの頃は厳しい放浪生活を強いられたが青春そのものだった。

道三は遠い甲斐の空の下で牛に揺られている徳本を思った。

十四

永禄六（一五六三）年六月――、道三は芥川城《あくたがわ》（現・大阪府高槻市）の奥座敷で一鷗とともに一人の患者と向かい合っていた。部屋は異様に静まりかえっている。薄暗い部屋の隅には家臣と侍女が数人控えていたが、いずれも息を殺して下を向いていた。

患者は三好長慶の子、義興《よしおき》だった。二十二歳の若き城主が数日前から急に体調を崩したという。

芥川城は小高い山の上に築かれた城だった。急斜面の多い地形で守るには恰好の山城である。この時期、山は新緑におおわれみずみずしい空気に満ちていた。しかし、道三と一鷗はそうした山の景色を味わう暇もなく、険しい山道に足を取られまいと注意しながら一歩一歩、歩を進め、城へとたどり着いたものだった。洛中洛外の診療とは違う厳しさが遠方の往診にはあった。使者が案内して薬籠を持ってくれるとはいえ、体力を要した。おのれの養生を心がけていなければできないのが医者《くすし》であった。五十七歳になった道三はつくづく健康の大切さを痛感していた。

道三は床に臥せっている義興を見つめた。細く息をつき、力のない目をまばたきもせず天井に向けている。白目が黄色く濁り、顔色も冴えず黄疸症状を呈していた。

――これは……。

危ないと道三は直感した。患者の顔色や表情、物腰、皮膚の色などで診断するのが望診《ぼうしん》だが、この望診だけで生命の危機が疑われるほどの状態に出会う機会はあまりない。手遅れの病状といえる。

部屋が異様に静まりかえっているのも、控えている者たちが城主の危機を感じていればこそであろう。

道三はいつもと変わらず舌を診て、脈をとり、腹を診察した。義興の舌は乾いて硬くなっていて、脈は浮いて弱かった。右腹部が硬く腫れていた。

道三は診察しながら、終始、

「いかがですか」

と問いかけていた。

義興は高熱にうなされながらも体のかゆみを訴えた。ひどく疲れている様子だった。

道三は一通り診察を終わって、一鷗と交代した。

一鷗が床の横に進み出て診察を始めた。

その一鷗を確認してから、道三は部屋に控えている者に誰となく、

「義興様が最近、食べすぎた物や何か古い物を口にしたことはありませんか」

とたずねた。

「それはありません。義興様が特別に口にした物はありません」

と髪の白い老臣が答えた。

「そうですか」

道三はうなずいた。

「義興様はどんな具合なのでしょう」

老臣は心配そうにきいた。

「古い魚をたくさん食べたりするとこのような症状になります」

それで食べ物のことをきいたのですと道三は言った。

「そのような物をめしあがったことはありません」

老臣は首を横に振って強く否定し、

「義興様と同じ物を食べている人たちの中で誰一人、義興様のように苦しんでいる者がいないのです。不思議というしかありません」

と言った。

「さらに不思議なのは義興様は、つい最近まで朝夕の

剣のお稽古も熱心にこなされ、たいへんお元気でした」

老臣は首をかしげていた。

「急に体調を崩されたというのですね」

「不思議な話なのです」

老臣は深くため息を漏らしながら下を向いた。

やがて一鷗の診察が終わった。

一鷗は取り出した紙に筆を走らせて書きつけ道三に示した。居合わせている者にきかれないため、また、無用の心配をかけないための墨書だった。

そこには、

「瓜蔕散《かていさん》が適当か」

とあった。病名ではなく、処方名だけが記されていた。

一鷗が想定した処方だったが、疑問をいだいての薬方である。

瓜蔕散はマクワウリの未熟果実の蔕《へた》を乾燥させた物と赤小豆をともに煮る薬だった。飲めば体内の毒物を排除する解毒作用が期待できた。

――一鷗も毒物を疑っている。

と道三は思った。一鷗は義興の症状は単なる食中毒ではないと診断したようだった。

――毒物なら砒素《ひそ》が考えられる。

と道三は判断していた。もし砒素なら口にして直後であれば解毒は可能だった。だが、すでに数日を経ているので効果は期待できなかった。瓜蔕散では間に合わない。

道三も筆をとって、紙に、

「小柴胡湯《しょうさいことう》ではいかが」

と書きつけた。

柴胡や半夏、人参など七種の生薬から構成されるのが小柴胡湯だった。黄疸も強く、体力も低下している中、薬で吐かせたり、下したり、下熱するのは危険だった。ここは全身状態の改善を目標にして小柴胡湯とした。気休めにしかならない可能性はあるが、毒物でなくても人の体は急変する場合もありうるので、様子を見るには、今はこの処方が最善のような気がした。

小柴胡湯の提示に、一鷗は黙ってうなずいた。

――一鷗はわかってくれた。

道三はそう理解した。

「内臓の働きがかなり弱っているようです。それでは別室で処方薬を作らせていただきます」

と道三は老臣に告げて部屋を出た。

廊下で老臣は、

「別室にご案内させていただきますが、その前に会っていただきたい方がいます」

こちらへと道三、一鷗をさらに奥座敷へ案内した。

しばらく進んで、義興の病室から離れると、老臣は急に立ち止まり、あたりを窺ってから、

「義興様は武勇といい、頭脳といい、父上、長慶様の自慢のご嫡男です。期待も大きいのです」

と言って少し言葉を切った。言い淀んで次の言葉が出なかった。

「もし、万が一のことがありますと、長慶様のご悲嘆は計り知れず、ひいては、わが三好家の将来も危ぶまれます」

老臣によれば、二年前に長慶の末弟で養子に出た十河《そごう》一存《かずまさ》が病死している。そして、昨年には、実弟、義賢《よしかた》が畠山や根来衆《ねごろしゅう》らとの久米田寺《くめだでら》（現・大阪府岸和田市）の戦いで鉄砲にあたって戦死していた。長慶は相次いで肉親を失っていた。

道三はただうなずくしかなかった。

「先生には何とか義興様を救っていただきたいのです」

老臣は感極まって道三の手を強く握ってきた。

「最善を尽くします」

道三はそう応じた。安請け合いはできなかった。

すると、老臣は声をひそめて、

「じつは五日ほど前に松永久秀の使者が義興様に会いに来ました」

と言った。

老臣は道三を見上げながら、道三の反応を確かめていた。

「使者と会ってから急にあの容態です。城内では毒を盛られたのではないかともっぱらの噂です」

さらに、十河一存が死んだとき、そばにいたのは松永久秀だったとつけ加えた。

道三は何も言えなかった。

「毒を盛られるとあのような黄色い顔になるものですか」

老臣はきいた。

「毒にもよりますが、ありうる話です。ただ、急病でも起こります」

「急病でも？」

「肝の臓が冒されると体は急変します」

「そうですか」

老臣は落胆したようにうなずくと再び歩き始めた。

十五

奥座敷には三好長慶が待っていた。嫡男の病気に飯盛《いいもり》城（現・大阪府四條畷《しじょうなわて》市）から駆けつけていたのだった。

「久しぶりだな、道三」

「お久しぶりです」

三好は悠然と脇息にもたれていた。

普段と変わらず挨拶したが、いきなりの三好長慶の出現は道三にとって予想外だった。

久しぶりの三好は少し太ったようだった。権力を握っている落ち着きのようなものを感じさせるが顔色が冴えなかった。嫡男の病気が気になるのか心なしか元気がなかった。

道三は三好に嫡男の病状のあらかたを伝えた。

その間、三好はしきりに右の顎のあたりを押さえながら表情をゆがめてきいていた。

「どうかされましたか」

道三は問いかけた。

「うむ。この奥が痛くてたまらないのだ。息子を診てもらって、一安心なのだが、わしも診てもらえればありがたい」

三好は歯の痛みに耐えられない様子だった。

「わかりました。拝見いたします」

道三は三好に近づき、口の中を覗いた。三好の右下の奥歯二本に黒い穴が空いているのが確認できた。かなり大きくえぐられていた。

「痛くてたまらん」

三好は口を開けたまま訴えた。

道三はさらに口中をよく見回して、観察を終えてから、

「これは蛀牙《しゅが》です」

と伝えた。

「しゅがとは何だ」

三好は上目使いに道三の顔色を窺った。

「虫くい歯のことです。悪いものが歯に巣くい穴を空けるのです」

「痛くてたまらないのだ。このままだと口が開けられなくなる」

何とかしてくれと三好は再び右の顎を押さえながら訴えた。

「痛みは薬で対応できます」

道三は安心させるように言った。

「そうか。助かる」

ようやく三好はわずかに微笑んだ。道三は痛み止めとして立効散《りっこうさん》を想定していた。細辛《さいしん》、升麻《しょうま》、防風《ぼうふう》、甘草、竜胆《りゅうたん》の五種の生薬を用いる。歯痛止めに著効を示す処方だった。

「ご嫡男の病気を心配する心労から歯の痛みが増幅したと思われます」

道三は説明を終えた。

それから、道三と一鷗は別室に案内されて薬方作りに入った。

「まさか親子揃って診察するとは思いませんでした」

案内人が去って行くと、一鷗は驚きを口にした。

「確かに、ここで三好長慶に会うとは思わなかった」

奥座敷で三好の姿を目にしたときは道三も驚いたものだった。三好長慶は義興とは離れて飯盛城を守っているときいていた。

「それにしても、義興は助からないでしょう。あの黄疸は半端ではありません」

「確かに、厳しいな」

道三は一鷗の判断は正しいと思った。

「わたしは毒を盛られたと思います。道三さんはどう考えますか」

「毒物が一番疑われる症状ではある」

「盛られてすぐなら瓜蔕散で対応できたのですがね」

一鷗は悔しそうだった。

「われわれはできるだけのことをやるしかない」

道三はそう応じながら薬研車を前後に往復させ薬材を押し砕く作業を続けた。

一鷗も黙々と薬研車を操作した。

「掏摸《すり》と詐欺師は古代から存在するときいた覚えがあります」

急に一鷗がそんな言葉を口にした。

「いきなり、どうした」

道三は顔をあげ、一鷗を見つめた。

「おのれのために他人から何かを掠め取ろうとするのは人、特に悪人が考えるところです」

「悪知恵か。一鷗は三好の実権を松永が掠め取ろうとしていると思うのか」

「義興の症状を見れば明らかです。証拠はありませんが……。松永はこのところ多聞城を動いていませんが、証拠を残すほど間抜けな武将ではありません」

「そうか」

ありうると道三は内心うなずいていた。

「三好は気づいているのだろうか」

「さて……」

一鷗は首をひねって考える顔になった。

「前にもいったと思いますが、三好は歌道にも精通するのが真の武士であるが口癖。万葉、古今の歌道を諳《そら》んじていて、吟朗すること三千との評判をとっています。茶の湯にも親しみ文人趣味が過ぎて酒色に溺れ、その間に松永久秀が急速に力をつけているとの話です」

「そうか。それに気づいていないとしたら三好の迂闊だな」

「まったくです。ところで、小柴胡湯と立効散は今ここで製薬できますが、三好長慶への蛀牙の薬は用意できません」

どうしますと一鷗がきいた。

「うむ。それは啓迪院で作って、門人に運ばせせようと思っている」

蛀牙（今日の虫歯）に対しては相応の丸薬を作る必要がある。山椒、乳香、巴豆《はず》、くわいを粉にしてから、糊を使って丸薬にして乾燥させる。そして、その丸薬を虫くい歯の穴に詰めるのが最善の治療法だった。さらに、経穴《ツボ》に鍼を刺して痛みを軽減する必要もあった。

二人は薬材を押し砕く作業に専念した。

道三は薬研車を操作しながら、今の一鷗とのやりとりを頭の中で考えていた。

三好長慶とこの場所で会ったのは驚きだったが、長慶の変化も驚きの一つだった。どこか精彩を欠いて、以前の長慶ではなかった。

――前回会ったのは……。

道三は過去を振り返った。

――あれは二年前だった。

二年前――永禄四（一五六一）年、五月二十七日に飯盛城で連句の会が開かれた。

あのときの三好長慶は溌剌としていた。目の輝きといい、肌艶といい、生気にあふれ、体から発する燃える熱気のようなものを感じた。

道三はその連歌興行の招待を受け、一鷗とともに出かけた。里村紹巴《さとむらじょうは》を始め、連歌師、茶人ら大勢が集う豪華な千句連歌の会だった。

「こたびはゆるりと楽しむがよい」

長慶は主催者然として上機嫌で道三に声をかけてきたものだった。

た。


「道三さん、どうかされましたか」

かたわらから一鷗が見つめていた。

いつのまにか薬研車を操作する道三の手が止まってい
道三はわれに返って、

「いや、ちょっと考え事をしていたものだから」

と再び薬研車の鉄輪を前後させ始めた。

道三が手を尽くしたにもかかわらず、三好義興は、この年——永禄六年の八月二十五日に死去した。行年、二十二歳だった。芥川城の奥座敷で三好家の老臣が語っていた最も恐れていた事態が現実となったのである。

道三はその知らせをきいて、三好長慶の瓦解の兆候を嗅ぎ取っていた。

養生志願

一

廊下の向こうから声がしたので、道三は、

「どうぞ」

と返事した。

襖が開くと一鷗が立っていた。

「厠《かわや》に立ったのですが、いま何時《なんどき》だと思っているのです、道三さん」

一鷗は咎める口調だった。

「どういうことだ」

道三は卓上の書物を手で押さえながら見上げた。

「もう丑《うし》の刻（午前二時ころ）を過ぎています。そんなに根を詰めて執筆していると体をこわしますよ」

「そんなことか」

大丈夫だと道三は応じた。

このところ、道三は医学書の執筆に時間を費やしていた。その表題は、『啓迪集《けいてきしゅう》』と決めている。執筆は深夜に及び、日付けが変わるまで続くのも珍しくなかった。部屋には資料にしている夥《おびただ》しい数の古書が畳に置かれ、壁ぎわにはうずたかく書籍が積み上げられていた。乱雑極まりない様相だった。

「昨日も朝まで起きていたではありませんか」

と一鷗は言いながら部屋に入ってきた。

「いや、ここ数日はまとめてみたい部分があって、ちょっと夜更かしが過ぎたかもしれない」

蝋燭を灯しての孤独な作業だった。正直、疲れが出ていた。それを案じてくれる一鷗をありがたいと思った。

「少し休んだらどうです」

一鷗はなおも心配していた。

「わかった。今夜のところは一鷗に敬意を表して仕事はやめにする」

そう言って、道三は卓上の書物を閉じた。

「だが、少しきいてもらいたい話がある」

と道三は一鷗と向かい合った。

「いま、この京都の人々は戦乱と政情不安で休まる暇《いとま》がない」

足利将軍は有名無力で、三好長慶の統治など当てにはならない。夜盗や辻斬りが相変わらず横行して、一向に治安はよくならなかった。その上、飢餓や疫病とも戦わねばならない。

「人々は心身ともに疲れている。いま必要なのは、心身の疲弊を補う医療、いわば、戦乱医療が渇望されていると思う」

「戦乱医療？」

一鷗は初めて耳にする言葉がすぐには理解できないようだった。

「考えてみたら、わたしが師匠の田代三喜先生から教えていただいた医療こそ戦乱医療だった」

田代三喜は中国・明に留学した。金《きん》と元《げん》という戦国の世を終わらせた明に留学して医学を持ちかえった。

歴史をたどれば、金《きん》（一一一五～一二三四年）は北方系の民族である女真人《じょしんじん》の打ち立てた中国王朝だった。漢民族の宋王朝を南へ追いやり、領土を拡大した。他の北方系民族とのあいだに戦争が絶えなかった。やがて、この金に蒙古が侵入し、元《げん》（一二七一～一三六八年）の時代が到来する。蒙古大帝国の建国と発展の過程で、戦乱に明け暮れた。日本も鎌倉時代の文永十一（一二七四）年と弘安四（一二八一）年、元寇（文永・弘安の役）にみまわれた。執権・北条時宗のときで、この戦乱が幕府滅亡の遠因となった。

中国のこの十二世紀から十四世紀半ばにかけての、金元の戦国時代に活躍した名医に李東垣《りとうえん》（一一八〇～一二五一年）と朱丹渓《しゅたんけい》（一二八一～一三五八年）がいる。

金元時代の医学を李朱医学と呼び、道三はこの李朱医学を師匠の田代三喜から伝授され、長く実践してきたのだった。

「日本の今の有り様は、中国の戦国時代に酷似している。いつになったら戦いが終わるかわからない」

と道三は言った。

一鷗は黙ってうなずいた。

「疲弊した人々のために微力ながら補う医療を実践しているが、まだまだ力足らずだ。門人を育てているが限りがある。以前も話したが、わたしは啓迪院の講義や医術、研究などを書物にまとめあげたいと思っている」

それが『啓迪集』だと道三は力をこめた。

「確かに、われわれが実践している察病《さつびょう》弁治《べんち》を解説した医学書はありません。これは必要です」

道三医学を集大成してくださいと一鷗は言った。

「啓迪集にとりかかって、つらつら思うのは、顔回《がんかい》の轍《てつ》は踏みたくないということだ」

道三は一鷗を見つめてそう言った。

「顔回？　孔子の？」

一鷗は怪訝そうに問いかけた。

「そう。顔回は誰もが認める孔子の一番弟子だった」

孔子の弟子が三千人いるなかで、顔回が最も優秀で孔子の教えの良き理解者で、学問、人物ともに優れていた。

「だが、顔回は三十一歳という若さで夭逝《ようせい》してしまった。そこで、顔回より才徳は劣る曽子《そうし》が孔子の教えを伝える役を引き受ける。彼がそうした名誉な役回りを担えたのも、長生きしたからだ」

道三は一息入れて言葉を継いだ。

「わたしは、いま、五十七歳だ。もうすぐ還暦を迎える。啓迪集を完成するまで、わたしは死ねない。孔子における顔回にはなりたくないのだ」

「わたしは五十五だ。道三さんとたいして違いはありません」

一鷗は不服そうに口にした。

「これまで少しは書きためてはいるが、啓迪集を完成するためには、この先、最低、五年、さらに、改稿に三年はかかる。その先でさらに推敲したら何年かかるか知れたものではない」

長生きしなければ完成はおぼつかないのだと道三は言った。

「長生きしてください。道三さん」

「人には天命というものがある。それには誰も逆らえない。だが、養生しないで定命《じょうみょう》を縮める愚かはしたくない。そこでわたしは養生をできるだけ心がけようと決心したのだ」

「ほう。養生志願ですか」

「そう。養生志願だ。少し遅きに失したかもしれないが、まだ間に合うだろう」

「十分間に合います。わたしも養生志願に加わります」

一鷗は楽しそうに口にした。

「一鷗も知っていると思うが、養生には五難《ごなん》を排するのが基本といわれる。古書の教えるところだ」

五難について、古くからよく言われるのは、一に名誉や金銭の欲を捨てられない。二に喜怒哀楽の感情の高ぶりを制御できない。三に歌舞や女色を断てない。四に飲食の嗜好を断てない。五に憂慮して元気を散らしてしまうという五つを指す。

「五難が胸中になければ、福が招来し自然と延命するという」

さて、どうだろうと振り返る今日この頃だと道三は言った。

「わたしにはとても……。落第です」

一鷗は首を横に振った。

「確かに五難を排するのはなかなか難しい。養生志願ついでに戯れ歌も作ってみた」

と言って、道三は半紙に筆を走らせて一鷗に示した。

「養生は灸鍼もただ　無薬なり
火の用腎に　水をたくわえ」

「うまいではないですか、道三さん。火の用心に腎の臓と火水を掛けたあたりは見事です」

一鷗はしきりに感心してみせた。

二

「ところで、一鷗は今夜、厠に立ったようだが、毎夜に何度も行くのか」

道三はたずねた。

「一、二回ですね。近頃のように冷えると夜中に厠に立つ機会も増えて、三、四回になります。腎の臓の衰えです」

「老化の兆しだな」

「兆しではありません。老化そのものです」

「では、衰えに補う薬も必要だな」

そう言って、道三は卓上に置かれた盆の土瓶を引き寄せた。そして、小さな湯飲み二つにそれぞれ土瓶の液体を注いだ。

「ちょっと飲んでみてくれ」

と一鷗に茶碗をすすめた。

「何ですか」

と一鷗は褐色の液体を不審そうに眺めた。

「大丈夫だ。養生補液だ」

道三は笑みを浮かべながら言った。

「この濁り液を飲めというのですか」

一鷗は戸惑っていた。

「飲んでみてくれ」

そう言いながら、道三はみずからすすんで湯飲みの液体を飲み干した。

一鷗はそれに倣って湯飲みを傾けた。

「苦いような、甘いような。よくわからない味です」

一鷗はまだ戸惑っていた。

「薬だ。美味しいはずはない」

「何かの処方ですか」

「固真飲子《こしんいんし》という薬方だ」

道三が古医学書を渉猟している過程で出会った補薬だった。人参、黄耆《おうぎ》、当帰、地黄、白朮《びゃくじゅつ》、陳皮、茯苓、山薬、山茱萸《さんしゅゆ》、補骨脂《ほこつし》、五味子、黄柏《おうばく》、沢瀉《たくしゃ》、牡丹皮、甘草の以上、十五味から構成される薬方だった。

「十五味とは多いですね」

一鷗は調薬のための準備と費用を考慮したようだった。多剤だと手間がかかる。

「そこが難点ではある。効果は確かなのだが」

道三は言った。

「わたしなら、この固真飲子と薬剤がかなり重複している薬方でまず試してみます」

「そういう方法もあるな」

「たとえば、八味丸や清暑益気湯などでよいと思います」

「なるほど」

八味丸では使用薬剤の八味中、六味が、清暑益気湯でも使用薬剤の九味中、六味が、固真飲子の薬剤と重なっていた。

「八味丸なら一鷗の厠に行く回数も減ろうというものだな」

道三の感想だった。

「それならもう始めています」

一鷗は夜間頻尿の対策として八味丸を飲み始めたところだった。

「では養生の先輩ではないか」

道三は言った。

「そうです。先輩です。先輩から一言いわせてもらえば、徹夜の執筆をしつつ、補薬を求めるなど、本末転倒ですよ」

「わかっている。これからは注意しよう。それが養生というもののようだ」

「そうしてください」

「啓迪集の完成がはるか遠くにあると思うと、この命は粗末にできない。元気を保持したいと願うのだ」

「わたしだってそうです。道三さん同様、医学を究めたいのです」

「それと、この戦国の世は命を粗末にする世の中だ。一刻も早く終わらせたい。それを生きているうちに見届けたいとも思っている」

「わたしも同じです。長生きしてこそできることもありますし、楽しみもその分味わえます」

一鷗が言った。

「一つ気になっていることがあって、その面でも養生の必要性を感じているのだ」

「それは何ですか」

改まった道三の様子に一鷗の口調も改まっていた。

「記憶が定かでなくなっている。置いたはずの資料がそこになくて別の場所から出てきたりする。昔はそんなことは一切なかったのだ。そのあたりも気になって仕方がない」

「そんなことですか。わたしなど、探し物は年中です」

一鷗はごく当然と口にした。

「留守中、部屋に誰かが入っているような気もする」

「この部屋に見られて困るようなものはありますか」

「それは、なくはない」

「あるのですか。何です？」

「患者の容態書や研究途中の薬方などだ」

「なるほど。道三さんが診ている要人の容態書。洩れては困りますね」

一鷗の指摘に道三は黙ってうなずいた。

「部屋に入る人はいるのですか」

「千恵が掃除してくれるし、啓迪集では清書も手伝ってくれている」

「千恵は信用できます。何かなくなった物でもあるのですか」

「いや、それはない。だが、あったとしても気づかないとしたら、いよいよ問題だ」

「そうかもしれませんが、誰しも歳をとれば、そのようになります。何かに書きつけておくなどして気をつける他ありません」

「そうだな」

道三はつぶやいた。

それから二人は早々に話を切りあげ床に就いた。

三

養生談義で思いがけず夜更かししてしまった翌朝、道三が啓迪院の教場に入って行くと、神農像《しんのうぞう》が安置された祭壇の前あたりで門人たち十人ほどが集まっていた。その中には一鷗も加わっていた。いつもなら門人たちが医書を筆写したり、読書したりで静寂に包まれている時間だった。

門人たちはできる、できないと言い合っているようだった。

――まさか養生談義をしているはずはないが……。と道三が近づいて行っても一同は気づかなかった。

一同は底の浅い木製の盥《たらい》を前にしてしきりに考えているようだった。

盥にはわずかに水が溜まり、真ん中に拳二つほどの大きさの石が置かれていた。

道三は近づいて、

「何事だ」

と声をかけた。

「この石の穴に糸を通せるかどうか、みんなで考えているのです」

年かさの門人が言った。

「穴？」

道三は石を手にした。表面はなめらかで、何の変哲もない普通の石だった。よく見ると石の右と左に丸く小さな穴が二つ空いている。

「この穴に糸を通したいのです、先生」

と門人は言った。

「穴は通じているのか」

道三はきいた。

「先生。見てください」

と門人は言いながら手にした器の水を石の穴に静かに注いだ。

すると、反対側の小穴から水が流れ出てきた。

「石の中で穴は通っているのです」

門人はそう言って、細い絹糸の先に小さな玉をつけて穴に通そうとした。だが、無理だった。途中までは何とか通るのだが、中で複雑に曲がっているのか反対側からは出せなかった。

「絶対に通せないのです」

門人は言った。

道三はもう一度石を手に取り、上下左右を見回した。

それから、

「誰がこんな話を持ち込んだのだ」

ときいた。

「御幸町《ごこうまち》の織り師です」

と門人が言った。

「で、その織り師はできたのか」

「できたと話していました」

「おまえはそれを見たのか」

「いえ、見ていません。しかし、できたといっていました」

と門人が答えるそばから一鷗が、

「道三さん、これは織り師のでまかせです。悪質な冗談です。相手になるだけ馬鹿を見ます」

と言った。

それでも道三は石に興味を示ししばらく見つめたあと、

「二、三日、時間が欲しい。この石を借りてもいいかな」

と門人に問いかけた。

「もちろんです。しかし、いいのですか、先生」

門人は戸惑っていた。

「わからない。だが、やってみなければわからないともいえる」

そう言って道三は踵を返し部屋に戻ろうとした。

一鷗が追いかけて来た。

「道三さん。でまかせですから時間の無駄です。やめましょう」

「わかっている。だが、頭を使うのも養生の一つだろう」

と道三は楽しそうに応じた。

四

「できた」

と道三は小さく叫んだ。

思わず叫んでしまったのは、苦労の末、ようやく成功したからだった。

石の中に空いた曲がりくねった細い穴に糸を通せるか否かである。門人が持ち込んだ戯れだった。だが、道三は無視できず、連日、部屋に籠もって真剣に糸通しに挑戦した。

ひと月以上経っても諦めない道三に、

「できるはずはないのです。でまかせの話に付き合うのは時間の無駄ですよ」

と一鷗は笑いながら呆れていた。

しかし、道三はついに糸通しに成功したのである。

「できた」

と今度は意識してもう一度口に出してみた。

道三は成功した喜びに浸りながら石を盆に載せ教場に向かった。糸の通った石に布をかぶせて隠したのは、門人たちを驚かせるための用意である。

道三が教場に入って行くと、勉学中の門人たちが盆を持った道三を何事かと目で追った。

「みんな、集まってくれ」

道三は門人たちに神農像の前に集まるよう指示した。

「石に糸を通す試みに決着がついたので、ここに持ってきた」

道三は台の上に盆を置きながら、一同が興味深そうに寄って来るのを待った。

「結果はこれだ」

と言い放って道三はかぶせた布を取り払った。

盆の上に糸の通った石が置かれている。石の左右の穴からは白い絹糸が垂れていた。

「通っている！」

誰かが叫んだ。

「本当だ」

「信じられない」

の声が方々からあがった。

「先生、これは奇蹟です」

石の話を持ち込んだ年かさの門人はただただ驚き、

「先生はまだ、挑戦されていたのですね」

と興奮気味である。

「方法はあるはずと信じていた。諦めるわけにはいかない」

道三は糸の左右を指で掴み、石を持ち上げて見せた。

「どんな方法を使われたのです」

年かさの門人がきいた。

「そこだ。相手があることだからひと苦労した」

道三は言った。

「相手とは誰のことですか」

年かさの門人は一刻も早く糸通しの方法を知りたい様

子だった。

「これだ」

と道三はまだ布で隠してあった部分を取り払った。

木箱があり、その蓋を取り払うと、箱の中には数匹の蟻が目まぐるしく動きまわっていた。

「蟻……」

一鷗がため息をもらした。

「そう。蟻に働いてもらった」

道三は蟻の腰に細い糸をつけて穴に放った。そして、もう一方の穴の口付近には蜂蜜を塗った。蜂蜜に誘われて蟻が出てくるのを辛抱強く待つのだが、そう簡単に蟻は出てこなかった。そこで餌をやらずに蟻を飢餓状態にしてから穴に放つ方法を思いついた。

それが功を奏したか、ある日、ついに一匹の蟻が蜂蜜口に這い出してきた。

——通った！

喜んだのも束の間、糸がはずれていて蟻だけが出てきた。石の中の迷路は複雑に混みいっていると思われた。だが、蟻が蜂蜜に誘われて這い出してくるのはわかった。使う蟻は大きすぎても小さくても役にたたなかった。頃合いの蟻を探すのも難儀した。道三は門人たちの目を盗むようにして、畑や雑木林に出かけて蟻を調達したものだった。失敗は何度も繰り返された。

こうして、辛抱強く試みているうちにとうとう石の穴に糸を通すことに成功したのだった。

「先生、やはりこれは奇蹟です」

年かさの門人は感じ入っていた。

他の門人一同もしきりにうなずいていた。

「工夫すればできないことはない。みんなも何か問題が生じたとき、よく考えてほしい。どこかに解決策はあるものだ」

道三はそう口にして一同を見まわした。

五

「それにしても、道三さんはよく蟻を使う方法を思いつきましたね」

道三の部屋に戻るなり一鷗は言って、糸の通った石を飽かず眺めた。まだ信じられない様子だった。

「古人《いにしえびと》の知恵は途方もないと知った」

と道三は言った。

「古人……。そうか、わかった」

と一鷗は手を叩いてうなずいた。

「道三さんは御幸町に行きましたね。この話を持ち込んだ織り師にきいたのでしょう。織り師はできたという話でした」

「いや、そんなことはしない」

即座に道三は首を横に振った。

「では、どうして知ったのです」

一鷗はたたみかけてきいた。すると、道三は急に姿勢を正し、

「春はあけぼの。やうやうしろくなりゆく山際《やまぎわ》すこしあかりて、紫だちたる雲のほそくたなびきたる」

と朗々と唱えた。

「道三さん、どうしました」

一鷗が目を見開き道三を凝視した。道三の精神の奥を診察するような真剣な眼差しだった。

道三は一鷗の心配をよそに、

「夏は夜。月の頃はさらなり。闇もなほ蛍飛びちがひたる。雨などの降るさへをかし」

流暢に唱えた。

「道三さん……」

一鷗はあとの言葉が続かなかった。半ばあきれているようだった。

「古典の冒頭にある文章だ。何の作品かわかっているな」

道三はきいた。

「枕草子だと思いますが……」

一鷗は自信なげに答えた。

「そう。清少納言の枕草子だ。わたしは蟻の方法を枕草子で知ったのだ」

「えっ、では、石に糸を通す話は枕草子にあるのですか」

「ある。ただ、枕草子では石ではなく玉だった」

「そうでしたか」

一鷗は納得して、

「道三さんが急に、春はあけぼのと唱えはじめたものですから、頭がどうかしてしまったのかと思いました」

と故意に不安顔を作ってみせた。

「すまない。つい、名文に懐かしさも覚えたものだから」

道三はさらに言葉を継いだ。

「この糸通しの話をきいたとき、できそうに思えた。と同時に、以前どこかできいたようにも思えた。だが、枕草子にたどりつくまでには相当時間がかかってしまっ

た」

枕草子にありそうだと気づいてから、全三巻約三百段綴られた随筆の中から糸通しの話を探し出すのに時間を要した。二百二十五段に行きつき、ようやく蟻を使う方法を知ったものの、今度は蟻をどう出口に導き出すかだった。これは生き物が相手だけに成功するまでに根気と労力を必要とした。

そして、ついにこの日、糸通しに成功したのだった。

「御幸町の織り師もわたしと同じように挑戦して糸通しができたに違いない。ただ、職業柄、糸扱いはわたしなんかより数段上手かったから、案外、簡単に成功したのかもしれない」

それから、道三は蟻とのいわば闘いの日々を振り返った。

道三は糸の通った石を見つめていた。考えてみればよく成功したものである。

「いやいや、門人が馬鹿げた話を持ちかけるものだから、道三さんもずいぶん時間を無駄にして、大事な医学書の執筆に支障をきたしたでしょう」

一鷗は同情を示した。

「それはない。逆にたいへんな勉強をさせてもらったと感謝している」

「感謝？　蟻に」

「蟻と枕草子にだ」

道三は答えながら、卓上に『枕草子』三巻を置いた。

「このたびの糸通しに挑戦した過程で思ったのは、もっと古人に学ばねばならないと痛感した点だった。この平安時代の随筆には古人の知恵が散りばめられている」

たとえば、と道三は端午の節句を例にあげた。

平安時代、五月五日の節句に宮中では薬玉《くすだま》を作って邪気を払い、長命を願った。袋に種々の薬剤や香料を入れて造花で飾り、菖蒲をくくり付けて、五色の糸を垂らしたのが薬玉だった。その風習が庶民にも伝わり、人々は思い思いの薬玉を手作りして室内に飾ったり身につけたりして魔除けとしたのである。

また、新年の初めに行なわれる歯固《はがため》は歯の保存を祈る儀式である。新年の初めに、猪や鹿の肉、押鮎《おしあゆ》、餅などを食べる。支障なく食事をするための歯が落ちないよう、食い固めて寿命を延ばすという願いをこめた祝いだった。その際、ゆずる葉の上に載せた餅を食べるのがならわしだった。ゆずる葉には譲葉の字が当てられる。

ゆずる葉は新しい葉が開いてから古い葉が落ちるので、永遠の再生を象徴するめでたい植物とされた。新年の儀式にもふさわしい。そのゆずる葉を煎じて飲めば、薬として虫下しや咳止めの効果が期待できた。また、腫れ物には煎じ液を直接塗って用いた。

「こうしたしきたりの中に医学の知恵も隠されていると知った。古典はわれわれにさまざまな知識を授けてくれる。知恵の宝庫だ」

道三が枕草子を改めて読みなおした偽らざる感想だった。

「養生研究の資料ともなりますね」

一鷗が言った。

「まったくだ」

道三は大きくうなずきながら、卓上に積んだ『枕草子』三巻の冊子に手を置いた。手のひらに温かさを感じたのは平安古典に感動したせいに違いなかった。

永禄七（一五六四）年六月の下旬、道三と一鷗は上立売《かみだちうり》にある三好邸に向かっていた。上洛した三好長慶がしゃっくりが止まらず難儀しているという。

「たかだかしゃっくりで呼びつけるとは三好長慶という武将も少し傲慢《ごうまん》が過ぎるのではないですか」

一鷗は苦々しそうに言った。

「そうかね。しゃっくりにもいろいろある」

道三はむしろ同情を示した。

「いくら今の足利将軍が有名無力とはいえ、何も三好が天下人というわけではありませんからね」

「まあ、そうだが、たかがしゃっくりとはいえ、重いときもある。もし、夜中にも起こっていれば、きっと眠られず苦しいだろう」

「そうですかね。わたしは身勝手が過ぎると思いますね」

一鷗はまだ不服のようだった。

「それにしても、なぜ今ごろ三好は京都にあらわれたのだ。河内の飯盛《いいもり》城が気に入って守っていたのではないのか」

道三はたずねた。

「昨年、将軍、足利義輝から、三好長慶の家督を甥の義継へ相続させることを許されて、その挨拶で上洛したのです」

一鷗は言った。

三好長慶はそれまでに、二人の弟を病と戦《いくさ》で亡くし、実子・義興《よしおき》も黄疸で急に亡くしている。近親者を相次いで失っていたので、長慶は仕方なしに、甥の義継を家督に据えたのだった。

不幸はそれでおさまらず、今年の五月、弟の安宅冬康《あたかふゆやす》を、謀叛《むほん》を企てているという松永久秀の讒言《ざんげん》を信じて飯盛城内で殺害してしまった。

「サヨリも来てますかね」

一鷗がきいた。

「サヨリ？　魚か」

「魚は魚でも、人間の話です」

「わからない。何の話だ」

「三好家中で松永久秀をサヨリ呼ばわりしている家臣が増えているとききました」

サヨリは味が淡白で美味な魚だった。青緑色をして、体形は細長く美しい。だが、見栄えとは裏腹に腸《はらわた》は黒かった。サヨリのような人間とは、腹黒い人物を指していた。

――サヨリか……。

言い得て妙だと道三は思った。松永久秀にはこれまで何度か会っている。体形は細身だが、周囲に油断のならない視線を注いでいたその風貌を思い出していた。

「三好家中でそんな噂が広がっているなら松永は上洛について来ないだろう」

隙があればいつ殺害されるか知れたものではない。のうのうとついて来るはずはないと道三は思った。

三好邸では老臣が玄関で待ちかまえていた。

「殿はまだしゃっくりが止まらずたいへん苦しがっておられます」

老臣は廊下をせわしなく進みながら、しゃっくりを止めるため、水を飲んだり、息を止めたりしてみたがことごとく功を奏さなかったと説明した。

「しゃっくりは急になったのですか」

道三はきいた。

「珍しい酒が届いたといわれ、それをかなり飲まれてからです」

「どんな酒ですか」

「雲州《うんしゅう》酒とのことでした」

出雲の酒だったという。

この時代、京都では酒造りが盛んで酒蔵が多数存在した。一方、地方でも酒は造られ、その一部が京都に流れこんできて、「田舎酒」と呼ばれていた。京都酒とは一段下に見られていたが、反面、珍しい酒として出回っていた。

「殿はその雲州酒を鶯《うぐいす》飲みされたのです」

「鶯飲み、といわれましたか」

何をするのかと道三は思った。

「二人が向かい合って、盃に満たした酒十盃を早く飲み干したほうが勝ちという飲み方です」

「十盃飲んだのですか」

「いいえ、相手が先に降参しましたから、殿の勝ちでした」

「何盃飲まれましたか」

「七、八盃でしたか……。美味い美味いと飲まれました」

老臣は申し訳なさそうに口にした。

「かなりの量ですね」

道三は三好長慶のしゃっくりは深酒のあとに起こる種類のものと解釈した。深酒は呼吸を乱し、体調を狂わせ吃逆《きつぎゃく》（しゃっくり）の原因となった。

三好長慶は奥座敷で家臣たちに囲まれて上座に着いていた。

――やはり、サヨリはいないな。

道三がさりげなく見回した居並ぶ家臣の中に松永久秀はいなかった。


「そのほうからもらった薬のお陰で歯の痛いのは治まった。礼をいう」

と三好は言いながら、その間、三回ほどしゃっくりをした。肩を上下させ、部屋中に響きわたる声だった。三好の蛀牙《しゅが》（虫歯）に対しては相応の丸薬を作り、飯盛城まで門人に届けさせていた。

「歯同様、このしゃっくりも何とかしてくれ」

三好は苦しそうにしゃっくりしながら訴えた。

「対応策はあります」

安心してくださいと道三は言った。

「そうか、それは助かる」

三好は安堵の顔となった。

「しゃっくり以外に体の不調はありませんか」

昨年六月に芥川城で会ったときよりかなり痩せ、顔色の悪いのが気になっていた。

「それはない。ただ、酒に弱くなってしまった。今度飲んだあれしきの酒量で酔ってしまい、その上、こんなしゃっくりまで出てしまっている」

三好は情けなさそうだった。

「わかりました。お体拝見いたします」

と道三は告げて、三好の舌や脈、腹を診察した。その間、間断なく三好はしゃっくりを繰り返していた。

「経穴《ツボ》を押します。痛みがありましたらお知らせください」

と言いながら、道三は三好の背後にまわり耳の後ろを親指で押した。耳たぶのすぐ後ろのあたりで、耳鳴りやしゃっくりを止めるツボだった。ここを強く圧迫することでしゃっくりがたちまち止まるツボであった。だが、三好には効かなかった。

「では、お薬を作らせていただきます」

と道三は座を立った。道三は別室に向かいながら、

「柿蔕湯《していとう》を作ろう」

と一鷗に言った。

成熟した柿の蔕《へた》を煎じた薬方が柿蔕湯で、しゃっくりに著効を示した。

「あれは危ないな」

と別室に入ってから道三は一鷗に小声で言った。

「危ないですか」

一鷗には意外だったようだ。

「しゃっくりは上辺の症状にすぎない。何か病気が隠れているはずだ」

「酒の飲み過ぎではないのですか」

「違うと思う。臓の奥に重い病をかかえている証のような気がする」

病の兆候は、松永久秀の讒言《ざんげん》を信じて弟を殺害したあたりにも窺われた。讒言か否かの判断も冷静にできない三好長慶に、もはや統治能力はなく、体も蝕まれていた。

それから、道三は三好に柿蔕湯を処方して、しばらくは安静にして京都で静養につとめるよう強く助言した。

その十日後、道三は三好長慶急逝の報に接した。

――まさか……。

あれほど静養をすすめたのにと悔やまれた。三好は勝手に京都を離れていたのだった。

三好長慶は永禄七（一五六四）年七月四日、飯盛城下屋敷にて死去した。享年、四十三。

ここに三好長慶の五年間続いた治世は終結した。

上洛の空

一

道三はその日――永禄八（一五六五）年五月十九日の早朝、門人の慌ただしい足音で目を覚ました。

「先生、二城御所が襲撃されています」

門人は、御所が多数の兵士に包囲され将軍陣営は風前の灯です、と伝えた。室町にある二城御所には足利第十三代将軍・義輝が住んでいた。

「襲ったのは誰だ」

道三はきいた。

「松永久秀と三好三人衆のようです」

「そうか」

と道三は寝床から起きあがりながら、

――ついに来たか。

と思った。

歴史を振り返れば、義輝が将軍職に就いたのは天文十五（一五四六）年十二月で、十一歳のときだった。だが、将軍とは名ばかりで、事実上、三好長慶が京畿を支配していた。

義輝は京都に住めず逃亡の末、最後は人里離れた朽木《くつき》谷《だに》（現・滋賀県高島郡）に五年間の亡命生活を余儀なくされた。しかし、永禄元（一五五八）年に三好長慶と和解が成立し、京都に戻ることができた。

その義輝の在位二十年の期間中、永禄二年に織田信長が、さらに上杉謙信が入洛して義輝に拝謁した。永禄三年には桶狭間の戦いで信長は今川義元を破り、永禄五年一月、徳川家康と同盟関係を結んだ。さらに、永禄七年八月、武田信玄と上杉謙信が川中島で五度目で最後の戦いに臨んでいる。歴史上の激動期で、まさに戦国時代の縮図であった。

義輝にとって重石となっていた三好長慶が急逝し、義輝はここが好機ととらえ復権に向けて動き出した。以前、鉄砲と火薬の秘伝書をもらった豊後《ぶんご》の大友宗麟や、火薬調合の秘伝書を贈られた越後の上杉謙信に接近し始めたのである。

この思惑を素早く察知したのが三好長慶の家臣だった松永久秀である。ある意味で、三好長慶の死を最も待ち望んでいたのは松永だった。長慶の実子・三好義興《よしおき》を毒殺したとの噂もある松永である。主君の三好家の混乱と衰退に乗じて着々と力をつけていた。後に長慶の妻を略奪して側室にもしている。下克上の申し子といえた。

松永久秀とその一派である三好三人衆――三好長逸《ながゆき》、政康《まさやす》、岩成友通《いわなりともみち》は、足利義栄《よしひで》（義輝の従兄弟）を新将軍に就かせようと画策していた。天下取りを狙っている松永にとって、将軍の権威を取り戻そうと、地方の武将と連携して復権を模索する義輝は邪魔な存在でしかなかった。

その邪魔者を取り払うべく、松永久秀と三好三人衆はこの日の早朝――卯の刻（午前五時～七時）に二城御所を襲ったのである。

道三は三好長慶がいなくなって激変の予感を覚えていたが、丸一年も経たぬ間に動きが始まったのである。

――ついに来た。

と道三は着替えを終えてつぶやき、門人に教場に全員が集まるように命じた。

御所では雨の降る中、松永方が一万三千騎の軍勢で攻めるのに対し、守る義輝のほうは七百五十名ほどの兵士しかいなかった。松永方は巳の刻（午前九時～十一時ころ）には、御所の大手、大門口を攻略し、一気に中門に攻め入って火を放った。

道三は一鷗と門人たちを御所近辺に派遣し、傷兵の治療に当たらせた。道三のほうは啓迪院に次々に運ばれて来る傷ついた兵士の治療に当たった。道三は義輝方も松永方もなく、分け隔てなしに診た。刀で斬られ、槍で突かれ、矢に射られた重傷者が多く、激しい戦いを窺わせた。治療中にこと切れる兵士も多数にのぼり、啓迪院の教場は治療院と化し、騒然としていた。

御所の戦いは昼を過ぎる頃から松永方が優勢となり、義輝方は防戦一方になった。やがて、中央の屋敷も火に包まれ音をたてて焼け落ちた。火柱は雨空を突き上げて燃え盛ったが、それも冷たい雨に打たれ消えてくすぶり始めた。炎がおさまり、戦闘も終結した。

戦いが終わって、松永方は堀川通りを列を作って引き揚げ始めた。勝鬨《かちどき》をあげながら一万余の隊列は途切れることなくいつまでも続いた。

そのうちに、一鷗と門人たちも啓迪院に帰ってきた。全員、ずぶ濡れで、疲れきっていた。血しぶきが飛び散り血まみれになっている門人もいれば、火傷したり戦闘に巻き込まれ傷ついた者もいた。

「ご苦労だった」

道三は一鷗たちをねぎらった。

「道三さんもたいへんでしたね」

一鷗は教場に呻きながら転がっている傷兵たちを見て言った。傷ついた者たちは敵も味方もなく、戦闘意欲は失なわれていた。

「わたし一人ではどうにもならなかった」

門人や千恵たちの協力があって、どうにか凌いだのだった。

そのとき、道三は一鷗の異変に気づいた。

「見ろ。一鷗、肩から血が出ている」

一鷗の作務衣の左肩口が切れ血が滲んでいた。

「本当だ」

一鷗は初めて気づいたらしく切れた作務衣を広げると、上腕に刀傷があり血が噴き出していた。

「どこで、こんな目に？」

口を開けた傷口にひとまず布をあてがいながら道三はきいた。

「わかりません。夢中で治療していましたから」

一鷗はまったく気づかなかったようだったが、緊張から解きほぐされたせいか急に痛みを感じ始め顔をゆがめた。

「ところで……」

道三は一鷗の肩の治療を終えて、おもむろにきいた。

「御所の義輝はどうした」

義輝方の劣勢は分かっていた。捕らえられたに違いないが、その後どうなったかは気になった。

「死んだと思います」

一鷗は言った。

「思いますとはどういうことだ」

道三は曖昧な返答に少し苛立ちを覚えた。

「死んだはずなのですが、遺体が見つからないのです」

「捕らえられたのではないのか」

「違います。松永方の兵士にきいたのですが、義輝は攻め寄せる兵士相手に果敢に戦ったようです」

「将軍、みずから？」

「そうです」

「ところが、兵士たちは義輝を制圧するのにかなり手間取ったらしいのです」

「ほう」

道三は興味を示した。

「手間取ったというより兵士たちは恐れをなして後ず

さりしたといいます」

「義輝は何をしたというのだ」

道三の興味は募っていた。

「義輝は小袖の鎧を身に着け、愛用の刀を手にして敵兵に立ち向かったようです」

「将軍、みずからか」

「そうです。義輝は剣豪将軍の異名をとるほどの技の持ち主のようです。塚原卜伝《つかはらぼくでん》に新当流《しんとうりゅう》を習ったときき ました」

「あの塚原卜伝に……」

道三も耳にしたことのある著名な剣術士だった。その強さは諸国に知れ渡っていた。

塚原卜伝は延徳元（一四八九）年に常陸国・鹿島に鹿島神宮の神官の子として生まれた。鹿島に古くから伝わる刀法を学び、鹿島神宮に籠って修行と工夫の末、新剣術を創案した。新当流の完成だった。

「新当流とはいかなる剣法なのだ」

道三はきいた。

「わたしも詳しくは知りませんが、戦いの場で対峙したときに、相手を一刀で倒す必殺の剣ときいています」

それは、〝一の太刀《ひとつのたち》〟と呼ばれる奥義で、真剣で対決したとき、それ一つしか選択の余地のない妖術の剣だった。塚原卜伝は新当流を掲げて武者修行し、その途上で将軍・義輝と出会い剣術を指南したのだった。

「新当流はまた、無手勝流《むてかつりゅう》とも称し、無益な戦いは避けて、策略を用いて戦わずして勝つのを上策としているようです」

「必殺と無手勝か」

二段構えのようだなと道三は感想をもらした。

「卜伝の剣は実践で鍛えた剣です。単純な剣法では真剣勝負に勝ち残れません」

「だが、義輝は奮戦虚しく命を落としたのだな」

「相手は一万を超える軍勢です。いかに新当流の使い手でも多勢に無勢で限界は目に見えています」

一鷗は傷の痛みを感じたのか道三が治療した肩口に急に手をやった。

「その義輝の亡骸《なきがら》が御所で見つからないというではないか」

「義輝方の生き残りの話では、将軍は負けを悟ると、天命、これまでなりと叫び奥座敷に入り自害したといいます」

「自害か……」

享年、三十だった。道三は足利将軍家の滅亡を実感した。これまでは、将軍とは名ばかりで有名無実であるとか、将軍家は衰退の一途であると認識していたものの、足利将軍家の一応の体裁は保たれていた。だが、十三代将軍・義輝がいなくなってみると滅亡は現実味を帯びる。

「義輝の重臣が介錯を務め、頭を割って火中にくべたといいます。このため、松永方は義輝の首を取れなかったのです」

一鷗は言った。

「そうだったか。剣豪将軍の名にふさわしい死に方ではある。だが、負けが明らかになったのなら、途中から無手勝流を使って逃げる手もあったのではないのか」

「確かに。義輝の母の慶寿院《けいじゅいん》は戦いをやめて逃げるようにすすめたといいます。ですが、義輝は公方《くぼう》らしく家臣たちの前で死ぬといって戦いを続けました」

そう言って、一鷗は肩の傷口を押さえながら、少し休みますと口にして奥の部屋に向かって行った。

道三は一鷗の後ろ姿を目で追いながら焼け落ちた御所の様子を想像した。松永久秀の軍門にくだり首を取られるのは、公方として、それこそ死んでも避けたかったにちがいなかった。頭を割らせて痕跡を残さないようにしたのは、死に臨んでの剣豪将軍の自負だったのだろう。一方で、虎視眈々と天下取りを狙っていた、腹黒くサヨリと呼ばれた松永久秀の高笑いがきこえるような気がした。

この後、約三年間、将軍の座は空位だった。

二

足利将軍家に異変が起きているこの間、道三の身辺にも変化が生じていた。姉の乗水に預けている一人息子の守真《もりざね》が十八歳で結婚し女子を儲けていた。

守真はそれまで柳原にある乗水宅から時折、啓迪院に通ってきて門人に交じって蔵書をひもといていた。ただ、生来虚弱で無理のきかない体だったので、庭仕事などには不向きだった。

さすが道三の子と一鷗も感心するほど頭脳は優れていたが、医学にはあまり興味を抱かず漢詩集や草紙類を読み耽っていた。

――待つしかない……。

守真はいずれ医学に関心を示すに違いないが、それまで時間が必要と道三は考えていた。守真が医学に目覚めれば、聡明で研究熱心な彼のことである。たちまち医術を習得し、優れた医者となり、その先は啓迪院を継いでくれるものと期待していた。それまでは、待つしかないのだった。

守真は長じるにつれ死んだ妻の結衣に面影がますます似てきていた。長い眉や柔らかい口許あたりが結衣を彷彿とさせた。守真が二歳にも満たず母を亡くしたおのれの不幸を自覚すれば、身をもって医学の重要性を認識し、いずれその面からも医学の道を志すのではないかと思えた。

ある日、守真が、借りていた漢籍を返しに道三の部屋を訪れた。

「父上、わたしは最近、とてつもなく強い剣豪の話をききました」

と守真が急に話を切り出した。いつもなら書籍を返却して礼を述べてすぐに立ち去るのにこの日は違っていた。

「ほう、剣豪か。おまえにしては、珍しい人物に興味を持ったものだな」

「はい。強い侍ですので憧れました」

「守真が憧れるほど強いのか」

「向かうところ敵なしの強さです。相手を一刀のもとに倒すといいます」

守真は背筋を伸ばし姿勢を正したままで言った。

「その侍というのは、もしかして、塚原卜伝ではないのか」

道三はさりげなく口にした。

「父上……」

守真は驚きのあまり道三を凝視するばかりだった。

「父上はご存じでしたか」

「有名な剣豪だ。いまは下総《しもうさ》のほうに移り住んでいるときいている。初めてきいたのなら、おまえが知らなかっただけだ」

「そうでしたか」

「守真は卜伝のどこに注目したのだ。新当流の極意である一の太刀にか」

道三はきいた。

「いえ、わたしは太刀捌きの面より、戦わずして勝つ無手勝流のほうに強く惹かれました。琵琶湖の渡し船の話は無手勝流の真骨頂だと思いました」

と守真は言った。

塚原卜伝があるとき琵琶湖で渡し船に乗った。そのとき、若い剣士と乗り合わせた。

若武者はおのれの剣術の腕を声高に吹聴していた。自慢話を乗合客たちにきかせている最中に卜伝が乗り合わせているのを知ると、このときとばかり卜伝に決闘を挑んできた。当時、卜伝は剣豪として諸国に名を馳せていた。卜伝と闘い、さらに倒せば若武者の名は上がる。売名には絶好の機会だった。

「いざ、尋常に勝負」

血気にはやる若武者は今にも卜伝と一戦交えようと構えた。

卜伝は他の乗船客に迷惑がかかってはならないと考え、近くの小島で決闘することを約束してなだめた。

二人は小舟に乗り移り、小島に近づく。

そのとき、闘いを急ぐ若武者は、浅瀬に飛び降りて岸にあがり、

「いざ、勝負。勝負」

と刀の柄に手をかけて身構えた。

このとき、卜伝は船頭から竹竿を借り受けて岸辺を突いた。

すると、みるみる小舟は岸辺から離れた。

「戦わずして勝つ。これぞ無手勝流だ」

と卜伝は高笑いした。

岸に残された若武者は切歯扼腕《せっしやくわん》して悔しがったが後の祭りだった。

「そんな話が卜伝に伝わっているのか」

道三は微苦笑をもらしながら聞き終えた。卜伝の知恵に爽快感を覚えていた。

「剣豪の卜伝が若武者と戦えば難なく勝てたと思います」

と守真は言って続けた。

「しかし、無駄な争いはしたくなかったのでしょう。さらに、血気にはやる若武者の剣も諌めたかったのだと思います」

この無手勝流の剣法こそわたしの最も学んだところですと守真は強調した。

「そうか」

道三はうなずきながら、自分の息子はいつの間に剣法の奥まで理解する知恵がついたのかと驚かされた。子どもというのは親の知らない間に成長するものだと知らされた。

「守真。じつは医術も塚原卜伝の新当流と同じだ。医者にとっての敵は病だ。病がもたらす症状に応じて処方内容も適宜変えて行くのが医術だ。これはまさに卜伝の一の太刀に等しい。症状に見合った必殺の処方を見つけ

出すことこそ医者の剣法だ」

生きるか死ぬかだと道三は付け加えた。

「医術がそれほど際どいものとは知りませんでした」

「だがな、医学はそう単純なものではない。人の体はもろいが、案外、強い。しぶといが、脆弱な面もある。必殺剣にあっても死なない場合もある。だが、小さな傷であっさり死ぬこともある」

じつに奥が深いと道三は言った。

「面白そうですね」

守真は興味を示した。

「そう、面白く、また、楽しいものだ」

道三は強く言い放った。

「守真は無手勝流の医術を編み出してみてはどうだ」

「どんな医術なのです？」

「力ずくでなく知恵を絞った医学だ」

「知恵の医学…。難しいかもしれませんが、挑戦してみます、父上」

守真はまっすぐ道三を見つめた。

それを見た道三は父親として、啓迪院の指導者として、安心し頼もしく眺めて喜びに浸っていた。

三

永禄九（一五六六）年六月、道三は宍道湖畔《しんじこはん》の出雲・洗合城《あらがいじょう》に向かっていた。西国の武将・毛利元就《もとなり》の求めに応じての出雲行だった。元就が体調不良を訴え往診を願い出てきたのである。

「ご案内いたします。ぜひ、同行させてください」

という欣助のたっての願いで案内を依頼し、門人二人も連れての旅となった。

堺の港から海路、瀬戸内海を抜け、日本海に出て沿岸を航行し、出雲の半島の東部端にある美保関《みほのせき》までの船旅だった。日本海の波は荒かったが、幸い天候に恵まれ支障なく港にあがった。美保関から宍道湖畔までは名もない細い街道筋を進んだ。旅なれた欣助の同行は、還暦を迎えた道三にとって何かと心強いものがあった。

欣助は欣助で薬種商としての商いや、西国ならではの採薬、さらには、社会情報の入手とそれ相応の目的をかかえていた。

「毛利元就はなぜ先生に依頼してきたのでしょうか」

道筋で欣助がきいた。

「さて、なぜだろう」

便りではかなり重い症状を訴えてきていた。だが、同行者とはいえそれを欣助に話すわけにはいかない。

「ただ、二年前にも元就を診ているから、それで今度も頼んできたのだろう」

道三は二年前の永禄七年春に将軍・足利義輝に請われて今度と同じ洗合城に出向いている。元就は戦いの最中、体調不良をきたし、将軍家に、京都の名のある医者の派遣を要請した。元就が将軍家と誼《よしみ》を通じているのは、西国の雄・尼子《あまご》一族との戦いの過程で支配下に置いた石見銀山を、朝廷・幕府に献上した経緯があるからであった。朝廷・幕府は石見銀山の経営で莫大な収益を得ていた。経済的に助けられていた足利義輝は元就の要請に応じ、道三を指名したのだった。

そのときの元就の症状は、軽いめまいと左足の痺《しび》れだった。併せて便秘に難渋していて、動くのがかなり大儀な様子だっだが、処方が功を奏し順調に回復したのだった。

元就の回復したときの喜びようは普通ではなかった。

「もう動けないと思っていた。それがこの通りだ」

と痺が消えた左足を自由に動かしながら、家臣たちが見ている前を廊下から庭先に下りて、池のまわりを裸足《はだし》で小走りで歩きまわったほどだった。

道三はしばらく二年前のその往診を思い返していた。

「そこです。先生。将軍家が口利きする医者なら、公家筋に幅をきかせている半井《なからい》を推薦すればいいと思うのです。何も道三先生に頼まずとも」

欣助は不満そうに口にした。確かに、朝廷や将軍家では、伝統的に半井家を医者として抱え、診察を受けている。

「今話した通り、二年前の往診があるからだ」

「先生。わたしのいうのは、その二年前の話です。なぜ、半井に頼まず先生を指名したかです」

「さて、それは……」

わからないと道三は答えた。将軍・義輝にぜひにと頼まれたから応じただけだった。

「半井の医術が劣ることを先刻承知だからです。旧弊から抜け出ない治療ですから、もしおかしな薬を処方して体調が崩れることがあったなら、元就の怒りを買い、せっかく手に入れた石見銀山の権益を失ってしまいます。これは一大事です。そこで、道三先生を派遣して、病気を治し、併せて元就に恩を売る算段でしょう」

公家連中の考えそうなことですと欣助は苦々しげに言った。

「しかし、今回は元就から直々に往診要請とのことですね」

「そうだ」

二年前に往診を指示した将軍の足利義輝は松永久秀と三好三人衆に自害に追い込まれ、今はこの世にはいない。将軍職も空位のままだった。

四

急に欣助が不思議なことを言い出した。

「これはわたしの考え過ぎかもしれませんが、元就には何か魂胆があるようにしか思えてならないのです」

欣助は言った。

「魂胆?」

道三は眉をひそめた。

「では、欣助。おまえは元就が仮病を使ってわたしを呼び出したとでもいうのか」

「いえいえ、滅相もありません。わたしはそんな大それたことは申しません。元就は病の床に伏していると思います。魂胆が不適切な言葉だとしましたら、目的という言葉に変えたいと思います」

「目的か……。それは病気の治療しかないではないか」

道三はそう言ってから言葉を継いだ。

「それとも、おまえは何かこの西国の情報をつかんでいるのか」

商いと採薬で年中、諸国を巡っている欣助である。諸州の政治や経済の状況に精通していた。

欣助は毛利元就について知るところを語った。

元就は安芸国吉田荘に国人《こくじん》（豪族）の次男として生まれた。五歳で母を、十歳で父を失い、長兄の死にも遭い、二十六歳で家督を相続した。毛利領は尼子氏と大内氏の勢力に近接していたが、尼子晴久の軍を破って後、大内氏方に属した。だが、その大内氏が陶晴賢に破れると、厳島の合戦で少数奇襲戦法で陶軍を撃破した。その後、次男・元春を吉川《きっかわ》家に、三男・隆景を小早川家に養子に出し、「毛利両川《りょうせん》」体制を敷いて安芸《あき》に勢力を伸ばした。これまで二百回近くの合戦に参陣したが一度も負けていなかった。

今、元就は尼子義久《よしひさ》が籠もる月山《がっさん》富《と》田《だ》城を二万五千の大軍で包囲して総攻撃を加えようとしていた。尼子氏は一時期、中国地方の十一カ国を領して覇を唱えていた。その太守《たいしゅ》の居城が月山富田城だった。

この戦いに元就が勝利をおさめたなら、一介の国人にすぎなかった地位から身を起こし、一代で中国地方十カ国の覇者になるのである。長門、安芸、周防《すおう》、石見、出雲、因幡、伯耆国などを平定、統治し、毛利家の繁栄はその極に達するのである。

その仕上げとなる大事な尼子氏との戦いの最中、元就は病に罹ったというのだった。

「元就は合戦において連戦連勝の武人です。その座右の銘をきいて感銘を受けました」

欣助が言った。

「智《ち》、万人《ばんにん》に勝《すぐ》れ、天下の治乱盛衰に心を用いる者は世に真の友は一人もあるべからず、というものです」

欣助はよどみなく口にした。

「智にあふれ天下に覇を唱える優れた人物には本当の友人はいないものだ、と解釈できます」

そう言って、欣助はもう一度元就の座右の銘を唱えた。

「では、優れた者同士は戦い、殺し合う運命にあるではないか」

「そうです。並の発想ではありません」

「誰も信用しないのだな」

「信じるのは身内です。わが子です。ですから毛利両川体制を敷いたのでしょう。これまで武人同士の数々の離合集散、裏切り、陰謀などを経験した末に導き出した人生観といえます」

「だからこそ、一介の国人が西国を支配するまでになれたといいたいのだな」

「そうです、先生。しかし、その元就は足利義輝将軍が自害したため、京都での足場を失って打撃を受けています。もちろん朝廷との太い関係は継続されていますが、朝廷は武力で生きる人たちではありません。どこかに突破口はないかと探っていると考えられます」

「そうした状況とわたしとどんな関係があるのだ」

道三はきいた。

「治療を受けたついでに、京都の事情に詳しい先生に何か話はきけないか、あるいは、足がかりはつかめないかと考えているのではないかと……」

「そうか」

「わたしの考え過ぎだといいのですが」

欣助は神妙に口にした。

「おまえは商人同士の厳しい取引にさらされているせいか考え過ぎるところがある。よいときもあるが、悪い面もある」

と言いながら道三は思案していた。

——欣助の言は一理あるかもしれない。

そう思うと急に元就のもとに行く重みが増したように感じた。もともと武将というのは荒れた生活をしているようで、案外、繊細な一面がある。いつ寝首を掻かれるかもしれず、計略を考えるであろう。まして策略家として知られた元就である。常に何か戦略を練っていて当然だった。それを魂胆というなら質の高い魂胆といえそうだった。

そんなことを考えながら歩を進めていると、ちょうど泥濘《ぬかるみ》に足をとられて道三は倒れそうになった。あわてて脇から欣助が太い腕で抱えた。

「先生。気をつけてください。病人が待っているのです。先生が怪我をされて寝込んでは困る人が続出します」

「大丈夫だ」

と道三は体勢をたてなおした。

一方で、

——気をつけねば。

と気を引き締めた。

——還暦を迎えている。

もう若くはないという気持ちに支配された。今まで覚えたことのない感情だった。

街道筋の途中から、毛利元就の使いが出迎えにあらわれ城まで案内した。

やがて、洗合城の門が見えてきた。

五

二年ぶりに道三は元就に対面した。

——老いたな……。

というのが元就を一瞥したときの印象だった。危うくその驚きを口にするところだったが、寸前で押し止めたのは医師としての自制心といえた。

このとき、元就は七十歳だった。

二年間でこれだけ変わるのだろうかと思うほどの変貌だった。口元はゆがみ、面長の顔は痩せて削げ落ちていた。もみあげから顎にかけて髭を生やし、鼻の下にも髭を蓄えていたが精悍さからは遠かった。額や頬には以前には目立たなかった皺が深く刻まれていて、水平に延びた長い眉の下にある目に輝きはなく、よどんでいた。

尼子氏の月山富田城は尼子氏の象徴、難攻不落の名城として知られている。毛利方は大軍で山すそから波状攻撃をかけているものの、攻めあぐねている状況だった。

奪い取った砦を取り返される始末である。籠城兵の抵抗も強固だった。その心労が元就の体調に反映している可能性もあった。

元就は寝床に半身を起き上がらせ、その左右を家臣が支えていた。

「首筋が硬くなっている。痛くて首がまわらないのだ」

何とかしてくれと元就は首を回しながら訴えた。しかし、その回転は緩慢な動作に終始し、満足に回らなかった。

道三は元就の発した言葉に注目していた。舌がもつれて明瞭にはききとれなかった。妙に間延びしているかと思えば、力なくききとれない個所もあった。

——かなり進行している。

と思った。中風《ちゅうぶ》（注・脳血管障害）が進行していた。

二年前は中風でめまいも起こしていたが軽かった。それが今回、さらに、しかも急速に進行したものと判断できた。

道三は本格的な診察に入った。

元就はやや太り気味で、首は短く太く、あから顔だった。項《うなじ》から肩にかけて板のように硬かった。左手と左足に痺《しび》れがあり、左脇腹の感覚も薄れている。総じて左半身は麻痺していて力が入らなかった。一方、脈には力があった。中風ではよく見受けられる脈の特徴だった。

舌は乾燥していて厚みを増している。舌全体にやや黄色味がかった白い苔が付着していて、中央に筋状の細い亀裂が短く走っていた。

「この指を見つめてください」

道三は元就の顔前に人指し指を立てた。

そして、左右に移動させながら、

「目だけで指を追ってください」

と言った。

元就は言われるままに目で追ったが、眼球の動きはどこかぎこちなかった。

診察を終えて、道三は床から少し離れて一礼し、

「中風と心得ます」

と静かに伝えた。

「中風とな」

元就は舌をもつれさせながらきいた。

「風《かぜ》に中《あたる》と書きます」

「して、それはどんな病なのだ」

元就は心配そうに問いかけた。

「湿気の多いこの季節の邪気にあたり体が変調をきた

したと考えられます。さらに体の血の流れが滞っているのも災いしています」

「首筋が痛み、体が思うように動かせないのだ」

元就はもどかしげな口調だった。

「それが、まさに中風です」

「どうすればいいのだ」

「気と血を巡らせる薬を処方させていただきます」

道三は続命湯《ぞくめいとう》の処方が適当と考えていた。二年前と同じだった。杏仁《きょうにん》、麻黄《まおう》、桂枝《けいし》、人参、当帰《とうき》、川芎《せんきゅう》、乾姜《かんきょう》、甘草、石膏、以上九種の生薬から構成される処方だった。

道三はただちに門人二人とともに別室に赴き、薬方作りに取りかかった。そして、続命湯の煎じ液を元就に与えて、百会《ひゃくえ》（注・頭頂部）と風府《ふうふ》（注・項の上部）に灸を据えた。

そして、元就が眠りに就くのを待って城を辞した。

道三はこのたびの治療は少し長期戦になると想定し、城の外の民家に宿を定めた。治療には毎日その宿から城に通った。

六

毛利方と尼子方は一進一退の激闘を続けており、決着はなかなかつきそうになかった。ある日の深夜だった。丑三《うしみつ》とき（午前二時ころ）、道三の寝ている部屋の外に何者かが忍び寄ってくるのを察知した。気配を感じて、道三は寝床に半身を起こし、袖口にかねて用意の毫鍼《ごうしん》を掌中にした。鍼治療で用いる愛用の針である。

「何者だ」

道三は廊下に向かって低く声をかけた。不意に相手が侵入してくれば、手にした毫鍼が中空を飛び相手の喉元に突き刺さるはずだった。関東一円で放浪医を続けていたころに身につけた護身の術である。

「先生に診ていただきたい患者がいます」

廊下の外で男が声をひそめて言った。

「よし。入れ」

その声に静かに襖《ふすま》が開いた。

淡い蝋燭の光の中に黒装束の男が正座していた。

「何者だ」

道三は再びきいた。

「それがしは尼子の身内の者です」

黒装束は小さく言った。

「尼子が？　ここは毛利の陣中だぞ」

道三は信じられなかった。

「危険は承知の上です」

黒装束はそう言って続けた。

「曲直瀬道三先生がこの出雲に来ていらっしゃるとおききして、このような形で往診をお願いしに参りました。じつは、患者というのは主の尼子義久なのです」

「主が病気なのか」

道三は驚きを口にした。毛利方の主・元就が病気なら、尼子義久も病気に罹っていたのだった。

「外にお駕籠を用意させていただきました」

黒装束は一礼した。

「行かぬといったらどうなる」

「考えていません」

「なに？」

「そのような事態は考えていません」

黒装束は断言していた。

「先生の医療は位階貧賤を問わないとおききしています。毛利も尼子もないはずです。本当は昼間にお会いしたかったのですが、敵とわかればそれがしの命はありません。このような深夜の依頼は非常識の極みです。失礼の段は重々承知の上の頼みなのです」

是非にと黒装束は礼儀正しく深く頭をさげた。

「尼子の主はどのような様子か」

道三はきいた。

「ここ数日、床に臥せっておられます。先生にこのような形でお願いしなければならないくらい重いのです」

言ってから黒装束は平伏した。

わかったとうなずき、道三は早々に身支度を整え、手提げの薬籠だけを持って表に出た。

月山富田城までの道のりは途中から険しくすべりやすい山道になった。天然の要害らしく急峻で駕籠は使えない。道三はただひたすら先導者の後をついて行くだけだった。

尼子義久は城の奥座敷で寝込んでいた。挨拶もそこそこに道三は義久を診察した。

三十前の若者だった。筋骨たくましく大柄な体形とは裏腹に、かぼそい声で不眠を訴え、気うつ気味で頬が削げていた。吐き気と体全体に痛みがあるようだった。半《はん》夏厚朴湯《げこうぼくとう》や帰脾湯《きひとう》、柴胡加竜骨牡蠣湯《さいこかりゅうこつぼれいとう》の処方を想定したが、ひとまず経穴《ツボ》への鍼で様子を見ることとした。神《しん》道《どう》（注・肩甲骨の間）と至陽《しよう》（注・背骨の中央部）に取穴して鍼を刺した。

そうするうち、義久は医者に診てもらったという安堵感からか、いくらか血の気がさし顔色も良くなった。

「この月山富田城内では、敵の元就は瘧《おこり》で息も絶え絶えだとのもっぱらの噂である」

どうなのだときいた。

義久はそれが一番気になっていたようだ。

尼子側が総攻撃を受ける中、反撃の機をどこかに探そうとしていた。道三は義久のあせりを肌で感じた。

「それは申し上げられません。わたしが義久殿のいまの体の状態を元就殿に伝えないのと同じです」

「そうであったな。悪いことをした」

義久はそう言ってしばらくしてから口を開いた。

「わたしは、元就が瘧で伏しているというのは家臣どもの作った勝手な噂にすぎないのではないかと思っている」

と周囲に控えた家臣たちを見回した。

「家臣どもは毛利元就の体調の弱みを少しでも見つけて発奮や攻撃の材料としている。だが、いまとなってはそれはどうでもいいのだ」

と義久は言った。

道三は妙に気落ちしている義久の様子が気になった。

そのとき、急に義久が背中を丸めて咳き込んだ。あわてて義久を支えながら家臣が背中をさすった。家臣は懸命に手のひらを上下させたが細かい咳はなかなかおさまらなかった。

しばらくしてようやく咳が鎮まると、義久は家臣を傍らから退かせた。そして、威儀を正して道三に向き直った。

「道三殿に頼みがあります」

義久は神妙に言葉を口にした。

道三は義久の真剣な眼差しに応えるべく、背筋を伸ばして月山富田城の若い主を見つめた。

「軍門に下りたいのだ」

と義久は言った。

一瞬、あたりの空気が凍りついた。部屋に控えた家臣たちは息を呑み、そのまま停止したかのようだった。

「何と申されましたか」

道三はきき返さざるをえなかった。予想もしなかった言葉が耳に届いて、きき間違いを恐れていた。

「元就公の軍門に下りたいと思っている。降伏するのだ」

義久は低いながらもよく通る声で言った。

道三は黙ってうなずいたものの、何も口にしなかった。

「事、ここに及んで元就公との戦いを続けるのは、一門や家臣たちに不幸を招くばかりである」

戦いを終わらせたいのだと義久はつけ加えた。尼子氏は中国地方十一カ国の太守として威を張ってきた。だが、台頭する毛利家におされて勢力が弱まると、これまで尼子氏を支えていた国人たちも次々に毛利方に寝返っていった。事、ここに及ぶとは、さらなる味方の武将たちの離反と尼子方の弱体化を示すものだった。この戦いに勝ち目はないと踏んだのだろう。降伏は若い主の苦い決断だったようだ。

義久は改めて座りなおし、

「ついては、道三殿から一命安堵の願いを元就公に伝えていただきたいのだ」

と頭を下げた。

「伝える？」

鸚鵡《おうむ》返しに道三はつぶやいた。

「道三殿にお願いしたい。元就公にわたしの降伏を伝え、併せて一命安堵の口添えをしていただきたいのだ」

頼むと義久は訴えた。

「しかし、わたしは医者です。兵士でもなければ、密使でもありません」

道三は手を横に振った。口添えの約束など無理な話だった。

「これは恥を忍んでの頼みです」

義久は頭を下げている。

「わたしは一介の医者ですから」

思いもよらぬ依頼だった。

だが、義久は諦めなかった。

「頼む。わたしたちの命を救っていただきたいのだ。いま、それができるのは、道三殿、そなただけだ」

義久は懇願した。そこには西国を支配する尼子家の若く晴れがましい棟梁の姿はなく、疲弊しやつれた一人の敗将にすぎなかった。

――命を救っていただきたい。

道三の耳に義久の口にした言葉が残っていた。

道三は義久の病状について考えた。義久はもともと屈強な体の持ち主であるが、毛利方との戦いに疲れ果てて眠れず、痩せて落ち込み精気を失くしていた。不安と恐怖にさいなまされて敵と戦う意欲も消えている。義久の病の元をたどれば毛利との戦いである。病に倒れてしまったその体を治すには戦いをやめることだった。

——毛利方との和睦。

義久が降伏して助命が約束されることが病を治す薬となるのかもしれない。

自分は医者である、と道三は改めて胸におさめる。武将間の争い事、まして、戦いの口添えなど関与したくもなかった。もっぱら病気を治すのが務めだ。一方で、義久の病が癒え、平穏な日々が送れるようにと願う。命を救うのが医者の役目でもある。そう考えてみると、この場合、義久の頼みを受け入れ、仲介の労をとり一命を安堵することが、治療の一環のような気がした。薬は処方しないが、義久の病状は改善され、ひいては命を救うだろう。

——医学書のどこにもない処方だ。

薬のない、いわば心の処方箋だった。

そうした処方箋を出すのも医者の一つの役目だと道三は決断した。

七

長い沈黙ののち、道三は義久に一礼し、

「分かりました」

と言った。

「おお、そうか。取り次いでくれるか」

義久は頬をゆるめ満面の笑みを浮かべた。病身を忘れるほど顔を紅潮させている。

「元就様に話をしてみます。ただし、ひとつ、条件があります」

道三はやや語調を強めて言った。

「条件とな……」

一転して義久は頬を引き締めた。弱気な警戒の眼差しを道三に向けている。

「元就様に義久様の病状を伝えることをお許しください」

秘密の保持は道三の基本姿勢だった。道三が今日まで医道に邁進し、まがりなりにも信用を得てきたのは患者の病状を他人に決して漏らさなかったからである。たとえ相手が天皇、将軍であれ、武将、庶民であれ、患者として相対したときにはすべて平等だった。身分や貧富は道三医学に関係なく、その病状は他言されず守られていた。

しかし、このたび毛利元就に尼子義久の投降を伝えるに及んで、元就に義久の内情を伝えないわけにはいかなかった。

「やむをえない。元就公に本当のところを話してくれ。疲れ果てているのだ」

義久は納得していた。

「それと、わたしにとりまして、このたびの仲介といいますか、伝言は初めての体験です。上手くいくかどうかはわかりません」

道三の本心だった。元就が義久の弱みを知って攻撃の手を強めるかもしれない。そうなれば、一命安堵どころか、一族郎党が全滅である。

「首尾はお任せする。われわれは道三殿に命を預けたのだ」

義久は断言した。西国を支配する太守らしい顔付きだった。

それから間もなく、道三は月山富田城を後にした。門扉が開くと山の端が薄赤く染まっていた。朝が近かった。

帰りも黒装束の男が山道を先導した。途中、見晴らしのよい岩場に着くと、男は仁王立ちになって下を見下ろした。そして、何度か深呼吸を繰り返してから、手を軽く握り指のすき間に強く息を吹きかけた。男は長く、あるときは短く、器用に低音と高音を織りまぜながら指笛を吹いていた。

「何をしているのだ」

道三は思わずたずねた。

「義久様のご決断を城外にいる兵士に伝えているのです」

男はそう言って、再び指笛を鳴らした。同じ内容を伝達したようだった。

しばらくすると山の下から鋭い指笛がきこえてきた。

「あれは?」

耳を澄ませている道三に、

「返事です。伝言が伝わりました」

男はそう答えて再び歩き始めた。

道三が洗合城近くの宿に着いたとき朝はすっかり明けていた。黒装束の男は音もなくたちまち走り去って行った。

八

その日の午後、道三は城に出向き元就に面会した。

道三は、往診を頼まれ月山富田城で尼子義久を診て、病気が決して軽くはなかった様子を元就に話した。そして、尼子方は長期の籠城戦に疲弊して戦意を喪失しており、兵糧はすでに尽きて餓死寸前の窮状にあることを説明して義久が助命を嘆願している旨を伝えた。

黙ってきいていた元就は、

「左様か」

と舌をもつれさせながらも返事をして、何度もうなずいた。状況を胸におさめるような仕種だった。

しばらく考えていた元就は、

「ところで、道三殿はいつから尼子の使者になったのだ」

と低く威圧する声できいた。鋭い目は怒りと疑念に満ちていた。

部屋に居並ぶ家臣たちが、刀の柄に手をかけて身構えるのが道三の目の端に映った。一瞬、道三の脳裏に元就の座右の銘がよぎった。

「智《ち》、万人《ばんにん》に勝《すぐ》れ、天下の治乱盛衰に心を用いる者は世に真の友は一人もあるべからず」

欣助がよどみなく口にした銘だった。

元就は戦いに明け暮れ、殺し合うのを運命と考えている。人生の根底に人間不信が横たわっていた。

――信じてもらえるだろうか。

いまここで道三が尼子側の使者か否かの問題について、何か話しても信用してもらえるかどうか危うかった。納得しなければ元就の家臣はたちまち襲いかかってくるだろう。しかし、この際、おのれが思うところを話すしかなかった。

道三は腹をくくった。

「尼子も毛利もない。わたしはわたしに命を預けた人間を救いたいだけです」

道三はきっぱりといつになく大きな声で言い放った。

「それはどういうことか、道三殿」

元就は気圧《けお》されたのか控えめにきいた。

「尼子義久様はわたしの患者です。その人間がわたしの治療を受けた。目の前の患者に最善の治療を施すのが医者としての務めです。そこに尼子家も毛利家もないのです」

道三はうって変わって静かに口にした。

「左様か。分かった」

元就はうなずくと、

「道三殿に限って間違いはないと思っていたが、いや、いや、わがほうも尼子攻めでは難儀していて一同殺気立っている。たいへん失礼をした」

ご容赦いただきたいと頭をさげた。

「容赦云々の問題ではありません。謝るには及びません。わたしの患者をどう治療するかの話ですから」

そう言って道三は続けた。

「尼子義久様の一命安堵は受け入れてもらえるのですか」

道三の気がかりはそこにあった。

「降伏の件は承知した。一命は安堵しよう」

元就はそう約束した上で、

「ところで、結果はどうする」

ときいた。

「結果？　何の話です」

道三は意味が分からなかった。

「尼子義久は道三殿に一命安堵を依頼したが、その結果をどう伝えるのだ」

「さて、それは……」

道三は戸惑った。そこまでは頼まれていなかったし、考えてもいなかった。

「それはこちらに任せるがいい」

元就は微笑んでいた。

「今の一言で、道三殿が治療以外に他意がないことが改めてはっきりした」

「そうですか」

道三は答えながらまだ自分を信用していなかった元就を知った。それが元就の性格なのだろうが、武将というのは石橋を叩いて渡るものだと再認識した。信じるのは身内です。わが子ですと話した欣助の言葉が蘇ってきた。

十一月二十一日、元就は輝元、吉川元春、小早川隆景との四人による一命安堵を約束する誓書を尼子義久に送った。その後、降伏までの交渉は道三のあずかり知らぬことだった。

そして、永禄九（一五六六）年十一月二十八日、尼子義久は元就に降伏して城を明け渡した。尼子氏の象徴、難攻不落の名城として知られた月山富田城はここに落ち、尼子氏は滅びたのだった。

毛利元就が西国の覇権を掌中にした瞬間だった。

九

道三は元就の治療に専念した。続命湯《ぞくめいとう》による治療は効を奏していた。気血を巡らせる処方により、痺れや言葉のもつれは日を追って軽減し、意欲も確実に向上しているようだった。

道三は庭での歩行を奨励した。道三も庭に降り、ともに泉水を眺め、花を愛で、鳥の囀りに耳を傾けた。

この日も二人は庭の散歩に興じた。足元を注意しながらのゆっくりした歩みだった。

「道三殿のお陰で体調も良くなってきた」

元就は機嫌がよかった。

「ご体調の回復は何よりです」

道三はいつめまいが起こってもいいように、脇から元就を支えながら言った。

銀杏の大木の下にきたとき、元就は急に立ち止まり、

「じつは」

と切り出した。

「道三殿から尼子方の降伏をきかされたとき、驚くとともに安堵したものだ。これで戦いは終わると」

元就は柔和に語りかけていた。

「しかし、あのとき元就様はわたしを密使と疑いましたね」

元就の気色ばんだ表情は忘れられない。

「申し訳ないことをした。あまりに予想外の話に、にわかには信じられなかったのだ」

月山富田城の戦いで、尼子方の籠城兵の抵抗は激しかった。毛利方は大軍で山すそから波状攻撃をかけているものの、手詰まりで厭戦気分に支配されていた。落城など遠い先と考えられていた。それが思いがけず尼子方が降伏してきたのだった。

「尼子との戦いも無事終わることができた。まことに道三殿はよき話をもたらしてくれた」

元就は顎の下に伸びた髭を指先でもてあそんでいた。額や頬に深く刻まれた皺もゆるんだように見えた。

道三は元就の順調な回復を感じていた。これは尼子方との戦いが終結した精神の安定がもたらしていると思った。戦いに負けたことがない元就も心労から解放され安穏な心を得たのだろう。

「道三殿の医療の腕と人格には感服させられる。ついては道三殿に頼みがある」

元就から頼みときいて道三は欣助の言葉を思い出していた。欣助は元就には何か魂胆があって往診を依頼してきたと話していた。頼みというのはその魂胆ではないかと少し警戒する気持ちになった。

「若い者に教えきかせてもらいたい」

と元就は言った。

「教える？」

道三は意外に感じた。

「きくところによると道三殿は京都で医学校を開いておられる。その医学と人の道を、わたしの治療に携わっている間だけでも、わが毛利の若者に教えきかせてもらいたいのだ」

これはまたとない機会だと元就は熱心に依頼した。

元就はおのれの治療を通じて道三の人間性に心酔し、毛利家の将来のために医学の講義を頼んだのだった。併せて人の道も説いてもらおうと思ったのだろう。

その日から出雲の陣中において、道三による医学の講義が寒気の中で始まった。従学者は、輝元、吉川元春、小早川隆景はじめ、毛利家の重臣たちだった。その内容は、『雲陣夜話《うんじんやわ》』として今日も伝わっている。

この後、道三はさらに、「言上目録《ごんじょうもくろく》」を示し、家門繁栄、武運長久の法を説いた。これはいわば毛利家の家訓となり、精神的基盤となった。道三が提唱した九項目から成る諫言だった。

以下の項目である。

一、怠勤之弁（怠惰と勤勉についてのわきまえ）

二、飲食居所之倹約（飲食と住居についての節約法）

三、歌舞之用捨（娯楽である歌舞について取捨選択法）

四、威徳宜兼行（威力と徳行は並べて行なうようにすべきこと）

五、兵戦莫好莫怠（戦争を好んではならないが、準備は怠ってはならないこと）

六、貴兼聴嫌偏信（色々な人物の意見を尊重し、偏って信じ込むことを避けること）

七、勉謙懈奢之異（よく勉め慎ましい生活と、怠け驕り高ぶる生活の違いについて）

八、親賢智遠宝飾（優れた人物に親しみ贅沢を遠ざけること）

九、予養生予防乱（あらかじめ養生し乱を防ぐこと）

この九項目についてそれぞれ大名の心得や政治の大綱を付記した。末尾には毛利一族、五人の名が連ねられ、道三も署名した。

元就は道三に感謝の念を伝えた。

ある日、庭での歩行を終えて座敷に落ちついた元就は、

「少し、道三殿と密な話がある」

と人払いを命じた。元春、隆景さえ部屋から去らせた。

元就は道三に向かい合うと、

「道三殿。今、庭で空を仰いだだろう」

いかが思われたかときいた。

「空？」

道三は不思議な問いかけだと思った。

「この山陰の空は暗い。厚い雲におおわれている。あの雲を剥ぎとってみたいといつも思うのだ」

「確かに雲が低くたれこめていました」

この日の空もどんより曇っていた。

「伝えきくには、京都の空は青く澄み渡っているという。どこまでも青い空は池の水までも青く染め、水を手に掬《すく》えば手も青く染まるという」

どうなのだ元就はときいた。

「手が青く染まることはありませんが、京都の空が青いのは事実です」

道三自身、啓迪院の庭に出て、澄みきった青空を仰ぎつつ欠伸をするのが日課でもあった。

「やはり、そうか。この曇天とは違うのだな」

元就は窓越しに空を見上げた。

それから元就が次に発した言葉を道三は無視できなかった。

「わしは一度、都の空を眺めたいと思っている」

元就はまだ低く雲のたれこめた空を仰いでいた。

道三は毛利元就を凝視した。つい顔色を窺うようになったのは元就が口にした言葉が耳元に残っていたからだった。

——都の空を眺めたいと思っている。

そう元就は言った。

道三はそこに深い意味があるかどうかが気になっていた。元就がもし都の空を実際に眺めるとすると、それはとりもなおさず上洛を意味していた。

道三は今の京都のありさまを思い出していた。京都では、長い間京畿を支配していた三好長慶が二年前に死去したのを契機に、後継者争いが噴出し、三好義継と松永久秀が足利第十三代将軍・義輝を急襲して自害に追い込んだ。将軍の威光は墜ち、将軍は未だに不在のままである。その後、三好義継は三好三人衆にかつがれ、松永久秀と敵対した。昨日の友が、今日は敵になっていた。都の人たちは乱れた京都がどう収束されるのか息をひそめて見守っている状況だった。

そして、ここ西国では、永禄九（一五六六）年十一月二十八日に山陰・山陽の雄、尼子氏が滅び、毛利元就が覇権を握った。

種々の階層の人を診ている道三には、この国が天運激変期を迎えていると強く実感していた。

「わしはこれまで二百回近くの合戦に参陣したが一度も負けなかった」

急に元就がそう口にした。

「こたびの富田城攻めでは尼子側の陣も固く苦労したが、結局、わしは負けなかった」

元就はまだ麻痺が残っていて舌をもつれさせながらもやや得意気だった。一介の国人にすぎなかった地位から身を起こし、一代で中国地方十カ国の覇者になったのである。長門、安芸、周防、岩見、出雲、因幡、伯耆国などを平定、統治し、毛利家の繁栄はその極に達したのだった。元就ならずとも自慢気に思うのも当然だろう。

「息子の元春はこの一年半余にわたる包囲戦で時間があったからだろう、『太平記』をすべて写し終わった」

元就の次男の吉川元春は剛毅な気性で知られているが、教養にもあふれていて陣中で無聊をまぎらわせるために、『太平記』四十巻を筆写したといわれている。『太平記』は後醍醐天皇による鎌倉幕府滅亡や南北朝の争乱を活写した軍記物語。吉川元春は壮大な古典の物語に人生や戦乱に生きる知恵を探ったと思われる。

「その元春は連日、道三殿に医学の要諦と人間学の講義を受けて、わが息子の中でも道三殿をひときわ買っている」

尊敬しているようだと元就は言った。

「これは、恐縮します」

道三は毛利家一同に尊敬されていると知り、正直、照れが先に立った。

「元春が道三殿に抱く気持ちはわしとて同様だ」

元就は道三の目を見つめて念を押し、

「ついては、一つ、おぬしにたずねたいことがある」

ぜひきいてもらいたいとさらに強く目に力をこめた。

道三は深くうなずき元就の言葉を待った。

このとき、その場と似たような雰囲気をどこかで体験したように思われた。それは富田城主、尼子義久が一命安堵を願い出たときだとすぐに記憶が蘇った。あのときの尼子義久の熱い視線は忘れられない。

元就はおもむろに口を開いた。

「わしは息子たちの働きもあり、念願の西国制圧を成し遂げた。思うに、さらに五年を経れば天下に旗を立てているであろうと考える」

「天下、ですか」

道三は控え目にききかえした。

「そうだ、天下だ」

元就は明言した。目は輝き、舌はもつれていなかった。

「それは……、殿、上洛するという意味ですか」

「そうだ。都の澄みきった空をじかに眺めるのだ。わしの願いだ」

元就は言った。

「だが、心配がある。そこを道三殿に相談したいのだ」

「心配といわれましたか」

「うむ。わしはもう若くない。すでに古稀を迎えている。さらに体は病にこのように冒されている。鎧兜で山野を駆けめぐった昔がなつかしい」

元就は窓の外の遠方にしばらく目を這わせた。

「京都までの道のりは遠い。体調が心配なのだ。そこで、道三殿にわしの今後の生命を判断して欲しい」

元就は真剣な眼差しを向けた。

「生命……」

道三は元就の懸念の核心に触れたと思った。

「たとえ上洛してもそれだけでは意味がない。京都を支配し、京畿を長年にわたり掌握するのでなければ天下を握ったことにはならない。将軍家の将来も気になる。足利義輝殿は不逞《ふてい》の輩のために横死されてしまった。幸い朝廷との強い縁《えにし》が生まれている。わしが生命を永らえられるなら、逆賊を追い払い京の都を平安にして、天下を泰平に導けると思うのだ」

生命の今後が知りたいと言って、

「もし道三殿から保証がもらえれば、わしは決断する」

と元就は拳を握ってみせた。

――決断。

道三は元就の強い決意を感じ、その言葉を何度も頭の中で繰り返した。

「道三殿はわしも息子たちも信頼する医者だ。名医だ。その道三殿の判断に従いたいと思う」

元就は神妙だった。

「判断といわれましても」

道三は戸惑った。

「如何であろう。上洛しても大丈夫だろうか。助言を願いたい」

と元就は続けざまにきいた。

「さて、それは……」

道三はひと呼吸置いて、

「それを、いまこの場でお話するわけにはいきません」

と伝えた。

「なぜだ」

元就は意外だったようで目を見開いた。

「軽い話ではありません。少しお時間をいただきたいと思います」

道三の本心だった。この場での返事で元就は上洛するかどうかを決めようとしていた。だが、そのような重大事を、ここで軽々には決められなかった。

「おお、そうか。それもそうだ。しからば、道三殿、しばらく考えて伝えていただきたい」

元就はそう言うと、家臣を部屋に呼び込み、奥の寝室に向かった。道三はその後ろ姿を見送っていた。元就の中風の症状は、処方薬の続命湯の効果で軽快したせいか、足取りはかなりしっかりしていた。

十

道三は宿に戻り部屋で一人考えていた。

――さて、どうするか。

元就は今にも京に上ろうとの勢いだった。宿敵、尼子を破り、西国十カ国を制圧した大武将となった。体調は万全ではないが、意気は盛んである。

欣助が話していた元就の魂胆というのは、治療のほかに、この上洛の相談だったのかもしれない。

元就が上洛を果たしたなら京都の様相は一変するだろう。二百回近くの合戦に参陣したが一度も負けなかった。その戦歴を自負する武将である。元就のいう逆賊は一掃されるかもしれない。

――だが……。

と道三は考える。

上洛を目指しているのは何も元就ばかりではない。元就と同様の力と頭脳を持った武将は他にもいる。たとえば、すでに一度上洛を果たしている上杉謙信は再び上洛して天下取りを狙っているはずだった。また、その謙信の隣国で敵対している武田信玄も天下を窺っている。

さらに、

――あの男がいる。

と道三は思った。

似たような武将に織田信長がいると道三は思いをめぐらせた。

元就は厳島の戦いで軍勢ではるかに劣りながら、陶晴賢を奇襲して起死回生の勝利をおさめた。戦術や調略は天才的で、非情な謀《はかりごと》をめぐらせて毛利家を隆盛に導いた。

元就が出雲の尼子氏と周防の大内氏に挟まれて存続を常におびやかされてきたように、信長も美濃の斎藤氏と駿河の今川氏に挟撃されて危機的な領地経営を強いられた。だが、今川義元を桶狭間の戦いで寡兵ながら大胆に奇襲して勝利した。ただちに戦略をめぐらし、隣国の徳川家康と同盟関係を結び勢力を拡大しつつあった。また、兄弟といえども殺戮する非情さも持ち合わせていた。

その織田信長はすでに二度上洛している。

元就の座右銘である、

「智《ち》、万人《ばんにん》に勝《すぐれ》、天下の治乱盛衰に心を用いる者は世に真の友は一人もあるべからず」

を信長がきいたなら、

「それはおれも同じだ」

とうなずくに違いなかった。

二人とも人生の根底に人間不信が横たわっていて、戦いに明け暮れ、殺し合うのを運命と考えているふしがあった。

元就が上洛し、信長が再び上洛したなら戦いは必至だった。似た者同士の戦い。両雄並び立たず、戦は長期に及ぶだろう。

――応仁の乱の再来になる。

再び京都の地が戦乱の地となり、人家も武家屋敷も寺社も焼き払われ灰塵に帰すだろう。また相国寺も燃えてしまうに違いない。善良な町衆は逃げまどい、人心は荒廃し、盗賊が跋扈《ばっこ》する町になってしまう。

――これは避けたい。

と道三は思った。

今の京都は乱れに乱れ、町の人々は祈るように平穏を待ちわびている。道三もそうした町衆の一人である。

そこまで考えて、道三は体を横たえ、両手を後頭部に当てがいながら仰向いて天井を見上げた。

道三は格天井《ごうてんじょう》を見つめていた。雨漏りのしみが広がっていた。

――問題は元就の健康である。

道三はつぶやいていた。

元就が上洛するには安芸から京都まで上らねばならない。軍勢を率いての長旅になるだろう。七十歳を迎えている元就の体力は持つだろうか。確かに続命湯で中風の症状は軽減されたが左半身の麻痺はまだまだ残っていた。京都までの旅はかなり難儀するだろうと思われた。

――元就は大丈夫だろうか。

そう考えながら、道三は起き上がると、自然と筮竹《ぜいちく》を取り出していた。薬籠同様、筮竹は常に携帯していた。ただ、一尺三寸（約四十二センチ）の正規の筮竹では長くて嵩張るので、長旅には旅行用の筮竹を携帯した。竹細工を得意とする一鷗が作ってくれた半分の長さの筮竹だった。

道三は自分の進路や判断に迷ったときにはよく筮竹を手にした。長年の経験で、筮竹占いでは熟練の域に達していた。易をたて、そこに道を探し、古典籍の知恵に学んで苦難を乗り切ってきた経緯がある。

今、元就が上洛の是非の判断を求めてきていた。道三自身が迷う中、自然と手が伸びたのが筮竹だった。

――重い。

重い責任を負わされていた。

しかも、道三の返答によっては、この乱世の様相が一変するかも知れないのだ。

道三は卓上に筮竹を置き、居住まいを正して目を閉じ、呼吸を整えた。易をたてる前に瞑想して精神統一を図るいつもの習慣だった。

深い呼吸はしばらく続いた。

――いや、待て、待て。

もう一人の道三の声がきこえて、道三は目を開けた。

元就は上洛して天下を狙っている。人生を賭けた天下取りがかかっている。自分は医者であり、易者ではない。それなのに、これほど重大な問題を筮竹に委ねてよいのか、ともう一人の道三が問いかけていた。

――筮竹に頼るべきではない。

道三は小さくつぶやいていた。元就の上洛の是非を筮竹で自分が占うのは不謹慎に思えた。

道三は筮竹を筒にしまい、再び体を横たえた。元就にどう答えるべきか。道三は迷っていた。

いつしか眠りに落ちていた――。

道三は誰かに名前を呼ばれているような気がして目を醒ました。

「道三先生」

と呼ぶ男がいた。欣助だった。

「先生、そんな恰好で寝ていますと風邪をひきますよ」

欣助は着ていた羽織を道三に掛けながら言った。

「大丈夫だ」

そう言いながら道三は起き上がった。どのくらい眠っただろうか。熟睡感があり、かなりの時間眠ったらしい。

「欣助こそどうした」

「食事の時間です。先生が来られないのでどうされたかと思いましたら、寝込んでおられるので驚きました」

「そうか。すっかり寝てしまったようだ」

道三は手のひらで顔をこすってみせた。

「どうされたのです。先生らしくもない。京都が、京都が、と口走っておられました。京都で何かあるのですか」

「さて、それは何だろうか。啓迪院のことが気になっていたのだろうか」

一鷗に任せているので啓迪院のことはさして心配していなかった。ただ、寝言に出るほど元就への助言のことが気になっているようだった。

「それより、欣助。おまえこそ何の用だ。飯《めし》の時間を知らせに来るほど暇ではないはずだ」

「これは、先生。お見通しですね。負けました。いまきいた話がありまして、それをお伝えにきました。尼子氏再興の動きがあるようです」

「なに、再興？　尼子義久が企てているのか」

あれほど必死に一命安堵を願った人間が絡んでいるとは思えなかった。

月山富田城開城後、尼子義久らの三兄弟は安芸・長田の円明寺《えんみょうじ》に幽閉されていた。

「いえ、義久とは無関係で、別の勢力です。山中鹿之《しかの》助《すけ》という人物が中心となっているとききました。富田城の戦いでも奮戦して名を馳せた家臣です」

山中鹿之助（幸盛）は富田城の麓の新宮谷で生まれ幼少時より武術を好んでいた。月を仰ぎ見て、願わくば我に艱難辛苦を与えたまえ、と祈るのを常としていた。兜には三日月の前立《まえだて》、鹿の角を脇立としていたので目立っていた。忠誠心は人一倍強く、戦いではいつも先陣をきっていた。

「鹿之助は京都の寺にいる、尼子氏のただ一人の末裔を還俗させて一旗あげようとしています」

「どこの寺だ」

「東福寺《とうふくじ》です」

「東福寺……」

京都五山のひとつだった。道三が修行した相国寺とも縁が深く、何度も訪ねたなつかしい寺だった。

「相変わらず早耳だな。で、元就は御家再興の動きを掴んでいるのか」

「さて、それは分かりませんが、多くの間諜を放っている元就のことですから、知っている可能性が高いと思われます」

「そうか」

元就には尼子再興の芽を摘むため上洛し、その東福寺にいる末裔を討つ目的もあるのかも知れないと道三は考えた。

「東福寺に籠もっているのは名を孫四郎といい十六歳です。ただ、この尼子の末裔が再興話に乗るかどうかは未知数です」

欣助の早耳はここまでだった。

「先生。わたしは元就が尼子氏からじつに多くのことを学び、それを領地経営に活かしたと思っています」

「それはどういうことだ」

道三はきいた。

「元就は尼子一族が太守ながら、内紛の末に自滅したのを見ましたから、以て他山の石となし、御家存続には毛利家の息子三人の結束を第一義に据えたと思われます」

「なるほど」

道三は元就の戦略の一端を見たように思えた。毛利家では、本家を中心に、次男・元春を吉川家に、三男・隆景を小早川家に養子に出し、「毛利両川《もうりりょうせん》」体制を敷いたのである。道三は戦国武将の生き残りに見せる、知恵と執念を知った思いがした。

「先生。わたしは元就という人物はよくよく人を使う名人だと思いました」

欣助は言った。

「どういうことだ」

「元就は城の改修が思うように運ばなかったとき、家臣たちに向かって、みんなが心を一つにする百万一心が肝要ぞ、と叱咤激励し、筆をとり一気に紙に書き付けました」

紙には、「一日、一力、一心」とあった。

「百万一心といいながら、そうは書き付けませんでした。一日一日をなおざりにせず、心を一つにして一人一人の力を合わせて事に当たれば、どんなことでも成し遂げられると伝えたのです。毛利家の結束を図る妙法でした」

欣助は感心しきっていた。

――わたしも元就に使われた一人か。

道三はそう思ったとき、不意に、

――もう一度診察しよう。

と思った。もう一度丁寧に元就を診察して、それで結論を出そうと決めた。医者の原点に返るのがこの際最も得策だと思えた。

「欣助。腹ごしらえだ」

道三は立ち上がって、欣助とともに食事の部屋に向かった。

翌日――、道三は寝室で元就に対面した。人払いして部屋には二人きりだった。

「お体を拝見させていただきます。お話はその後で」

「そうか」

神妙に答える元就のまず舌から入念に道三は診察を始めた。

「舌を見せてください」

道三は元就と対面して言った。

元就は口を開けて舌を出した。緩慢な動作だった。その口元は麻痺でゆるみ、舌も満足に出しきれていなかった。

道三は観察眼を総動員して元就の舌を診察した。

――診断結果でこの武将は行動を決める。

そう思うと道三は軽率には診断をくだせなかった。西国一の大名が挙兵するかもしれない。大きな戦いが起こる可能性がある。自分の助言がこの国の行く末を左右しかねないのだった。

道三は舌の診察を終え、脈診に移った。元就の左右の手首に人指指、中指、薬指の三指を当てて脈を診た。弦《げん》にして遅《ち》の脈がうかがわれた。弦は弓の弦《つる》を弾くような跳ねる強い脈をいう。中風の一症状で決してよい兆候ではなかった。二年ぶりに会った元就の頬は痩せて削げ落ち、舌ももつれて言葉も曖昧だった。中風が進行し、左半身は総じて麻痺していてあまり力が入っていなかった。

以前に処方した続命湯が効果をあげてめまいこそ消えたものの、これらの症状は依然として続いており、まだ治療半ばの状態だった。

道三は元就の腹部の診察に移った。以前はやや太り気味で丸みを帯びた腹をしていたが、いまは痩せて無数の横皺が走っていた。まず、腹全体をさするように手のひらを這わせ軽く撫でてみた。ところどころが緊張していて硬さを感じた。次に、上腹部から下腹部に向かい腹全体に押し当てて診察した。元就はみぞおちの下あたりと臍《へそ》の周辺に痛みを感じたのだろう、ときおり、うっと籠もった声をあげた。左脇腹の感覚はほとんど消失し、左の手足は痺れて動きは緩慢だった。

――元就の上洛の意志は固い。

道三は診察しながらそう感じていた。

元就の目の輝きは異様だった。その目は中風で伏す老人の目ではない。真剣そのもので獲物を狙う鷹の鋭い目だった。髭でおおわれた顔のそこだけが二つ光っていた。元就はまばたきもせず、息を殺して道三の手や目の動き、表情を追っていた。

道三はその息づかいに重圧を覚えた。診察するのにこれほど気を使った経験は今までになかった。

腹診も終わり、道三ははだけた寝衣を元に戻し、一連の診察を終えた。

「舌を見せていただけますか」

道三は最後に、もう一度、舌を確認したかった。

「舌？　最初に時間をかけて診たではないか」

元就は怪訝そうだった。そこには、不満と警戒、不安が入り交じっていた。

「形だけの話でもありますが、診察は舌に始まり舌に終わるともいわれます」

道三はそう言って納得してもらった。道三自身、最終的に確認しておきたい点があったのだった。

元就は不承不承に口を開け、舌を見せた。痩せて細い舌の中央には黄色がかった苔がまだら模様に付着していた。脾胃の働きが悪く、血と水が正常に行き渡っていない状態だった。

「もう少し舌を出してもらえませんか」

道三は口の中を覗くような姿勢で依頼した。

元就はもがくように唇を動かしながら、口を大きく開けて舌を出そうとした。だが、限界があるようで舌は出なかった。

「これ以上は無理だ」

と元就は不機嫌に言って、口を閉じてしまった。

元就は舌があまり出せなかった。それは口を大きく開けられないからであるが、舌を出す力自体が失われていたためでもあった。また、真っ直ぐ出したつもりの舌は左側に曲がっていた。

「わかりました。どうぞ、おくつろぎください」

と道三は言った。

診察は終わった。道三は全身に疲労を覚えた。

元就は目を凝らして道三を見つめていた。鷹の目である。

やがて、待ちきれずに、

「どうだ」

と元就はきいた。

道三は頭の中で診察の結果をまとめていた。まとめながらどう説明すべきか言葉を選んでいた。

「どうなのだ」

元就は強い調子で催促した。一刻も早く結論をききたい様子だった。

道三は小さくうなずいた。まとめた考えを自分で納得させたうなずきだった。

そして、一呼吸置いて、

「すすめられません」

と言った。

「それはどういう意味なのだ」

元就は道三から目を離さなかった。

「上洛はすすめられません」

道三はきっぱりと口にした。

「なにっ」

元就は怒りとともに戸惑いも隠せない様子だった。

「上洛はお止めになったほうがよろしいかと存じます」

道三はもう一度静かに告げた。

今度は元就もそれを冷静に受け止めたようだった。歪んだ唇を噛みしめ何度もうなずいていた。口惜しさがにじみ出ていた。

「殿のお身体に責任が持てないのです。京都までの道のりは遠いものがあります。その間に不都合が生じる可能性も大きく、陣を率いての上洛は危険と考えます」

舌が思いきり出せず、しかも曲がってしまうのは強い麻痺が残っている証拠でもあった。腹部の圧痛も気になる。今は尼子との戦いに勝って高揚しているが、高齢と病にむしばまれ、いつ破綻するか分からない体に変わりはなかった。道三は元就の体調を危険極まりない状態と結論を出したのだった。

「その先も心配です」

「先とな」

「仮に殿が上洛できたとしても、その先が案じられます。殿は、上洛して京畿を長年にわたり掌握するのでなければ意味がないと仰っていました」

「その通りだ。永年にわたり天下を泰平に導いてこそ上洛の意味も生まれる」

元就は強調した。

「京の都を護り、居城を離れての生活は苦労と困難がともないます。お身体は保証しかねます」

道三は正直に言った。

「そうか……。上洛は無理か」

厳しい体調を胸におさめたものの、元就は未練があるようだった。

「無理をして上洛されれば……」

「どうなのだ。わしの命をどう思う」

元就がそうきいても道三は何も言えなかった。

「本当のところを申してみよ」

元就は苛立ったように促した。

「平穏なら持つご寿命も無理をすれば、一年が限度かと存じます」

「一年……。たった一年しか持たぬというのか」

「左様に心得ます」

元就に死脈こそ出ていなかったが、それに近い脈も触れていた。二百回近くの合戦に参陣して、一介の国人が一代で中国地方十カ国の覇者になったのである。その華々しくも激しい人生が、いま七十歳の老身を蝕んでいた。道三は、休養が最も求められている身体であると診断していた。

二人だけの部屋に沈黙が続いた。

やがて、元就が、

「わしは都の空を眺められないのか」

とつぶやいた。

道三は平伏しながらただきき入っているだけだった。

「見たかった」

都の空を見たかったと元就はもつれた舌で言った。

道三は黙ってきいていた。

十一

道三は元就に重い診断をくだして、いまは欣助とともに宿の部屋で寛いでいた。

「お疲れの様子ですが、先生、何かあったのですか」

欣助が心配そうに気づかった。

「元就公からの相談に少し乗っていたのだ。なに、もう終わった」

元就の病状は相手がたとえ欣助とはいえ話せなかった。だが、勘のよい欣助である。何か感じているはずだった。

「そうですか。わたしはまた、尼子再興話の真贋を京都事情に詳しい先生にたずねてきたものと思っていました」

「それはない。その後尼子側に何か動きはあるのか」

「いえ、きいていません。これは、先生、京都に戻らないと分からないと思います」

「そうか」

「ところで、先生はいつ、戻られるのですか」

「さて、いつになるか」

と道三は考えた。元就の治療はまだ終わっていない。また、元就の孫の輝元や吉川元春、小早川隆景はじめ、毛利家の重臣たちへの講義も続いている。今後もしばらくは元就のそばを離れられなかった。

「おまえはどうする」

「先生次第です。お伴を願ったのですから、先生とご一緒させていただきます」

「そうか」

この男がいれば何かと心強いと道三は思った。

そのとき、遠くで床板を踏み鳴らす足音がきこえた。足音は次第にこちらに近づいてきた。怒りを板廊下にぶつける乱暴な歩き方だった。

足音は道三の部屋の前で止まり、襖が荒々しく一気に開け放たれた。

元就の次男の元春だった。

「おのれ、道三。父上に何をいった」

元春は眉を吊り上げいきり立っていた。

その勢いに恐れをなして欣助が体を縮めながら部屋の隅のほうに後ずさりした。

「元春殿、どうされました」

道三はつとめて冷静に対応した。

「どうもこうもない。父上に上洛をやめろといったというが、本当か。事と次第によったら許さぬぞ」

「確かに……」

道三は一息ついて応じた。

「確かに父上には上洛をすすめませんでした」

「見ろ、邪魔しただろう」

元春は道三を指さし、

「なぜ、邪魔した。おのれ、尼子の回し者か」

と怒りがおさまらない様子だった。

「元春殿、落ち着いてください」

道三は元春を制した。

「これが落ち着いていられるか。父上の人生最大の念願が叶うかどうかの瀬戸際だ。父上は西国十カ国を制圧して太守になられたのだ。天下を握るにふさわしい力を持っておられる」

元春は言い切った。

――同じだ。

と道三は思った。元春のこの考えは父、元就と同じだと思った。武将は力をつければ、それが強大であるほど、さらに上の、それも天下を狙う習性があるもののようだ。

元就が上洛を果たしたなら京都の様相は一変するだろう。元就のいう逆賊は一掃されるかもしれない。

道三はそう説明した。

「ならば上洛が最上の策ではないか」

元春は勢いを得ていた。

「元春殿、上洛と父上のお命とどちらが大切ですか」

道三はきいた。

「決まっておるわ。父上だ」

「それで安心しました。どんな夢を叶えるにも健やかな心身が必要です。戦いに勝つにも心身の健康があってこそ、まちがいなく策が講じられ戦えるというものです。それは『太平記』四十巻を筆写され学ばれたあなたならお分かりでしょう。元就様がもし上洛され逆賊を退治したなら、京都にしばしの平安が得られるでしょう。しかしそれは長くは維持できません」

「なぜなのだ」

「元就様の血のめぐりがたいへん悪くなっています。体の中でいつ、どの場所で不測の事態が起こっても不思議はありません」

戦いの場に身を置くのは危険ですと道三は強調した。

「そんなに危ないのか」

元春は眉を顰《しか》めた。

道三は無言で静かにうなずいた。

「それほど悪いようには見えない。そのほうの治療が功を奏しているのではなかったのか」

「最善を尽くしています。生きる意欲があるのが幸いです。しかし、限界があるのも事実です」

「そうか」

と元春はようやく納得したようだった。

「いかがでしょう。元春殿をはじめ、毛利一族で、いずれの日か父上、元就様の願いを叶えては」

百万一心の力の発揮です、と道三は言った。

道三による、毛利一族に対する人間学の講義と家門繁栄のための進言は、出雲の陣中でその後も続けられた。

道三はさらに元就の治療を継続した。朝夕必ず脈を診た。

そして、ある日、

「今年より五年に当たっての年、辛未の年、必ず六月上旬、湿土の気に感じてご寿命は終わるであろう。よく盛衰根気を考えて、天下草創（注・はじまり）の武略を行なうべし」

との診断をくだした。

実際、元就は五年後の元亀《げんき》二（一五七一）年六月十四日、郡山城内で腹中の詰まり（がん）により死去した。享年、七十五であった。道三の予言通りだった。

元就の死後も道三と毛利一族の縁《えにし》は続いた。

歴史を考える上で、もしは許されないのだが、もし道三が元就の強い希望を受け入れて上洛を否定しなかったなら、戦国時代の様相は一変していたはずである。西国の太守だけに京都は十分支配できたであろう。しかし、道三はそれを止めた。このため、応仁の乱の再来は避けられたのだった。

——永禄十（一五六七）年道三は出雲より安芸に向かい、厳島神社に参拝して、七月に帰京した。

十二

一年ぶりの京都だった。道三は啓迪院に戻った。だが、玄関から見渡す教場に人の気配はなく、ひどく静かである。

「誰か、いないか」

道三は教場の奥に向かって声を張り上げた。だが、声が反響するだけで、誰も出て来なかった。

道三はさらに声を上げた。

程なく奥から千恵が小走りに出てきた。

「先生……」

千恵は足をすくませたまま道三を見つめ身動きしなかった。

「一鷗先生とお話は？」

千恵がきいた。

「いや、いま帰ったばかりだ」

何かあったのかと聞こうとした。が、そのときには千恵は両手で口をおおい、背中を震わせながら走って奥に消えてしまった。お帰りなさいもなく、引っ込んでしまった。

——どうしたのだ。

道三は戸惑うばかりだった。

すると、奥から一鷗が足早にこちらに向かって走って来た。

「道三さん、すまない」

と一鷗は道三の手を取って泣き顔で、

「手紙は読んでもらいましたか」

ときいた。

「いや、いま帰ったところだ」

「行き違いでしたか」

一鷗は泣き顔のまま両膝を崩して座りこんだ。

「手紙でお伝えしたのですが……」

「どうした」

何があったのだと道三は一鷗の両肩に手を置いて叫んだ。

「守真様《もりざね》が……」

後は声にならなかった。

「守真がどうした。何があったのだ」

道三は激しく両肩を揺すった。

それでも一鷗はしばらく声にならなかった。

ようやく、か細い声で、

「亡くなりました」

と言った。

「一鷗、いま、何といった」

何があったと道三は一鷗の肩を揺すった。

だが、一鷗は両手で顔をおおい、泣くばかりだった。

そのとき線香のかすかな匂いが風に乗って流れてきた。

一鷗は黙って生活棟のほうを指さした。

道三は生活棟の建物に向かった。その奥座敷に祭壇が設えられ、その前に姉の乗水が力なく座り込んでいた。

「道三……」

乗水は道三の名を呼んだが後は声にならなかった。

「熱が下らず、二日前に」

乗水はそれ以上何も言えなかった。

道三はうなだれながら柩の前に進み出た。そして、柩に触れたものの開けるのが恐くて手が動かなかった。それから、意を決して白木の蓋《ふた》を持ち上げ、震える手で少しずつすべらせた。

見慣れたわが子の顔がそこにあった。幼さの残る顔は今にも笑いかけ、話しはじめそうな様子である。

苦痛のないおだやかな顔だった。道三はただ見つめていた。涙があふれて止まらなかった。

――守真……。

道三は胸の中で小さく呼んだ。何でもいいから話しかけてくれ、起き上がってくれと両手を合わせて祈った。

だが、骸《むくろ》は物言わぬまま横たわっていた。

――守真が死んだ……。

まだ信じられなかった。

守真は急な熱病に冒され一鷗の懸命な手当てにもかかわらず死去した。享年、二十二。あまりにも若い死だった。

先には妻・結衣を亡くし、いま、守真を失った。

道三はおのれの不幸を呪った。

第七章

地山《ちさん》の章

布武の足音

一

道三は啓迪院《けいてきいん》の庭に立ち大空を仰ぎながら両手を伸ばした。

「あーっ」

と思わず腹の底から吐き出した息が呻き声に似た声になった。

「道三さん、どうしました」

横から一鷗が驚きとも意外ともつかぬ目で道三を眺めた。

「都晴《みやこば》れだ。じつに清々しい」

「そんな晴れがあるのですか」

一鷗がきいた。

「ないと思うが、これだけ気持ち良く晴れると京都の秋空を愛でたいと思う」

前日までの曇天から一転して雲一つない空が広がっていた。

「確かに。京都の秋空は別格です。まさに都晴れですね」

一鷗はそう言いながら、道三をまねて両手を空に向けて高く伸ばした。

そのとき、道三の耳の奥で、

——都の空を眺めたいと思っている。

という声がきこえた。毛利元就の切実な声だった。上洛して天下を窺いたいとの強い願望の叫びでもあった。

だが、道三はそれを止めた。診察して元就の体調に危険を感じたからである。元就の願いを打ち砕いたのは事実だが、道三は自分のくだした判断に間違いはないと信じていた。少なくともおのれの節《せつ》は曲げてはいなかった。

「いよいよ、明日ですね」

一鷗が晴天を仰ぎながら言った。

「そうだな」

道三はうなずいた。

明日——永禄十一（一五六八）年九月二十六日に織田信長が上洛するという知らせが道三にもたらされていた。信長の使いが密かに訪れて、陣を置く予定の東寺《とうじ》に来てほしいとの用件だった。

信長は桶狭間《おけはざま》の戦いにおいて急襲に成功して勝利をおさめ、三河の徳川家康と清洲同盟を結んで和睦し、養女を甲斐の武田信玄の嫡男・勝頼と娶《めあ》わせ親戚関係を結び、斎藤道三亡きあとの美濃を攻略した。さらに、妹・お市を近江の浅井長政に嫁がせ政略結婚を仕組むなどして地歩を固め、着々と上洛の機会を窺っていた。

この年、九月七日に足利義昭を奉じて京都を目指し行軍を開始したのだった。そして、今、上洛を果たそうとしていた。

桶狭間の戦い以後、実に八年の年月を経ていた。

「一鷗、どうだろう、ひとつ久しぶりに一局指してみるとするか」

道三が将棋に誘った。

「望むところです」

将棋好きの一鷗はうれしそうだった。

啓迪院の一室で二人は将棋盤を間に向かい合った。一鷗は性格とは裏腹に、強気一方の攻め将棋で、道三がそれをどうかわすかがいつも勝敗の分かれ目だった。この日も相変わらずの攻め一方である。

もう少しで道三が一鷗の玉を詰まそうとしているところに、信長の使者が再びあらわれた。身のこなしは軽く、忍者を思わせた。

「殿の股ずれがひどいのです」

と使者は訴えた。

馬の背が上下に動く関係で、騎乗者は股ずれを起こしやすかった。信長の場合、岐阜からの連日の、しかも長い行軍だったから股ずれもできたはずだった。

「股ずれを治すのに何かよい薬はないかという殿のお話なのです」

「わかりました。明日、お持ちします」

道三はそう言いながら、すでに調薬済の神仙《しんせん》太一《たいつ》膏《こう》を持参しようと思った。

「殿はさらに妙に喉が渇いて仕方がない。渇きを何とかしてくれと訴えられています」

使者は言った。

「途中、暑かったのでしょう」

京都もここしばらく夏を思わせる暑さが続いていた。道三も残暑に少し当てられたところがあった。

「殿には連日の暑さが堪えられているものと思われます。薬をあらかじめ用意してくださると助かります」

「わかりました。用意しましょう」

道三は処方すべき薬方をすでに想定して答えた。

「それと、もうひとつあります」

と使者は言った。

「ほう」

道三はわずかに驚いてみせた。まだあるのかという感じだった。

「もうひとつというより、もう一人です。木下藤吉郎様が体調を崩されています」

「なにっ、藤吉郎様が」

横から一鷗が割って入った。

「は、はい」

一鷗の思いがけない大声に使者は何事かと目を見開いた。

「藤吉郎様はどんな具合なのだ」

一鷗は意気込んでいた。以前、木下藤吉郎を診察して好感を持っただけに、藤吉郎のことはひどく気になるようだった。

「お腹《なか》をこわされたのか、痛がっています」

使者は言った。

「また腹痛か。木下様は腹が弱いようだ。気をつけなければいけない」

一鷗は誰に言うとなく口にした。苦情めいた口調になった。

「診てもらえるのですか」

使者は戸惑いながら道三と一鷗を相互に見た。

「もちろんです。拝見します」

道三は使者を安心させるように言った。

「では、明日お願いします」

と使者は一礼して早々に部屋を辞して行った。

「まったく、木下様はもっと自分で体を気をつけなければいけない」

一鷗は藤吉郎を案じるあまり、やり場のない怒りがおさまらない様子だった。

「一鷗。使者には責はないのだから、あんなにいっては使者は気にするばかりだ」

道三は諫めていた。

「わかっています。ただ、また腹をこわしたときいて思わず気が立ってしまいました」

「一鷗は木下様が気になって仕方がないようだな」

「それはそうです。以前ていねいに診察しましたし、わたしの治療に感謝もしてもらいました」

一鷗は診察当時を思い返していたが、すぐに、

「それにしても、木下様に会えるのは楽しみです」

と頭はもう切り替わっていた。

道三は一鷗との将棋を続行しようとふと盤面に目をやった。

――これは……。

駒が崩されていた。道三が使者と対応しているあいだに駒を崩して山にしていた。

「お客が来たので終わりだと思いました」

一鷗は平然としていた。

中断した盤面では、もう少しで一鷗の玉は詰むところだった。こと、将棋では一鷗は負けず嫌いだった。駒を崩してまで負けを認めたがらない。道三は一鷗のそんな子どもめいて稚気の抜けきらないところを微笑《ほほえ》ましいと思った。

一鷗はまだ澄ました顔だった。

二

翌日、道三は一鷗とともに信長が宿泊している東寺に出かけた。

奥まった大広間に案内され、道三が平伏していると、大股で信長が入ってきた。道三は、顔をあげて信長を見た瞬間、

――一まわり大きくなった。

と思った。以前診たときに感じた臍下丹田《せいかたんでん》の力が身体の前面から放射されているような印象を受けた。

道三はこれまで信長に二回会っている。

一度目は信長が永禄二（一五五九）年二月に上洛したときである。九年前だった。信長は将軍・足利義輝に謁見して尾張国の守護職に補せられた。そのとき、信長は微熱があり便秘気味だった。道三は腸癰《ちょうよう》と診断し、大黄牡丹皮湯《だいおうぼたんぴとう》を処方した。

効果は覿面《てきめん》で、信長の症状はすみやかに消失した。

二度目に信長に会ったのは、その翌年だった。桶狭間の戦いを控えた時期で、信長は頭風《ずふう》と鼻血で難儀していた。道三は奇方の苦い薬方である三黄瀉心湯《さんおうしゃしんとう》を処方して功を奏し、信長の体調は順調に平に復したのだった。

そのころ、信長は二十代半ばだった。

――二十代の若さで上洛……。

考えてみれば、じつに若く大胆な勇者であった。

九年後のいま、改めて信長を観察した。面長で鼻筋は真っ直ぐ通って気品がある。口元は力強く引き締まり、行軍で日焼けした顔から澄んだ眼差しが向けられていた。心なし眉毛が濃くなったと見たのは、今回、精悍さが印

象づけられたためで、気のせいかもしれなかった。

――一まわり、いや、二まわり大きくなった。

と思った。自信がみなぎり、その成長ぶりは目を見張るものがあった。

――毛利元就のときの印象とは逆だ。

元就に二年ぶりに会ったときに感じたのは老いだった。衰弱した老人に変貌していた。古稀を迎えた老人と伸び盛りの若武者は一概に比べられないが、あまりの違いに道三は驚かざるをえなかった。同じ戦国の世を生きる武将の盛衰や流転を目の当たりにする思いがした。

「久しぶりだな、道三」

信長が扇子で道三を指し示しながら声をかけた。澄んで柔らかい声音は同じだった。

「御無沙汰しております。お元気そうで何よりです」

道三は平伏しつつ挨拶した。

「うむ。だが、ちと股ずれができて痛くてたまらぬ」

織田信長は三万の軍勢を率いて九月七日に岐阜を発っていた。足利義昭を伴い上洛を目指した。目的は一つ、十五代将軍の擁立である。途中、六角氏の抵抗に遭うものの、蹴散らして京都に一直線だった。各所で激しい戦いもくりひろげられ、二十日間の強行軍は股ずれができてもおかしくなかった。

「殿はこれまで乗馬で股を傷めた経験はないのですか」

「あまりなかった」

「そうでしたか」

よほどの馬の使い手だと思いながら、早速、治療に入ろうと道三は、薬籠を引き寄せた。

「その前にわしよりもっとひどく体をこわしている者がいる。そっちを先に診てやってくれ」

と信長が脇息を扇子で叩いて合図を送ると、襖が開いて一人の小柄な人物が入ってきた。体をくの字に曲げてよろけながら部屋の中まで進んできた。

顔の造りが小さい割りには、耳は大きい。皺の多い顔の頬骨は突き出ていて、丸く大きな目ばかりが目立っていた。

「猿だ。診てやってくれ」

信長は言った。

「腹をこわしている。何か腐った物でも食べたのであろう。毒を口にしても死なない男なのだが」

だらしのない話だと信長は吐き捨てた。

小柄な男は木下藤吉郎だった。

一瞬の顔に喜色が浮かんでいるのを道三は見ていた。

道三は一鷗に藤吉郎を別室で診察するように目で合図を送った。

一鷗は黙ってうなずくと、腹部を押さえて体をくの字に曲げている藤吉郎を脇から支えながら、廊下伝いに進み、控えの間に落ちついた。体をあずけてくる藤吉郎は、小柄ながら筋骨たくましい武将だけに、歩行を補佐するだけで一鷗はかなりの力を要した。

部屋に入るなり藤吉郎は転がるように部屋の中央に横になった。よほど腹痛を我慢していたようだった。

「一鷗殿、すまない」

藤吉郎は顔の中でそこだけが大きい目を哀しそうにしばたたいた。

「何をおっしゃいますか。病を治すのが医者の務め。すぐに、その腹痛を取り除きましょう」

一鷗は準備に取りかかった。

すでに処方する薬方は想定済みだった。

「いや、一鷗殿、違うのだ」

藤吉郎は横になりながらも、顔の前で手を横に振った。

「何を遠慮されているのです」

さあ、腹診させてくださいと腹を出すよう促した。

「腹ではない」

藤吉郎は申し訳なさそうに小声で訴えた。

「遠慮は無用と申し上げています」

いまさら何を言うのかと一鷗は思った。

「痛いのは腹ではない」

藤吉郎はしきりに手を振った。

「腹痛ではないのですか」

「違う。痛いのは足首だ」

と言って藤吉郎は衣服を払いのけ、右足を露《あらわ》にした。

足の甲からくるぶしの上あたりまでが紫色に腫れあがっている。足首とふくらはぎが同じような太さがあり、痛々しかった。

「二日前に馬から下りようとしたときだった」

藤吉郎は地面に足がふれたと同時にくしゃみをしたという。その瞬間、足首をひねって無様に倒れてしまった。鎧《よろい》を着けていたから、その重さもあって足首にかなりの負担がかかって捻挫したようだ。

「武士が馬をあやつっているときに怪我をしたのでは恥さらしになる」

腹痛は恥を隠す方便だった。

「しかし、落馬したわけではないでしょう」

一鷗は恥にはならないだろうと思った。

「いや、恥ずかしくて、とても他人《ひと》には話せない」

「そうでしたか」

一鷗には分からない武士の体裁だった。

藤吉郎は右足首に手をやり、急に、

「折れてはいないと思うが」

と弱音を吐いた。足首をさすりながら不安を隠しきれない様子だった。骨折していれば、副木も当てねばならならず、治療は相当長引くであろう。

「試してみましょう」

一鷗は言った。

「はっきりさせませんと正しい治療ができず、心配も払拭できません」

立ち上がってみてくださいと一鷗は藤吉郎を促した。

「立つのか」

藤吉郎は嫌がっていた。

「立ってください」

一鷗にしては強い口調だった。

仕方なく、藤吉郎は一鷗の肩を借りて、体をよろつかせながら立ち上がった。

「どうです、右足だけで立てますか」

と一鷗はきいた。足を捻挫した場合、ある程度の時間が経過した後で片足で立てれば、その足の骨折はまず否定できた。

「右足で立つのか」

藤吉郎はとても無理だと言いたげだった。

「痛いとは思います。試してみましょう。しかし、痛みが強くてどうしても無理なら片足立ちはそこで止めてください」

と一鷗は藤吉郎の体を支えながら指示した。

藤吉郎は神妙にうなずき、恐る恐る左足を少しずつ上げた。

一鷗は左足が畳を離れるのを見ていた。

「立てた……」

立てたぞと藤吉郎はうれしそうだった。

「右足は痛くありませんか」

一本足で立つ藤吉郎にきいた。

「痛い。だが、我慢できる」

藤吉郎は一鷗に体を預けながら言った。

「わかりました。折れていないようです」

座ってくださいと休むように言った。

藤吉郎は安心して座ると、右足をさすりながら、

「それにしても、どうしてわしはこんな目に遭ったの

だろうか」

初めてだとおのれの不甲斐なさを嘆いた。

「それは木下様、致しかたないことです」

一鷗は言った。

「転んで頭を打たなかっただけ幸いでした。たいへん危険な場面を切り抜けたのですから」

「敵などいなかった。危険とは程遠い陣中の馬場で捻挫したのだ」

藤吉郎は顔を歪めた。怪我の瞬間を思い出したようだった。

「人間が一番無防備になるのはくしゃみの瞬間なのです」

一鷗は言った。くしゃみした瞬間はどんな剣術の使いでも防御できないという。真剣勝負の最中に、もしくしゃみが出そうになったら、くしゃみを何としても我慢して止めるしかなかった。

「それほどくしゃみは危険なのか。だとすると、くしゃみは悪魔の吐息といえそうだな」

「まさしく、悪魔の呼吸です」

「それでは、わしが馬から下りようとして足を挫《くじ》いたのは、そう恥ではないいな」

藤吉郎は右足をいたわるようにさすり続けた。

「左様です。頭も打たず、骨折もしなかったのですから、よしとしなければなりません」

「そういえば、くしゃみをすると早死にするときいたことがある。やはり、怖いものなのだな」

「早死にの話は俗信に過ぎませんが、くしゃみは体を無防備にしますから、悪魔のように怖い瞬間です」

そう言いながら、一鷗は薬の準備に入った。薬方は、治打撲一方《ぢだぼくいっぽう》を選んだ。川骨《せんこつ》、桂皮《けいひ》、大黄《だいおう》など、七種の生薬を使用し、煎じて飲む。打撲による痛みや腫れによく効く処方だった。

準備しながら、一鷗は道三が信長の股ずれのために用意した神仙太一膏《しんせんたいっこう》を分けてもらわねばならないと考えていた。藤吉郎の腫れあがった患部に神仙太一膏は恰好の塗り薬である。

「すみやかに治して殿の命に応えねばならない」

藤吉郎は一鷗の薬作りの手を見つめながらつぶやいた。自分に言いきかせる口調だった。

「痛くて動けないようでは勤務に支障がでる。殿が留守にされた後、京の夜の護りはわしの役目になるのだから」

「留守？　信長様は京を離れるのですか」

何気なく一鷗はきいた。上洛したばかりではないかと思えた。

「ああ……」

と藤吉郎は口ごもり、

「これは内密に願いたい」

と低く言った。猿の目が異様な輝きを発して一鷗を凝視した。

一鷗は鋭い眼光に射すくめられて身動きできなかった。しかし、それは一瞬であった。藤吉郎はたちまち破顔一笑、いつもの人懐っこい表情に戻り、

「一鷗殿。忘れてください。それより、わしの捻挫を一日でも早く治してください」

としきりに足をさすってみせた。

一鷗は薬方作りに専念した。

藤吉郎の言った通り、信長はその一カ月後の十月下旬、突然、軍を率い京都を発して岐阜に帰った。

主が留守となった京都の治安は、一時的に京都奉行役に就いた藤吉郎に任されたのだった。

三

一鷗が藤吉郎の治療にあたっているころ、道三も信長を診ていた。

信長の股ずれは、股のつけ根から太股の内側にかけて広がり、赤く腫れていた。一部は切れて血がにじんでいた。二十日間の強行軍がその傷にあらわれていた。

道三はその股ずれ個所に神仙太一膏をていねいに薄く塗っていった。

「薬というのはやはり嫌な臭いのするものだな」

信長は道三の手元を見つめながら言った。

「この塗り薬は臭いはきついのですが、古くから伝えられている良薬です。擦り傷、切り傷から、腫れ物、出来物に至るまでよく効きます」

「万能薬ではないか」

「左様です。医者として、重宝していますので、わが啓迪院では常に備えています」

そんな話をしているうち、股ずれの治療も終わり、信長は衣服を直して座に就いた。

「殿は喉の渇きを訴えておられるときき及んでいます」

道三はきいた。

「うむ、こたびは特に渇いて仕方なかった」

信長はうなずいた。

「岐阜からの移動による疲れのせいだと思われます。この時期、残暑でただでさえ疲労をおぼえますから、その疲れに対応する処方薬を用意させていただいています」

道三は清暑益気湯《せいしょえっきとう》を準備していた。夏場の疲労や暑気あたりによい薬方だった。

「薬を処方する前に、ここに夏の疲れ知らずの煎じ液があります」

道三は用意した竹筒から茶碗に黒ずんだ液体を注ぎ込み、信長の前に置いた。

すると、部屋に控えていた細川藤孝、明智光秀らが、信長がいきなり飲むのを阻止しようと腰を上げた。

「わたしもご一緒させていただきます」

そう言って道三は竹筒から茶碗に液体を注いだ。

そして、控えている家臣たちに小さく礼をして、

「まずわたしが飲ませていただきます」

と告げ、道三は茶碗を手にした。そして、煎じ液をゆっくりと飲み干した。

道三が飲み終わるのを見て、信長も茶碗を傾けた。が、ひと飲みすると、

「何だこれは」

と渋い表情になった。

「泥臭い味かと存じますが、決して体に障るものではありません。安心してお飲みください」

わたしの夏場の愛用茶でもありますと道三は言った。

「これがおぬしの愛用茶か」

そう言いながら信長はもうひと飲みした。

「何が材料なのだ、名医推奨のこの茶は」

信長は皮肉まじりに茶碗の中をしきりに覗いた。

「殿にも関係のある樹木の果実を煎じたものです」

「わしに関係あるだと……」

首を傾けながら考えつつ、信長は茶碗の中を見つめていた。だが、分からない様子だった。

「木瓜《ぼけ》の木です」

と道三は言った。織田家の家紋は、「五つ木瓜《もっこう》」と呼ばれる木瓜紋だった。

「そうか、木瓜か。これは木瓜茶か」

信長は楽しそうに言って、残った木瓜茶を飲み干した。

「左様です。木瓜の果実の乾燥品を煎じた液です。暑

気あたりにはよく効きます」

木瓜の完熟した果実を乾燥させたのを三〜五個ほど煎じる。暑気あたりには、一日三回飲むのが基本だった。

「ここに木瓜の乾燥品があります」

道三は袋に詰めた乾燥木瓜を差し出した。かなりの量を持参していた。

「飲みすぎても毒になるものではありません」

どうぞ、ご愛飲くださいと道三は言った。

「旨いものではないが、名医推奨とあれば飲んでみよう」

「恐縮いたします」

道三は平伏した。

道三は奥座敷で信長と向かい合っていた。

「ところで、わたしは木瓜茶を愛飲していますが、木瓜という木そのものが大好きなのです」

ほうと言うように信長が興味を示して道三を見つめた。

「木瓜の木の枝は真っ直ぐに伸びます。松や梅のようには決して曲がりません」

わたしも同じで、曲がったことは嫌いなのですと言うと、信長はわずかに頬をゆるめて笑った。

「春になりますと梅に似た赤い可憐な花を咲かせます。ところが、その花に誘われてうっかり触りますと、痛い目に遭います」

道三はここでひと息入れた。

「花の脇の枝には鋭い棘《とげ》が生えています。それは、信長様はすでにご存じのことだと思います」

いかがでしょうかと道三はたずねた。

「知っておるわ」

信長には常識だったようだ。

「やはり、ご存じでしたか。殿は曲がったことが嫌い。正しいと思ったことを押し通すお方とわたしはお見受けしていました」

「それはどういう意味だ」

信長は道三の次の言葉を待った。

「たとえば、家紋です」

「家紋がどうかしたか」

「織田家の家紋は、信長様がご縁のあった朝倉氏の三つ盛り木瓜を基に変形されて、五つ木瓜にされたときいています」

越前・朝倉氏の家紋は、「三つ盛り木瓜」と呼ばれ、木瓜の小さな三つの家紋を三角形に盛ったように図案化されていた。

「まあ、そんなところだ」

信長は否定しなかった。

「やはり、そうでしたか。おそらく信長様が模様を描かれたと想像していました」

「わしが描いたとどうして思うのだ」

「正しく描かれていたからです。木瓜の花を正確に描かれました。五弁に直されましたね」

朝倉氏の「三つ盛り木瓜」では、花弁は四枚だった。だが、木瓜の花の花弁は五枚である。四枚では木瓜とはいえなかった。織田家の「五つ木瓜」では花弁を正しく五枚にしてあり、道三はその点に注目したのだった。

「間違いをそのままにされなかったところに、信長様の木瓜の木のような曲がったことが嫌いな一面を見るような気がするのです」

信長はただ黙ってきいていた。

「そのほう、少し口数が多すぎる」

控えよと部屋の隅にいた明智光秀が立ち上がって道三を制した。怒りをあらわにしながら道三を指さしていた。

「まあ、光秀、そう熱くなるな。今日は上洛できためでたい席でもある。無礼講でいいではないか」

信長は光秀を制しながら、

「そのほう、相当木瓜のことが気になったようだな」

と道三にたずねた。

「もちろんです。ただいま差し上げました木瓜茶とは別に、木瓜の果実は生薬名を木瓜《もっか》と称して薬の大事な材料となり、わたしも医者としてたいへん助けられている植物なのです」

生薬の木瓜は下痢や嘔吐などにも用いられている。

信長は木瓜茶《ぼけちゃ》を飲み干すと、

「わしが京に上ってくるときいて、町衆が荷物をまとめたり、戸締りを強化したりと、騒然としていると先遣隊からきいた。そのほう、京都で医学校を構えているから、京の内情に詳しいはずだ」

どうだったと信長は茶碗を置きながらきいた。

「それは……」

言いかけて道三は少し口ごもった。

乱暴な武将が破竹の勢いで東のほうから上ってくるという噂が飛び交い、京都の町は異様な緊張感に包まれていた。その武将の生まれは尾張守護代の家老の嫡男で大うつけとして有名だった。その後、城持ちとなり、駿河の太守《たいしゅ》今川義元を桶狭間に奇襲して破った。さらに、隣国の斎藤道三の根城だった稲葉山城も奪い取っている。

その際、町に火を放ち城を孤立させて攻めたてた。手段を選ばない火攻めを京の都でも行ない次々に火を放つかもしれない。不穏な噂は噂を呼び、人々は目を伏せ、耳をそば立て、息を殺してあたりを窺っていた。恐怖は増幅され逃げ支度を整える人々も珍しくなかった。

「逃げる準備をとった町衆も多いときいた。本当か」

信長はきいた。

「本当です」

逃げる算段のため、京都で風呂敷が売り切れ、草鞋《わらじ》も品薄になった。

「しかし、京の人々が信長様を恐れるのは前例があるからなのです」

道三は言った。

信長は黙ってきいていた。

「京都の人たちは応仁の乱を決して忘れません。これは子孫末代、何年経とうと忘れないでしょう」

応仁の乱は、第八代将軍・足利義政の時代に京都を舞台に、東軍の細川方と西軍の山名方に分かれて、応仁元年から十一年にわたり続いた内乱だった。将軍の跡継ぎや管領《かんれい》家の相続もからんで、戦いは地方にも伝播した。この戦乱で京都は焼き払われて廃墟となり、人心は荒廃した。

そのときの京の人々の怒りと怨念は永遠に消えそうになかった。

「さらに忘れられない出来事があります。応仁の乱に先立つこと、二百八十余年前、乱暴な武将により、京都の町が土足で荒されました」

源《みなもとの》義仲《よしなか》だった。義仲は信濃国の武士を結集して、平安末期の治承四（一一八〇）年、以仁王《もちひとおう》の令旨《りょうじ》（皇族の命令文書）に呼応して平家方を破り京都に入った。田舎侍が憧れの京都に上り有頂天になったはずみか、女を凌辱し、男を殺戮した。戦乱の名のもと、乱暴狼藉の限りをなし、京都の人びとを恐怖におとしいれたのである。

信長上洛は義仲入京以上に人々を恐れさせたのだった。とかく、大うつけと噂される信長は恐怖の対象でしかなかった。

「源義仲と応仁の乱は京都の人たちに武家に対する不信感をつのらせました」

「何をそんなにわしを恐れるのだ」

信長はきいた。

「それは……」

まさか、うつけの噂は話せない。

「とにかく武家を信用していません」

いまの京都ですら乱れていて、町の人々は祈るように平穏を待ちわびている。

「武家はそう捨てたものではない」

信長は言った。

「信長様を恐れたのは、稲葉山城で見せた火攻め戦法を京都でもとるのではないかと危惧していたからです」

しかし、上洛後、信長は一件の火災も起こしていなかった。

「京都の町を焼いて誰が得をする？　天下布武の精神に反する行為だ」

厳に慎まねばならないと信長は厳しい調子だった。

「天下布武……。武力で制圧して天下を取る意味と思っていましたが」

道三はきいた。

「いや、それは違う」

信長が首を横に振ったとき、部屋に木下藤吉郎と一鷗が戻ってきた。

藤吉郎は相変わらず腹部を押さえて体をくの字にしていた。捻挫した右足をかばっているという事実は、部屋にいる者には窺い知れない歩き方だった。一鷗もあえて補佐していなかった。

「おお、藤吉郎。どうだ、腹具合は」

信長は大声できいた。

「お陰さまで、殿、だいぶよくなりました」

藤吉郎は猿面に無理に笑顔を載せ、信長に負けない大声を出して平伏した。

信長は再び道三と向き合った。

「おぬしと治世の話をするとは思ってもみなかった」

「恐縮いたします」

道三は平伏した。

「そういえば、以前、おぬしは医学は戦場と同じだと申していたな」

「誠に。医術と兵法は同じと心得ます」

啓迪院における、日々の医術の稽古は、まさに乱世の戦《いくさ》の種々の局面と同じだった。生死のかかった瞬間が続き、油断はできなかった。

「医術に正攻法と奇法がある。だが、正攻法に優る方法はないとの話であったな」

「左様です」

道三は平伏して続けた。

「孫子の教えるところでもあります。戦は正を以て合《ごう》し、奇を以て勝つと申します」

「そうであった」

信長はうなずいた。

「わたしが係わっております医学の世界では、病には万病あると申します。しかし、つきつめて考えますと、病というものは、病者が虚しているか、実しているかの二面があるのみです」

さらに言えば、治療の要諦は、虚している者には補い、実している者には瀉《しゃ》すにあった。万病と言う通り、病気は無数にある。治療も数限りなくあるが、それも煎じ詰めれば補瀉《ほしゃ》の二面に集約できた。

「戦ではいかがでしょうか。万戦あるように思えますが」

道三はきいた。

「戦いも同じだ。攻めるか、引くかだ」

二面に過ぎないと信長は言った。

「治世にも正攻法と奇法があるように思えます。信長様は上洛後、兵士を木にくくりつけてさらし者にしたといいます」

「あれは、不届きな行為があったからだ」

先遣隊の兵士一人が、通りかかった若い女に、笠を取って顔を見せろと戯れに声をかけたという。それをきいた信長は、件《くだん》の兵士を捕縛し、宿舎の門前の木にくくりつけて見せしめにしたのだった。

その話は京の町にたちまち広がり、見物人も出たほどだった。

「あの処分は、たとえるならば、正攻法でしょうか。奇法でしょうか」

道三はたずねた。

「あれは奇法だろうな」

信長は言った。

「信長様は、兵士が京都の町衆から、たとえ一銭でも奪うような狼藉を働いた者は即刻、斬り捨てる、とお触れを出したともききました」

これは、信長の一銭斬りと称され都に伝わっていた。

「一銭斬りも京都の治安を維持する奇法と思えます。すると、正攻法は何になりましょうか」

道三はきいた。質問を発してから、自分はかなり深く疑問を呈していると思い始めた。

――信長は答えるだろうか。

と不安を覚えた。いやそれより、嫌悪や煩わしさから怒りを爆発させるかもしれないと思った。相手は大うつけで通っている。何をするか窺い知れない不気味さがあった。

道三は茶碗に残っていた木瓜茶を飲み干しながら信長の出方を窺った。

「さっき天下布武の話が出たな」

信長が落ちついた調子で言った。

道三が信長に対して恐れた、怒りや嫌悪感の爆発はなかった。

「そうでした。武力で制圧する意味ではないとのお話でした。違うのですか」

「違う。布武とは何か。武の字を見よ。戈《ほこ》を止めると書く」

信長はそう言って一息入れた。道三に武の字を思い浮かべる時間を与えたのかもしれない。

「布武は戦いを止めて戦乱の世を治めるの意味だ。おぬし、七徳《しちとく》の武《ぶ》を知っているか」

「治世の書の中で見たことがあります」

道三は記憶していた。

七徳の武は、中国・周の時代を描いた『春秋左氏伝《しゅんじゅうさしでん》』の中に記されていた。その昔、足利学校で学んだ経書《けいしょ》の一冊だった。

七徳は以下の七項目だった。
一、暴禁《ぼうきん》（乱暴を禁ずる）
一、戢兵《ゆうへい》（武器をしまって戦争をしない）
一、保大《ほだい》（国を治めて政権を保つ）
一、定功《ていこう》（功績を正しく決める）
一、安民《あんみん》（民衆を安心させる）
一、和衆《わしゅう》（人々を仲良くする）
一、豊財《ほうざい》（民衆の財産を豊かにする）
「七徳の武を知っているなら話は早い」

信長は言った。

「あの精神だ。あの七徳を実行するのだ。これを以て天下を治めるのが、いわば正攻法だ」

信長に七徳の武を教えたのは、信長の側近の禅僧・沢彦宗恩《たくげんそうおん》ではないかと言われている。

道三はこれまでに患者として診療した多くの権力者たちを思い返した。歴代の足利将軍や三好長慶、松永久秀らは、京畿を支配していれば満足していた。この国を統一する気概はなかった。さらに、その先、この国をどんな形で統治するかの展望もなかった。だが、目の前の武将は違った。七徳を積んで、国を動かそうとしている。兵士たちの規律を正し、町の人々に狼藉や略奪に及ぶ行為は決して許さなかった。

「信長様の一銭斬りのお触れは軍規を守らせる奇策でした。わたしは、信長様が天下布武を唱えられたとき、貞観政要《じょうがんせいよう》を手本にされているのではないかと思っておりました」

道三は言った。

『貞観政要』は、名君を謳われた太宗《たいそう》の言行をまとめた政治記録である。中国・唐朝の第二代皇帝・太宗の治世は、後世、「貞観の治《ち》」と呼ばれ平和で善政が敷かれた理想の時代といわれた。

「貞観の治がこの国でできれば、それにこしたことはない」

信長は遠くを見る目で天井を見つめた。

太宗は兄からの攻めをかわして逆に兄を殺害して皇帝の座に就いた人物である。信長も謀叛《むほん》を企てた実弟・信行を清洲城におびき出して殺害した。兄弟を殺害した点は、太宗も信長も同じである。その共通項に、道三は信長が太宗を意識しているだろうと想像したのだった。

――貞観の治がこの国でできれば……。

道三は信長の言葉を胸の中で繰り返した。

以前、道三は一鷗に向かって、

「戦いをやめさせ、この国を平和に導く人物を探したいと思う。そして、その人物の未病に関与したいと思う」

と言ったことを思い出していた。信長のこの言葉をきいて、今こそ心身の健康に関与したいと思える人物に出会った気がした。信長という人物をさらに知りたいと思った。

「痛たたたっ……」

突然、部屋でけたたましい叫び声があがった。何事かと一同は声のするほうに目をやった。

木下藤吉郎が腹部を押さえながら痛がっていた。一鷗が横から藤吉郎を支えた。

「無理をするな猿。おぬしには京都警護の重職がある」

あっちで休めと信長はまっすぐ廊下のほうを指さした。

信長は正親町天皇より禁裏《きんり》の警護と京都の治安維持を図る綸旨《りんじ》（命令文書）を与えられていて、それを重視していた。朝廷に敬意を払っているのが信長だった。

「殿、面目ありません」

藤吉郎は一鷗に抱えられながら部屋を出て行った。

「今は休め。だが、夜間は京都奉行役に専念して警護に励め」

信長は藤吉郎に大声で命じた。

藤吉郎がいなくなると信長は道三に、

「ところで、わしが上洛するときいて、おぬしはどうした。逃げる支度をした一人か」

とたずねた。

「いいえ、いいえ、わたしはいつも通りの生活を送っていました。門人たちにも普段通りの日課をこなすよう命じました」

道三は言った。

「ほう。おぬしはなにゆえそのように落ちついていたのだ。なぜわしを恐れなかったのか」

「それは、まったく個人的な根拠によるものです」

「個人的とな」

「医者ゆえにくだした判断です」

道三はその判断に間違いはないと信じていた。

「信長様が京に上って来るときいて、京の人々は息を殺して迎えていました。しかし、同じ戦いとはいえ、火攻めにした稲葉山城と上洛の戦いは別物だと思いました。それは身体を診れば分かります」

「身体？　何の話だ」

信長は訝しそうに道三を見つめた。

「わたしは以前、信長様の身体を診察いたしました。このたびも、先程お身体を診させていただきました」

医者なら公然と相手の体に触れることができる。息づかい、血の流れ、肌の張りがわかる。人間そのものの体力や生命力、精神力がじかに伝わってくる。道三は信長の臍下丹田《せいかたんでん》から尋常ではない強烈な放射力を感じていた。今回も同様に感じられた。それは常人にはない迫力であった。

「じつに柔らかいのです」

道三はそう言って続けた。

「その人のことは、腹を診ればまず分かります。体調も体質も、それに、心の内も。緊張している人は腹壁が張って、岩のように固く艶もありません。こうした腹の状態の人はともすると思慮に欠け、視野が狭く硬直し無謀な行為に走る傾向があります」

信長様の腹は岩からは程遠いのですと道三は言った。

「わしの腹はどうだというのだ」

信長はきいた。

「じつに柔らかく、乳児の腹です」

「なに、赤ん坊というのか」

「左様です。乳児のごとく柔らかいのです」

「そんなに柔らかいのか」

信長は首を傾げながら衣服の上から腹のあたりをなで回した。

「ご自分では分かりません。腹の表面だけの話ではありません。医者が永年の経験の上に立って腹診してはじめて分かるのが人の腹です」

「そんなものか」

信長はまだ腹のあたりをなで回していた。

「柔軟な腹を持っている人が、都で理不尽に狼藉を働くことはないと信じていました」

それで安心して、いつも通りの生活を送っていたのですと道三は言った。

四

道三は信長の治療と思いがけない治世談義を終えて、信長が陣を張っている東寺を一鷗とともに後にした。門前には兵士が隊列を作って厳戒体制を敷いていた。槍を構えつつ、通行人に鋭い視線を送っている。

道三と一鷗は山門を出て兵士の壁をくぐり抜けた。


するとそこに、兵士に首根っこをつかまれた男が一人連れられてきた。ひどく殴られたのか額から夥《おびただ》しい血を流していた。

「一銭斬り。捕まえた」

と若い兵士は勝鬨《かちどき》をあげるように得意気だった。

見るともなしに、道三は連行されてきた男に目をやった。

「欣助！」

思わず一鷗が大声で叫んだ。

「欣助、どうした」

道三は近寄り、額の傷を診た。流血の割りには、案外、深い傷ではなかったので安心した。

「この者はわしの刀を奪おうとした狼藉者だ。一銭斬りの裁きを受けて、斬られる身だ」

兵士は相変わらず首根っこをつかんでいた。

「違います。わたしはちょっとよそ見をしていて、四つ辻でぶつかっただけです」

刀を奪おうなどという気は毛頭ありませんとかすれ声で欣助は訴えた。

「おまえはちょこまかして、いつも慌てているからこんなことになるのだ」

道三は欣助を強く叱ってから、若い兵士に自分の身分を伝え、主君の信長の診察にきて、今終わった旨を説明した。

「信長様のご診察」

と若い兵士は驚いた。

「この者はわたしのところに出入りしている薬種商ですから、怪しい者ではありません」

と兵士に許しを求めた。

「それはご無礼つかまつった」

やがて、若い兵士は欣助から手を放した。

道三は兵士に礼を述べつつ、信長の上洛で、町衆同様、兵士たちも殺気だっているのを知った。

「危うく首を落とされるところだったぞ」

道三は東寺からかなり離れて、再び欣助を叱った。

「先生。申し訳ありません」

欣助はただただ平謝りだった。

「それにしてもおまえはしばらく姿を見せなかったがどうしていたのだ」

道三はきいた。

「先生、よくぞきいてくださいました」

だが、後はかすれて満足に声が出なかった。よほど必死に無実を叫んだようだ。

道三は欣助に、竹筒に残った木瓜茶を飲ませ、欣助の言葉を待った。

「堺に行っていました」

と欣助は答えた。

「薬種の買い付けか」

道三はきいた。欣助の本業は今でも薬種商である。堺には海外からの渡来薬物が豊富に集積していた。

「いいえ、視察です」

「ほう、欣助得意の内偵か」

「まあ、そんなところです」

内偵ときいて欣助は満更でもない様子だった。情報を求めて諸国を行脚《あんぎゃ》して飛びまわるのを苦にせず、情報通を自負していた。

「堺では今、突貫工事の最中です」

欣助は言った。

「工事？　港をまた広げるのか」

中国・明との貿易で潤っている堺は港の拡幅や整備を重視していた。

「いいえ、櫓《やぐら》を築き、水堀を深く掘りなおしています」

「櫓と水堀……。戦《いくさ》の準備ではないか」

「まったくです」

「どこかの武将でも攻めてくるのか」

「それを想定しての突貫工事です。浪人も続々と集められています」

「一体、誰が攻めようとしているのだ」

道三はいつも堺の動向が気になっていた。これは堺がもともと相国寺の寺領だった歴史にある。相国寺で修行した道三としては、堺という町に寺の境内のような親近感を覚えていた。

その後、堺は幕府の直轄領となり、当時、この国では珍しく自治が認められた。やがて、自治組織、会合《え ごう》衆《しゅう》の三十六人が自由都市・堺の運営をになうようになった。人々の自由な活動は活発な商いと通商貿易を生み、自衛組織を持つほどに町は潤い平和を満喫していた。そこを攻撃しようとしているのは誰だろう、と素朴な疑問が生じていた。

「攻めてくるかどうか、今のところわかりませんが、堺の商人たちが想定しているのは信長公です」

「なに、信長公が」

道三は驚きを口にし、

「信長公は堺という町をたいへん重要視しているときいている。そんな町を破壊するはずはないではないか」

と言った。

「破壊するとはいっていません。信長公は堺に矢銭《やせん》を課すと命じてきたようです」

矢銭は軍事費用を指した。

信長は軍資金調達のために、摂津の石山本願寺に五千貫を要求していた。天下布武のためには当然、軍資金は必要であろう。

「堺には二万貫を求めたといいます。堺はその額に驚嘆し、ただちに拒否しました。そこで、万が一に備え、町を固める突貫工事が始まったのです」

欣助は会合衆が信長の要求を拒否するほど強気なのは三好一党からの援軍が期待できるからですとつけ加えた。

「ただ、会合衆のあいだで動揺も広がっています」

と言った。

「会合衆は商人の集まりですから、みんな目先の利く人たちです。今は反信長で固まっていますが、信長公という新しい指導者の登場に一枚岩が崩れるかもしれません」

道三は黙ってうなずくしかなかった。

「一方で、堺の郊外では、製鉄の事業が拡大してます」

「何のためだ」

「鉄砲です。堺の商人の目の付けどころはとても常人には考えも及びません。今後、戦を牛耳るのは鉄砲だと考えています」

「鉄砲か……」

道三は鉄砲による戦の状況を想像したが、何も思い描けなかった。ただ、刀や槍、弓の戦いとは一変するだろうと考えた。欣助のもたらした情報で、自治都市・堺を巻き込んで世の中が動いているのを実感した。

欣助はかすれた声でそこまで話し、あとは黙々と歩いた。

「ところで、一鷗」

と道三はかたわらの一鷗に声をかけた。

「先ほどの件だが、わたしが信長公に使用した神仙太一膏を一鷗はなぜ所望したのだ。木下藤吉郎様は腹痛で苦しんでいたのではないのか」

「きかれると思っていました」

一鷗は笑いながら応じた。

「それとも、神仙太一膏を腹に塗ると腹痛がおさまるのか」

新発見だなと道三は言った。

「いえ、いえ」

一鷗は首を横に振って、藤吉郎は捻挫で苦しみ、腹痛は嘘だった旨を伝えた。

「そういう事情か。残念ながら見破れなかったな」

病人というのはとかく真実を話したがらないものだと思うことがあるが、あまりに身近で起きたので、道三は微苦笑を禁じ得なかった。

「わたしは藤吉郎様が信長公の前で恥をかかないよう気を使いました」

信長が藤吉郎の足に注目しないよう、一鷗は終始、体を寄せて隠していた。

「患者の名誉を守るのも医者の務めのひとつではある」

道三は自分に言いきかせるように口にしつつ、一鷗の配慮に理解を示した。

この日、帰り際、信長から、足利義昭が道三に会いたがっている旨を伝えられた。

「義昭公が」

なぜでしょうと道三はきいたが、

「さて、わしにはわからぬ」

と信長は言うばかりだった。

道三は明日、義昭に会いに行かねばと思いながら、烏丸通りを北に啓迪院へと道を進んだ。

五

翌日――道三は千恵と門人二人をともない、足利義昭が宿所にしている清水寺に向かった。この日、一鷗は木下藤吉郎のもとへ往診に出かけるというので、千恵たちを同道させた。

道三が足利義昭に会うのは初めてだった。義昭は上洛の念願を叶えるため、信長とともに岐阜から上京してきたのである。信長同様、体調を崩していて不思議はないと想像し、同行の門人に、想定した処方の薬剤を多めに薬籠に詰めさせていた。

啓迪院から加茂川沿いに出て進み、四条大橋を渡って東大路通りから清水道にたどりつくと、長くなだらかな坂が続いていた。そこを上りきると清水寺の広大な境内になるのだが、坂の半ばに来ても、まだ寺院の甍《いらか》さえ望めなかった。

清水寺の門前の広場は大勢の警護の兵で固められていた。不意の襲撃に備えてか、兵士たちは槍を水平に構えていた。

道三を待っていた案内係は本堂から何本も渡り廊下を進んだ末、奥の広間に通した。部屋では、足利義昭が淡い緑色の素襖《すおう》を着て上段の間に座し、数人の家臣たちと談笑していた。

道三が型通りの挨拶を終えると、義昭は、

「わが足利家はおぬしたちの医学校の建設にかなりの援助をしている」

と言った。色白の太った体型だった。口調は公家風の気取ったものの言い方だった。

「左様でございます。足利将軍家には支援していただき感謝しております。特に、義輝公にはお世話になりました」

啓迪院を開校するにあたり、十三代将軍・義輝には多大の援助を受けている。恩人の一人だった。それが、永禄八（一五六五）年、松永久秀らの襲撃に遭い、無念のうちに横死した。剣の道にも長け、人間的にも傑出した将軍だった。三十の若さで命を落とし、じつに惜しい人物を亡くしたと道三は今でも忘れられなかった。

「啓迪院という、そのほうの名づけた医学校はなかなか評判がよいようだな」

義昭は鼻の下に蓄えた髭をもてあそびながらきいた。

「お陰さまで、門人も育っています。啓迪院を出て諸国に散っている門人も多数にのぼっています。今日はその中の三名を連れてまいりました」

道三は部屋の背後に控えた千恵らのほうを振り返って見つめた。

啓迪院の成果として、道三は昨年、鍼灸の基本書『針灸集要《しんきゅうしゅうよう》』を著し、今年、六十二歳になって、『遐齢《かれい》小児方《しょうにほう》』を完成させた。これは日本初の小児科の専門書だった。また、道三医学の方針である察病弁治《さつびょうべんち》の集大成をめざす、『啓迪集』の完成に向け、着々と稿を進めていた。

「そうか。それは何よりだ。道三、おぬしも名医の名をほしいままにしているというではないか」

「これは、義昭様、お戯れを」

道三は手を横に振って強く否定して見せた。毎日が医学の精進に励む日々だった。名医などという意識はなかった。

「いやいや、名医に違いはない。そうでなければ、信長殿もそのほうに往診を頼んだりはしないだろう」

義昭はそこで一息入れて、

「今日はひとつその実績を見せてもらおうと思うのだ」

と義昭は言った。

「実績といわれましたか」

道三は問いかけた。

「ああ、そうだ。医学校と道三の実績だ。わしはこのところ、どうも体調が思わしくない。何をするにも億劫で力が入らず、気も晴れない。体のどこかがおかしくなっているにちがいない」

義昭は手のひらを自身の胸から腹のあたりに這わせた。

「上洛までのご多忙や移動による疲れが出ているのではないかと思われます」

お体を拝見しましょうかと道三は言った。

「うむ。そうしてもらいたいのだが、今日は、よい機会だ。おぬしが医学校を主宰している実力と実績を見せてもらおうと思うのだ」

義昭は先ほどからなぜか実績という言葉を強調していた。

「はあ……」

道三は声にならない息をもらした。義昭が何を考えているのか分からなかった。

道三はいやな予感を覚えていた。義昭は将軍家の誇りを重視して生きている。年々低下している権力の復活ももくろんでいるともきいている。策略家の振る舞いもあり、諸国の武将たちに書簡を送り復権を図っているようだった。

「その人の体調は、脈と腹を診ればおおむねわかります」

道三は言った。

「それでは普通だ。面白くない。名医なら即興で診断をつけられるのではないか」

即興医学だと義昭は上機嫌で口にして続けた。

「医学の世界に不問診《ふもんしん》という診断法があるというではないか。おぬし、当然知っておるな」

「もちろんです」

道三はうなずいた。患者をただ見て何もきかずに診断をくだし、薬方を決める方法だった。診断の基本である四診には、肉眼で観察する望診《ぼうしん》、聴覚による聞診《ぶんしん》、病者との問答による問診《もんしん》、脈と腹を診る切診《せっしん》がある。望診は一見、不問診と似ているが、望診は病者が病気を治したいと意識して医者の前にあらわれて、医者は表情や皮膚状態などから診断する。だが、不問診には病者に病気の意識が希薄である。望診と不問診は前提が違っていた。

「義昭様はそんな専門的な言葉をよくご存じですね」

道三は驚かずにいられなかった。啓迪院でもめったに話題にならない診断法だった。

「ああ、知っていた」

義昭は胸を張った。

「どうだ、今日はひとつ、この京都で名医と誉れ高い曲直瀬道三に、その不問診を実行してもらおうではないか」

お手並み拝見だと義昭は言った。

「しかし、不問診は言葉が話せない人や意識もなく眠っている病人を相手にくだすもので、義昭様のように不自由なくお話できる人は対象にはなりません」

それが不問診の原則だった。その原則を無視して診断をくだすのは医学上、邪道でしかなかった。

道三はその旨、義昭に告げた。

「何でもかまわぬ。足利家としておぬしを支援してきた当家として、その実績が見たいのだ」

義昭は恩きせがましく強引だった。

道三はいやな予感を覚えつつ、同意せざるを得なかった。

「不問診も、ただ一人でしてもつまらぬだろう」

義昭は不思議なことを口にした。

「一人で……。それはいかなる意味ですか」

道三は義昭の意図が理解できなかった。診察は一人の医者がするものだった。

するると、義昭は廊下のほうに向かって手を二度叩いた。

その音を合図に襖が開くと、一人の男が平伏して待っていた。直垂《ひたたれ》に身を包んでいた。

「面《おもて》を上げよ」

義昭が命じると、男は顔をあげた。

道三は顎の尖った目尻が妙につり上がっているその顔に見覚えがあった。

医師の半井瑞策《なからいずいさく》だった。日本の医家の祖、和気《わけ》、丹波氏の流れをくむ名門、半井家を率いていて、典薬頭《てんやくのかみ》として朝廷に出仕していた。このとき、四十七歳だった。

――半井瑞策がなぜここに？

道三は不思議でならなかった。

瑞策は部屋に進み出て、

「義昭様、お久しぶりでございます」

と言って、再び平伏した。

「かような堅苦しい挨拶はよい。わしがききたいのは不問診のことだ。そのほう、どうだ、道三と不問診合戦をしてみる気はないか。それとも、無駄であるか」

「いえいえ、道三様とお手合わせをさせていただけるなら、これはたいへん名誉なことであります」

瑞策は色白で肌も柔らかそうな顔の上に薄ら笑いを浮かべながら答えた。

「どうだ、道三。瑞策はこういっているが」

義昭はきいた。

「競い合うのはよいことだと思います。しかし、不問診で競うのはいかがなものでしょうか」

道三は反対だった。瑞策の意図が少しずつ分かりかけてきた。名門、半井家の家長にとっては、将軍家に信頼され、また朝廷からも呼ばれている道三は目の上の瘤《こぶ》でしかなかった。機会があれば道三を締め出そうと画策していると きいていた。公家宅に往診に出かけた折に、玄関で入室を断られることも一再ではなかった。半井家の横槍《よこやり》が入っているようだった。この場では、不問診合戦で取り乱す道三を露呈させ、義昭の前で恥をかかせる算段のようだった。

「道三、そう逃げずともよいではないか。わしを患者にして、医者同士が治療法を競い合うのは、医学発展のためにまたとないよい機会になるでないか」

道三はしぶしぶ従うこととなった。

「用意始め」

と義昭は家臣たちに合図を送った。

すると、家臣たちはかねて準備していたらしく、卓台を二台用意し、それぞれを衝立《ついたて》で隠した。不問診の後、道三と瑞策、それぞれが決めた処方箋をそこで筆記するらしかった。

「では、始めてくれ」

と義昭は宣言して居住まいをただした。

義昭の合図で道三と瑞策は義昭を凝視した。

二人は何もきかずに義昭を見つめた。不問診の実践だった。

しばらく無言の時間が経過した。

やがて、義昭は、

「そこまで」

と閉じた扇子で脇息を叩いた。

そして、道三と瑞策は、それぞれ衝立の裏に入り、処方を墨書した。

その処方を記した縦長の短冊のような厚紙は三方《さんぼう》に載せられ、さらに、布で覆《おお》われて義昭の前に置かれた。

「では、見てみよう。まず、瑞策のほうからだ」

と義昭は言って、瑞策の三方にかかった布を取り払って墨書された厚紙の文字に目を落とした。

「これは何と読むのだ」

首を傾げながら義昭はきいた。

「柴胡桂枝乾姜湯《さいこけいしかんきょうとう》と読みます」

と瑞策は答えた。

疲労がたまり精神不安があるときの代表的な薬方だった。

「では、道三の処方を見よう」

おもむろに義昭は道三にかかった布を取り払った。

「これは何だ」

義昭は厚紙を見つめて、さらに目を凝らした。

「どうした。道三、何も書いてないではないか」

義昭は薄く笑ったようだった。

「やはりおぬしには不問診は無理だったようだな」

と言いながらは瑞策と目を合わせた。

「白紙にさせていただいたのは、今の義昭様にはお薬が必要ないと思われたからです」

道三は言った。

「さっきもいったはずだ。わしは体調が思わしくないから薬を処方してくれと頼んだのだ。何のための不問診なのだ」

義昭は詰問した。

「今の義昭様は薬が必要なお体とは思えませんが、どうしてもといわれるのでしたら処方してもかまいません……」

道三は控えめに口にした。

「どういう意味だ」

義昭が怪訝そうにきいた。

「処方を提示したいと思います」

道三は言った。

「処方とな。それをいうのか」

「左様でございます」

「しかし、後からなら瑞策の処方を参考にして何とでもいえるではないか」

義昭はきいた。

「分かりました。それでは、わたしの紙の裏をご覧ください」

と道三は言った。

義昭は訝しげに道三の白紙の紙を裏返した。

「書いてあるな」

義昭はつぶやいた。

「それが処方です。もしお薬をぜひといわれるのでしたら、その煎じ薬をお飲みください」

と道三は言った。

義昭は白紙の裏側を瑞策のほうに示した。

そこには、瑞策の処方と全く同じ、「柴胡桂枝乾姜湯」と墨書されていて、瑞策はただただ驚くばかりだった。

ここで即興の不問診は終わった。

六

道三と千恵、それに門人二人は、清水寺を後にして啓迪院へ歩を進めていた。右手に加茂川が音をたてて流れていた。

「それにしてもひどい話です」

千恵はさっきから、ひどい話を連発させていた。清水坂の途中で、まず、ひどいと怒ってみせた。

「将軍とあの半井瑞策とかいう医者は示し合わせて道三先生を待ち受けていました」

千恵は我慢ならない様子である。

――久しぶりだ……。

道三はそう思いながら、千恵の横顔を見つめていた。義憤を覚えると黙っていられない性格だった。久しぶりに千恵の激しい一面を見た思いがした。啓迪院を率いる主宰者を尊敬すればこその態度だったのだろう。

千恵は入門以来二十余年を経て、薬剤を管理しつつ医学を徐々に身につけ、診療の力も増して頼もしい存在であった。四十歳半ばで同世代の一鷗の妻、紫乃とともに門人の世話を担っていた。道三にとっては、長く啓迪院を縁の下で支えてくれているありがたい存在だった。

「半井瑞策はお久しぶりだとかいって挨拶していましたが、あれは嘘です。何が、『かような堅苦しい挨拶はよい』ですか」

あの二人は事前に会っていますと千恵が憎々しげに言った。

「会っていただろうな」

と道三は応じた。

「先生はお気づきでしたか」

「半井瑞策があそこにあらわれる理由がない」

「そうでしたか。では、なぜあんな失礼な診察合戦に乗られたのですか」

蹴ってしまえばよかったではありませんかと千恵は不服そうである。

「それもできた。だが、わしも途中から考えを変えた」

「変えられた？」

「作戦を変更したのだ。急に半井瑞策の処方を見てみたいという気が起こったのだ」

医者は案外、他の医者がどのような診療を実施しているか知らないものである。特に、道三のように指導者になると、門人の教育が主となり他人《ひと》の医療を見る機会はほとんどなかった。また、半井家は『医心方《いしんぼう》』全三十巻を所有していた。朝廷が管理していたものを天文二十三（一五五四）年に正親町天皇から半井家に下賜された経緯がある。『医心方』は針博士・丹波康頼が永観二（九八四）年に医薬にまつわる漢籍、百数十種から文献を引用して構成した日本初の医学全書である。半井家はそれを門外不出の書物として独占し研究の機会を与えられている。道三の知り得ない医学を習得している可能性もある。だとすれば、名門の医学に触れる絶好の機会でもあった。

「そうでしたか……」

千恵はまだ不服そうだった。きっぱり撥ねつけるのが筋と考えているようだった。

「あの場面で千恵なら何を処方した？」

と道三はきいた。半井瑞策の処方はありきたりで、『医心方』医学を窺わせる部分は何もなかった。

「わたしは先生同様、薬など必要ないと思いました」

千恵は答えた。

「そのほうたちはどう考えた?」

と道三は振り返って後ろからついて来ている門人二人に問いかけた。

「わたしは何も思いつきませんでした」

門人一人が答え、もう一人も思いつかなかった。

まだ入門して間もない二人だった。思いつかないのも無理はなかった。

「あの足利将軍の体に異常は感じませんでした」

と千恵は言って言葉を継いだ。

「問題は、人を愚弄しているあの性根です。先生に罠をかけて悦んでいます。体より邪《よこしま》な心を治すべきです」

薬を処方して懲《こ》らしめてやりたいくらいですと千恵は手を拳《こぶし》にして道三に示した。

――薬で懲らしめるか……。

その方法のいくつかが道三の頭をかすめた。たとえば、体を動かなくさせる、一時的に目を見えなくさせる、下痢を止まらなくさせるなど、いずれも薬を用いればできなくはなかった。処方された人間が苦境に立つのは必至だった。だが、もちろんそれは医者の仕事ではない。

「人間、暇と財があり過ぎると悪意に満ちた遊びを思いつかせるときいたことがある。義昭の場合はきっとそれだろう」

「しかし、先生。あの将軍は不問診だといって、人の命を遊戯の対象にしています」

許せませんと千恵は言った。

「全くだ。だが、義昭の場合は自分の体を対象にしているからまだましといえるかもしれない。よほど暇なのか、それとも」

言いかけて道三は口を閉ざした。

「それとも何ですか、先生」

千恵は立ち止まっていた。

「いや、何でもない」

と道三はそのまま歩を進めていた。義昭は将軍として暇どころか、よほど追い詰められているのではないかと思ったものだった。不問診は将軍義昭が窮地に立たされて思いついた鬱憤解消の遊びだった可能性もある。

――だとすると、義昭の心は想像以上に病んでいる。

道三は自分が受けた被害や迷惑よりも、義昭の境遇に深く同情した。

それから、道三たち四人は啓迪院までの道を黙々と歩いた。

七

数日後、道三は一鷗とともに信長の陣のある東寺に、その後の信長の体調を診るため出かけた。同時に、まだしていなかった上洛の正式の挨拶もする予定だった。

上畳《あげだたみ》の上に座した信長はしごく元気だった。数日寝ただけなのに潑剌とさえしていた。三十四歳の若き武将は武術や鷹狩りで鍛えているだけに、その肉体は強靭だった。道三もその回復力には驚かざるを得なかった。

大広間には先客がすでに何人か座していた。信長の機嫌がよいのも上洛を祝して御礼を言上《ごんじょう》する面々が多数駆けつけているからかもしれない。

道三と一鷗が部屋の隅に落ちついたとき、小太りの男が三方《さんぼう》に扇子を二本載せて信長の前に進み出たところだった。台の上の扇子は半ば開かれている。

道三も見知った人物である。連歌師の里村紹巴《さとむらじょうは》だった。

扇子を見た信長は、

「舞いあそぶ千代万代《ちよよろずよ》の扇にて」

と詠んだ。

それをきいた里村は、

「二本手に入る今日の悦び」

と即興で後をつけた。「二本」は「日本」に、「今日」は「京」に掛けていた。

連句の初句と第二句が即興で成立していた。

「さすが紹巴じゃ」

と信長は祝儀を与えるよう家臣に命じた。

その次に信長に挨拶したのは今井宗久《いまいそうきゅう》だった。三方に載せた進物品は布で覆われていて、中身は窺い知れなかった。道三にとって、里村紹巴も今井宗久も啓迪院を開校するにあたってかなりの比重で世話になった人物である。じつに久しぶりに二人の姿を目にした。

脇から一鷗が道三の耳元へ小声で話しかけてきた。

「不思議ですね」

「どうした」

道三は一鷗に身を寄せ声音を落として応じた。

「堺の会合衆《えごうしゅう》は信長公が課した多額の矢銭《やせん》に反対し、抵抗の準備をすすめているという話です」

「そうだったな」

道三はうなずいた。堺の状況に詳しい欣助は、会合衆は信長の襲撃に備え、櫓《やぐら》を築き、水堀を深く掘りなおす突貫工事をしていると話していた。

「会合衆の一人である今井宗久がここに姿をあらわすのは不思議ではありませんか」

一鷗は言った。

「いわれてみればそうだな」

数いる会合衆の中でも今井宗久は代表格である。港町、堺で貿易の仕事に従事し大成功をおさめている。

「会合衆が降伏したという噂も流れてきません」

今井宗久の御礼言上は予想外ですと一鷗は首を傾げた。今井の登場が一鷗にはよほど意外な様子だった。

ちょうどそのとき、今井宗久が信長の前で深々と頭をさげて平伏し、上洛成功の祝辞を述べ始めた。

しばらくして、道三は、

「わたしにはよく分からない」

と低く言った。一鷗にそう応じるしかなかった。

「わたしも全く分かりません」

一鷗が囁き返した。

今井宗久は長々と信長に祝いの言葉を述べていた。

やがて、一鷗は、

「もしかすると、今井宗久は抜け駆けしたのかもしれません」

と囁いた。

「出し抜いたのか」

目先を読み、利に聡《さと》いのが商人である。今井宗久がその一人であっても何ら不思議はないと道三は思った。

「抜け駆けしたなら何か重要な目的があるはずです。単なる挨拶だけで堺からわざわざ出かけてきたりはしません。それに、仲間の会合衆からの糾弾も覚悟しているはずです」

一鷗の読みだった。

「それはいえるだろうな」

新指導者の上洛に新しい動きが出ても不思議はない。それが世の中というものでもあった。そういえば、欣助は、信長という新しい指導者の登場に会合衆の一枚岩が崩れるかもしれないとも話していた。その先鋒が今井宗久だったのか。だとすれば、一鷗の指摘する通り、今井には重い目的や思惑があるはずだった。

そのとき今井宗久の祝辞がようやく終わった。今井は平伏しつつ部屋を辞して行った。

その後も名士たちによる御機嫌伺いは次々と続いた。その中には、半井瑞策の姿もあった。医家の名門とあれば信長が呼んだのかもしれなかった。

最後に、道三と一鷗が信長の面前に進み出て、形ばかりの進物品を差し出した。

「おぬしたちにはわしが世話になっておる。使い物など必要ない。手ぶらでよいのだ」

信長は客たちの、いわば祝辞の嵐を受けて上機嫌だった。

「今日は大勢の来客でお疲れでしょう」

お体を拝見いたしますと道三は信長を改めて診察した。回復ぶりは望診や声の調子で大方は判断がついていたが、舌と脈と腹を型通り診た。やはり、ほぼ旧に復していた。体力もさることながら、信長の気力、精神力が行軍の疲れを解消していた。

道三は信長に体調が順調に回復している旨を告げ、かねて用意の木瓜茶を差し出した。

そして、

「木下藤吉郎様がお見えではありませんが」

とたずねた。信長のそばに侍る家臣たちの中に木下藤吉郎の姿がなかった。それは一鷗が一番気にしていた点である。

先日、道三が千恵たちとともに足利義昭の宿所に出かけた日、一鷗は木下藤吉郎のもとへ往診に行っていた。捻挫で苦しむ藤吉郎のために、大量の神仙太一膏を持参したようだった。

信長は木瓜茶を一口、ぐびりと飲み、

「藤吉郎は所用があって出かけておる」

と部屋に響きわたる声を出した。

信長の口調はそれ以上の問いかけを封じていた。道三は藤吉郎の不在に重要な任務を嗅ぎ取り、無用の詮索を控えた。

道三は信長が木瓜茶を飲み干すのを見届けた後、念のため清暑益気湯を数日分置いて部屋を辞した。

八

この年――、永禄十一（一五六八）年足利義昭は信長の朝廷への働きかけにより、十月十八日、征夷大将軍に任命された。名実ともに悲願の室町幕府十五代将軍に就いたのだった。
信長は上洛後、すみやかに朝廷に黄金百枚、綾（絹織物）百疋、綿三百把、米千五百表を奉納して最上の礼を尽くしている。朝廷を重んじるのは信長の一貫した態度だった。すでに信長は、正親町天皇より禁裏《きんり》の警護と京都の治安維持を図る綸旨《りんじ》を与えられてもいる。足利義昭の征夷大将軍への奏請《そうせい》が支障無く受け入れられたのは、朝廷が信長の実力と朝廷重視の姿勢を評価すればこそである。

足利義昭は将軍就任を受け、参内《さんだい》して天皇に多数の献上品を納めた後、よほど嬉しかったとみえ、能楽を開催しての祝宴を計画した。さらに能は観世太夫元尚《もとなお》に演能させるよう手配を整えた。

有頂天の義昭は、信長に向かい、

「この際、能楽十三番を振る舞いたい」

と申し出た。

が、信長は渋い表情で、

「世はまだ定まっておらぬ。減らしてはいかがか」

と返した。

結局、二十二日に信長を供応しての能楽はわずか五番となった。

興をそがれた義昭であったが、ひるむことなく、膳が出ると使いを送り、

「いかがであろう。副将軍か管領《かんれい》に就いては。望み次第でござる」

と信長に勧めた。

だが、信長は、

「辞退つかまつる」

と即答して断った。

さらに、祝宴の最中、義昭が今度は、

「信長殿は小鼓《こつづみ》の使い手ときき及んでいる。めでたい席でもある。ひとつご披露を」

と小鼓の打ち鳴らしを求めた。

「いや、人に見せるほどのものではない」

信長はその場で断った。

義昭の相次ぐ要求に、信長は次第に機嫌が悪くなり、表情も険しくなっていった。御機嫌取りの追従に我慢がならなかった。こび、へつらいが何物にもまして嫌いな信長である。将軍就任に浮かれているだけならまだ許せるが、副将軍や管領の提示は片腹痛かった。誰のお陰で将軍職に就けたのか。その自己肥大ぶりには呆れるばかりである。

信長は義昭による能楽の四日後、京の警護にあたる兵を残して岐阜に向けて軍を動かした。

信長が上洛後に実施した施策は、信長に関係する領地に設けられた関所の撤廃、堺と近江の大津、草津に代官所の設置、街道の整備などであった。

その新しい施策に驚きつつも期待したのは一鷗だった。

「次々とよく考えられるものです」

「あれは、上洛してから思いついたものではない。おそらく、以前から信長公の頭に計画されていた策に違いないだろう」

道三は言った。一朝一夕で思いつく策ではなかった。

道三は以前、信長と七徳の武について語り、また、貞観の治にも言及した機会があった。治世についてかなりの教養と見識を持ち合わせているのが信長だった。

「ああした発想はどこから生まれたものなのでしょうか。単なるうつけにはできない話です」

一鷗の疑問だった。

「いや、わたしも以前から同じような疑問を抱いていた。誰かが信長公に知恵を授けたに違いないと考えた。あの据わった肝も尋常ではない」

そこで欣助の協力も得て、信長の幼少期から一人前に成長するまでの過程を調べてみたのだった。

「信長に知恵を授けた人物は誰ですか」

一鷗は勢いこんできいた。

「わたしがたどりついたのは、養育係だった平手《ひらて》政秀《まさひで》だ」

平手政秀は知謀の武将だった。信長の養育係は四人いたが、その中での出来物《できぶつ》はこの武将である。信長の父・信秀の家老で、信長の十三歳のときの初陣にあたり後見を務めている人物だった。天文十七（一五四八）年、信長は美濃、斎藤道三の娘、濃姫と結婚した。婚礼によって宿敵、斎藤道三との和議を成立させたのは、平手政秀の奔走だった。

平手は信長の非凡な才覚を早くから見抜いていたのだろう。だが、その才覚が、父、信秀の死後、暴走を始める。うつけの度が過ぎ、素行不良はやまなかった。平手は何度も諫言したがやまず、ついに死をもって諫めた。諫書を認《したた》め切腹したのだった。信長、十九歳のときである。

「信長は恩人を失って初めて平手政秀の教えの意味と重さを理解したのではないか」

道三の推測である。

「平手は礼節を重んじていたから、当然、儒教を信長に教え込んだに違いない。孔子の教えの基本でもあるが、儒家では文《ぶん》を重んじる」

文は文化を意味する。たとえば、食品は人の手により調理して一品料理となる。一本の糸も綾錦に織られて衣裳となる。道は街道として整備してはじめて人間の往来が盛んとなる。世の中は、人の手を加えてこそ世の中として成立する。信長の一連の新しい施策こそ、「文」である。文化だった。

「信長公の治世は信長流の手が入ってこそだ」

道三は言った。

「信長公がこれから何をするか見物《みもの》です」

一鷗は楽しそうだった。

「布武とは何か。武の字を見よ。戈《ほこ》を止めると書く」

「貞観の治がこの国でできれば……」

信長の発した言葉が次々と道三の脳裏を横切っていた。

乱世の雄

一

信長の使者が血相を変えて啓迪院に走り込んできた。

朝の食事を終えて、教場で門人たちが漢籍や医書を広げ、それぞれの勉学を始めた時間だった。

「毒を盛られたようです」

道三はその使者の第一声に思わず身構えてきき返した。

「どんな毒だ。盛られたのは信長公か」

「いえ、木下藤吉郎様です。何の毒かはわかりません」

「藤吉郎様が」

と横に控えていた一鷗が泣きそうな声をあげた。

「すぐにお出かけをお願いいたします」

と使者は言った。

「わかった。場所はどこだ」

道三はもう外出の仕度を始めながらきいた。毒ならば一刻の猶予もない。

「八幡《やわた》です」

と使者は答えた。

「遠いな」

京都の南の端に位置し、大坂に隣接している。

道三は以前、八幡にある岩清水八幡宮《いわしみずはちまんぐう》に行った日のことを思い出していた。京都の裏鬼門にあたる南西の方角にあり、都を守護する社《やしろ》として古くから信仰されていた。男山《おとこやま》の麓《ふもと》から山頂にある上院までの山道が険しかったのを道三は記憶している。

「遠方ですので駕籠を用意させていただきました」

使者は恐縮していた。

「そうか」

道三はうなずきながら解毒のための薬剤を手早く薬籠に納めた。

そばから、一鷗が、

「わたしも行きます」

と言った。すでに同行を決めていたのか、当然のように仕度を始めていた。

「申し訳ありません。駕籠は一挺《いっちょう》しかありません」

使者は戸惑っていた。

「一挺で構わぬ。わたしは走る」

と一鷗は使者に言った。強い口調だった。

「大丈夫か」

還暦を迎えていた一鷗である。道三は一鷗の体力が気がかりだった。

「大丈夫。わたしは走ります」

藤吉郎様が気になりますと一鷗は真剣な眼差しだった。

「わかった。わたしも一鷗が一緒なら心強い」

道三はそう応じた。藤吉郎を贔屓《ひいき》にしている一鷗ならではの反応に、道三は一途な気性を感じて好ましく思った。


道三たちは早々に啓迪院を出立した。

——なぜ藤吉郎は八幡にいるのだろう。

道中の道三の疑問だった。

数日前、道三と一鷗が信長の上洛祝いと診察を兼ねて、陣所の東寺に出かけたとき、大広間の言上《ごんじょう》の場に木下藤吉郎の姿はなかった。それをたずねたとき、信長は過敏な反応を示した。道三は藤吉郎が何か重要な任務を背負って留守をしていると感じたものだった。その任務の過程で、この度の一件が起きたとすれば、どこに落とし穴が待っているかもしれなかった。

世はまさに戦国の時代であった。

藤吉郎は五百人近くの軍勢を率いて八幡にいた。岩清水八幡宮の末社、高良《こうら》神社のそばの宿屋を陣所にしていた。

案内されて、その寝所に入ったとき、道三と一鷗を目にした藤吉郎は、

「ああ、あわわ」

と床に起き上がって言葉にならない声をあげた。そして、しきりに喉をさすりながら、人指し指で喉を指さした。

「喉が痛むのですか」

道三は問いかけた。

藤吉郎はうなずきながら大口を開けて、喉の奥を激しく指さした。

道三は藤吉郎の口の中を覗きこんだ。奥のほうが赤くただれていた。

横から若い家臣が、

「毒です。先生、早く、何とかしてください」

と必死で訴えた。

藤吉郎のまわりには家臣が五、六人控えて息を殺して見守っていた。いずれも二十歳前後とおぼしき若い家臣だった。

「同じような症状の人はいますか」

藤吉郎の口の中を覗きながら道三はきいた。もちろん、舌の診察も入念に行なった。

「そんなことより、先生、早く殿の手当てを」

何とかしてくださいと若い家臣は道三を急き立てた。

すると、一鷗が横から、

「道三さん、何の毒ですか」

と小声で問いかけた。

「うむ、そこなのだが」

道三はどう答えてよいか迷っていた。

「先生。殿は急にこのように苦しみだしました。毒を盛られたに違いありません」

一刻も早く治してくださいと若い家臣は道三の着物の袖をつかんで必死だった。

「もちろん治療する。だが、始める前に一つききたいことがある」

と道三は袖の手を静かにおさめさせながら、

「この症状は藤吉郎様だけか」

とたずねた。

すると、寝床の藤吉郎が左右に手を振りながら、何か伝えようとした。だが、相変わらず満足な声にならなかった。

「殿だけではありません。他に四、五人が同じ症状です」

と若い家臣は言った。

「そうか。その人たちはどこにいる」

道三はきいた。

「重臣が使う控えの間で苦しみながら横になっています」

「重臣? その四、五人というのは重臣たちなのか」

「左様でございます」

「重臣以外に症状は出ていないのか」

「いません」

「いないのか……」

道三はおぼろげながら、藤吉郎に喉症状を引き起こした原因のようなものがつかみかけてきていた。

「その重臣たちは藤吉郎様と同じものを食したのではないのか」

「その通りでございます」

若い家臣はうなずいていた。

「朝の食事を藤吉郎様はいつも重臣たちと共にする。だが、若い家臣たちは別の献立のものを食べる。違うか」

「その通りでございます」

若い家臣はさらに大きくうなずいた。

道三は若い家臣に料理番を呼ぶように伝え、その上で一鷗に重臣たちの様子を見てくるように依頼した。

二

道三は料理番と別室で対応することにして、ひとまず寝所を出た。すぐにあらわれた料理番があまりに若いので道三は少し驚いた。よくきくと古株の料理番が体調を崩し、見習いの彼が当番になったという。


道三は朝餉《あさげ》の献立と使用した食材を細かくたずねた。

「そうか」

道三はうなずきながら、筆を走らせて記した食材の数々をあらためて確認した。

――これか……。

藤吉郎に喉症状を招いた原因が突きとめられたような気がした。

道三は若い料理番からの聞き取りを終え、早急に用意してほしい物を伝えて調理場に帰した。

そこに戻ってきた一鷗の報告では、重臣たちの様子はほぼ藤吉郎と同じで喉の奥にひどい痛みを訴えていた。

「藤吉郎様のそばにいなくていいのですか」

一鷗は道三が病床を離れたことを心配していた。

「安心してほしい。毒とおぼしき原因がほぼわかった」

道三には治療の目処《めど》が大体ついていた。

「そうでしたか。それなら早く治療を」

と一鷗は急いていた。

「今、治療のための材料を待っている。藤吉郎様を苦しめているのは毒といえば毒かもしれないが、めったに人を殺《あや》める毒ではない」

道三がはじめに藤吉郎を診たとき、藤吉郎は一人で起き上がる元気があり、顔色もそう悪くなかった。また、毒物を盛られた舌の状態でもない。毒ならふつう舌は赤黒くなるはずだった。喉症状の原因はわからなかったが、命を落とすような緊急状況ではないと判断し、一安心したのだった。

そこへ若い料理番があわただしく盆を持って戻ってきた。

「用意するものというのはこれだけでよいのでしょうか」

盆には茶碗二個と水差し、酢が載っていた。

「それでよい」

と道三は答え、一鷗とともに藤吉郎の寝所に戻った。

道三はただちに治療に入った。

「この水で口をすすいでください」

と茶碗に準備した水を藤吉郎に差し出した。酢を水で薄めた液体だった。

「ああう……」

藤吉郎は声にならない声をあげながら茶碗の液体を警戒して見つめていた。

「大丈夫です。楽になります」

こちらに吐き出してくださいと道三は別の茶碗を藤吉郎の口許に近づけた。

やがて藤吉郎は茶碗の水を口に含み、少しすすいで道三の持つ茶碗に吐き出した。

道三はその酢水の口すすぎを七、八回繰り返させた。

「これで楽になるはずです。しばらくお休みください」

と告げて道三は一鷗をともない寝所から出た。

「あれで楽になるのですか」

一鷗は別室で不思議そうに問いかけた。

「大丈夫だと思う」

道三は確信していた。

「吐剤か下剤で毒を処理するのかと思っていました」

一鷗はまだ心配そうだった。

「いや、蒟蒻芋《こんにゃくいも》の毒に当たったようで、酢で痛みを解消できると考えた」

若い料理番が藤吉郎や重臣に出した朝の膳に里芋の煮つけが入っていた。この時期、蒟蒻芋は収穫の季節でもあり、里芋と間違える場合が見受けられた。

「おそらく、あの若い料理番は蒟蒻芋を里芋と勘違いして料理し、膳に載せてしまったのだろう」

蒟蒻芋の毒に当たると、喉に焼けつくような痛みを感じる。それを解消させるには薄い酢水が良薬だった。蒟蒟芋は灰汁《あく》で煮て下処理しないと毒が消えなかった。大陸からの伝来植物で、はじめは便秘解消の薬用だった。やがて食品にもなったが、使い方を間違えると毒になる。特に、生《なま》で食すと窒息死する恐れがあった。実際、暗殺の手段に用いられた例も少なくなかった。

「美味しく食べたようですが、恐い食べ物ですね」

一鷗は声をひそめていた。

半時《はんとき》（約一時間）ほど経って、道三と一鷗は再び寝所に向かった。

藤吉郎は床に起き上がり家臣たちと談笑していた。

「おぬしたちのお陰で嘘のように治ったわ」

藤吉郎は喉をさすりながら笑いを浮かべた。声も正常に戻り、さっきまでの苦悶の様子とはうってかわった表情だった。

道三は喉にあらわれた症状の原因と治療についてかいつまんで説明した。

藤吉郎はしきりにうなずいてきいていた。

喉の話が一段落したところで、一鷗が、

「捻挫のほうはいかがですか」

とたずねた。

「それも良くなった」

藤吉郎は痛みが解消されたのか、右足の甲のあたりを叩いてみせ、

「おぬしたちには何か褒美をとらせねばならないな」

と口にした。

「いいえ、わたしたちは病を治すのが仕事ですから」

道三は、一鷗が藤吉郎に処方した痛み止めの塗り薬、神仙太一膏がよく効いたと思いながら答えた。

「それにしましても、今日は、ここ八幡に来るとは思ってもみませんでした。京都警護がお務めときいていましたので、てっきり京都の町中におられると思っていました」

これも道三の正直な感想だった。

「そのことか。なに、堺からの帰りなのだ」

藤吉郎はするりと口にした。

先般、道三と一鷗が祝賀と治療のため信長に会いに行ったとき、藤吉郎は不在だった。

それはどうやら、この堺行きにあったようだった。八幡は大坂を経て堺への道筋にある要衝の地だった。

堺行きをごく当然のように答えたのは、そこに秘密性がないためか、あるいは、戦に関係のない医者の道三と一鷗だからこそ話したのかは判然としなかった。

しかし、道三は八幡にわざわざ治療に来た医者に気を許して話してくれたと解釈した。

果たして、藤吉郎は堺行きをみずから話し始めた。

「茶人の今井宗久とともに堺と京都を往復したのだ。仲を取り持つ男がいたので少し案内を頼んだ」

「その案内した男というのは、もしかすると、壺屋の欣助という人物ではありませんか」

と道三はきいた。確証はなかったが、堺がらみで何となくそう思ったのだった。今井宗久らの会合衆の動向に詳しい。しばらく欣助の姿を見ていなかったのも関係を想像させた。

欣助の名前をきいて、藤吉郎の目が大きく見開かれていた。ただでさえ丸い大きな目がさらに開かれ、猿というあだ名にふさわしい顔になっていた。

「おぬし、どうして知っているのだ」

藤吉郎の目はまばたきもせずまだ見開かれていた。

「欣助はわたしの医学校にも出入りしている堺の薬種商です。世話好きで、わたしも今井宗久さんを紹介してもらった口ですから、あるいはと思ったのです」

「そうか。おぬしも欣助を知っていたのか。世間は広いようで狭いな」

藤吉郎はいまさらのように口にした。

道三は相変わらず陰で動いている欣助を知った。深入り過ぎて怪我をしなければと思うばかりだった。

藤吉郎に蒟蒻毒の影響はほとんど消えていた。帰り際、道三は藤吉郎のために一応、腹具合を整える薬を置いて宿所を後にした。

京都までの帰りに藤吉郎は一鷗にも駕籠を仕立ててくれた。

「ありがたいことです」

一鷗はただただ藤吉郎に感謝していた。行きは、大丈夫と一人走ったものの、やはり息があがってかなりきつかったようだった。

二人の駕籠はいつのまにか京都の町中に入っていた。八幡あたりの郊外から帰ると、京都の賑わいは格別だった。大勢の人が行き交っている。

その頃、京都では風流《ふりゅう》踊りが流行していた。踊り手は鉦《かね》や太鼓、瓢《ふくべ》（ひょうたん）などを打ち鳴らし笛も加わり、念仏の南無阿弥陀仏を節に乗せながら唱和していた。風流踊りの大元をたどれば、平安時代の念仏踊りに端を発していて宗教的な意味合いが強かったが、永禄年間の踊りは宗教よりも娯楽の要素が多分に占められていた。

　この頃の風流踊りは誰が、いつ流行らせたかははっきりしていなかった。その日その日に自然発生的に踊りと音曲が始まり、誰もが自由に踊りの輪に加わりただただ南無阿弥陀仏を唱えながら楽しく踊るだけである。さらに、信長が上洛して以来、京都の町衆の行動を制限するような素振りを見せなかったので、自由の空気が町中にあふれたことも風流踊りの流行に拍車をかけた。解放された気分が常習的にかもし出されていた。

　道三と一鷗の駕籠が丸太町通りまで来たとき、ちょうど風流踊りの一団があらわれた。

　道三と一鷗は駕籠をおりて見物に加わった。

「いや、いや、賑やかですね」

　一鷗は踊りの行列を楽しそうに眺めた。

「一鷗も列に入って踊ったらどうだ」

　道三が茶化した。

「踊ってみたい気持ちは山々ですが……」

　一鷗はわずかに手を動かすばかりである。

　その間にも、道三と一鷗の前を踊りの集団が続々と通り過ぎて行く。いつ途切れるか知れない大行進だった。

　見物人も多数くりだし、丸太町通りはさながらお祭り騒ぎだった。

　うつけと噂された信長は京都の町の秩序に心をくだき、一切の狼藉を許さなかった。京都の町衆は、信長のそこに乱世をまとめる器量を見いだしていた。

　風流踊りはますます盛んになった。

三

　驚くべき手さばきであった。

　道三と一鷗はただただ千恵の手元を見ていた。

「これぞ一寸の二十五切りだな」

　道三は感心して千恵の素早い手の動きをひたすら見つめていた。

　包丁を握った手を激しく動かし魚の身を切っていた。鱧《はも》の骨切りの技《わざ》だった。開いた鱧の身を一寸（約三センチ）の幅で二十五回包丁を入れ無数の小骨を切るのだった。身は切るが、皮は切らずに残す。熟練した料理人しかできない技である。

「これは……」

　神技ですねと一鷗は驚嘆してつぶやいた。

　京都で生で食べられる魚といえば、鯉や鮒《ふな》、鮎などの淡水魚に限られていた。

ところが、瀬戸内海で獲れた鱧は京都に運ばれても生で食べられるのだった。皮膚呼吸する生命力の強い魚で、陸にあげても一日は生きている。海から遠い山国の京都で、鱧は海の魚として生で食べられる唯一ともいえる魚だった。だが、高級魚なので庶民には縁のない魚でもあった。

その鱧を門人の一人がどんな方法を使ったのか、数匹手に入れて啓迪院に運んできたのだった。

「どこでこんな技を身につけたのだ」

鱧の骨切りが終わってから一鷗は千恵にたずねた。

「どことい われましても……、ただ、料理に携わっていれば、誰にでもできることではないですか」

千恵は料理を作る手を休めずに答えた。

「いや、いや。これは誰もができることではない」

そう思いませんかと道三に問いかけた。

「まったくだ」

たいした包丁さばきだと道三は再び感心してみせた。

千恵は料理を続けながら、

「ただ、気をつけなければならないのは、歯です」

と言った。

「歯？」

一鷗がきいた。

「鱧の歯です」

見てくださいと言いながら、千恵は切り落とした鱧の頭部の口を開いて中を示した。鋭い歯が鋸《のこぎり》状に並んで生えていた。

「死んでいると思っていると、いきなり噛んでくる場合があります。油断できません」

「噛まれたことがあるのか」

「あります。何度か噛まれました」

千恵は照れながら言った。噛まれるとなかなか血が止まらないという。

千恵は鱧の切り身を湯通しした。すると、白身は花が咲いたように開いた。

道三と一鷗はそれに酢みそをつけて口に運んだ。両人とも何年か振りの鱧料理だった。

「美味い」

の言葉が思わず道三の口をついて出た。

道三の日常は、患者を診察し、門人を教え、医学書の執筆に追われる日々だった。また、武将や足利将軍、天皇からも往診の依頼が届いた。多忙な日が続いていた。

道三はもう一切れ、鱧を舌に載せた。

醴料理は戦国の世に味わうにはあまりにも贅沢な料理であり、醴は道三に至福の時間をもたらした。

――こういう時間があるのはいいものだ。

道三は上品な味を堪能しつつ、しばしの幸福と充実感に浸っていた。

四

上洛していた信長は永禄十一（一五六八）年十月二十六日になって、突然、京都を離れ、岐阜に戻った。一カ月と経たぬうちの行動だった。

「統治体制を整える大事な時期になぜ京都を離れるのでしょうか」

と一鷗は首をかしげたが、道三も同じ思いだった。道三にも理由はわからない。

後で欣助がもたらした話では、信長に帰郷を進言したのは藤吉郎だという。三好一党が密かに反撃を狙っているのを察知し、ひとまず京都を脱出するよう具申《ぐしん》したようだった。

ところが世間では、

「朝廷から京都警護のありがたい命を受けながら、じつにもったいない。何を考えているかわからない。やはり、うつけだったのか」

ともっぱらの評判だった。都人《みやこびと》は、あれこれかしましく噂した。

その信長という新しい京都の主がいなくなると、それまで以上に目立って旧勢力の動きが活発になった。藤吉郎の予想通りだった。

三好三人衆の一人、岩成友通《ともみち》が諸将の残党を集めて京都周辺で戦いを進め、勢力を拡大し始めた。そして、年が明けて間もなくの永禄十二（一五六九）年一月四日には下京・六条の本圀寺《ほんこくじ》に仮寓《かぐう》している新将軍・足利義昭を脅かすまでに迫ってきた。

将軍の護衛は手薄だった。仮寓所が包囲されると池田勝正《かつまさ》らが駆けつけ包囲を解いた。だが、防御一方で危機的な状況に変わりはなかった。このとき、摂津の荒木村重が兵を引き連れ三好一党を背後から攻めたてた。不意を衝かれた敵は俄《にわか》仕立ての兵士たちとあって陣を乱した。

日が改まっても本圀寺を攻めたてる戦いは一進一退を続けた。洛中の戦いはまだ止みそうになかった。

京都への三好一党の侵入は早々に岐阜の信長に伝えられた。

信長はすぐに動いた。降りしきる大雪をついて、厳しい冷気の中、信長は岐阜を発ち、兵士たちを鼓舞して進軍した。凍死者も出る厳寒の強行軍だった。

十日に京都に入った。

「信長、来る」

の報に三好一党はたちまち逃げ去った。

信長は悠々と下京の本圀寺に入るとともに、三好一党の残党狩りを命じた。降伏した者に切腹を命じ、捕らえた残党をことごとく処刑した。

信長はこの機を逃さず、誰が真の為政者であるかを印象づけたのであった。

さらに、信長は将軍・義昭の新しい御所の造営を命じた。幕府の安泰のためにも防御に配慮した新御所の建設は、このたびの三好一党の襲撃を見ても必要だった。場所は上京・勘解由小路室町《かでのこうじむろまち》とした。十三代将軍・義輝が幕府を置いた縁《ゆかり》の土地だった。

信長は二万五千人もの人夫をみずから指揮して、わずか二カ月後には壮麗な新御所を完成させた。この驚くほど短期間の普請は、信長が新権力者である証を都人に示すのに効果的だった。

次いで、信長は二月末、撰銭令《えりぜにれい》を発した。

撰銭令は貨幣の通用基準を定めた法令で、当時出まわっていた悪銭を含めて各種の銭貨の通用価値を新たに定めて取引の安定化を図った。悪銭も等級付けして使用を認める現実的な法令だった。また、キリスト教の布教も認め朱印状を宣教師、ルイス・フロイスに与えた。

信長は軍事面ばかりでなく、政治、経済、文化、宗教など多岐にわたる領域にまで独自の施策を打ち出し、実行に移した。天下布武の実施である。京都に、いわば信長体制を着々と構築していた。そこに足利将軍への遠慮や気配りは一切なかった。

まさに乱世の雄であった。

五

道三は往診を頼まれ一鷗とともに本圀寺に信長を訪ねた。信長は家臣たちに囲まれ悠然と上畳《あげだたみ》の上に座していた。

「少し喉が痛むのだ」

信長は咳き込みながら言った。いつもの澄んだ柔らかい声音とはほど遠く、声は嗄《か》れていた。

「大雪をついて上洛されたときいています。寒気にあたったからでしょう」

道三はそう言いながら信長のもとに寄った。

道三の診察が始まると、小姓を除いて家臣たちは退室して行った。

道三は信長の舌を診、脈をとった。信長はなぜか気が苛立っていた。

「大雪から一月《ひとつき》以上も経っている。喉のことは今ごろ関係ないだろう」

信長は脇息《きょうそく》を小刻みに叩きながらかすれ声で言った。

「直後に影響を受けていたと思われますが、あまり症状にあらわれずに今日まで隠れていたのでしょう」

「そんなこともあるのか」

「珍しいことではありません」

「そうか。この声と喉を何とかしてくれ」

治るかときいた。

「もちろん。治ります」

信長の気が苛立っている症状も考慮し、道三は薬方として麦門冬湯《ばくもんどうとう》を選択していた。麦門冬、半夏《はんげ》、大棗《たいそう》など、六剤から構成される処方である。麦門冬には乾燥した体を潤し、いらいらした気分を鎮める優れた作用がある。

「早く治せるか」

信長は急《せ》いていた。

「症状からみてそれほど時間は必要としないと思われます」

「そうか」

信長はうなずいていた。安心したのか脇息を叩く指が止まった。

道三は一鷗に別室で薬方を調合して煎じ薬を用意するよう依頼した。

「わしは喉を痛めたが、喉といえば猿が以前、喉を痛め声が出ないと騒いだことがあったようだ」

信長は一鷗の後ろ姿を追いながら言った。

「藤吉郎様のご病気のことをよくご存じですね」

たとえ信長の家臣とはいえ、勝手に藤吉郎の病状を話すのは避けたいと思いつつ、道三は八幡で診た藤吉郎の赤くただれた喉を思い出していた。

「ああ、猿からきいた。毒を盛られたに違いないと猿は一時、これで終わりと観念したという。だが、原因が蒟蒻芋《こんにゃくいも》というのはお笑いだな」

信長は肩を揺すって笑った。

「いえ、信長様。蒟蒻芋は軽視できません。うっかり生《なま》を食しますと命を落とす場合もありますし、暗殺手段に用いられたりもします」

「そうか」

危険だなと信長は真顔になった。

「まったくです。ゆめゆめ蒟蒻芋を軽く扱うことはできません。わたしも藤吉郎様に大事がなくてよかったと思いました」

「そうであったか」

信長はそう返事しながら胸におさめた後、

「そのほう、猿のことをかなり気にしているようだな」

と道三を扇子で指し示した。

「いいえ、特別に気にしていることはありません。今、別室で薬方作りをしている一鷗のほうが、わたし以上に藤吉郎様の状態を心配していました」

道三は言った。あのとき、一鷗はかなり取り乱して、早く、早く、解毒をと叫んでいた。

「ほう、あの男が」

と信長は一鷗が退室して行った廊下のほうを見やった。

「何らの門閥の出でもなく信長様の身近で仕えている藤吉郎様の武勇や機略をきくにつけ、一鷗は、いや、わたしも感服し、親近感をおぼえるのです」

「そうか」

信長は満足そうにうなずいた。

「信長様が藤吉郎様を重用されているのを拝見して思うことがあります」

と言って、道三は口ごもった。口にしてから少し軽率だったと後悔した。

「何だ」

信長が催促した。

「いや、これを申しあげては不遜なことになります」

失礼いたしましたと道三は平伏した。

「そこまで口にしたのだ。いってみよ。許す」

信長はしわがれ声で強く促した。

「わかりました。不遜を承知で申しあげるのですが、人物の登用は国の将来を左右すると思われます。わが医学におきましても、家柄や門閥を重視しては発展は望めません。実力こそ大事かと存じます」

と話して道三は続けた。

「実力を大事に掲げて家運を高めた大名がいます」

「ほう、どこの大名だ」

信長がきいた。

「越前の朝倉家です」

越前（福井県北部）では、朝倉敏景《としかげ》の時代に、守護代から戦国大名にのし上がり、一乗谷《いちじょうだに》に城下町を築いている。応仁の乱のころの話である。

「朝倉家には十七カ条に及ぶ家法があり、わたしはその第一条に注目するのです」

道三は言った。

その家法の第一条では、宿老《しゅくろう》（年老いた重臣）を定むべからず。其身の器用忠節によるべく候、とあった。実力主義の標榜であった。

「宿老には程遠い藤吉郎様を重用されているのを拝見するにつけ、信長様は朝倉家の家法を参考にされているのではないかと思うことがあるのです」

不遜を口にしましたと道三は頭を下げた。

すると、信長はにわかに、

「そのほう、なにゆえそれほど朝倉の家法に通じているのだ」

と疑念に満ちた眼差しを向けた。

部屋の空気が一気に張りつめた。信長は道三の答えを待っていた。

信長の美濃と朝倉の越前は国を接していて緊張感に支配されているのが両国だった。美濃の領主・信長にとって、朝倉家の話は無視できなかったようだ。

「わたしどもの医学校には諸国から入門者が訪れています。越前国も例外ではありません」

道三は言った。

「そうであったか」

信長は安心したようにうなずいた。

しばらくして、

「そのほうとは以前、七徳の武の話をしたものだな」

と口にした。

「御意。貞観の治のお話もさせていただきました」

道三は平伏しつつ答えた。自分が話した話題を信長が覚えていてくれたことに少し驚いた。

――布武とは何か。武の字を見よ。戈《ほこ》を止めると書く。

そう言った信長の言葉が脳をよぎった。貞観の治がこの国でできればとも話していた。

道三は信長という人物について、みずから学び、また諸所諸国の情報を仕入れ、おのれの為政に活かす武将と考えていた。だからこそ一連の新しい施策も実行できる。その自由な発想と進取の精神が、信長をして強大にし、乱世の雄に昇らせたと思った。

「孟子の言葉を思い出しました」

道三は言った。

「しかし、これは再び不遜を働くことになります」

「構わぬ。いってみよ」

と信長は興味を示した。

「敵国外患《がいかん》無きものは国恒《くにつね》に亡ぶです」

敵国から攻められる心配のない国や問題を抱えていない国は平安に馴れきって油断し、とかく滅びの経過をたどりがちになるという意味だった。

道三が大事にしている銘の一つだった。

「国を治めるについて、敵を常に想定した緊張感が大事と戒めています。しかし、これは国ばかりでなく、個人も同じと心得ます」

「個人……。そのほう自身か」

「左様でございます。わたしの敵は病気ですが、おのれの敵もいます」

「どういう意味だ」

信長はきいた。

「おのれを甘やかす怠惰な心です。しかし、これは理想の話でありまして、現実は理想に程遠いものがあります」

「そうか。だが、思ったように行かないのが人生ではあるな」

信長はかすれ声で言った。


そこへ一鷗が煎じ薬を持って部屋に戻ってきた。

道三は信長に煎じ薬を差し出し、飲み終えるのを見届けて、翌日の往診を約束し部屋を辞した。

道三と一鷗が啓迪院に帰ると、欣助が待っていた。

「ご無沙汰しています」

と言いながら如才なく笑いかけてきた。突然あらわれるのがこの男だった。

「おまえ、藤吉郎殿を堺まで案内したというではないか」

道三は言った。

「先生、それは地獄耳ですね。負けました。どこでおききになられたのですか」

「どこでもよい。おまえもよくよく考えて動かないと怪我をするぞ」

「これは先生に叱られてしまいました」

欣助は頭を掻きながら恐縮の態だった。

それから、欣助は、

「信長という武将は何を考えているか分かりません」

と急に不満な様子で言った。

「どうした、いきなり」

道三は先程まで一緒にいた人物の名前が出てきていさ

さか驚いた。まさか欣助が道三の行動を掌握していると は思えなかったが。

欣助は道三も知らなかった、信長の新たな動きと情報をもたらした。

欣助は薬種商人の一人として信長の新施策に疑問を持ったようだった。

信長は永禄十二（一五六九）年二月末、撰銭令を発した。貨幣の通用基準を新たに定めた法令だった。

「今度さらに条例が追加されました」

と欣助は言った。

その内容は、米での取引は禁止され、糸や薬物の取引が一定以上なら金や銀をもって行なうとしたものだった。

「今までなら米を使って取引していれば事は済んだのです。それができないとなると、これは厄介です」

商売がやりづらくなりますと欣助は言った。

「だが、考えてみれば、米は金《かね》ではない。米はあくまで米であり、食物である。商取引では、世の中に出回っている金銀を使うのが本筋ではないのか」

その当たり前を信長公は実践したのだろうと道三は応じた。

「そうかもしれませんが、わたしたち商売人には昔からの習慣というものがあります。それをたった一枚のお触れで変えられたのでは、商売上やりにくくなりそうです」

「混乱はあるかもしれないが、信長公は動かしたいのではないのか」

「動かす……。金《かね》をですか」

「いや、新政策で世の中を動かしたいのだろう。それが新しい時代を拓く原動力になると信じているのではないのか」

「さて、どうなのでしょう。自分の計画に酔っているだけかもしれません」

欣助は懐疑的だった。

「そういえば、信長公はこれまで特権を持っていた座《ざ》を解散させ、独占販売や非課税の権利を持っていた業者を排除して自由な取引に変えようとしています」

「ほう、それは大胆な改革だな」

「それを楽市・楽座と名付けて公布したようです」

「らくいち？」

道三はききかえした。初耳だった。

「らくいち、らくざです」

欣助はそう言って、信長が法令で命名した政策名を漢字で道三に示した。

——楽市・楽座か……。

道三は胸の中でつぶやいてみた。人々が自由に往来する様が思い描けた。市がたち、大勢の人たちが買い物や飲食を楽しむのである。売り手のかけ声や客の笑いが混じり合う、活気にあふれた世界が想像された。それは、信長の義父である斎藤道三が不完全ながら、美濃ですすめていた施策の一つでもあった。よかれと思う政策を積極的におのれの治世に取り入れるのが信長という武将だと思っていたが、商取引の世界でもその精神を発揮したようだった。

道三は欣助が墨書した、「楽市」「楽座」の文字を見つめていた。

欣助も同じように墨書を見つめていたが、やがて、

「信長という人は、商売のあり方を根本から変えるつもりかもしれません」

と言った。

「変わるだろう。これから商人の世界は一変するぞ。信長公は本気のようだ」

道三は信長の既成概念を打破する覇気と決断は尋常ではないと考えた。その象徴を楽市・楽座に見る思いがした。それまでの商習慣の全否定である。信長は軍事や政治ばかりでなく、経済、法律、交通など、あらゆる分野に至るまで新機軸を模索し、実行しようとしていた。新政策で世の中を動かし、戦国の世を変えようとしている。

——わたしも変わらねば……。

道三は自戒した。三十六歳の若い信長に教えられた気がした。毎日が惰性に流れるのではなく、発見と精進の日々にしなければならないと思った。

——しかし……。

しかし、信長は疲れてもいると道三は思った。天下を牛耳ろうとする戦国武将は、単に敵軍を撃破してそれで済む問題ではない。為政者として、統治した地域と民《たみ》を支配し、維持しなければならない。また、いつ敵の反撃に遭うかしれない。乱世の雄とはいえ、一刻も気の休まる暇《いとま》はなかった。

権力者は権力者なりに、持った権力の重みに心身ともに疲れ果ててもいる。そのためであろう、信長にも疲労が蓄積され、喉や腹の不調としてあらわれた。

乱世の武将たちが抱えた、そうした病や苦痛、苦悩をできるだけすみやかに除去するのが、医者としてこの時代に生きる自分の務めだと道三は改めて認識した。

すると、欣助は、

「信長公は一町《いっちょう》切りとかいうものを始めるつもりだときききました」

と口にした。

「一町切り？」

道三には初耳だった。一銭斬りならきいている。狼藉を許さず厳しく処罰する信長の施策だった。

「たとえわずかな金額といえども悪事を働いたなら容赦なく首を斬る。そして、町に犯罪者が出るとその町の住人全体に責任を負わせるというのです」

「町の住人全体か……。信長公は洛中を支配するため町組織に注目したようだな」

王城の地、京都には古くから町単位の住人組織が存在していた。そうした町の年寄りは上洛した信長に先を争って挨拶に訪れたものだった。

信長はその京都で続く町の組織を、そのまま統治手段として利用するつもりのようだった。

「一町切りが実施されますと、町衆は互いに監視し合うことになり、これは住みづらくなるでしょうね」

欣助は顔をしかめて見せた。

「町単位で連帯責任を負わせようというのは、京都の治安を保つ方策としてはよいかもしれない」

欣助がもたらした信長の新たな動きと情報は道三に新鮮な驚きを与えた。

「できるのでしょうかね」

欣助は疑問を持ったようだった。

「信長という人は新しいことを次々にやりたいようですけど、京都の町衆を敵にまわすようなことをしていると思わぬ反撃に遭いますよ。信長という武将は何を考えているのかわかりません」

「確かにわからない部分が多い。だが、信長は出したお触れは必ず実行に移すだろう」

道三は確信していた。乱世の雄として躍り出ている。

一町切りの施策は信長の単なるこけ脅しではなく、公布通り実行に移された。

その一例として、永禄十三（一五七〇）年十二月、一条町から火災が発生し上京の広い範囲にわたり類焼したときの処理がある。このとき、信長の命で、藤吉郎は火事を出した住人と月行事《つきぎょうじ》（その月の事務を扱う当番）を処刑して、見せしめに焼け跡に曝《さら》している。

都人《みやこびと》は連座制における処罰の厳しい実態を見聞きして、信長に畏怖の念を抱いた。

信長の地位と権力は確実に王城の地・京都で定着しつつあった。

六

その日、道三と一鷗は信長の往診のため本圀寺に出かけた。

大部屋に案内されて、信長を一目見て道三は驚きで思わず立ちつくした。

かたわらの一鷗も口を開けたまま身動きしなかった。

信長は奇妙な真紅の衣装を身につけ部屋の中央に立っていた。周囲に納戸役《なんどやく》が数人控えているところをみると、信長はその衣装を着終わったばかりだったようだ。

道三も一鷗も生まれて初めて目にする衣装だった。

「どうした。何を立っている。遠慮はいらぬ」

入れ、と信長は上機嫌で手招きした。以前のかすれ声は消え、なめらかな元の口調に戻っていた。

処方した麦門冬湯が的確に効いたようだった。

「どうだ。似合うか」

と信長は上半身に羽織った真紅の衣装を両手で持ち上げて広げて見せた。

信長のいでたちは、頭に平たく丸い被りものを乗せていた。首には高さ一寸半（約五センチ）ほどの蛇腹《じゃばら》風の丸い襟布が首全体をぐるりと取り巻いていた。上半身は真紅の衣が肩からすっぽりかかり、下半身は黒くふくれた袴《はかま》のようなものをはいて足首ですぼまっていた。その袴状の前面には細い金色の縦の線がはいっていた。

道三は奇妙で派手な衣装に言葉が出なかった。

「似合うかときかれても困るか」

と信長は反応を窺っていた。

「まことに……」

道三はまだ返答に窮した。

「南蛮渡来の衣装だ。堺の商人がイスパニア人（スペイン人）から手に入れ、わしに贈ってきたものだ」

信長は楽しそうに言った。

「わしは気に入っている。おぬしたちも着てみたいというなら、他にも衣装が揃っている」

どうだ、着てみるかと信長はきいた。

「いえ、こうして拝見するだけで十分です」

道三は平伏しつつ、献上した堺の商人というのは、おそらく今井宗久あたりにちがいないと思った。

信長はよほど南蛮衣装が気に入ったようで終始笑みがこぼれていた。道三が信長のそのような満面の笑顔を見るのは初めてだった。商人というのは人の気をそらさずにうまく取り入るものだと、それはそれで感心していた。

「ついでだ。南蛮渡来の物を見せよう」

と信長は真紅の衣を翻《ひるがえ》して上座に近づくと、置物にかぶせてあった布を取り払った。

丸い球形の置物だった。蹴鞠《けまり》の鞠よりかなり大きな球体の上には何やら絵が描かれていた。

「これは地球儀という物だ。この世はこのように丸くなっている」

信長が球の部分に軽く触れて動かすと、球は軸を中心にして回転した。

「この地球儀には他国の様子が描かれている」

と信長は言いながら、

「ここが、わが日本だ」

と地球儀の一点を指さした。

四つほどの島からなる部分に道三は目を凝らした。

——これが日本か……。

海の広さや他国に比べ日本は小さいと思った。

——こんなに小さい島国なのか。

道三は初めて自分の国の大きさを知った。

当然、信長はその小ささに気づいているはずだった。小さな国を制圧して天下を取るなどたやすいと思ったか。あるいは、もっと国土を広げて大きな国にしようと考えたか。信長の胸のうちなどわかるはずはなかったが、この武将が日本の置かれている立場や事情を深く認識しているだろうということは想像できた。

「イスパニアはこのあたりだ」

信長は地球儀を回して日本とは正反対の場所に指を置いた。

「日本と遠く離れたここから、地球儀もこれも届いたのだ」

信長はそう言いながら着ている南蛮服を再び広げて示した。

それから、信長は虫眼鏡や時計、望遠鏡など、珍しい南蛮渡来品を道三と一鷗に誇らしげに見せた。

やがて、何を思ったのか信長は、

「おぬしたちの処方した薬でずいぶんと助けられた。礼をいう」

と言った。

「お役にたてて光栄です。さらに、こたびはこのような珍しい品々をお見せくださり感謝いたします」

道三と一鷗はともに平伏した。道三はお辞儀をしながら、信長が南蛮品を見せてくれたのも、よほど薬が効いたためかと思った。

すると、信長は、

「わしは明日、岐阜に帰る」

と言った。

「えっ、もうお帰りになるのですか」

「うむ。そのほうだけに話した。他言無用だぞ」

「もちろんでございます」

「また、何か体に不都合が生じたら診てくれ」

信長は言葉通り翌日の早朝、岐阜へ発った。まさに風のような身軽さだった。

道三の目には、馬上で赤い衣を翻して帰る信長の姿が浮かんでいた。

七

奥の部屋から突然、子どもの鋭い叫び声がきこえてきた。

「父ちゃんはそんなことしていない」

と子どもが叫んでいた。

何事かと、道三と一鷗は手にした茶碗を卓に置いた。

この日、道三は二十歳の門人一人を連れて往診に出ていた。この門人は啓迪院に学んで二年を経過する優秀な人物で、そろそろ故郷の丹波に帰る予定だった。往診は四条通りから御池通りを巡り、十件ほどをこなし、ここ丸太町通りの家が最後の診察場所だった。患者は三十代半ばの畳職人で腹痛を訴えていた。その診察をすでに終え、道三は門人に黄芩湯《おうごんとう》を調剤し煎じて与えるように指示した。黄芩湯は四味から成り、発熱のともなった下痢に著効を示す処方だった。

道三は門人に任せたあと、帰り仕度も整え、戸主の妻の淹れた茶で一服していたところだった。

そのとき、子どもの叫ぶ声がきこえたのだった。

——何事か……。

道三と一鷗は奥の部屋に走った。

部屋には門人と子どもと父親がいた。子どもは泣きそうな顔をしていた。

「どうしたのだ」

道三は門人にきいた。

「ここに置いた先生の薬匙《やくじ》がなくなってしまったのです」

門人は薬研《やげん》の横を指さしながら戸惑っていた。

薬匙は道三が愛用している銀製の匙《さじ》で高価だった。値段はさておき、「道三」の銘も入った長年にわたり使用している世に二つとない匙だった。

いわば、医者の魂が籠もっている医療道具である。なくなればその日から困る品だった。

「どこに置いたのだ」

道三はきいた。

「ここです」

と門人は薬籠の脇にある箱を手にした。

「この箱の中に置いたのです」

門人が調薬を終え、土瓶で煎じ始めていて、ふと気づくと、今までそこにあった箱の匙がなくなっていたという。

この門人は普段から几帳面で真面目に学んでいた。嘘をつくような男ではない。

「そうか」

道三はうなずきながら部屋を見渡した。四畳間ほどの狭い部屋で、父親は使い古しの薄い布団に仰臥していた。門人が背中を見せているときに、父親が手を伸ばせば箱の匙に届く距離だった。

父親は目を閉じたまま寝ていた。急な下痢症状が続いていて痩せて眼窩《がんか》が黒ずんで落ち窪んでいた。


道三は落ち着いて子どもに声をかけた。

「坊や、いくつだ」

「十歳」

子どもは大声で答えた。

「そうか。元気だな。お父さんの具合はだいぶ良くなったから安心しなさい」

道三の言葉に子どもは神妙にうなずいた。

「それにしても、さっきはなぜあんなに大きな声を出したのだい」

と道三はきいた。

「だって、この人が父ちゃんが匙を取ったようにいうからだよ」

子どもは門人を指さした。

「そうなのか」

と道三は振り向いて門人に問いかけた。

「いえ、わたしは薬匙を知らないかときいただけです」

と門人は手を横に振った。

「うちの父ちゃんを疑っているからそんなことをきくんだ。父ちゃんは物を取ったりしないよ」

子どもの口調ははっきりしていた。

「匙はわたしが一番大切にしている物だから、この人はきいてくれたのだ。悪く思わないでほしい」

そうか、取ったりしないかと道三はきいた。

「当たり前だよ」

子どもは道三を真っ直ぐ見つめた。純真な目だった。

「そうか」

そうだなと応じながら道三は父親のほうに向き直った。

父親は目を開け、力のない眼差しを道三に向けた。

道三は布団の横に座り、父親と対した。

十歳の子どもは道三に真剣な眼差しを向けていた。

やや間を置いて、

「終わったか」

と道三はきいた。父親はただ道三を見つめるばかりである。

「もう、終わったはずだ」

道三は言った。

父親は意味を解せず無言で見上げていた。

「終わっただろう」

と道三は布団をまくり上げた。

すると、子どもが、

「父ちゃん」

と声をあげた。悲鳴のような甲高い声だった。


父親の手に道三愛用の薬匙が握られていた。

子どもは息を殺して薬匙を見つめていた。

道三は父親から薬匙を取り上げ、

「なぜ黙っている」

と叱責するように言った。

父親は戸惑っていて無言だった。

「治療のためにこの匙の腹で臍の上を押し当てるように前回教えたものだ。それを忠実に実行したのだろうが、なぜここにいる門人の了解を得なかったのだ」

道三は強く言い放った。

「申し訳ありません」

父親が初めて口をきいた。弱々しい声を喉からしぼり出していた。

「そういうおまえのいい加減な態度が不審を招かせるのだ」

道三は今度は強く叱責した。

「なぜ一言を惜しむ。それがあらぬ誤解を生じさせるのだ。見ろ。子どもまで心配しているではないか」

「申し訳ありません」

父親は小さく言った。

道三は子どものほうに向き直り、

「坊や。きいた通りだ。父さんは治療するために匙を使ったのだが、許可なしで始めていた。決して取ったわけではない。だが、黙っていたのはよくないな」

子どもは唇をきつく結んで道三の手にした薬匙を見つめていた。

「改めてこれからこれで鍼治療を行なう」

と道三は子どもに薬匙を示してから父親に向かい、寝巻の裾《すそ》をまくり上げた。濃い脛《すね》下《げ》の密集した下肢があらわになった。

道三はまず父親の左膝に指を置き、指を上方に這わせて経穴《ツボ》を探した。そして、膝の外側の上部二寸（約十センチ）ほどのところで止めた。梁丘《りょうきゅう》というツボだった。膝下の三里《さんり》のツボと、膝をはさんでほぼ対称的な位置にあるツボで、下痢止めの効果が期待できる名穴である。

道三はその経穴に匙の柄の先端部分を当て、押しては放しを繰り返した。柄の先端は米粒大で丸く鋭利だった。

道三は門人に向かい、

「これは刺さない鍼だ。ツボに当てて治療とする」

と指導した。

門人は初めて目にする治療法を不思議そうに見つめていた。


梁丘のツボに柄の先端を押し当てながら、道三は子どもに、

「坊やは大きくなったら何になるつもりだ」

ときいた。

「決まってるさ」

子どもは元気に応じた。父親の盗みの疑いも晴れて気分も一変していた。

「ほう。決まっているのか」

「父ちゃんだよ」

「父ちゃん……。父ちゃんがどうした」

道三はたずねた。

「父ちゃんのような畳を作るんだ」

「そうか。畳職人になるのか」

「そうだよ。父ちゃんの畳は水をはじくんだ」

こぼした水は一日経っても吸い込まれないんだと子どもは得意そうに言った。

「誰も真似できない、父ちゃんしかできない畳だよ」

「そんな畳を坊や、作れるかな」

「作れるさ」

「ほう、できるか」

「だって、父ちゃんに教えてもらうから」

「そうだな。身近によい先生がいてよかったな」

「うん」

と子どもは大きくうなずいて、遊びに行くと言って部屋を出て行った。廊下を走る足音は高かった。

道三は鍼治療を続けつつ、父親に、

「いい子だな」

跡取りは決まったなと言った。

そのとき、父親の目から急に涙があふれるのを道三は見た。涙は一条の糸となって耳に伝わり落ちて行った。道三の鍼治療は右膝の梁丘に移っていた。

八

道三と門人は畳職人の治療を終え、啓迪院への帰り道をならんで歩いていた。春を感じさせる風が足元に舞い、あたりには夕暮れがせまっていた。

門人が急に思いついたというように、

「先生、わたしはやはりあの父親が薬匙を取ったと思います」

と言った。

「そうか」

道三は落ちついて応じた。

「銀製の薬匙ですから、かなり高く売れます。金にするために取ったに違いありません」

門人はさらに続けて、

「わたしは父親が手を伸ばして何かを寝床の中に隠すのを見ました」

と言った。

「薬匙を見たのか」

道三はきいた。

「いえ、薬匙は見ませんでしたが」

「そうか。見ていないのか」

「しかし、あのように布団の中に薬匙を隠し持っていました。盗んだのだと思います」

「めったなことはいうものではない」

道三は門人をたしなめた。

「しかし、先生。あの刀圭《とうけい》は先生が一番大事にされている道具です」

薬を盛る匙を刀圭といった。

「おまえがわたしの愛用品を大事に思う気持ちはありがたい。だが、盗みとなると話は別だ。確かに父親は薬匙を握っていた。だがあれはあの場でいったように、あの父親は治療のために薬匙を使っていた。金属そのものが持っている力を利用する方法だ。ただ」

と道三は足を止め、門人と向きあった。

「ただ、おまえの承諾を得なかったのは父親が悪い」

「父親は薬匙を盗んではいないと先生はお考えなのですね」

「布団をまくったあのとき、父親は手に薬匙を握っていた。盗んだ物を隠そうと思えば、敷布団の下に押し込んでいれば見つからなかったはずだ。だが、そうしなかった。取っていない証拠ではないのか」

道三は門人を見つめていた。

「そうでしょうか、先生。あの父親は銀製の匙に目がくらみ盗んだに違いありません」

門人は訴えた。

道三は門人から目を離し、

「世の中には武士の情けという言葉がある。あの畳職人は根は悪い男ではない。子どもも良い子だ」

と言いながら歩き出した。

門人ははっと背筋を伸ばした。道三の真意に初めて気がついたようだった。

そのとき、ちょうど通りかかった寺の境内から鐘の音がきこえた。

門人は気を取り直して道三のあとを追い、

「それにしても、先生、刺さない鍼と話されていましたが、あのような鍼の方法は鍼灸の世界にもともとありませんね」

ときいた。門人は道三の咄嗟《とっさ》の作り話と思ったようだった。

「いや、これは、ある」

道三は即答した。

「あるのですか、先生」

門人は驚いて足を止めた。

「刺すのが鍼ではないのですか」

「いや、刺さない鍼はある。鍉鍼《ていしん》という」

「本当にそのような鍼があるのですか」

門人は今更のように口にした。

「ある。九鍼《きゅうしん》の中にも含まれている」

九鍼は鍼治療で使用される九種類の基本的な鍼だった。鍼の多くは刺す鍼だが、瀉血や排膿のための鍼もある。鍉鍼は唯一、刺さないで用いる鍼である。ツボへの刺激と金属の作用を期待しての治療法だった。

「たいへん勉強になりました」

門人は改めて道三に頭を下げた。

二人は再び歩き始めた。あたりは夜が迫っていた。

その日の深夜、道三はいつものように自室で静寂の中、読書していた。書見台に置いた古医学書に灯火の淡い光が射していた。

そのとき、廊下から、

「ちょっとよろしいですか」

と声がかかった。

「どうぞ」

と道三は応じながら襖のほうに目を移した。その声から一鷗が来たと分かった。

襖が開いて一鷗が部屋に入ってきた。

「道三さんは精が出ますね。わたしも読書していましたが、疲れてしまって」

このところ根気が続きませんと一鷗は言って、拳で肩を叩いた。

「それはわたしとて同じだ。すぐ疲れてしまう。やはり歳には勝てないものだ」

道三のこのところの実感だった。

「ところで、今夜は何だ。疲れたからとわざわざわたしのところに来るまでもないではないか」

それとも、と道三は言葉を継いだ。

「わたしに油を売って、疲れをとってから読書を継続しようというのか」

「まさか。茶化さないでください。」

「実はひとつ話があります」

と一鷗は言って座りなおした。

強風が急に庭先を襲ったらしく樹木を揺する音がひとしきりきこえた。

「藤吉郎様から身体を診てほしいと頼まれました」

と一鷗は言った。

「そうか」

道三は軽く応じた。これまでも一鷗が単独で武将を診察する機会は何度もあった。それが木下藤吉郎であってもさして珍しくもなく、この場でわざわざ話す必要もないように思われた。

「藤吉郎様は腹痛を訴えられていて、診ました」

三、四日前の話という。

「信長公が岐阜に帰ったあとではないか」

道三には意外だった。

「そうです」

「藤吉郎様は信長公と一緒に帰ったのではないのか」

「違います」

一鷗は首を振った。

「藤吉郎様はいつも信長公とともに行動しているではないか」

道三の印象では、藤吉郎は常に信長の身近に侍っている。信長とともに岐阜に帰り、当然、京都にはいないと思っていた。

「藤吉郎様は供奉《ぐぶ》できないほど体調を崩していたのか」

「いえ、そうではなくて、藤吉郎様は京都の守護役を命じられたからです」

一鷗はごく普通に口にした。

――京都の守護役を木下藤吉郎が……。

道三は驚いていた。

以前、藤吉郎は一時期、信長から奉行役として京都の警護を命じられたが、それはいわば臨時の役職であった。守護役となれば最重要職である。

巷間では、京都の留守役をになうのは信長側近の丹羽長秀か佐久間信盛、柴田勝家あたりであろうと伝わっていた。だが、信長が指名したのは藤吉郎だった。

朝廷も納得ずみの人選だったという。

――王城の地、京都を藤吉郎が護る。

道三は藤吉郎が信長の下で、急速に力をつけてきているのを感じた。

その藤吉郎を今回、道三の知らないところで一鷗が診ていたのだった。

「このたびの藤吉郎様の腹痛は単なる食べ過ぎによるものですぐに解消できました」

一鷗は事も無げに言って続けた。

「藤吉郎様から身体を診てほしいと頼まれたというのは」

と、ここで一鷗はひと呼吸置いた。

道三は一鷗にしては珍しく慎重な姿勢だと思った。

「侍医になってほしいという意味なのです」

と一鷗は静かに口にした。

二人の間に沈黙が生じた。

そのとき、道三の頭に西一鷗とのこれまでの関係が回顧された。相国寺でともに修行し、さらに足利学校で学んだころが思い出された。啓迪院もともに設立した。考えてみれば道三のそばには常に一鷗がいた。一鷗なくして今の道三はないと言っても過言ではなかった。一方で、未来永劫にわたり不変で続く人間関係はないと道三は常々考えていた。親、兄弟、夫婦、友人……。不変では続かず、いずれ別れが訪れる。別れは早く来るか、遅いかの違いがあるだけのようにも思えた。未来永劫にわたる不変はもともと存在しないのである。一鷗との関係も不変であるはずはない。今そのときが訪れたのだった。一鷗との別れが近いと思った。

そう考えたのも、長く感じたものの一瞬に近かった。一鷗を前にして、

「良い話ではないか」

道三はそう口にしていた。

道三自身は、王侯に事《つか》えず、其《そ》の事を高尚《こうしょう》すの精神を貫きたいと思っていた。王侯貴族には仕えず、おのれの志を高く掲げて守るという意味であり、誰かの主治医になるつもりはなかった。だが、一鷗には一鷗の人生がある。寝耳に水の話であるが、一鷗は一鷗の方針で生きればよいのである。もともと一鷗は権力者の下でおのれの力を発揮したいと念願していた。今、その相手が見つかったというべきであろう。

「道三さんはわたしが藤吉郎様の侍医になるのに反対しませんか」

一鷗は反対されると恐れていたようだった。

「反対などするはずがない。一鷗は藤吉郎様と馬が合う。主治医になるのも大きな道ではないか」

一鷗は藤吉郎について、杏《あんず》のような人だと話していた。杏は花も美しく果実は美味しい。しかも、咳止めや便秘の特効薬にもなるとも言って藤吉郎に親しみを覚えていた。また、藤吉郎を診察して、その臍下丹田に放射する力を感じ、将来性にも期待していた。

「道三さんに賛同してもらい力を得ました」

一鷗は安堵の表情だった。これで主治医の道が決った。

「藤吉郎殿の下で存分に力を発揮してもらいたい」

「道三さんにそういっていただければ、わたしも安心して医業に励めます」

と一鷗は言って、ただと口をつぐんだ。

道三は促した。

「ただ、何だ」

「気になるのはこの啓迪院です。この火を消したくはありません」

「もちろんだ」

道三は強くうなずいた。啓迪院を開設して二十余年が経過している。一鷗とともに築き上げた民間医学教育の火を消すわけにはいかない。だが、一人の力は限られている。これまで啓迪院を何とか維持できたのは、一鷗の存在があってこそだった。今、その一鷗という大きな力

が抜けようとしていた。

「この啓迪院を離れようとしているわたしがいうのもおこがましいのですが、力になる適当な人物がいるような気がします」

と一鷗は言った。

道三はただ一鷗を見つめていた。

「わたしからの提案なのですが……」

一鷗は控えめだった。

「誰なのだ」

道三は勢い込んでいる自分を感じた。

――誰なのだろう？

道三はすぐには思い浮かばなかった。頭の中で、いま在籍している三十名ほどの門人や卒業していった多くの弟子たちを思い出していた。優秀な弟子たちの名前や千恵も思いついたが、一鷗が誰を想定しているかは分からなかった。

一鷗は、

「大刀之助《たちのすけ》です」

と名前を言った。

大刀之助は道三の姉・乗水の一人息子だった。乗水は高齢でようやく子宝に恵まれたせいで、この一人息子を溺愛して育てた。もう二十歳を過ぎた年回りにもかかわらず、正業にも就いていなかった。

一呼吸置いて、道三は、

「あの者が啓迪院で力になるなど考えられない」

と言った。大刀之助の将来性に否定的だった。彼は乗水に連れられて時折、啓迪院に遊びに来ていたが、学問、まして医学に興味を示す素振りは全くなかったのである。

「大刀之助はどうでしょう」

一鷗が再び言った。

「無理だと思う。以前にあの者は見込みがないといったのは、確か一鷗ではないか」

昨年、三カ月ほど一鷗が付きっ切りで大刀之助を指導したことがあった。だが、大刀之助は一向に啓迪院で学ぶ気を起こさなかった。このとき、道三も少しは期待して見守っていたが残念な結果に終わり、がっかりしたのを思い出した。

「あのときはわたしも勝手が分からず少し厳しく指導し過ぎました」

一鷗は後悔の態だった。

「どうすればよかったのだ」

道三はきいた。

「大刀之助は難解な文字も読め、理解力も深かった。よくできますからつい無理を押しつけてしまったきらいがありました」

反省していますと一鷗は言った。代表的な古医学書である『傷寒論』の冒頭、二十頁分を全文筆写するよう命じたという。最初から手厳しい課題だった。

「門人は医学を学びたくて、この啓迪院の門を叩いています。ですが、大刀之助はみずからの意思で来ていたのではありません。その辺りに思いが至りませんでした。いきなり二十頁は大刀之助ならずともきつかっただろうと思います」

反省していますと再び一鷗は言った。

「では、やる気を起こせば医学を習得できるというのか」

「その通りです。大刀之助はなかなか賢い青年です。見込みがあります」

「諦めていたのだが……」

大刀之助の幼少時に道三の幼少期同様、仏門に入れる話も持ち上がったが、乗水の苦労させたくないという意向から、沙汰止みとなった。一時期、呉服屋で働かせたり、染色も学ばせたが長続きしなかった。甘やかされて育った悪影響が出ているように思われた。

「だが、大刀之助が今どのような生活をしているのか一鷗も知っているだろう」

道三は改めてたずねた。

「ええ、知ってます。近頃は桃華楼に入り浸りのようです」

東洞院《ひがしのとういん》通りにある遊廓の中でも有名な妓楼《ぎろう》だった。

「入り浸っているというより、居ついているといってもいいくらいだ」

道三は突き放していた。失望が先に立っていた。身内なので、かえって厳しくなるのかもしれなかった。

「しかし、道三さん、諦めるなどもったいない話です」

一鷗は大刀之助を買っているようだった。

道三にとっては身内を評価してもらいありがたい話であったが、遊廓で遊びほうけている大刀之助には正直、期待はできなかった。

一鷗は懐《ふところ》をまさぐると、

「それはそうと、これを見てください」

と言いながら小さな竹の細工品を取り出した。

「傘か……」

道三は本物そっくりの竹細工の傘を手にした。傘には柿渋を塗った紙も張られている。道三が試しに柄《え》を持って放射状に組まれた骨の付け根を上下させると傘が開閉できた。

「じつに精巧にできているな」

道三は感心しながら傘を開閉した。竹細工は一鷗の趣味であり、得意技である。以前は横笛はもちろん、うぐいす笛も作って遊んでいた。箸、釣竿、籠、匙、筆立て、器と何でも作っていた。しかし、竹傘はそれまでのものとちがい、一鷗にしてもそうたやすく作れるものではないほど精巧にできていた。

「さすがに一鷗は竹細工が上手だな」

言いながら道三は傘を眺めまわした。細部にわたり丁寧に工作してあった。

「それはわたしが作ったのではありません。大刀之助が作りました」

と一鷗は言った。

「まさか」

道三は信じられなかった。そして、改めて柿渋の紙で加工された竹傘を眺めた。

「これを大刀之助が作ったのか」

見れば見るほど精巧にできていた。かなりの根気と手先の器用さがなければできないだろうと思われた。

「本当に大刀之助が作ったのか」

「本当です」

「一鷗が教えたのか」

「教えました。教えたといってもほんの少しです。危険のないよう彫刻刀の持ち方を注意しただけです」

あとは大刀之助が自分で工夫、研究して作りましたと言った。

「大刀之助が……」

道三は甥の才覚を初めて知った。人はどこに才能があるか知れないものだと思った。それに気づいている一鷗の細やかな心に感謝した。と同時に、これまでの門下生に対する配慮にも感謝した。啓迪院を裏で支えてきてくれたのが一鷗だった。

「目的が決まると熱心に取り組むのが大刀之助です。この柿渋の紙を作ったのもかれです」

「この紙もか」

「もちろん、大刀之助が自分で柿渋を塗り、張り付けました」

一鷗はさらに続けて、

「柿渋も大刀之助の手作りです」

と言った。

「柿渋も大刀之助が作ったのか……」

道三は驚くばかりだった。

柿渋の液は未熟な渋柿を細かく砕いてから樽で発酵させ、それを濾《こ》した液体だった。雨を弾き、防腐作用があるので、傘に使うには格好だった。柿渋は煩雑な作業を経て、寝かせる時間も必要だった。手間隙《てまひま》がかかるのだが、それを惜しまなかったようである。どこにそのような根気があったのかと思えた。

「道三さんはいま、大刀之助については諦めているといっていましたが、やればできる若者です。諦めるのは早いと思います」

「だが、遊廓で遊蕩三昧の生活に浸りきっている」

「これは、はしかのようなもので、一時《いっとき》高熱が出ますが、いずれ冷めます。わたしは磨けば玉になるだろうと思っています」

一鷗は熱心に大刀之助を庇《かば》った。

「それは一鷗の買いかぶりではないのか」

「いえ、そんなことはありません。後継者としても適任です。わたしの目に狂いはありません」

さらに一鷗は続けて、

「一つわたしにまかせてください」

と自信をこめた。

「どうしようというのだ」

一鷗の熱心さは予想外だった。まさか後継者という言葉をきくとは思わなかった。

「わたしが大刀之助を説得しようと思います」

「説得？　何をするのだ」

「それは内緒です。ただ、道三さんからの許可が出れば、大刀之助をこの啓迪院に連れて来てみせます」

「それは無理だろう」

と道三はあやうく口にするところを寸前で押し止めた。

一呼吸置いて、

「それはまかせる」

と言った。やれるならやってみろという気持ちだった。

一鷗は大きくうなずくと部屋を出て行った。後ろ姿は楽しそうだった。

九

一鷗は遊廓「桃華楼」の看板を見つめていた。あたりは紅殻格子《べんがらごうし》の目立つ楼閣が建ち並んでいた。夜ともなれば明るく火が灯る提灯に、今は真昼の陽の光が射していた。

一鷗にはその昔、一時期とはいえこの遊興の世界に身を置いていたと思うと恥じ入る気持ちが湧いてきていた。だが、勝手知ったる世界でもある。一鷗は玄関番に命じて大刀之助を呼んだ。

やがて、大刀之助が眠そうな目をしてあらわれた。色白で細面の整った顔だちだった。道三に似て鼻筋が通り、口元は引き締まっている。その風貌を台無しにする不精髭がまばらに口のまわりに生えていた。小梅をあしらった桃色の小袖を身にまとい、紅色の紐を腰に巻いて先端をだらしなく腰横に垂らしていた。

「一鷗様……」

大刀之助は一鷗を認めると戸惑いながら襟元を直し、一鷗の名を弱々しく口にした。

「ここにいるのがどうしてわかったかといいたい目をしているな」

一鷗は故意に苦笑いを浮かべていた。

大刀之助は気まずそうに黙っていた。

「蛇の道は蛇だ。わたしもおまえ同様、その昔、ここに居つづけたときがあった」

と言って、

「どうだ。居心地はよいか」

ときいた。

「まああです」

と大刀之助は不貞腐《ふてくさ》れて受けこたえた。

「さぞかし毎日が楽しいだろう。借財はどれだけふくらんでいる?」

が、大刀之助は唇を結んで無言だった。

「もう分からないくらいの額らしいな」

そう言って、一鷗は早速用件に入った。

「今日、わたしがここに来たのはおまえを迎えに来たためではない」

「では、何をしに来たのですか」

大刀之助は不機嫌そうに応じた。

「これを返しにきた」

と言いながら一鷗は持参した大ぶりの布袋から大刀之助が作った竹傘の細工品を取り出した。

「おまえの作った精巧な竹傘だ」

「そんな物、いりませんよ」

大刀之助は竹傘を一瞥し投げやりに口にした。

「そうはいかない。これだけ上手にできた細工品を捨てるわけにもいかない。道三さんもそういっていた」

「叔父さんはわたしがここにいることを知っているのでしょうか」

大刀之助はややたじろぎながらきいた。

「安心しろ。おまえが居残りしていることは内緒にしてある」

一鷗の言葉に大刀之助は深く息をついた。道三に居残りが露呈するのを恐れている様子だった。

「竹傘を返すついでに上手い案を思いついてな」

一鷗はそう言って持参の布袋を大刀之助の前に置いた。

「竹作りの材料をたくさん持ってきた」

一鷗は袋から大小の竹筒や太細、長短のさまざまな竹材を取り出した。

「暇を持て余すのが色街《いろまち》というところでな。わたしも体験済みだ。細工作りで時間をつぶし、さらにそれをここで売れば小金にもなる。一石二鳥だ」

考えただろうと一鷗は小さく笑ってみせた。

大刀之助は不愉快を隠さなかった。

そのとき、男二人の酔客があらわれ、玄関番に案内されて楼にあがって行った。

一鷗はその後ろ姿を見送ってから、

「道三さんがこの竹傘を褒めていた」

と言った。

「叔父さんがですか」

「ああ。精巧さに驚嘆していた。と同時に、この技や熱心さを勉学に発揮できればともいっていた。やればできるのに惜しいとしきりに残念がってもいた」

「本当ですか」

「嘘をついてどうなる。本当だ」

一鷗はさらに言葉を継いだ。

「一言いっておくが、おまえは逃げている。逃げているから叔父の褒め言葉すら信じられなくなっている。だがな、一生逃げきれるものではない。行動を起こすのに早い遅いはない」

大刀之助は神妙にきいていた。

「わたしもつい最近まで逃げていた。だが、逃げるのはやめたのだ」

「何の話ですか」

大刀之助はきいた。

「わたしは道三さんの元を離れて独立する。一本立ちから逃げていたのだ」

一鷗は道三との関係を対等と考えていたが、藤吉郎の主治医の道が正式に決まってみると、そうではないと思うようになった。これまで道三に頼りきって来た。それが遅ればせながらこのたび分かったのである。

大刀之助はしばらく考えていたが、何を思ったのか、

「できるでしょうか」

とたずねた。一鷗の反応を窺うような視線を向けていた。

「できる？　何が？」

一鷗はおうむ返しにきいた。

大刀之助は黙って口を閉じたままだった。襟元を合わせ、腰に垂れた帯を直しながら、何か話すのを躊躇《ためら》っている風だった。

一鷗は少し待ってから、

「何ができるというのだ。竹細工か」

と促した。

「いえ、医学です」

大刀之助は思いきったように口にした。

「医者の道か」

一鷗はさりげなく問い返した。内心では、大刀之助が医学の道を思案していたことに驚くとともに安堵の気持ちも湧いていた。

「そうです」

大刀之助は小さくうなずくと、

「ですが恐いのです」

とつぶやいた。

「何を恐がっている？」

「あまりに奥が深い学問なので、自分にできるかどうか」

「そんなことか」

一鷗は大刀之助の懸念を故意に軽く一蹴して、

「おまえはすでに医学の深い部分に携わっている」

と言った。

「それはどういう意味ですか」

大刀之助は怪訝な様子だった。

「おまえは柿渋を手作りしたな」

「ええ、作りました」

「傘細工もさることながら、この柿渋の出来ばえを道三さんは褒めていたぞ」

「作業通り作ったまでです」

「そうかもしれないが、なおざりな作業だと、こうは上等の柿渋にはならない」

物作りのすべてに言えることだと一鷗は強調した。

一鷗には大刀之助が丹精込めて作っている姿が想像できていた。

「柿渋作りとは別におまえは柿の蔕《へた》を干したというな」

「母に頼まれてたくさん干しました」

成熟した柿や樹下に落下した柿の蔕の部分だけを取って干したという。

「柿渋同様、じつにていねいに作ったから良質の薬ができた」

「薬？　何の話ですか」

大刀之助は訳が分からない様子だった。

「あの干した蔕は柿蔕《してい》といって薬の材料になる」

柿蔕は柿蔕湯《していとう》という、丁字《ちょうじ》（フトモモ科チョウジの蕾《つぼみ》）、生姜《しょうきょう》（ショウガ科ショウガの根茎）とともに三材料で構成される薬方の主剤である。煎じて飲めばしゃっくり止めの妙薬となった。

「世間はしゃっくりを馬鹿にしているが、三日も四日も止まらないしゃっくりは珍しくない。年来にわたりしゃっくりに悩まされる例もある。毎日の生活に支障をきたすのがしゃっくりだ。それが、柿蔕湯でピタリととまる。夜尿症にも効く」

大刀之助は柿の蔕の効用に興味を惹かれたのか何度もうなずきながらきいていた。

「じつは柿渋も薬になる」

「えっ、柿渋もですか」

「柿漆《しし》と呼ばれる薬剤だ。血圧を下げ、また、頭の中にできた固まりによる半身不随の後遺症を治す。火傷や湿疹には液をそのまま塗って使う。柿蔕といい、柿漆といい、おまえはすでに医学に関与しているのだ」

大刀之助はただ黙っていた。

「おまえはこれになれ」

と一鷗は大刀之助の作った竹傘を開いて示した。

「これが大きな傘であったら雨で濡れる人を助ける。同じように、おまえは病で苦しむ人の傘になれ。おまえは母が高熱を出して臥せったとき、寝ないで看病していた。あの精神が大事だ。おまえは医者に向いている」

大刀之助は一鷗を凝視して言葉を受け止めていた。無言のまま口を真一文字に結んでいた。

――それから数日後、大刀之助が啓迪院にあらわれた。新調した小袖に地味な角帯を締めていた。精一杯の正装だった。

「一から医学を学びたいと思います。啓迪院に入門させていただけますでしょうか。なにとぞよろしくお願い申し上げます」

大刀之助は道三の前で平伏して啓迪院への入門願を告

げた。
大刀之助――後の玄朔《げんさく》、二代目・曲直瀬道三の出発の日であった。

十

永禄十一（一五六八）年九月二十六日に信長が入洛した。それから月日を経るごとに信長の治世は王城の地、京都で定着しつつあった。信長は治安の維持に心を配り、諸兵には志操を正し、礼儀を守るよう徹底した。町衆に対する狼藉には一銭斬りの厳罰がくだされた。

自由と平和の気が浸透し、京都では、風流踊りがますます盛んになった。町衆は、最初、新しくあらわれた信長という権力者に恐怖と不信を抱いていた。だが、信長の施策はごく真っ当だったので、その不安から解放されて喜びも倍加されたようだった。踊る町衆はどこからともなく辻々から湧いて出てきて南無阿弥陀仏を節に乗せながら唱和した。踊り手は老若男女を問わず、色とりどりの衣装を身につけ音色に合わせて踊りながら往来を練り歩いた。踊りに定型はなく、みんな思い思いの身振り手振りで、飛んだり跳ねたりしながら、通りを進んでいる。町衆は踊って日頃の鬱憤を発散しているようだった。

踊り手は、永禄十二（一五六九）年の夏――この日も堀川通りには風流踊りの賑やかな集団があらわれていた。

所用で外出した道三は、ちょうど来合わせた踊りの一行を通りのかたわらで見るともなしに見物していた。

そのとき、突然、

「どろぼー！」

の叫び声が道三の耳に飛び込んできた。

道三が声のほうに目をやると、一人の大柄な侍が血相を変えて黒い身なりの男を追いかけていた。男は追尾を振り切ろうと懸命に逃げている。侍のどろぼーの叫びは踊りの音曲とかけ声にかき消されて、気がつく者はほとんどいなかった。

そのうち、逃げている男は急に方向を変え道三のいるほうに走ってきた。

その勢いのまま、目の前にあらわれ道三を突き飛ばして走り抜けた。

「あっ」

と声をあげるのが精一杯だった。

突然のことに道三は仰向けに転倒し、あやうく後頭部を打つところだった。だが、ただちに体勢を整え、かねて袖口に用意の毫鍼《ごうしん》を男の足を目がけて飛ばした。毫鍼は男のふくらはぎに命中、男は転倒してその場にうずくまった。

追いかけてきた侍は、

「こやつ、笄《こうがい》抜きだ」

と男の腕をひねりあげた。笄抜きは掏摸《すり》を意味した。

ひねりあげた男の手には、盗んだばかりの真新しい値の張りそうな笄が握られていた。さらに懐を探ると盗んだと思われる夥《おびただ》しい数の簪《かんざし》や印籠、笄などを納めた袋が出てきた。

風流踊りの混雑に紛れて見物人から金目の物を盗む犯罪は後を絶たなかった。

「市でさばいて一儲けするつもりだっただろうがそうは行かない」

侍は男の襟首をつかみ顔を地面に押しつけた。侍は六尺（約一八二センチ）はあろうかという三十がらみの大男だった。その大男から力任せにねじ伏せられて笄抜き男は悲鳴をあげた。

京都では、このところ、取締りの目を逃れて盗品市があちこちで開かれていた。都の安寧を図る信長はこうした犯罪の根絶やしを警護役に命じていた。

侍は男の襟首をつかんだまま、

「番所に引っ立てろ」

と手下の役人に命じた。

役人は素早く男を後ろ手に縄をかけて連れて行った。

侍はその姿を見送ってから、道三に、

「お怪我はありませんでしたか」

ときいた。大男で、顔も目鼻も口も万事、大ぶりながら、声音は繊細で優しかった。

「血が出ているではありませんか」

侍は道三の手の甲を見つめた。

道三の左手の甲から二筋の血が流れていた。転倒したときにこすったらしい。

「これしきのこと、大丈夫です」

道三はそう応じながら手拭いで傷口を押さえた。血を見たせいか、それまで気にもしていなかった手の甲に痛みも覚えていた。

「医者に診せましょう」

侍は心配そうだった。掏摸をねじ伏せるいかつい大男ながら細かい配慮を示した。

「いえ、わたしは医者ですから」

と言いたいところだったが、それは口にせずに、

「ご配慮に感謝いたします。ですが、出かけるところ

がありますから」

と応じた。

「どちらへお出かけですか」

侍はなおも心配の態だった。

「本圀寺にまいります」

道三は答えた。

「本圀寺？」

侍は驚きの中に警戒の念をこめていた。

「ええ。所用がありまして」

信長に会うためとは言えなかった。本圀寺に信長の陣所があった。

「それは奇遇です。わたしもこれから本圀寺に帰るところです」

と侍が言った。本圀寺に詰め所があるという。

道三と侍はともに六条の本圀寺をめざした。

十一

信長は奥座敷の上座で寛いでいた。そばには小姓の森蘭丸が控えていた。

この年、信長は副将軍職補任の要請を蹴り、四月には、将軍・義昭のための新御所も築造し終わり、将軍家を掌《たなごころ》にしていた。事実上の天下人となり、為政者としての自信と風格が滲み出ていた。

この日、道三は信長の依頼を受け木瓜茶《ぼけ》を持参していた。昨年九月に信長が入洛した折、診察の際にふるまった木瓜茶が気に入ったようで、このたび所望されたのだった。

木瓜茶だけを求めているなら門人に届けさせれば済む話であるが、信長はわざわざ道三を呼び出していた。一鷗はすでに藤吉郎の主治医となり啓迪院を離れていた。

信長は木瓜茶を一口飲むと、

「そのほう前田利家《としいえ》とここまで一緒に来たというではないか」

ときいた。

このとき道三はあの大男が前田利家という名前だと知った。そして、道三は信長に堀川通りで前田利家が笄抜きを捕まえたときの顛末をかいつまんで話した。

「警護に当たらせたらあの男の右に出る者はいない。笄抜きを捕らえるなど朝飯前だ。槍の又左衛門という異名を持つ槍の使い手でもある。あの大柄な身で長槍を小刀なみに振り回すから戦場では独壇場だ」

信長は我がことのように楽しそうだった。

主君にとって家臣の武勇はおのれの自慢になるようである。

「だが、以前は犬だった」

と信長は言った。

「犬ですか」

道三は問い返す。

「ああ。吠えたて噛みつく乱暴なだけの犬のような男だった。幼名が犬千代だったとはいいえて妙な話だ」

信長はそうに口にした。家臣の成長と変貌を懐かしく思い出している風だった。

そのとき、道三の頭の中ではじけるものがあった。

——犬千代？

どこかできいた名だった。

——あのときの患者だ。

もう二十年以上も前になるだろうか。千恵が働いていた茶屋で急病人に出会った。十歳ほどの子どもが高熱にみまわれ命も危ない状態であったが、一鷗とともに診察して、還魂湯《かんこんとう》を処方し奇跡的に救命できた。あのとき、付き添いの侍は子どもを確か犬千代と呼んで必死に看病していた。

道三はその二十年ほど前の体験を信長に話した。

「そういえば、利家から、京都で大病に罹り死の寸前で命を拾ったときいた覚えがある。あんな頑強な大男にも死ぬような目にあうこともあるのだな」

信長は半ば笑っていた。

「当時、本当に小柄で虚弱だった子が、あれほどの巨漢に成長しているとは驚くばかりです」

一度診た患者ならおおよそ記憶が甦えるものだが、あまりの落差に誰だかわからなかったのも当然のような気がした。

「そうであったか。そのほうはまさに利家の命の恩人だな」

「それほどでもありませんが、救えたのは幸運でした」

奇跡的に生き残ったのは利家に運があったというしかなかった。

「よくぞ救ってくれた。あの男は頼りになる。なくてはならぬ。もし二十年前に死んでいたなら、わしは有能な家臣を一人、持てなかったことになる」

と信長は言った。

「もっとも、わしはあの男を以前、不埒《ふらち》があった故、出入りを差止めたことがあった」

信長は過去をたどるように天井に目を這わせた。

前田利家は天文七（一五三八）年尾張国荒子《あらこ》に父・利昌の四男として生まれ、十四歳のときに那古野《なごや》城主・信長に仕え、五十貫を与えられた。

永禄二（一五五九）年、利家が二十二歳のとき、信長の同朋衆《どうぼうしゅう》・拾阿弥《じゅうあみ》が利家の刀の笄を盗むという事件が起こった。利家がそれを咎めたものの、拾阿弥に反省の色はなかった。利家は笑いものにしたとして怒りをぶっけ斬り殺してしまった。

これに怒った信長は、

「不届き者め」

と出仕停止としたため、利家は浪人生活を余儀なくされた。そのため、利家は妻子をかかえて苦しい日々が続いた。

その翌年──永禄三年に桶狭間の戦いが起こったとき、利家はどこからともなくあらわれて飛入りで信長方に参陣し槍を使って手柄をたてた。が、信長は許さなかった。

その翌年の美濃・森部の戦いに再び参陣して戦功をたてた。その甲斐あって、ようやく信長の勘気が解け、三百貫の知行で再出仕が叶った。

利家が三十二歳のとき、前田家内で相続の問題が持ち上がった。長兄の利久《としひさ》には子どもがなく、利太《としたか》という養子がいた。

それを知った主君の信長は、

「前田家には又左衛門がいるではないか。これに家督を継がせればよい」

と下知《げち》した。

この強引な鶴の一声で家督は四男の利家が相続した。

この相続に織田家の重臣、柴田勝家や森可成《よしなり》、佐々成政《さっさなりまさ》などが次々に祝いに訪れ、同時に、長兄・利久の無能ぶりをあげつらった。

それをきいていた利家は、

「兄はたしかに力量不足だった。だが、身内をけなされてはうれしいものではない。兄を貶《おとし》めるのはやめよ」

と怒りをあらわにして諸将を強く諫めた。

この話をきいた信長は、

「道理に合わぬこと、おのれの意に沿わぬことがあれば、たとえ上級者であろうとも諫止《かんし》せねばならぬ。それができる利家はできた男だ」

と感心の態で褒めたたえたものだった。

「利家が今、わしのもとにいるのは不思議な縁《えにし》と言うしかない」

と信長は木瓜茶を飲み干した。

「わたしと利家様の今日のご縁も不思議というしかありません。風流踊りの見物中にたまたま笄抜きを捕まえましたのでここまでご一緒できたのです」

道三はさらに続けて、

「それにしましても、風流踊りの賑わいは想像を絶するものがあります。これほどの活気はここ十数年、この王城の地になかった現象で驚くばかりです」

と言った。道三の生活実感だった。京都の人びとの顔つきが明るくなっていた。これは信長の施策により町衆が解放されている証だった。関所の廃止や街道の自由往来、楽市・楽座などの方針が支持されているのだろうと思われた。

「そうか」

信長はうなずきながら満足そうだった。

「信長様は商業を重視されているようにお見受けします。これは中国とは逆の方針です」

「それはどういう意味だ」

信長はきいた。

「明に士農工商という身分制があるようです。これは世の安定を図る一つの有効な施策と心得ます」

明の身分制は道三が師の田代三喜《たしろさんき》とともに関東一円に医療活動を実践している折、三喜からきいた話だった。三喜は明に十二年にわたり留学していて、医療の合間に中国・明の政治や歴史、世相、生活などの話を事あるごとにきかせてくれたものだった。この日本にはまだなかった士農工商の身分制もその一つである。

「明では商人が一番下の身分にありますが、信長様はたいへん重んじているようにお見受けいたします」

「物が出回らねば生活は豊かにならない。その品物を動かすのは商人だ」

「御意。商人こそ重要。社会の潤滑油の働き手です」

道三は言った。

「話に出た士農工商の士とは、さむらいのことだな」

信長はきいた。

「いえ、違います。学問や道徳を深く修めた人物のことです」

登用任官制度として科挙《かきょ》を優秀な成績で通った優れた男子が「士」だった。

「なに。では、武士はどこだ。武力はどうする」

「武は別格にあるのではないでしょうか。士が武士団を掌握するのです。明では士農工商が実施されて治安は保たれ、善政が敷かれているようです」

「今の明は乱世ではない。元《げん》を倒した大国だ。この日本国とは国情が違う。今、この国で中国の士では天下は動かせない」

「わかりました」

道三は平伏した。相手は厳しい戦を勝ち抜き上洛を果たした武将である。一介の医者がこれ以上何か口にするのは僭越に過ぎるような気がした。

「ところで、そのほうは毛利元就を出雲で診たというな。まことか」

信長はたずねた。

「本当でございます」

「それはいつ頃のことか」

「さて、それは」

と道三は記憶をめぐらせた。

毛利元就は出雲・洗合《あらがいじょう》城で尼子《あまこ》攻めに難儀していた。その最中に、中風《ちゅうぶ》（脳血管障害）を発して道三は治療に赴いている。

あれからもう三年の月日が流れていた。

「だいぶ前の話だな」

「左様でございます」

「で、どうだった。毛利元就は元気だったか」

「それは」

と道三は応じながら、今日、自分を呼んだ真の理由はこれではないかと内心警戒した。

毛利一族が西国で領土の拡張を図り、天下取りを睨んでいるという話は道三の耳にも届いていた。信長にとって、毛利一族は不気味な存在であったはずだ。

「それはお答えできません」

道三はきっぱりとした口調で答えた。

相手が誰であれ、患者の体調や秘密を守るのは道三の方針だった。医者として最低限の良識と心得ていた。

「わかっておる。だが、もう三年も前の話ではないか」

どうだと信長はきいた。

「年月の問題ではありません。信義の話になります」

道三は平伏して答えた。

「そうか」

信長は案外あっさりと引いてそれ以上きかなかった。

そのとき、廊下のほうで挨拶があり、襖が開いて男二人が入ってきた。

「一鷗！」

と道三は思わず叫ぶところだった。

一鷗が前田利家とともにあらわれたのである。一鷗とは三、四カ月ぶりだった。

「お怪我をされていましたので、身内の医者を連れてまいりました」

と利家が言った。利家の細かい配慮だった。

「道三はわたしの同僚だ」

一鷗が道三との関係や藤吉郎の主治医になった経緯を説明するのを、大男の利家が神妙にきいていた。

一座の空気が一気に和んだ。

「どうだ、一鷗同様、道三はわしの主治医にならんか」

信長がきいた。

「それは辞退させていただきます。一鷗には一鷗の生き方があり、わたしにはわたしの生き方があります」

道三は断言した。

「わかっておるわ。曲直瀬道三という医者は融通の利かぬ男よ」

そう言って信長はさも楽しそうに笑った。

歴史をひもとけば、このとき信長は、伊勢攻めや本願寺との戦い、朝倉氏攻略などを控えて、しばしの安息の時間であった。

戦いはすぐそばまで近づいていた。

第八章

火《か》水《すい》の章

下克上

一

永禄十三（一五七〇）年二月二十五日、突然、織田信長が軍を整え岐阜を出立し、上洛の途についた。前年、信長は伊勢の北畠氏攻めを勝利のうちに終結して、伊勢を勢力下におさめていた。

このたびの上洛の理由は定かではなかった。途中、近江で相撲を見物し、上洛後、茶会や茶器鑑賞、能興行に遊んだところをみると、上洛にさしたる目的はなかったように見えた。しかしこれは一種の偽装で、信長には内に秘めた狙いがあった。

信長の真の狙いに初めて気づいたのは道三だったかもしれない。

三月末、道三は信長を陣所に訪ね診察した。信長は特別、体調を崩してはいなかったが道三を呼んだのだった。このところ、信長が上洛するたびに診察するのが道三の習慣となっていた。

信長を診察すると、治療費は当然として、啓迪院へ多額の寄付があり、学校の運営上、助かる話だった。庶民から権力者まで分け隔てなく診ている道三の医療方針として、庶民からの治療費は最少に抑えていた。場合によっては治療費を取らないこともあった。だが、金力のある武将や将軍、公家、商人などからは相応の治療費を受けとっていた。

道三は信長を舌診《ぜっしん》、脈診《みゃくしん》と順序だてて診察し、腹診《ふくしん》に入った。

手のひらを腹部に入念に這わせ、押し、あるときは指を立てて診察した。信長の腹は張りと艶があり、三十代半ばの壮年にふさわしい感触が得られた。特に、臍下丹田《せいかたんでん》から発せられる放射力は相変わらず異常に強かった。

手のひらを臍下丹田から上部に這わせたときだった。道三は手の動きを止めた。

――おや……。

と思ったのである。

臍《へそ》の左側に緊張を感じたのだった。棒状のこわばりがあり、道三はそこに肝の気が高ぶっているのを覚えたのである。

臍のまわりは五行説にもとづいた医学において、体調を診る恰好の場所だった。五行説の基本である肝・心・脾・肺・腎の様子を臍周辺の腹診により知ることができるのである。道三はこの腹診を重視していた。舌診と脈診が中心の中国の医学にはない独自の発想だった。

今、道三は信長の肝に注意が向いた。

道三の手が動かずにいるのが気になったのか、横たわっている信長は、

「どうした」

と上目づかいに道三を窺った。

さらに、

「腹の中に何かあるのか」

ときいた。医者の反応を細大漏らさず観察する鋭くも不安そうな眼差しを向けていた。

「いえ、あるというほどのものではありません」

道三は余計な心配を与えぬようごく普通に答えた。臍の左は肝が支配する領域で、そこがこわばり硬いのは肝が興奮している証だった。

「では、何だ」

信長はたたみかけた。

「ここに疲れの元のようなものを感じるのです」

道三は手のひらを臍の左に置いたまま言ってから、三本の指で軽く押し、

「これはいかがですか」

ときいた。

「うっ」

と眉根を寄せて信長はくぐもった声を発した。

「痛くはないはずです」

道三は言った。

信長はしきりにうなずいていた。

「痛みはないと思いますが、何か感じるものがあるはずです」

道三の診断だった。指先でなおも押し続けた。

「その通りだ」

と信長は答えて、

「病気なのか」

ときいた。

「いえ、病気というほどのものではありません。ご心配はご無用です」

そう伝えて、しばらく間を置き、実のある答えはきけないだろうと予想しながら、

「何かご懸念かご立腹の種はありますか」

と一応たずねてみた。こうした場合、患者はあまり本当のことを口にしないものだった。

　案の定、信長は、

「いや、何もない」

と応じた。

　――何か気がかりなことがあるはずだ……。

　道三は確信していた。信長に緊張や焦り、怒りなどを強いる種があるはずだった。ただ、それがどんな種類の懸念なのかは分からない。武将には常にそれ相応の思惑や計画がある。それが精神的な重圧となり肝の気を高ぶらせる原因ともなる。武将の宿命的な秘事ともいえる事柄で、道三には与かり知らぬ世界であった。

　武将――、天下人ならなおさら敵は数知れず存在する。いつ寝首をかかれるか分からない。味方に敵が潜んでいる可能性もある。こうした外敵とは別におのれの身体の中に敵がいる。病という名の敵である。外敵以上の大敵だった。健全な体を維持してこそ強い武将として生きられ、また、精神が安定すれば誤りなく政治力も発揮できる。良政と平和はすべての庶民の願いである。

　道三が為政者の心身の健康を図ることで善政が敷かれれば、医者として望外の喜びだった。そこに道三は戦国の世に生き、乱世を支える医者の使命を強く認識するようになっていた。

　道三は信長への腹診を終え、

「血の流れをよくして腹の内部を潤しましょう。腹まわりがすっきりするはずです」

　一応、お薬を用意させていただきますと伝えた。

「おお、そうしてくれ。腹具合がすっきりするのは助かるというものだ」

　信長は安心の態だった。

　道三は信長への処方として、抑肝散《よくかんさん》を選択していた。肝の高ぶりを鎮静する効果が期待できる良薬である。

　道三は別室に赴き抑肝散作りに取りかかった。

二

　道三が処方薬作りを終えると大広間に通された。信長は上座に寛ぎ、横には小姓の森蘭丸が控えていた。

　道三は信長に煎じ液を与え、飲み終わるのを確認したので部屋を辞そうとした。

「道三。しばし、待て」

と信長が甲高い声で制した。

　何事かと道三は少し構えるような姿勢になった。肝の気が高ぶっている相手である。何を言い、何を要求するか分からなかった。

「そのほうに会わせたい人物がいる」

信長の言葉に道三は安堵しつつ、

「さて、どなたでしょうか」

と応じた。

「そちらに控えよ」

と広間の隅を扇子で指し示した。

道三が部屋の隅に下がると、森蘭丸が立ち上がって襖を開け、一人の男を招き入れた。

道三は大広間に入ってきた男を部屋の片隅から目で追っていた。

男は直垂《ひたたれ》の正装姿でゆっくりと信長の前に歩を進めていた。

道三はその男に見覚えがあった。

——松永久秀……。

入ってきたのは、サヨリと呼ばれている武将だった。サヨリは細長く青緑色をした美しい体形で、美味な魚だが、腸《はらわた》は黒々としている。松永久秀の体形はサヨリ同様細身だが、見かけの美しさにくらべ、心は腹黒いという性格をあらわしていた。道三はこの武将を何度か診察している。

松永久秀はゆっくりと信長の前に進み出て深く頭を下げた。

「殿におかれてましてはご健勝にあらせられ、誠に祝《しゅう》着《ちゃく》に存じ奉ります」

と挨拶した。型通りの慇懃な態度だった。

「数日前に会ったばかりではないか。何を他人行儀にしている。久秀」

信長は鷹揚に迎えた。

「いえ。殿の直々のお招きとあらば礼を尽くすのが、それこそ礼儀と心得ました」

「そうか」

「何か珍しい品が拝見できるとか。楽しみで罷り越した次第でございます」

久秀は相変わらず慇懃《いんぎん》な口調だった。

「うむ」

と信長はうなずきながらかたわらの三方に目をやった。すると、森蘭丸が気を利かせて三方にかかっていた白布を取り払った。黒ずんだ褐色の茶器が白木の台の上に置かれていた。

「九十九茄子《つくもなす》だ」

信長は言った。

唐物茶入れである。高さ二寸二分ほど（約六センチ）、幅二寸五分ほど（約七センチ）で、胴回りはかなりゆったりした、全体に大ぶりの茶入れだった。下膨れした球形の茄子を思わせる形である。安定感と威厳に満ちた茶器だった。

「これは……。久しぶりでございます」

久秀は身を乗り出して茶器を凝視した。

「おぬしから贈られた九十九茄子だ」

信長は楽しげに口にした。

九十九茄子は、別名「九十九髪《つくもがみ》」といわれる名物の茶入れである。元は足利三代将軍・義満が所持していたのが、八代将軍・義政の時代に茶人、村田珠光《じゅこう》が九十九貫で購入したため「九十九茄子」の名がついたといわれる。その後、数々の数奇な遍歴を経て松永久秀の手に渡った。久秀は茶の湯に秀で、同時に、名物茶器の持ち主としても知られていた。

二年前――永禄十一（一五六八）年九月、信長が足利義昭を擁して上洛したとき、松永久秀は早速京都に上り信長に臣従した。そのとき、服属の証として「九十九茄子」を信長に贈っている。信長は見返りとして久秀に大和国を安堵した。

「誠に名器よ。昨日も使ったところだ」

信長は九十九茄子を手にして満足そうに撫でまわした。

その信長は家臣たちに勝手に茶会を開くことを禁じていた。一定以上の身分の家臣に開催を許可し、茶会の権威を高めた。同時に家臣たちの競争をあおったのである。茶碗、茶釜、茶入れの三点を一種の神器として、領地に匹敵、あるいは、それ以上の価値を見いだしていた。誰が所蔵していたかで価値が決まるのが茶器だった。茶の湯を権力の象徴として利用したのが信長である。天下の名器を献上した久秀は信長にとって好ましい人物にちがいなかった。

「九十九茄子を愛用していただきお礼申し上げます」

松永久秀は平伏した。

「そのほう、すこぶる元気であるな」

信長がきいた。

「お陰さまで体調は良好でございます」

「灸を好んでいるときいておる」

「御意」

「灸が日課になっているともきいている。本当か」

「本当でございます」

「経穴《ツボ》が大事なのだろう。どこに灸を据《す》えるとおぬしのような元気が維持できるのだ」

信長の問いかけに久秀は口を結んだままだった。しばらく沈黙が続いた。

「秘密か」

と信長はきいた。

それでも久秀は黙っていた。

「秘密の多い男よ」

信長は余裕の笑いを浮かべながら、

「教えたのは向こうにいる医者でないのか」

と閉じた扇子で部屋の末席に控えている道三を指し示した。

松永久秀は怪訝な様子で膝をまわして振り向いた。

三

道三は久秀と目が合って静かに黙礼した。

久秀は気まずそうに黙礼して返した。

「曲直瀬道三、近こう寄れ」

信長の指示に道三は膝を進めて上座に近づいた。

信長は久秀を指さしながら、

「この男のことはそのほうも知っているると思うが、主君の三好長慶《ながよし》を滅ぼし、将軍義輝を殺し、東大寺大仏殿を焼いた人物よ」

と露骨な物言いだった。だが、言葉とは裏腹に、信長に久秀を嫌っている様子はなかった。

言われた久秀のほうも薄笑いを浮かべてきき流していた。嫌がる様子はなくむしろ非道を指摘されて自慢に思う部分があるようにも思えるほどだった。

道三には二人の関係がよく理解できなかった。信長が久秀をある意味で評価している理由も分からなかった。茶器の名品を献上したので気を許しているというだけでは説明がつかない。

久秀は主君を滅亡させ、将軍を殺害し、神聖な大仏殿を灰にした男である。下克上の典型。梟雄《きょうゆう》の見本で、近づけてこれほど危険極まりない人物もいなかった。

——なぜなのだろう?

道三は信長の気が知れなかった。武将には武将にしか分からない世界があるとしかいえないようだった。

ただ、信長が久秀を評価する理由として一つだけ思い当たるふしがあった。

それは、城である。

久秀は城造りの名人といえた。

松永久秀は筒井氏が支配していた大和国に侵入を繰り返して勝ち抜き、堺と奈良の間にある信貴山《しぎさん》城（現・奈良県平群《へぐり》町）を修築した。永禄三（一五六〇）年には奈良盆地を手中にし、大和一国を与えられた。その後、多《た》聞山《もんやま》城（奈良市）を構築した。この城は城門や石垣、長屋形式の白亜の櫓《やぐら》を一体化させていた。それまでの城は石垣や柵《さく》、土塁《どるい》などでしか防御の手段を講じなかった。多聞山城は美と防御を兼ね備えた堅牢な城で権力の象徴ともなった。また、四階建ての櫓は天守閣の先駆となった。

久秀はこれまでこの国で例を見ない多聞山城を築いて、一国の主にのし上がったのだった。

三年前、道三はその多聞山城に出かけている。

請われて久秀の側室を診察した。その折、外観から内部まで、城全体を見ている。

側室の病気は急な腹痛だった。これは妊娠にまつわる症状の一つで大事はなかった。

このとき、道三は久秀から懇願されて、医学を講義し、『養生書』『仮名素女論』を授けている。さらに、求めに応じて灸による養生法を伝授した。

道三にとって多聞山城は印象深い城だった。城こそ武将にとって命綱だと強く感じたのだった。

道三の見るところ、信長は目的に向かって城を変えていた。それが戦略ではないかと感じていた。信長はこれまで、那古野城、清洲《きよす》城、小牧山《こまきやま》城、岐阜城と次々と居城を変えていった。城を変え、変えて行くたびに権力の地盤を拡大、強化してきた。城変えと権力地盤が並行していた。城造りについては久秀の築城術に学ぶ点が多いと思っているはずだった。あの長屋形式の白亜の櫓や天守閣は魅力である。

――城造りの才を信長は買ったか……。

道三はそう思いながら二人の武将――織田信長と松永久秀を交互に見つめていた。

考えてみれば、二人とも乱世の時代にのし上がってきた点では同じである。

さらに、久秀は茶の湯や猿楽などの文化芸能に関心があり、信長も同様の趣味を持っていた。

二人は案外気が合うようだった。

四

信長は松永久秀に、

「そのほうが日課にしている灸はどこに据《す》えるのだ」

と再びきいた。

「それは」

と久秀はかたわらの道三に目をやりながら、

「百会《ひゃくえ》でございます」

と答えた。

久秀は頭頂部の真中を指さし、

「ここが百会の経穴《ツボ》でございます」

と言った。

「頭に灸を据えて大丈夫なのか」

信長はたずねた。

「わたしもはじめは熱くないか、髪は燃えないか、頭は変にならないかと心配したものです。しかし、まったく問題はなく、百会に灸を据えますと、体は温まり、気分は落ち着きます。特に、朝に据えますと眠気も解消されます」

百会の灸はわたしの健康の元ですと久秀は言った。

「灸なしに一日は始まらないようだな」

久秀は深くうなずいた。

「教えたのはそのほうか」

信長は道三を指さしてたずねた。

「左様でございます」

道三は答えた。

「百会のツボにはどんな効果があるのだ」

信長も関心を持ったようだった。

「百会は、別名、鬼門や天満とも呼ばれ尊重されています。ツボは全身に三百六十ほど存在しますが、百会は特別のツボといえます」

百会への灸は全身の血の流れをよくし、心を落ちつかせる。中風、気うつ、不眠、頭痛、鼻づまり、五臓六腑の不調に効果が期待できた。

「百会の百はもろもろを意味し、諸病に対応できる応用無限の名穴といえます」

道三はそう説明した。

「万病に効きそうだな」

信長は感心しながら言った。

「左様でございます。日々の養生のためには恰好のツボといえます」

道三は百会のツボを強調した。

「だからそのほうは灸を日課にしているのか」

と信長は久秀を指し示した。

「御意。百会に優る養生のツボはないといってもよ過言ではありません」

久秀の言葉は実感がこもっていた。

「そのほうがいつもそのように、健康そうな色艶をしている理由がわかったというものだ」

信長はしきりにうなずいた。

そのとき、森蘭丸が、

「そろそろ茶の湯のお時間です」

と信長を促した。

信長と久秀は茶室で茶の湯に興じる手筈ができていたようだった。

道三は二人を見送ってから部屋を辞すつもりだった。

「そのほうは残れ」

と信長が立ち上がって言った。

「まだ何かご用がありましたでしょうか」

信長への投薬は済み、久秀との話も終わり、もう用事はないと思っていた。違ったようだった。

「もう一人そのほうに会いたがっている男がいる」

残れと言い置いて信長は出ていった。

道三だけが広間に残った。

五

会いたがっているという男に道三は心当たりは全くなかった。

どのくらい待ったであろうか、廊下のほうで咳払いがして襖が開いた。

やや小太りで色白の若い男が従者とともに入ってきた。

「こちらは徳川家康殿である」

と従者が言った。

道三は静かに顔をあげて徳川家康と紹介された人物を見つめた。

家康と目が合った。疑り深い眼差しで、その大きな目を凝視すると吸い込まれそうな奥行きを感じた。二十九歳の若者ながら、落ち着き払っていた。

——これが徳川家康か……。

道三は初めて会った若い武将の風格に強い印象を受けた。

家康についての話はこれまで道三のもとに断片的に届いていた。

家康は天文十一（一五四二）年、三河国岡崎に生まれた。六歳から織田信秀の人質、八歳から十九歳までは今川義元の人質として過ごした。桶狭間の戦いの後、岡崎城に戻り、以後、織田信長に仕えている。

その家康がなぜ今、この京都に来ているかは分からなかった。もちろん、信長に供奉して来たのだろうがその目的は不明である。

「はじめてお目にかかります」

と道三は型通りに挨拶した。六十四歳の道三から見れば、家康は孫のような年回りだったが礼は尽くした。

「わたしが徳川家康だ」

家康は落ち着いた太い声で言った。若いながら一城主として堂々としていた。

「おぬしの噂は前々からきいている。医学校を作って医者を育てているようだな」

「左様でございます」

「もちろんこの本のことは知っていると思うが……」

と家康は和綴じ本を一冊示した。

医学書『和剤局方』だった。中国・北宋時代の第八代、徽宗《きそう》皇帝の勅命により庶民救済のため中国全土から薬方を集めた国定処方集である。何度か増補され、全十巻から成り、日本には鎌倉時代に伝来していた。

家康が示したのは、そのうちの一冊で、「巻之二・治傷寒」の巻で、急性発熱の治療法を解説していた。

「じつに面白い書物だ」

後年、陣中において、右手に吾妻鏡、左手に和剤局方を携えていたと語り伝えられるほど、家康は医学・薬学に強い関心を持っていた。その知識と臨床の技は医者を凌ぐほどだった。

「和剤局方は当、啓迪院《けいてきいん》におきましても基本書の一つとして学んでいます」

道三は『和剤局方』には、ともすれば診察をないがしろにしがちな弊害もあるが、臨床の入門書としては恰好だと考えていた。

「まだこれ一冊しか持っていないのだが、いずれ全巻を揃えたいと思っている」

と家康は言った。

今日、家康の遺品に全巻揃いの『和剤局方』が保存されている。愛用していた薬研や乳鉢、薬匙、天秤なども残っている。

「ついては、医学に詳しいそのほうにききたいと思っていた」

「どうぞ、なんなりと。わたしでわかることでしたら」

「健康を維持する薬にはどんな処方があるか」

家康はきいた。

その質問に道三は、おのれの身体の中にいる見えない敵である病について思案している家康を感じた。

「補剤と呼ばれる薬剤を用いた処方が適当かと存じます。その人の弱点を補う薬です」

「どんな薬方があるのだ」

「養老という処方があります」

補薬には多くの薬方があるが、道三は「養老」をあげた。人参、白朮《びゃくじゅつ》、牛膝《ごしつ》、芍薬《しゃくやく》、陳皮、茯苓《ぶくりょう》から成る処方だった。

「延寿の妙法といわれている薬方です。ご所望でしたら、いつでも処方いたします」

道三は言った。

「ありがたい。どんな味がするか一度試してみたい」

家康は興味を示した。

「しかし、家康様はまだお若くいらっしゃいます。補薬より日頃の心がけで身心は平穏を保つことができます」

「心がけていることはある」

家康は言った。

「何でございましょう」

「銘のようなものだ。うへなみそ。みのほどをしれ、が肝要だ」

家康は、上を見るな、身の程を知れと言いたかったようだ。

「それは、健康の保持の要諦のように思えます。うへなみそみのほどをしれわがいのち。五七五で、誹諧ができました」

道三は即興で詠んだ。

「なるほど。できたな」

家康は楽しそうだった。

「病に罹らぬ日頃の心がけとしてわたしが詠んだ歌があります」

「ほう、どんな歌だ」

「紹介させていただきます。かねてより身をつつしむは文の道病でくすすはもののふのわざ」

道三は詠みあげた。道三が養生を誹諧に託して詠んだ、『養生誹諧』百二十首のうちの「文武」と題する一首だった。意味は、常日頃から病気に罹らないように体をいたわるのが学問や芸術を究める道であり、病気になったら、病を治す術を心得ておくのも武士たる者のつとめであるという内容だった。

「なるほど。面白い」

家康は満足そうだった。

意気投合した両人にはその後、深い縁《えにし》が生まれる。家康は医学・薬学の研究に拍車がかかり、みずから調薬したり、家臣に薬を与えるほどに医学への造詣が深まった。それは道三の指導あればこその練達であった。また、養生術も身につけ長寿を獲得した。

それからひと月と経たない、元亀元（一五七〇）年四月二十日、信長は三万余の兵を率い家康とともに京都を発した。朝倉攻めを敢行したのだった。

その報をきいた道三は、

――これだったか。

と思った。信長の肝の高ぶりはこの戦への備えのあらわれだったようだ。みずから出陣する戦に緊張感があったのだろう。

遠い北国の地で戦いが始まろうとしていた。

六

京都を制した信長は諸大名に上洛を命じていた。だが、朝倉義景《よしかげ》は再三の呼びかけにもかかわらず、命を無視していた。

「朝廷と将軍家を軽んじるにもほどがある。放置しておけば天下に示しがつかない」

と信長は怒りがおさまらなかった。

一方で、この朝倉義景の上洛拒否は信長に朝倉征伐の恰好の大義名分を与える口実ともなった。

朝倉義景は越前朝倉氏十一代当主。朝倉孝景の長男として越前・一乗谷《いちじょうだに》に生まれ、十六歳で家督を継いだ。延景《のぶかげ》と名乗っていたが、将軍・足利義輝の「義」を与えられ義景と改名した。越前の戦国大名として威を張り隠然たる勢力を有していた。

信長にとっては危険な存在である。

信長は四月の雪解けを待って、この機を逃さず、織田家が何代にもわたり反目してきた宿敵、朝倉氏攻略に乗り出したのである。信長の号令に諸国の兵も続々と合流した。

信長軍は大原から高野川沿いを北上し、近江・高島郡朽木《くつき》の細い山道を抜けた。古道、若狭路の水坂峠を越えて、熊川に入り敦賀郡に進攻した。そのまま快進撃を続け二十六日までには朝倉方の出城、手筒山《てづつやま》城、金ケ崎城を落とした。武勇をふるい最も活躍したのが藤吉郎だった。また、朝倉義景に仕えていて足利義昭と信長との間を斡旋した経緯のある明智光秀は、越前の山間地理に詳しく、これ以上の道案内はなかった。

二城を落とした信長は、さらに木ノ芽峠を越えて一気に朝倉義景の本拠地・一乗谷に迫る勢いをみせた。

この状況に朝倉方は浅井長政《あざいながまさ》の応援を依頼した。

浅井長政は近江の小谷城を居城にして北近江に覇を唱えていた。朝倉家とは強い同盟関係にある。

ここで浅井家は複雑な立場に追い込まれた。

浅井長政は信長の妹・お市の方を娶《めと》っていて織田家と姻戚、同盟関係にある。その信長方につけば、朝倉家との長年にわたる盟友関係に反する。

一方、朝倉義景に加担すれば、義兄・信長との姻戚関係にひびがはいる。

信長の妹・市姫と長政との政略結婚において、織田家と浅井家は朝倉家を攻める場合は事前に知らせる旨の誓紙を交わしている。このたびの信長による突然の朝倉攻めは、明らかにこの誓約に違反していた。長政の父、久政は違約に怒りをあらわにして、信長の背後を突いて挟撃する策を授けた。

迷った末、浅井長政は、

「朝倉方に味方する」

と宣言した。

信長と朝倉家とを比べ、朝倉家との長年にわたる盟友関係のほうを重んじたのであった。


長政は出兵を決した。

このとき、長政に嫁いだお市の方は兄と夫との戦いに困惑した。心配は血を分けた実の兄・信長の命である。何とかして身近に迫る危機を知らせたかった。しかし、証拠が残る手紙を届ける訳にはいかない。

そこで、兄に夫の参戦をさりげなく伝える方法として、小豆をおさめた小袋の両端を縛って陣中の信長に差し入れた。両方から攻められ、袋の鼠になる状況を暗示したのだった。

信長は妹から届いた小豆袋の暗示に気づいた。

「何事か！」

寝耳に水の事態に信長は狼狽した。浅井長政の離反は想定外だった。

だが、時すでに遅し、浅井長政が背後をついて急襲。信長は朝倉と浅井両軍に挟み撃ちされ窮地に陥った。

信長は越前・金ケ崎城（現・敦賀市金ケ崎町）で防戦一方となった。

急遽、軍議が図られ信長の主だった家臣たちは主君の退却を進言した。ともに進軍してきた家康もすみやかな退避を申し述べ、さらに殿《しんがり》で戦う旨を訴えた。二十九歳と若い家康は若さゆえの血気からおのれの戦う姿勢を鮮明にしたのである。

しかし、これには信長は賛同しなかった。

「そのほうは客分での参戦である。殿など任せられない。京都までの道中で敵があらわれれば力を発揮していただきたい」

そして、殿には藤吉郎を指名した。

「望むところです。あとはそれがしが何とかいたしますゆえ一刻も早く京都にお帰りください」

と藤吉郎は自信をこめて返答し主君を安心させた。

「頼むぞ、藤吉郎」

信長はそう言い置いて、二十七日、夜陰に乗じて数騎の供とともに金ケ崎城を抜け出た。

信長は若狭の熊川を越えて、往路をそのまま朽木の山中を恥も外聞もなく、走りに走った。途中からは紺地に金襴の具足もはずしての敗走である。

三十日の夕刻、信長はほうほうの態で京都に逃げ帰ったのだった。二十里（約八十キロ）近くの疾走だった。

後世、「金ケ崎の退《の》き口《ぐち》」といわれる脱出であった。

信長は幸運にも、九死に一生を得たのである。

七

道三が呼び出しを受けて信長の陣所に出向いたのは、夜が静かに深まるころだった。東山の稜線が薄く見渡せ、京の町に人影はなかった。

信長の使者が血相を変えていたので、道三の足取りは自然と急ぎ足になった。

信長は寝所で力なく横たわっていた。

――これは……。

道三は信長の変貌にわが目を疑った。二カ月ほど前に会って、上座に悠然と座して茶の湯の話をしていたときの堂々としていた信長はそこにいなかった。

信長の疲弊は極に達していた。髪は乱れ、肩で息をついていた。頬はこけて、かぶった泥が額に付着したままだった。顔色は青ざめ手も足も冷え冷えとしていた。

「どうしました」

道三はできるだけ平然とした態度でたずねた。医者が狼狽していては患者は無用の悩みを抱えてしまう。

「疲れた」

信長はかすれ声で弱音を吐いた。

道三はこれまで何度も信長を診ているが、そのような気弱な信長を見るのは初めてだった。大胆で自信に満ちあふれているのが信長である。あの桶狭間の戦いを控えた時期、信長は緊張から頭風《ずふう》と鼻血で難儀していたものの、今回のような疲弊はしていなかった。強気の攻めしか知らないのが信長だったが、違っていた。

「これほど馬を飛ばしたのは初めてだ」

と信長は口にして、越前からの脱出行を言葉少なに語った。

わずか数騎の供だけが頼りだった。途中、いつ伏兵の襲撃に遭うかしれないという恐怖も疲れを増大させていた。

天下人が苦悶していた。

――天下はいつ、どう転ぶか分からないものだ。

道三はそう思った。

このたびの越前からの敗走で、信長の命は間一髪の状況だった。危機の前にはどんなに強い武将も風前の灯でしかない。生死は紙一重だと実感した。

「お疲れの様子ですから、まず、栄養を摂り、身体を休めましょう」

道三は極度の疲労には十分な睡眠をとり、鶏卵や蜂蜜、滋養食で体力の回復を図るのが第一と考えた。さらに次善の策として、疲労の極に対応する補薬の処方を考えた。

道三は型通り舌診と脈診に入った。

診察しながら、道三は、

――どうなのだろう。

と考えていた。このように信長が疲弊したときに臍下丹田《せいかたん》の有様はどう変化するのか。以前腹診したとき、尋常でない放射力を感じたので、その変化を確かめてみたかった。治療からは外れるかもしれないが、これは全くの医者としての関心事だった。

道三は脈診を終え、腹診に移った。衣をはだけてあらわになった三十七歳の天下人の肌は、疲労しているにもかかわらず壮年らしい弾力と艶があった。

道三が腹部に手をすべらせ入念に診ていると、信長は、ふと、

「死ぬときはかわずのように死にたいものだ」

とそんな言葉をもらした。

「かわず……。蛙《かえる》のことですか」

「そうだ」

「かわずのように死ぬとはいかような意味ですか」

道三は腹部の手を一時《いっとき》止めてたずねた。

「かわずは死ぬとき合掌しているのだ」

信長は言った。

道三は手を合わせて横たわる蛙の姿を想像した。水辺に生きる小動物の最期にしては気高い恰好のように思えた。

「合掌しているのだから成仏もしているのだろう」

見習いたいものだと信長はかわずの死に感心の態だった。

そうした会話をしながら道三は腹診を続けた。そして、静かに臍下丹田のほうに手のひらを移動させて観察した。すると、そこに跳ね返されるような迫力を感じた。

——同じだ……。

初めて信長の臍下丹田に触れたときと同様の生命力を覚えた。極度の疲労と生命の源である丹田力は別物と感得したのだった。ここまで疲弊していても、本来の生命力はみなぎっている。さらに手をすべらせ臍の左側を診た。前回は棒状のこわばりがあって肝の気が高ぶっていたが、今は落ち着いていた。

それにしても、信長の疲労は極に達していて、手足は水に長時間浸したように冷えていた。脈はそれほど弱くなかったが、手足の冷えは気になった。

道三は最終的に信長を回復させるために、滋養を摂りつつ体力の回復を促す薬として補剤の処方を考えた。考慮した末、活栄益胃湯《かつえいえきいとう》を選んだ。肉桂《にっけい》、当帰、白朮、熟地黄、黄耆《おうぎ》、生姜《しょうきょう》、棗《なつめ》から成る処方だった。

道三の診察は終わり、処方箋も決まった。

八

「今思い返すと危ないときはしばしばあったものよ」

信長は寝床で天井を見上げながらつぶやいた。

やがて目を閉じ、体験した危機の瞬間を回想したようだった。

「桶狭間での戦いですか」

道三はきいた。その激戦の様子は京の都までも詳しく伝わって来た。結果は誰にとっても予想外であり、劇的だった。

「あれは……」

と言いかけて信長はしばし感慨に耽った。

「あれは別格だ」

他にもいくつかあると言った。

その一つが浅井領内の佐和山《さわやま》城だったという。

佐和山城は近江・坂田郡（現・滋賀県彦根市）にあり、

畿内から北国や東国に通じる要衝の地に建つ山城である。長く六角氏が支配していたが、浅井氏が台頭し争奪戦の結果、永禄三（一五六〇）年に浅井長政が勝利して、江《ごう》北《ほく》での地位を確実なものにした。

——近江の佐和山城。

道三は近江ときくと、幼少時に修行した守山の天光寺を思い出さずにいられなかった。苦しい修行の合間に癒しを求めて寺の裏山に登り琵琶湖を眺めた。陽の光にまばゆく反射する湖面を飽かず見つめたものだった。

その琵琶湖の北にある佐和山城で信長は危機の瞬間を迎えたという。

永禄十一（一五六八）年八月、信長は浅井長政と浅井領内の佐和山城で会った。

信長は足利義昭を奉じて上洛するための支援を浅井氏に依頼し、長政は義兄・信長の申し出を受諾した。この後、信長は岐阜城に帰途中、柏原（現・滋賀県米原市柏原）の成菩提院《じょうぼだいいん》に泊まった。信長は二百五十人ほどの供回りを連れているだけの手薄で無防備な態勢だった。

そのとき、浅井の家臣、遠藤直経《なおつね》は、

「信長を討つのは今です。浅井家の将来に障壁となる人物です。これほどよい機会はもう二度と訪れません」

と信長暗殺を訴えた。信長を討ちとれば長政自身の上洛、さらには天下取りの目も出てくる。野心に満ちた進言だった。

が、長政は謀叛を起こさなかった。

「無用な配慮だ」

と遠藤を叱責した。

闇討ちに近い行為で、たとえ一時的に勝利をおさめたとしても、末代まで不義理をいわれる。武士の名折れとなるとして長政は遠藤の提案を一蹴した。武士として信義を重んじるのが長政の生き方だった。

歴史的に検証すれば、この手薄な状況は後年の本能寺の変を彷彿とさせ、危険な瞬間であった。

信長は柏原の成菩提院での体験を回想していた。

「もしもあのとき、長政が遠藤の進言をきいてわしを襲ったなら、わしの命はなかったわ」

紙一重であったと信長は笑い飛ばした。

「危ないのに、なにゆえ殿は平気でおられたのですか」

道三はきいた。武将は戦いに明け暮れるゆえ、生命の危機に敏感で常におのれの無事に腐心するものと考えていた。

「わからない。何も考えなかった」

信長は当たり前のように言った。

「妹婿を信じればこそ、安心し無警戒だったのですか」

「いや。別に長政を信じていたのではない」

何も考えなかったのだと繰り返した。

しばらくして、信長は、

「死ぬときはかわずのように死にたいが、生きているうちは、蜻蛉《せいれい》のように生きたいものだ」

と言った。

「せいれい……。トンボですか」

「ああ。蜻蛉は勝ち虫ともいう。前にしか進めない」

トンボは後退できない生き物だった。

道三の見るところ、信長は桶狭間の戦い以来、天下布武を唱えて覇者の道を歩み、その生きざまはまさに蜻蛉精神に満ちていた。後ろを見ないのが信長の信条だった。

——蜻蛉のように生き、かわずのように死ぬ。

乱世を生きる武将の一つの生き方だと道三は思った。

この後、道三は活栄益胃湯の煎じ薬を信長に処方して陣所を辞した。

九

数日後、道三は一鷗の使いの者と名乗る若い兵士の来訪を受けた。髪は元結が切れて乱れ、着衣は泥にまみれて汚れていた。

「宝ケ池の陣にすぐ来てほしい」

との一鷗からの手紙を持参していた。

京都の北のはずれ、高野川沿いにある大きな池だった。

道三は早速、準備を整え宝ケ池に向かった。

陣が置かれた寺では一鷗が道三の到着を待ちこがれていた。久しぶりに会った一鷗は顔色が悪く落ち着きがなかった。

「話は後です。すぐに藤吉郎殿を診ていただきたい」

挨拶もなく道三の手をとって急かせた。

藤吉郎は奥の寝所でうなされていた。

——これは……。

先日、信長の変貌にわが目を疑ったが、藤吉郎の場合はその比ではないほど悪かった。高熱を発して、意識が朦朧としていた。絶えずうわ言を発し、猿面は歪み、その目は固く閉じられていた。

「どうでしょう、道三さん」

一鷗はただただ狼狽していた。宝ケ池にたどり着いた藤吉郎から急遽、呼び出されたが、なすすべもなく道三に助けを求めたのだった。

一鷗によれば、殿《しんがり》を引き受けた藤吉郎は信長が去った金ケ崎城を守りつつ朝倉方と戦った。が、深夜に密かに城を抜け出し、軍を引き揚げた。裏をかかれた朝倉方は藤吉郎軍を追尾。藤吉郎方は朝倉方と戦いつつ朽木の山道を撤退した。そのとき、石山本願寺派の兵士が急に襲いかかってきた。防戦一方となった藤吉郎方に、苦戦をききつけた家康軍が駆けつけたという。家康の援軍に窮地を脱して、ようやく京都郊外に達した。殿軍として兵士の損害は驚くほど少なく撤収できたが、藤吉郎自身は無理がたたって疲弊し、体力を極限まで消耗していた。

「麻黄湯が適当と考え投薬しようと思いましたが処方できないのです」

一鷗は口からの投薬を試みたが、無理だった。意識が朦朧としている藤吉郎に何とか口に煎じ薬を流しこんだが、口から溢れ出るばかりだった。患者本人が嚥下《えんげ》しなければ飲めないのが煎じ薬だった。

「道三さん。頼みます。何とかしてください」

一鷗はうわ言で喘いでいる藤吉郎を見つめながら必死に道三に助けを求めた。

道三も藤吉郎を観察しつつ治療法を思いめぐらせた。

一鷗が選択した麻黄湯は的確な処方だと考えた。麻黄湯は麻黄、杏仁、桂枝、甘草の四剤から成る処方で、解熱や頭痛、関節痛などに著効を示した。問題はどのようにして投与するかである。

意識が朦朧としている人物の頬を激しく叩く手荒な方法もあった。だが、藤吉郎の場合、体力が低下しているので意識が多少蘇っても、薬液を飲み込む力はあまり期待できなかった。

――どうしたものか……。

考えあぐねた結果、道三は、

「蜜煎導《みつせんどう》の手法を応用しよう」

と一鷗に提案した。

蜜煎導は小指の頭大に固めた蜂蜜を肛門からさし入れ滋養とする方法で、便秘の治療としても効果的だった。

「一鷗は口から麻黄湯を投与しようとしてできなかった。ならば、蜜煎導同様、下の口から投薬できないかと思う」

道三は言った。

「下の口……。肛門から投与するのですか」

一鷗の疑問だった。

「そうだ」

「煎じ液をどうやって肛門から投与するのですか」

「そこだ。南蛮医学にエネマという方法がある」

「エネマですか」

「うむ。金属の筒に溜めた液体を肛門から注入するのだ」

道三が信長を診るようになってポルトガル人の宣教師とも交流する機会を得ていた。信長は新奇好みでキリスト教にも理解を示し、南蛮寺の建立も認めていた。道三は南蛮医学の一端を宣教師から知ったのだった。その治療法や薬物利用は従来の医術と違い、大きな刺激を受けていた。

「注入？」

一鷗は怪訝な様子だった。

「圧をかけるのだ」

と道三は言って、

「一鷗、すぐに竹で水鉄砲を作ってほしい」

作れるかときいた。一鷗は竹細工の名人だった。

「もちろん作れます。でも、どのようなものを作りましょうか」

道三は筆をとって水鉄砲を絵で描き示し、先端の穴の部分に細い筒状の突起を描き足した。今日でいう浣腸器の変形である。

「この突起を肛門に差し入れ煎じ液を注入する」

ここが大事だと道三は筒の先を強調した。

その間にも、藤吉郎はしきりにうわ言を発し、伸ばした手で宙を掴んでいた。

「任せてください。道三さん」

一鷗は早速、水鉄砲作りに取りかかり、さしたる時間もかけずに完成させた。先端の細い筒も円く仕上げ、上々の出来上がりである。

「さすが、一鷗だ」

道三はすぐに麻黄湯の煎じ液を水鉄砲に吸い上げた。そして、皮膚を傷つけぬよう先端部分に太乙膏を塗って、一鷗に補佐してもらいつつ、藤吉郎の肛門に円い突起を差し入れ、液を注入した。

「これがエネマという方法ですか」

一鷗は補助しながら神妙にきいた。

「そうだ。煎じ液を注入するのは初めてだ」

「効くとよいのですが」

「うむ……」

道三も初めての試みでどの程度効くか予測がつかなかった。ただ、これまで何度か蜜煎導を治療に用いて、それなりの効果をあげた経験があるので、期待はしていた。

道三と一鷗は藤吉郎の回復を祈りつつ、寝所の隅に控えて静観した。

藤吉郎は深い眠りに就いていた。

＋

道三と一鷗は藤吉郎を見守っていた。

すると、急に一鷗が、

「道三さん、シャガに気がつきましたか」

ときいた。

「シャガ？　何の話だ」

道三は一鷗が何を言いたいのか分からなかった。

「やはり気がつきませんでしたか。この宝ケ池の周囲には、今、シャガが咲き乱れています」

「シャガが……。咲いているのか」

「たくさん咲いています」

「そうか。それは気がつかなかった」

一鷗の使いと名乗る若い兵士に急かされて、道三は路傍の草花どころではなかった。

「わたしも普通なら見過ごすところです。しかし、今回は気になったのです」

突然、藤吉郎の重体をきいて、一鷗は大変だと狼狽しつつ駆けつけたという。

「あわてているので何も目に入らないはずなのですが、逆でした。なぜか咲き乱れているシャガが気になりました。きっと神経が研ぎ澄まされていたからでしょう」

と一鷗は振り返った。

シャガは春になってどこの山野でも見られる野草だった。白紫色の花を群生させ、夜には萎れて、翌日に新しい花を咲かせるありふれた野花である。

一鷗は続けて、

「シャガが群れて咲いているのを見て花は人を選ばないと思いました」

と言った。

「人を選ばない？」

どういう意味だと道三はきいた。

「シャガの花は相手を見て咲いていません。誰にでも平等です。同じように、道三さんも人を選ばない。平等に診ます」

「どうしてそこにわたしが出てくるのだ」

道三は一鷗の発言の意図が解せなかった。

「わたしは藤吉郎殿の主治医になって、他の患者への関心は薄れました。しかし、道三さんは、信長も藤吉郎も将軍も、さらには庶民も区別しないでしょう」

「そのつもりだ」

分け隔てなく患者を診るのが道三の基本方針だった。

「たとえていえば、野花のように平等に対応するのが道三さんなのです。しかし、今のわたしは以前と違います。もし、信長殿から診察を頼まれたら、わたしは断るでしょう」

「藤吉郎殿の主治医だからか」

「そうです」

一鷗はうなずいた。

「藤吉郎殿から他の者は診るなと注意を受けたのか」

「それはいわれましたが、その注意だけでわたしが他の診察の制約を受けたりはしません」

「ならば、他の者も診ればいいではないか」

「確かに、そういう考えは頭ではわかるのですが、できないのです」

できませんと一鷗は繰り返した。

「なぜできないのだろう」

と道三はきこうとしたが思い止まった。一鷗の変貌を自分なりに考える時間がほしかったのかもしれない。

しばらくして、一鷗は、

「おそらくわたしが藤吉郎殿に魅せられ主君と決めたからだと思います」

と言って言葉を継いだ。

「他の者を診ると、仕えている主人に申し訳ないという気が先に立ってしまうのです」

「なるほど」

人に仕えるとそういう心理が働くものかと初めて知った。人に仕えた経験のない道三には分からない気持ちだった。

「こたびの藤吉郎殿の急病はすべてわたしの責任です。わたしが越前まで同行していれば、このような事態は避けられたはずです」

一鷗は悔しそうだった。

「一鷗に急用でもあったのか」

道三はきいた。

「いえ、同行しようとしたのですが、危険だからと藤吉郎殿に止められたのです」

「それなら仕方ないではないか。一鷗の責任ではない」

「いえ、ちがいます。強く止められましたが、それを振り切って同道すべきでした。いつも主人と共にある。それが主治医というものです」

失格ですと一鷗は後悔していた。

道三は主君思いの一鷗を知った。魅力ある主人に仕え人間の幅が広くなったように思えた。

寝所の中央では藤吉郎が眠っていた。心なしかうわ言が少なくなっていた。

「ところで、このたび藤吉郎殿を腹診したと思うが、どうだろう、臍下丹田の力は初めて診たときと違っていたか」

どうだと道三はきいた。

「それは同じです。高熱にうなされていますが丹田の力は失われていませんでした」

「そうか」

道三は信長と同じだと思って、一鷗に疲弊した今回の信長を腹診したときの印象を手短に伝えた。

「そうでしたか。同じでしたか」

不思議な話ですねと一鷗はしきりに感心した。

二人の医者はしばらくの間、臍下丹田の力について語り合った。

まだ藤吉郎は深い眠りに就いていていた。

その後、信長も藤吉郎も、道三と一鷗の治療が効を奏して徐々に平に復した。臍下丹田に示された本来持っている生命力が二人の回復に寄与したと思われた。

勇将たち

一

甲斐国の雄、武田信玄が王城の地・京都をめざして動いたと道三がきいたのは、元亀三（一五七二）年十月であった。甲斐の虎が腰をあげたのである。

――いよいよ来たか。

と道三は思った。

後ろで糸をひいているのは足利義昭に違いなかった。信長に実権を奪われていた義昭は内々に諸国の大名に反信長を呼びかけて将軍としての権力の奪回を画策していた。信玄の進軍は義昭に呼応しての出陣である。

――信長はどう討って出るのだろうか。

道三は乱世の風雲児がどのような戦いをするかに注目

していた。

その信長はすでに信玄の野望を予測していたはずである。

この間――、信長は天下布武の地固めのため数々の手を打っていた。

まず、元亀元（一五七〇）年四月、朝倉・浅井の挟撃に遭い金ケ崎城からの敗走に対して、二カ月後に徳川家康の援軍も得て、姉川の戦いにおいて勝利し、浅井長政を小谷城に遁走させて、早々に雪辱した。

続いて九月、本願寺の一向衆徒との戦いを始めた。信長は石山本願寺に矢銭五千貫を課したが拒否され、本願寺は正面から戦う姿勢を示していたので、陣を整え本格的に大坂に兵を進めた。ところが、十一月には本願寺に呼応して伊勢長島の一向一揆が起こり、弟、信興《のぶおき》が殺害された。信長の一向衆徒に対する怒りは増幅するばかりだった。結局、石山合戦はこの年から天正八（一五八〇）年閏三月まで、約十年にわたり断続的に泥沼戦が続いて信長を手こずらせた。

さらに信長にとって看過できないのが比叡山延暦寺だった。越前攻めの際に信長は朝倉方と浅井方の挟撃に遭い九死に一生を得ているが、その際、両家に加担したのが延暦寺だった。数珠を刀剣に持ち変えた多数の僧兵を恃《たの》んで権を誇示するは仏徒にあるまじき言語道断の所作、横暴と堕落の象徴として信長は比叡山を取り囲んだ。信長の側近は仏罰を恐れ、また、人心が離れると諫言して焼き討ちを止めるよう進言した。が、信長はこれを無視して、元亀二（一五七一）年九月に比叡山に火を放った。僧徒、門徒もろとも伽藍も僧坊も全山が火焔に包まれ、数千の屍《しかばね》が山をおおったのだった。

このような信長の所作を苦々しく思っていたのが将軍・足利義昭だった。義昭は元亀元年に信長から突きつけられた五カ条の条書により、将軍としての権力を完全に封殺されていた。

だが、義昭も黙っていなかった。仮にも将軍である。将軍職の矜持を示し、一向一揆の大元締め石山本願寺を抱き込み、比叡山を味方につけ、さらには中国の毛利家を巻き込み信長包囲網を形成しつつあった。信長という傍若無人な成り上がり武将を叩いて足利将軍の権威を復活させるべく画策していた。

今回の信玄の動きは義昭の作戦が功を奏した証といえそうだった。信玄は上洛の腰を上げたのである。今や義昭にとって信玄は陽が昇る東国からやって来る太陽に似たじつに頼もしい救世主だった。

足利義昭の陰湿な高笑いがきこえてくるようだ。

武田信玄の戦い方は独特である。

「戦って、十分のうち六、七分の勝は十分の勝なり。八分の勝は危うし。九分十分の勝は大負けの下作りなり」

と信玄は武田一門に常々言いきかせていた。九分十分の勝は軍団に驕《おご》りが生じ、士気が緩む。加えて、あまり相手を叩き過ぎると、窮《きゅう》鼠《そ》猫を噛むの譬《たとえ》にもある通り、我《が》武《む》者《しゃ》羅《ら》に反撃してきて味方の戦力を失う恐れが出てくる。六、七分の勝で鉾をおさめるのが得策というのが百戦錬磨の信玄がつかんだ戦略だった。

上杉謙信との五度にわたる川中島での戦いを見ても明らかなように、一回で決着をつけていなかった。相手の出方を窺いつつ、攻め、退いて、陣形を変え、戦法を駆使して戦っている。戦いを楽しんでいる気配さえ感じられた。

その信玄がじわりと京都を目指して動いたのである。信長に危機が迫っていた。

道三が最も恐れるのは京都が主戦場になる戦《いくさ》だった。応仁の乱の再来だけは避けたかった。ただ、信玄が、六、七分の勝は十分の勝なり、と唱えているので相手を完膚なきまで叩くという姿勢ではないのが救いだった。京都を焦土とする可能性は低いと少し安堵する気持ちになっていた。

一方の信長は信玄との戦いを控えて作戦を練っているはずだった。その信長から道三に対しての呼び出しはなかった。

――落ち着いているようだ。

定期的に送っている薬もあり、体調に変化はないのだろうと道三は推測した。

二

武田信玄の上洛の動きの他にもうひとつ気になる話があった。欣助がもたらした話で、手のひらで燃える火を受け平然としている男がいるという。妖術師というしかないが、この男は医学に長じているという触れ込みで、京都の町衆も診て評判をとっているらしい。

医学に名を借り、医術を弄して世間を欺いているなら同じ医者として許せない。まして、もしその者が啓迪院出身の医者なら即刻、免許を剥奪しなければならない。

「流れ者というが、どこから来たのだ」

と道三は欣助にたずねた。

「それがよく分からないのです。見かけでは年齢も分からず、とにかく怪しい人物にちがいありません。信長殿と岐阜城で会ったともいいます。本当かどうかは分かりませんが」

「本当なら、信長殿の新奇好きが出たようだな」

南蛮の衣装や医学に人一倍興味を持ったのが信長だった。医学を操る妖術師ときけば信長はおそらく関心を示し、会ったに違いないと道三は思った。

そんな話をきいた数日後、道三は足利義昭から、面白い物を見せたいと呼び出しを受けた。勘解由小路室町《かでのこうじむろまち》に建てられた新御所は造営してまだ三年で、壁も廊下も何もかもが新しかった。

「今からあらわれる者が世にも珍しい見せ物を披露するというのだ。どうだ一緒に見物しようではないか」

足利義昭は鼻にかかった甲高い公家風の気取った声で話し、機嫌がよかった。

「ご招待、恐縮です。しかし、なにゆえわたしを呼ばれたのですか」

風の便りに義昭はひどい不眠に悩まされているときいたが、道三への往診依頼はなかった。おそらく、半井《なからい》瑞策《ずいさく》あたりが診ているのだろう。

「そこだ。その者は医学にも長じていて、眠れぬわたしに処方した薬がじつによく効いて大助かりなのだ。おぬしとも話が合うのではないかと思ったのだ」

名医のお陰でよく眠れると義昭は手放しで喜んでいた。信長に圧力をかけられ悲観し、消沈《しょうちん》していると伝わっていたが、この日は明るく元気だった。

珍しい見せ物を披露するというのは、欣助が話していた怪しげな男そのものではないかと道三は思った。信長ばかりか、足利将軍も翻弄されている可能性がある。

義昭が扇子で脇息《きょうそく》を叩くと、それが合図で大広間の襖が開かれた。

平伏していた男がゆっくりと顔をあげた。

――徳本《とくほん》!

道三は思わず胸の中で叫んだ。

格子模様の薄茶色の小袖を着流し、黒の十徳《じっとく》を羽織っている男はまぎれもない永田徳本だった。若い一時期、ともに関東一円を放浪しながら医学を実践した仲だった。道三は師匠の田代三喜の死にともない、京都に戻り啓迪院を開いた。それ以来徳本には会っていなかった。かれこれ三十年振りの再会だった。

徳本はゆっくりと部屋の中央に進み出て来た。その瞬間、道三と目が合い、徳本は不敵に笑ったように見えた。

放浪医の徳本は、牛の首に、「一服十六文」の札《ふだ》と鈴をさげて街道を行き来して医療に従事していた。着ていたのは緑色の野良着で縦縞の柄が垢にまみれて光り模様が見えないほど汚れていた。だが、この日の徳本は真新しく仕立てのよい十徳を羽織っていた。ただ、顔と頭髪は昔と同じで、もみあげから顎、鼻の下まで髭が密生していて顔全体に髭がおおっている。また、頭は総髪で、後方部にざんばらに垂らしていた。

徳本は義昭に向かい平伏すると、

「それではご覧にいれます」

と神妙に宣告した。

部屋は静まり返った。

徳本は目を閉じ息を整えながら、長い間合掌して、何事か小声で念じていた。そして、目を開けると、用意した平たい大皿の上に丸めた紙を置いた。そこに蝋燭の火を近づけ紙に火をつけた。丸められた紙は青い炎を上げ、次第に大きく燃え盛った。薄暗い部屋が明るく照らされた。

徳本は燃える火に左右から両手をかざし、何事か念じながら手を近づけたり遠ざけたりした。

そして、

「えいっ」

と鋭く叫ぶと、燃え盛る火を一気に両手に載せた。

「おおっ」

と義昭と取り巻きの家臣から一斉に驚きの声が上がった。

火は徳本の手のひらの上で燃え続けた。徳本は激しく念仏を唱えながら燃え上がる火を手のひらに転がした。

そして、再び、えいっ、と叫んで、火を皿に落とし、茶碗をかぶせて消した。

それから徳本は義昭に向かって両手を大きく広げてから、うやうやしく頭を下げた。

「見事、見事」

義昭は興奮の態で手を打って徳本を褒めたたえた。取り巻きの拍手喝采はしばらく続いた。

「褒美をとらせよ」

義昭は上機嫌で家臣に命じた。間もなく、褒美品が三宝に載せられて届いた。

三

道三と徳本の二人は酒肴が用意された別室に案内され

た。広々とした客間には二人のための膳が並べて置いてあるばかりだった。

「なぜ京都にいるのだ」

道三は大広間での驚きをそのまま問いかけた。

「野暮用としかいいようがないな」

徳本は素っ気なかった。三十年振りの再会などどうでもよいという様子である。六十歳相応に歳をとっていたが、髭面の奥の眼光や身のこなしは、昔と少しも変わらなかった。

「樟《くすのき》の妖術を見せびらかすために来たとは思えない」

気つけの薬剤にもなる樟は枝や葉などを工夫して処理すると、粉が得られた。その粉に火を点けると燃えるが熱くはなかった。原理を知らない者は驚嘆し、面白い見せ物になった。

「まさか。おれはそれほど物好きではない。大道で子ども相手に遊んでいたら将軍がききつけ呼ばれただけだ」

よほど暇な将軍だと言いながら、

「将軍はこんな贅沢な物を食っているのか」

と膳に用意された料理を眺め渡した。

酒はもちろん、鱧《はも》や鯖料理をはじめ、煮物、あえ物、赤飯など、庶民には縁遠い料理が並んでいた。

「こんな贅沢しているから眠れないなどとご託を並べることになる」

徳本は厳しい口調だった。

「将軍は眠れるようになったと喜んでいた。薬方は何を選んだのだ」

道三は不眠症に汎用される酸棗仁湯《さんそうにんとう》あたりに見当をつけていた。

「薬方などという代物ではない。あんな病は贅沢病の典型だ。気位が高いだけの落ちぶれ将軍が溺れて藁《わら》を求めている。衝撃が藁になる」

「衝撃？　何をしたのだ」

道三には見当がつかない治療法だった。

「なに、蕎麦粉に苦木《にがき》の粉を混ぜただけだ。さぞかし苦くて飛び上がっただろうな」

徳本はさも楽しそうに笑いながら鱧料理を口にして盃の酒を空けた。

道三は治療薬には程遠いそのような薬粉で不眠が改善したのだろうかと疑問を抱いた。確かに苦木は消化を助け、虫下しなどに効果があるが、睡眠には関係ない。あのように足利義昭が感謝するほど不眠に効くとは到底思えなかった。

「あんな贅沢の嘘病気には、泣かすか、怒らすか、驚かせば、病気はどこかに飛んで行ってしまう」

嘘病気には嘘薬が似合いだと箸の手を休めなかった。

足利義昭についていては、心気病《しんきびょう》が高じて気がふさぎ、夜毎、大蛇があらわれる恐ろしい夢を見ていると道三はきいていた。それをたちまち解消してしまった徳本に、道三は牛に跨《また》がり実践した放浪医生活に裏打ちされた誰にも真似できない医術を見る思いがした。

徳本はたて続けに酒を飲んでから、

「久しぶりに会ったついでだ。おまえさんに甲斐の話をひとつ教えてやろう」

と盃を置いた。

思わせぶりの態度に道三は嫌悪感を覚えていた。ありあまる才能がありながら、素直に話ができないのがこの男の唯一の欠点ではないかと思えた。一方で、徳本は三十年振りの再会を内心喜び、照れから故意に無愛想にしているのかもしれないとも考えた。

徳本は少し声を落とし、

「信玄は上洛できない」

と言った。


――上洛できない……。

道三はにわかには信じがたかった。信玄は万全を期し大軍を率いて甲斐を発っている。上洛は時間の問題とされつつあった。しかし、放浪医を生業《なりわい》にしている徳本である。諸国の事情に精通していても不思議はなく、まして、徳本は甲斐を中心に医療を実践していた。

道三はきき返すのに抵抗があったが、

「それはどういう意味だ」

とたずねた。

「ふふ、やはり気になるか」

と徳本は髭をなでまわした。道三の反応を楽しんでいるようにも見えた。

「信玄は京都に陣を向けているが、都の土は踏めないだろう。花押《かおう》を記した紙を大量に用意している」

「花押を記した紙……。なにゆえだ」

「それをおれにいわせるのか」

と一蹴し、

「もうひとつ。信玄は常習的に四花穴《しかけつ》に灸を据えている」

とつけ加えた。

「ほう。珍しいツボを使ったものだな」

四花穴は鍼灸の医療にも精通した徳本があみだした経穴《ツボ》といわれている。奇穴の一種に数えられ、気がふさいだ患者に対し一度に四カ所に灸を据える方法だった。藁紐《わらひも》を用いた特殊な手法でツボを探すのだが、秘術とされ使いこなすにはかなりの経験と技が必要とされていた。

「少しは信玄の様子を理解したようだな」

徳本はまだ髭をなでていた。

「それにしても、おぬしはなにゆえ京都にいるのだ。てっきり甲斐にいると思っていた」

道三はたずねた。

「甲斐は捨てた。甲斐以外の東国が暮らしやすい」

「甲斐には戻らないのか」

「ああ。父親を騙して自国から追放した低級な奴が治める国にいては息をするのも汚らわしい」

徳本には怒りがこもっていた。父親を追放した低級な奴とは、武田信玄を指しているのは言うまでもない。信玄は二十一歳のとき、駿河から帰国しようとした四十八歳の父、信虎を国境を封鎖して入国させず、強制的に隠居させている。

徳本は縁があって武田信虎の身体を診ていたのだった。その信虎は追放されてから足利義輝に重んじられて京都に住んでいた時期がある。義輝死去後も足利家に仕えていたが、身分は安定せず、不遇と放浪のうちに生涯を終えている。

「信長公を診たときいたが、本当か」

道三はきいた。

「ああ。会った」

「診たのか」

「いや、診ない。おぬしが診ているのだろう」

「それはそうだが」

「おれが改めて診るまでもない。望《ぼう》でわかる。身体は丈夫だ。だが」

徳本は言い淀んでいた。

「だが、何だ」

徳本ほどの医学の使い手なら望診だけで十を悟《さと》るだろうと道三には思えた。だが、気がかりがあるようだ。

「あれほど短気なのはどんなものか。いずれ肝が破れるぞ。身の破滅だ」

「そうか」

道三は内心うなずいていた。

――さすが徳本だ。

道三は徳本の鋭い観察眼に感服した。確かに信長は肝気が高まる傾向があり、この方面の養生が必要だった。

それからしばらく、道三は膳の料理を味わった。徳本のほうは悠然と手酌で酒を楽しんでいた。徳本に思い出話に浸る趣味はなく、昔、ともに放浪したときの話は少しも出なかった。

数日後、徳本は忽然と京都から消えた。

後年――、永田徳本は争いの治まった甲斐に戻り、放浪医として牛に跨がり「一服十六文」の治療を続け、〝甲斐の徳本〟と呼ばれて尊敬され親しまれた。その医学は、道三が確立した、〝後世方派〟に対し、劇《はげ》しい作用のある薬剤を用いて即効性を求める、〝古方派〟医療の源流視されている。

また、徳川家康に医学を講じる機会もあった。一時期、幼い林羅山（徳川将軍の侍講《じこう》）の教育係を務めていた。さらに、二代将軍・徳川秀忠の難病を治してもいる。その際、秀忠が多額の支払いを提示したにもかかわらず、放浪医として貫いた「一服十六文」以上の金子を決して受け取らなかった。その一生は奇行と伝説に満ちている。現在、信州・諏訪の東堀にある徳本の墓は家型の不思議な形をしている。

四

甲斐国の雄、武田信玄が王城の地・京都をめざして動いたのは、元亀三（一五七二）年十月であった。二万五千の大軍を擁する武田軍の進撃をはばもうと、遠州・三《み》方ケ原《かたがはら》にて織田、徳川の連合軍一万一千は城を出て戦ったが完敗。家康は脱糞しつつ敗走して居城の浜松城に逃げ戻った。ここで家康は城門を開け放ち城内で篝火《かがりび》を焚く奇策に出た。追撃してきた武田軍はあまりに無防備な城の様子に、誘導して逆襲する策略を警戒し兵を退いた。家康の奇計は成功し、陥落はまぬかれた。

翌年の二月、信玄はさらに兵を進め三河に侵攻し徳川方の城を落とした。その勢いのまま、信長が義昭を奉じて上洛したように、信玄も破竹の勢いで京都に上るのかと思われたが、どうしたわけか何もきこえてこなかった。六、七分の勝は十分の勝なり、の信玄の戦略を実施し、深追いや進撃を控えているのかもしれない。が、それにしても動静が何も伝わってこなかった。

道三は試みに情報通の欣助を呼んできいてみるが、

「武田軍は三河まで来ていますが、前線には危なくてとても近寄れません」

とさすがの欣助も戦場の状況は把握できていなかった。

——嵐の前の静けさか……。

道三は東方の空を眺めながら一触即発の戦況を想像するしかなかった。すでに、武田軍と織田軍が真正面からぶつかっているのかもしれなかった。

それから、ひと月ほど経過して突然、欣助が啓迪院に走り込んできた。ひどくあわてていて、道三の前に座っても息が切れてなかなか言葉が出なかった。

ようやく、

「先生、信玄が死にました」

とかすれ声で伝えた。

——信玄が死んだ……。

寝耳に水だった。

道三は欣助に水を与えて落ちつかせ、

「織田軍に討ち取られたのか」

ときいた。

「いえ、そうではありません」

病気で急死したようですと欣助は言った。

武田信玄は三河で発病し、全軍が甲府に向けて帰還の途上、元亀四（七月より天正に改元・一五七三）年四月十二日、信州・伊那、駒場《こまんば》にて病没した。

享年、五十三だった。

欣助にも死因までは分からない様子だった。だが、紛れもなく信玄は命を落としたのである。結局、信玄は上洛できなかった。

——徳本の言っていた通りになった。

道三は髭面の徳本を思い出していた。徳本は、信玄が四花穴に常習的に灸を据えていると言っていた。四花穴は、よろずの気ふさぎ（心気症）に用いられるが、第一に多用されるのは労咳《ろうがい》（結核）だった。おそらく、信玄は人生の途上で労咳に冒されていて、それがこの度の無理な行軍が祟って病勢が増し、命取りになったと思われた。また、花押を記した紙を大量に用意したのは、喪を隠す手段として、死後でも信玄名で触れ書きを出すためだった。信玄の家臣団に対する細かい配慮だった。

実際、信玄は嫡子、勝頼に三年は喪を伏せるように言い置いたが洩れ出てしまった。父、信玄の配慮にもかかわらず、勝頼の油断が服喪を露呈させ、後々、敵将につけいる隙を与えてしまった。

五

最大の敵、武田信玄がいなくなって信長は一気に動いた。

まず、元亀四年、山城《やましろ》の槇島城《まきしまじょう》に立てこもって反撃の機を窺う将軍・足利義昭を包囲した。義昭は示し合わせていた信玄の上洛を待っていたが、信玄は急死し、共闘して信長を討伐する計画は幻に終わった。

信長は七月十八日に義昭を畿内から追放し、その十日後、元号を天正に改元し、室町幕府の終焉を天下に印象づけた。

信長はその勢いをかって、八月、浅井氏を救援して越前・一乗谷から近江に軍を進めていた朝倉義景を攻め、逃げる義景を追撃した。義景は一乗谷に退いたところで、一族の裏切りに遭って自害に追い込まれた。

さらに、余勢をかって近江の浅井久政、長政父子を豊臣秀吉（木下藤吉郎はこの年に羽柴秀吉と改名しているが、この稿では以下、豊臣秀吉と統一表記）とともに小谷城を包囲し、久政、長政父子を自害に追い込んだ。このときの功で、秀吉は浅井氏の旧領を与えられ、十二万石の大名となった。翌年、三十八歳で長浜城を築いた。

程なく道三は、一鷗から、

「ようやく居場所が定まった」

という安堵と喜びに満ちた内容の手紙を受け取った。ついに一鷗は大出世した城持ち大名の侍医になったのである。

信長は将軍・足利義昭を京畿から追放し、浅井氏と朝倉氏を滅亡させ、名実ともに天下人となった。

が、信長は天下人を世間や諸将に知らしめるさらなる秘策を実行に移した。

正倉院の開扉《かいひ》である。

正倉院は天平勝宝《てんぴょうしょうほう》八（七五六）年、聖武天皇の冥福を祈るため、光明《こうみょう》皇后が七七の忌に東大寺に献納した先帝遺愛の品々を納めた宝物殿である。天皇の許可がなければ開扉できない勅封《ちょくふう》となっている。開扉の意味するところは勅許を引き出すだけの権力の保持に他ならない。これこそ最高権力者の証であり、天下布武の象徴だった。

歴史上、おのれの覇権を天下に誇示する手段として、正倉院の開封を最初に利用した武士は源頼朝《みなもとのよりとも》である。頼朝は征夷大将軍に就いた翌年の建久四（一一九三）年八月、宝庫の点検と修理の名目の下、東大寺・正倉院を開封した。東大寺は聖武天皇が盧遮那仏《るしゃなぶつ》の開眼《かいげん》法要を行なうことで、仏教の力を借り中央集権の統一国家として機能させたのだった。頼朝はそうした国家権力の象徴でもある東大寺固有の特徴を政治的に利用するため、正倉院を開封の挙に出たのである。

その後、正倉院を開封させた権力者は、室町八代将軍・足利義政である。義政は絶大な権力を保持しながら、東山殿と呼ばれ茶の湯や香道に興じた文化人の一面を有していた。寛正《かんしょう》六（一四六五）年九月に開封した。その目的は、秘香「蘭奢待《らんじゃたい》」の入手だった。香木を焚《た》いて香りを楽しむ香道は高貴な人々の雅びな遊びであり、戦いに明け暮れる武士には無縁の世界だった。ところが、義政は武士として初めて香木を切ったのである。「蘭」の字に「東」が、「奢」に「大」が、「待」に「寺」が隠されてる。合わせて、「東大寺」となる秘木だった。

信長は武家の棟梁・源頼朝と将軍・足利義政に倣《なら》い正倉院の開扉を試みた。権力の誇示と蘭奢待への執心である。

信長は京都に逗留している折、天正二（一五七四）年三月二十三日、塙九郎左衛門尉《はなわくろうざえもんのじょう》を正使、筒井順慶《つついじゅんけい》を副使として、突如、東大寺に派遣した。

筒井順慶は、東大寺に対し、

「信長様の命令である。正倉院を開扉して蘭奢待を観覧させせよ」

と大音声で命じた。

東大寺側は急な申し出に驚きつつも、

「開扉は朝廷の勅令がなければ何人といえどもお受けできません。また、勅使も必要です」

と一蹴した。

寺の一同は、正倉院の勅封のしきたりも知らない田舎侍がすごすご帰る後ろ姿を笑いながら見送った。勅封の重みを痛感した信長は畏れ入って、開封を諦めるか、年明けくらいまではあらわれないだろうと予想した。

ところがである。信長は二十六日には勅許を得、二十七日にはみずから京都から奈良に出向いてきて、多聞山城に陣を敷いた。それほど信長は正倉院の開封に執着していたのである。

信長は寺の使いに、

「明日、蘭奢待を城まで持参せよ」

と申し渡した。

その夕刻には勅使も寺に到着して慣例は整い、開封は現実となった。

翌二十八日、庫内の蘭奢待は櫃《ひつ》ごと城に運ばれた。そして、天下に隠れなき名香木が大広間の中央に置かれた。

信長は満足そうにしばらく眺めてから、家臣に命じ、鋸《のこぎり》を使って蘭奢待を切らせた。一寸（約三センチ）四方ずつ二片切り取って、一片は天皇に献上し、一片は信長が拝領した。

だが、信長の執心はこれで終わらなかった。

寺の使いが帰ってしばらくすると、

「これから正倉院に参る」

と立ち上がった。

急に興を覚えたとしか言えず、近臣はあわてたが、もっと狼狽したのは、出向いてきた信長の姿を目にした寺の長官や役僧たちである。

「倉のなかを案内せよ」

と命じた。

正倉院の扉が開かれた。長官の先導で信長は庫内に入った。校倉《あぜくら》造りの正倉院の内部は北倉、中倉、南倉に三区分されている。信長は海外から渡来した三倉の宝物をつぶさに見物した。

信長は北倉に納められている紅沈香《こうじんこう》に目をとめた。

この香木も蘭奢待に劣らぬ名木だった。

「この紅沈香はなにゆえここにあるのか」

と信長がきいた。

「もとから置かれていた場所に納めておくのがならわしです」

と長官は説明した。

「紅沈香も名香であろう」

「仰せのとおりでございます」

「ならば、蘭奢待同様、中倉に移すがよかろう」

信長の命で紅沈香は中倉に移された。信長は紅沈香が端の北倉に納められているを蘭奢待に比べて低く扱われていると解釈したようだった。だが、正倉院で最も由緒正しいのは北倉の収蔵品である。紅沈香の献納日は記録されているが、蘭奢待の収蔵年月日はなぜか不明である。

さらに信長は庫内を心行くまで見てまわり多聞山城に戻った。

蘭奢待の入手は信長を得意の絶頂に導いた。茶の湯に魅せられている信長は茶器同様に蘭奢待を珍重したのだった。

それから五日後の四月三日、信長は相国寺で千利休、津田宗及《つだそうぎゅう》らを招いて茶会を開き、蘭奢待を供覧に付した後、おもむろに焚いた。薫りが部屋に満ち、参会者は名香を堪能したのである。

蘭奢待は茶人たちにも垂涎《すいぜん》の的であり、信長は雅びの世界でも第一人者になったのだった。

六

啓迪院の書斎に籠もっていた道三は、教場のほうが騒がしいのに気づいた。生徒たちがあわただしく駆け回っているようだった。このところ、啓迪院の講義は甥の玄《げん》朔《さく》に任せるようになっていた。玄朔はようやく一人前の医者になり、指導者としての自覚も芽生えてきたようだった。啓迪院では、若先生で通っていた。

——何かあったか……。

道三は教場の騒ぎが気になりながらも医学書の執筆を続けた。『啓迪集』全八巻を完成させ、先年、正親町《おおぎまち》天皇に献上したばかりである。その後は脈診や鍼灸の奥義書の執筆に専念している。

そのとき生徒の一人が転がるように飛び込んできて、

「先生、信長様がおいでです」

と言った。

「なに、信長様が」

まさかと思いながら教場に急いだ。

信長がわずかな供回りを引き連れ教場の玄関に立っていた。

道三は平伏しつつ、

「信長様、いかがなされましたか」

とたずねた。急病かとも案じたが、元気な様子であり病気は考えられなかった。

ともあれ、道三は奥の客間に案内した。

「そのほうにこれを渡しに来た」

と信長は上機嫌で竹製の小筒を差し出した。

「蘭奢待の切片が入っている」

と言い、正倉院で蘭奢待を切り取った思い出話を語った。

「そのような貴重品をいただいてよろしいのでしょうか」

道三は唖然とするばかりだった。道三はすでに千利休から茶の湯の手ほどきを受けていて蘭奢待の稀少価値は熟知していた。

「かまわぬ。取っておけ。そのほうには身体を診てもらい何かと世話になっている」

信長は相変わらず上機嫌だった。

そして、道三がもてなす暇もなく信長は引きあげて行った。

このとき、天正三（一五七五）年十月十四日だった。

信長はすでに長篠の戦いで武田勝頼を破り、石山本願寺との戦いにもめどをつけつつあり、天下人として余裕が生まれていた。

その後、信長は十月二十八日に京都・妙覚寺で千利休を茶頭として盛大な茶会を開催した。今井宗久《いまいそうきゅう》、津田宗及など、堺の納屋衆も参席した。

道三も呼ばれて茶を振る舞われたのだった。

――天下はまさに信長殿の掌中にある。

道三はそう実感した。

乱世流動

一

広大な湖《うみ》であった。

道三は眼下に開けた眺望を、天主最上階の欄干に手をかけながら見つめていた。琵琶湖が豊かな水をたたえて、遙か遠くに広く大きく拡がっていた。

「まさに海ですね」

道三はかたわらの信長に琵琶湖の印象を語りかけた。

「確かに、こうして眺めると琵琶湖は広い。淡海《あわうみ》といわれる理由がよくわかる」

信長は満足そうに頭《こうべ》を左右に動かしながら眼下の景色を眺めていた。淡海は近江という地名の語源となっている。さざ波のたつ湖面に陽の光が眩しく照りかえしていた。

「天守閣の完成、おめでとうございます」

道三は改めて信長に祝意を伝えた。

信長が安土城建築にとりかかったのは天正四（一五七六）年一月中旬だった。それからひと月ほどして安土城内の仮御座所《かりござしょ》に移って居宅とした。そのとき、信長はすでに長男の信忠《のぶただ》に家督を譲り、尾張・美濃の領国、岐阜城を与えていた。

築城に着手してから三年後の天正七年五月に天主が完成した。地上六階地下一階の城で、天主を持った城は日本で初めてだった。

この日、天主の完成からさして日が経っていないにもかかわらず、道三は信長から城に招待されたのだった。

「外観はできたが、仕上げや内装はまだ終わっていない。屋根には瓦を載せ、金箔を押す。部屋の壁は金碧《きんぺき》障《しょう》壁画《へきが》で飾る予定だ」

信長の頭には安土城の完成像ができあがっているよう

だった。

城の屋根を瓦葺きにするのはこの城が初めてである。しかも金箔を押すのは豪華な試みというしかなかった。

「いずれここにも金箔をほどこす予定だ」

と信長は欄干を撫でてみせた。

「ここから眺めていますと、気宇壮大《きうそうだい》な気分になりますね」

道三の感想だった。

この国にこれ以上の高層の城はない。しかもそれが安土山の山頂に聳えている。下から見上げる人々は、華麗にして堅固な城に感嘆と賛美の声をあげるだろう。信長の天下人としての狙いが実現するのである。

初夏のやや湿り気を帯びた風が二人の頬を撫でていた。わずかに冷気を覚えたのは、気候のせいもあるが高所に吹きつける風が予想外に強いからだった。

「わしはここに住もうと思っている」

「ここ？　天主にですか」

「そうだ」

信長はうなずいた。天主は権力と政治の中心地の象徴であるが、そこを日常の居室にしようというのだった。これまでの為政者にはない考えだった。

道三はその発想に驚いていた。

――この人物は何を考えているのか……。

改めて信長の横顔を見つめた。

鼻筋の通った顔は涼しげである。吹き抜ける風が信長の髪を揺らし、袖を翻らせていた。

「殿はなぜここに城を建てたのですか」

口にしてから道三は愚問だと気づいた。

琵琶湖の東岸、安土に城を構えれば、岐阜から京都への道が確保される。近江は東海道、北国街道が通る要衝の地で、陸路と水運を制圧できる。安土の大船止《おおふなと》から船をくり出し南西に舳先を向ければ大津にたどり着く。すると、京都は目の前。水運なら京都へ半日で到達できた。

「海の見える場所に城を建ててみたいと思っていたのだ」

と信長が言った。

信長はこれまで那古野《なごや》城、清洲《きよす》城、小牧山《こまきやま》城、岐阜城と居城を移している。が、海に面した城はない。

信長は永禄十三（一五七〇）年二月、上洛の途上、安土の常楽寺に逗留して相撲大会を開いた。おそらくそのとき、密かに将来この地に城下町を形成しようと計画したのだろう。そのため、朝倉、浅井を攻め滅ぼし、街道の権益と水運を牛耳っていた比叡山勢力を焼き討ちにしたのだった。

「水は方円《ほうえん》の器《うつわ》にしたがう、という通り、水は融通《ゆうずう》無碍《むげ》だ。その上、度量の大きさを感じる」

琵琶湖を見つめながら信長はそう口にした。

「山は削ればなくなる。だが、海は消すに消せない。水の力、海の包容力には誰も勝てない。海こそ力の象徴だ」

信長は海に天下を見ていた。その海を見下ろす地に安土城は建つ。まさに天下人にふさわしい城だった。

信長は淡海の地、安土に御座所を移した翌年、楽市令を出し、座を認めず、併せて営業税、普請役、伝馬役などを免除した。信長は自由を希求して、旧弊を打破し規制を排除した。安土は新しい試みに人が集まり活発な商業都市に生まれ変わった。

――自由が天下布武を可能にした。

道三はそう考えた。道三が一鷗からきいたところでは、秀吉は敵を攻める際、信長から一切の攻略法を任されるという。責任は課せられるが、秀吉は兵を自由に指揮して、好みの戦略が選択できた。部下にとって、これ以上の使命感と忠誠心の発揮できる機会はなかった。道三には、信長こそ自由の魔力に着目した最初の為政者のように思われた。

いま、琵琶湖で一艘の帆かけ船がゆっくりと波をかき分けながら大津方面に向けて進んでいた。船の後には一筋の航跡が延びていた。静止した湖面に帆かけ船だけが進んでいる。のどかな風景だった。

「ところで、おぬし古稀を越したというではないか」

信長は話題を変えていた。

「お恥ずかしい次第です」

「そんな歳には見えんぞ」

「このごろ、目はかすみ、体力も落ちてすぐに疲れてしまいます」

三年前に七十歳になっていた。

「人生、五十年といわれる。それが七十歳を超えてそんなに元気なのは何よりだ。何か息災の秘訣でもあるのか」

「何もありません。日々、追われるように仕事をこなしているだけです。無為に馬齢を重ねたのでなければよいのですが……」

「そうか」

「ただ、後継者が育っていますのは、この歳になって、たいへんありがたいことではあります」

　この日、道三は玄朔を同伴していて信長に挨拶させていた。玄朔は聡明で医者としての腕をあげていて、啓迪院の教導係を十分にこなしていた。門人から、「若先生」と呼ばれて親しまれ、後継者としての自覚と責任感を持つようになっていた。

「殿はおいくつになられましたか」

　道三は信長の横顔にたずねた。

「わしか。四十六だ」

「お若いですね。しかも家督を譲られ一安心なのではないですか」

「そうでもない。まだ、先は長い」

　信長の視線は湖面の遙か向こうにあった。その表情に天守閣を完成させ満足している様子はなかった。

「殿も体調がよろしく、これから何をするにもお身体はよく動くはずです」

　道三は先ほど信長の診察を終えたばかりだった。休む暇《いとま》のない身心は緊張を強いられているはずであり、道三は肝の過剰な気を抑える弱い薬を処方していた。だが、信長はしばしば薬を飲み忘れるようだった。道三は飲み忘れを身心ともに順調の証と考えていた。

　信長はまだ琵琶湖の遙か遠くを眺めていた。

二

　天守閣からの眺めを堪能した後、道三は信長から本丸の一室に通された。広間の中央に道三の席が用意され、左右には数人の家臣が控えていた。

「天主完成の祝いの一環だ」

　そこに座るがよいと信長は機嫌がよかった。天主が完成して以来、連日のように祝宴が開かれていた。

「このような席をもうけていただき恐縮至極に存じます」

　道三は平伏して言った。

「かまわぬ。遠慮せず存分に楽しむがよい。今日の席はそこにいる明智光秀が用意したものだ」

と信長はそばに侍っている家臣を指さした。

　すると、明智光秀がわずかに膝を道三のほうに向け、黙礼した。光秀は面長で額が広かった。目が細く口は小さい、どこか公家を思わせる上品で知的な雰囲気を持っていた。

　道三も黙礼を返した。以前、信長に呼ばれた際、光秀とはこれまで何度か出会っている。

その光秀の合図でまず、酒が運ばれてきた。酌係が盃に酒をついでまわった。イカの塩辛が少々、酒肴としてついた。

しばらくは酒宴の時間だった。

程よく酔いがまわったころ、本膳が運ばれてきた。膳の上に七種の料理が豪華に並べられていた。

家臣たちは箸を取り、各々料理を口にして歓談が始まった。道三も箸を手にして、まず里芋の煮物を口に運んだ。

座は祝宴の場らしく、なごやかな空気に包まれた。さらにまた酒も運ばれ、あちこちから笑い声がきこえてきた。

しばらくしてからだった。急に信長が、

「何だ、これは！」

と語気を荒らげた。

談笑が途切れ、家臣たちは一斉に信長を注視した。広間が静まり返った。

「光秀！　こんな鯛が食えるか」

信長は怒気鋭く、

「こんなとぼけた味の煮魚など食えぬわ」

と膳に箸を投げつけた。

「申し訳ございません」

ただいま代わりをお持ちしますと光秀が膳を持とうとした。

「たわけが。もう遅いわ」

信長は膳を足蹴りした。

膳は茶碗や皿もろとも部屋の隅に飛んでいった。汁はこぼれ、料理は無残に散乱した。

あわてて光秀は顔面を紅潮させながら、散らばった器や料理を必死に片づけ始めた。

場は白け、饗応の席は一転して修羅場と化した。家臣たちも箸や器、料理品を集めにかかった。

食事どころではなくなった。信長はいつの間にか上座からいなくなっていた。

三

控えの間で道三は玄朔とともに明智光秀と対していた。

「さきほどはお見苦しいところをお見せし、申し訳ありませんでした。客人にあのような場面をご覧に入れたのはわたしの責任です」

光秀は恐縮しきっていた。

「いえ、もともとわたしには過分の席ですからよろしいのですが、明智様は大丈夫ですか」

道三は控えめに同情を示した。

「わたしは……、馴れておりますから」

と光秀はほてった顔に気恥ずかしそうな薄い笑いをのせ小声で言った。聡明さを際立たせている広い額に汗が光っていた。

道三は、光秀の馴れておりますからの言葉の中に、主君の怒りの矛先が常習的に光秀に向けられているのを感じた。

「殿は濃い味がお好きなのです。しかし、京都に長くお住まいの道三様は薄味に馴れておられると思いまして、味をいつもより幾分薄くしたのです。それが薄くし過ぎたのかもしれません」

「そうでしたか」

道三はうなずきながら、信長は美濃の濃い田舎料理が好みなのだろうと想像した。

「失敗しました」

と光秀は言った。

「とてもよい味の料理でした。特別、薄くし過ぎたとは感じませんでしたが」

「いえいえ、失敗でした」

光秀は悔いていた。

道三はそうした光秀の態度に、智将で優秀な事務官ではあるが、料理の準備や客の接待などには不得手な武将なのではないかと思った。

「ところで、医者の道三様に相談なのですが」

と光秀は少し気兼ねする風に話し始めた。

「じつはこのところ身体全体の疲れが抜けきらないのです。どうしたらよいものか考えるのですが埒があかないのです」

何か方策はないでしょうかときいた。

言いながら、光秀は眉間に皺を寄せて肩に手をまわし、しきりに揉みほぐす仕種を続けた。

「そうですか」

と道三は応じながら、光秀を望診した。特別、顔色は悪くなく、目にも力があった。姿勢も正しく、痩せて虚弱な様子はない。顔のほてりと汗が目立つ程度で、外見からは身体の疲れはあまり窺えない。だが、もともと心の病や気分の落ち込みは本人が意識して隠すと、表から見ただけでは容易にその内情は判断できなかった。ただ、光秀を襲っている不調の一端は、先ほどの信長の容赦のない態度を見るにつけ、信長に起因していると思えた。

「いま、お幾つになられましたか」

道三はきいた。

「五十の坂を越えてもうすぐ半ばです。考えてみれば、歳をとったものです」

光秀はいまさらのように自分の年齢を意識したようだった。

――五十の半ばに近い……。

道三は光秀と信長の歳を考えた。信長は四十六歳だった。かなり年下の主人から、いつも遠慮のない激しい面罵にさらされているようだった。だが、出自は美濃の名門・土岐《とき》氏の支族という矜持もあり、屈折した感情を持っているに違いなかった。主従関係とはいえ、忍耐の連続は限界を超え、身心に悪影響を及ぼす。

「それではお身体を拝見いたしましょう」

道三は順序を踏んで光秀を診察した。舌診から脈診、さらに腹診に入った。

道三は光秀の腹部に手のひらを這わせた。臍《へそ》のまわりに緊張と拍動を感じた。臍下丹田には信長に感じたような放射力はなかった。

「眠りが浅いようですね」

と道三が言うと、光秀は、

「腹を診てそんなことがわかるのですか」

ときいた。

「腹は、肚《はら》が据わるという言葉がある通り、身体の中心部でもあります。ここが安定すれば身心ともに息災になります」

「そうですか」

「浅い眠りを解消する薬方で身心の安定を図りましょう」

道三は玄朔に小声で符丁を用いて、黄連解毒湯《おうれんげどくとう》の調薬を指示した。道三は、光秀が誰にも相談できずに抱え込んでいる苦悩と焦燥をまず解消すべき、と考え、この処方を選択した。

玄朔は手際よく調薬を終え、道三はそれを煎じて光秀に与えた。煎じ液を飲み終えるのを確認し、処方薬を数日分置いて、部屋を辞した。

その帰り道――、道三は玄朔に問いかけた。

「光秀殿を診察するのをおまえも見ていただろう。どうだ、おまえなら光秀殿にどんな処方をした?」

「えっ、父上の処方に間違いでもありましたか」

玄朔は驚いたように足を止めた。

「いや、そうではない。おまえが一人で診た場合、どうしたかと思ってな」

「そうでしたか。わたしも同じ処方を考えました」

と言い、黄連解毒湯を選択した理由を述べた。

体力があって、のぼせ気味でほてり顔。不安や焦燥傾向が強いので選んだと言った。

「一方で、柴胡《さいこ》加竜骨《かりゅうこつ》牡蛎湯《ぼれいとう》を処方するのもよいかと思いました」

「ほう、どうしてだ」

道三は賢明な選択だと思いつつ問い返した。

「あの方は心根が細かい人とお見受けしました。思い詰めると不眠や苛立ち、興奮がさらに亢進する傾向にあります。すると、柴胡加竜骨牡蛎湯も適方かと考えたからです」

「なるほど。それは的確で見事な診断だ」

道三は玄朔を褒めたたえた。

腹診の最中、道三は光秀の臍の上部に強い拍動を感じていたので、その症状に適している柴胡加竜骨牡蛎湯を選ぼうかと考えたほどだった。玄朔はそれを腹診なしに見抜いていた。驚くべき診断術である。医者として、玄朔は確実に腕を上げていて、道三は孫娘の養嗣子の成長を頼もしく感じた。

このたびの安土城行きで、道三は天守閣からの眺望と玄朔の目ざましい成長という、二つの大きな収穫を得たと思った。楽しく有意義な収穫だった。

道三の足取りは七十三歳とは思えぬほど軽やかだった。

四

天正十（一五八二）年五月下旬、道三と玄朔は愛宕山の険しい山道を進んでいた。あたりは樹木でおおわれて陽も射さず、暗く蒸し暑かった。時折、山鳥が木陰から鋭い鳴き声をあげながら飛び立った。

「父上もお忙しいですね」

玄朔は道三をいたわるように声をかけた。

「忙しい？　そうかな」

道三はきき返した。ともすれば息が切れそうな登り道だった。

「つい先日に信長公を診て、今回は光秀様を診るのですから」

「仕方がない。これが医者の務めだ。要望があれば出かけるしかない」

道三は当然のように口にした。つい五日ほど前、信長を安土城で診たばかりだった。

天正十（一五八二）年三月、織田方は甲斐の天目山麓で武田勝頼を自害に追い込み、武田氏を滅ぼした。

信長は三月の下旬に信濃・上諏訪で論功行賞を行ない、次いで、甲斐・甲府から家康の領地の浜松を巡って、四月二十一日、安土城に帰った。

信長の次なる標的は西国の雄、毛利にしぼられていた。そこは秀吉が攻めていて、やがて信長みずから援軍に向かおうとしているところだった。その直前に体調の検査を思いついたのだろう。道三の往診を依頼してきたのである。

道三は信長を型通り診察したがとりたてて異常は見受けられなかった。武田氏を滅亡させた安堵からか、肝の高ぶりもなく、身心はこれまでにないほど穏やかで安定していた。

道三が結果を伝えると、

「そのほうは毛利元就を診たというではないか。真《まこと》か」

と信長はきいた。信長の頭は毛利攻めに支配されているようだった。

「仰せのとおりです」

その元就はすでに元亀二（一五七一）年に七十五歳で死去し、十一年が経過している。道三の脳裏に出雲に往診した昔が甦っていた。

「子らも診たのか」

「はい」

毛利家の元春、隆景、輝元らも診察している。

「しかし、信長様、わたしの口から毛利家の皆さま方の身体につきまして、何かお伝えするのは控えさせていただきます」

道三は強い調子で拒絶した。他人の体調や病状を決して口外しないのは道三の医療方針であった。

「そうであったな」

と信長はこの話を終わらせた。

それから饗食のもてなしを受け、道三は京都に戻った。この安土城で信長の診察を終えたと思ったところ、今度はその信長の重臣である明智光秀から、急に愛宕山での往診を頼まれたのだった。

「それにしましても、父上は壮健でいらっしゃる」

玄朔は道三の足取りを注視していた。

「わたしの倍以上のお歳です。父上の健脚はどこからきているのですか」

玄朔は感心してきいた。

「さて、なぜなのだろう。いつぞやは信長公に同じことをきかれたものだ」

道三は七十六歳になっていた。

「何とお答えになったのですか」

「仕事に追われいるだけですと申し上げた。だが、考えてみると、これは八味丸《はちみがん》のお陰にちがいない」

八味丸は地黄《じおう》、山茱萸《さんしゅゆ》、山薬《さんやく》、沢瀉《たくしゃ》、茯苓《ぶくりょう》、牡丹皮《ぼたんぴ》、肉桂《にっけい》、附子《ぶし》の八種の薬剤から成る処方である。腎の臓の働きが衰えたときに用いられる。

道三は八味丸を諸々の老化現象を整える妙剤と評価し、みずからも常用していた。若返りの効果も期待できる薬だった。

「おまえも五十を超えたら八味丸の世話になるがよい」

老人の強い味方だと道三は助言した。

「覚えておきます」

玄朔はうなずいていた。

山道はかなり急な登りにさしかかっていた。

「安土には船に乗れば半日で行けるが、この愛宕山の道はこたえるな」

道三は七十六歳というおのれの年齢を意識せずにはいられなかった。愛宕山には宮司の往診でこれまで何度か来ていて馴れてはいたが、このたびは足腰にこたえた。

愛宕山は京都の北西、山城国と丹波国の国境にそびえる山である。北東にある比叡山とならんで京都の人びとに親しまれている身近な山だった。その頂上に愛宕神社が鎮座している。

道三は前年に三十三歳の玄朔にすでに医道を譲っていて、啓迪院の運営もおおむね任せていた。もはや道三の出る幕ではないように思われた。

そこで今回は、

「玄朔一人で行ってくれないか」

と頼んでみたが、

「先方がそれを許しません。大先生でなければならないと、ご指名があります。まだ引退は早ようございます」

わたしが同行しますと玄朔が言い、二人での愛宕山行が決まったのだった。

「そのうち秀吉公からも依頼があるのではないですか」

玄朔がきいた。

「いや、それはない。一鷗が侍医として対応している」

そう道三は口にしながら、一鷗の居場所を想像した。毛利攻めをまかされ、おそらく備中・高松城を包囲しているはずだった。

二人はそんな会話を交わしながら山道を登った。やがて、愛宕神社の本殿が見えてきた。

五

明智光秀は五月二十八日、愛宕山・西坊にて、戦勝祈願のため連歌百韻《ひゃくいん》の興行を開催した。

これより前、光秀は信長が発した諸将への動員令に呼応して、秀吉の援軍の先鋒として二十六日に居城の丹波・亀山城に入り、二十七日に愛宕神社に参拝した。

そして、当代随一の連歌師・里村紹巴《じょうは》を宗匠として、連歌の会が催された。弟子の江村鶴松が書き付け役として控えた。

道三は連歌会も終わった二十九日に愛宕神社に到着した。

道三が光秀に頼まれて往診に来た旨を里村紹巴に伝えると、

「このたびわたしは土産に粽《ちまき》を持参したのですが、この土産を大いに喜んだものの、おかしなことに光秀様は、何と、粽の皮も取らずに食べたのです」

と剃髪した下ぶくれの顔で驚きを口にした。

「そうでしたか」

道三はさりげなく応じた。

「光秀様は心ここにあらずという状態でした。どこかお身体の具合が悪いのではないですか」

里村紹巴は光秀の身を案じていた。

「あのような光秀様を目にするのは今回が初めてです。何事もなければよいのですが」

紹巴はひどく光秀を心配していた。

「体調に変化があるのでわたしが呼ばれたのです」

とも言えずに道三は無言で何度もうなずくしかなかった。

すると紹巴は、

「今回、巻いた百韻です」

と言い、神社に奉納した連歌の写しを道三に渡して奥に消えた。

道三の目に光秀が発句に詠んだ句が飛び込んできた。

「時はいま天《あめ》が下しる五月かな」

と書きつけられていた。

――これは……。

道三は光秀の謀叛の意志を感じた。「時はいま」は決起の決意をあらわし、同時に、「時」は土岐氏の支流であるおのれの出自も掛けている。また、「天が下しる」は天下を治めるの意味があり、まさに光秀の天下取りの野望が見てとれる。粽の皮も取らずに食べたのは謀叛の決意で気持ちが上の空だったからかもしれない。

会を裁いた里村紹巴はそれに気づいたのであろう、三句目で、

「花落つる池の流れをせきとめて」

と詠み、光秀の謀叛を思い止まるようにすすめている。

道三は目を走らせ、光秀が詠んだ句を集めた。全部で十五句が詠まれていた。

五十四句目に注目した。

「おもひなれたる妻もへだつる」

心の通じた妻もさえぎる。決意を伝えたが妻に反対されたと読めそうだ。

九十五句目――。

「縄手《なわて》の行衛《ゆくえ》ただちとはしれ」

真っ直ぐの長い道を目指して、今だ、走れと読めば、目的決行の決意を強く示している。

この愛宕山百韻には光秀の長子、光慶《みつよし》も参加していて、一句、それも一番最後で詠んでいる。

「国々は猶《なお》のどかなるころ」

光慶は父の謀叛を知っていたのか。

光秀の発句と光慶の挙句をつなげれば、

「時はいま天が下しる五月かな国々は猶のどかなるころ」

となる。親子の決意がかいま見えてくる。

道三は連歌の写しを手にして立ち尽くしていた。謀叛の相手は、まさかと思うが、主君の信長にちがいない。その信長と道三は五日前に安土城で会っている。一番安全な場所にいるはずだった。

玄朔は無言で道三のかたわらに立っていた。

六

光秀は西坊の奥座敷で一人静かに座っていた。

道三と玄朔は光秀の診察に入った。

「いかがなされましたか」

道三は光秀に問いかけた。布団に病臥して苦しんでいるわけでもなく、見た限りでは往診の必要はないように思えた。

「いや、これといった身体の不具合はないのだが、何となくおかしいのだ。どこか悪いはずなのだ」

それをそのほうに診てもらいたいと光秀は不安げに言った。

「分かりました」

と道三は言って、舌診、脈診、腹診と入念に診察した。光秀が話す通り、痛みや腫れといった身体の不具合は見つからなかった。だが、かなり心に重荷を抱え鬱屈した気持ちに支配されていると感じた。

「何か心配事はありますか」

道三は控え目にたずねた。

「心配か……。ないことはない」

「どんなことですか」

道三は駆け引きせず正面からきいた。

だが、光秀は話すのを躊躇していた。道三は待つしかなかった。

どのくらい時間が経過したか、

「おぬしらに話しても仕方がないが、領地替えになるかもしれないのだ」

と光秀は弱々しく口にした。これから実行する毛利討伐が成れば、今の丹波・近江から、出雲・石見への所領替えになるという話だった。

道三にはそれは自領を没収されることとおなじではないかと思えた。今まで信長に仕えてきた武将が次々と使い捨てにされた経緯も光秀の頭に浮かんだのかもしれない。光秀が深刻に考え込むのも道理だと考えた。

一方で、道三は光秀の百韻の句が気になっていた。謀叛を決断したとして、迷いと緊張で心が乱れているにちがいない。その動揺はいまの光秀の体調にあらわれている。煩悶の元を話せば少しは気が楽になるだろうが、思慮深く、頭脳明晰な武将が謀叛を道三に告白するはずはなかった。

「分かりました。心が落ちつく薬を処方いたしましょう」

そう言い置いて、道三は玄朔とともに別室に移った。

「おまえはあの方に何を処方する？」

道三は玄朔にきいた。

以前は光秀に黄連解毒湯を処方した。そのとき、玄朔は柴胡加竜骨牡蛎湯も候補にあげた。

「このたびは効き目の早い処方がよいかと思います。すると柴胡加竜骨牡蛎湯はあまり適切とは思えません。ならば……」

玄朔は頭の中で適切な処方は何かと考えたようだった。

「三黄瀉心湯《さんおうしゃしんとう》あたりではいかがでしょうか」

「なるほど」

道三はうなずいていた。道三も最初に想定した処方だった。大黄、黄芩《おうごん》、黄連の三剤から成る薬で、のぼせて不安状態が強く過敏なときの良方である。

「あとは父上の考え方次第かと思います」

「うむ。そうだな」

道三はうなずきながら薬方の選定に思いをめぐらせていた。さらに強い薬の処方も考え、その効果も想定した。そだが、その薬方の危険性も考えた末、不採用とした。そして、玄朔に三黄瀉心湯の調薬を命じた。興奮と鬱屈が鎮まるはずだった。

道三は光秀に三黄瀉心湯を処方して、六月一日の夕刻に玄朔とともに啓迪院に戻った。

七

変は突然訪れた。

六月二日の早朝、門人が道三の寝室にいきなり飛び込んできた。

「先生、本能寺が燃えています」

門人が叫んだ。

「本能寺……」

道三は眠りの中で四条西洞院《しじょうにしのとういん》にある寺だと思いながらも、まだまどろんでいた。

「信長公の宿所です」

「なにっ、信長公」

道三は布団から跳ね起きた。

門人によれば、信長は五月二十九日に毛利氏攻めの最中の秀吉を援軍するため入洛していた。茶の湯を催す予定で本能寺に宿泊したという。その日は、道三が愛宕山で光秀を診た日である。信長は安全な安土城から京都に移動していたのだった。

「明智光秀が本能寺を襲い火を放ったようです」

「なにっ、光秀様が」

道三は絶句した。

――あの光秀が……。

やはり愛宕山百韻は謀叛の歌だった。

道三は着替えも早々に、門人とともに学舎を飛び出した。西洞院通りを南下すると間もなく朝の空に立ちのぼる黒い煙が眺められた。異変に気づいた住民が通りに出てきて、みんな煙の方向に走っていた。さらに近づくと、堀を隔てて土塀の中で激しく炎上する本能寺が見えた。寺の周辺では明智方と思われる大勢の兵士たちが槍を構えて固めていた。

燃え上がる本能寺に、道三はその光景を以前どこかで見たような気がした。一度は、相国寺に陣を敷いていた細川晴元軍を松永久秀が攻め込み、戦いの最中、寺が炎上した光景だった。さらに、将軍・足利義輝の二条御所が松永久秀に襲われて燃えて自害した場面だった。

いま、本能寺からひときわ高く火焔が立ちのぼり、朝方の空を炎が舐めていた。

――信長公が中にいる。

そう思うと道三はじっとしていられなかった。

そのとき、

「先生」

と背後から声がかかった。

「先生、これ以上近づくのは危険です」

欣助だった。欣助は道三の腕をつかんで引き止めた。

道三は我に返り、

「信長公はどうされた」

ときいた。

「わずかな手勢でした。自害されたようです」

欣助は言った。

――信長公が……。

信じられなかった。つい先日、安土城で会ったばかりである。端整な風貌、短気だが壮大な気を持った自由人だった。だが、もう会えない。臍下丹田のあの放射力ももう診られない。

――光秀を止められなかった……。

道三は悔やまれた。

――あのとき想定したもっと強い薬を処方していれば……。

三黄瀉心湯ではなく、さらに強い梔子豉湯《しししとう》を選択していたら、あの光秀の乱れた心を抑え込めたかもしれない。しかし、その強い薬は光秀の身体を危険にさらす可能性があった。道三は医者として使命を果たしたと思う一方、無力感を覚えた。

――だが……。

と道三は思った。

信長には信長の宿運があった。光秀には光秀の懊悩があった。医者は目の前の患者に最善を尽くすのみである。乱世がどのように移り行くかは、自分の力などとうてい及ぶものではないと考えた。

そのとき大きく火柱があがり、本能寺全体が大屋根もろとも崩れ落ちた。

――終わった。

道三は小さくつぶやいた。おのれの人生の中で何かが終わったと感じた。言いようのない虚脱感を覚えて膝を落とした。

「先生。しっかりしてください」

欣助の叫び声は道三の耳に届いていなかった。

八

一鷗が手桶に水を用意して墓域に向かおうとしたとき、本堂の引戸が動いた。

作務衣を着た高齢の住職があらわれ、

「毎月のお勤めご苦労さまです」

と言いつつ、杖を使ったおぼつかない足取りで一鷗に近づいてきた。

「これはご住職。どうぞお構いなく」

一鷗は手桶を一旦、下に置いて頭をさげた。

毎月四日に一鷗は墓参を欠かさなかった。

文禄三（一五九四）年、屠蘇気分も抜けない一月四日に曲直瀬道三は体調を崩してそのまま没した。享年、八十八だった。

これを機会に一鷗は医業を廃し、秀吉の主治医の座を玄朔に譲った。以来、毎月、月命日の四日に菩提寺の十念寺《じゅうねんじ》を訪れている。

――もう二年になる……。

道三がいなくなって二年が経過していた。

月日の経過が速く感じられ、気がついてみれば道三が他界した歳と自分も同じ歳になっている。

一鷗は住職に軽く会釈して墓のあるほうに歩を進めた。

「足元にお気をつけて」

と住職は両手を杖に載せたまま言った。

高齢は一鷗とて同じだった。米寿を迎えてめっきり足腰が衰えている。

十念寺の墓域はこぢんまりした本堂とは対照的に広大だった。一鷗は通いなれた墓の細い通路を縫って道三の墓前にたどり着いた。入口からかなり奥まった一画に墓は建っていた。三段の礎石の上に細い小ぶりの塔身が載る粗末な墓だった。碑面にただ、「一渓道三居士」の六文字が刻まれているばかりである。道三は葬儀も墓も簡素を旨とするよう遺言していた。

だが、あまりの簡素さに、一鷗は、これが多くの門人を育てた国手の墓か、と嘆かずにいられなかった。道三を偲んで一般人が訪れてもよほどの幸運でもない限り墓所は見つからないだろうと思われた。

一鷗は柄杓で墓石に水をかけ、用意の黄菊白菊を飾って、線香を焚いた。

線香の煙に包まれながら一鷗は墓前で手を合わせた。目を閉じると瞼の裏側に道三の生前の整った顔貌が浮かんだ。

本能寺の変の翌年——、天正十年、道三は七十七歳で「道三」の名を玄朔に譲って医道の一線を退いた。以後はもっぱら玄朔と一鷗の相談相手となるばかりで諸将や貴顕からの招聘には応じなかった。

——長い付き合いだった。

一鷗はつぶやいた。

あなたは気持ちの優しく勁《つよ》い人だった。変わらぬ信念のもと、医道に邁進した人だった。正確な診断で、患者本位の医道を貫き、庶民から将軍まで差別なく診た。温厚でいつも柔和な顔をしていた。

——だが、一度だけ怒りに震えたときがあった。

あれは天文二十年、細川晴元軍と三好方の松永久秀が戦ったときだった。細川方が陣地としていた相国寺が焼失し、周辺も火炎に包まれた。道三は怒りと悲しみに身を震わせていた。権力者の身勝手な争いのために庶民が犠牲になるのは許せなかったのである。権力者たちが争いを止めないのは、根底にいつ敵に襲われるかしれないという不安と疑心暗鬼があるからとみていた。心身の安定があれば、争いの愚かさを認識するはずだった。

——道三が最も恐れていたのは応仁の乱の再来だった。道三は事あるごとに応仁の乱の惨事と損失を語っていた。京都全域が再び焦土と化すのを危惧していたため、入京して一件の火災も起こさず、治安に取り組んだ信長を評価していた。

武将たちを医やす医道に腐心した甲斐もあって、道三の存命中、応仁の乱に匹敵する大乱は起こらなかった。

道三の死後、一鷗と玄朔もまがりなりにも遺志を継いで乱の発生を抑えたつもりだった。

道三の医術は群を抜いていた。武将たちは頼りにし、しかも病状の漏洩はなかったので、争って患者となり身体をあずけた。

そうした道三に一鷗は、嫉妬心に駆られた時期があった。盾ついた日々もある。

——いまにして思えば、すべては人間の格と質の違いだった。

一鷗は改めて道三の墓石を見つめた。

「わたしは国手になれなかったが、道三さんこそ、本当の国手だった」

強く手を合わせ、一鷗は頭を垂れた。

やがて、一鷗は墓前を離れ、本堂に向かった。

帰りがけに住職に声をかけられた。

「ご苦労さまでした」

と言って住職は紙の包みを差し出した。

「これは？」

一鷗が怪訝な様子を見せると、住職は包みを少し開けて中の物を示した。経木《きょうぎ》に包んだ握り飯だった。

「道三先生は恵まれない人を救ってほしいと毎年、米を十俵贈ってくださいました。今日はそれを知っていただきたく用意しました」

「そうでしたか」

一鷗はつぶやいていた。

――米を十俵……。

道三については何でも知っていると思っていたが、人知れずそんな行動をとっていたとは気づかなかった。考えてみれば、道三という人物は万事、控え目だった。

「道三先生のお陰で救われた人はたくさんいました」

住職はその人たちを代表するように深々と頭をさげた。

「今日は良い話をきかせていただきました」

一鷗は住職に挨拶し、十念寺の山門をくぐった。往来に人気《ひとけ》はなかった。

一鷗は紙包みに目を落とし、深く一呼吸ついて歩み始めた。

その年の秋、十念寺に米十俵が届いた。

（了）

あとがき

今、わたしたちが日本の歴史を振り返ったとき、一番好きな時代をあげよと言われたら、おそらく戦国時代が第一位になるだろう。その乱世の時代――誰が大将となってもおかしくない戦乱の世に、どの武将もこぞってわが身をさらけ出した医者がいた。曲直瀬道三である。

いつ寝首を掻かれるかしれない戦国の世である。敵の大将を診ている医者に身を預ける行為は危険極まりないはずであった。しかし、多くの武将らが曲直瀬道三を頼ったという。

織田信長、豊臣秀吉、徳川家康の三傑をはじめ、天皇、足利将軍のほか、毛利元就、細川晴元、明智光秀、さらには千利休などが軒並み列挙される。よほど医術に長け、さらに人間的に信頼されていたにちがいない。

わたしは医学・薬学の世界を執筆の分野と決めて、日本の医学史を紐解くうち曲直瀬道三に出会った。患者を診察し、病態をつかみ、薬を処方するという、今日行なわれている、この当たり前の医療を実践、体系化したのが道三だった。その上、初めての民間医学校を建設、多数の門人を育てている。

市井の人々から多くの武将まで、わけへだてなく診た曲直瀬道三という医者は一体何者なのか。わたしはその生涯に深く興味を持った。それが本書を執筆する出発点だった。

本書は、月刊誌『和漢薬』(ウチダ和漢薬広報誌)に、「乱世を医す《いや》人――戦国時代の名医・曲直瀬道三」と題して、二〇一一年四月号から、二〇一七年七月号まで連載した原稿を、このたび加筆、改稿して単行本化したものである。

本書を刊行するにあたり、『和漢薬』に六年余の連載の場を与えてくださった大坪素子氏にはたいへんお世話になった。

また、刊行途上で絶えず支援と指導をいただいた千葉県・あきば伝統医学クリニック院長の秋葉哲生氏、鳥取市の薬剤師、谷岡浩氏、貴重な資料を提供してくださった北里大学客員教授の小曽戸《こそと》洋氏、二松學舍大学文学部教授の町泉寿郎氏にお礼申し上げます。記して深謝いたします。

二〇一八年六月吉日

山崎光夫

主要参考文献

矢数道明『近世漢方医学史』名著出版、昭和五十七年
大塚敬節・矢数道明編『近世漢方医学書集成・曲直瀬道三・一〜四』名著出版、昭和五十四年
曲直瀬道三『医療衆方規矩』津村順天堂、昭和六十年
小山誠次編『師語録　曲直瀬道三流医学の概要』たにぐち書店、平成十四年
東亜医学協会事務局『漢方の臨床（曲直瀬道三生誕四百八十年記念特集号）』昭和六十二年十二月号
近世近代日本漢文班編集『曲直瀬道三　古医書の漢文を読む』二松學舍大学二十一世紀ＣＯＥプログラム、平成二十一年
武田科学振興財団・杏雨書屋編『曲直瀬道三と近世日本医療社会』平成二十七年
大塚敬節・矢数道明編『近世漢方医学書集成　田代三喜』名著出版、昭和五十四年
小松帯刀『医聖　永田徳本伝』私家版、明治四十三年
矢数道明『漢方処方解説』創元社、昭和四十一年
秋葉哲生『活用自在の処方解説』ライフ・サイエンス、平成二十一年
山崎光夫『戦国武将の養生訓』新潮新書、平成十六年
山崎光夫『我に秘薬あり』講談社、平成二十五年

初出　月刊誌『和漢薬』（ウチダ和漢薬刊）二〇一一年四月号〜二〇一七年七月号

【著者紹介】
山崎光夫（やまざき　みつお）
昭和22年福井市生まれ。早稲田大学卒業。TV番組構成業、雑誌記者を経て、小説家となる。昭和60年『安楽処方箋』で小説現代新人賞を受賞。特に医学・薬学関係分野に造詣が深く、この領域をテーマに作品を発表している。主な著書として、『ジェンナーの遺言』『精神外科医』『ヒポクラテスの暗号』『サムライの国』『風雲の人 小説・大隈重信青春譜』『北里柴三郎　雷と呼ばれた男』『開花の人　福原有信の資生堂物語』など多数。エッセイ・ノンフィクションに『元気の達人』『病院が信じられなくなったとき読む本』『日本の名薬』『老いてますます楽し　貝原益軒の極意』『薬で読み解く江戸の事件史』ほかがある。平成10年『藪の中の家　芥川自死の謎を解く』で第17回新田次郎文学賞を受賞。「福井ふるさと大使」も務めている。

小説　曲直瀬道三
乱世を医やす人

2018年8月2日発行

著　者——山崎光夫
発行者——駒橋憲一
発行所——東洋経済新報社
〒103-8345　東京都中央区日本橋本石町1-2-1
電話＝東洋経済コールセンター　03(5605)7021
https://toyokeizai.net/
装　丁…………橋爪朋世
ＤＴＰ…………アイシーエム
印　刷…………ベクトル印刷
製　本…………ナショナル製本
編集担当………岡田光司
©2018 Yamazaki Mitsuo　　Printed in Japan
ISBN 978-4-492-06209-8
本書のコピー、スキャン、デジタル化等の無断複製は、著作権法上での例外である私的利用を除き禁じられています。本書を代行業者等の第三者に依頼してコピー、スキャンやデジタル化することは、たとえ個人や家庭内での利用であっても一切認められておりません。
落丁・乱丁本はお取替えいたします。